NORA ROBERTS
Lockruf der Gefahr

NORA ROBERTS

Lockruf der Gefahr

Roman

Aus dem Amerikanischen
von Christiane Burkhardt

DIANA

Die Originalausgabe erschien 2009 unter dem Titel *Black Hills*
bei G. P. Putnam's Sons, Penguin Group (USA) Inc., New York

Sollte diese Publikation Links auf Webseiten Dritter enthalten,
so übernehmen wir für deren Inhalte keine Haftung, da wir uns
diese nicht zu eigen machen, sondern lediglich auf deren Stand
zum Zeitpunkt der Erstveröffentlichung verweisen.

Penguin Random House Verlagsgruppe FSC® N001967

3. Auflage
Vollständige deutsche Taschenbuchausgabe 08/2021
Copyright © 2009 by Nora Roberts
Published by Arrangement with Eleanor Wilder
Copyright © 2009 der deutschsprachigen Ausgabe
und © 2021 dieser Ausgabe
by Diana Verlag, München,
in der Penguin Random House Verlagsgruppe GmbH,
Neumarkter Straße 28, 81673 München
Umschlaggestaltung: t.mutzenbach design, München
Umschlagmotiv: © Patrick Ziegler, Tom Budd 15,
James Gabbert/shutterstock.com
Redaktion: Hanna Schwenzer
Herstellung: Helga Schörnig
Satz: Leingärtner, Nabburg
Druck und Bindung: GGP Media GmbH, Pößneck
Printed in Germany
Alle Rechte vorbehalten
ISBN 978-3-453-36104-1

www.diana-verlag.de
Dieses Buch ist auch als E-Book lieferbar.

*Für all jene, die die Wildnis
schützen und verteidigen*

TEIL 1

Herz

Denn wo euer Schatz ist, da ist auch euer Herz.

MATTHÄUS, 6,21

1

South Dakota

juni 1989

Von Cooper Sullivans bisherigem Leben war nichts mehr übrig. Seine Eltern hatten sich durch nichts umstimmen lassen, weder durch Bitten, Appelle an die Vernunft, Wutausbrüche oder Drohungen. Stattdessen hatten sie ihn verbannt, weit fort von allem, was ihm vertraut war und was er liebte, in eine Welt, in der es weder Videospiele noch Big Macs gab.

Das Einzige, das ihn davor bewahrte, an *purer Langeweile* zu sterben, war sein geliebter Gameboy.

Wahrscheinlich würde es während seiner Verbannung nur ihn und Tetris geben – zwei schreckliche, bescheuerte Monate lang. Alle seine Freunde waren Lichtjahre weit weg in New York. Sie würden den Sommer gemeinsam verbringen, an die Strände von Long Island fahren oder runter nach Jersey. Ihm hatte man eigentlich ein zweiwöchiges Baseballcamp im Juli versprochen.

Aber dann kam alles ganz anders.

Jetzt waren seine Eltern unterwegs nach Italien, Frankreich und anderen dämlichen Orten, auf einer Art zweiten Hochzeitsreise. Ein letzter verzweifelter Versuch, die Ehe zu retten.

Den elfjährigen Sohn mitzunehmen, war wohl nicht romantisch genug, deshalb hatten sie ihn zu seinen Großeltern verbannt, ins hinterletzte Kaff nach South Dakota.

Dabei hatte er nicht das Geringste verbrochen. Es war schließlich nicht seine Schuld, dass sein Vater sich immer mit anderen Frauen traf. Und seine Mutter sich damit tröstete, dass sie die ganze Madison Avenue leer kaufte. Sie hatten es versaut, und jetzt musste er den Sommer auf einer blöden Pferdefarm verbringen, bei Großeltern, die er kaum kannte.

Und die noch dazu so *alt* waren.

Er sollte ihnen mit den stinkenden und zwickenden Pferden und Hühnern helfen.

Sie hatten keine Haushälterin, und sie fuhren kein Auto, sondern einen Lieferwagen.

Der *einzige* Fernseher im Haus hatte kaum Empfang, und einen McDonald's gab es auch nicht. Keine Freunde. Keinen Sportplatz, keine Kinos, keine Spielsalons.

Er sah von seinem Gameboy auf und schaute aus dem Autofenster. Blöde Berge, blöde Prärie, blöde Bäume. Es gab wirklich nichts Spannendes zu sehen. Wenigstens hatte sein Großvater aufgehört, ihn bei seinem Spiel zu unterbrechen, um ihm irgendwas über die Gegend zu erzählen, durch die sie gerade fuhren.

Als ob ihn diese dämlichen Siedler, Indianer und Soldaten interessierten, die hier irgendwann einmal gelebt hatten.

Allein die Tatsache, dass der nächstgelegene Ort Deadwood hieß, sprach Bände.

Den ganzen Sommer über würde er kein einziges Match im Yankee-Stadion sehen.

Genauso gut hätte er tot sein können.

Er wollte nach Hause.

Seine Großmutter drehte sich auf dem Beifahrersitz um.

»Bald haben wir die Ranch der Chances erreicht«, sagte sie. »Es war nett von ihnen, uns zum Mittagessen einzuladen. Lil wird dir gefallen. Sie ist fast genauso alt wie du.«

Er wusste, was man von ihm erwartete. »Ja, Ma'am.« Als ob er sich mit irgendeinem *Mädchen* abgeben würde. Mit irgendeiner doofen Bauerngöre, die wahrscheinlich nach Pferd roch und auch so aussah.

Er senkte den Kopf und vertiefte sich wieder in sein Tetris, damit seine Großmutter ihn in Ruhe ließ.

Sie hieß Lucy, aber er sollte sie Oma nennen.

Sie kochte und backte. Jede Menge. Und hängte Laken und andere Sachen an einer Wäscheleine hinter der Farm auf. Sie nähte und putzte und sang dabei. Sie hatte eine schöne Stimme, wenn man so was mochte.

Sie half auch mit den Pferden. Und Coop musste zugeben, dass er überrascht und beeindruckt gewesen war, als sie eines davon ohne Sattel bestiegen hatte.

Sie war *mindestens* fünfzig – also uralt. Aber nicht gebrechlich.

Meist trug sie Stiefel, Jeans und karierte Hemden. Nur heute nicht. Da hatte sie ein Kleid angezogen, und ihre braunen Haare, die sie sonst zu einem Zopf flocht, waren offen.

Als er aus dem Fenster sah, entdeckte er noch mehr Bäume, weniger flaches Land, und dahinter erhoben sich die Berge, die Black Hills. Unregelmäßige grüne Hügel mit nackten Felsen prägten das Bild.

Er wusste, dass seine Großeltern Pferde züchteten und sie für Ausritte an Touristen vermieteten. Er verstand das nicht. Er verstand nicht, warum man sich auf ein Pferd setzen und um Felsen und Bäume herumreiten wollte.

Als das Haus in Sichtweite kam, sah es fast genauso aus wie das seiner Großeltern. Zwei Stockwerke, Fenster, eine große Veranda. Nur dass dieses Haus blau war statt weiß.

Um das Haus herum gab es viele Blumenbeete.

Eine Frau trat auf die Veranda und winkte. Sie trug ebenfalls ein Kleid. Ein langes, wie auf Fotos von Hippies. Sie hatte sehr dunkles Haar, das zu einem Pferdeschwanz zurückgebunden war. Vor dem Haus standen zwei Lieferwagen und ein altes Auto.

Sie sah wirklich aus wie ein Hippie, dachte Coop. Er hatte gehört, dass Hippies Hasch rauchten, viel Sex hatten und Orgien feierten.

Sein Großvater, ein wortkarger Mann, stieg aus dem Wagen. »Hallo Jenna.«

»Schön, dich zu sehen, Sam.« Die Frau, die möglicherweise ein Hippie war, küsste seinen Großvater auf die Wange, drehte sich um und umarmte seine Großmutter. »Lucy! Habe ich dir nicht gesagt, du sollst nichts mitbringen?«, setzte sie nach, als Lucy einen Korb aus dem Wagen holte.

»Ich konnte nicht anders. Ein Kirschkuchen.«

»Da sagen wir natürlich nicht nein. Und das ist also Cooper.« Jenna gab ihm die Hand wie einem Erwachsenen. »Willkommen.«

Sie legte ihm eine Hand auf die Schulter. »Lil freut sich schon auf dich, Cooper. Sie hat noch etwas mit ihrem Dad zu erledigen, aber sie werden gleich hier sein. Wie wär's mit etwas Limonade? Ich wette, du bist durstig nach der Fahrt.«

Aus der Ferne sah Cooper ein Mädchen aus der Scheune kommen. Sie hatte genauso dunkle Haare wie die Hippie-Frau, also musste es Lil sein. Sie trug hochgekrempelte Jeans und knöchelhohe Turnschuhe, auf ihren zwei langen Zöpfen saß eine rote Baseballkappe.

Sie sah schmutzig und dumm aus, er konnte sie auf Anhieb nicht leiden.

Kurz darauf tauchte ein Mann hinter ihr auf. Sein gelbes Haar war zu einem langen Pferdeschwanz gebunden, was seine Hippie-Vermutung bestätigte. Auch er trug eine Baseballkappe. Er sagte irgendetwas zu dem Mädchen, woraufhin es lachte und den Kopf schüttelte. Was immer es auch gewesen war – es rannte los, aber der Mann hielt es fest.

Coop hörte, wie Lil fröhlich kreischte, als der Mann sie herumwirbelte.

Hatte sein Vater je Fangen mit ihm gespielt?, fragte sich Coop. Hatte er ihn je hochgeworfen und herumgewirbelt?

Nicht dass er sich erinnern konnte. Sein Vater und er *diskutierten* – vorausgesetzt, es blieb Zeit dafür. Und Zeit war ein knappes Gut, wie Cooper wusste.

Aber Hinterwäldler hatten Zeit im Überfluss, dachte Cooper. Sie mussten sich ja auch nicht den Anforderungen der Geschäftswelt stellen, so wie der Chef einer Anwaltskanzlei mit dem Renommee seines Vaters. Sie waren keine Sullivans in dritter Generation, mit der Verantwortung, die so ein Name mit sich bringt.

Deshalb konnten sie ihre Kinder den ganzen Tag herumwirbeln.

Weil ihm das einen Stich gab, wandte er sich ab. Ihm blieb keine andere Wahl, er musste sich den Rest des Tages quälen lassen.

Lil kicherte, als ihr Vater sie noch einmal wild herumwirbelte. Als sie wieder zu Atem gekommen war, warf sie ihm einen betont strengen Blick zu.

»Das wird *nicht* mein Freund.«

»Das sagst du heute.« Josiah Chance kitzelte seine Tochter zwischen den Rippen. »Aber ich werde diesen Großstadtsnob ganz genau im Auge behalten.«

»Ich will überhaupt keinen Freund.« Lil winkte ab, so überzeugend, wie sie es mit ihren gerade mal zehn Jahren vermochte. »Das bringt bloß Ärger.«

Joe zog sie an sich und strich ihr über die Wange. »Ich werde dich in ein paar Jahren daran erinnern. Sie scheinen da zu sein. Am besten, wir sagen Hallo und ziehen uns um.«

Im Grunde hatte sie nichts *gegen* Jungs, dachte Lil. Und sie wusste auch, wie sie sich Besuch gegenüber zu benehmen hatte. Trotzdem ... »Wenn ich ihn nicht mag, muss ich dann trotzdem mit ihm spielen?«

»Er ist unser Gast. Ein Fremder in einer fremden Welt.

Wenn man dich nach New York verfrachtet hätte, wärst du bestimmt auch froh, wenn jemand in deinem Alter nett zu dir ist und dir alles zeigt.«

Sie zog die Nase kraus. »Ich will nicht nach New York.«

»Ich wette, er ist auch nicht freiwillig hergekommen.«

Sie verstand das nicht. Hier gab es doch alles: Pferde, Hunde, Katzen, Berge, Bäume. Aber ihre Eltern hatten ihr beigebracht, dass die Menschen nicht überall gleich sind.

»Ich werde nett zu ihm sein.« Zumindest am Anfang.

»Aber du brennst nicht mit ihm durch und heiratest ihn.«

»Dad!«

Sie verdrehte die Augen. Als sie bei dem Jungen angelangt waren, musterte Lil ihn wie eine fremde Spezies.

Er war größer als erwartet, sein Haar hatte die Farbe von Kiefernrinde. Er sah wütend aus oder traurig, sie konnte sich nicht recht entscheiden. Aber weder das eine noch das andere war vielversprechend. Seine Kleidung stammte eindeutig aus der Großstadt – dunkle Jeans, die noch nicht oft genug getragen oder gewaschen worden waren, um auszubleichen, und ein steif gebügeltes weißes Hemd. Er nahm das Glas Limonade, das ihre Mutter ihm anbot, und musterte Lil mit derselben Aufmerksamkeit.

Beim Schrei eines Habichts zuckte er zusammen, und Lil ertappte sich bei einem Grinsen. Ihre Mutter würde nicht begeistert sein, wenn sie sich über den Besuch lustig machte.

»Sam.« Mit breitem Grinsen gab Joe ihm die Hand. »Wie geht's?«

»Ich kann nicht klagen.«

»Und wie gut du wieder aussiehst, Lucy!«

»Man tut, was man kann. Das ist unser Enkel, Cooper.«

»Schön, dich kennenzulernen, Coop. Willkommen in den Black Hills. Das ist meine Lil.«

»Hallo.« Sie legte den Kopf schief. Er hatte blaue Augen – eisblaue Augen, die genauso ernst wirkten wie der Rest von ihm.

»Joe und Lil, geht euch umziehen. Wir essen draußen«, sagte Jenna. »Das Wetter ist herrlich. Cooper, du wirst neben mir sitzen und mir erzählen, was du in New York so treibst. Ich war noch nie dort.«

Bisher hatte ihre Mutter noch jeden zum Reden gebracht und ihm ein Lächeln entlockt, dachte Lil. Nicht aber Cooper Sullivan aus New York City. Er antwortete, wenn man ihn etwas fragte, und achtete auf seine Manieren, aber mehr auch nicht. Sie setzten sich an den Picknicktisch, den Lil so liebte, und machten sich über Backhuhn und Brötchen, Kartoffelsalat und Brechbohnen aus dem Garten her.

Die Unterhaltung drehte sich um Pferde, Rinder und Getreide, dann kam man auf das Wetter, die Geschäfte und die Nachbarn zu sprechen. Alles Dinge, die Lil interessierten.

Als Joe auf das Thema Baseball zu sprechen kam, taute endlich auch Cooper ein wenig auf.

»Boston wird seine Unglücksserie noch dieses Jahr beenden.«

Cooper schnaubte laut auf und zuckte gleich darauf mit den Achseln.

»Aber klar doch, Mister New York. Yankees oder Mets?«

»Yankees.«

»Keine Chance.« Beinahe mitleidig schüttelte Joe den Kopf. »Nicht dieses Jahr, mein Junge.«

»Baltimore macht euch doch jetzt schon fertig.«

»Die hatten bloß Glück. Letztes Jahr sind sie rausgeflogen, und sie werden es auch diesmal nicht schaffen.«

»Aber dann werden die Red Sox aufsteigen.«

»Mit Ach und Krach vielleicht.«

Zum ersten Mal grinste Cooper.

»Ich werd mal meine Expertin befragen. Sox oder Yankees, Lil?«

»Weder noch. Baltimore wird gewinnen. Die haben die jungen Spieler, den nötigen Elan. Und Frank Robinson. Boston ist weit oben, aber schaffen werden sie es nicht. Die Yankees? Keine Chance, nicht dieses Jahr.«

»Mein einziges Kind fällt so über mich her.« Joe fasste sich gespielt dramatisch ans Herz. »Bist du ein Baseman, Coop?«

»Ja, Sir. Second Baseman.«

»Lil, nimm Coop mit hinter die Scheune. Dort könnt ihr euch das Essen mit ein bisschen Schlagtraining wieder abtrainieren.«

»Gut.«

Coop rutschte von der Bank. »Danke für das Essen, Mrs Chance. Es war ausgezeichnet.«

»Gern geschehen.«

Als die Kinder verschwunden waren, sah Jenna zu Lucy hinüber. »Armer kleiner Junge«, murmelte sie.

Die Hunde tobten vor ihnen über die Wiese. »Ich bin Third Baseman«, sagte Lil zu Coop.

»Wo? Hier ist doch nichts?«

»Bei Deadwood. Wir haben ein Spielfeld und eine Mannschaft. Ich werde die erste Frau sein, die es in die Oberliga schafft.«

Coop schnaubte erneut. »Frauen spielen nicht in der Oberliga. So ist das nun mal.«

»Aber deswegen muss es noch lange nicht so bleiben, sagt meine Mutter immer. Und wenn meine aktive Zeit vorbei ist, werde ich Trainerin.«

Er grinste. Obwohl sie das rasend machte, gefiel er ihr gleich ein Stück besser.

»Wo spielt ihr in New York? Ich dachte, da sind überall Häuser?«

»Wir spielen im Central Park und manchmal in Queens.«

»Was ist Queens?«

»Ein Viertel.«

»Ein Viertel von was?«

»Nein, ein Stadtviertel, Mensch! Ein Ort.«

Sie blieb stehen, stemmte die Hände in die Hüften und sah ihn mit ihren dunklen Augen funkelnd an. »Wenn du versuchst, jemanden bloßzustellen, nur weil er nachfragt, stellst du dich selbst bloß.«

Er zuckte mit den Achseln und ging mit ihr um die große rote Scheune herum.

Es roch nach Vieh – nach Staub und Kot. Coop begriff nicht, wie man mit diesem Gestank leben konnte oder mit dem ständigen Hufgetrappel, Geschnaube und Gemuhe. Er wollte gerade eine abfällige Bemerkung machen – schließlich war sie nur ein Kind, und außerdem ein Mädchen –, als er den Schlagkäfig sah.

Vielleicht nicht gerade das, was er gewohnt war, aber gut genug. Irgendjemand, wahrscheinlich Lils Vater, hatte aus Maschendraht einen Schlagkäfig gebaut. Neben der Scheune befand sich eine verwitterte Kiste. Lil öffnete sie und holte Handschuhe, Schläger und Bälle heraus.

»Mein Dad und ich trainieren meistens nach dem Abendessen. Mom macht manchmal den Pitcher, aber sie kann nicht werfen. Du bist der Gast, du darfst als Erster schlagen, wenn du willst. Aber du musst einen Schlaghelm aufsetzen.«

Coop setzte den Helm auf, den sie ihm gab, und wog die einzelnen Schläger prüfend in der Hand. Einen Schläger zu halten, fühlte sich fast so gut an wie ein Gameboy. »Dein Dad trainiert mit dir?«

»Klar, er ist gut. Er hat mehrere Saisons in der Unterliga gespielt, damals an der Ostküste.«

»Echt?« Alle Überheblichkeit war wie weggeblasen. »Er war ein Profi?«

»Ja, für ein paar Saisons. Dann bekam er Probleme mit seiner Rotatorenmanschette, und das war's dann. Er beschloss, sich in den Staaten umzusehen, und ist hier gelandet. Er hat für meine Großeltern gearbeitet – das war mal ihre Farm – und meine Mutter kennengelernt. Und das war's dann endgültig. Willst du schlagen?«

»Ja.« Coop ging zurück zum Käfig und holte ein paarmal probehalber aus. Sie warf einen geraden, langsamen

Ball, den er voll erwischte und in das angrenzende Feld schlug.

»Nicht schlecht.« Sie nahm den nächsten Ball, ging auf ihre Position und machte noch einen einfachen Wurf.

Coop spürte den leichten Linksdrall, als der Ball ins Feld segelte. Er traf auch den dritten Ball, ließ die Hüften kreisen und wartete auf den nächsten Wurf.

Sie warf haarscharf an ihm vorbei.

»Netter Versuch«, sagte sie nur, als er sie wütend anfunkelte.

Er griff den Schläger etwas weiter oben und scharrte mit den Füßen. Sie trickste ihn mit einem niedrigen Ball aus. Den nächsten erwischte er und fälschte ihn ab, sodass es klirrte, als er den Käfig traf.

»Du bist dran.« Jetzt würde er es ihr zeigen.

Sie tauschten die Plätze. Anstatt dass er es langsam angehen ließ, warf er ihr einen scharfen Ball zu. Sie erwischte ihn knapp, aber der Ball kam im Aus auf. Den nächsten traf sie so, dass er hoch in die Luft flog. Aber beim dritten Wurf traf sie voll ins Schwarze. Wäre das ein richtiges Spielfeld gewesen, hätte das einen Homerun bedeutet, musste Coop neidlos anerkennen.

»Du bist wirklich gut.«

Nachdem Lil den Schläger gegen den Käfig gelehnt hatte, ging sie los, um die Bälle auf dem angrenzenden Feld einzusammeln.

»Bist du schon mal bei einem richtigen Spiel dabei gewesen? Im Yankee-Stadion zum Beispiel?«

»Klar. Mein Vater hat Saisonkarten für die vordersten Ränge – gleich hinter der Third Base.«

»Quatsch!«

Es tat gut, sie zu beeindrucken. Außerdem konnte es nicht schaden, jemanden zu haben, mit dem man über Baseball reden konnte. Auch wenn es nur ein Mädchen vom Land war. Dafür konnte Lil mit Ball und Schläger umgehen, und das war schon mal ein Pluspunkt.

Trotzdem zuckte Coop nur mit den Achseln und sah zu, wie Lil durch den Stacheldraht schlüpfte, ohne sich zu verletzen. Als sie sich umdrehte und den Draht für ihn etwas weiter auseinanderhielt, hatte er nichts dagegen.

»Wir sehen uns die Spiele im Fernsehen an oder verfolgen sie im Radio. Einmal sind wir sogar bis nach Omaha gefahren, um uns ein Match anzusehen. Aber ich war noch nie in einem Oberliga-Stadion.«

Das machte ihm erneut bewusst, wo er hier eigentlich war. »Das ist meilenweit entfernt. Wie alles andere.«

»Pass auf, wo du hintrittst. Hier gibt es jede Menge Kuhfladen.«

»Das ist ja eklig.«

»Hast du Haustiere?«, fragte sie.

»Nein.«

Sie konnte sich nicht vorstellen, keine Tiere um sich zu haben, nirgendwo, nie. Schon bei dem Gedanken daran bekam sie Mitleid.

»Du kannst kommen und mit unseren Hunden spielen, wenn du willst. Und den Schlagkäfig kannst du natürlich auch benutzen.«

»Vielleicht.« Er warf ihr einen weiteren verstohlenen Blick zu. »Danke.«

»Hier gibt es nicht viele Mädchen, die Baseball mögen. Oder Wandern und Angeln. Aber ich liebe das. Dad bringt mir das Fährtenlesen bei. Mein Opa – der Vater meiner Mutter – hat es ihm gezeigt. Er ist richtig gut darin.«

»Fährtenlesen?«

»Tier- und Menschenspuren. Nur so zum Spaß. Hier gibt es zahlreiche Wanderwege, und viele machen das.«

»Wenn du es sagst.«

Wegen seines abfälligen Tons legte sie den Kopf schief. »Warst du jemals zelten?«

»Wieso sollte ich?«

Sie lächelte nur. »Bald wird es dunkel. Am besten, wir suchen den letzten Ball und gehen zurück. Wenn du das nächste Mal kommst, spielt Dad vielleicht mit. Oder wir gehen reiten. Reitest du gern?«

»Auf Pferden, meinst du? Ich kann nicht reiten. Es sieht dämlich aus.«

»Es ist nicht dämlich, es ist höchstens dämlich, so was zu sagen, bloß weil du nicht reiten kannst. Außerdem macht es Spaß. Wenn wir …«

Sie blieb wie erstarrt stehen, sog scharf die Luft ein und packte Coops Arm. »Rühr dich nicht von der Stelle.«

»Was?« Weil die Hand auf seinem Arm zitterte, schlug ihm das Herz bis zum Hals. »Eine Schlange?«

In Panik überflog er mit seinen Augen das Gras.

»Ein Puma.« Sie hauchte das Wort mehr, als dass sie es sagte, und starrte ins dichte Unterholz.

»Was? Wo?« Bestimmt wollte sie ihn nur auf den Arm nehmen und ihm einen gehörigen Schreck einjagen. Er versuchte, ihre Hand abzuschütteln. Erst sah er nur das Unterholz, die Bäume, den ansteigenden Fels und den Berg.

Dann sah er den Schatten. »Mist! Verdammter Mist!«

»Nicht rennen!« Sie sah ihn beschwörend an. »Wenn du rennst, verfolgt er dich, und er ist schneller. Nein!« Sie packte Coopers Arm, als sich dieser langsam aufrichtete und den Ball fester umklammerte. »Nichts werfen, noch nicht. Mom sagt ...« Sie wusste nicht mehr, was ihre Mutter ihr alles eingeschärft hatte. Sie hatte noch nie zuvor eine frei lebende Wildkatze gesehen, und schon gar nicht in der Nähe der Farm. »... man muss Lärm machen und so imposant wie möglich wirken.«

Zitternd stellte sich Lil auf die Zehenspitzen, streckte die Arme über den Kopf und begann zu brüllen. »Geh weg! Hau ab! Los, schrei!«, schrie sie Cooper an. »Bau dich bedrohlich vor ihm auf!«

Mit dunklen, flammenden Augen maß sie den Puma vom Kopf bis zur Schwanzspitze. Obwohl ihr Herz vor lauter Angst raste, spürte sie noch etwas anderes.

Ehrfurcht.

Sie sah, wie seine Augen in der einfallenden Dämmerung funkelten, so als könnte er in sie hineinsehen. Obwohl ihre Kehle trocken wurde, dachte sie: Er ist schön. Ist der schön!

Voller Kraft und Anmut ging er auf und ab, wobei er sie nicht aus den Augen ließ. So als wüsste er nicht, ob er angreifen oder fliehen sollte.

Neben ihr schrie sich Coop die Seele aus dem Leib, er war ganz heiser vor lauter Angst. Sie sah, wie die

Wildkatze im Schatten verschwand. Mit einem Satz war sie weg, ein mattgoldener Pfeil, der noch einmal kurz aufblitzte.

»Er ist weg. Er ist weggelaufen.«

»Nein«, murmelte Lil. »Er ist geflogen.«

Über das Rauschen in ihren Ohren hinweg hörte sie, wie ihr Vater nach ihr rief. Sie drehte sich um. Er rannte auf das Feld zu, die überraschten Rinder stoben auseinander. Ein paar Meter hinter ihm kam Coops Großvater angelaufen. Er hatte ein Gewehr in der Hand, das er aus dem Haus geholt haben musste. Begleitet wurden sie von den Hunden und ihrer Mutter, die eine Schrotflinte dabeihatte, sowie Coops Großmutter.

»Ein Puma.« Sie hatte das Wort kaum ausgesprochen, als Joe sie hochriss und in seine Arme nahm. »Dort. Dort hinten. Aber jetzt ist er weg.«

»Geht ins Haus, Coop.« Mit seinem freien Arm zog Joe Coop an sich. »Los, ihr beiden. Geht ins Haus. Sofort.«

»Er ist weg, Dad. Wir haben ihn verjagt.«

»Marsch! Ein Puma«, sagte er, als Jenna Sam überholte und sie erreichte.

»Gott sei Dank, du bist unverletzt.« Sie nahm Lil in den Arm und gab Joe ihre Flinte. »Du bist unverletzt.« Sie küsste Lils Gesicht und ihre Haare, dann beugte sie sich zu Coop herunter und tat bei ihm dasselbe.

»Bring sie ins Haus, Jenna. Nimm die Kinder und Lucy und geht hinein.«

»Kommt. Los, kommt.« Jenna legte die Arme um beide Kinder und sah in Sams grimmiges Gesicht, der sie soeben erreicht hatte. »Pass auf.«

»Bitte bring ihn nicht um, Dad!«, rief Lil, als ihre Mutter sie wegzog. »Er war so schön!« Sie suchte das Unterholz und die Bäume nach ihm ab in der Hoffnung, noch einen letzten Blick auf ihn zu erhaschen. »Bring ihn nicht um.«

2

Coop hatte Albträume. In einem sprang der Puma mit seinen funkelnden gelben Augen durch sein Schlafzimmerfenster und verschlang ihn mit großen, gierigen Bissen. In einem anderen hatte er sich in den Bergen verlaufen, in all dem Grün und den Felsen, die sich meilenweit erstreckten. Niemand suchte ihn. Niemand hatte sein Verschwinden überhaupt bemerkt.

Er hatte sich inzwischen widerwillig mit seinem Gefängnis abgefunden, erledigte, was man ihm auftrug, aß seine Mahlzeiten und spielte mit seinem Gameboy. Wenn er seine Pflichten ordnungsgemäß erledigte, würde er vielleicht Freigang bekommen. Dann könnte er die Chances besuchen und den Schlagkäfig benutzen.

Vielleicht würde Mr. Chance auch mitspielen. Dann könnte er ihn fragen, wie es ist, Profibaseballer zu sein. Coop wusste, dass sein Vater von ihm erwartete, dass er Jura studierte und in seine Kanzlei eintrat. Dass er eines Tages ein berühmter Anwalt würde. Aber vielleicht konnte er auch Baseballspieler werden.

Wenn er gut genug war.

Er saß schweigend am alten Küchentisch und frühstückte seine Flapjacks, wie seine Großmutter ihre Pfannkuchen nannte, während sie am Herd hantierte. Sein Großvater war bereits draußen und bastelte irgendwo an der Farm herum.

Lucy goss Kaffee in einen dicken weißen Becher und trug ihn zum Tisch. Sie nahm gegenüber von ihm Platz.

»Cooper, du bist jetzt zwei Wochen bei uns.«

»Kann sein.«

»Mehr Zeit zum Trübsalblasen ist nicht drin. Du bist ein guter, kluger Junge. Du tust, was man dir sagt, und gibst keine Widerworte. Keine, die wir hören könnten.«

So wie sie ihn ansah, aufmerksam, aber nicht hämisch, wusste sie genau, dass er insgeheim jede Menge Widerworte gab.

»Das sind gute Eigenschaften. Aber du schmollst auch gern, hast nichts für Tiere übrig und benimmst dich, als wärst du hier im Gefängnis. Das sind weniger gute Eigenschaften.«

Er schwieg, wünschte sich aber, er hätte schneller gefrühstückt und wäre bereits weg. Er zog die Schultern hoch und bereitete sich auf eine *Diskussion* vor. Seiner Erfahrung nach bedeutete das, dass man ihm sagte, was er alles falsch machte. Dass man mehr von ihm erwarte und dass er eine Enttäuschung sei.

»Ich weiß, dass du wütend bist, und das ist dein gutes Recht. Deshalb haben wir dir diese zwei Wochen gegönnt.«

Er blinzelte in seinen Teller und legte verwirrt die Stirn in Falten.

»Ehrlich gesagt bin ich auch wütend. Deine Eltern haben sich unheimlich egoistisch verhalten und kein bisschen an dich gedacht.«

Er hob nur ein wenig den Kopf, aber sein Blick fand den ihren. Vielleicht war das ein Trick, dachte er. Um ihn auflaufen zu lassen und ihn bestrafen zu können. »Sie können tun und lassen, was sie wollen.«

»Ja, das stimmt.« Sie nickte kurz, während sie ihren Kaffee trank. »Aber deshalb sollten sie es noch lange nicht tun. Ich freue mich, dass du hier bist, und dein Großvater freut sich auch, obwohl er nicht viele Worte darüber verliert. Wir wollen dich hier haben, wir wollen unseren einzigen Enkel kennenlernen und endlich mal etwas Zeit mit ihm verbringen. Aber du willst nicht hier sein, und das tut mir weh.«

Sie sah ihm direkt in die Augen. *Es fühlte sich nicht wie ein Trick an.* »Ich weiß, dass du lieber zu Hause wärst«, fuhr sie fort, »bei deinen Freunden. Ich weiß, dass du in dieses Baseballcamp wolltest, das sie dir versprochen haben.«

Sie nickte erneut, nippte an ihrem Kaffee und starrte aus dem Fenster. Sie schien wirklich wütend zu sein. Aber nicht auf ihn. Sie war wütend darüber, dass er das durchmachen musste.

»Ich will einfach nur nach Hause.« Er hatte es nicht aussprechen, sondern nur denken wollen. Aber die Worte waren einfach so aus ihm herausgesprudelt, während er immer noch diesen Stich spürte.

Sie sah ihm wieder in die Augen. »Ich weiß, mein Schatz, ich weiß. Ich wünschte, ich könnte dir diesen Gefallen tun.«

Er glaubte ihr. Sie redete mit ihm, als ob ihr das wirklich wichtig wäre. Deshalb strömten die Worte und das Elend nur so aus ihm heraus.

»Sie haben mich einfach weggeschickt, dabei habe ich gar nichts getan.«

Tränen erstickten seine Stimme. »Sie wollten mich nicht dabeihaben. Sie wollten mich nicht.«

»Aber wir wollen dich hier haben. Ich weiß, im Moment ist das nur ein schwacher Trost. Aber wissen sollst du es trotzdem. Vielleicht brauchst du mal irgendwann in deinem Leben einen Rückzugsort. Du sollst wissen, dass du hier stets willkommen bist.«

Er sprach das Unsagbare aus. »Sie lassen sich scheiden.«

»Ja, wahrscheinlich hast du recht.«

Er blinzelte und starrte sie an. Er hatte erwartet, dass sie es abstreiten und sagen würde, alles käme wieder in Ordnung. »Und was wird dann aus mir?«

»Du wirst darüber hinwegkommen.«

»Sie lieben mich nicht.«

»Aber wir. Wir lieben dich«, sagte sie mit fester Stimme, als er seinen Kopf erneut senkte und schüttelte. »Zum einen, weil wir deine Familie sind. Zum anderen, weil wir dich lieben. Ganz einfach. Ich kann dir nicht befehlen, hier glücklich zu werden, Cooper, aber ich möchte dich um etwas bitten. Nur um eine einzige Sache, die dir vielleicht sehr schwerfällt. Aber ich möchte dich bitten, es trotzdem zu versuchen. Vielleicht entdeckst du trotzdem etwas, das dir gefällt. Dann kommt dir die Zeit bis Ende August auch nicht mehr so lang vor. Wenn du das tust, Cooper, wenn du dich aufrichtig bemühst, werde ich Grandpa bitten, einen neuen Fernseher zu kaufen. Einen, der keine Zimmerantenne braucht.«

Er schniefte. »Was, wenn ich mich bemühe, aber ich trotzdem alles doof finde?«

»Es reicht, wenn du dich bemühst, aber du musst es wirklich aufrichtig versuchen.«

»Wie lange muss ich mich bemühen, bis es einen neuen Fernseher gibt?«

Sie musste laut lachen, und aus irgendeinem Grund wanderten auch seine Mundwinkel nach oben, und das Stechen in seiner Brust ließ nach. »Siehst du, mein Junge. Zwei Wochen, würde ich sagen. Zwei Wochen Trübsal blasen, und jetzt zwei Wochen, in denen du dich bemühst. Wenn du dich wirklich anstrengst, steht schon bald ein neuer Fernseher im Wohnzimmer, versprochen. Einverstanden?«

»*Yes, Ma'am.*«

»Na gut. Und jetzt lauf hinaus und such deinen Großvater. Er muss etwas erledigen und kann bestimmt Hilfe gebrauchen.«

»Gut.« Er stand auf. Danach wusste er gar nicht mehr, warum das rausmusste: »Sie streiten ständig und merken nicht einmal, dass ich dabei bin. Er hat Sex mit einer anderen. Ich glaube, das passiert öfter.«

Lucy atmete hörbar aus. »Lauschst du und schaust durch Schlüssellöcher, mein Junge?«

»Manchmal. Aber manchmal schreien sie so laut, dass man es gar nicht überhören kann. Auf mich hören sie nie. Manchmal tun sie so, als ob, aber manchmal nicht mal das. Was ich will, ist ihnen egal, Hauptsache, ich störe nicht.«

»Auch das ist hier anders.«

»Kann sein. Vielleicht.«

Als er hinausging, wusste er nicht mehr, was er denken sollte. Kein Erwachsener hatte jemals so mit ihm gesprochen oder ihm so gut zugehört.

Sie hatte gesagt, dass sie ihn hier haben wollten. Das hatte noch niemand zu ihm gesagt. Sie hatte es gesagt, obwohl sie wusste, dass er nicht hier sein wollte. Und zwar nicht, um ihm ein schlechtes Gewissen zu machen, sondern weil es die Wahrheit war.

Er blieb stehen und sah sich um. Er konnte es natürlich versuchen, aber was sollte ihm hier schon gefallen? Ein Haufen Pferde, Schweine und Hühner. Felder, Berge und sonst nichts.

Er mochte ihre Pfannkuchen, aber vermutlich meinte sie etwas anderes.

Er steckte die Hände in die Hosentaschen und ging ans andere Ende des Hauses, von wo her er ein Klopfen hörte. Jetzt musste er erst mal Zeit mit diesem merkwürdigen, schweigsamen Großvater verbringen. Was sollte *daran* toll sein?

Er bog um die Ecke und entdeckte Sam bei der großen Scheune mit dem weißen Silo. Was Sam da gerade mit einer Art Metallstange in den Boden hämmerte, machte Coop sprachlos. Ein Schlagkäfig.

Er wollte sofort losrennen, über den unbefestigten Weg fliegen, zwang sich aber zu gehen. Vielleicht sah das nur aus wie ein Schlagkäfig und war eigentlich eine Umzäunung für Tiere.

Sam sah auf und schlug noch einmal auf den Pfosten. »Du bist spät dran heute.«

»Ja, Sir. Grandma meinte, ich soll dir bei etwas helfen.«

»Nein. Ich bin so gut wie fertig.« Mit dem kleinen Hammer in der Hand, richtete sich Sam auf und trat einen Schritt zurück. Schweigend musterte er den Käfig.

»Vielleicht«, fügte er noch hinzu, »kann ich dir nachher ein paar Bälle zuwerfen.« Sam griff nach einem Schläger, der an der Scheunenwand lehnte. »Du kannst den hier nehmen. Er ist erst gestern Abend fertig geworden.«

Erstaunt nahm Cooper den Schläger und fuhr mit den Fingern über das glatte Holz. »Den hast du selbst gemacht?«

»Ja, warum sollte ich einen im Laden kaufen?«

»Da steht ja mein Name drauf.« Ehrfürchtig strich Cooper über den eingravierten Namen.

»Damit du weißt, dass es deiner ist.«

»Danke.«

»Wirst du es nie leid, immer so höflich zu sein, mein Junge?«

»Nein, Sir.« Cooper hielt kurz inne. »Grandpa? Bringst du mir das Reiten bei?«

Es gab Dinge, die er mochte, wenigstens ein bisschen. Er schlug gern Bälle nach dem Mittagessen. Und er fand es toll, wie ihn sein Großvater in regelmäßigen Abständen mit ein paar verrückten übertriebenen Würfen überraschte. Er ritt gern auf Dottie, der kleinen Stute, im Korral herum. Immerhin hatte er jetzt keine Angst mehr, getreten oder gebissen zu werden.

Er mochte es, den Gewittersturm zu beobachten, der eines Abends wie aus dem Hinterhalt über sie hereingebrochen war und den Himmel erleuchtete. Und manchmal mochte er es sogar, an seinem Zimmerfenster zu sitzen und hinauszuschauen. Er vermisste New York nach wie vor, seine Freunde, sein altes Leben, aber es war interessant, so viele Sterne zu sehen und auf die Geräusche zu hören, die das Haus machte, wenn alles still war.

Er mochte es, wenn der Transporter der Chances auf die Farm zugeholpert kam, obwohl Lil ein Mädchen war.

Sie spielte Baseball und kicherte nicht die ganze Zeit wie andere Mädchen, die er sonst kannte. Nach einer Weile hatte er gar nicht mehr das Gefühl, mit einem Mädchen unterwegs zu sein. Er war einfach nur mit Lil unterwegs.

Und eine Woche – nicht zwei Wochen – nach dem Gespräch am Küchentisch stand plötzlich ein funkelnagelneuer Fernseher im Wohnzimmer.

»Warum noch warten«, sagte seine Großmutter. »Du hast dich wacker geschlagen. Ich bin stolz auf dich.«

Er konnte sich nicht erinnern, dass einmal jemand stolz auf ihn gewesen war, weil er sich angestrengt hatte.

Als er gut genug war, durfte er mit Lil ausreiten, vorausgesetzt, sie blieben auf den Weiden in Sichtweite des Hauses.

»Und?«, fragte Lil, als sie mit den Pferden durchs Gras ritten.
  »Was, und?«
  »Ist es doof?«

»Gar nicht mal so sehr. Sie ist ziemlich cool.« Er tätschelte Dotties Hals. »Sie mag Äpfel.«

»Wenn wir doch nur ohne Eltern in die Berge reiten dürften, wirklich was erleben! Eines Morgens ...«, sie sah sich um, als könnte jemand mithören, »habe ich mich vor Sonnenaufgang nach draußen geschlichen und versucht, die Fährte des Pumas aufzunehmen.«

Er machte große Augen. »Spinnst du?«

»Ich habe alles über Pumas gelesen, mir Bücher aus der Bücherei ausgeliehen.« Heute trug sie einen braunen Cowboyhut und warf sich ihren langen geflochtenen Zopf über die Schulter. »Menschen greifen sie so gut wie nie an. Einer Farm wie der unseren nähern sie sich nur äußerst selten, nur, wenn sie gerade eine Wanderung unternehmen oder so etwas.«

Sie wandte sich dem sprachlosen Coop zu und wurde immer aufgeregter. »Es war unglaublich cool! Echt cool. Ich habe Kot gefunden, Spuren, einfach alles. Aber dann habe ich seine Fährte verloren. Ich wollte ursprünglich gar nicht so lange wegbleiben, aber als ich zurückkam, waren sie schon auf. Ich musste so tun, als hätte ich soeben das Haus verlassen.«

Sie presste die Lippen zusammen und sah dabei sehr verwegen aus.

»Du darfst mich nicht verraten.«

»Ich bin keine Petze.« Was für eine Beleidigung! »Aber du darfst unmöglich alleine da hoch. Verdammt noch mal, Lil!«

»Ich kann Fährtenlesen. Nicht so gut wie Dad, aber ziemlich gut. Und ich kenne die Wege. Ich hatte meinen Kompass und meine Ausrüstung dabei.«

»Was, wenn der Puma da gewesen wäre?«

»Dann hätte ich ihn wiedergesehen. Er hat mir damals direkt in die Augen gesehen. So als würde er mich kennen – zumindest hatte ich das Gefühl.«

»Quatsch!«

»Im Ernst! Der Opa meiner Mutter war ein Sioux.«

»Ein Indianer.«

»Ja. Ein amerikanischer Ureinwohner«, verbesserte sie ihn. »Ein Lakota Sioux. Er hieß John Swiftwater, und sein Stamm hat hier schon seit Generationen gelebt. Sie glaubten an Schutzgeister. Vielleicht ist meiner der Puma.«

»Das war kein Geist.«

Sie suchte weiterhin die Berge ab. »Ich habe ihn in jener Nacht gehört. Nachdem wir ihn gesehen haben. Ich hörte ihn schreien.«

»Schreien?«

»Ja, so heißt das, weil Pumas nicht brüllen können. Wie dem auch sei, ich wollte mich einfach nur selbst überzeugen.«

Er musste sie wider Willen für ihren Mut bewundern, auch wenn es verrückt war. Kein Mädchen, das er kannte, würde sich hinausstehlen, um einen Puma zu verfolgen. Bis auf Lil. »Wenn er dich entdeckt hätte, hätte er dich vielleicht zum Frühstück verspeist.«

»Du darfst mich nicht verraten.«

»Ich hab's dir versprochen. Trotzdem darfst du nicht mehr alleine nach ihm suchen.«

»Wo er jetzt wohl ist?« Sie sah erneut in die Ferne, in Richtung Berge. »Wir könnten zelten gehen. Dad liebt das. Wir gehen wandern und übernachten draußen. Deine Großeltern lassen dich bestimmt mitkommen.«

»Zelten? In den Bergen?« Die Vorstellung war ebenso Angst einflößend wie verführerisch.

»Ja. Wir angeln uns was zum Mittagessen und sehen uns die Wasserfälle an, die Büffel und alle möglichen wilden Tiere. Vielleicht sogar den Puma. Wenn man es bis zum Gipfel schafft, kann man bis nach Montana sehen.« Als es zum Mittagessen klingelte, sah sie sich um. »Essenszeit. Wir werden zelten gehen. Ich frage meinen Dad, das wird toll.«

Er ging zelten und lernte, einen Hering einzuschlagen. Er lernte das aufregende Gefühl kennen, am Lagerfeuer zu sitzen und dem lang gezogenen Heulen eines Wolfs zu lauschen.

Er wurde stärker, seine Hände wurden kräftiger. Er lernte einen Elch von einem Maultierhirsch zu unterscheiden und mit Sattel und Zaumzeug umzugehen.

Er lernte zu galoppieren – etwas Aufregenderes hatte er noch nie erlebt.

Er durfte in Lils Baseballmannschaft mitspielen und schaffte sogar einen Homerun.

Noch Jahre später würde er sich daran zurückerinnern und begreifen, dass sein Leben in jenem Sommer eine neue Wendung genommen hatte. Nichts würde mehr so sein wie vorher. Aber mit elf wusste Cooper nur, dass er glücklich war.

Sein Großvater brachte ihm das Schnitzen bei und schenkte ihm zu seiner großen Freude ein Taschenmesser. Er zeigte ihm auch, wie man mit Pferden kommuniziert.

»Was du sagst, ist nicht so wichtig, denn sie lesen aus deinen Blicken.«

Auch als er mit Coop sprach, sah Sam dem Fohlen nach wie vor in die Augen und achtete auf eine sanfte, beruhigende Stimme. »Es braucht einen Namen.« Sam strich über seinen Hals. »Gib ihm einen.«

»Kann es Jones heißen, so wie Indiana Jones?«

»Frag es.«

»Ich glaube, du heißt Jones. Jones ist klug und mutig.« Sams Hand auf dem Zaumzeug half etwas nach, sodass das Hengstfohlen entschieden nickte. »Es hat Ja gesagt. Hast du das gesehen? Und jetzt nimm ihn an die Longe.«

Sam trat einen Schritt zurück und ließ den Jungen und das Fohlen erste Erfahrungen machen. Er lehnte sich gegen den Zaun, bereit einzugreifen, wenn es nötig wurde. Da trat Lucy hinter ihn und legte ihm eine Hand auf die Schulter.

»Was für ein Anblick!«

»Er hat Talent«, gab Sam zu. »Und ist mit Herz und Verstand bei der Sache. Der Junge ist ein Naturtalent, was Pferde angeht.«

»Ich will ihn gar nicht mehr ziehen lassen. Ich weiß, ich weiß ...«, sagte sie, noch bevor Sam etwas erwidern konnte. »Er gehört schließlich nicht uns. Aber ein bisschen wird es mir das Herz brechen. Denn eines weiß ich: Sie lieben ihn nicht so sehr wie wir.«

»Vielleicht will er nächsten Sommer wiederkommen.«

»Vielleicht. Aber bis dahin wird es mir hier ganz schön ruhig vorkommen.«

Zusammen mit Lil streckte sich Coop auf dem großen flachen Felsen am Fluss aus.

Sie drehte sich auf die Seite, stützte den Kopf in die Hand und musterte ihn mit ihren großen braunen Augen. »Ich wünschte, du müsstest nicht zurück. Das war der schönste Sommer meines Lebens.«

»Meiner auch.« Es fühlte sich komisch an, das zugeben zu müssen, aber es stimmte. In diesem Sommer war sein bester Freund ein Mädchen gewesen.

»Vielleicht kannst du bleiben, und deine Eltern lassen dich hier, wenn du fragst.«

»Vergiss es.« Er legte sich auf den Rücken und beobachtete einen kreisenden Habicht. »Sie haben gestern Abend angerufen und gesagt, dass sie nächste Woche wieder zu Hause sind. Dass sie mich vom Flughafen abholen und ... na ja, vergiss es.«

»Würdest du das denn überhaupt wollen?«

»Das weiß ich nicht.«

»Du willst zurück?«

»Keine Ahnung.« Es war furchtbar, das nicht zu wissen. »Ich wünschte, ich könnte dort auf Besuch sein und hier leben. Ich wünschte, ich könnte Jones trainieren, auf Dottie reiten, Baseball spielen und noch mehr Fische fangen. Aber ich will auch mein Zimmer wiederhaben, Videogames spielen und mir ein Yankee-Spiel ansehen.« Er drehte sich wieder zu ihr. »Vielleicht kannst du mich besuchen. Wir könnten ins Stadion gehen.«

»Ich glaube nicht, dass meine Eltern das erlauben.« Sie sah traurig aus, und ihre Unterlippe zitterte. »Wahrscheinlich kommst du nie wieder.«

»Doch, bestimmt.«

»Schwörst du's?«

»Ich schwöre es.« Er hob die Hand zu einem feierlichen Schwur.

»Wenn ich dir schreibe, schreibst du dann zurück?«

»Versprochen.«

»Jedes Mal?«

Er lächelte. »Jedes Mal.«

»Dann wirst du zurückkommen. Genau wie der Puma. Wir haben ihn an unserem ersten Tag gesehen, er ist also so etwas wie unser Schutzgeist. Er ist – mir fällt das Wort nicht mehr ein – so etwas wie ein Glücksbringer.«

Er erinnerte sich, wie sie den ganzen Sommer vom Puma gesprochen, ihm Fotos in Büchern gezeigt hatte. Sie hatte eigene Pumabilder gemalt und sie in ihrem Zimmer neben die Baseballanhänger gepinnt.

In seiner letzten Woche auf der Farm arbeitete Coop mit seinem Schnitzmesser und dem Werkzeug, das ihm sein Großvater geliehen hatte. Er verabschiedete sich von Dottie, Jones und den anderen Pferden. Er packte seine Kleidung, die Stiefel und Arbeitshandschuhe, die seine Großeltern ihm gekauft hatten, ein. Und seine heiß geliebte Baseballkappe.

Wie damals auf der Herfahrt, die eine Ewigkeit her zu sein schien, saß er auf dem Rücksitz und starrte aus dem Fenster. Jetzt sah er die Dinge mit anderen Augen, den weiten Himmel, die dunklen Berge, die mit ihren Felsspitzen und gezackten Türmen vor ihm aufragten und Wälder, Ströme und Canyons verbargen.

Vielleicht streifte Lils Puma darin umher.

Sie bogen zu den Chances ab, um sich von ihnen zu verabschieden.

Lil saß auf den Verandastufen, sie hatte also nach ihnen Ausschau gehalten. Sie trug rote Shorts und eine blaue Bluse, ihr Pferdeschwanz sah unter ihrer Lieblingsbaseballkappe hervor. Als sie hielten, kam ihre Mutter aus dem Haus, die Hunde eilten herbei, bellten und rempelten sich gegenseitig an.

Lil stand auf, während ihre Mutter die Stufen hinunterlief und eine Hand auf ihre Schulter legte. Joe ging um das Haus, die Arbeitshandschuhe noch in der Gesäßtasche, und trat an Lils andere Seite.

Ein Bild, das sich Cooper unvergesslich einprägte – Vater, Mutter, Kind. Sie wirkten wie eine Insel vor dem alten Haus, den Bergen, Tälern und dem Himmel, während sich ein paar staubige gelbe Hunde wie wild im Kreis drehten.

Coop räusperte sich, als er aus dem Wagen stieg. »Ich bin gekommen, um mich zu verabschieden.«

Joe rührte sich als Erster, gab ihm die Hand und ließ sie auch nicht los, als er in die Hocke ging, um ihm in die Augen zu sehen. »Du wirst zurückkommen und uns besuchen, Mister New York.«

»Ja, das werde ich. Und wenn wir gewinnen, schicke ich euch ein Foto vom Yankee-Stadion.«

Joe lachte. »Träum weiter, Kleiner.«

»Alles wird gut.« Jenna drehte seine Kappe zur Seite, damit sie sich vorbeugen und seine Stirn küssen konnte. »Und du wirst glücklich. Vergiss uns nicht.«

»Das werde ich nicht.« Er drehte sich zu Lil um und fühlte sich plötzlich ein wenig schüchtern.

»Ich habe etwas für dich gemacht.«

»Wirklich? Was denn?«

Er hielt ihr die Schachtel hin und trat von einem Fuß auf den anderen, während sie den Deckel hob. »Es ist ein bisschen albern und nicht sehr gelungen. Ich habe den Kopf nicht richtig hinbekommen und ...«

Er verstummte überrascht und peinlich berührt, als sie ihre Arme um ihn schlang. »Er ist wunderschön! Ich werde ihn immer behalten. Warte!« Sie wirbelte herum und sauste ins Haus.

»Das ist ein tolles Geschenk, Cooper.« Jenna musterte ihn. »Jetzt gehört der Puma wirklich ihr. Du hast einen Teil von dir in ihr Symbol mit eingebracht.«

Lil schoss aus dem Haus und kam gerade noch vor Cooper zum Stehen. »Das war mein wertvollster Besitz – bevor ich den Puma bekam. Nimm ihn. Es ist eine alte Münze«, sagte sie und hielt sie ihm hin. »Wir haben sie im letzten Frühling gefunden, als wir einen neuen Garten anlegten. Sie ist alt und muss jemandem vor langer Zeit aus der Tasche gefallen sein.«

Cooper nahm die silberne Münze, die so blank war, dass man die Frauensilhouette darauf kaum erkennen konnte. »Die ist ja cool.«

»Sie soll dir Glück bringen. Sie ist ein ... wie heißt das gleich wieder, Mom?«

»Ein Talisman«, sprang Jenna ein.

»Ein Talisman«, wiederholte Lil. »Ein Glücksbringer.«

»Wir müssen weiter.« Sam klopfte Cooper auf die Schulter. »Es ist noch weit bis Rapid City.«

»Gute Reise, Mister New York.«

»Ich werde dir schreiben«, rief ihm Lil hinterher. »Aber du musst zurückschreiben.«

»Versprochen.« Cooper umklammerte die Münze und

stieg in den Wagen. Er schaute so lange wie möglich aus dem Rückfenster, sah, wie die Insel vor dem alten Haus immer kleiner wurde und schließlich verschwand.

Er weinte nicht. Er war schließlich fast zwölf. Aber er ließ die Silbermünze die ganze lange Fahrt bis nach Rapid City nicht mehr los.

3

Black Hills

JUNI 1997

Lil ritt auf ihrem Pferd im Morgennebel den Pfad entlang. Sie bewegten sich durchs hohe Gras, durchquerten das glitzernde Wasser eines schmalen Bachs, an dem Giftefeu wuchs, bevor sie mit dem Aufstieg begannen. Es roch nach Tannennadeln, Wasser und Gras, und die Morgendämmerung färbte den Himmel zartrosa.

Die Vögel zwitscherten. Sie hörte das schnarrende Lied des Rotkehlhüttensängers, das heisere Tschilpen eines Fichtenzeisigs, den gereizten Warnruf eines Nacktschnabelhähers.

Es kam ihr vor, als würde der Wald um sie herum lebendig werden, geweckt vom nebligen, durch die Baumkronen fallenden Licht.

Es gab keinen Ort auf der Welt, an dem sie in diesem Moment lieber gewesen wäre.

Sie entdeckte Fährten, meist die von Hirschen oder Elchen, und sprach ihre Beobachtungen auf ein Diktiergerät, das sie in der Jackentasche bei sich trug.

In den drei Tagen, die sie dafür veranschlagt hatte, wollte sie vor allem die Wildkatze aufspüren.

In der vergangenen Nacht hatte sie ihren Ruf gehört. Ihr Schrei hatte die dunkle Nacht zerrissen, die sonst nur von Sternen und dem Mond erhellt wurde.

Ich bin hier.

Sie suchte das Unterholz ab, während die stämmige Stute mit dem Anstieg begann, lauschte auf die Vögel, die im Geäst der ihnen Schutz spendenden Kiefern tanzten. Ein rotes Eichhörnchen stob aus dem Dickicht hervor, sauste über den Boden und dann den Stamm einer Kiefer hinauf. Als sie den Kopf in den Nacken legte und nach oben blickte, sah sie einen Habicht auf seinem morgendlichen Beutestreifzug über sich kreisen.

Deshalb, wegen der majestätischen Aussicht von den Gipfeln und wegen der donnernden Wasserfälle in den Canyons, waren die Black Hills für sie geheiligter Boden.

Wenn man den Zauber hier nicht spürte, dann nirgendwo.

Es genügte, hier zu sein, sich Zeit für eine Entdeckungstour zu nehmen. Bald würde sie in einem Hörsaal sitzen und ihr erstes College-Jahr beginnen – weit weg von allem, was sie kannte. Und obwohl sie sich auf das Lernen freute, konnte nichts den Anblick, die Geräusche und den Duft ihrer Heimat ersetzen.

Sie hatte den Puma über die Jahre hinweg mehrmals wiedergesehen, wenn es auch wahrscheinlich nicht dasselbe Tier war. Dass es jener Puma war, den Coop und sie im Sommer vor acht Jahren entdeckt hatten, war höchst unwahrscheinlich. Sie hatte ihn gut getarnt im Geäst eines Baumes gesehen und beim Hinaufjagen eines Felshangs. Und als sie einmal mit ihrem Vater die Herde gehütet hatte, hatte sie einen durch ihren

Feldstecher gesehen, der gerade einen jungen Elch erbeutete.

Noch nie in ihrem Leben hatte sie so etwas Überwältigendes, Authentisches erblickt.

Der Pfad führte wieder hinunter in eine Talsohle, das Grasland war bereits üppig, grün und mit Wildblumen übersät. Dort graste eine kleine Herde Büffel, also zählte sie auch den Bullen, die vier Kühe und zwei Kälber auf.

Eines der Kälber senkte den Kopf, und als es ihn wieder hob, war er mit Blumen und Gras bedeckt. Grinsend blieb sie stehen, um ihre Kamera herauszuholen und ein paar Fotos zu machen.

Vielleicht würde sie das Bild mit anderen Schnappschüssen von ihrer Exkursion an Coop schicken. Er wollte diesen Sommer kommen, hatte aber ihren Brief nicht beantwortet, den sie vor drei Wochen geschrieben hatte.

Er war nun mal nicht so zuverlässig, was Briefe und E-Mails anging, wie sie. Erst recht nicht, seitdem er mit dieser Kommilitonin zusammen war, die er auf dem College kennengelernt hatte.

CeeCee, dachte Lil und verdrehte die Augen. Was für ein alberner Name. Sie *wusste*, dass Coop mit ihr schlief. Er hatte zwar nichts dergleichen erwähnt, aber das Thema bewusst sorgfältig gemieden.

Jungs schienen ständig an Sex zu denken. Doch während sie unruhig im Sattel hin und her rutschte, musste sie zugeben, dass sie in letzter Zeit auch ziemlich oft daran gedacht hatte.

Wahrscheinlich, weil sie noch nie welchen gehabt hatte.

Sie interessierte sich einfach nicht für Jungs, zumindest nicht für die, die sie kannte. Aber vielleicht im Herbst, auf dem College ...

Wahrscheinlich würde sie aber auf dem College viel zu viel lernen müssen, um Sex zu haben. Das Wichtigste war jetzt erst mal der Sommer. Sie wollte ihre Exkursionen dokumentieren, die verschiedenen Lebensräume, sie wollte an ihren Modellen und Unterlagen arbeiten. Und ihren Vater überreden, ihr ein paar Morgen für das Naturschutzgebiet zu überlassen, das sie hoffentlich eines Tages gründen würde.

Das Chance-Naturschutzgebiet. Der Name gefiel ihr, nicht nur, weil es ihr eigenes Naturschutzgebiet sein würde, sondern auch, weil die Tiere dort wirklich eine Chance bekämen. Und die Leute hätten die Chance, sie zu sehen, etwas über sie zu erfahren, sie lieben zu lernen.

Eines Tages wird es so weit sein, dachte sie. Aber vorher musste sie noch jede Menge lernen und das zurücklassen, was ihr am meisten am Herzen lag.

Hoffentlich kam Coop, wenigstens für ein paar Wochen, bevor sie aufs College musste. Er war immer wieder zurückgekommen, wie ihr Puma. Nicht jeden Sommer, aber doch häufig. Zwei Wochen im Jahr nach seinem ersten Besuch, dann den ganzen wunderbaren Sommer im Jahr darauf, als seine Eltern sich scheiden ließen.

Ein paar Wochen hier, einen Monat dort – und jedes Mal hatten sie dort anknüpfen können, wo sie aufgehört hatten. Auch wenn er viel über die Mädchen daheim redete. Aber jetzt hatten sie sich schon zwei Jahre nicht mehr gesehen.

Er *musste* diesen Sommer einfach kommen!

Dann ging alles ganz schnell.

Lil spürte, wie die Stute zitterte und zu scheuen begann. Als sie die Zügel fester nahm, sprang die Wildkatze aus dem hohen Gras. Sie war nur ein verschwommener Strich, nichts als Geschwindigkeit und Muskeln, ein stiller Tod, der das Kalb mit dem Blumenkranz riss. Die kleine Herde stob auseinander, die Mutter drohte dem Puma mit den Hörnern. Lil hatte Schwierigkeiten, die Stute zu kontrollieren, während der Bulle auf die Katze losging.

Sie schrie herausfordernd und erhob sich auf die Hinterbeine, um ihre Beute zu verteidigen. Lil presste die Oberschenkel zusammen, hielt mit einer Hand die Zügel kurz und holte mit der anderen erneut die Kamera zum Vorschein.

Krallen schlugen zu. Über die Wiese hinweg roch Lil Blut. Die Stute roch es ebenfalls und drehte sich panisch im Kreis.

»Halt, ganz ruhig! Der Puma interessiert sich nicht für uns. Er hat, was er will.«

Tiefe Wunden klafften in der Flanke des Bullen. Hufe donnerten, und klagende Schreie ertönten. Dann verhallten die Geräusche, und im hohen Gras blieben nur noch die Katze und ihre Beute zurück.

Der Laut, den sie von sich gab, klang wie ein Schnurren, ein lautes triumphierendes Grollen. Über die Wiese hinweg konnte Lil die funkelnden Augen der Katze sehen. Sie hielt ihrem Blick stand. Ihre Hand zitterte, aber sie konnte es nicht riskieren, die Zügel loszulassen, um die Kamera mit beiden Händen ruhig zu halten. Sie machte zwei verwackelte Aufnahmen von der Katze, dem zertrampelten, blutigen Gras und der Beute.

Mit einem warnenden Zischen schleppte die Katze den Kadaver ins Unterholz, tiefer in den Schatten der Kiefern und Birken.

»Sie hat Junge, die sie ernähren muss«, murmelte Lil, und ihre Stimme hörte sich in der Morgenluft merkwürdig dünn und heiser an. »Verdammter Mist.« Mit zitternden Fingern holte sie ihr Diktiergerät hervor. »Beruhige dich. Beruhige dich einfach. Einfach alles dokumentieren. Gut. Ein Pumaweibchen gesichtet, von Schnauze bis Schwanzspitze misst es etwa zwei Meter. Meine Güte, es wiegt bestimmt vierzig Kilo. Typisch lohfarben. Es hat sich aus dem Hinterhalt angeschlichen und zugeschlagen. Es hat ein Bisonkalb aus einer Herde von sieben Tieren gerissen, die im hohen Gras gegrast haben. Es hat seine Beute vor dem Bullen verteidigt und sie in den Wald geschleppt – wahrscheinlich wegen meiner Anwesenheit. Wenn das Weibchen Junge hat, sind sie wahrscheinlich noch zu jung, um mit ihrer Mutter auf Beutejagd zu gehen. Der Vorfall ereignete sich … um 7:25 Uhr, am 12. Juni. Wow.«

Sosehr es sie auch reizte – sie wusste, dass sie der Katzenfährte nicht folgen durfte. Wenn sie Junge hatte, würde sie hinterher noch Ross und Reiter angreifen, um sie und ihr Revier zu verteidigen.

»Das lässt sich nicht mehr toppen«, sagte sie bestimmt. »Ich glaube, es wird Zeit umzukehren.«

Sie nahm die direkteste Route und konnte es kaum erwarten, nach Hause zu kommen und sich Notizen zu machen. Es wurde Nachmittag, bis sie ihren Vater und seinen Hilfsarbeiter Jay wiedersah, die einen Weidezaun ausbesserten.

Rinder stoben auseinander, als sie durch die Herde ritt und das Pferd bei dem verbeulten alten Jeep zum Stehen brachte.

»Da ist ja mein Mädchen.« Joe kam zu ihr und tätschelte erst ihr Bein und dann den Hals der Stute. »Wieder zurück aus der Wildnis?«

»Sicher und wohlbehalten, wie versprochen. Hallo, Jay.«

Jay, ein mehr als wortkarger Geselle, fasste sich anstelle einer Begrüßung an die Hutkrempe.

»Brauchst du Hilfe?«, fragte Lil ihren Vater.

»Nein, wir kommen schon klar. Ein Elch ist hier durchgebrochen.«

»Ich habe selbst einige Herden gesehen und auch ein paar Bisons. Ich habe beobachtet, wie ein Puma auf einer der Wiesen ein Kalb gerissen hat.«

»Ein Puma?«

Sie warf einen kurzen Blick auf Jay. Sie kannte diesen Gesichtsausdruck. Ein Puma war ein Raubtier und seiner Meinung nach mindestens so schlimm wie Pest und Cholera.

»Einen halben Tagesritt von hier entfernt. Da oben gibt es genug Wild, um sie und ihre Jungen zu ernähren. Sie hat es nicht nötig, herunterzukommen und unser Vieh zu jagen.«

»Bist du unverletzt?«

»Sie hat sich nicht für mich interessiert«, beruhigte sie ihren Vater. »Du weißt doch: Pumas haben ein festes Beuteschema, und Menschen gehören nicht dazu.«

»So eine Wildkatze frisst alles, wenn sie genug Hunger hat«, murmelte Jay. »Hinterhältige Biester.«

Lil sah ihren Vater grinsend an. »Wenn du mich nicht brauchst, reite ich jetzt nach Hause. Ich sehne mich nach einer Dusche und einem kalten Getränk.«

Nachdem sie ihr Pferd gestriegelt und gefüttert und zwei Gläser Eistee getrunken hatte, leistete Lil ihrer Mutter im Gemüsegarten Gesellschaft. Sie nahm Jenna die Hacke aus der Hand und machte sich an die Arbeit.

»Ich weiß, dass ich mich wiederhole, aber es war wirklich atemberaubend.«

»Hat es dich nicht mitgenommen mit anzusehen, wie dieses Tier gerissen wurde?«

»Es ging alles so schnell. Sie hat einfach nur getan, was sie tun musste. Wenn ich damit gerechnet und Zeit gehabt hätte, mir darüber Gedanken zu machen, hätte ich vielleicht anders reagiert. Das Kalb war so niedlich, mit diesen Blumen um seinen Kopf. Aber innerhalb von Sekundenbruchteilen ging es um Leben und Tod. Das ... das klingt vielleicht komisch, aber es hatte fast etwas Religiöses.«

Sie schwieg, um sich die Schweißperlen von der Stirn zu wischen. »Das erlebt zu haben, dabei gewesen zu sein, hat mich nur in meinen Plänen bestätigt. In meinem Studienwunsch. Wusstest du, was du wolltest, was du werden wolltest, wer du sein wolltest, als du so alt warst wie ich?«

»Ich hatte keine Ahnung.« Jenna war in die Hocke gegangen und entfernte das Unkraut um das farnige Grün der Karotten. Ihre Hände waren flink und geschickt und ihr Körper genauso schlank und anmutig wie der ihrer

Tochter. »Aber etwa ein Jahr später kam dein Vater. Er sah mich einmal herausfordernd an, und schon wusste ich, dass ich ihn wollte. Ihm blieb anschließend kaum noch eine Wahl.«

»Was, wenn er zurück an die Ostküste gewollt hätte?«

»Dann wäre ich mitgegangen. Ich liebte das Landleben nicht besonders, damals noch nicht. Ich liebte ihn, und ich glaube, wir haben uns gemeinsam in diesen Ort verliebt.« Jenna schob ihren Hut in den Nacken und musterte die geraden Reihen von Karotten, Bohnen und jungen Tomaten. Danach ließ sie den Blick über die Getreide- und Sojabohnenfelder bis zu den Weiden schweifen. »Ich glaube, du hast das Land vom ersten Moment an geliebt.«

»Ich weiß nicht, wohin mich mein Weg führen wird. Es gibt so vieles, das ich noch lernen und sehen möchte. Aber ich werde immer zurückkommen.«

»Ich verlass mich darauf.« Jenna erhob sich. »Und jetzt gib mir diese Hacke, geh ins Haus und zieh dich um. Ich komme auch gleich, dann kannst du mir mit dem Abendessen helfen.«

Lil ging auf das Haus zu und nahm ihren Hut ab, um ihn an ihrer Hose auszuklopfen. Was gab es jetzt Schöneres als eine lange heiße Dusche?

Sie hatte das Haus beinahe erreicht, als sie ein Motorengeräusch hörte. Es kam aus der Nähe, von ihrem Grundstück.

Als sie sah, wie das Motorrad den Weg entlangheulte, stemmte sie die Hände in die Hüften. Hier kamen regelmäßig Motorradfahrer vorbei, vor allem im Sommer. Manchmal fragten sie nach dem Weg oder nach Arbeit für ein paar Tage. Aber die meisten näherten sich etwas vorsichtiger, während dieser hier entlangbretterte, als ob ...

Helm und Visier verdeckten sein Haar und einen Großteil seines Gesichts. Aber dieses Grinsen kam ihr bekannt vor. Sie jauchzte laut auf und raste auf ihn zu. Er stellte das Motorrad hinter dem Truck ihres Vaters ab und schwang ein Bein über den Sitz, während er den Helm abnahm. Er legte ihn auf den Sitz und drehte sich gerade noch rechtzeitig um, um sie mitten im Sprung aufzufangen.

»Cooper!« Sie umarmte ihn fest, während er sie herumwirbelte.

»Du bist gekommen.«

»Ich hab's doch versprochen.«

»Du hast ›vielleicht‹ gesagt.« Als sie ihn umarmte, spürte sie ein leichtes Kribbeln in der Magengegend. Er fühlte sich anders an. Muskulöser, stärker, irgendwie männlicher.

»Aus vielleicht wurde tatsächlich.«

Die Bartstoppeln, die er sich seit ein, zwei Tagen nicht mehr abrasiert hatte, wirkten sehr sexy. Seine Haare waren länger als beim letzten Mal und wellten sich um sein Gesicht, wodurch seine blauen Augen umso klarer und durchdringender wirkten.

Das Kribbeln in ihrem Bauch wurde stärker.

Als er sich umdrehte, um sich das Haus anzusehen, nahm er ihre Hand. »Es sieht genauso aus wie immer. Die Fensterläden wurden neu gestrichen, aber sonst hat sich nichts verändert.«

Aber er hatte sich verändert. Andererseits auch wieder

nicht. »Seit wann bist du da? Niemand hat erwähnt, dass du hier bist.«

»Vielleicht zehn Sekunden. Ich habe meine Großeltern angerufen, als ich Sioux Falls erreichte, und sie gebeten, nichts zu verraten.« Er ließ ihre Hand los, allerdings nur, um seinen Arm um ihre Schulter zu legen. »Ich wollte dich überraschen.«

»Die Überraschung ist dir wirklich gelungen.«

»Ich bin gleich hierhergekommen.«

Erst jetzt wurde ihr klar, dass sie in diesem Sommer alles bekommen würde, was sie sich wünschte und am allermeisten auf der Welt liebte. »Komm rein. Es gibt Eistee.«

Er blieb am Fuß der Treppe stehen, legte den Kopf schief und musterte sie.

»Was ist?«

»Du siehst gut aus.«

»Quatsch.« Sie strich ihr zerzaustes Haar zurück, das unter dem flachen, breitkrempigen Hut hervor sah. »Ich bin gerade erst von einem Ausritt zurückgekommen. Ich stinke. Wenn du eine halbe Stunde später gekommen wärst, wäre ich bereits umgezogen.«

Er starrte sie unverwandt an. »Du siehst gut aus. Ich habe dich vermisst, Lil.«

»Ich wusste, dass du wiederkommen würdest.« Sie gab nach und ließ sich wieder in seine Arme fallen, diesmal mit geschlossenen Augen. »Als ich den Puma gesehen habe, hätte ich wissen müssen, dass du heute kommst.«

»Was?«

»Gleich erzähl ich dir mehr. Komm rein, Cooper. Willkommen daheim.«

Nachdem ihre Eltern nach Hause gekommen waren, Coop begrüßt und sich mit ihm ins Wohnzimmer gesetzt hatten, sauste Lil nach oben. Die ersehnte lange heiße Dusche wurde die kürzeste ihres Lebens. Blitzschnell holte sie ihre Schminkutensilien hervor. Nichts zu Auffälliges, ermahnte sie sich selbst und trug etwas Rouge, Wimperntusche und einen Hauch Lipgloss auf. Da es ewig dauern würde, sich die Haare zu föhnen, band sie diese noch feucht zu einem Pferdeschwanz zurück.

Sie überlegte kurz, Ohrringe anzulegen, fand das dann aber doch zu übertrieben.

Eine saubere Jeans, beschloss sie, und eine frische Bluse. Natürlich und ungezwungen.

Ihr Herz klopfte ihr bis zum Hals.

Es war merkwürdig und kam unerwartet, aber sie hatte sich in ihren besten Freund verliebt.

Er sah anders aus – zwar eigentlich wie immer, aber trotzdem anders. Seine neuerdings markanten Wangenknochen faszinierten sie. Sein Haar war zerzaust und sexy, die Sonne hatte helle Strähnchen ins Dunkelbraun gebleicht. Er war bereits leicht gebräunt – sie wusste noch, wie braun er werden konnte. Und seine gletschereisblauen Augen drangen bis tief in ihr Inneres und eroberten bisher unentdeckte Gebiete.

Hätte sie ihn doch nur geküsst! Auf so eine freundliche »Hi, Coop!«-Art. Dann hätte sie gewusst, wie es sich anfühlte, seine Lippen auf den ihren zu spüren.

Beruhige dich!, befahl sie sich. Er würde sich wahrscheinlich kaputtlachen, wenn er wüsste, was ihr gerade so durch den Kopf ging. Sie atmete ein paarmal tief durch und ging dann langsam nach unten.

Sie konnte sie in der Küche hören – das Lachen ihrer Mutter, die Scherze ihres Vaters und Coops Stimme. War sie nicht tiefer als beim letzten Mal?

Sie musste stehen bleiben und erneut tief durchatmen. Mit einem betont lässigen Grinsen betrat sie die Küche.

Er verstummte mitten im Satz und starrte sie an. Blinzelte. Dieser Moment, die Überraschung in seinen Augen ließen ihre Haut prickeln.

»Bleibst du zum Abendessen?«, fragte Lil.

»Wir versuchen, ihn gerade dazu zu überreden. Aber Lucy und Sam warten auf ihn.«

»Ich hatte gehofft, dass du mich vielleicht auf eine kleine Spritztour mitnimmst. Auf deinem neuen Spielzeug.«

»Das ist eine Harley«, sagte er sachlich, »kein Spielzeug.«

»Warum zeigst du mir nicht, was sie alles kann?«

Sie wandte sich an ihre Mutter. »Nur ein halbes Stündchen?«

»Hast du noch einen zweiten Helm, Cooper?«

»Ja, ich habe einen zweiten mitgenommen, weil ich ... ja.«

»Bring mir mein Mädchen unversehrt zurück«, ermahnte ihn Joe.

»Keine Sorge. Und danke für den Tee«, sagte er beim Aufstehen.

Jenna sah ihnen nach und drehte sich anschließend zu ihrem Mann um. »Oh«, sagte sie.

Er lächelte schwach. »Ich würde eher sagen: ›Oje.‹«

Draußen musterte Lil den Helm, den er ihr anbot. »Und, bringst du mir bei, wie man dieses Ding fährt?«

»Vielleicht.«

Sie setzte den Helm auf und musterte ihn, während sie den Kinnriemen schloss.

Sie stieg hinter ihm auf, schmiegte sich an ihn und schlang ihre Arme um seine Taille. Spürte er, wie laut ihr Herz schlug? »Leg einen Kavalierstart hin, Coop!«

Als er wie befohlen den Feldweg entlangraste, jauchzte sie entzückt auf.

Coop maß die Körner ab, während die Sonne durch die Stallfenster fiel. Er konnte hören, wie seine Großmutter sang, während er die Hühner fütterte.

Komisch, wie vertraut alles wieder war – der Geruch, die Geräusche, dieses besondere Licht. Es war jetzt zwei Jahre her, dass er zuletzt ein Pferd gefüttert oder gestriegelt hatte. Dass er bei Sonnenaufgang am großen Küchentisch vor einem Teller mit Flapjacks Platz genommen hatte.

Und trotzdem kam es ihm vor wie gestern.

Hier ging alles seinen gewohnten Gang, und das war tröstlich, wo doch so vieles in seinem Leben in Unordnung war. Er musste daran denken, wie er mit Lil vor Jahren auf einem flachen Felsen gelegen war. Wie sie schon damals gewusst hatte, was sie wollte.

Er wusste es immer noch nicht.

Das Haus, die Felder, die Berge – alles war so, wie er es verlassen hatte. Dasselbe galt für seine Großeltern. Hatte er sie vor all den Jahren wirklich alt gefunden? Sie wirkten so gesund und rüstig auf ihn, als hätten ihnen die letzten acht Jahre nichts anhaben können.

Aber Lil hatte sich wirklich verändert.

Seit wann sah sie so fantastisch aus?

Vor zwei Jahren war sie einfach nur Lil gewesen. Hübsch, das schon, sie war schon immer recht hübsch gewesen. Aber er hatte sie kaum als Mädchen wahrgenommen, geschweige denn als attraktives Mädchen.

Als Mädchen mit weiblichen Kurven, Lippen und Blicken, unter denen ihm ganz heiß wurde.

Er durfte nicht so von ihr denken. Sie waren Freunde, beste Freunde. Da durfte er nicht daran denken, dass sie Brüste besaß und wie es sich angefühlt hatte, als sie sich auf dem Motorrad gegen seinen Rücken gepresst hatte.

Fest, weich und faszinierend.

Er durfte keine erotischen Träume von ihr haben, die davon handelten, wie er diese Brüste berührte – und ihren übrigen Körper.

Trotzdem hatte er welche gehabt. Zweimal schon.

Auf den Wunsch seines Großvaters hin legte er einem Fohlen das Zaumzeug an und ließ es in den Korral, um es an der Longe zu trainieren.

Lucy setzte sich auf den Zaun und sah ihm zu.

»Die kleine Stute hat Temperament«, sagte sie, während das Fohlen die Hinterbeine in die Luft streckte.

»Und jede Menge Energie.« Coop ließ es in die andere Richtung im Kreis laufen.

»Hast du dir schon einen Namen dafür ausgedacht?«

Coop grinste. Seit Jones war es Tradition geworden, dass er in jeder Saison einem Fohlen einen Namen geben durfte – und zwar unabhängig davon, ob er es schaffte, die Farm zu besuchen oder nicht. »Sie ist so schön gefleckt. Ich dachte an Freckles.«

»Das passt zu ihr. Du hast ein Talent für die Namensgebung und ein Händchen für Pferde. Das hattest du von Anfang an.«

»Ich vermisse sie immer, wenn ich wieder an der Ostküste bin.«

»Und wenn du hier bist, vermisst du die Ostküste. Aber das ist ganz normal«, sagte sie in sein Schweigen hinein. »Du bist jung. Du weißt noch nicht, wo du hingehörst.«

»Ich bin fast zwanzig, Grandma. So langsam müsste ich wissen, was ich will. Meine Güte, in meinem Alter warst du schon verheiratet!«

»Das waren andere Zeiten. In gewisser Hinsicht sind zwanzig Jahre heute weniger als damals, aber in anderer auch mehr. Du hast noch Zeit, bis du sesshaft wirst.«

Er drehte sich zu ihr um. Sie war rüstig, trug ihr leicht gelocktes Haar kürzer als früher, und die Fältchen um ihre Augen waren tiefer – trotzdem sah sie aus wie immer. Und wie immer konnte er ihr anvertrauen, was gerade in ihm vorging, wohl wissend, dass sie ihm zuhören würde.

»Hättest du denn gern mehr Zeit gehabt?«

»Ich? Nein, weil ich hier gelandet bin, auf diesem Zaun sitze und meinem Enkel dabei zusehe, wie er ein hübsches Fohlen trainiert. Aber was für mich richtig war, muss noch lange nicht für dich richtig sein. Ich habe mit achtzehn geheiratet, bekam mein erstes Kind, bevor ich zwanzig war, und bin in meinem ganzen Leben kaum über den Mississippi hinausgelangt. Du bist da ganz anders, Coop.«

»Aber wie? Lil scheint genau zu wissen, was sie will.«

»Dieses Mädchen ist äußerst zielstrebig.«

»Und …«, sagte er wie nebenbei, »ist sie mit irgendjemandem zusammen? Mit einem Mann, meine ich?«

»Ich hab dich schon verstanden«, erwiderte Lucy trocken. »Nicht dass ich wüsste. Der Nodock-Junge schien großes Interesse an ihr zu haben, das von Lil allerdings nicht groß erwidert wurde.«

»Nodock? Gull? Aber der ist doch mindestens zweiundzwanzig oder dreiundzwanzig und viel zu alt für Lil!«

»Nicht Gull, sondern sein jüngerer Bruder Jesse. Er dürfte ungefähr in deinem Alter sein. Und, bist du auch interessiert, Cooper?«

»Ich und Lil? Nein.« Quatsch, dachte er. So ein Quatsch. »Wir sind einfach nur Freunde. Sie ist fast so was wie eine Schwester für mich.«

Mit einem ausdruckslosen Gesicht ließ Lucy ihren Stiefelabsatz laut gegen den Zaun schlagen. »Dein Großvater und ich waren auch befreundet, als es zwischen uns anfing. Obwohl er vermutlich nie eine Schwester in mir gesehen hat. Trotzdem, diese Lil ist wirklich zielstrebig. Sie hat Pläne.«

»Die hatte sie schon immer.«

Coop war gerade mit seinen Arbeiten fertig, als er sah, wie Lil auf den Korral zuging.

Sosehr er sich auch dafür schämte – er bekam einen ganz trockenen Mund.

Sie trug Jeans und eine knallrote Bluse, abgewetzte

Stiefel und einen grauen Hut mit Patina. Unter seiner breiten, flachen Krempe schaute ihr langes, dunkles Haar hervor.

Als sie den Zaun erreicht hatte, klopfte sie auf den Rucksack, den sie über ihre Schulter geworfen hatte. »Ich habe ein Picknick dabei, das ich gern mit jemandem teilen würde. Na, wie wär's?«

»Vielleicht.«

»Ich müsste mir allerdings ein Pferd ausleihen. Tausche kaltes Hühnchen gegen Ausritt.«

»Such dir eines aus.«

Sie legte den Kopf schief und wies mit dem Kinn auf eines der Tiere. »Mir gefällt die gescheckte Stute.«

»Ich hole dir einen Sattel und sag meinen Großeltern Bescheid.«

»Ich habe zuerst beim Haus vorbeigeschaut. Sie haben nichts dagegen.« Sie hängte den Rucksack über den Zaun. »Ich weiß, wo das Zaumzeug ist. Sattle ruhig schon dein eigenes Pferd.«

Ob sie nun Freunde waren oder nicht – es sprach nichts dagegen, ihr nachzusehen oder zu bemerken, wie gut ihre Jeans saß.

Sie machten sich an die Arbeit, in einem Rhythmus, der ihnen beiden vertraut war. »Ich dachte, wir könnten zum Bach reiten und einen der Nebenwege durch den Wald nehmen. Und eine Runde galoppieren, die Landschaft dort ist wunderschön.«

Er sah sie wissend an. »Das Puma-Revier?«

»Das Paar, das ich dieses Jahr aufgespürt habe, lebt in diesem Gebiet. Aber das ist nicht der Grund.« Lächelnd schwang sie sich in den Sattel. »Es ist ein schöner Ausritt, außerdem gibt es dort, wo sich der Wald öffnet, einen Fluss. Ein hübsches Fleckchen für ein Picknick. Es ist allerdings eine gute Stunde von hier entfernt. Wenn du nicht so weit reiten willst …«

»In einer Stunde habe ich genau den richtigen Appetit.« Er schwang sich auf sein Pferd und zog seinen Hut fester in die Stirn. »In welche Richtung?«

»Nach Südwesten.«

»Los geht's!«

Er trieb den Wallach an, und sie galoppierten erst über den Hof und dann über die Weiden.

Früher hatte sie besser reiten können, dachte Lil, viel besser. Jetzt musste sie zugeben, dass sie beide gleich gute Reiter waren. Die Stute verschaffte ihr einen Vorteil, denn sie war leicht und wendig. Während ihr der Wind das Haar zerzauste, erreichte Lil den dünnen Baumbestand knapp eine Pferdelänge vor ihm.

Strahlend beugte sie sich vor und tätschelte die Stute am Hals. »Wo reitest du in New York?«

»Gar nicht.«

Abrupt richtete sie sich im Sattel auf. »Du willst mir doch nicht sagen, dass du seit zwei Jahren nicht mehr geritten bist?«

Er zuckte mit den Achseln. »Reiten ist wie Fahrrad fahren.«

»Nein, reiten ist wie reiten. Wie …« Sie verstummte kopfschüttelnd und lenkte ihr Pferd in das Kiefernwäldchen.

»Wie was?«

»Na ja, wie hältst du das bloß aus, auf etwas, das du dermaßen liebst, zu verzichten?«

»Ich tue andere Dinge.«

»Zum Beispiel?«

»Motorrad fahren, Freunde treffen, Musik hören.«

»Mädchen hinterherlaufen.«

Er grinste. »So schnell laufen die auch nicht vor mir davon.«

Sie prustete los. »Das kann ich mir vorstellen. Was hält CeeCee davon, dass du den ganzen Sommer hier bist?«

Während sie die von Bäumen und Felsen umgebene Ebene durchquerten, zuckte er erneut mit den Achseln. »Das ist nichts Ernstes. Sie macht ihre Sachen und ich meine.«

»Ich dachte, ihr wärt zusammen.«

»Nicht richtig. Ich habe gehört, dass du und Jesse Nodock ...«

»Um Gottes willen, nein!« Mit schallendem Gelächter warf sie den Kopf in den Nacken. »Er ist nett, das schon, aber auch ein bisschen einfältig. Außerdem will er bloß fummeln.«

»Fummeln? Warum ...« Sein Blick verfinsterte sich. »Er fummelt an dir herum? Hast du mit Nodock ...«

»Nein. Wir sind ein paarmal zusammen ausgegangen. Ich finde nicht, dass er gut küssen kann. Ein bisschen zu feucht für meinen Geschmack. Er muss noch an seiner Technik arbeiten.

»Kennst du dich damit aus?«

Sie warf ihm einen provozierenden Blick zu und grinste. »Ich mache gerade eine inoffizielle Studie. Schau nur!« Da sie Seite an Seite ritten, streckte sie die Hand aus und berührte seinen Arm. Dann zeigte sie in die Ferne. Hinten im Wald blieb eine Herde Wild stehen und starrte sie an. Lil holte ihr Aufnahmegerät hervor.

Auch das war ihm vertraut. Mit ihr auszureiten, zuzuhören, wie sie ihm die Fährten erklärte, die Tiere und ihre Spuren. Auch das hatte ihm gefehlt.

»Was siehst du noch?«

»Spuren von Murmeltieren und Maultierhirschen. In diesem Baum sitzt ein rotes Eichhörnchen. Du hast doch Augen im Kopf!«

»Aber die sind nicht so geschult wie deine.«

»Eine Wildkatze war auch hier, aber das ist schon länger her.«

Er beobachtete sie, hatte nur Augen für sie. Er konnte nicht anders – nicht, wenn die Sonne ihr Gesicht so zum Strahlen brachte und diese dunklen Augen so aufmerksam funkeln ließ. »Und woher weißt du das?«

»Die Kratzspuren stammen von einem Puma. Aber sie sind alt und wahrscheinlich von einem Männchen, das in der letzten Paarungszeit sein Revier markiert hat. Es ist weitergezogen, vorerst zumindest. Sie bleiben nicht bei den Weibchen oder der Familie. Sie bespringen sie und verschwinden. Das dürfte ganz nach deinem Geschmack sein.«

»Womit wir wieder bei deiner inoffiziellen Studie wären.«

Sie lachte und schnalzte, um die Stute anzutreiben.

4

Es tat gut, sich der vertrauten Routine zu überlassen. Heiße Tage, harte Arbeit und plötzlich aufziehende Stürme. Lil verbrachte so gut wie jede freie Minute mit Cooper – ob zu Pferd oder beim Wandern, mit Baseballspielen oder Motorradfahrten. Sie lag mit ihm im Gras, zählte die Sterne und picknickte an Flussufern mit ihm.

Doch er machte keinen einzigen Annäherungsversuch.

Sie verstand das nicht. Jesse hatte sie nur einmal einen Schlafzimmerblick zuwerfen müssen, und schon war er Feuer und Flamme gewesen. Sie kannte den Ausdruck in den Augen eines Jungen, wenn ihn ein Mädchen beschäftigte. Sie hätte schwören können, dass sie ihn auch bei Coop bemerkt hatte.

Es wurde allerhöchste Zeit, den Stier bei den Hörnern zu packen.

Mit dem Motorrad fuhr sie vorsichtig fast bis ans Ende des Feldwegs. Sie konzentrierte sich ganz aufs Fahren, murmelte auf dem Rückweg Befehle vor sich hin und kehrte zu Coop zurück, der sie dabei beobachtete.

Sie fuhr bewusst langsam und vernünftig, denn als sie ein paarmal auf die Tube gedrückt hatte, war er richtig wütend geworden.

»Gut, heute bin ich sechsmal hin- und hergefahren.« Obwohl ihre Hand schon zuckte, verkniff sie es sich, den Motor aufheulen zu lassen. »Du musst mich mal auf der Landstraße fahren lassen, Coop. Komm schon, lass uns eine Ausfahrt machen.«

»Du hast sie beim Wenden beinahe abgewürgt.«

»Aber nur beinahe, und das zählt nicht.«

»Bei meinem Motorrad schon. Noch ist es nicht abbezahlt. Wenn du eine Ausfahrt machen willst, fahre ich.«

»Komm schon!« Sie stieg ab, löste den Helm und warf betont lässig die Haare zurück. Sie bemühte sich, erotisch zu wirken, so wie sie es vor dem Spiegel geübt hatte. »Drei Kilometer hin und drei Kilometer zurück.« Lächelnd fuhr sie mit einem Finger an seinem Hals entlang und trat ein wenig näher. »Es ist eine ganz gerade Strecke … und du wirst es nicht bereuen.«

Er zog die Augen zu schmalen Schlitzen zusammen. »Was soll das?«

Sie legte den Kopf schief. »Habe ich etwas falsch gemacht?«

Er machte keinen Schritt nach hinten, und sie zog ihre Hand nicht zurück, die leicht auf seiner Brust lag. Sein Herz klopfte ein wenig schneller – bestimmt ein gutes Zeichen.

»Du musst aufpassen, wie du dich Männern gegenüber verhältst, Lil. Nicht alle sind so wie ich.«

»Aber du bist der Einzige, dem ich nahekomme.«

Wut glomm in seinen Augen auf – nicht gerade die

Reaktion, die sie sich gewünscht hatte. »Ich bin nicht dein Versuchskaninchen.«

»Das war kein Versuch. Aber anscheinend interessierst du dich nicht für mich. Danke für den Fahrunterricht.« Enttäuscht und beschämt ging sie auf das erste Viehgatter zu.

Wahrscheinlich stand er nur auf Großstadttussis, dieser Mr. New York City. Sei's drum. Sie war schließlich nicht darauf angewiesen, dass er ...

Da packte seine Hand ihren Arm und wirbelte sie so schnell herum, dass sie zusammenprallten. Beide sprühten vor Wut.

»Was ist nur mit dir los?«, fragte er.

»Was ist mit *dir* los? Du traust mir nicht zu, dass ich auf deinem blöden Motorrad ein paar Kilometer weit fahren kann, und du willst mich nicht küssen. Du tust ja gerade so, als wäre ich noch zehn Jahre alt. Wenn du also in dieser Hinsicht kein Interesse an mir hast, sag es doch einfach, anstatt ...«

Er zog sie hoch auf die Zehenspitzen, seine Lippen berührten die ihren. So fest, so schnell. Ganz anders als die anderen, dachte sie, während ihr schwindelig wurde. Kein Vergleich zu den anderen Jungs.

Seine Lippen waren heiß, und seine Zunge war flink. Sie schmolz dahin, und jede Faser ihres Körpers begann zu glühen.

Sie umarmten sich so heftig, dass sie beide zu Boden fielen.

Ihretwegen blieb ihm fast das Herz stehen. Er hätte schwören können, dass es aufgehört hatte zu schlagen, als er die Beherrschung verloren und sie geküsst hatte.

In diesem Moment war er einen kleinen Tod gestorben – und das Leben war umso heftiger zurückgekehrt.

Jetzt wälzte er sich mit ihr auf dem Feldweg herum. Er war hart, verdammt hart, und als sie ihr Becken an ihn presste, stöhnte er ebenso leid- wie lustvoll auf.

Er löste sich von ihr und kam am Wegesrand zum Sitzen, während ihm das Herz in den Ohren hämmerte. »Was tun wir da?«

»Du wolltest mich küssen.« Sie setzte sich ebenfalls auf. Ihre Augen waren riesig, tief und dunkel. »Du willst mehr.«

»Hör mal, Lil …«

»Und ich auch. Du wirst mein erster Mann sein.« Als er sie anstarrte, lächelte sie. »Mit dir wird es passieren. Ich habe gewartet, bis es wirklich passt.«

So etwas wie Panik stand in seinem Gesicht. »Das kann man hinterher nicht rückgängig machen.«

»Du willst mich, und ich will dich auch. Das kriegen wir schon hin.« Sie beugte sich vor und küsste ihn sanft. »Dein Kuss hat mir gefallen – das klappt schon.«

Er schüttelte den Kopf, die Panik wich belustigtem Staunen. »Dabei müsste ich eigentlich derjenige sein, der dich zum Sex überredet.«

»Ich würde mich nie zu etwas überreden lassen, das ich nicht will.«

»Das glaube ich dir gerne.«

Sie lächelte erneut, legte ihren Kopf an seine Schulter – und sprang mit einem Satz auf. »O Gott, schau dir nur den Himmel an. Sieh nach Norden.«

Ein Gewitter braute sich zusammen. Coop stand auf und nahm ihre Hand. »Lass uns reingehen.«

Vor Lils Zimmer atmete Jenna mehrmals tief durch. Am Licht, das unter dem Türspalt durchschien, erkannte sie, dass Lil immer noch wach war. Dabei hatte sie gehofft, dass das Licht gelöscht wäre, nachdem sie mit der Stallarbeit fertig war.

Sie klopfte und machte die Tür auf, während Lil »Herein!« rief. Ihre Tochter saß im Bett. Das Haar fiel ihr lang auf die Schultern, sie hatte sich für die Nacht abgeschminkt und hielt ein dickes Buch in der Hand.

»Lernst du schon fürs College?«

»Es geht um Ökologie und Management. Ich möchte vorbereitet sein, wenn die Kurse beginnen. Ehrlich gesagt, möchte ich schon einen gewissen Vorsprung mitbringen«, gestand Lil. »Ein Erstsemester muss wirklich gut sein, wenn er die Chance bekommen will, bei einem Feldforschungsprojekt mitzuarbeiten. Also werde ich richtig gut sein.«

»Dein Großvater war ganz genauso. Ob es ums Beschlagen der Pferde ging oder ihren Verkauf, um Politik oder Doppelkopf – er musste stets der Erste sein.« Jenna setzte sich zu ihr auf die Bettkante. Sie ist noch so jung, dachte sie, während sie ihre Tochter ansah. Und in mancher Hinsicht wie ein kleines Kind. Andererseits ...

»Hattest du einen schönen Abend?«

»Na klar. Die meisten in meinem Alter finden Scheunenfeste spießig, aber mir machen sie Spaß. Es gefällt mir, die ganzen Leute zu treffen. Und dir und Dad beim Tanzen zuzusehen.«

»Die Musik war gut. Sie ging richtig in die Beine. Du hast heute Abend nicht sehr viel getanzt.«

»Wir fanden es schön, der Musik zuzuhören. Außerdem war es so schön warm draußen.«

Und jedes Mal, wenn du wieder reingekommen bist, sahst du so berauscht und selbstzufrieden aus wie ein Mädchen, das gerade wild rumgeknutscht hat, dachte Jenna. Bitte lieber Gott, mach, dass da nicht noch mehr war!

»Cooper und du – ihr seid nicht mehr nur Freunde.«

Lil richtete sich in ihrem Bett auf. »Nein. Mom …«

»Du weißt, wie sehr wir ihn mögen. Er ist ein netter junger Mann, und mir ist klar, wie gern ihr euch habt. Auch, dass ihr keine Kinder mehr seid. Aber wenn man mehr als nur freundschaftliche Gefühle füreinander hegt, passieren einfach gewisse Dinge. Sex zum Beispiel«, verbesserte sich Jenna, die beschloss, nicht mehr länger um den heißen Brei herumzureden.

»Da war nichts. Noch nicht.«

»Gut. Denn wenn, solltet ihr vorbereitet sein und auf Nummer sicher gehen.« Sie griff in ihre Tasche und holte eine Packung Kondome heraus. »Ihr solltet euch schützen.«

»Oh.« Lil starrte sie verdattert an.

»Manche Mädchen glauben, das sei Jungensache. Aber ich habe eine intelligente, selbstbewusste Tochter, die auf sich aufpasst, sich nur auf sich selbst verlässt. Ich wünschte, du würdest noch warten. Aber wenn nicht, musst du mir versprechen, dass du dich schützt.«

»Versprochen. Ich möchte mit ihm zusammen sein, Mom. Wenn ich in seiner Nähe bin, fühle ich mich so …« Sie verstummte. »Dann habe ich solche Schmetterlinge im Bauch, dass ich kaum noch Luft bekomme.

Und wenn er mich küsst, fühlt sich das genau so an, wie es sein sollte. Ich möchte mit ihm zusammen sein«, wiederholte sie. »Er drängt mich nicht, weil er nicht weiß, ob ich wirklich so weit bin. Aber ich bin so weit.«

»Jetzt halte ich noch größere Stücke auf ihn. Ich finde es toll, dass er dich nicht unter Druck setzt.«

»Ich fürchte, es ist eher umgekehrt.«

Jenna entrang sich ein schwaches Lächeln. »Lil, wir haben bereits über das Thema Aufklärung gesprochen. Aber wenn es irgendetwas gibt, das du noch wissen möchtest, über das du reden willst, bin ich immer für dich da.«

»Gut, Mom. Weiß Dad, dass du mir Kondome gibst?«

»Ja, wir haben darüber gesprochen.« Jenna tätschelte Lils Oberschenkel und stand auf. »Mach nicht mehr so lange.«

»Nein. Mom? Danke, dass du immer für mich da bist.«

»Das ist doch klar!«

Man kann sich nur auf sich selbst verlassen. Ihre Mutter hatte wie immer recht, dachte Lil, während sie den Proviant in den Transporter packte. Als Frau muss man auf alles vorbereitet sein – auf das Was, Wann und Wie. Sie hatte Vorbereitungen getroffen. Cooper wusste nicht über alles Bescheid, aber die eine oder andere Überraschung konnte auch nicht schaden.

Ob Coopers Großeltern wussten, was wirklich los war? Sie hatte beschlossen, ihre Mutter lieber nicht danach zu fragen, das wäre dann doch zu peinlich gewesen.

Kümmere dich nicht darum, dachte sie, während der Fahrtwind durch die heruntergelassenen Fenster des Transporters hereinströmte. Drei freie Tage lagen vor ihr. Wahrscheinlich die letzten zusammenhängenden freien Tage in diesem Sommer. In wenigen Wochen würde sie unterwegs nach Norden sein, unterwegs zum College. Und eine neue Lebensphase würde beginnen.

Doch sie würde hier nicht weggehen, bis sie die alte beendet hatte.

Sie hatte erwartet, nervös zu sein, aber dem war nicht so. Aufgeregt, glücklich, das ja, aber nicht nervös. Sie wusste, was sie tat – zumindest theoretisch –, und war darauf vorbereitet, es in die Praxis umzusetzen.

Als sie die Farm erreichte, sattelte Cooper bereits sein Pferd. Sie warf sich ihren Rucksack über, griff nach dem zweiten und pfiff dabei vor sich hin.

»Was hast du denn alles dabei?«

»Ein paar Überraschungen«, rief sie, während er auf sie zulief, um ihr beim Tragen zu helfen.

»Meine Güte, Lil, das reicht ja für eine ganze Woche! Dabei sind wir doch nur ein paar Stunden weg.«

Noch hütete sie das aufregende Geheimnis, das sie mit sich herumtrug. »Oh, heute habe ich übrigens mit meiner zukünftigen Zimmergenossin auf dem College telefoniert.« Lil kontrollierte den Sattelgurt der Stute. »Wir wurden einander zugeteilt, und sie hat angerufen, um schon mal Kontakt aufzunehmen. Sie ist aus Chicago und will Viehzucht und Zoologie studieren. Ich glaube, wir werden gut miteinander auskommen – hoffentlich! Ich habe mir noch nie mit jemandem ein Zimmer teilen müssen.«

»Aber bald ist es so weit.«

»Ja.« Sie stieg auf. »Bald. Magst du deinen Mitbewohner?«

»Er war die letzten zwei Jahre mehr oder weniger ständig bekifft. Er hat mich in Ruhe gelassen.«

»Hoffentlich finde ich Freunde. Manche finden auf dem College Freunde fürs Leben.« Sie ritten in einem gemächlichen Tempo und hatten alle Zeit der Welt, während sich über ihnen ein blauer Himmel spannte.

»Teilst du dieses Jahr wieder das Zimmer mit ihm?«

»Er ist rausgeflogen, aber das war auch nicht weiter verwunderlich.«

»Du wirst dich also an jemand Neues gewöhnen müssen.«

»Ich geh nicht zurück.«

»Was?« Sie brachte ihr Pferd abrupt zum Stehen und starrte ihn mit offenem Mund an, doch Coop ritt weiter. Sie trieb ihr Pferd an, um ihn wieder einzuholen. »Was soll das heißen, du gehst nicht zurück? Du gehst nicht zurück an die Ostküste?«

»Nein, ich geh nicht zurück aufs College. Damit bin ich fertig.«

»Aber du hast doch erst – du hast doch kaum … Was ist passiert?«

»Nichts. Das ist es ja gerade. Das bringt mich nicht weiter, nicht dorthin, wo ich hinwill. Das ganze Jurastudium war sowieso nur die Idee meines Vaters. Solange ich spure, zahlt er. Aber ich will nicht mehr spuren.«

Seine mahlenden Kiefer, das Funkeln in seinen Augen – sie wusste, was das zu bedeuten hatte. Sie sah, dass er wütend war, sich auf eine Auseinandersetzung vorbereitete.

»Ich will kein Anwalt werden, und schon gar kein aalglatter Firmenanwalt in italienischen Anzügen, wie er es gern hätte. Meine Güte, Lil, ich habe mein ganzes bisheriges Leben versucht, es ihm recht zu machen. Ich habe um seine Aufmerksamkeit und seine verdammte Liebe gebettelt. Und wohin hat mich das gebracht? Er hat das College bloß bezahlt, weil er es musste, aber zu seinen Bedingungen.« Er war traurig und wütend.

»Du hast mir nie erzählt …«

»Wozu auch? Ich fühlte mich wie in einer Sackgasse. Er kann einem das Gefühl geben, als hätte man keine andere Wahl. Als wäre er im Recht und man selbst im Unrecht. Und er weiß ganz genau, wie er einen bei der Stange halten kann. Deshalb ist er ja so gut in seinem Job. Aber ich will nicht in seine Fußstapfen treten. So viele Jahre – nur um etwas zu werden, das ich gar nicht werden will. Ich habe das Studium ein für alle Mal abgehakt.«

»Ich wünschte, du hättest eher etwas gesagt. Dass du so unglücklich damit bist. Wir hätten darüber reden können.«

»Vielleicht, keine Ahnung. Ich weiß nur, dass es dabei ausschließlich um ihn geht und nicht um mich. Um ihn und um meine Mutter, ihren endlosen Krieg und ihre endlosen Bemühungen, gut dazustehen. Ich habe die Schnauze voll, endgültig.«

Ihr brach fast das Herz, so leid tat er ihr. »Hast du dich mit deinen Eltern gestritten, bevor du von zu Hause weg bist?«

»Ich würde es anders nennen. Ich habe ein paar Dinge geklärt, die ich schon lange klären wollte, und habe ein Ultimatum bekommen. Ich konnte entweder bleiben und diesen Sommer in seiner Firma arbeiten, oder aber er würde mir den Geldhahn zudrehen, mir seine Unterstützung versagen. So wie er mir alles andere versagt hat, seit ich ein Kind bin.«

Sie durchquerten schweigend einen Bach, man hörte nichts außer den platschenden Hufen im Wasser. Sie konnte sich nicht vorstellen, dass ihre Eltern sich jemals von ihr distanzieren würden. »Deshalb bist du hergekommen.«

»Das hatte ich sowieso vor, weil ich es wollte. Ich habe genügend Geld, um mir selbst etwas aufzubauen. Ich brauche nicht viel. Zu meiner Mutter wollte ich sowieso nie zurück. Da will ich nie wieder hin.«

Ein Hoffnungsschimmer keimte in ihr auf. »Du könntest hierbleiben, bei deinen Großeltern. Das weißt du doch, oder? Und ihnen auf der Farm helfen. Du könntest hier aufs College gehen und …«

Als er ihr den Kopf zuwandte, spürte sie, wie sich dieser kleine Hoffnungsschimmer sofort wieder verflüchtigte. »Ich geh nicht mehr aufs College, Lil. Das ist nichts für mich. Du bist da anders. Du hast immer gewusst, was du studieren willst, was du tun willst, und zwar seit du diesen Puma gesehen hast. In diesem Moment hast du beschlossen, Wildkatzen nachzujagen statt Baseballbällen.«

»Und hierbleiben kommt auch nicht infrage, stimmt's?«

»Mir ist nicht danach, zumindest nicht im Moment. Ich habe keine Ahnung, was ich wirklich will. Bleiben wäre zu einfach. Hier habe ich ein Dach über dem Kopf, eine Arbeit, die mir liegt. Ich habe Familie hier und dich.«

»Aber.«

»Das fühlt sich an, als ob ich mich jetzt schon festlegte. Bevor ich irgendetwas *getan habe*. Hier draußen bin ich Sams und Lucys Enkel. Aber ich möchte ich selbst sein. Ich habe mich für die Polizeischule angemeldet.«

»Du willst zur Polizei?« Wenn er sich vorgebeugt und sie vom Pferd geworfen hätte, hätte sie nicht erstaunter sein können. »Wieso denn das? Du hast nie erwähnt, dass du gern zur Polizei gehen würdest.«

»Ich habe ein paar Kurse über die Exekutive belegt und einen in Kriminologie. Das war das Einzige, das mir in den letzten zwei Jahren wirklich gefallen hat. Das Einzige, in dem ich wirklich gut war. Ich habe mich bereits beworben. Die Ausbildung dauert ein halbes Jahr, und ich glaube, sie wird mir liegen. Deshalb werde ich's versuchen. Ich brauche etwas nur für mich. Keine Ahnung, wie ich das sonst erklären soll.«

»Mich hast du nur für dich«, dachte sie, behielt ihren Gedanken aber für sich. »Wissen deine Großeltern schon Bescheid?«

»Noch nicht.«

»Du wirst in New York arbeiten.«

»Wenn ich aufs College zurückgekehrt wäre, wäre ich auch nach New York gegangen«, rief er ihr wieder ins Gedächtnis. »Ich dachte, du würdest das verstehen.«

»Ich verstehe dich.« Sie wünschte, es wäre anders. Sie wollte, dass er hierblieb, hier bei ihr. »Es ist nur so weit weg.«

»Ich werde herkommen, sobald es geht. Sobald ich kann. Vielleicht an Weihnachten.«

»Ich könnte nach New York kommen. Vielleicht in den Semesterferien oder im nächsten Sommer.«

Seine Traurigkeit schien ein wenig zu verfliegen. »Ich werde dir alles zeigen. Es gibt viel zu unternehmen, viel zu sehen. Ich werde eine eigene Wohnung haben. Nichts Großartiges, aber ...«

»Das ist mir egal.« Sie würden das schon irgendwie hinkriegen, redete sie sich ein. Sie konnte unmöglich derartige Gefühle für ihn hegen und es nicht hinkriegen. »Auch in South Dakota gibt es Polizisten.« Sie setzte ein breites Grinsen auf. »Und eines Tages bist du Sheriff von Deadwood.«

Er lachte bei dieser Vorstellung. »Erst einmal muss ich die Polizeischule fertig machen. Viele fliegen vorher raus.«

»Du nicht. Du wirst das wunderbar hinkriegen. Du wirst Menschen helfen, Verbrechen aufklären, während ich studiere, meinen Abschluss mache und wilde Tiere rette.«

Sie würden schon einen Weg finden, dachte sie.

Sie brachte ihn zu jenem Fleck, den sie sich ausgesucht hatte. Alles sollte perfekt sein – der Tag, der Ort, der Zeitpunkt. Sie durfte nicht zulassen, dass die ungewisse Zukunft alles ruinierte.

Die Sonne fiel durch die Bäume und ließ das Wasser des schnell dahinströmenden Bachs aufblitzen. An seinen Ufern wiegten sich rosa Nachtviolen in der leichten Brise hin und her.

Sie stiegen ab, banden die Pferde fest. Lil öffnete ihren Rucksack. »Zuerst sollten wir das Zelt aufbauen.«

»Zelt?«

»Das sollte eine Überraschung sein. Wir haben noch zwei weitere Tage. Deine Großeltern wissen Bescheid.« Sie stellte den Rucksack ab und berührte seine Brust. »Ist dir das recht?«

»Es ist schon eine Weile her, dass wir zelten waren. Das letzte Mal habe ich mir mit deinem Vater ein Zelt geteilt.« Sein Blick suchte ihr Gesicht, während er über ihre Arme strich. »Es hat sich viel verändert, Lil.«

»Ich weiß. Deshalb sind wir hier – mit einem Zelt und einem Schlafsack.« Sie beugte sich vor und küsste ihn mit offenen Augen. »Willst du mich, Cooper?«

»Das weißt du doch.« Er zog sie an sich und küsste sie so wild, dass sie ein Kribbeln im Unterleib verspürte. »Meine Güte, Lil, und ob ich dich will. Ich muss dich wohl nicht mehr fragen, ob du wirklich so weit bist. Du bist dir bei allem so sicher, was du tust. Aber wir sind nicht vorbereitet. Eine Zeltplane ist da nicht genug. Zumindest nicht die, die du dabeihast.«

Sie musste lachen und drückte ihn fest an sich. »Ich habe eine ganze Packung dabei.«

»Wie bitte?«

»Kondome. Ich habe eine Packung Kondome dabei. Ich gehe nie unvorbereitet zelten.«

»Eine Packung. Dann ist das in meinem Geldbeutel wohl überflüssig. Gut, aber wo zum Teufel hast du die Kondome her?«

»Von meiner Mutter.«

»Deine …« Er schloss die Augen und gab es auf. Er setzte sich auf einen Felsen. »Deine Mutter hat dir eine Packung Kondome gegeben und dir erlaubt, mit mir hierherzukommen?«

»Ehrlich gesagt, hat sie sie mir schon vor einer Woche gegeben. Ich musste ihr versprechen, dass ich mir wirklich sicher bin und mich schütze. Und daran halte ich mich auch.«

Coop war ein wenig blass geworden und kratzte sich am Knie. »Weiß dein Vater Bescheid?«

»Natürlich. Er wartet zu Hause auf dich und lädt schon mal sein Gewehr, Coop.«

»Komisch. Wirklich komisch. Und jetzt bin ich nervös, verdammt noch mal.«

»Aber ich nicht. Hilf mir, das Zelt aufzubauen. Du hast es schon mal getan, stimmt's?«

Er warf ihr einen flüchtigen Blick zu. »Du redest jetzt nicht vom Zelten, nehme ich an. Ja. Aber noch nie mit jemandem, der noch nie ... der es noch nie getan hat. Es wird dir wahrscheinlich wehtun, und ich befürchte, für Mädchen ist es beim ersten Mal nicht besonders toll.«

»Ich werd dir Bescheid sagen.« Sie streckte die Hand aus und legte sie auf sein Herz. Ein einziger Gedanke erfüllte sie, nämlich dass es jetzt nur für sie schlug. Das konnte gar nicht anders sein. »Wir können anfangen.«

»Jetzt?«

»Na ja, du wirst mich hoffentlich etwas in Stimmung bringen. Ich habe extra eine Decke mitgebracht, auf die wir uns legen können.« Sie zog sie aus dem Rucksack. »Und da du ein Kondom im Geldbeutel hast, könnten wir mit dem anfangen. An mehr müssen wir nicht denken.«

Selbstbewusst und gelassen nahm sie seine Hand. »Vielleicht legst du dich mit mir hin und küsst mich ein wenig.«

»Du bist wirklich einmalig.«

»Zeig es mir bitte. Du bist der Einzige, der es mir zeigen soll.«

Zuerst küsste er sie. Betont sanft und liebevoll.

Er wusste, dass sie recht hatte. Es musste hier sein, in einer Welt, die ihnen beiden gehörte, einer Welt, die sie zusammengeführt hatte und für immer miteinander verband.

Sie seufzte unter seinen Lippen.

Er streichelte sie, ihre Haare, ihren Rücken, ihr Gesicht und schließlich ihre Brüste. Er hatte sie schon vorher berührt, gespürt, wie ihr Herz gegen seine Hände schlug, wenn er sie anfasste. Aber diesmal war es anders. Das war das Vorspiel.

Er zog ihr die Bluse aus, sah das Lächeln in ihren Augen, als sie sein Hemd abstreifte. Als er ihren BH aufhakte, stockte ihr der Atem. Dann flatterten ihre Lider, und sie schloss die Augen, während er sie dort berührte, nackte Haut auf nackter Haut.

»O ja, das bringt mich wirklich in Stimmung.«

»Du bist wie …« Er suchte nach den richtigen Worten, während er ihre Brüste umfasste und ihre Brustwarzen mit seinen Daumen liebkoste. »… wie mit Gold bestäubt.«

»Du hast noch nicht alles gesehen.« Sie machte erneut die Augen auf und suchte seinen Blick. »Ich fühle mich so anders. Ich bin ganz flatterig und heiß.« Sie streckte die Hände und ließ sie über seine Brust gleiten. »Geht es dir genauso?«

»Ja, nur dass mir das nicht völlig neu ist, Lil.« Er senkte den Kopf und nahm ihre Brust in seinen Mund.

Ihr Duft durchflutete ihn, ihre überraschten, entzückten Laute brachten sein Blut in Wallung.

Sie umschlang ihn und schmiegte sich an ihn.

Sie hatte nicht gewusst, wie überwältigend das war. Stürme, Wogen, Schauer. Nichts, was sie je gelesen hatte – weder in Sachbüchern noch in Romanen –, hatte sie auf das vorbereitet, was sie jetzt erlebte.

Ihr Verstand war wie ausgeschaltet Sie ließ sich ganz fallen.

Sie fuhr mit ihren Lippen über seine Schulter, seinen Hals, sein Gesicht und gab dem Verlangen nach, ihn förmlich aufzufressen. Als seine Hand ihren Oberkörper hinunterglitt und mit den Knöpfen ihrer Jeans kämpfte, zitterte sie. Und dachte: ja, bitte, ja!

Als sie es ihm gleichtun wollte, wich er zurück.

»Ich muss erst ...« Sein Atem ging stoßweise, während er seinen Geldbeutel herauszerrte. »Sonst kann ich nicht mehr klar denken und vergesse es noch.«

»Gut.« Sie lehnte sich zurück, berührte ihre Brüste. »Alles fühlt sich bereits ganz anders an. Ich glaube ... Oh.« Als er seine Jeans herunterzog, riss sie die Augen auf. »Wahnsinn.«

Während er die Kondompackung aufriss, warf er ihr einen stolzgeschwellten Blick zu. »Es wird passen.«

Bevor er das Kondom überziehen konnte, setzte sie sich auf ihn, um ihn zu berühren.

»Lil, verdammt!«

»Er ist weich«, murmelte sie, während ihr wieder ganz heiß wurde. »Weich und hart zugleich. Wird er sich in mir genauso anfühlen?«

»Wenn du so weitermachst, wirst du das nicht mehr

erleben.« Sein Atem ging rasch und flach, er packte ihr Handgelenk und hielt ihre Hand von sich fern.

Er versuchte, sich zusammenzureißen, auf die Verhütung zu konzentrieren.

Dann küsste er sie, lange und ausgiebig. Hoffentlich hielt er noch lange genug durch. Sie schien unter ihm nachzugeben, und als er sie berührte, zitterte sie. Sie war bereits feucht, und das ließ ihn beinahe kommen. Hoffentlich konnte er sich beherrschen, dachte er, während er einen Finger in sie steckte. Ihr Becken bäumte sich auf, während sie sich in seinen Rücken krallte.

»O Gott, o Gott.«

»Das tut gut.« Heiß, weich, feucht. Lil. »Fühlt sich das gut an?«

»Ja, ja, es ist ...«

Sie fühlte sich, als würde sie gleich abheben und entschweben. Ihr stockte der Atem. Er küsste sie, hielt sie fest, ließ sie wieder los. Sie bäumte sich erneut auf, zog ihn an sich. Wieder und wieder.

Sie ließ sich treiben und spürte, wie er eine Bewegung machte und tief in sie eindrang. Sie öffnete die Augen, versuchte, sich zu konzentrieren, sah in sein Gesicht, blickte ihm tief in die durchdringenden kristallblauen Augen.

Es tat weh. Einen Moment lang war der Schmerz so groß, dass sie erstarrte.

»Es tut mir leid, es tut mir leid.«

Sie wusste nicht, ob er innehalten oder weitermachen sollte, doch ihr war klar, dass sie auf der Schwelle zu etwas Unvorstellbarem stand. Sie packte seine Hüften und drängte sich ihm entgegen, um es zu erleben.

Der Schmerz durchzuckte sie erneut, sie spürte einen Ruck und ein Brennen, und er war in ihr.

»Er passt«, brachte sie hervor.

Atemlos und ein Lachen unterdrückend, ließ er sich auf ihre Schulter sinken. »O Gott, Lil. Ich glaube, ich kann mich jetzt nicht mehr bremsen.«

»Wieso solltest du?« Sie krallte ihre Finger in seinen Rücken, hob ihr Becken erneut und spürte, wie er sich in ihr bewegte.

Er zitterte über ihr, und unter ihnen schien die Erde zu beben. Sie ließ sich fallen und gab sich ganz ihren Gefühlen hin.

Sie schrie vor Lust. Eine Welle des Glücks und der Leidenschaft riss beide mit sich fort.

5

Sie tobten im Fluss, bespritzten sich gegenseitig mit kaltem Wasser und neckten sich, bis sie ganz außer Atem waren.

Nass und halb nackt stürzten sie sich wie ein Rudel ausgehungerter Wölfe auf das Essen, das Lil mitgebracht hatte. Während die Pferde festgebunden waren und vor sich hin dösten, packten sie jeweils einen leichten Rucksack, um ein kleines Stück zu wandern.

Alles wirkte freundlicher auf sie, klarer, intensiver.

Sie blieb im Schutz der Kiefern stehen und zeigte auf Spuren. »Ein Rudel Wölfe. Die Wildkatzen konkurrieren mit ihnen um Beute. Aber meist lassen sie sich gegenseitig in Ruhe. Es gibt hier viel Wild, also …«

Er stupste sie in den Bauch. »Ich hätte mir denken können, dass es einen Grund gibt, warum du dir ausgerechnet diesen Weg ausgesucht hast.«

»Ich frage mich, ob das Weibchen, das ich entdeckt habe, hier ihr Revier hat. Es lebt wahrscheinlich weiter westlich von hier, aber das Gebiet hier ist gut, wie man an den Wolfsspuren sieht. Wir werden ein Schutzgebiet errichten.«

»Für wen?«

»Für alle Tiere, die bedrohten, verletzten und misshandelten. Für jene, die Menschen kaufen oder fangen, um sie als exotische Haustiere zu halten – bis sie begreifen, dass sie sie nicht behalten können. Ich versuche, meinen Vater noch davon zu überzeugen, aber irgendwann werde ich es schaffen.«

»Hier? In den Bergen?«

Sie nickte entschieden. »Paha Sapa – in der Sprache der Lakota-Indianer bedeutet das Black Hills, ein heiliger Ort. Er scheint mir für meine Zwecke genau das Richtige zu sein.«

»Es ist deine Heimat«, stimmte er zu. »So gesehen, hast du wahrscheinlich recht. Da hast du dir aber ein ziemlich ehrgeiziges Ziel gesetzt.«

»Ich weiß. Ich habe mir angesehen, wie andere Naturschutzgebiete gegründet wurden, wie sie geleitet werden und welche Ausbildung man dafür benötigt. Ich muss noch viel lernen. Das Gebiet überschneidet sich ein wenig mit dem Nationalpark, aber das kommt uns eher entgegen. Wir brauchen Spendengelder, einen Plan, ein wenig Unterstützung. Vermutlich ziemlich viel Unterstützung«, gab sie zu.

Sie standen auf einem Weg in einer Welt, die sie beide kannten, aber ihm kam es vor, als befänden sie sich an einem Scheideweg. »Du hast dir schon einige Gedanken darüber gemacht.«

»Ja. Ich werde das Projekt auf dem College weiterverfolgen und, wenn alles gut geht, ein Modell bauen. Ich werde genügend lernen, um meinen Plan in die Tat umsetzen zu können. Das ist meine Berufung. Ich möchte all das schützen, es studieren und mein Wissen weitergeben. Dad weiß, dass nie eine Rinderzüchterin aus mir werden wird. Wahrscheinlich hat er es schon immer gewusst.

»Da hast du wirklich großes Glück.«

»Ich weiß.« Sie strich über seinen Arm, bis ihre Finger sich verschränkten. »Wenn du herausfinden solltest, dass das mit dem Polizeidienst in New York doch nichts für dich ist, kannst du jederzeit herkommen und uns helfen.«

Er schüttelte den Kopf. »Oder ich werde Sheriff in Deadwood.«

»Ich will dich nicht verlieren, Cooper.« Sie warf sich in seine Arme.

Ihr ging es also genauso, dachte er und umarmte sie noch fester. »Das wirst du auch nicht.«

»Ich möchte nur mit dir zusammen sein. Ich will nur dich.«

Er drehte den Kopf, um seine Wange auf ihren Kopf zu legen. Er betrachtete die Spuren, die sie hinterlassen hatten. »Ich werde zurückkommen. Ich werde immer zurückkommen.«

Er gehörte jetzt ihr, und sie wollte ihn nie mehr loslassen. Eines Tages würden sie wieder durch diesen Wald gehen. Gemeinsam.

Als sie zu ihrem Zelt zurückliefen, verdrängte sie alles, was dazwischenlag.

In dieser Nacht lag sie in seinen Armen, während die Sterne am Firmament funkelten, und hörte den Schrei der Wildkatze.

Mein Talisman, dachte sie. Mein Glücksbringer.

Weil sie nicht verstand, warum ihr so sehr zum Weinen zumute war, verbarg sie ihr Gesicht an seiner Schulter und lag ganz still da, bis sie einschlafen konnte.

Jenna sah aus dem Fenster. Der brütend heiße Tag kündigte Unwetter an, und im Osten braute sich bereits etwas zusammen. Es würde weitere Unwetter geben und sich noch so manches zusammenbrauen, dachte sie, als sie sah, wie ihr Mädchen und der Junge, den es liebte, vom gemeinsamen Zaunkontrollgang mit Joe und Sam zurückkehrten.

Selbst aus der Entfernung war unschwer zu übersehen, was mit ihnen los war. Sie waren jetzt ein Liebespaar, so jung, so unschuldig. Sie hatten nur Augen für den Sommerhimmel und nicht für das drohende Unwetter.

»Er wird ihr das Herz brechen.«

»Ich wünschte, ich könnte dir widersprechen.« Lucy, die hinter ihr stand, legte eine Hand auf Jennas Schulter und betrachtete die beiden ebenfalls.

»Sie denkt, dass sich alles fügen wird, dass alles so wird, wie sie es sich vorstellt. Dass es für immer ist. Und ich kann ihr das nicht ausreden, sie würde mir sowieso nicht glauben.«

»Er liebt sie.«

»Oh, ich weiß. Aber er wird gehen, genau wie sie. Sie haben keine andere Wahl. Und sie wird sich verändern. Das lässt sich nicht verhindern.«

»Wir haben gehofft, dass er bleibt. Als er uns sagte, dass er nicht zurück aufs College geht, dachte ich: na, prima. Dann bleibst du eben hier und übernimmst eines

Tages die Farm. Ich hatte den Gedanken kaum zu Ende gedacht, als er uns sagte, was er vorhat.«

»In den Polizeidienst eintreten.« Sie wandte sich vom Fenster ab und musterte ihre Freundin. »Was sagst du dazu, Lucy?«

»Ehrlich gesagt, habe ich etwas Angst um ihn. Hoffentlich fasst er bald irgendwo Fuß und kann stolz auf sich sein. Ich kann ihm auch nichts anderes raten als du Lil.«

»Meine größte Angst ist die, dass er sie bittet, mit ihm zu kommen, und sie Ja sagt. Sie ist jung, verliebt und na ja, unbeschwert. So ist man eben in diesem Alter.« Jenna holte den Limonadenkrug, um ihre Hände irgendwie zu beschäftigen. »Ich habe Angst, dass sie sich ausschließlich von ihrem Herzen leiten lässt. Aber New York ist so weit weg.«

Lucy trug ihr Getränk zurück zum Fenster und nippte daran, während sie hinaussah. »Die beiden haben vielleicht unterschiedliche Pläne, aber diese Gegend hier ist ein Teil davon. Deine Tochter hat Pläne, Jenna. Mein Junge schmiedet erst welche.«

»Sie werden sich nie aus den Augen verlieren, nicht endgültig. Dafür stehen sie sich viel zu nahe. Aber wie dem auch sei – in der Zwischenzeit können wir nicht mehr tun, als für sie da zu sein. Ein Gewitter zieht auf.«

»Ich weiß.«

Ein heftiger Sturm ging dem Regen voraus. Ein Blitz sauste wie ein Peitschenschlag auf die Berge herab und tauchte alles in ein unheimliches Blau und grelles Weiß.

Er traf eine Pappel auf der nahe gelegenen Weide und spaltete sie wie eine Axt. Es roch beißend nach Ozon wie der Trank eines Hexenmeisters.

»Das sieht böse aus.« Lil stand auf der hinteren Veranda und schnupperte. In der Küche winselten die Hunde.

Der Spuk konnte genauso schnell wieder vorbei sein, wie er begonnen hatte. Oder aber er schlug so richtig zu und richtete verheerende Schäden an, verhagelte Getreide und Vieh und riss alles mit sich fort. Die Naturgewalten waren rücksichtslos.

Der Donner rollte und krachte und erschütterte das gesamte Tal.

»So was wirst du in New York nicht erleben.«

»Auch an der Ostküste gibt es Gewitter.«

Lil schüttelte den Kopf, während sie das Spektakel beobachtete. »Aber nicht solche. Ein Gewitter in der Stadt ist eine Unannehmlichkeit. Hier ist es ein echtes Drama, ein Abenteuer.«

»Versuch mal in Midtown während eines Gewitters ein Taxi zu bekommen. *Das* ist ein Abenteuer, sag ich dir!« Trotzdem lachte er und nahm ihre Hand. »Aber du hast schon recht. Das hier ist eine Spur aufregender.«

»Jetzt kommt der Regen.«

Er fegte heran wie ein dichter Vorhang. Sie sah zu, wie die Regenwand vorbeirauschte und die Welt ins Chaos stürzte. Ein einziges Hämmern, Tosen, Peitschen und wildes Aufheulen.

Sie drehte sich zu ihm, klammerte sich an ihn und küsste ihn mit der Urgewalt eines Unwetters. Regen prasselte auf sie herab, harte, fast körnige Tropfen, die der Wind unter das Verandadach fegte.

Es donnerte so laut, dass ihnen fast die Ohren klingelten. Die Windspiele und die Essensglocke bimmelten wie verrückt.

Sie löste sich von ihm, allerdings nicht ohne ihn spielerisch zu beißen.

»Jedes Mal, wenn du Donner hörst, wirst du dich an das hier erinnern.«

»Ich muss mit dir allein sein. Irgendwo. Egal wo.«

Sie sah sich um. Ihre Eltern und die Wilkses beobachteten ebenfalls den Himmel.

»Schnell, lauf!« Lachend zog sie ihn hinaus in den Platzregen. Sie waren sofort durchnässt und rannten auf die Scheune zu.

Blitze zuckten über den Himmel, ein elektrisches Zischen. Gemeinsam zerrten sie an der Tür und stolperten in die Scheune hinein, atemlos und patschnass. In den Ställen traten die Pferde unruhig von einem Bein aufs andere, während der Regen niederging und es donnerte.

Im Heu entledigten sie sich ihrer nassen Kleider und fielen gierig übereinander her.

Ihr letzter Tag war angebrochen. Danach würde er sich von Joe und Jenna und auch von Lil verabschieden.

Sie hatten sich schon oft voneinander verabschiedet, aber diesmal würde es ihm schwerer fallen, schwerer denn je, denn diesmal würden sie verschiedene Wege einschlagen.

Wie schon so oft ritten sie zu ihrem geheimen Fleck.

Zum Bach am Rand der Kiefern, wo sich die Wildblumen hin und her wiegten.

»Lass uns weiterreiten. Wir werden zurückkommen«, sagte sie, »aber wenn wir Rast machen, wird es das letzte Mal sein. Also lass uns noch ein Stück weiterreiten.«

»Vielleicht kann ich an Thanksgiving herkommen. So lange ist das auch nicht mehr hin.«

»Nein, das stimmt.«

»Spätestens an Weihnachten.«

»Klar. Ich breche in acht Tagen auf.« Sie hatte noch nicht gepackt, damit wollte sie warten, bis Cooper weg war. Denn solange er da war, sollte alles beim Alten, alles bekannt und vertraut bleiben.

»Schon nervös? Wegen dem College?«

»Nein, nervös nicht, eher neugierig. Einerseits kann ich es kaum erwarten loszulegen, neu anzufangen. Andererseits will ich, dass die Zeit stehen bleibt. Aber heute möchte ich nicht darüber nachdenken. Lass uns einfach den Augenblick genießen.«

Sie nahm seine Hand. Schweigend ritten sie weiter, den Kopf voller Fragen, die keiner von ihnen beantworten konnte.

Sie kamen an einem kleinen Wasserfall vorbei, der sich vom Unwetter angestaut hatte, überquerten das sommerlich grüne Grasland. Fest entschlossen, nicht ins Grübeln zu verfallen, holte sie ihre Kamera hervor. »Hey!« Er grinste, als sie den Sucher auf ihn richtete. Kaum liefen ihre Pferde dicht nebeneinanderher beugte sie sich vor und hielt die Kamera weit von sich weg.

»Wahrscheinlich hast du unsere Köpfe abgeschnitten.«

»Wetten, dass nicht? Ich schick dir einen Abzug. Coop und Lil in der Wildnis. Mal sehen, was deine neuen Polizistenfreunde dazu sagen werden.«

»Sie werden einen Blick auf dich werfen und mich beneiden.«

Sie nahmen einen Nebenpfad, der sich um hohe Bäume und dicke Felsbrocken herumschlängelte und einen Ausblick auf die endlose Weite bot. Lil ritt voran. »Der Puma war hier. Der Regen hat die meisten Fährten weggespült, aber es gibt Kratzspuren an den Bäumen.«

»Dein Weibchen?«

»Vielleicht. Wir sind nicht weit von der Stelle entfernt, wo ich es damals entdeckt habe.« Zwei Monate war das jetzt her, dachte sie. Inzwischen waren die Jungen bestimmt entwöhnt und groß genug, von ihrer Mutter mit auf Beutezug genommen zu werden.

»Du willst es aufspüren.«

»Ich will's versuchen, aber große Hoffnungen mache ich mir nicht. Es hat in den letzten Tagen viel geregnet. Aber wenn es in seinem Revier geblieben ist, könnte es sich dort aufhalten, wo ich es das erste Mal gesehen habe. Das würde Glück bringen«, beschloss sie spontan. »Wenn wir es beide an deinem letzten Tag sehen würden, so wie ich an deinem ersten.«

Er hatte ein Gewehr dabei, für alle Fälle, erwähnte aber nichts dergleichen. Lil wäre alles andere als einverstanden. »Gehen wir.«

Sie ritt voran und suchte nach Spuren, während sich die Pferde vorsichtig ihren Weg bahnten. »Ich wünschte, ich wäre besser im Fährtenlesen.«

»Du bist inzwischen genauso gut wie dein Vater. Vielleicht sogar besser.«

»Ich weiß nicht recht. Eigentlich wollte ich diesen Sommer viel mehr üben.« Sie schenkte ihm ein Lächeln. »Aber ich wurde abgelenkt. Das Unterholz, die Felsen. Dort müsste es sich verbergen, wenn es auf der Jagd ist. Aber ich bin mir nicht sicher ...«

Sie blieb stehen und lenkte ihr Pferd nach rechts. »Kot. Von einem Puma.«

»Jemand, der einen Haufen vom anderen unterscheiden kann, ist wirklich gut im Fährtenlesen.«

»Fährte 101. Richtig frisch ist der Kot nicht. Von gestern oder vorgestern. Aber wir befinden uns in seinem Revier. Wenn nicht in seinem, dann in dem eines anderen Weibchens. Die Reviere können sich überschneiden.«

»Warum nicht in dem eines Männchens?«

»Die halten sich überwiegend von Weibchen fern, bis die Paarungszeit beginnt. Dann heißt es nur noch, he, Schätzchen, du willst es doch auch! Natürlich liebe ich dich und werde dich auch noch am Morgen danach respektieren. Und wenn alles vorbei ist – nichts wie weg.«

Als sie grinste, zog er die Augen zu schmalen Schlitzen zusammen. »Du hast keinen Respekt vor unserer Spezies.«

»Ach, ich weiß nicht, ein paar Exemplare sind schwer in Ordnung. Außerdem liebst du mich.« Kaum hatte sie die Worte ausgesprochen, richtete sie sich steif im Sattel auf. Sie konnte es nicht mehr rückgängig machen, also drehte sie sich um, um ihm in die Augen zu sehen. »Oder etwa nicht?«

»Ich habe noch nie so viel für jemanden empfunden.« Er lächelte sie freundlich an. »Und ich werde dich auch am Morgen danach stets respektieren.«

Etwas nagte an ihr, so als wäre das nicht genug. Sie wollte die bewussten Worte hören, die Macht dieser Worte spüren. Aber sie würde einen Teufel tun und ihn bitten, sie auszusprechen.

Sie ritt weiter, aufs hohe Gras zu, wo sie gesehen hatte, wie die Wildkatze das Kalb riss. Sie fand weitere Spuren und noch mehr Kot von einem Puma und einem Bock. Unterholz, das von einer Herde Maultierhirsche niedergetrampelt worden war.

Doch als sie das Gras erreichten, war dort kein Tier zu sehen.

»Ein hübsches Fleckchen«, bemerkte Coop. »Ist das immer noch euer Land?«

»Ja, gerade noch«, erwiderte sie und sah in die Ferne.

Sie ritt auf die Bäume zu, in deren Schutz der Puma einst seine Beute geschleift hatte. »Meine Mutter hat mir erzählt, dass es hier früher einmal Bären gab. Aber sie wurden ausgerottet und vertrieben. Wenn wir ... Da ist Blut.«

»Wo?«

»An dem Baum. Und auch auf dem Boden. Es sieht aus wie getrocknetes Blut.«

Sie schwang ihr Bein über den Sattel.

»Warte. Wenn das Pumaweibchen hier zugeschlagen hat, könnte es noch in der Nähe sein. Und wenn es Junge hat, wird es nicht sehr erfreut sein, dir zu begegnen.«

»Warum an dem Baum? Und warum so weit oben?« Lil zückte die Kamera und trat noch näher heran. »Vielleicht hat es einen Elch oder einen Hirsch erbeutet, und es kam zum Kampf. Dabei ist das Beutetier gegen den Baum geprallt. Aber danach sieht es eigentlich nicht aus.«

»Und du weißt, wie so etwas aussehen würde?«

»In meiner Vorstellung schon.« Sie sah sich um und entdeckte das Gewehr in seiner Hand. »Ich will nicht, dass du es erschießt.«

»Das habe ich auch gar nicht vor.« Bisher hatte er nur auf Zielscheiben geschossen. Er wollte nicht auf ein lebendes Ziel schießen, und schon gar nicht auf ihre Wildkatze.

Stirnrunzelnd wandte sich Lil dem Baum zu, musterte zuerst ihn und dann den Boden. »Sieht ganz so aus, als hätte sie die Beute in diese Richtung geschleift. Sieh nur, das Unterholz. Da ist noch mehr Blut.« Sie ging in die Hocke und berührte den Boden. »Ich dachte, sie hätte das Büffelkalb dorthin geschleift, mehr nach Osten. Aber vielleicht musste sie ihren Unterschlupf verlegen. Oder aber es handelt sich um eine neue Wildkatze. Red weiter und halt die Augen offen. Solange wir sie nicht überraschen und sie und ihre Jungen nicht bedrohen, wird sie sich nicht für uns interessieren.«

Langsam ging sie Schritt für Schritt weiter und versuchte, der Spur zu folgen. Der Weg hier war sehr uneben, steil und felsig. Es wunderte sie nicht, dass sie hier Spuren von Wanderern entdeckte. Ob die Katze weitergezogen war, um ihnen aus dem Weg zu gehen?

»Da ist noch mehr Kot. Frischerer Kot.« Sie drehte sich strahlend um. »Wir sind ihr auf der Spur.«

»Juhu.«

»Vielleicht gelingt es mir, ein Foto von ihr und den Jungen zu machen ...« Sie verstummte und schnupperte. »Riechst du das?«

»Ja, jetzt schon. Irgendein Kadaver.« Als sie weiterging, packte er ihren Arm. »Ab hier gehe ich voran, du bleibst hinter mir.«

»Aber ...«

»Hinter mir und dem Gewehr. Oder aber wir kehren um. Ich bin kräftiger als du, Lil, und wenn ich sage, dass wir umkehren, tun wir das auch.«

»Wenn du jetzt unbedingt den Macho rauskehren willst ...«

»Ich fürchte schon.« Er ging voran und folgte dem Gestank.

»Weiter nach Westen«, befahl sie, »ein bisschen mehr nach Westen. Abseits vom Weg.« Während sie weiterliefen, musterte sie das Unterholz, die Bäume und Felsen. »Meine Güte, wie kann sie bloß etwas fressen, das dermaßen stinkt! Vielleicht haben sie die Beute zurückgelassen, sie erst angenagt, um dann weiterzuziehen. Nichts, was völlig abgenagt wurde, kann so sehr stinken. Sieht ganz so aus, als wäre hier viel Blut geflossen, auch im Unterholz.«

Sie machte einen Schritt zur Seite, überholte ihn zwar nicht, aber lief neben ihm. Es war schließlich nicht ihre Schuld, dass die Spuren auf ihrer Seite waren. »Ich kann etwas erkennen. Da ist irgendwas.« Sie kniff die Augen zusammen. »Wenn sie die Beute nach wie vor beansprucht und hier in der Nähe ist, werden wir es bald erfahren. Ich sehe nicht richtig, was es ist. Du?«

»Es ist auf jeden Fall tot.«

»Ja, aber was war das für eine Beute? Ich wüsste gern, was ... O mein Gott, Cooper. O mein Gott.«

Da sah er es ebenfalls. Es war eine menschliche Beute.

Lil war nicht sehr stolz auf ihr Verhalten, darauf, dass ihre Beine nachgegeben hatten und ihr schwindelig geworden war. Sie wäre beinahe in Ohnmacht gefallen und bestimmt hingefallen, wenn Coop sie nicht festgehalten hätte.

Sie schaffte es, die Stelle gemeinsam mit ihm zu markieren, aber nur, weil er ihr befahl, hinter ihm zu bleiben. Sie zwang sich trotzdem hinzusehen, sich klarzumachen, was passiert war, bevor sie zu ihrem Pferd zurückging und gierig aus ihrer Feldflasche trank.

Sie beruhigte sich wieder und konnte klar genug denken, um den Weg für diejenigen zu markieren, die die Überreste bergen würden. Als sie zurückritten, packte Coop das Gewehr nicht mehr weg.

Es würde wohl kein letztes Rendezvous am Bach geben.

»Du kannst das Gewehr verstauen. Das war kein Puma, der ihn umgebracht hat.«

»Ich glaube, es war eine Sie«, sagte Coop. »Wegen der Körpergröße, der Stiefel, die das Opfer anhatte, und der Haare, die noch übrig waren. Ich glaube, es war eine Frau. Meinst du, das waren Wölfe?«

»Nein, ich habe keinerlei Wolfsspuren in der Nähe

gesehen. Das ist ein Pumarevier, die Wölfe würden es meiden. Es war kein Tier, das sie umgebracht hat.«

»Lil, du hast es doch auch gesehen.«

»Ja.« Das Bild hatte sich ihr unauslöschlich eingeprägt. »Aber danach. Sie haben sich später über sie hergemacht. Denn das Blut am Baum war ziemlich weit oben, und dort gab es keine Katzenspuren. Die gab es erst ein paar Meter weiter. Ich glaube, jemand hat sie ermordet, Coop. Jemand hat sie ermordet und dort liegen lassen. Dann haben die Tiere sich über sie hergemacht.«

»Wie dem auch sei, sie ist tot. Wir müssen zurück.«

Als sich der Weg genügend verbreitert hatte, trieben sie ihre Pferde zum Galopp an.

Lils Vater gab ihnen Whiskey, jedem einen kleinen Schluck. Er brannte im Magen, und als die Polizei kam, war ihre Übelkeit verflogen.

»Ich habe den Weg markiert.« Sie saß mit Coop und ihren Eltern vor einem County Deputy namens Bates. Sie zeichnete die Route auf der Karte ein, die er mitgebracht hatte.

»Haben Sie diesen Weg eingeschlagen?«

»Nein, wir nahmen den Panoramaweg.« Sie zeigte es ihm. »Wir hatten keine Eile. Und so sind wir zurückgeritten. Und dort entdeckte ich das Blut an dem Baum.« Sie machte ein Kreuz auf der Karte. »Schleifspuren, mehr Blut. Wahrscheinlich wurde viel vom Regen weggewaschen, aber es war noch genügend vorhanden. Wer auch immer sie umgebracht hat, hat es dort getan, bei dem Baum, denn das Blut ist mindestens eineinhalb

Meter hochgespritzt. Dann hat er sie vom Weg weggeschleift, ungefähr hierhin. Dort hat sie der Puma gefunden. Er muss sie von hier nach da geschleift haben, tiefer in den Schutz der Bäume.«

Er machte sich Notizen und nickte. Er hatte ein wettergegerbtes, gelassenes Gesicht, das beinahe tröstlich wirkte.

»Können Sie sich vorstellen, warum sie umgebracht wurde, Miss Chance? Was Sie da beschreiben, klingt mir eher nach einem Puma-Angriff.«

»Wann wurde hier in der Gegend zum letzten Mal ein Mensch von einem Puma angefallen?«, fragte Lil.

»Das kommt schon mal vor.«

»Wildkatzen springen einem an den Hals.« Bates sah zu Coop hinüber. »Das stimmt doch, Lil?«

»Ja, ihre typische Tötungsmethode ist der Nackenbiss, der dem Opfer häufig das Genick bricht. So reißen sie die Beute. Eine schnelle, saubere Methode.«

»Wenn man jemandem die Kehle durchschneidet, fließt jede Menge Blut. Es sprudelt nur so aus einem heraus oder etwa nicht? Das hier war eher eine Blutlache. Kein ... Spritzer.«

Bates zog die Brauen hoch. »Wir haben es hier also mit einer Puma-Expertin und einem Forensik-Spezialisten zu tun.« Er lächelte dabei, die Bemerkung war freundlich gemeint. »Ich weiß Ihre Informationen sehr zu schätzen. Wir werden raufgehen und uns die Sache näher ansehen.«

»Sie müssen eine Autopsie vornehmen, die Todesursache ermitteln.«

»In der Tat«, sagte Bates zu Coop. »Wenn es eine

Puma-Attacke war, kümmern wir uns darum. Wenn nicht, kümmern wir uns auch darum. Machen Sie sich keine Sorgen.«

»Lil meint, es war kein Puma. Also war es auch keiner.«

»Wird eine Frau vermisst? Seit ein paar Tagen?«, fragte Lil.

»Vielleicht.« Bates erhob sich. »Wir gehen da jetzt rauf. Ich werde Sie noch einmal befragen müssen.«

Lil schwieg, bis Bates hinausging, um mit zwei Mann zum Fundort aufzubrechen. »Er glaubt, dass wir uns irren. Dass wir die Überreste eines Maultierhirsches gesehen haben und durchgedreht sind.«

»Er wird bald eines Besseren belehrt werden.«

»Du hast ihm nicht gesagt, dass du morgen früh abreist.«

»Ich kann noch einen Tag länger bleiben. Bis dahin sollten sie ihre Identität kennen und wissen, was ihr zugestoßen ist. Vielleicht bleibe ich auch noch zwei Tage.«

»Habt ihr Hunger?«, fragte Jenna.

Als Lil den Kopf schüttelte, legte Jenna den Arm um sie. Lil verbarg ihr Gesicht an der Brust der Mutter. »Es war furchtbar. Ganz furchtbar. So liegen gelassen zu werden. Nur noch ein Stück Fleisch zu sein, sonst nichts.«

»Lass uns nach oben gehen. Ich werde dir ein heißes Bad einlassen. Komm mit.«

Joe wartete und stand dann auf, um zwei Becher Kaffee einzuschenken. Er setzte sich und sah Coop fest in die Augen. »Du hast heute gut auf meine Tochter aufgepasst. Sie kommt auch allein zurecht, das weiß ich, zumindest meistens. Aber ich weiß auch, dass du heute auf sie aufgepasst hast. Du hast sie mir zurückgebracht, und das werde ich dir nie vergessen.«

»Ich wollte nicht, dass sie das sieht. Ich habe so etwas noch nie gesehen und muss es hoffentlich auch nie mehr. Aber ich konnte sie nicht davon abhalten.«

Joe nickte. »Du hast getan, was du konntest, und das ist genug. Ich möchte dich um etwas bitten, Cooper. Bitte mach ihr keine Versprechungen, die du nicht halten kannst. Sie kommt alleine klar, aber ich möchte nicht, dass sie sich an ein Versprechen klammert, das gebrochen werden muss.«

Coop starrte in seinen Kaffee. »Ich wüsste nicht, was ich ihr versprechen sollte. Ich habe genügend Geld, um ein paar Monate lang die Miete einer günstigen Wohnung zu zahlen. Ich muss den Abschluss an der Polizeischule schaffen. Und selbst wenn – ein Polizist verdient nicht sehr viel. Ich kann sie nicht bitten, mit nach New York zu kommen. Ich habe lange darüber nachgedacht. Ich kann ihr dort nicht das Geringste bieten, würde ihr aber alles nehmen, was sie sich wünscht. Ich kann ihr nichts versprechen. Aber nicht, weil sie mir nichts bedeutet.«

»Nein, ich würde eher sagen, gerade weil sie dir etwas bedeutet. Mehr muss ich nicht wissen. Du hattest einen schrecklichen Tag, nicht wahr?«

»Ich habe das Gefühl, in tausend Stücke zu zerbrechen. Keine Ahnung, wie ich die wieder zusammenkleben soll. Sie wollte den Puma sehen – wollte, dass wir ihn gemeinsam sehen. Er sollte uns Glück bringen.

Aber im Moment scheinen wir kein Recht darauf zu haben. Und wer immer das da oben ist – sie hat es deutlich schlimmer getroffen.«

Sie hieß Melinda Barrett. Sie war zwanzig. Als sie zum Wandern in die Black Hills aufgebrochen war, hatte sie sich mit diesem Sommerausflug belohnen wollen. Sie stammte aus Oregon. Eine Studentin, eine Tochter, eine Schwester. Sie hatte einmal Ranger werden wollen.

Ihre Eltern hatten sie an jenem Tag vermisst gemeldet. Als sie gefunden wurde, hatte sie sich schon seit zwei Tagen nicht mehr gemeldet.

Bevor der Puma über sie hergefallen war, hatte ihr jemand den Schädel zertrümmert und dann so heftig auf sie eingestochen, dass ihre Rippen Kerben aufwiesen. Ihr Rucksack, die Uhr, der Kompass, den ihr Vater ihr geschenkt hatte, der ihn wiederum von seinem Vater bekommen hatte, wurden nicht gefunden.

Weil Lil ihn darum gebeten hatte, fuhr Coop im Morgengrauen mit dem Motorrad zum Anfang des Feldwegs zur Chance-Farm. Der Mord an Melinda Barrett hatte seinen Aufbruch um zwei Tage verzögert, länger konnte er ihn nicht hinausschieben.

Er sah, wie sie im Morgenlicht vor ihm stand, während die Hunde um sie herumsprangen, hinter ihr die Berge. Er wollte sich dieses Bild ganz fest einprägen und Lil so in Erinnerung behalten, bis er sie das nächste Mal wiedersah.

Als er anhielt, um vom Motorrad zu steigen, sausten die Hunde los und sprangen ihn an. Lil warf sich wortlos in seine Arme.

»Rufst du mich an, wenn du in New York angekommen bist?«

»Ja. Geht's dir gut?«

»Es ist alles ein bisschen viel. Ich dachte, wir würden mehr Zeit für uns haben. Nur für uns. Dann haben wir sie gefunden. Sie haben keine Ahnung, wer es getan hat, oder wenn, verraten sie es nicht. Sie war nur dort wandern, und irgendjemand hat sie umgebracht. Wegen ihres Rucksacks? Ihrer Uhr? Einfach so? Das geht mir einfach nicht mehr aus dem Kopf. Und wir haben keine Zeit mehr für uns gehabt.« Sie hob ihr Gesicht und küsste ihn. »Aber es ist ja nicht für ewig.«

»Nein.«

»Ich weiß, dass du losmusst, aber ... hast du schon etwas gegessen? Brauchst du irgendwas?« Sie versuchte zu lächeln, während Tränen ihr die Kehle zuschnürten. Aber ich halte dich bloß auf.«

»Ich habe Flapjacks gegessen, Großmutter weiß, dass ich eine Schwäche für sie habe. Sie haben mir fünftausend Dollar gegeben, Lil. Sie haben darauf bestanden.«

»Gut.« Sie küsste ihn erneut. »Dann muss ich mir wenigstens keine Sorgen machen, dass du in irgendeinem Loch verhungerst. Ich werde dich vermissen. Meine Güte, ich vermisse dich doch jetzt schon. Fahr. Du musst fahren.«

»Ich ruf dich an. Ich vermiss dich.«

»Gib alles auf der Polizeischule, Coop.«

Er stieg auf sein Motorrad und nahm noch einmal alles in sich auf. »Ich komme zurück.«

»Zu mir«, murmelte sie, als er den Motor anließ. »Du kommst zurück zu mir.«

Sie sah ihm nach, bis er verschwunden und wirklich nichts mehr von ihm zu sehen war. Im fahlen Morgenlicht setzte sie sich auf den Boden, rief die Hunde zu sich und weinte sich die Seele aus dem Leib.

6

South Dakota

FEBRUAR 2009

Die kleine Cessna wackelte und bockte mehrfach, während sie über Berge, Ebenen und Täler brummte. Lil rutschte unruhig auf ihrem Sitz hin und her. Nicht, weil sie nervös gewesen wäre – sie hatte schon schlechteres Flugwetter erlebt, und bisher war immer alles gut gegangen. Sie rutschte auf ihrem Sitz hin und her, weil sie versuchte, einen besseren Blick auf die Black Hills zu erhaschen. Im Februar waren sie weiß verschneit und wirkten wie eine Schneekugel mit Hängen, Gebirgskämmen und Ebenen, die von Eisbächen durchzogen und mit rauschenden Kiefern bespickt waren.

Wahrscheinlich war der Wind in Bodennähe ähnlich rau und schneidend wie hier oben, und es herrschte eine klirrende Kälte.

Sie hätte nicht glücklicher sein können.

Sie war so gut wie zu Hause.

Das letzte halbe Jahr war eine unglaubliche und unvergessliche Erfahrung gewesen. Sie war nass bis auf die Knochen geworden und schier umgekommen vor Hitze und Kälte. Sie war gebissen und gestochen worden – und das alles, während sie in den Anden Pumas beobachtet hatte.

Sie war jeden Cent ihres Forschungsstipendiums wert gewesen und hoffte, mit den bereits geschriebenen und noch anstehenden Artikeln weitere Gelder bewilligt zu bekommen.

Aber vom Geld mal ganz abgesehen – auch wenn sie sich diesen Luxus eigentlich nicht leisten konnte –, hatte sich jeder erwanderte Kilometer, jeder blaue Fleck, jeder Muskelkater gelohnt, wenn sie anschließend einen goldenen Puma zu Gesicht bekommen hatte, der im Regenwald auf Beutefang gegangen oder sich wie ein Götzenbild auf einer Klippe geduckt hatte.

Doch jetzt konnte sie es kaum erwarten, nach Hause zu kommen, in ihren eigenen Lebensraum zurückzukehren.

Die halbjährige Exkursion war ihre bisher längste gewesen, und zu Hause wartete eine Menge Arbeit auf sie.

Das Chance-Wildreservat war schließlich ihr Baby.

Aber bevor sie sich wieder hineinstürzte, brauchte sie wenigstens einen freien Tag, um richtig anzukommen.

Sie streckte die Beine aus, so gut es in der Kabine eben ging, und schlug ihre Füße mit den Wanderschuhen übereinander. Sie war jetzt mehr oder weniger seit anderthalb Tagen unterwegs, aber die letzte Etappe ließ sie hellwach werden.

»Es wird Turbulenzen geben.«

Sie sah zu Dave, dem Piloten, hinüber. »Bisher verlief der Flug doch sehr ruhig.«

Er zwinkerte ihr grinsend zu. »Das sieht nur so aus.«

Sie zog ihren Gurt fest, machte sich aber keine Sorgen. Dave hatte sie schon öfter nach Hause geflogen. »Ich weiß den Umweg sehr zu schätzen.«

»Keine Ursache.«

»Ich lad dich zum Essen ein, bevor du nach Twin Forks weiterfliegst.«

»Das verschieben wir lieber.« Wie immer schob er den Schild seiner Baseballkappe in den Nacken – als Vorbereitung für eine glückliche Landung. »Ich fürchte, ich muss gleich nach dem Auftanken wieder los. Du warst diesmal ziemlich lange weg und kannst es sicherlich kaum erwarten, nach Hause zu kommen.«

»Stimmt.«

Der Wind zog und zerrte während des Landeanflugs an der kleinen Maschine. Sie schaukelte und sträubte sich wie ein launisches Kind bei einem Wutanfall. Lil lächelte, als sie die Rollbahn des kommunalen Flughafens sah.

»Ruf an, wenn du wieder auf dem Rückflug bist, Dave. Meine Mutter wird dich fürstlich bekochen.«

»Einverstanden.«

Sie warf ihren dicken geflochtenen Zopf über die Schulter, sah nach unten und ließ ihre dunklen Augen über die Landschaft schweifen. In diesem Moment entdeckte sie weit unter sich einen roten Punkt. Das muss Moms Auto sein, dachte sie. Sie bereitete sich auf Turbulenzen vor und konzentrierte sich auf den roten Punkt.

Das Fahrwerk wurde ausgefahren, aus dem roten Punkt wurde ein Yukon, und das Flugzeug setzte auf dem Rollfeld auf.

Als seine Räder den Boden berührten, wurde ihr Herz ganz leicht.

Sobald ihr Dave zunickte, löste sie den Gurt und griff nach Seesack, Rucksack und Laptoptasche. Dementsprechend bepackt drehte sie sich zu ihrem Piloten um und schaffte es gerade noch, eine Hand auf sein graubärtiges Gesicht zu legen und ihn fest auf den Mund zu küssen.

»Das schmeckt beinahe so gut wie eine selbst gekochte Mahlzeit«, sagte er.

Während sie die paar Stufen zum Rollfeld hinunterging, eilte Jenna aus dem winzigen Terminal. Lil ließ ihr Gepäck fallen und lief ihrer Mutter entgegen.

»Da bist du ja!«, murmelte Jenna immer wieder, während sie sich heftig umarmten. »Willkommen daheim! Mensch, hab ich dich vermisst! Lass dich ansehen!«

»Gleich.« Lil ließ sie nicht los und sog den Duft nach Zitrone und Vanille ein, den sie so sehr mit ihrer Mutter verband. »Aber jetzt.«

Sie trat einen Schritt zurück, und die beiden Frauen musterten sich. »Siehst du schön aus!« Lil streckte die Hand aus und strich ihrer Mutter übers Haar. »Ich habe mich immer noch nicht daran gewöhnt, dass du es jetzt kurz trägst. Schick.«

»Du siehst ... fantastisch aus. Wie machst du das nur, wo du doch gerade ein halbes Jahr durch die Anden gewandert bist? Und fast zwei Tage lang mit dem Flugzeug, dem Zug und weiß Gott noch was unterwegs warst? Aber du siehst wirklich fantastisch aus und fast so, als könntest du Bäume ausreißen. Los, holen wir dein Gepäck und sehen wir zu, dass wir ins Warme kommen. Dave!«

Jenna eilte zum Piloten, nahm sein Gesicht in ihre Hände wie Lil kurz zuvor und küsste ihn genauso. »Danke, dass du mein Mädchen nach Hause gebracht hast.«

»Das war der schönste Umweg, den ich je gemacht habe.«

Lil griff nach ihrem Rucksack, ihrem Seesack und überließ ihrer Mutter den Laptop. »Guten Flug, Dave.«

»Ich freue mich so, dich zu sehen.« Jenna legte einen Arm um Lils Taille, und beide stemmten sich gegen den Wind. »Dein Vater wollte auch kommen, aber eines der Pferde ist krank.«

»Schlimm?«

»Ich glaube nicht, zumindest hoffe ich das. Aber er wollte lieber bei der Stute bleiben und sie im Auge behalten. Außerdem habe ich dich auf diese Weise noch ein bisschen für mich.«

Sobald das Gepäck verstaut war, flüchteten sie sich ins Auto. Das Hybridfahrzeug, das ihre umweltbewussten Eltern fuhren, war so aufgeräumt wie ein Wohnzimmer und geräumiger als die Cessnakabine. Lil streckte die Beine aus und seufzte laut auf. »Jetzt will ich nur noch ein ausgiebiges Schaumbad und ein großes Glas Wein. Und dann hätte ich noch gerne das größte Steak diesseits des Missouri.«

»Zufälligerweise haben wir genau das im Angebot.«

Um ihre Augen vor dem grellen Schnee zu schützen, suchte Lil nach ihrer Sonnenbrille. »Ich möchte heute bei euch übernachten und hören, was es Neues gibt, bevor ich mich in meiner Hütte wieder an die Arbeit mache.«

»Das will ich doch schwer hoffen!«

»Los, erzähl!«, drängte Lil ihre Mutter, während diese vom Parkplatz fuhr. »Wie geht es euch, was ist in meiner Abwesenheit alles passiert, und wer führt im endlosen Schachturnier zwischen Joe und Farley? Wer hat sich zerstritten und wer verliebt? Ich frage dich wohlgemerkt nicht nach dem Reservat, denn wenn ich erst einmal davon anfange, kann ich nicht wieder aufhören.«

»Dann belasse ich es dabei, dass in dem Bereich, nach dem du mich nicht gefragt hast, alles in Ordnung ist. Zuerst will ich alles über dein großes Abenteuer wissen. Die E-Mails, die du uns geschickt hast, waren unheimlich anschaulich und interessant. Du musst unbedingt dieses Buch schreiben, mein Schatz.«

»Irgendwann bestimmt. Ich habe genügend Material für ein paar fundierte Artikel, und tolle Fotos habe ich auch gemacht, mehr, als ich euch geschickt habe. Eines Morgens habe ich aus meinem Zelt geschaut. Ich war noch nicht ganz wach, sondern wollte nur einen kurzen Blick nach draußen werfen. Da sah ich ein Pumaweibchen in einem Baum, in höchstens zwanzig Metern Entfernung. Es saß einfach da und beobachtete das Camp, ganz nach dem Motto: »Was bilden die sich eigentlich ein?«

Nebel stieg auf, und die Vögel hatten gerade angefangen zu zwitschern. Die anderen schliefen noch, wir beide waren ganz allein. Es war atemberaubend, Mom. Ich konnte leider kein Foto machen. Ich musste mich regelrecht zwingen, mich zurückzulehnen und nach meiner Kamera zu greifen. Doch als ich wieder hinaussah, war das Weibchen schon weg. So als hätte ich es mir nur eingebildet. Trotzdem werde ich nie vergessen, wie es aussah.«

Lil lachte kopfschüttelnd. »Wie du siehst, kann ich gar nicht mehr aufhören, dir davon zu erzählen. Dabei will ich doch wissen, was hier los war! Zu Hause.« Als die Autoheizung für angenehme Wärme gesorgt hatte, öffnete sie ihre alte Lammfelljacke. »Schau nur, der Schnee. Ihr seid richtig eingeschneit. Vor zwei Tagen habe ich noch in Peru geschwitzt. Was gibt es Neues?«

»Ich habe es dir nicht erzählt, als du weg warst, denn ich wollte dich nicht beunruhigen: Sam ist gestürzt und hat sich das Bein gebrochen.«

»O Gott.« Sofort verflog ihre Freude. »Wann denn? Wie schlimm ist es?«

»Vor etwa vier Monaten. Sein Pferd hat gescheut, bäumte sich auf – was genau passiert ist, wissen wir nicht –, aber er ist gestürzt, und das Pferd ist auf sein Bein getreten. Es ist zwei Mal gebrochen. Er war allein unterwegs, Lil. Das Pferd kam ohne ihn zurück, und das hat Lucy alarmiert.«

»Geht es ihm gut? Mom …«

»Er befindet sich auf dem Weg der Besserung. Wir hatten eine Zeit lang große Angst um ihn. Er ist recht rüstig, aber trotzdem sechsundsiebzig, und die Brüche waren kompliziert. Sie mussten genagelt werden, und er lag über eine Woche im Krankenhaus. Danach kamen der Gips und die Reha. Erst jetzt kann er wieder gehen, allerdings nur am Stock. Wenn er nicht so zäh wäre … Die Ärzte sagen, er ist erstaunlich fit für sein Alter, er wird sich wieder erholen. Aber er ist deutlich langsamer geworden, das lässt sich nicht leugnen.«

»Und was ist mit Lucy? Geht es ihr gut? Was ist mit

der Farm? Wie laufen die Geschäfte? Wenn Sam so lange bettlägerig war, hatten sie denn dann überhaupt genügend Helfer?«

»Ja. Anfangs war es schwierig, aber jetzt kommen sie ganz gut zurecht.« Jenna holte tief Luft, und Lil begriff, dass es noch mehr schlechte Neuigkeiten gab. »Lil, Cooper ist wieder da.«

Sie zuckte innerlich zusammen. Ein bloßer Reflex, redete sie sich ein. Alte Erinnerungen, die ihr einen Streich spielten. »Wie schön. Er war ihnen bestimmt eine große Hilfe. Wie lange bleibt er?«

»Für immer, Lil.« Jenna drückte die Hand ihrer Tochter. Ihre Stimme und ihre Berührung waren ganz sanft. »Er lebt jetzt wieder auf der Farm.«

»Ah, verstehe.« Irgendetwas zog sich schmerzhaft in ihr zusammen, doch sie achtete nicht weiter darauf. »Wo soll er auch sonst wohnen, wenn er ihnen hilft?«

»Er ist gleich gekommen, als Lucy ihn angerufen hat. Erst wollte er nur für ein paar Tage kommen, blieb aber so lange, bis klar war, dass Sam nicht noch einmal operiert werden musste. Dann reiste er zurück an die Ostküste, regelte seine Angelegenheiten und kehrte zurück. Für immer.«

»Aber ... Seine Firma sitzt doch in New York.« Das Ziehen wurde so stark, dass sie kaum noch Luft bekam. »Weil er aus dem Polizeidienst ausgeschieden ist und sich selbstständig gemacht hat, dachte ich ... Ich dachte, der Laden läuft.«

»Dem war wohl auch so. Aber Lucy hat mir erzählt, dass er die Detektei verkauft hat und mit Sack und Pack hierhergezogen ist. Keine Ahnung, was sie ohne ihn gemacht hätten. Natürlich hätte jeder ihnen seine Hilfe angeboten – du weißt ja, wie die Leute hier sind. Aber Blut ist eben dicker als Wasser. Ich wollte nicht, dass du es am Telefon oder über eine Mail erfährst. Ich kann mir vorstellen, dass das nicht leicht für dich ist, mein Schatz.«

»Ach, Unsinn.« Sie musste nur warten, bis das Ziehen nachließ, dann ging es ihr wieder gut. »Das ist doch alles lange her. Wir sind nach wie vor befreundet. Ich habe ihn sogar vor drei, vier Jahren gesehen, als er Sam und Lucy besucht hat.«

»Du warst nicht einmal eine Stunde mit ihm zusammen, als du plötzlich für zwei Wochen nach Florida musstest – ausgerechnet jene zwei Wochen, in denen er hier war.«

»Ich musste dahin, es war eine einmalige Gelegenheit. Die Panther Floridas sind eine bedrohte Tierart.« Sie starrte aus dem Fenster und war froh, dass sie ihre Sonnenbrille aufhatte. Selbst mit Brille war ihr plötzlich alles zu hell und zu viel. »Das mit Coop macht mir nichts aus. Ich freue mich für Sam und Lucy, dass er da ist.«

»Du hast ihn geliebt.«

»Ja, das stimmt. Aber keine Sorge, die Zeiten sind vorbei.«

Sie würde ihm schließlich nicht ständig über den Weg laufen. Sie hatte ihre Arbeit, ihre Hütte und er seine. Außerdem hatte sie sich geschworen, ihm nichts nachzutragen. Sie waren damals noch Kinder gewesen, jetzt waren sie erwachsen.

Sie zwang sich, nicht mehr daran zu denken, als ihre

Mutter den Weg zur Farm einschlug. Sie sah, wie Rauch aus dem Kamin kam – ein freundlicher Willkommensgruß – und wie zwei Hunde hinter dem Haus hervorrannten, um zu sehen, was los war.

Ihr fiel wieder ein, wie sie eines heißen Sommertags anderen Hunden das Fell nass geweint hatte. Zwölf Jahre war das nun her, dachte sie. Und wenn sie ehrlich war, war es bereits damals vorbei gewesen. Zwölf Jahre sind eine lange Zeit, lang genug, um darüber hinwegzukommen.

Sie sah, wie ihr Vater aus der Scheune kam, um sie zu begrüßen, und verbannte alles, was mit Cooper Sullivan zu tun hatte, aus ihren Gedanken.

Sie wurde umarmt, geküsst, mit heißem Kakao und Keksen verwöhnt sowie von den beiden Hunden abgeschleckt, die ihre Eltern Lois und Clark getauft hatten. Vor dem Küchenfenster lag die ihr vertraute Landschaft: Felder, Berge, Kiefern, das helle Glitzern des Flusses. Jenna bestand darauf, die Kleider aus dem Seesack zu waschen.

»Ich mach das wirklich gern. Das stärkt meinen Mutterinstinkt.«

»Dann will ich dich natürlich nicht davon abhalten.«

»Ich bin weiß Gott nicht verwöhnt«, bemerkte Jenna, als sie die Sachen nahm, die Lil ihr reichte. »Aber ich weiß nicht, wie du mit so wenig auskommst.«

»Das ist alles eine Frage der Organisation. Außerdem muss man bereit sein, schmutzige Socken zu tragen, wenn keine anderen mehr da sind. Das hier ist allerdings noch sauber«, meinte Lil, als ihre Mutter ein weiteres

T-Shirt aus dem Seesack zog. Jenna hob die Brauen. »Sauber vielleicht nicht, aber auch nicht völlig verdreckt. Ich leih dir einen Pulli und eine Jeans. Das dürfte reichen, bis die Sachen hier gewaschen und getrocknet sind. Und jetzt nimm dein Bad und trink deinen Wein. Ruh dich aus.«

Sie ließ sich in die Wanne sinken, in die ihr ihre Mutter warmes Wasser eingelassen hatte. Ach, tat das gut, sich mal wieder verwöhnen zu lassen, dachte Lil und seufzte wohlig auf. Feldforschung bedeutete ein raues, wenn nicht sogar primitives Leben, aber das machte ihr nichts aus. Andererseits hatte sie auch nichts dagegen, von ihrer Mutter ein Jenna-Chance-Spezialbad eingelassen zu bekommen und so lange darin liegen bleiben zu können, bis das Wasser kalt wurde.

Jetzt, wo sie allein war und Zeit zum Nachdenken hatte, fiel ihr Coop wieder ein.

Er war gekommen, als seine Großeltern ihn wirklich gebraucht hatten, so viel musste man ihm lassen. Dass er seine Großeltern nicht liebte oder nicht zu ihnen hielt, konnte man ihm weiß Gott nicht vorwerfen.

Wie aber konnte sie dann einen Mann hassen, der offensichtlich sein ganzes bisheriges Leben aufgegeben hatte, um sich um seine Großeltern und deren Geschäfte zu kümmern?

Außerdem gab es gar keinen Grund, ihn zu hassen.

Nur, weil er ihr das Herz gebrochen, es ausgequetscht hatte wie eine Zitrone und anschließend darauf herumgetrampelt war, musste sie ihn doch nicht gleich hassen!

Sie ließ sich tiefer in die Wanne gleiten und nippte an ihrem Wein.

Zumindest hatte er sie nie angelogen, auch das musste man ihm lassen.

Er war zurückgekommen. Nicht an Thanksgiving, aber an Weihnachten. Zwar nur für zwei Tage, trotzdem war er zurückgekommen. Und als er es dann nicht geschafft hatte, sie im darauffolgenden Sommer zu besuchen, hatte sie einen Job in einem kalifornischen Wildreservat angenommen. Sie hatte in diesen Wochen viel gelernt, und sie und Coop hatten so gut es ging Kontakt gehalten.

Aber schon damals war nichts mehr früher. Hatte sie wirklich nichts gemerkt? Hatte sie es nicht insgeheim gewusst?

In den Weihnachtsferien darauf war er ebenfalls verhindert gewesen, und sie hatte ihre Freizeit der Feldforschung geopfert.

Als sie sich im Frühjahr auf halber Strecke trafen, war es vorbei. Er hatte sich unübersehbar verändert. Er war härter, zäher und kälter geworden. Trotzdem konnte sie ihm nicht vorwerfen, sie schlecht behandelt zu haben. Er war einfach nur ehrlich gewesen.

Sie lebte ihr Leben im mittleren Westen der Vereinigten Staaten, und er lebte seines an der Ostküste. Höchste Zeit, sich einzugestehen, dass das nicht ging und auch nie funktionieren würde.

Deine Freundschaft ist mir wichtig. Du bist mir wichtig. Trotzdem, Lil, jeder muss sein eigenes Leben leben. Und das müssen wir akzeptieren.

Nein, er hatte sie nicht schlecht behandelt, trotzdem war sie daran zerbrochen. Alles, was ihr danach noch blieb, war ihr Stolz. Jener kalte Stolz, der es ihr erlaubt hatte, ihm zuzustimmen und ihm dabei in die Augen zu sehen.

»Zum Glück!«, murmelte sie. Denn sonst wäre seine Rückkehr noch demütigender und deprimierender gewesen.

Je früher sie sich der Situation stellte, desto besser. Sobald sie Zeit hätte, würde sie Sam, Lucy und Coop besuchen. Sie würde ihn sogar auf ein Bier einladen und sich mit ihm unterhalten!

Sie war schließlich kein hormongebeutelter Teenager mehr. Seit letztem Sommer war sie Dr. Lillian Chance, jawohl! Sie war die Begründerin des Chance-Wildreservats, direkt hier, in ihrer Heimat.

Sie war viel gereist und hatte an den entlegensten Orten geforscht und gearbeitet. Sie hatte eine längere, monogame und ernsthafte Beziehung hinter sich. Sowie ein paar weniger lange, weniger ernsthafte. Aber mit Jean-Paul hatte sie fast zwei Jahre zusammengelebt, wenn man einmal von ihren Reisen absah.

Wieso sollte es also ein Problem sein, ihre Heimat mit einem Jugendschwarm zu teilen? Denn mehr war er eigentlich nie gewesen. Im Grunde war das ganz leicht, sogar irgendwie niedlich, beschloss sie.

Und so würde es auch bleiben.

Sie zog sich den geliehenen Pulli und die Jeans an. Eingelullt von dem Bad, dem Wein und der vertrauten Umgebung, beschloss sie, ein kurzes Schläfchen zu machen. Zwanzig Minuten, mehr nicht, murmelte sie, während sie sich ausstreckte.

Sie schlief drei Stunden lang wie eine Tote.

Am nächsten Morgen wachte sie bereits eine Stunde vor Tagesanbruch auf, erfrischt und voller Tatendrang. Weil sie noch vor ihren Eltern in der Küche war, machte sie Frühstück – ihre Spezialität. Als ihr Vater hereinkam, um sich einen Kaffee zu machen, brutzelten die Bratkartoffeln mit Speck schon in der Pfanne, und die Eier waren bereits in einer Schüssel verquirlt.

Joe sah gut aus, er besaß immer noch volles und dichtes Haar. Er schnupperte wie einer seiner Hunde und zeigte mit dem Finger auf sie. »Jetzt weiß ich wieder, warum ich mich so freue, dass du wieder da bist. Ich hatte mich nämlich eigentlich auf Instant-Haferschleim eingestellt.«

»Nicht, wenn ich hier bin! Und seit wann gibt es in diesem Haushalt Instant-Zeug?«

»Seit deine Mutter und ich vor ein paar Monaten einen Kompromiss geschlossen haben und ich eingewilligt habe, zweimal die Woche Haferschleim zu essen.« Er warf ihr einen Mitleid heischenden Blick zu. »Das ist gesund.«

»Und heute wäre also Haferschleimtag gewesen.«

Er grinste und zog an ihrem langen Pferdeschwanz. »Nicht, wenn du hier bist.«

»Gut, du sollst die volle Cholesterindröhnung bekommen. Und bevor ich zum Wildreservat reite, helfe ich dir mit den Tieren. Ich habe so viel Frühstück gemacht, dass es auch für Farley reicht, da ich annahm, er wäre hier. Oder steht er nicht so auf Haferschleim?«

»Farley isst alles, aber er wird sich freuen, wenn er den Speck und die Eier sieht. Ich werde dich heute Morgen zum Reservat begleiten.«

»Toll! Falls ich es schaffe, werde ich Sam und Lucy besuchen.«

»Ich werde eine Liste machen.«

Lil ließ den Speck abtropfen, als ihre Mutter hereinkam. »Du kommst genau zur rechten Zeit.«

Jenna warf erst einen Blick auf den Speck und dann auf ihren Mann.

»Sie hat Frühstück gemacht.« Joe zeigte auf Lil. »Und ich wollte sie nicht enttäuschen.«

»Dann gibt's eben morgen Haferschleim.« Jenna piekste Joe in den Bauch.

Lil hörte schwere Schritte auf der Veranda und dachte: Farley.

Sie war auf dem College gewesen, als ihre Eltern ihn eingestellt beziehungsweise bei sich aufgenommen hatten. Er war damals sechzehn gewesen und ganz auf sich gestellt, seit seine Mutter aus Abilene verschwunden und zwei Monatsmieten schuldig geblieben war. Seinen Vater kannten weder er noch seine Mutter. Er kannte nur die verschiedenen Männer, mit denen sie ins Bett gegangen war.

Mit einem vagen Traum von Kanada prellte auch der junge Farley Pucket die Miete, stellte sich an die Straße und streckte seinen Daumen nach oben. Als Josiah Chance anhielt und ihn unweit von Rapid City einsammelte, besaß der Junge noch ganze achtunddreißig Cent und trug nichts weiter als eine Windjacke gegen den gemeinen Märzwind.

Sie hatten ihn gegen Kost und Logis bei sich arbeiten lassen. Sie hatten zugehört, mit ihm geredet und seine Geschichte überprüft, so gut sie es konnten. Schließlich hatten sie ihm einen festen Job angeboten und ein Zimmer in der alten Schlafbaracke – so lange, bis er auf eigenen Beinen stehen konnte.

Zehn Jahre später war er immer noch da.

Er war schlaksig, unter seinem Hut sahen strohblonde Strähnen hervor, und seine hellblauen Augen waren noch verschlafen. Mit Farley kam eisige Winterkälte herein.

»Bibber! Da frieren einem ja die Eier ab ...« Als er Jenna sah, verstummte er, und seine von der Kälte rosigen Wangen wurden noch röter. »Entschuldige, aber ich habe dich gar nicht gesehen.« Er schnupperte. »Speck? Heute ist doch Haferschleimtag.«

»Eine Sonderration«, erklärte ihm Joe.

Farley entdeckte Lil und strahlte über das ganze Gesicht. »He, Lil! Ich hätte nicht gedacht, dass du schon auf bist. Nach dem Jetlag und allem.«

»Guten Morgen, Farley. Der Kaffee ist noch heiß.«

»Der riecht aber gut! Heute ist schönes Wetter, Joe. Der Sturm ist nach Osten weitergezogen.«

Wie so oft kreisten die morgendlichen Gespräche um das Wetter, die Tiere und um alles, was noch erledigt werden musste. Lil setzte sich mit ihrem Frühstück an den Tisch und kam sich vor, als wäre sie nie weg gewesen.

Es dauerte keine Stunde, und sie ritt neben ihrem Vater den Weg zum Wildreservat entlang.

»Tansy hat mir erzählt, dass Farley viele Stunden als Freiwilliger für das Wildreservat gearbeitet hat.«

»Jeder von uns packt ein wenig mit an, vor allem wenn du nicht da bist.«

»Dad, er ist verknallt in sie!«, sagte Lil und meinte damit ihre ehemalige Zimmergenossin aus dem College und die jetzige Zoologin ihres Teams.

»In Tansy? Quatsch.« Er musste lachen, wurde aber schnell wieder ernst. »Wirklich?«

»Ich hatte schon so eine Ahnung, als er letztes Jahr anfing, regelmäßig ehrenamtlich mitzuarbeiten. Ich habe nie viel davon gehalten. Sie ist so alt wie ich.«

»Also eine alte Frau.«

»Das nicht, aber auf jeden Fall einige Jahre älter als er. Aber ich kann ihn verstehen. Sie ist schön, klug und humorvoll. Womit ich allerdings nie gerechnet hätte und was ich zwischen den Zeilen ihrer E-Mails gelesen habe, ist, dass auch sie in ihn verknallt ist.«

»Tansy interessiert sich für Farley? Für unseren Farley?«

»Vielleicht täusche ich mich, aber ich habe so ein Gefühl. Tja, unser Farley«, wiederholte sie und sog die nach Schnee riechende Luft in sich auf. »Weißt du, als ich zwanzig und Pessimistin war, dachte ich, ihr spinnt, als ihr ihn bei euch aufgenommen habt. Ich dachte, der raubt euch bestimmt aus – oder haut zumindest mit eurem Truck ab.«

»Der würde nie auch nur einen Penny anrühren. Er ist kein schlechter Mensch, das hat man von Anfang an gesehen.«

»Du vielleicht. Und Mom. Und ihr hattet recht damit. Aber wenn ich mich bei meiner Freundin vom College, die inzwischen eine engagierte Zoologin ist, nicht täusche, hat sie ein Auge auf unseren drolligen, liebenswerten Farley geworfen.«

Sie ritten gemächlich den Pfad entlang. Die Pferde wirbelten Schnee auf, und ihr Atem strömte wie Rauch aus ihren Nüstern.

Als sie das Tor erreichten, welches das Farmland vom Wildreservat trennte, musste Lil laut lachen. Ihre Mitarbeiter hatten ein riesiges Transparent aufgehängt.

WILLKOMMEN DAHEIM, LIL!

Sie sah auch die Spuren, die von Schneepflügen, Pferden, Tieren und Menschen stammten. Im Januar und Februar verirrten sich nur wenige Besucher hierher. Aber für die Mitarbeiter gab es immer etwas zu tun.

Sie stieg ab, um das Tor zu öffnen. Sobald sie es sich leisten konnten, würden sie das alte Ding durch ein elektrisches Tor ersetzen. Aber noch musste sie durch den Schnee stapfen, um den Riegel zu öffnen. Das Tor quietschte, als sie es aufzog, damit ihr Vater die Pferde hindurchführen konnte.

»Du hattest nicht viel Arbeit mit dem Reservat, oder?«, fragte sie, als sie wieder aufstieg. »Was die Besucher angeht, meine ich.«

»Oh, ab und zu ist jemand vorbeigekommen, der den Eingang nicht finden konnte. Wir haben ihm dann einfach den Weg beschrieben.«

»Wie ich hörte, haben uns die Schulausflüge im Herbst gutes Geld und viel Lob eingebracht.«

»Die Kinder lieben es hier, Lil. Du hast wirklich etwas Tolles geschaffen.«

»Wir haben das geschaffen.«

Sie roch die Tiere, noch bevor sie sie sah – diesen

Duft nach Wildnis. Im ersten Gehege saß ein Luchs auf einem Felsen. Tansy hatte ihn aus Kanada mitgebracht, wo er gefangen und verletzt worden war. In der freien Wildbahn wäre das lädierte Bein sein Todesurteil gewesen. Hier war er in Sicherheit. Sie hatten ihn Rocco genannt, und als sie an ihm vorbeigingen, spitzte er seine buschigen Ohren.

Das Reservat gab Rotluchsen, Pumas, einem alten Zirkustiger namens Boris und einer Löwin, die unerklärlicherweise einmal als Haustier gehalten worden war, eine neue Heimat. Darüber hinaus gab es Bären und Wölfe, Füchse und Leoparden.

In einem kleineren Teil war ein Streichelzoo untergebracht, in dem Kinder die Tiere – Kaninchen, Lämmer, eine Bergziege und einen Esel – ganz aus der Nähe erleben konnten.

Und dann gab es natürlich noch die Menschen, die dick gegen die Kälte eingepackt arbeiteten, um die Tiere zu füttern, zu versorgen und zu behandeln.

Tansy war die Erste, die sie entdeckte, und jubelte laut auf, bevor sie vom Großkatzengehege auf sie zurannte. Die Kälte und die Freude zauberten einen rosigen Hauch auf ihr hübsches, karamellfarbenes Gesicht.

»Du bist wieder da!« Sie tätschelte Lils Knie. »Los, beug dich zu mir herunter und umarme mich! He, Joe, ich wette, du bist froh, dass du deine Tochter wiederhast.«

»Und ob.«

Lil stieg vom Pferd und umarmte ihre Freundin. Die beiden lagen sich glücklich in den Armen. »Wie schön, dich zu sehen!«

»Das geht mir genauso.« Lil schmiegte ihre Wange an Tansys weiches dunkles Haar.

»Wie wir gehört haben, hast du Dave abgepasst und konntest einen Tag früher zurückzukommen. Deshalb haben wir uns ganz besonders angestrengt.« Tansy lehnte sich zurück und grinste. »Um die Spuren der wilden Partys zu verwischen, die wir in deiner Abwesenheit gefeiert haben.«

»Aha. Wusst ich's doch! Deshalb bist du auch als einzige erfahrene Mitarbeiterin vor Ort?«

»Natürlich. Die anderen müssen erst noch ihren Kater auskurieren.« Sie lachte und drückte Lil erneut. »Quatsch: Matt ist auf der medizinischen Station, denn Bill hat versucht, ein Handtuch zu fressen.«

Bill, ein junger Rotluchs, war berüchtigt dafür, alles zu verschlingen, was er zwischen die Zähne bekam.

Lil warf einen kurzen Blick auf die Hütten. In einer von ihnen wohnte sie selbst, in den anderen waren die Büros und die medizinische Station untergebracht. »Hat er viel davon erwischt?«

»Nein, aber Matt will ihn gründlich untersuchen. Lucius hängt vorm Computer, und Mary ist beim Zahnarzt oder mehr oder weniger auf dem Weg dorthin. He, Eric, würdest du dich bitte um die Pferde kümmern? Eric ist einer unserer Winter-Praktikanten. Später stelle ich dir alle persönlich vor. Lass uns ...« Sie verstummte, als der schrille Schrei eines Pumas ertönte. »Da wittert jemand seine Mama«, sagte Tansy. »Los, geh schon! Wenn du so weit bist, treffen wir uns auf der medizinischen Station.«

Lil bahnte sich ihren Weg durch den Schnee.

Er wartete schon auf sie, lief unruhig hin und her, ohne seine Umgebung aus den Augen zu lassen, und schrie. Als sie näher kam, rieb sich der Puma am Zaun und stellte sich auf die Hinterbeine, während er sich mit den Vorderpfoten daran abstützte. Er schnurrte.

Ein halbes Jahr war vergangen, seit er sie das letzte Mal gesehen und gerochen hatte, dachte Lil. Trotzdem hatte er sie nicht vergessen. »Hallo, mein Schatz.«

Sie griff durch den Zaun, um das lohfarbene Fell zu streicheln, und er schmiegte seinen Kopf an ihre Stirn.

»Ich habe dich auch vermisst.«

Er war jetzt vier, ausgewachsen, geschmeidig – fantastisch. Er war noch sehr klein gewesen, als sie ihn und zwei seiner Wurfgeschwister gefunden hatte, verwaist und halb verhungert. Sie hatte sie von Hand aufgezogen, sich um sie gekümmert und sie beschützt. Als sie groß und kräftig genug gewesen waren, hatte sie sie wieder ausgewildert.

Aber er war immer wieder zu ihr zurückgekehrt.

Sie hatte ihn eigentlich Ramses genannt, wegen seiner Kraft und Würde, doch daraus war inzwischen Baby geworden, ihre einzig wahre Liebe.

»Warst du auch brav? Natürlich warst du brav. Du bist der Beste. Passt du auch schön auf alles auf? Wusst ich's doch, dass ich mich auf dich verlassen kann.«

Während sie auf ihn einsprach und ihn streichelte, schnurrte Baby kehlig und sah sie mit seinen goldenen Augen an, in denen nichts als Liebe stand.

Sie hörte, wie sich etwas hinter ihr bewegte, und sah sich um. Der Typ, den Tansy Eric genannt hatte, starrte sie an. »Ich habe schon gehört, dass er bei Ihnen ganz zahm ist, aber ich konnte es einfach nicht glauben.«

»Bist du neu hier?«

»Ich mache ein Praktikum. Ich heiße Eric, Eric Silverstone, Dr. Chance.«

»Lil. Was möchtest du denn später mal machen?«

»Wildlife Management.«

»Und, lernst du hier etwas?«

»Jede Menge.«

»Dann gebe ich dir noch eine kurze Lektion. Dieser ausgewachsene männliche Puma, *Felis concolor*, misst von Kopf bis Schwanz knapp zweieinhalb Meter und wiegt über hundert Kilo. Er kann weiter und höher springen als ein Löwe, Tiger oder Leopard, und trotzdem zählt er nicht zu den Großkatzen.«

»Er hat einen verknöcherten Zungenbeinapparat und kann nicht brüllen.«

»Genau. Er schnurrt wie ein kleines Kätzchen. Aber er ist nicht zahm. Wildtiere kann man nicht zähmen, stimmt's, Baby?« Er schnurrte, als würde er ihr zustimmen. »Er liebt mich. Er wurde als Junges auf mich geprägt, da war er etwa vier Monate alt. Und seitdem ist er im Reservat unter Menschen aufgewachsen. Er hat sein Verhalten angepasst, aber gezähmt wurde er nicht. Er betrachtet uns nicht als Beute. Aber wenn du eine Bewegung machen würdest, die er als bedrohlich empfindet, würde er angreifen. Pumas sind wunderschöne, faszinierende Wesen, aber keine Haustiere. Nicht einmal der hier.«

Doch um ihr und Baby einen Gefallen zu tun, brachte sie ihre Lippen vor eine der kleinen Zaunöffnungen, und er stupste mit seinem Mund gegen den ihren. »Bis später.«

Sie drehte sich um und ging mit Eric zur Hütte. »Tansy hat erzählt, dass du ihn und zwei seiner ebenfalls verwaisten Geschwister gefunden hast.«

»Ihre Mutter hatte sich mit einem Wolf angelegt – den Eindruck machte es zumindest auf mich. Sie hat ihn umgebracht, denn sonst hätte er ihren Wurf getötet. Aber sie hat die Begegnung nicht überlebt. Ich habe die Kadaver und den Wurf gefunden. So bekamen wir unsere ersten Pumababys. Wir haben sie gefüttert und ihnen etwa sechs Wochen Unterschlupf gewährt, bis sie alt genug waren, selbst auf die Jagd zu gehen. Wir haben den Kontakt zum Menschen so weit wie möglich beschränkt. Wir haben sie markiert und freigelassen, seitdem beobachten wir, wo sie sich aufhalten. Aber Baby wollte bleiben.«

Sie drehte sich zum Gehege um und sah, wie der Puma sich zu seinen Gefährten gesellte.

»Seine Geschwister haben sich gut in der Wildnis zurechtgefunden, aber er kam immer wieder zu uns zurück.« Zu mir, dachte sie. »Pumas sind einzelgängerische, scheue Tiere mit einem großen Revier. Trotzdem hat er sich dazu entschieden zurückzukehren. So ist das eben: Man kann das Verhalten, die Biologie und Systematik studieren so lange, wie man will – bis ins Letzte wird man sie nie begreifen.«

Sie sah, wie Baby auf einen seiner Felsen sprang und einen lauten, triumphierenden Schrei ausstieß.

In der Hütte zog sie ihre dicken Wintersachen aus. Sie konnte hören, wie sich ihr Vater durch die offene Tür zur medizinischen Station mit Matt unterhielt. Im Büro hackte ein Mann mit dicken Brillengläsern und einem ansteckenden Grinsen auf eine Computertastatur ein.

Lucius Gamble sah auf, rief »Juhu!« und warf die Arme in die Luft. »Du bist also wieder zurück aus dem Schützengraben.« Er sprang auf, um sie zu umarmen.

»Wie läuft's, Lucius?«

»Gut. Ich aktualisiere gerade unsere Website. Wir haben ein paar neue Fotos. Vor ein paar Wochen wurde eine verletzte Wölfin zu uns gebracht. Ein Auto hat sie angefahren, und Matt konnte sie retten. Ihre Fotos werden sehr oft aufgerufen, genauso wie die Kolumne, die Tansy über sie schreibt.«

»Konnten wir sie freilassen?«

»Sie ist immer noch sehr schwach. Matt glaubt nicht, dass sie in freier Wildbahn überleben kann. Sie ist schon eine alte Dame. Wir nennen sie Xena, weil sie aussieht wie eine Kriegerin.«

»Ich werde sie mir mal ansehen. Aber noch bin ich nicht mit meinem Rundgang fertig.«

»Ich habe die Bilder von deiner Exkursion ins Netz gestellt.« Lucius tippte gegen den Computerbildschirm. Statt Stiefel wie die anderen trug er uralte knöchelhohe Sneakers und eine ausgebeulte Jeans. »Dr. Lillians unglaubliches Abenteuer. Wir hatten jede Menge Zugriffe.«

Während er sprach, sah sich Lil in dem ihr vertrauten Raum um. Nackte Holzwände, Poster von wilden Tieren, billige Besucherstühle aus Plastik, Stapel bunter Broschüren. Der zweite Schreibtisch, der Mary gehörte, wirkte wie eine ordentlich aufgeräumte Insel im Chaos, das Lucius anrichtete.

»Gab es außer den Zugriffen auch ...« Sie rieb ihre Finger so aneinander, als würde sie Geld zählen.

»Unsere Einnahmen sind relativ stabil. Wir haben eine neue Webcam angeschafft, wie von dir gewünscht, und Mary ist dabei, die Broschüre zu aktualisieren. Sie musste heute Morgen zum Zahnarzt, versucht aber am Nachmittag vorbeizukommen.«

»Vielleicht können wir dann ja ein Treffen mit sämtlichen Mitarbeitern anberaumen. Die Praktikanten und Freiwilligen, die Zeit haben, sind ebenfalls eingeladen.«

Sie steckte ihren Kopf zur medizinischen Station hinein. »Wo ist Bill?«

Matt drehte sich um. »Ich habe ihn untersucht. Tansy bringt ihn gerade zurück. Schön, dich zu sehen, Lil.«

Sie umarmten sich nicht – das war einfach nicht Matts Art –, tauschten aber einen herzlichen Händedruck. Er war ungefähr so alt wie ihr Vater, das sich lichtende Haar wurde langsam grau, und seine braunen Augen blickten durch eine Nickelbrille.

Er war kein Idealist, aber dafür ein verdammt guter Tierarzt. Noch dazu einer, der bereit war, für einen Hungerlohn zu arbeiten.

»Ich sollte langsam zurückreiten. Mal sehen, ob ich Farley morgen für ein paar Stunden an dich ausleihen kann.« Joe gab Lil einen liebevollen Nasenstüber. »Ruf mich an, wenn du etwas brauchst.«

Er verließ die Hütte durch die Hintertür.

»Später findet eine Besprechung statt«, sagte sie zu Matt und lehnte sich gegen den Tresen, auf dem Ablagekörbe und Behälter mit Arzneimitteln standen. Es roch vertraut nach Desinfektionsmittel und Tieren.

»Ich möchte, dass du mich und die anderen über den Gesundheitszustand und die medizinischen Bedürfnisse der Tiere informierst. Am besten um die Mittagszeit. Danach kann ich meine Einkäufe erledigen.«

»Einverstanden.«

»Was ist mit Xena, unserem Neuzugang?«

Matt lächelte, und sein sonst ernstes Gesicht begann zu strahlen. »Lucius hat sie so getauft, und der Name scheint hängen geblieben zu sein. Sie ist schon eine alte Dame, bestimmt acht Jahre alt.«

»Das ist wirklich ziemlich alt für ein Tier, das in freier Wildbahn lebt«, bemerkte Lil.

»Ein zähes Mädchen, das zeigen auch ihre vielen Narben. Sie wurde ziemlich heftig angefahren. Die Fahrerin tat etwas, das nicht viele Leute tun: Sie hat uns angerufen und blieb im Wagen sitzen, bis wir da waren. Sie ist uns sogar hinterhergefahren. Xena war zu verletzt, um noch laufen zu können. Wir haben sie ruhiggestellt und hier in den OP gebracht.« Er schüttelte den Kopf, nahm die Brille ab und putzte sie mithilfe seines Laborkittels. »Es war knapp – bei ihrem Alter …«

Lil musste an Sam denken. »Aber sie erholt sich?«

»Wie gesagt, sie ist ein zähes Mädchen. Aber weil sie schon so alt ist und ihr Bein nie mehr richtig heilen wird, würde ich sie nicht freilassen. Ich glaube, sie würde keinen Monat überleben.«

»Nun, sie kann das hier getrost als Altersruhesitz betrachten.«

»Hör mal, Lil, du weißt, dass immer mindestens einer von uns hier übernachtet hat, während du auf deiner Exkursion warst. Ich war vor ein paar Nächten dran.

Zum Glück, denn an jenem Morgen musste ich Queen Mum einen Zahn ziehen. Aber wie dem auch sei: Irgendjemand war da draußen.«

»Wie bitte?«

»Irgendetwas oder irgendjemand war draußen bei den Gehegen. Ich habe die Webcam kontrolliert, aber nichts gesehen. Allerdings ist es um zwei Uhr morgens verdammt dunkel, selbst mit der Sicherheitsbeleuchtung. Aber irgendetwas hat die Tiere nervös gemacht. Es gab jede Menge Geschrei, Geknurre und Geheul.«

»Keine normalen nächtlichen Geräusche?«

»Nein. Ich ging nachsehen, fand aber nichts.«

»Irgendwelche Spuren?«

»Ich bin nicht so gut im Spurenlesen wie du, aber wir haben am nächsten Morgen nachgesehen. Keine Tierspuren, zumindest keine frischen. Wir dachten – denken –, dass wir menschliche Fußabdrücke gesehen haben. Aber das waren keine von uns. Wir sind uns nicht sicher, aber vor manchen Käfigen waren Fußabdrücke, und nach der letzten Fütterung hatte es geschneit. Ich wüsste nicht, wo die frischen Spuren sonst herkommen sollten.«

»Und keines der Tiere wurde verletzt? Hat sich jemand an den Schlössern zu schaffen gemacht?«, hakte sie nach, als er den Kopf schüttelte.

»Wir konnten nichts dergleichen feststellen, nichts wurde beschädigt oder gestohlen. Ich weiß, das klingt komisch, Lil, aber als ich hinausging, hatte ich das Gefühl, dass da jemand ist und mich beobachtet. Ich will nur, dass du die Augen offen hältst und gut darauf achtest, alle Türen zu schließen.«

»Gut. Danke, Matt. Wir werden alle aufpassen.«

Es gibt schon komische Menschen hier draußen, dachte sie, als sie ihre Jacke wieder anzog. Einerseits die Anhänger der Initiative *Kein Gefängnis für Tiere*, als das manche ihr Reservat bezeichneten, andererseits die Vertreter jener Fraktion, für die Tiere nur dazu da sind, um gejagt und erlegt zu werden.

Sie bekamen Anrufe, Briefe und E-Mails von beiden Seiten, manchmal auch Drohungen. Hin und wieder kam es auch vor, dass sich Unbefugte Zugang zum Gelände verschafften. Aber bisher hatte es keine größeren Probleme gegeben.

Und das sollte nach Möglichkeit auch so bleiben.

Sie würde sich selbst einen Überblick verschaffen, obwohl die Chancen, nach so vielen Tagen noch etwas zu entdecken, nicht sehr groß waren. Trotzdem würde sie sich gründlich umsehen.

Sie winkte Lucius kurz zu und öffnete die Tür.

Beinahe wäre sie mit Cooper zusammengestoßen.

7

Schwer zu sagen, wer von beiden mehr überrascht war. Aber es war Lil, die zurückzuckte, auch wenn sie sich schnell wieder fing. Sie setzte ein künstliches Lächeln auf und sagte betont freudig:

»Na so was, Coop!«

»Lil! Ich wusste gar nicht, dass du wieder da bist.«

»Seit gestern.« Sie wurde nicht recht schlau aus seinem Gesicht, seinen Augen. Beides war ihr vertraut, aber sie konnte nicht darin lesen. »Möchtest du reinkommen?«

»Äh, nein. Du hast ein Päckchen bekommen – dein Reservat hat ein Päckchen bekommen«, verbesserte er sich und gab es ihr. Ihr fiel auf, dass er keine Handschuhe trug und seine Winterjacke nicht zugeknöpft war.

»Ich war für meine Großmutter auf der Post, und dort haben sie mich gebeten, es hier abzugeben.«

»Danke.« Sie stellte das Päckchen ab, ging hinaus und schloss die Tür, damit die Wärme nicht verpuffte. Sie setzte ihren Hut auf, ein Modell mit schmaler Krempe, das ihr schon immer gefallen hatte. Auf der Veranda zog sie einen ihrer Handschuhe an. So war sie wenigstens beschäftigt, während er sie schweigend musterte.

»Wie geht es Sam? Ich habe erst gestern von seinem Unfall erfahren.«

»Körperlich gut. Aber er knabbert schwer daran, dass er nicht mehr alles machen kann wie sonst.«

»Ich werde später mal bei ihm vorbeischauen.«

»Da freut er sich bestimmt. Beide werden sich freuen.« Coop steckte die Hände in die Jackentaschen und sah sie mit seinen kühlen blauen Augen unverwandt an. »Wie war's in Südamerika?«

»Aufregend und faszinierend.« Während sie die Verandastufen hinuntergingen, zog sie ihren anderen Handschuh an. »Mom meinte, du hättest deine Detektei verkauft?«

»Ich wollte nicht mehr.«

»Du hast viel aufgegeben, um zwei Menschen zu helfen, als sie dich am dringendsten brauchten.« Der Fatalismus und die Nüchternheit in seiner Stimme ließen sie aufhorchen. »Das ist viel wert, Cooper.«

Er zuckte nur mit den Achseln. »Ich war ohnehin reif für eine Veränderung. Und wenn das keine ist …« Er sah sich um. »Du hast dein Reservat ausgebaut, seit ich das letzte Mal hier war.«

Sie sah ihn verwirrt an. »Wann warst du denn hier?«

»Ich hab kurz vorbeigeschaut, als ich letztes Jahr hier war. Du warst … irgendwo unterwegs.« Er stand da, als könnte ihm die Kälte nicht das Geringste anhaben, während der scharfe Wind durch sein zerzaustes, dichtes braunes Haar fuhr. »Ich bekam sogar eine Führung.«

»Das wusste ich gar nicht.«

»Von einem Mann, einem Franzosen. Wie ich gehört habe, seid ihr verlobt.«

Sie bekam Bauchschmerzen vor lauter schlechtem Gewissen. »So kann man das eigentlich nicht nennen.«

»Egal. Du siehst gut aus, Lil.«

Sie zwang sich zu einem Lächeln und sagte betont beiläufig: »Du auch.«

»Ich sollte lieber gehen. Ich werde meinen Großeltern sagen, dass du sie besuchst.«

»Bis später.« Mit einem ungezwungenen Lächeln wandte sie sich dem Kleinkatzengehege zu. Sie umrundete es, bis sie hörte, wie Cooper den Motor seines Transporters anließ und wegfuhr. Erst dann blieb sie stehen.

Gar nicht mal so schlecht, dachte sie. Die erste Begegnung ist normalerweise die schlimmste, aber so schlimm war es gar nicht gewesen.

Ein leises Ziehen in der Herzgegend, eine leichte Gänsehaut, mehr nicht.

Er sieht gut aus, dachte sie. Älter, zäher, markanter, attraktiver.

Aber damit konnte sie leben. Vielleicht wurden sie ja doch wieder Freunde. Nicht so wie damals, bevor sie ein Paar geworden waren, aber trotzdem Freunde. Seine Großeltern und ihre Eltern waren gut befreundet. Sie und Coop würden es nie schaffen, sich höflich aus dem Weg zu gehen. Also blieb ihnen nichts anderes übrig, als das Beste aus ihrer Situation zu machen und sich freundlich zu begegnen.

An ihr sollte es nicht scheitern.

Zufrieden begann sie vor den Gehegen nach den

Spuren eines tierischen oder menschlichen Eindringlings Ausschau zu halten.

Coop warf einen Blick in den Rückspiegel, als er losfuhr, aber sie drehte sich nicht um, sondern lief einfach weiter.

Nun, so war es eben, und von ihm aus konnte das auch so bleiben.

Er hatte sie überrumpelt. Sie hatten sich gegenseitig überrumpelt, verbesserte er sich, trotzdem hatte man ihr die Überraschung deutlich angesehen, wenn auch nur ein, zwei Herzschläge lang. Überraschung und leichte Verärgerung.

Beides war sofort wie weggewischt gewesen.

Sie war schön.

Für ihn war sie eigentlich immer schön gewesen, aber im objektiven Rückblick erkannte er, dass sie die Anlagen schon mit siebzehn besessen hatte. Mit zwanzig hatte sich ihre Schönheit langsam entfaltet, aber zu ihrer vollen Blüte war sie erst jetzt gelangt.

Diese großen, dunklen, sinnlichen Augen hatten ihm für einen Moment den Atem verschlagen.

Für eine Sekunde.

Dann hatte sie gelächelt, und eine weitere Sekunde lang hatte ihm die Erinnerung daran, was einmal zwischen ihnen gewesen war, einen leisen Stich versetzt. Aber das war längst Vergangenheit.

Jetzt war alles ganz locker und zwanglos zwischen ihnen – so wie es sein sollte. Er wollte nichts von ihr und hatte ihr auch nichts zu bieten. Es tat gut, das zu wissen, schließlich war er für immer zurückgekehrt.

Merkwürdigerweise hatte er sich schon vorher überlegt, für ein paar Monate zurückzukommen. Er hatte sich sogar informiert, was er tun musste, um seine Privatdetektei und seine Wohnung zu verkaufen. Aber dann hatte er die Sache doch nicht weiterverfolgt, sondern war seinem Alltag und seinem bisherigen Leben treu geblieben, weil ihm das einfacher erschienen war.

Schließlich hatte seine Großmutter angerufen.

Da er bereits genügend Erkundigungen eingeholt hatte, war es nicht weiter schwer gewesen, seinen Plan in die Tat umzusetzen. Hätte er diesen Schritt schon früher unternommen, wäre sein Großvater nach dem Sturz vielleicht nicht allein gewesen und hätte keine so starken Schmerzen aushalten müssen.

Aber solche Grübeleien bringen einen bekanntlich auch nicht weiter. Manche Dinge passieren einfach.

Aber jetzt war er zurückgekehrt. Der Job machte ihm noch genauso viel Spaß wie früher, und er konnte weiß Gott ein wenig Aufmunterung vertragen. Lange Tage, harte körperliche Arbeit, die Pferde, die Routine. Und das einzige wirkliche Zuhause, das er je gehabt hatte.

Wäre Lil nicht gewesen, hätte er seine Entscheidung vielleicht nicht so lange hinausgeschoben. Sie und sein Bedauern, seine Unsicherheit ihr gegenüber hatten ihn davon abgehalten. Aber damit war es jetzt auch vorbei, und sie konnten ihr Leben weiterleben.

Lil hatte mit ihrem Reservat etwas ganz Handfestes geschaffen, und das war typisch für sie. Er hatte nicht gewusst, wie er ihr sagen sollte, dass er stolz auf sie war. Und dass er sich noch ganz genau daran erinnerte, wann sie ihm das erste Mal von ihren Plänen erzählt hatte. Wie sie damals ausgesehen und gestrahlt hatte.

Aber das war Jahre her, dachte er. Eine halbe Ewigkeit. Sie hatte studiert, gejobbt, Pläne geschmiedet und sie in die Tat umgesetzt. Sie hatte genau das verwirklicht, wovon sie schon immer geträumt hatte.

Er hatte auch nie daran gezweifelt und wusste, dass sie sich nicht mit weniger zufriedengeben würde.

Doch auch er hatte sich etwas aufgebaut. Es hatte lange gedauert und war von vielen Fehlschlägen begleitet gewesen. Aber er hatte etwas aus sich gemacht, sich etwas aufgebaut. Und weil ihm das gelungen war, konnte er es auch problemlos aufgeben.

Inzwischen lag sein neues Aufgabengebiet hier. Er bog auf die Landstraße ein. Im Hier und Jetzt, dachte er.

Als er das Haus betrat, backte Lucy gerade etwas in der Küche.

»Das duftet ja köstlich.«

»Ich dachte, ich mache ein paar Pies.« Sie schenkte ihm ein gequältes Lächeln.

»Ich geh mal nach den neuen Fohlen und ihren Müttern sehen.«

Sie nickte und sah nach ihren Pies, obwohl beiden klar war, dass sie instinktiv und auf die Sekunde genau wusste, wann sie fertig waren. »Vielleicht kannst du Sam bitten, dich zu begleiten. Er ist heute nicht besonders gut gelaunt.«

»Natürlich. Ist er oben?«

»Als ich das letzte Mal nach ihm gesehen habe, war er dort, ja.« Sie fuhr sich mit den Fingern durchs Haar, das sie jetzt kurz trug wie ein Junge. Es besaß einen wunderbaren Silberton. »Aber wenn ich nach ihm sehe, scheint das seine Stimmung nicht gerade zu heben.«

Anstelle einer Antwort legte er ihr den Arm um die Schultern und küsste sie auf die Stirn.

Sie hatte bestimmt mehrmals nach ihm gesehen, dachte Coop. So wie sie bestimmt mehrmals in der Scheune gewesen war, um ein Auge auf die Fohlen zu haben. Sie hatte sich um die Hühner und Schweine gekümmert und möglichst sämtliche Arbeiten erledigt, bevor Sam die Chance dazu gehabt hatte.

Und sie hatte ihm und Coop das Frühstück gemacht, sich um das Haus und die Wäsche gekümmert.

Sie überforderte sich, obwohl er da war.

Er ging nach oben.

Nachdem sein Großvater aus dem Krankenhaus entlassen worden war, hatte er die ersten Monate im Wohnzimmer geschlafen. Er war auf den Rollstuhl angewiesen gewesen und hatte bei den intimsten Dingen Hilfe benötigt.

Und er hatte es gehasst.

Sobald er wieder Treppen steigen konnte – auch wenn es noch so mühsam und langwierig war –, hatte er darauf bestanden, ins eheliche Schlafzimmer zurückzukehren.

Die Tür stand offen. Coop sah, wie sein Großvater in einem Sessel saß, fernsah und sich am Bein kratzte.

Er hatte Falten, die vor zwei Jahren noch nicht da gewesen waren. Falten, die der Schmerz und der Frust hinterlassen hatten und weniger das Alter. Vielleicht auch die Angst, dachte Coop.

»Hallo, Grandpa.«

Sam sah sich mürrisch nach Coop um. »Es gibt mal wieder nur Mist im Fernsehen. Wenn sie dich geschickt hat, um nach mir zu sehen und mich zu fragen, ob ich etwas trinken, essen, lesen oder ein Bäuerchen machen will, kannst du gleich wieder gehen.«

»Ehrlich gesagt, wollte ich nach den Pferden sehen und dachte, du könntest mir vielleicht dabei helfen. Aber wenn du lieber fernsehen willst …«

»Glaub bloß nicht, dass ich dir das abkaufe. Ich bin schließlich nicht blöd. Hol mir einfach meine Stiefel.«

»Zu Befehl, Sir.«

Er holte die Stiefel, eines der Paare, die ordentlich auf dem Boden des Kleiderschranks aufgereiht waren. Ansonsten bot er ihm keinerlei Hilfe an, was seine ebenso pragmatische wie einfühlsame Großmutter nicht zu schaffen schien. Aber Coop nahm an, dass sie einfach Angst um ihn hatte.

Stattdessen sprach er übers Geschäft, eine neue Reittour und schließlich über seinen Abstecher beim Reservat.

»Lil will heute noch vorbeikommen.«

»Ich würde mich freuen, sie zu sehen, vorausgesetzt, sie macht keinen Krankenbesuch.« Sam richtete sich auf und stützte sich an der Sessellehne ab, während er nach seinem Stock griff. »Und warum musste sie in irgendeinem anderen Land in den Bergen rumlaufen?«

»Ich hab sie nicht danach gefragt. Ich war nur wenige Minuten dort.«

Sam schüttelte den Kopf. Für einen Mann, dessen Bein erst vor vier Monaten zerschmettert worden war, konnte er schon wieder ganz gut laufen, dachte Coop.

Trotzdem bewegte er sich noch so steif und unbeholfen, dass Coop unweigerlich daran denken musste, wie leicht und beschwingt Sams Gang einst gewesen war.

»Ich frage mich, ob du noch ganz richtig tickst, mein Junge.«

»Wie bitte?«

»So ein hübsches Mädchen! Dabei weiß doch jeder, wie verschossen du damals in sie warst. Und jetzt hast du nur noch ein paar Minuten für sie übrig?«

»Sie hatte zu tun«, sagte Coop, während sie zur Treppe gingen. »Ich hatte zu tun. Und diese Zeiten sind längst vorbei. Außerdem hat sie einen Freund.«

Sam schnaubte, während er nach unten humpelte und Coop sich so positionierte, dass er ihn auffangen konnte, falls er fiel. »Irgendein Ausländer.«

»Hast du neuerdings was gegen Ausländer?«

Obwohl er seine Lippen wegen des anstrengenden Treppensteigens aufeinandergepresst hatte, funkelten Sams Augen belustigt. »Ich bin ein alter Mann. Ich darf schimpfen, ja, man erwartet es sogar von mir. Und was heißt das schon, ›einen Freund haben‹? Nicht das Geringste. Ihr jungen Leute traut euch nicht, einer Frau den Hof zu machen, weil sie einen Freund hat?«

»›Ihr jungen Leute‹? Gehört das zu deinen Schimpftiraden neuerdings dazu?«

»Sei nicht so frech!« Trotzdem beschwerte er sich nicht, als Coop ihm in seine Winterjacke half. »Wir nehmen die Vordertür. Sie ist hinten in der Küche, und ich will nicht, dass sie mich mit ihren Sorgen und Verboten überschüttet.«

»Einverstanden.«

Sam seufzte kurz und setzte seinen alten Hut mit der eingerollten Krempe auf. »Du bist ein guter Junge, Cooper, aber von Frauen hast du keine Ahnung.«

»Ich soll von Frauen keine Ahnung haben?« Coop führte Sam hinaus. Er hatte den Schnee von der Veranda, den Stufen, dem Weg zu den Autos und den anderen Gebäuden geschaufelt. »Und du beklagst dich, dass deine Frau ständig an dir herummeckert! Wenn du nachts zur Abwechslung mal etwas anderes tun würdest, als nur zu schnarchen, würde sie dich tagsüber vielleicht in Ruhe lassen.«

»Sei nicht so frech!«, wiederholte Sam, musste dann aber doch lachen. »Ich sollte dir mit diesem Stock eine gehörige Tracht Prügel verpassen.«

»Und wenn du dabei hinfällst, darf ich dir wieder aufhelfen.«

»So lange kann ich mich schon noch auf den Beinen halten! Aber das will ja partout nicht in ihren Kopf hinein.«

»Sie liebt dich. Du hast ihr einen schönen Schrecken eingejagt. Und jetzt macht ihr euch das Leben gegenseitig zur Hölle. Du bist genervt, weil du noch nicht alles so schaffst, wie du es gerne hättest. Du brauchst einen Stock, vielleicht sogar für den Rest deines Lebens. Na und?«, sagte er, ohne jede Spur von Mitleid. »Hauptsache, du kannst laufen!«

»Sie lässt mich keinen Schritt allein vor die Tür, auf meinem eigenen Grund und Boden. Ich brauche keine Krankenschwester.«

»Ich bin nicht deine Krankenschwester«, sagte Coop sachlich. »Sie bemuttert dich, weil sie Angst um dich hat. Und du beschimpfst sie auch noch dafür. So kenne ich dich gar nicht.«

»Sie hat mich auch noch nie wie ein Kleinkind behandelt«, sagte Sam heftig.

»Dein ganzes Bein war zerschmettert, Grandpa! Und jetzt kannst du nun mal nicht allein durch den Schnee stapfen. Aber stur, wie du bist, willst du genau das. Du musst Geduld haben, dich damit abfinden.«

»Du hast gut reden! Du bist schließlich erst um die dreißig und nicht an die achtzig.«

»Dann solltest du die Zeit, die dir noch bleibt, erst recht zu schätzen wissen und damit aufhören, dich über deine Frau zu beklagen, die dich trotz deiner ewigen Meckerei aufrichtig liebt.«

»Du bist ja auf einmal richtig redselig.«

»Es hat sich so einiges in mir aufgestaut.«

Sam hob sein wettergegerbtes Gesicht. »Ein Mann hat auch seinen Stolz.«

»Ja, ich weiß.«

Langsam und mühsam bahnten sie sich ihren Weg zur Scheune. Als sie sie betreten hatten, ignorierte Coop, dass Sam außer Atem war. Er konnte in aller Ruhe verschnaufen, während sie sich die Pferde ansahen.

In diesem Winter waren drei Fohlen geboren worden. Zwei waren ohne Komplikationen zur Welt gekommen, aber eines war eine Steißgeburt gewesen. Coop und seine Großmutter hatten mitgeholfen, es zu holen, und Coop hatte in jener Nacht sowie in der darauffolgenden in der Scheune übernachtet.

Er blieb vor der Box stehen, in der die Stute und das Fohlen untergebracht waren, und schob die Tür zur

Seite, um sie zu betreten. Unter Sams aufmerksamem Blick murmelte Coop der Stute etwas zu und tastete sie ab, um zu sehen, ob sie Fieber hatte oder verspannt war. Vorsichtig untersuchte er ihr Gesäuge, ihre Zitzen. Sie ließ die vertrauten Berührungen friedlich über sich ergehen, während das Fohlen Coop anstupste, um seine Aufmerksamkeit zu erregen.

Er drehte sich um und streichelte das flauschige Fell des Tieres.

»Es gehört dir ebenso wie ihr«, sagte Sam. »Hast du der Kleinen schon einen Namen gegeben?«

»Lucky vielleicht? Aber der Name passt nicht zu ihr.« Coop untersuchte das Maul des Fohlens, seine Zähne und seine großen rehbraunen Augen. »Es klingt vielleicht kitschig, aber das hier ist eine richtige Prinzessin. Und das weiß sie auch.«

»Na gut, dann bleibt es dabei. Coopers Prinzessin. Du weißt ja – alles andere gehört auch dir.«

»Grandpa.«

»Ich habe hier zu bestimmen. Deine Großmutter und ich haben in all den Jahren gründlich nachgedacht. Wir wussten nicht, ob du das überhaupt willst, aber am Ende haben wir dich als Erben eingesetzt. Wenn wir einmal nicht mehr sind, gehört alles dir. Sag mir bitte, ob dir das recht ist oder nicht.«

Cooper richtete sich auf, und das Fohlen ging sofort zu seiner Mutter, um zu trinken. »Ja, ich nehme das Erbe an.«

»Gut.« Sam nickte ihm kurz zu. »Und, hast du vor, den ganzen Tag mit diesen Pferden rumzuspielen, oder siehst du auch nach den anderen?«

Coop verließ die Box, schloss ihre Tür und betrat die nächste.

»Und noch etwas.« Sams Stock schlug laut gegen den Betonboden, als er ihm nachkam. »Ein Mann deines Alters braucht ein eigenes Zuhause und sollte nicht bei alten Leuten leben müssen.«

»Was faselst du da ständig vom Altsein?«

»Aber so ist es doch. Ich weiß, dass du gekommen bist, um uns zu helfen. Und das gehört sich auch so in einer Familie. Trotzdem bin ich dir dankbar dafür. Aber du kannst unmöglich auf Dauer bei uns wohnen.«

»Wirfst du mich raus?«

»Wenn du so willst, ja. Wir können dir ein neues Haus bauen. Such dir ein geeignetes Fleckchen aus.«

»Ich wüsste nicht, warum wir Land für ein neues Haus verschwenden sollten, wenn wir es genauso gut als Acker- oder Weideland verwenden können.«

»Du denkst wie ein Farmer«, sagte Sam nicht ohne Stolz. »Trotzdem, jeder braucht ein Zuhause. Du darfst dir ein Stück Land aussuchen. Und wenn du das nicht möchtest, oder zumindest noch nicht, kannst du die Schlafbaracke renovieren. Sie hat eine ganz gute Größe. Zieh ein paar neue Wände ein, verlege einen besseren Boden. Unter Umständen braucht sie auch ein neues Dach. Für all das kommen wir auf.«

Coop untersuchte die nächste Stute, das nächste Fohlen. »Die Baracke reicht mir vollauf. Ich werde sie renovieren lassen. Aber ich werde euer Geld nicht annehmen, Grandpa. Darauf bestehe ich. Ein Mann hat auch seinen Stolz«, sagte er. »Ich habe Geld, mehr, als ich im Moment brauche.«

Auch darüber wollte er mit seinen Großeltern sprechen, aber noch nicht jetzt.

»Also übernehme ich die Kosten.«

»Dann hätten wir das also besprochen.« Sam stützte sich auf seinen Stock und streckte die Hand aus, um den Hals der Stute zu streicheln. »Brav, Lolly, braves Mädchen. Über die Jahre hast du uns drei hübsche Fohlen geschenkt. Du bist wirklich zuckersüß, ein echter Lollipop – die geborene Mutter und ein ideales Reitpferd.«

Lolly schnaubte zärtlich.

»Ich muss wieder reiten, Cooper. Wenn ich nicht reiten kann, fühle ich mich, als hätte ich dieses Bein hier verloren und nicht nur gebrochen.«

»Gut. Ich werde zwei Pferde satteln.«

Sam hob ruckartig den Kopf, in seinen Augen stand eine Mischung aus Angst und Hoffnung zugleich. »Deine Großmutter wird uns umbringen.«

»Aber dazu muss sie uns erst einmal kriegen. Doch wir reiten nur Schritt, kein Trab, einverstanden?«

»Ja.« Sams Stimme zitterte, bevor er sich wieder fing. »Ja, gern.«

Coop sattelte zwei der ältesten, ruhigsten Pferde. Er hatte geglaubt zu wissen, wie sehr die erzwungene Genesungspause seinem Großvater zu schaffen machte. Aber als er Sams Gesichtsausdruck sah, begriff er, dass er rein gar nichts verstanden hatte, nicht einmal ansatzweise.

Wenn er jetzt einen Fehler machte, dann aus gutem Grund. Es wäre schließlich nicht das erste Mal.

Er half Sam beim Aufsteigen, wohl wissend, dass die Bewegung und die Anstrengung schmerzhaft für ihn waren. Aber in den Augen seines Großvaters standen Freude und Erleichterung.

Anschließend schwang er sich selbst in den Sattel.

Was für ein Unsinn, dachte Coop. Zwei alte Pferde, die ohne festes Ziel durch den Schnee stapfen. Aber Sam Wilks sah zu Pferd richtig gut aus. Die Jahre schienen von ihm abzufallen, und Coop konnte zusehen, wie sich das Gesicht seines Großvaters zunehmend verjüngte. Im Sattel wirkten seine Bewegungen leicht und geschmeidig, ja regelrecht beschwingt, dachte Coop.

Im Sattel fühlte sich Sam wie zu Hause.

Wohin das Auge sah, nichts als in der Sonne glitzernder Schnee. Er überzog den Bergwald und die Felsvorsprünge wie eine eisige Decke.

Doch abgesehen von dem Heulen des Windes und dem Klirren des Zaumzeugs, lag die Landschaft so ruhig vor ihnen wie ein Gemälde.

»Ein schönes Stück Land haben wir hier, Cooper.«

»Ja, Sir.«

»Ich habe mein ganzes Leben in diesem Tal verbracht, den Boden bestellt, mit den Pferden gearbeitet. Mehr wollte ich nicht vom Leben, außer deiner Grandma. Das hier ist mir vertraut und gibt mir das Gefühl, etwas geschaffen zu haben, das ich an dich weitergeben kann.«

Sie ritten beinahe eine Stunde aus, ohne festes Ziel und überwiegend schweigend. Unter dem strahlend blauen Himmel nahmen sich die Ebenen und das Tal besonders weiß und kalt aus. Schon bald würde das Tauwetter einsetzen und der Schnee schmelzen. Der Frühlingsregen und der Hagel würden über das Land ziehen. Aber dann würde es auch grün werden, und die Fohlen würden über die Weiden hüpfen.

Und genau danach sehnte er sich, dachte Cooper. Er wollte sehen, wie alles wieder grün wurde, er wollte den Tanz der Pferde beobachten. Einfach sein Leben leben.

Als sie sich dem Haus näherten, stieß Sam einen leisen Pfiff aus.

»Deine Großmutter steht auf der Veranda und hat die Hände in die Hüften gestemmt. Gleich kriegen wir Ärger.«

Coop sah Sam nachsichtig an. »Was heißt hier ›wir‹? Du bist für dich selbst verantwortlich.«

Energisch lenkte Sam sein Pferd in den Hof.

»Habt ihr den Verstand verloren, da draußen in der Kälte herumzureiten? Und jetzt wollt ihr bestimmt noch Kaffee und Kuchen zur Belohnung.«

»Ich hätte tatsächlich nichts gegen eine Pie einzuwenden. Niemand kann so gut Pies backen wie meine Lucille.«

Sie schnaubte, zog die Nase hoch und kehrte ihnen den Rücken zu. »Wenn er sich beim Absteigen das Bein bricht, kümmerst du dich um ihn, Cooper Sullivan.«

»Yes, Ma'am.«

Coop wartete, bis sie in die Küche gegangen war, und stieg dann ab, um Sam vom Pferd zu helfen. »Ich kümmere mich um die Pferde, und du kümmerst dich um sie. Du bist derjenige, der sich entschuldigen muss.«

Er half Sam zur Tür und ließ die beiden allein.

Er versorgte die Pferde und verstaute das Zaumzeug. Da er nicht unbedingt zurück in die Stadt musste, erledigte er ein paar kleine Reparaturen, die sich angesammelt hatten. Er war nicht so geschickt wie sein Großvater, aber es reichte. Zumindest haute er sich beim Nägeleinschlagen nur selten auf den Daumen.

Als er fertig war, sah er sich die Baracke an. Im Grunde war sie nichts weiter als eine lange, niedrige, schmucklose Hütte in Sichtweite des Farmhauses und der Koppeln.

Aber mit genügend Abstand dazu, um so etwas wie eine Privatsphäre zu garantieren. Denn wenn er ehrlich war, vermisste er seine Privatsphäre.

Im Moment diente sie vor allem als Lagerraum und manchmal als Übernachtungsmöglichkeit, wenn ein, zwei Helfer gebraucht wurden oder, besser gesagt genügend Geld da war, um sie bezahlen und beherbergen zu können.

Jetzt war mehr Geld da – nämlich seines –, aber es wurden auch mehr Helfer benötigt. Hätte er die Baracke erst einmal renoviert, könnte man die Sattelkammer in der Scheune als neue Unterkunft für einen festen Landarbeiter benutzen, überlegte er.

Aber er musste solche Veränderungen langsam vorbereiten. Alles zu seiner Zeit.

Cooper betrat die alte Baracke. In ihrem Innern war es fast so kalt wie draußen, und er fragte sich, wann der dicke Ofen wohl zum letzten Mal befeuert worden war. Es gab ein paar Liegen, einen alten Tisch und ein paar Stühle. In der Küche konnte man sich gerade mal eine Mahlzeit aufwärmen, aber mehr auch nicht.

Die Böden waren verkratzt, die Wände unverputzt. Es roch durchdringend nach Fett und Schweiß.

Das genaue Gegenteil von seinem Apartment in New York. Aber das hatte er ein für alle Mal hinter sich gelassen. Er musste versuchen, sich hier wohnlich einzurichten.

Es könnte klappen, es war sogar genügend Platz für ein kleines Büro vorhanden. Er brauchte eines, sowohl hier als auch in der Stadt. Er wollte nicht jedes Mal zum Farmhaus gehen und sich das Büro mit seinen Großeltern teilen müssen, wenn er etwas zu erledigen hatte.

Ein Schlafzimmer, ein Bad – das völlig renoviert werden musste –, eine Küchenzeile, ein Büro, mehr nicht. Er musste hier schließlich keine Gäste empfangen.

Nachdem er sich gründlich umgesehen und erste Pläne geschmiedet hatte, musste er an die Pie denken. Hoffentlich hatte sich seine Großmutter inzwischen beruhigt.

Er ging zum Farmhaus, trat seine Stiefel ab und ging hinein.

Und da saß doch glatt Lil am Küchentisch und aß Pie. Seine Großmutter sah ihn durchdringend an, stand aber auf, um ihm einen Teller zu holen. »Los, setz dich. Von mir aus darfst du dir gern den Appetit aufs Abendessen verderben. Dein Großvater macht gerade ein Schläfchen, der Ritt um die Farm hat ihn sichtlich erschöpft. Lil musste sich mit mir zufriedengeben, dabei ist sie den weiten Weg gekommen, um Sam zu sehen.«

»Gut«, sagte Coop nur und legte Jacke und Hut ab.

»Leiste Lil Gesellschaft. Ich muss hochgehen und nach ihm sehen.« Sie knallte die Pie und einen Becher Kaffee auf den Tisch und sauste davon.

»Mist.«

»Sie ist nicht so wütend, wie sie tut.« Lil spießte mit der Gabel ein Stück Pie auf. »Sie hat mir erzählt, dass der Ausritt Sam richtig gutgetan hat. Aber sie ist sauer, dass ihr beide los seid, ohne ihr Bescheid zu sagen. Wie dem auch sei, die Pie ist lecker.«

Er setzte sich hin und nahm einen ersten Bissen. »Ja.«

»Sie sieht müde aus.«

»Sie hört einfach nicht auf, kommt nie zur Ruhe. Wenn sie zehn Minuten Zeit hat, sich hinzusetzen, fällt ihr garantiert wieder etwas ein, das sie noch tun könnte. Sie kriegen sich ständig in die Haare, als wären sie zehn Jahre alt. Außerdem ...« Er ertappte sich dabei, so mit ihr zu sprechen wie damals, bevor alles aus war.

Er zuckte mit den Achseln und spießte noch mehr Pie auf die Gabel. »Tut mir leid.«

»Ist schon gut. Ich mache mir ebenfalls Sorgen. Du willst also die Baracke renovieren.«

»Das hat sich ja schnell rumgesprochen. Dabei habe ich mich erst vor wenigen Stunden entschieden.«

»Ich bin schon fast eine halbe Stunde hier. Lang genug, um alle Neuigkeiten zu erfahren. Du willst also wirklich bleiben.«

»Genau. Ist das ein Problem?«

Sie hob die Brauen. »Warum sollte es das sein?«

Er zuckte die Achseln und konzentrierte sich wieder auf seine Pie.

»Du hast also nicht vor, Sheriff von Deadwood zu werden?«

Er sah auf, suchte ihren Blick. »Nein.«

»Wir haben uns gewundert, dass du den Polizeidienst

verlassen hast.« Sie wartete einen Moment, aber er sagte nichts darauf. »Ich nehme an, die Arbeit als Privatdetektiv ist aufregender und vielleicht sogar besser bezahlt als die bei der Polizei.«

»Ja, die Bezahlung ist besser. Meistens jedenfalls.«

Sie schob den Kuchenteller weg, um nach ihrem Kaffee zu greifen. Sie stellte sich offensichtlich auf einen gemütlichen Plausch ein. Ihr Mund verzog sich zu einem leichten Lächeln. Er wusste, wie er schmeckte, wie er sich anfühlte.

Und dieses Wissen war ihm unerträglich.

»Das muss interessant gewesen sein. Deine Arbeit, meine ich.«

»Manchmal schon.«

»Und, ist es so wie im Fernsehen?«

»Nein.«

»Weißt du, Cooper, früher konnte man sich durchaus mit dir unterhalten.«

»Ich bin hierhergezogen«, sagte er knapp. »Ich helfe mit der Farm und mit den Pferden und damit basta.«

»Wenn ich mich um meine eigenen Angelegenheiten kümmern soll, brauchst du es nur zu sagen.«

»Kümmere dich um deine eigenen Angelegenheiten.«

»Na toll!« Sie knallte ihren Kaffeebecher auf den Tisch und stand auf. »Wir waren mal Freunde. Und ich dachte eigentlich, wir könnten wieder welche werden. Aber da habe ich mich wohl getäuscht.«

»Ich habe nicht vor, alte Geschichten wieder aufzuwärmen.«

»Du hast dich klar genug ausgedrückt. Sag Lucy danke für die Pie. Sobald ich kann, werde ich Sam besuchen und darauf achten, dir dabei aus dem Weg zu gehen.«

Als sie hinausstapfte, spießte er erneut Pie auf die Gabel und war froh, wieder allein zu sein.

8

Es dauerte nicht lange, bis Lil sich wieder eingewöhnt hatte. Alles war so, wie sie es wollte – sie hatte ihren Platz im Leben gefunden. Sie mochte ihre Arbeit, die Kollegen, die ihre Ziele teilten, und die Tiere. Sie erledigte die Post, machte ein paar wichtige Telefonate und beantragte Fördergelder, denn Geld war immer knapp.

Sie brauchte Zeit, um die neuen Praktikanten kennenzulernen, die während ihres Andenaufenthalts eingestellt worden waren. Zeit, um sich in die Berichte über die verletzten Wildtiere einzulesen, die behandelt und wieder freigelassen worden waren.

Sie fütterte die Tiere, pflegte sie und half Matt, sie zu behandeln. Allein mit der körperlichen Arbeit hatte sie alle Hände voll zu tun. Die Abende waren fürs Schreiben reserviert. Dann verfasste sie Artikel, Aufsätze, Fördergeldanträge und jene Texte, die Einblick in ihren Alltag gaben und Website-Besucher dazu brachten, auf »Spenden« zu klicken.

Jeden Abend kontrollierte sie die Signale, die Babys Geschwister sowie die anderen, mit einem Sender markierten Katzen und Wildtiere aussandten.

Einige von ihnen hatten sie an Jäger oder andere Tiere verloren. Oder aber sie waren an Altersschwäche gestorben oder überfahren worden. Doch im Moment gab es sechs Pumas, die aus den Black Hills stammten und von ihr oder ihren Kollegen markiert worden waren. Ein junges Männchen war bis nach Iowa gelangt, ein anderes lebte in Minnesota. Das Weibchen aus Babys Wurf hatte man im Südwesten der Black Hills gesichtet, in der Paarungszeit reichte ihr Revier bis nach Wyoming hinein.

Sie ortete die Tiere, berechnete ihre Verbreitung und erforschte ihr Verhalten oder ihre Revierwahl.

Sie plante, ein neues Pferd zu kaufen und sich auf Spurensuche zu begeben. Bis zum Frühling hatte sie Zeit, die Tiere einzufangen, zu untersuchen, zu markieren und wieder freizulassen.

Sie wollte auf jeden Fall viel Zeit in ihrem Naturschutzgebiet verbringen.

»Du solltest einen der Praktikanten mitnehmen«, insistierte Tansy.

Theoretisch hatte sie recht. Ausbildungs- und Schulungsmaßnahmen waren wichtig für das Reservat. Andererseits ...

»Es geht schneller, wenn ich allein unterwegs bin.« Lil probierte ein Funkgerät aus und packte es ein. »Ich habe extra bis tief in den Winter hinein gewartet. Ich will keine Zeit verlieren. Hier läuft so weit alles gut. Außerdem muss jemand nach der Kamera da oben sehen. Jetzt ist ein guter Zeitpunkt dafür. Vielleicht schaffe ich es ja sogar, ein Tier zu markieren.«

»Und wenn das Wetter umschlägt?«

»So weit reite ich auch nicht weg, Tansy. Jetzt, wo die Kamera nicht funktioniert, verlieren wir wichtige Daten. Sie muss kontrolliert werden. Wenn ein Unwetter aufzieht, bin ich entweder längst zurück, oder ich warte, bis es vorbei ist.«

Sie griff nach einem zweiten Funkgerät – man weiß ja nie.

»Ich bin über Funk erreichbar.« Sie hängte sich das Betäubungsgewehr um und hob ihren Rucksack hoch.

»Du willst *jetzt* aufbrechen?«

»Der Tag ist noch lang. Mit etwas Glück fange ich heute Abend oder morgen ein Tier, markiere es und trete den Rückweg an.«

»Aber ...«

»Hör auf, dir Sorgen zu machen. Ich werde jetzt gleich ein gutes Pferd von einem früheren Freund kaufen. Wenn das klappt, reite ich von dort aus los. Ich melde mich.«

Sie hoffte, dass der frühere Freund in der Stadt oder auf dem Wanderweg war und sich um seine Reittiere, Kunden oder sonst was kümmerte. Sie konnte auch mit Sam oder Lucy über das Pferd verhandeln und es vermeiden, mit Coop Geschäfte zu machen.

Vor allem jetzt, wo er ihr unmissverständlich gesagt hatte, dass sie sich um ihre eigenen Angelegenheiten kümmern solle.

Dabei hatte sie sich so bemüht, nett zu ihm zu sein und die Vergangenheit ruhen zu lassen. Na, dann eben nicht! Wenn er ekelhaft sein wollte, würde sie eben auch ekelhaft sein.

Aber sie brauchte ein gutes Pferd. Nur weil sie sauer

war, durfte sie draußen in der Natur keinerlei Risiko eingehen. Und das Pferd, das sie sonst ritt, wurde langsam zu alt für solche Ausflüge. Vielleicht schaffte sie es wirklich, ein Tier zu sichten. Aber es zu fangen und zu markieren war ein ehrgeiziges Vorhaben. Trotzdem, einen Versuch war es allemal wert, außerdem brauchte sie neues Datenmaterial für ihre über zehn Jahre laufende Studie.

Darüber hinaus gab ihr das Gelegenheit nachzusehen, ob sich da draußen irgendwelche Leute rumtrieben, und wenn ja, was für welche.

Als sie die Farm erreichte, hörte sie lautes Hämmern und Sägen von der Baracke her. Sie erkannte einen der Trucks, die daneben parkten – er gehörte einem Schreiner aus der Gegend. Aus lauter Neugier ging sie darauf zu.

Dass das ein Fehler war, sah sie sofort, als Coop herauskam.

Du bist aus rein geschäftlichen Gründen hier, ermahnte sie sich. Wickle einfach dein Geschäft ab.

»Ich möchte ein Pferd kaufen.«

»Ist deinem etwas zugestoßen?«

»Nein. Ich brauche eines, das erfahren im Gelände ist. Ich suche nach einem etwa fünf- bis achtjährigen Tier. Robust, reif, gesund.«

»Wir verkaufen keine Pferde, die nicht gesund sind. Machst du eine Exkursion?«

Sie legte den Kopf schief und sagte kühl: »Willst du mir jetzt ein Pferd verkaufen, Cooper, oder nicht?«

»Klar. Aber es dürfte in unserem beiderseitigen Interesse liegen, dass du das richtige Tier bekommst. Es ist schließlich ein Unterschied, ob du nur zum Freizeitvergnügen in die Berge reiten willst oder zu Arbeitszwecken.«

»Ich arbeite, also brauche ich ein Pferd, das sich für meine Arbeit eignet. Und zwar noch heute.«

»Du willst noch heute da hochreiten?«

»Stimmt genau. Ich möchte ein Tier einfangen und markieren. Und dafür benötige ich ein verlässliches Reitpferd, das mit unebenem Gelände vertraut ist und starke Nerven besitzt.«

»Hast du irgendwelche Pumas unweit deines Reservats gesichtet?«

»Für jemanden, der möchte, dass ich mich um meine eigenen Angelegenheiten kümmere, bist du ganz schön neugierig.«

»Es geht immerhin um mein Pferd«, sagte er.

»Innerhalb des Schutzgebiets habe ich keine gesichtet. Wir haben da draußen eine Kamera installiert, und ich will sie kontrollieren. Und wenn ich schon mal da bin, werde ich eine Lebendfalle aufstellen und sehen, ob ich Glück habe. Ich werde etwa zwei Tage unterwegs sein, maximal drei. Zufrieden?«

»Ich dachte, beim Markieren ist immer ein ganzes Team dabei?«

»Wenn es nur darum geht, ja. Aber ich habe das auch schon allein geschafft. Jetzt möchte ich dieses Pferd kaufen, und zwar noch bevor es Frühling wird, Cooper. Falls es dir nichts ausmacht.«

»Ich habe einen sechsjährigen Wallach, der dir gefallen dürfte. Ich hole ihn, dann kannst du ihn dir ansehen.«

Sie wollte schon sagen, dass sie mitkäme, änderte aber dann ihre Meinung. Sie blieb stehen. So musste sie wenigstens keine Konversation betreiben und kam nicht in die Versuchung, sich nach der Baracke zu erkundigen.

Der Wallach gefiel ihr auf Anhieb. Er war ein hübsches braun-weiß geschecktes Tier mit einer weißen Blesse. Seine Ohren waren gespitzt und seine Augen hellwach, als Coop ihn zum Zaun der Koppel führte.

Wegen seiner robusten Statur konnte er sie und ihre Ausrüstung problemlos tragen.

Er scheute nicht und wich nicht seitlich aus, als sie seine Beine und Hufe untersuchte. Er warf den Kopf etwas hin und her, als sie sich sein Maul und seine Zähne ansah, aber er versuchte nicht, nach ihr zu schnappen.

»Er lässt sich gut reiten. Er ist ziemlich temperamentvoll, deswegen haben wir ihn bisher nur erfahrenen Reitern gegeben. Er ist sehr bewegungsfreudig.« Coop tätschelte den Wallach. »Er ist robust und langweilt sich sowieso nur, wenn er in einer langen Reihe Pferde durch die Gegend trotten muss, dann macht er gern Ärger. Er will der Anführer sein.«

»Wie viel willst du dafür?«

»Da du zum Pferdekauf hier bist, hast du vermutlich auch deinen Sattel dabei. Sattle ihn und reite ein wenig auf ihm. Lass dir Zeit. Ich muss noch ein paar Sachen erledigen.«

Gesagt, getan. Der Wallach sah sie neugierig an, als wollte er sagen: Das kenne ich noch gar nicht. Dann wartete er geduldig, bis sie ihn gesattelt und aufgezäumt hatte. Als sie aufstieg, ging er einen Schritt zur Seite und zitterte erwartungsvoll.

Geht es los? Wirklich?

Sie schnalzte und fiel in einen schnellen, fröhlichen Trab. Sie arbeitete mit Lauten, Knien, Fersen und Händen, um ihm Kommandos zu geben. Gut ausgebildet, dachte sie, aber etwas anderes hatte sie von den Wilks-Pferden auch nicht erwartet.

Während sie den Wallach durch sämtliche Gangarten jagte und ihn wenden ließ, überlegte sie, wie viel sie ausgeben wollte und wo ihre Schmerzgrenze lag.

Sie wollte das Pferd haben.

Sie fiel wieder in Schritt, als Coop zurückkehrte und ein braunes, bereits gesatteltes Pferd am Zügel führte. »Hat er bereits einen Namen?«

»Wir nennen ihn Rocky, und er geht ab wie eine Rakete.«

Sie musste lachen. »Genau das, was ich suche. Wie viel verlangst du?«

Er nannte einen Preis an der oberen Grenze und ging dann zum Haus, um einen Rucksack zu holen, den er auf die Veranda gestellt hatte.

»Das ist etwas teurer, als ich dachte.«

»Wir können unterwegs weiterverhandeln.«

»Ich schulde dir ... Was?«

»Ich komme mit.«

Sie war dermaßen nervös, dass sie beinahe stotterte. »Nein, das geht nicht.«

»Das ist mein Pferd.«

»Hör mal, Cooper.« Sie verstummte und holte tief

Luft. »Wie kommst du nur auf die Idee, du könntest mitkommen?«

»Meine Großeltern brauchen ein bisschen Zeit für sich allein. Ich habe ihre Streitereien satt. Im Moment ist nicht viel los, sodass Gull ein, zwei Tage allein klarkommen dürfte. Außerdem habe ich Lust auf einen kleinen Campingausflug.«

»Dann zelte woanders.«

»Ich begleite mein Pferd. Du solltest lieber deine Ausrüstung holen.«

Sie stieg ab und wickelte die Zügel um den Zaun. »Ich zahle dir einen fairen Preis. Danach gehört das Pferd mir.«

»Du zahlst mir einen fairen Preis, wenn wir zurück sind. Betrachte es als Proberitt. Wenn du anschließend nicht mit ihm zufrieden bist, brauchst du auch keine Miete zu bezahlen.«

»Ich kann keine Gesellschaft gebrauchen.«

»Ich bin keine Gesellschaft. Ich begleite nur mein Pferd.«

Sie fluchte und rückte ihren Hut zurecht. Je länger sie überlegte, desto mehr wollte sie dieses verdammte Pferd. »Gut. Du hältst mit mir Schritt, oder ich hänge dich ab. Du solltest dein eigenes Zelt dabeihaben, deine eigene Ausrüstung und deine eigene Verpflegung, denn ich habe nicht vor, mit dir zu teilen. Und lass die Finger von mir – wir machen hier keinen Ausflug in die Vergangenheit!«

»Das sehe ich genauso.«

Er wusste selbst nicht, warum er das tat. Die Gründe, die er angeführt hatte, waren zwar nicht gelogen, aber der wahre Grund war ein anderer. Er war nicht scharf darauf, Zeit mit ihr zu verbringen und schon gar nicht ein, zwei Tage. Es wäre einfacher gewesen, ihr aus dem Weg zu gehen.

Aber dass sie allein losritt, gefiel ihm nicht.

Kein sehr überzeugender Grund, musste er zugeben, als sie schweigend losritten. Sie konnte gehen, wohin sie wollte und wann sie es wollte. Er konnte sie nicht davon abhalten. Außerdem hätte sie ohne sein Wissen losreiten können, und in diesem Fall hätte er keinen Gedanken an sie verschwendet oder sich gefragt, ob es ihr gutging.

So gesehen war es einfacher, sie allein zu lassen, als sie zu begleiten.

Doch sein spontaner Entschluss hatte auch Vorteile: Zunächst einmal war da diese herrliche Stille. Er konnte hören, wie der Wind durch die Bäume strich, die Hufe durch den Schnee stapften und das Leder knarzte.

Ein, zwei Tage lang würde er sich über nichts mehr Gedanken machen müssen. Nicht über Löhne und sonstige Kosten. Nicht übers Striegeln und Füttern. Und auch nicht über den Gesundheitszustand seines Großvaters und die Launen seiner Großmutter.

Endlich konnte er das tun, was er schon immer hatte tun wollen, seitdem er nach South Dakota zurückgekehrt war.

Er konnte einfach nur sein.

Sie ritten eine ganze Stunde, ohne ein einziges Wort zu wechseln, bis sie anhielt und er neben ihr zum Stehen kam.

»Das ist doch lächerlich! Du bist lächerlich. Lass mich allein.«

»Hast du ein Problem damit, wenn wir dieselbe Luft atmen?«

»Du kannst so viel atmen, wie du willst.« Sie machte eine weit ausholende Geste. »Hier gibt es jede Menge Atemluft. Ich verstehe nur nicht, was das für einen Sinn haben soll.«

»Gar keinen. Wir reiten einfach nur in dieselbe Richtung.«

»Du weißt doch gar nicht, wo ich hinwill.«

»Du reitest zu dem Grasland, wo der Puma das Büffelkalb gerissen hat. Mehr oder weniger zu jenem Ort, an dem wir die Leiche gefunden haben.«

Sie kniff die Augen zusammen. »Woher weißt du das?«

»Die Leute reden mit mir, ob ich das will oder nicht. Auch über dich. Dort reitest du meistens hin, wenn du allein sein willst.«

Sie rutschte unruhig im Sattel hin und her und schien mit sich zu kämpfen. »Bist du seitdem wieder dort gewesen?«

»Ja.«

Sie schnalzte, um Rocky erneut anzutreiben. »Du weißt vermutlich, dass man den Mörder nie gefunden hat.«

»Vielleicht hat er noch andere Morde begangen.«

»Wie meinst du das?«

»Zwei in Wyoming, einen in Idaho. Alles Frauen, die allein in den Bergen unterwegs waren. Die zweite zwei Jahre nach Melinda Barrett. Eine andere dreizehn Monate später. Die letzte sechs Monate danach.«

»Woher weißt du das?«

»Ich war mal Polizist.« Er zuckte mit den Achseln. »Ich habe Nachforschungen angestellt. Nach ähnlichen Verbrechen Ausschau gehalten: ein Schlag auf den Kopf, Messerstiche, das Ganze an abgelegenen Orten. Er nimmt ihren Rucksack, ihren Ausweis und ihren Schmuck mit, den Rest überlässt er den Tieren. Die anderen Fälle sind ebenfalls ungeklärt. Danach hat es aufgehört, nach vier Morden war Schluss. Das heißt, dass er sich entweder auf andere Opfer verlegt hat oder wegen eines anderen Vergehens eingelocht wurde und jetzt im Gefängnis sitzt. Oder aber er ist tot.«

»Vier«, sagte sie, »vier Frauen. Es muss doch irgendwelche Verdächtigen oder Spuren gegeben haben.«

»Nichts, was wirklich überzeugend war. Meiner Meinung nach ist er entweder im Gefängnis oder tot. Es ist ziemlich viel Zeit vergangen, seit etwas Ähnliches passiert ist.«

»Und Menschen ändern sich nicht. Zumindest nicht von Grund auf«, fügte sie hinzu, als er sie ansah. »So ist das mit dem Töten. Es ist etwas ganz Ursprüngliches. Wenn es derselbe Mörder ist, dann kennt er seine Opfer nicht, stimmt's? Auf jeden Fall nicht näher. Es ist ein bestimmtes Beuteschema, das die Tat auslöst. Eine einsame Frau in einer bestimmten Umgebung. Sein Revier mag sich ändern, aber nicht sein Beuteschema. Hat ein Jäger einmal mit seiner Methode Erfolg, setzt er sie immer wieder ein.«

Sie ritt eine Weile schweigend weiter, und als er nichts sagte, fuhr sie fort: »Ich dachte oder wollte es mir zumindest einreden, dass Melinda Barrett eine Art

Zufall oder zumindest ein Ausnahmefall war. Dass es jemand war, den sie kannte oder der sie kannte und es auf sie abgesehen hatte.«

»Du hast die Stelle markiert, wo wir sie gefunden haben.«

»Das war doch das Mindeste. Zum Gedenken an sie. Vor vier Jahren habe ich dort oben ein junges Männchen mit einem Sender versehen. Es ist bis nach Wyoming gewandert. Da oben hat auch die Kamera vor ein paar Tagen den Geist aufgegeben. Es ist eine Infrarotkamera, ein Bewegungsmelder. Sie verschafft uns viele Klicks. Die Tierkameras im Reservat und in der Wildnis sind sehr beliebt auf unserer Website.«

Sie gebot sich zu schweigen, schließlich hatte sie sich nicht mit ihm unterhalten wollen. Aber eine richtige Unterhaltung war das sowieso nicht, eher ein Monolog.

»Du bist wirklich äußerst gesprächig geworden in all den Jahren«, bemerkte sie.

»Du wolltest doch keine Gesellschaft?«

»Nein, und das will ich nach wie vor nicht. Und trotzdem bist du hier.«

Genau aus diesem Grund beschloss er, sich Mühe zu geben. »Schalten sich die Kameras oft ab?«

»Sie müssen regelmäßig gewartet werden. Das Wetter, die Tiere ... manchmal macht sich auch der ein oder andere Wanderer daran zu schaffen.« Als sie den Fluss erreichten, blieb sie stehen. Hier türmte sich der Schnee, in dem man kreuz und quer die Spuren jener Tiere sah, die zum Jagen oder Trinken hierherkamen.

»Wir machen keinen Ausflug in die Vergangenheit«, wiederholte sie. »Es ist einfach nur ein guter Zeltplatz.

Ich lasse meine Sachen hier, bevor ich weiter hochreite.«

Sie befanden sich ein Stück flussaufwärts von der Stelle, an der sie oft gepicknickt hatten. An der sie sich das erste Mal geliebt hatten. Er verlor kein Wort darüber, denn sie musste nicht daran erinnert werden. Lillian Chance kannte diese Gegend in- und auswendig – so gut wie andere Frauen den Inhalt ihres Kleiderschranks.

Wahrscheinlich sogar besser. Auch er lud sein Pferd ab und baute sein Zelt in ungefähr viereinhalb Metern Entfernung zu ihrem auf.

Der bewusste Abstand war sicherlich für ihr Grinsen verantwortlich, aber er kommentierte es nicht weiter.

»Macht die Baracke Fortschritte?«, fragte sie, als sie schließlich weiterritten. »Oder geht mich das auch nichts an?«

»Langsam, aber sicher. Wenn alles gut geht, kann ich bald einziehen.«

»In deinen eigenen Bungalow?«

»Jeder braucht ein eigenes Zuhause.«

»Ich weiß, wie das ist. Bevor wir die Hütte gebaut haben, kam ich mir zu Hause vor wie früher mit sechzehn. Egal, wie viel Platz man zur Verfügung hat – wenn man in einem gewissen Alter immer noch bei den Eltern – oder Großeltern – lebt, fühlt sich das einfach komisch an …«

»Noch komischer ist es mitzubekommen, wie das Bett quietscht, weil deine Großeltern Sex haben.«

Sie lachte rau auf. »Ach du meine Güte. Vielen Dank auch.«

»Versöhnungssex«, fügte er hinzu, womit er sie erneut zum Lachen brachte.

»Ist ja gut, jetzt hör schon auf.« Sie sah ihn an, und ihr flüchtiges, breites Lächeln traf ihn sofort bis ins Mark.

»Du hast es ernst gemeint.«

»Was?«

»Das Lächeln. Du hast es dir nur verkniffen.«

»Vielleicht.« Sie sah weg und richtete ihre dunklen, verführerischen Augen wieder nach vorn. »Vermutlich wissen wir beide nicht recht, wie wir uns in dieser Situation verhalten sollen. Auf Besuch kommen ist eine Sache, und seit damals sind wir fast nie gleichzeitig im selben Bundesstaat gewesen. Aber jetzt leben wir im selben Ort, haben überwiegend mit denselben Leuten zu tun. Ich bin es nicht gewohnt, in der Nähe meiner Ex-Freunde zu leben und zu arbeiten.«

»Gab es viele davon?«

Unter ihrer Hutkrempe warf sie ihm einen eiskalten Blick zu. »Das geht dich eindeutig nichts an.«

»Vielleicht sollten wir eine Liste mit verbotenen Fragen machen.«

»Vielleicht.«

Wie damals suchten sie sich ihren Weg durch die Kiefern und Birken. Aber jetzt war die Luft klar und bitterkalt, und ihre Gedanken weilten in der Vergangenheit, nicht in der Zukunft.

»Hier war ein Puma.«

Sie brachte ihr Pferd zum Stehen, genau wie damals. Coop kam es vor wie ein Déjà-vu-Erlebnis – er sah Lil in einem roten T-Shirt und Jeans vor sich, das Haar unter dem Hut trug sie offen. Sie streckte die Hand nach ihm aus, während sie dicht nebeneinanderher ritten.

Die jetzige Lil mit dem langen Zopf und der Lammfelljacke streckte die Hand nicht nach ihm aus. Stattdessen beugte sie sich vor und untersuchte den Boden. Aber er nahm den Duft ihres Haares wahr, ihren Urwaldduft. »Und Rehe. Sie ist auf der Jagd.«

»Du bist gut im Fährtenlesen, aber wie willst du das Geschlecht eines Tieres an seinen Fußspuren ablesen?«

»Das ist nur so eine Vermutung.« Jetzt war sie wieder ganz in ihrem Element. Sie richtete sich im Sattel auf und suchte die Umgebung aufmerksam ab. »Die Bäume weisen zahlreiche Kratzspuren auf. Das ist ihr Revier. Wir konnten sie ein paar Mal filmen, bevor die Kamera schlappmachte. Sie ist jung. Ich würde sagen, die erste Paarung steht ihr noch bevor.«

»Wir sind also einem jungfräulichen Pumaweibchen auf der Spur.«

»Sie ist wahrscheinlich ein Jahr alt«, fuhr Lil jetzt langsamer fort. »Noch nicht ganz ausgewachsen. Sie macht die ersten größeren Ausflüge mit ihrer Mutter und hat noch wenig Erfahrung. Vielleicht habe ich Glück, nach genau so etwas suche ich. Und vielleicht stammt sie ja von dem Tier ab, das ich hier vor vielen Jahren gesehen habe. Oder sie ist Babys Kusine.«

»Baby?«

»Der Puma im Reservat. Ich habe ihn und seine Geschwister in diesem Abschnitt gefunden. Es wäre interessant zu wissen, ob ihre Mütter aus einem Wurf stammen.«

»Es gibt bestimmt familiäre Ähnlichkeiten.«

»DNA-Spuren, Coop, dieselben, mit denen auch die Polizei arbeitet. Das ist eines meiner Hobbys. Mich interessiert, wo sie hinwandern. Wo sie sich zur Paarung treffen. Und ob die Weibchen sich von ihren alten Schlupfwinkeln und Geburtsstätten angezogen fühlen.«

Bevor das Grasland begann, blieb sie erneut stehen. »Rehe, Elche, Büffel. Sie hat die Wahl.« Sie zeigte auf die Spuren im Schnee. »Und deshalb habe ich vielleicht wirklich Glück.«

Sie stieg vom Pferd und ging auf eine einfache Holzkiste zu. Während Coop sein eigenes Pferd anband, hörte er, wie sie vor sich hin murmelte und fluchte. »Die Kamera ist nicht kaputt.« Sie hob ein kaputtes Vorhängeschloss auf, das im Schnee lag. »Und das Wetter oder die Fauna waren auch nicht schuld. Irgendein Scherzbold.« Sie steckte das kaputte Schloss in ihre Tasche und ging in die Hocke, um den Deckel von der Kiste zu nehmen.

»Der uns einen Streich gespielt hat. Er hat das Schloss aufgebrochen, die Kiste geöffnet und die Kamera abgeschaltet.«

Coop musterte Kiste und Kamera. »Wie viel geht auf so ein Ding drauf?«

»Auf diese Kamera hier? Ungefähr sechshundert Minuten. Und ich habe wirklich nicht die leiseste Ahnung, was das soll. Aus reiner Lust an der Zerstörung.«

Vielleicht, dachte Coop. Aber der Vorfall hatte sie hergelockt, und sie wäre allein gekommen, wenn er sie nicht spontan begleitet hätte.

Er entfernte sich ein Stück, während sie die Kamera wieder anmachte und das Reservat anfunkte.

Er konnte nicht so gut Spuren lesen wie sie, da brauchte er sich nichts vorzumachen. Aber er entdeckte Stiefelabdrücke, die kamen und gingen, das Grasland überquerten und zu den Bäumen auf der anderen Seite führten.

Der Stiefelgröße und Schrittlänge nach zu urteilen musste der Vandale – wenn er denn einer war – etwa ein Meter dreiundachtzig groß sein und Schuhgröße dreiundvierzig bis fünfundvierzig haben. Aber um mehr zu erfahren, reichte es nicht, sich nur ein wenig umzuschauen.

Er suchte die Ebene, die Bäume, das Unterholz und die Felsen ab. Es gab hier jede Menge Hinterland und Naturschutzparks, von denen manche privat waren. Alles Orte, an denen man zelten konnte, ohne einer Menschenseele zu begegnen.

Wildkatzen waren nicht die einzige Spezies, die auf die Jagd ging.

»Die Kamera funktioniert wieder.« Sie musterte die Spuren, die Cooper gefunden hatte. »Er kennt sich hier aus«, bemerkte sie, drehte sich um und ging zu einer verwitterten grünen Plane, die an Pflöcken befestigt war. »Hoffentlich hat er die Käfigfalle nicht zerstört.«

Sie löste die Plane und schlug sie zurück. Der Käfig war unversehrt. Nur die Tür fehlte, und die hatte sie auf dem Pferd mitgebracht. »Wir entfernen die Tür, damit niemand sonst den Käfig verwenden kann oder ein Tier, das sich aus lauter Neugier hier rein verirrt hat, nicht wieder herausfindet. Ich lasse den Käfig oben, weil ich in diesem Abschnitt schon öfter Glück hatte. Das ist einfacher, als ihn jedes Mal wieder mit raufzuschleppen. Im Winter kommen sowieso kaum Leute hierher.«

Sie blickte auf den Boden. »Er kam aus derselben Richtung wie wir. Und zwar zu Fuß, wenigstens den letzten Kilometer.«

»Das ist mir auch schon aufgefallen. Er hat sich der Kamera von hinten genähert.«

»Wahrscheinlich ist er schüchtern. Jetzt, wo du hier bist, kannst du mir auch helfen, den Käfig zusammenzubauen.«

Er trug den Käfig, während sie die Tür holte. Dann sah er zu, wie sie sie am Rande des Graslands schnell und geübt einhängte. Sie kontrollierte die Käfigfalle mehrmals und legte dann blutiges Rindfleisch als Köder hinein.

Sie notierte die Uhrzeit und nickte. »Noch etwas mehr als zwei Stunden, bevor es dunkel wird. Wenn das Pumaweibchen hier Jagd macht, sollte es durch den Köder angelockt werden.«

Sie wusch sich das Blut mit Schnee von den Händen und zog die Handschuhe an. »Wir können vom Zeltlager aus zusehen.«

»Ach ja?«

Sie grinste. »Ich habe die entsprechende Technik dafür.«

Sie machten sich auf den Rückweg zu den Zelten. Aber wie erwartet nahm sie einen Umweg, um den menschlichen Spuren zu folgen.

»Er ist quer rüber zum Nationalpark gegangen«, sagte sie. »Wenn er in diese Richtung weiterläuft, kommt er auf den Wanderweg. Er ist allein und zu Fuß unterwegs.«

»Wir können seinen Spuren folgen, aber irgendwann werden sie sich zwischen den anderen verlieren.«

»Das hat sowieso keinen Sinn. Er ist nicht so zurückgegangen. Er hat seinen Weg fortgesetzt. Wahrscheinlich einer von diesen Survival-Typen oder Extremwanderern. Die Bergwacht hat diesen Winter zwei kleinere Gruppen retten müssen, hat mir mein Vater erzählt. Die Leute glauben, die Wildnis und den Winter richtig einschätzen zu können. Aber die meisten täuschen sich. Doch unser Mann hier dürfte sich wirklich auskennen. Gleichmäßige Schritte bei konstantem Tempo: Der kennt sich aus.«

»Du solltest den Vorfall mit der Kamera melden.«

»Weswegen? Officer, jemand hat mein Billig-Vorhängeschloss aufgebrochen und meine Kamera ausgeschaltet. Schicken Sie einen Suchtrupp los.«

»Es kann nicht schaden, den Vorfall zu dokumentieren.«

»Du warst zu lange weg. Bis ich wieder zu Hause bin, haben das meine Leute längst dem Kurierfahrer und den Praktikanten erzählt, die es ihrerseits ihren Chefs, Nachbarn und Kollegen erzählen. Der Vorfall ist bereits dokumentiert – wie man das hier in South Dakota eben so macht.«

Aber sie drehte sich im Sattel um und merkte sich, woher sie gekommen waren.

Zurück im Zeltlager, packte sie einen kleinen Laptop aus, setzte sich auf ihren Klappstuhl und machte sich an die Arbeit. Coop blieb bei seinem Zelt, machte den Campingkocher an und kochte Kaffee. Er hatte vergessen, wie schön es war, Kaffee auf einem Campingkocher zu kochen, und wie köstlich er in so einer Umgebung schmeckte. Er saß da, trank ihn mit Genuss und beobachtete, wie sich das Flusswasser seinen Weg zwischen den Felsen und dem Eis hindurchbahnte.

Lil schien zu arbeiten. Sie sprach in ihr Funkgerät und tauschte Koordinaten und Daten aus.

»Wenn du mir etwas von deinem Kaffee abgibst, teile ich meinen Rindereintopf mit dir.« Sie sah zu ihm hinüber. »Der ist nicht aus der Dose, sondern von meiner Mutter.«

Er nippte an seinem Kaffee und sah sie nur schweigend an.

»Ich weiß, was ich vorhin gesagt habe, war blöd. Ich bin nicht mehr sauer auf dich, zumindest nicht im Moment.«

Sie stellte den Laptop auf den Stuhl und ging zu ihrer Satteltasche, in der sie den Eintopf aufbewahrte. »Das ist ein guter Tausch.«

Dagegen ließ sich nichts einwenden. Auf jeden Fall wollte er wissen, was sie gerade an ihrem Computer machte. Er schenkte eine zweite Tasse Kaffee ein, süßte ihn so, wie sie es mochte – vorausgesetzt, sie hatte ihre Vorlieben nicht inzwischen geändert –, und ging zu ihrem Zelt hinüber.

Sie tranken den Kaffee, während sie am verschneiten Flussufer standen.

»Der Computer ist mit der Kamera verbunden. Sobald sie aktiviert wird, bekomme ich ein Signal und ein Bild.«

»Toll.«

»Lucius hat das so programmiert. Das reinste Computergenie. Er kann auch deinen Großeltern eine Nachricht schicken, wenn du wissen willst, wie es ihnen geht. Aber ich habe ihn beziehungsweise Tansy längst gebeten, sie anzurufen und ihnen zu sagen, dass wir unsere Zelte aufgeschlagen haben. Das Wetter soll schön bleiben, also dürfte alles gutgehen.«

Sie wandte den Kopf. Ihre Blicke trafen sich, und keiner schlug die Augen nieder. Irgendetwas ließ sein Herz schneller schlagen, bevor sie wegsah. »Der Kaffee schmeckt gut«, sagte sie. »Ich werde mich um mein Pferd kümmern und anschließend den Eintopf aufwärmen.«

Mit diesen Worten ließ sie ihn am Fluss stehen.

Sie wehrte sich gegen ihre Gefühle. Es ärgerte und frustrierte sie, dass sie sie nicht einfach abschalten konnte.

Was war bloß so toll an ihm? Diese Spur von Traurigkeit und Verzweiflung, die sie tief in seinem Innern wahrzunehmen glaubte, zog sie unwiderstehlich an.

Aber das waren ihre Gefühle, ermahnte sie sich. Das war allein ihr Problem.

Ging es Jean-Paul genauso?, fragte sie sich. Spürte er auch dieses Sehnen, ohne dass es je erwidert wurde? Wenn sie schuld daran war, dass sich ein anderer Mensch dermaßen hilflos fühlte, hatte sie wirklich einen gehörigen Tritt in den Hintern verdient.

Vielleicht war die Erkenntnis, nach wie vor in Cooper Sullivan verliebt zu sein, ihr Tritt in den Hintern. Eine sehr schmerzhafte Erkenntnis.

Zu dumm, dass sie nicht die Möglichkeit hatte zu tun, was Jean-Paul getan hatte, nämlich einfach zu gehen, sich zu verabschieden. Ihr Leben, ihre Wurzeln, ihre Arbeit – all das war hier. Sie würde damit leben müssen.

Nachdem sie ihr Pferd gefüttert und getränkt hatte, wärmte sie den Eintopf auf.

Als sie Coop den Teller brachte, dämmerte es.

»Das dürfte heiß genug sein. Ich habe noch zu arbeiten, deshalb ...«

»Prima, danke.« Er nahm den Teller und las im schwindenden Tageslicht sowie im Schein des Lagerfeuers sein Buch weiter.

In der Dämmerung kamen Maultierhirsche, um ein Stück flussabwärts zu trinken. Lil konnte ihre Bewegungen und Schatten sehen, das Klappern und Scharren ihrer Hufe hören. Sie warf einen Blick auf den Computerbildschirm, aber im Grasland tat sich noch nichts.

Als der Mond aufging, nahm sie ihren Computer und ihre Lampe mit ins Zelt. In Coopers Gegenwart fühlte sie sich einsamer, als wenn sie allein gewesen wäre. Sie lauschte in die Nacht, in die Wildnis hinaus. Mit den nächtlichen Geräuschen kamen die Jagdrufe, die Schreie der Gejagten. Sie hörte ihr Pferd schnauben und Coops Pferd leise wiehern.

Die Nacht war voller Geräusche, dachte sie. Aber die beiden Menschen darin wechselten kein einziges Wort.

Sie wachte kurz vor Tagesanbruch auf, weil sie das Gefühl hatte, der Computer hätte sich gemeldet. Sie setzte sich langsam auf und spitzte die Ohren. Vor dem Zelt bewegte sich etwas, sie hörte verstohlene, menschliche

Schritte. Im Dunkeln fasste Lil ihr Betäubungsgewehr sowie ihr Gewehr ins Auge. Sie traf eine Entscheidung und griff nach dem Betäubungsgewehr.

Langsam öffnete sie das Zelt und spähte hinaus. Sogar im Dunkeln konnte sie Coops Schatten erkennen. Trotzdem nahm sie das Gewehr mit, als sie aus dem Zelt glitt.

»Was ist?«

Er hob eine Hand, um sie zum Schweigen zu bringen, und bedeutete ihr, ins Zelt zurückzukehren. Sie hörte nicht auf ihn, sondern ging direkt auf ihn zu.

»Was ist los?«, wiederholte sie.

»Jemand war hier.«

»Das kann auch ein Tier gewesen sein.«

»Das war kein Tier. Er muss mich im Zelt gehört haben, mitbekommen haben, wie ich es öffne. Da ist er schleunigst verschwunden. Wofür soll das gut sein?«

Sie warf einen Blick auf das Betäubungsgewehr. »Zum Ruhigstellen, zur Not auch Menschen. Ich habe dich gehört, war mir aber nicht sicher, ob du es bist.«

»Es kann auch ein Tier gewesen sein.«

Sie seufzte. »Ich geb's ja zu, du kennst den Unterschied genauso gut wie ich. Und wofür soll das gut sein?«, fragte sie und zeigte auf die 9-mm-Pistole in seiner Hand.«

»Zum Ruhigstellen.«

»Meine Güte, Cooper!«

Anstelle einer Antwort ging er zu seinem Zelt zurück und kam mit einer Taschenlampe wieder. Er gab sie ihr. »Lies die Spuren.«

Sie richtete den Lichtkegel auf den Schnee. »Gut, das

bist du, höchstwahrscheinlich hast du den Zeltplatz verlassen, um deine Blase zu entleeren.«

»Wo du recht hast, hast du recht.«

»Und das hier ist eine andere Spur, sie kommt von der anderen Flussseite her auf uns zu. Eine Fußspur in nördlicher Richtung. Hier wurde gerannt oder zumindest in großen Sätzen gesprungen.« Sie atmete hörbar aus. »Vielleicht ein Wilderer. Jemand, der zum Jagen hergekommen ist, hat das Zeltlager entdeckt. Mist, die Spur sieht aus wie die beim Käfig. Trotzdem könnte sie einem Wilderer gehören. Einem, der gerne Unsinn macht.«

»Vielleicht.«

»Du denkst wahrscheinlich immer noch wie ein Polizist und findest jeden verdächtig. Und wahrscheinlich glaubst du auch, dass ich in Schwierigkeiten wäre, wenn du nicht hier wärst.«

»Du kannst wohl Gedanken lesen.«

»Glaub mir, ich kenne die Typen. So spannend ist es wirklich nicht, sie zu verfolgen. Außerdem komme ich alleine klar, und zwar schon seit einer ganzen Weile.« Sie schwieg, um sicherzustellen, dass ihre Botschaft auch richtig ankam. »Trotzdem weiß ich es zu schätzen, dass wir in der Mehrzahl sind. Ich bin schließlich nicht blöd.«

»Dann wirst du dich sicherlich auch fragen, wie er es in der Dunkelheit geschafft hat, so schnell und zielstrebig zum Wanderweg zu rennen. Der Mond steht am Himmel, und es wird langsam hell, aber vorhin war es stockdunkel.«

»Seine Augen haben sich an die Dunkelheit gewöhnt.

Oder er hat eine Infrarotbrille dabei. Wahrscheinlich Letzteres, wenn er im Dunkeln auf die Jagd geht. Er weiß genau, was er tut. Ich werde den Vorfall melden, aber ...«

Sie verstummte, als es in ihrem Zelt piepste. Instinktiv rannte sie zurück, ja, sprang förmlich hinein. »Da bist du ja! Dieser Mistkerl scheint mir Glück gebracht zu haben. Ich habe nicht damit gerechnet, sie zu sehen zu bekommen. Da bist du ja, meine Schöne!«, murmelte sie, als sie sah, wie das junge Pumaweibchen am hinteren Ende des Graslands Witterung aufnahm. »Coop, das musst du sehen! Los, komm schon!«

Sie rutschte zur Seite, damit er auch etwas sehen konnte, nachdem er zu ihr ins Zelt gekommen war. »Sie wittert den Köder. Sie schleicht sich heimlich heran, bleibt im Schatten des Unterholzes. Sie kann im Dunkeln sehen, hat scharfe Augen. Der Käfig ist ihr nicht vertraut, aber dieser Duft darin ... Meine Güte, ist die schön. Sieh sie dir nur an!«

Das Tier schien durch den Schnee zu schwimmen, den Bauch dicht am Boden.

Dann blieb es stehen, und Lil hielt die Luft an, weil es so schnell war wie der Blitz. Was für eine Kraft! Das Weibchen machte mehrere Sätze. Obwohl die Falle zuschnappte, gelang es der Katze doch, den Köder zu fassen zu bekommen.

»Wir haben sie. Wir haben sie!« Mit einem triumphierenden Lachen packte Lil Coop am Arm. »Hast du gesehen, wie ...«

Sie wandte den Kopf. Ihr Mund stieß beinahe mit seinem zusammen, so eng war es in dem Zelt. Sie spürte seine Wärme, sah das Funkeln in seinen Augen, seinen eisblauen Augen. Einen winzigen Moment lang kehrten ihre Erinnerungen zurück.

Dann wich sie zurück, hinaus aus der Gefahrenzone. »Ich muss meine Ausrüstung holen. Es ist schon fast Tag. Bald ist es hell genug, dass wir den Wanderweg sehen können.«

Sie griff nach dem Funkgerät. »Bitte entschuldige mich. Ich muss einen Funkspruch übermitteln.«

9

Während Lil ihre Anrufe erledigte und alles verstaute, machte Coop Frühstück und räumte seinen Zeltplatz auf. Er sattelte gerade sein Pferd, als sie kam, um ihres zu satteln.

»Was hast du jetzt mit ihr vor?«

»Sie ruhigstellen. Mit dem Betäubungsgewehr kann ich mich bis auf einen halben Meter nähern und sie betäuben, ohne ihr wehzutun. Ich werde Blut- und Haarproben entnehmen, ihr Gewicht bestimmen, ihre Größe und so weiter. Und ihr dann ein Halsband mit Sender umlegen. Danke«, sagte sie, sichtlich zerstreut, als er ihr einen Becher mit Kaffee reichte. »Ich werde ihr nur eine kleine Dosis geben, aber für ein paar Stunden wird sie das Bewusstsein verlieren. Ich muss dabeibleiben, bis sie wieder zu sich kommt und sich erholt. Denn so lange ist sie eine leichte Beute. Das wird mich viel Zeit kosten, aber wenn alles gut geht, kann sie ihren Weg gegen Mittag fortsetzen, und ich habe, was ich wollte.«

»Und was bringt dir das?«

»Du meinst, außer Befriedigung?« Als die Sonne die östlichen Berge in rosarotes Licht tauchte, schwang sie sich in den Sattel. »Informationen. Der Puma gilt als bedrohte Tierart. Die meisten Leute – und ich rede hier von Leuten, die in ausgewiesenen Puma-Lebensräumen wohnen – haben noch nie einen gesehen.«

»Die meisten Leute sind anders als du.« Er stieg ab und bot ihr einen Zwieback mit Speck an, den er zubereitet hatte.

»Ja, das stimmt.« Sie sah erst den Zwieback an, dann ihn. »Du hast Frühstück gemacht. Jetzt habe ich wirklich ein schlechtes Gewissen, schließlich wollte ich dich eigentlich gar nicht dabeihaben.«

»Das freut mich.«

»Wie dem auch sei« – sie nahm einen Bissen, während sie die Pferde wieder in Richtung Wanderweg lenkten – »meistens werden Luchse oder das ein oder andere Haustier gesichtet. Die Leute kaufen exotische Wildkatzen – und dann werden wir regelmäßig von solchen Käufern angerufen, weil sie nicht wissen, was sie tun sollen, wenn der Plüschtiger kein niedliches kleines Kätzchen mehr ist.« Sie nahm noch einen Bissen. »Aber meist sehen die Leute einen Luchs und denken – Hilfe, ein Puma! Und in den seltenen Fällen, in denen sie sich nicht irren, begreifen sie nicht, dass er nicht auf Menschenfleisch aus ist. Das Mädchen da oben wird sich fragen, wie sie nur in diese Falle geraten ist. Sie hat noch etwa acht, neun Jahre vor sich, wenn sie das durchschnittliche Lebensalter eines Weibchens in freier Wildbahn erreicht. Jedes zweite Jahr wird sie sich paaren und Junge bekommen, im Durchschnitt etwa drei. Zwei davon werden mit großer Wahrscheinlichkeit sterben, bevor sie ein Jahr alt sind. Sie wird sie füttern, sie bis aufs Blut verteidigen, ihnen das Jagen beibringen. Sie wird sie lieben, bis es Zeit wird loszulassen. In ihrem Leben wird sie durch ein etwa zweihundertvierzig Quadratkilometer großes Revier streifen.«

»Und diese Streifzüge dokumentierst du mithilfe des Halsbandsenders.«

»Wo sie hingeht und wann, wie sie dahin kommt und wie lange es dauert. Wann sie sich paart. Ich mache eine Generationenstudie. Mit Babys Wurfgenossen und einem noch nicht ganz ausgewachsenen Männchen, das ich letztes Jahr im Canyon eingefangen und markiert habe, habe ich bereits zwei Generationen zusammen. Das hier wird die nächste.«

Sobald es der Pfad erlaubte, ließen sie ihre Pferde traben.

»Weißt du inzwischen nicht längst schon alles, was man über Pumas wissen kann?«

»Es gibt so viel über sie zu erforschen: die Biologie, die Verhaltensforschung, ihre Rolle im Ökosystem, ihre Verbreitung, ihre Lebensräume, ja sogar die Mythologie. Alles ist wichtig, und je mehr wir wissen, desto besser können wir diese Art schützen. Hinzu kommt das Spendensammeln. Unsere Spender wollen informiert bleiben und warten auf spannende Nachrichten. Ich werde dem neuen Mädchen da oben einen Namen geben und ein Foto von ihm auf unsere Website stellen. So trage ich dazu bei, dass seine Art weiterhin geschützt, erforscht und verstanden wird. Außerdem interessiert es mich.«

Sie sah Coop an. »Und ehrlich gesagt, kann man den Tag gar nicht schöner beginnen.«

»Ich habe schon Schlimmeres erlebt.«

»Frische Luft, ein gutes Pferd, eine Landschaft, für die viel Geld hingeblättert wird, um sie in Bildbänden bestaunen zu können. Ein interessanter Job. Was will man mehr.« Sie legte den Kopf schief. »Das kann wahrscheinlich sogar ein Großstädter verstehen.«

»In der Stadt lebt es sich weder besser noch schlechter. Bloß anders.«

»Vermisst du sie? Deine Arbeit dort?«

»Ich mache, was ich will. Genau wie du.«

»Das ist wichtig. Und du kannst das gut. Mit den Pferden arbeiten ...«, fügte sie erklärend hinzu. »Das konntest du schon immer.« Sie beugte sich nach vorne und streichelte den Hals ihres Wallachs. »Wir müssen immer noch über den Preis verhandeln, aber du hattest recht: Rocky passt zu mir.«

Sie runzelte die Stirn und verlangsamte das Tempo. »Da ist er wieder, unser Freund.« Sie zeigte auf die Spuren. »Er ist hier auf den Pfad gestoßen. Weit ausholende Schritte. Gerannt ist er nicht, aber zügig gelaufen. Was hat er bloß vor?« Ihr Herz machte einen Sprung. »Er läuft in Richtung Grasland. In Richtung Puma.«

Noch während sie das sagte, zerriss ein Schrei die Luft und hallte von den Bergen wider. »Er ist dort. Dort oben.« Sie trieb ihr Pferd zum Galopp an.

Ein zweiter Schrei ertönte, voller Wut. Und der dritte, hoch und schrill, wurde mit dem Knall eines Schusses zum Schweigen gebracht.

»Nein!« Halb blind zerrte sie an den Zügeln, um den Bäumen auszuweichen, klammerte sich an ihr Pferd und trieb es durch den Schnee.

Sie schlug nach Coop, als er sie einholte und nach ihren Zügeln griff. »Lass los. Hau ab! Er hat sie erschossen. Er hat sie erschossen.«

»Wenn, dann kannst du jetzt auch nichts mehr daran ändern.« Er nahm Rockys Zügel kurz und sprach beruhigend auf die Pferde ein. »Da oben ist jemand, und zwar bewaffnet. Du galoppierst da nicht rauf und riskierst, dass sich dieses Pferd ein Bein bricht oder du mit dem Leben bezahlst. Bleib stehen und denk nach!«

»Er hat einen Vorsprung von mindestens fünfzehn, zwanzig Minuten. Sie sitzt in der Falle. Ich muss ...«

»Beruhige dich. Denk nach. Benutz dein Funkgerät. Melde den Vorfall.«

»Wenn du glaubst, dass ich hierbleibe und abwarte, während er ...«

»Du wirst den Vorfall melden.« Seine Stimme war so kalt und durchdringend wie seine Augen. »Und wir werden diesen Spuren folgen. Eins nach dem anderen. Ruf deine Leute an, lass überprüfen, ob die Kamera noch funktioniert. Bitte sie, den Schuss zu melden. Danach bleibst du hinter mir, denn ich bin derjenige mit einer echten Waffe. Und damit basta! Los, mach schon.«

Normalerweise hätte sie sich diesen Ton nicht bieten lassen, seine Befehle nicht befolgt. Aber er hatte recht, was die Kamera betraf. Sie zog ihr Funkgerät heraus, während Coop voranritt. »Ich habe noch ein Gewehr dabei, für alle Fälle«, sagte sie.

Sie erreichte eine sehr verschlafene Tansy. »Hallo, Lil. Wo ...«

»Kontrollier die Kamera. Nummer elf. Die, die ich gestern aktiviert habe. Und zwar sofort.«

»Klar. Ich habe sie im Auge, seit du angerufen hast. Ich bin nur kurz raus, um nach den Tieren zu sehen, habe Eric mitgebracht, damit ... Mist, sie ist schon wieder aus. Bist du ...«

»Jetzt hör mir mal gut zu: Cooper und ich sind etwa zwanzig Minuten von ihr entfernt. Irgendjemand ist da oben. War da oben. Ein Schuss ist gefallen.«

»Oh, mein Gott! Du glaubst doch nicht etwa, dass ...«

»Du musst unbedingt die Polizei und den Wildhüter alarmieren. In etwa zwanzig Minuten wissen wir mehr. Gib Matt Bescheid. Wenn sie verwundet ist, bring ich sie mit. Es könnte sein, dass wir einen Hubschrauber brauchen.«

»Ich kümmere mich darum. Melde dich in regelmäßigen Abständen und sei vorsichtig, Lil.« Der Kontakt wurde unterbrochen, bevor Lil antworten konnte.

»Wir können schneller reiten«, beharrte Lil.

»Ja, und mitten ins Fadenkreuz geraten. So habe ich mir den Vormittag eigentlich nicht vorgestellt. Wir wissen nicht, wer da oben ist, geschweige denn, was er vorhat. Wir wissen nur, dass er bewaffnet ist und Zeit genug hatte, zu fliehen oder sich irgendwo zu verstecken und uns aufzulauern.«

Oder aber er hatte bereits den Rückweg angetreten, dachte Coop, und nahm jetzt ein menschliches Ziel ins Visier. Deshalb konnte er nicht seinem Instinkt folgen und Lil ruhigstellen, sie an einen verdammten Baum fesseln und seinen Weg allein fortsetzen.

»Von hier aus sollten wir lieber zu Fuß weitergehen.« Er wandte den Kopf, suchte ihren Blick. »So machen wir weniger Lärm und hinterlassen weniger Spuren. Nimm dein Messer, das Betäubungsgewehr und das Funkgerät mit. Wenn irgendwas passiert, rennst du los. Du kennst das Gelände besser als jeder andere. Sieh zu, dass du von hier wegkommst, ruf Hilfe und bleib verschwunden, bis sie da ist. Verstanden?«

»Wir sind hier nicht in New York. Du bist kein Polizist mehr.«

Sein Blick war eiskalt. »Hier geht es nicht mehr nur darum, irgendein Tier einzufangen! Wann hörst du endlich damit auf, dich mit jemandem anzulegen, der dir überlegen ist?«

Weil er recht hatte, stieg sie ab und packte einen Rucksack mit den notwendigen Habseligkeiten. Das Betäubungsgewehr behielt sie in der Hand.

»Bleib hinter mir«, befahl er.

Er lief schnell, und sie hielt mit ihm Schritt, etwas anderes hatte er auch nicht erwartet. Dann blieb er stehen, holte seinen Feldstecher hervor und suchte im Schutz des Unterholzes das vor ihnen liegende Grasland ab.

»Siehst du den Käfig?«

»Warte.«

Er sah den zertrampelten Schnee, die Bäume und Felsen. Jede Menge Möglichkeiten, in Deckung zu gehen.

Er blickte in die andere Richtung. Er hatte zwar keine gute Sicht, aber er konnte einen Teil des Käfigs und der Katze und das Blut im Schnee ausmachen.

»Ich kann von hier aus nichts Genaues erkennen. Aber sie ist tot.«

Lil schloss einen Moment lang die Augen. Die Trauer auf ihrem Gesicht sah Coop trotzdem. »Wir gehen so, dass wir hinter dem Käfig hervorkommen. So haben wir mehr Deckung.«

»Einverstanden.«

Der Weg war mühsamer, und sie hatten mit dem steilen Hang, knietiefem Schnee und dem rutschigen, unebenen Gelände zu kämpfen.

Sie schlug sich durchs Unterholz und ließ sich von Coop helfen, wenn es nötig war.

In der klaren, kühlen Luft roch sie das Blut und spürte die Anwesenheit des Todes.

»Ich gehe zu ihr.« Lils Stimme klang ganz ruhig. »Wenn er sich hier irgendwo verstecken würde, hätte er uns längst kommen hören und Zeit genug gehabt, uns aus der Deckung heraus abzuknallen. Er hat ein in die Falle gegangenes Tier erschossen. Er ist ein Feigling. Er ist weg.«

»Kannst du ihr helfen?«

»Das wage ich zu bezweifeln, aber ich werde nach ihr sehen. Er hätte dich gestern Nacht erschießen können, als du dein Zelt verlassen hast.«

»Ich gehe vor dir. Keine Widerrede.«

»Das ist mir egal. Los, mach schon. Ich muss zu ihr.«

Was für ein Unsinn, dachte er. Ein unnötiges Risiko. Aber dann musste er wieder daran denken, wie er Lil geholfen hatte, den Käfig aufzubauen. Wie er zugesehen hatte, als die Falle zuschnappte.

Er konnte die Katze nicht einfach liegen lassen.

»Vielleicht solltest du ein paar Mal in die Luft schießen, damit er weiß, dass wir auch bewaffnet sind.«

»Das könnte er als Provokation auffassen.« Er sah sich nach ihr um. »Du glaubst, dass es einfacher ist, ein in der Falle sitzendes Tier oder wenigstens ein Tier zu erschießen als einen Menschen. Aber da täuschst du dich. Das kommt ganz auf den Schützen an. Bleib hinter mir und in Deckung, bis ich etwas anderes sage.«

Er verließ den Schutz des Unterholzes.

Seine Haut begann zu prickeln, seine Muskeln verhärteten sich. Er war schon einmal angeschossen worden – eine Erfahrung, die er nicht noch einmal erleben wollte.

Über ihren Köpfen kreiste ein schreiender Habicht. Coop musterte die Bäume. Eine Bewegung ließ ihn die Waffe hochreißen. Ein Maultierhirsch stapfte durch den Schnee und führte seine Herde an.

Coop drehte sich um und ging zum Käfig.

Er hatte nicht erwartet, dass sie hinter ihm bleiben würde, und damit hatte er sich auch nicht getäuscht. Sie überholte ihn und kniete sich auf den gefrorenen Boden.

»Würdest du die Kamera einschalten? Falls er sie nicht kaputt gemacht hat, meine ich. Wir müssen das dokumentieren.«

Die Katze lag im Käfig. Blut befleckte den Boden. Sie musste sich zurückhalten, um nicht den Käfig zu öffnen, das Tier zu streicheln, zu trauern, zu weinen. Stattdessen nahm sie Kontakt zum Reservat auf.

»Tansy, wir machen die Kamera wieder an. Das Weibchen wurde erschossen. Ein Kopfschuss. Es ist tot.«

»Oh, Lil.«

»Mach die Anrufe und fertige eine Kopie des Videos an. Wir brauchen Polizei hier oben und eine Möglichkeit, das Tier abzutransportieren.«

»Ich kümmere mich sofort darum. Es tut mir so leid, Lil.«

»Ja. Mir auch.«

Sie legte auf und sah zu Coop hinüber. »Was ist mit der Kamera?«

»Einfach nur ausgeschaltet wie beim letzten Mal.«

»Es gibt eine kurze Puma-Jagdsaison. Aber die ist vorbei. Außerdem ist das Land hier Privatbesitz und noch dazu eingezäunt. Er hatte kein Recht dazu.«

Obwohl ihre Stimme fest blieb, war sie ganz blass, ihre Augen wirkten wie zwei tiefschwarze Brunnen.

»Selbst wenn sie nicht wehrlos in der Falle gesessen hätte, hatte er kein Recht dazu. Ich kann die Jäger verstehen. Sie jagen, um die erlegten Tiere anschließend zu essen, als Freizeitsport oder um das ökologische Gleichgewicht zu wahren. Aber das hier war keine Jagd. Das war Mord. Er hat ein gefangenes Tier erschossen. Eines, das ich gefangen habe. Ich bin dafür verantwortlich.«

»Du wirst dir doch nicht die Schuld daran geben!«

»Nein.« In ihren Augen stand die blanke Wut. »Der Mistkerl, der zum Käfig gegangen ist und ihr eine Kugel in den Kopf gejagt hat, ist schuld. Aber ich habe dazu beigetragen. Ich habe es überhaupt erst ermöglicht.«

Sie hockte sich auf die Fersen und atmete tief durch. »Er scheint den Pfad hochgekommen zu sein. Dann hat er die Wiese überquert und die Kamera ausgeschaltet. Er ist um den Käfig herumgegangen, hat sie sich angesehen, sie geärgert. Sie hat einen Warnschrei losgelassen. Er hat sie weiterhin geärgert, vielleicht fand er es so aufregender, wer weiß. Dann hat er sie erschossen.

Ziemlich aus der Nähe, würde ich sagen, aber ich bin mir nicht sicher. Wir werden eine Autopsie vornehmen, die Kugel herausoperieren. Die Polizei wird uns sagen können, welche Waffe er verwendet hat.«

»Dem Klang nach war es eine Handfeuerwaffe. Eine kleinkalibrige, wenn ich mir die Wunde so ansehe.«

»Du kennst dich da besser aus als ich.«

Obwohl er wusste, dass ein Tatort nicht betreten werden durfte, ließ er zu, dass sie den Käfig öffnete. Sie legte die Hand auf den zertrümmerten Schädel des jungen Weibchens, das ihrer Schätzung nach gerade mal ein Jahr alt geworden war. Das gelernt hatte zu jagen und durch die Wildnis gestreift war. Das Verstecke gehabt und Gesellschaft gemieden hatte.

Sie streichelte es. Und als ihre Schultern anfingen zu beben, stand sie auf und verließ das Blickfeld der Kamera. Weil er sonst nichts tun konnte, ging Coop zu ihr, drehte sie zu sich herum und hielt sie in seinen Armen, während sie weinte und weinte.

Als die Polizei kam, waren ihre Tränen getrocknet, und sie verhielt sich ganz professionell. Er kannte den Sheriff noch aus Kindertagen.

Er musste jetzt Anfang dreißig sein, schätzte Coop, durchtrainiert und taff und wirkte recht robust in seinen dicken Stiefeln. Er hieß William Johannsen, aber die meisten nannten ihn Willy.

Während er mit Lil sprach, sah Coop, wie der Hilfssheriff Fotos vom Tatort, vom Käfig und den Spuren machte. Er sah auch, dass Willy eine Hand auf Lils Schulter legte und sie tätschelte, bevor er auf Coop zukam.

»Cooper.« Willy blieb schweigend neben Coop stehen und betrachtete die tote Wildkatze. »Was für eine schreckliche, hinterhältige Tat. Jagst du?«

»Nein. Ich konnte noch nie Gefallen daran finden.«

»Ich erlege jede Saison einen Bock. Ich bin gern draußen in der Natur und messe mich mit ihr. Meine Frau macht tolles Wildragout. Aber auf einen Puma habe ich noch nie Jagd gemacht. Mein Vater jagt nur das, was anschließend gegessen wird, und so hat er mich auch erzogen. Ich hätte keine Lust, einen Puma runterzuwürgen. Ganz schön kalt und windig hier draußen. Lil meinte, deine Pferde stehen noch unten.«

»Ja. Ich würde sie gerne holen.«

»Ich begleite dich ein Stück. Sie hat ihren Vater angerufen. Er kommt an die Stelle, an der ihr gestern gezeltet habt, und hilft dir beim Packen.«

»Sie muss den Puma begleiten.«

»Ja.« Willy nickte. »Während wir ein paar Schritte gehen, kannst du mir alles erzählen. Ich werde noch weitere Fragen an dich haben, aber die kannst du mir später beantworten, nachdem du zu Hause warst und dich aufgewärmt hast.«

»Gut. Gib mir eine Minute.«

Ohne auf seine Erlaubnis zu warten, ging Coop zurück zu Lil. Anders als Willy tätschelte er ihr nicht beruhigend auf die Schulter. In ihren Augen standen keine Tränen, als sie ihn ansah. Aber sie wirkte etwas distanziert. »Ich hol die Pferde und treffe Joe am Zeltlager. Wir bringen deine Ausrüstung mit.«

»Ich bin dir sehr dankbar, Coop. Keine Ahnung, was ich getan hätte, wenn du nicht dabei gewesen wärst.«

»Ist schon gut. Ich komme später vorbei.«

»Das brauchst du nicht …«

»Ich komme später vorbei.«

Mit diesen Worten ging er, und Willy schloss sich ihm an.

»Du warst also bei der Polizei, an der Ostküste.«

»Ja.«

»Wie ich hörte, hast du dich selbstständig gemacht.«

»Ja.«

»Ich kann mich noch genau daran erinnern, wie du als Junge hier warst und deine Großeltern besucht hast. Sympathische Leute.«

»O ja.«

»Warum gibst du mir nicht einen kurzen Überblick über die Situation, Cooper? Da du selbst Polizist warst, brauche ich dir nicht zu sagen, was ich wissen muss.«

»Lil und ich sind gestern Morgen aufgebrochen, so gegen acht, vielleicht kurz nach acht. Wir haben einen Teil der Ausrüstung bei den Zelten am Fluss gelassen und kamen vor elf hier an. Kurz vor elf, würde ich sagen.«

»Das ging aber schnell.«

»Die Pferde sind gut, und sie kennt den Weg. Sie hat eine Kamera hier oben. Jemand hat das Vorhängeschloss der Abdeckung aufgebrochen und die Kamera ausgemacht. Und zwar schon vor ein paar Tagen. Lil hat sie wieder eingeschaltet. Wir haben die Fußspuren des Mannes gesehen, der das getan hat. Etwa Schuhgröße dreiundvierzig, würde ich sagen.«

Willy nickte und schob seinen Stetson gerade. »Wir werden das überprüfen.«

»Wir bauten die Käfigfalle auf, legten den Köder hinein und waren vor zwei zurück im Zeltlager. Sie arbeitete, ich las, wir aßen etwas und gingen schlafen. Heute früh um zwanzig nach fünf hörte ich jemanden ums Zelt schleichen. Ich griff nach meiner Waffe. Aber er hatte schon die Flucht ergriffen, als ich aus dem Zelt kam. Ich hörte ihn mehr, als dass ich ihn sah, aber ich konnte einen Blick auf ihn erhaschen. Ein etwa ein Meter dreiundachtzig großer Mann. Höchstwahrscheinlich ein Mann, so wie er sich bewegt hat und wie er gebaut war. Er trug einen Rucksack und hatte eine Baseballkappe auf. Zu Alter, Rasse oder Haarfarbe kann ich keine Angaben machen. Ich habe nur seine Umrisse gesehen, als er davonrannte, dann verschwand er zwischen den Bäumen. Er war schnell.«

»Um diese Uhrzeit ist es stockfinster.«

»Ja. Vielleicht hatte er eine Infrarotbrille auf. Ich habe ihn nur von hinten gesehen, aber er hat sich so leichtfüßig bewegt wie eine Gazelle. Schnell und fließend. Währenddessen ist Lil aufgewacht. Kurz darauf bekam sie das Signal, dass die Falle zugeschnappt ist. Wir brauchten gute dreißig Minuten, vielleicht sogar vierzig, bis wir alles zusammengepackt und das Reservat informiert hatten. Dann haben wir die Wildkatze noch eine Weile am Computer beobachtet. Er hatte einen erheblichen Vorsprung. Wir konnten ja nicht ahnen, dass er dorthin gehen und so etwas tun würde.«

Sie hatten die Pferde erreicht, und Willy tätschelte Coops Stute.

»Inzwischen war es hell, aber wir hatten es nicht eilig.

Dann entdeckte sie die Spuren, nachdem wir ungefähr die Hälfte der Strecke von unseren Zelten bis zum Käfig zurückgelegt hatten.«

»Lil hat wirklich ein Auge für so was«, bemerkte Willy freundlich.

»Er ist im Kreis gegangen und dann auf dem Pfad dort rauf. Wir hörten den typischen Schrei der Katze.«

»Ein verdammt lauter Schrei.«

»Als sie zum dritten Mal schrie, hörten wir den Schuss.« Er schilderte den Rest und erzählte, wie viel Zeit in der Zwischenzeit vergangen war.

»Es gibt keine Austrittswunde«, fuhr Coop fort. »Es muss ein kleines Kaliber gewesen sein. Eine kompakte Handfeuerwaffe, eine 38.er vielleicht. Eine, die man leicht unter der Jacke verbergen kann, die kaum etwas wiegt und die man nicht bemerkt, wenn man jemandem auf dem Wanderweg begegnet. Man hält ihn für einen ganz normalen Naturliebhaber.«

»Wir nehmen solche Dinge sehr ernst, darauf kannst du dich verlassen. Ich halte dich auf dem Laufenden. Wenn ich noch Fragen an dich habe, weiß ich ja, wo ich dich finde. Sei vorsichtig beim Abstieg, Coop.«

»Versprochen.« Coop stieg auf und nahm Willy die Zügel von Lils Pferd aus der Hand.

Auf dem einsamen Rückweg hatte er genügend Zeit zum Nachdenken.

Dass die Kamera manipuliert worden war, war kein Zufall gewesen. Ein Eindringling hatte sich ihren Zeltplatz ausgesucht, der Puma, den Lil gefangen hatte, war erschossen worden.

Und der gemeinsame Nenner war Lillian Chance.

Er musste ihr das dringend klarmachen, damit sie Vorsichtsmaßnahmen traf.

Sie glaubte, es sei einfacher, ein gefangenes Tier zu töten als einen Menschen.

Aber da war Coop anderer Ansicht.

Er kannte William Johannsen. Der Mann würde bestimmt alles tun, was in seiner Macht stand.

Aber wenn Willy nicht großes Glück hatte, würden seine Ermittlungen bestimmt im Sande verlaufen.

Wer auch immer Lils Puma getötet hatte, wusste genau, was er tat und wie er es tun musste. Die Frage war nur, warum er es tat.

Es musste irgendjemand sein, der persönlich etwas gegen Lil hatte. Oder wollte er sich am Reservat rächen? Vielleicht beides, da Lil und das Reservat in den Augen der meisten Menschen hier ein und dasselbe waren. Irgendein Fanatiker aus der Jäger- oder Naturschutzbewegung kam ebenfalls infrage.

Jemand, der sich in der Gegend auskannte, der wusste, wie man in der freien Natur überlebt und sich unsichtbar macht. Vielleicht ein Einheimischer, dachte Coop. Oder jemand, der hier Freunde oder Bekannte hatte.

Vielleicht konnte er alte Kontakte aufwärmen und herausfinden, ob es in den letzten Jahren ähnliche Vorfälle gegeben hatte. Er konnte auch einfach Lil fragen, sie würde das zweifellos schneller herausfinden.

Aber dann konnte er es sich abschminken, auf Distanz zu ihr zu bleiben. Zugegebenermaßen hatte das jetzt schon nicht funktioniert, schließlich hatte er sie auf die Exkursion begleitet. Wem wollte er etwas vormachen?

Er würde ihr ohnehin nicht aus dem Weg gehen können. Im Grunde hatte er es schon die ganze Zeit gewusst, ohne es sich einzugestehen. Und zwar seit sie diese Hüttentür geöffnet hatte. Seit er sie wiedergesehen hatte.

Vielleicht war die Sache einfach noch nicht zu Ende. Und er war niemand, der Dinge gerne in der Schwebe ließ. Lil war eine offene Frage. Er konnte sie nicht einfach ignorieren, sondern musste sie beantworten, egal, ob sie nun einen »Freund« hatte oder nicht.

Da war noch was, auch bei ihr, da war er sich sicher. Er hatte es in ihren Augen gesehen. Auch wenn er sie schon lange nicht mehr gesehen hatte – diesen Blick kannte er.

Er verfolgte ihn bis in seine Träume.

Er wusste, was er an jenem Morgen in ihrem Zelt gesehen hatte, während der gefangene Puma auf dem Computerbildschirm gefaucht hatte. Hätte er sie in diesem Moment berührt, hätte er sie haben können, einfach so.

Sie würden beide kein neues Leben anfangen können, bevor die alten Gefühle nicht aufgearbeitet waren. Vielleicht konnten sie danach wieder Freunde sein, vielleicht auch nicht. Aber einfach nur abzuwarten half nicht weiter.

Außerdem steckte sie in Schwierigkeiten. Ob sie es wahrhaben wollte oder nicht – irgendjemand wollte ihr wehtun. Egal, was sie einander bedeuteten – er würde das niemals zulassen.

Als die Zelte in Sichtweite kamen, verlangsamte Coop sein Tempo. Er schlug seine Jacke zurück und legte die Hand auf den Kolben seiner Waffe.

Beide Zelte waren mit langen präzisen Schnitten aufgeschlitzt worden. Die Schlafsäcke lagen durchnässt im eisigen Fluss, zusammen mit dem Campingkocher, auf dem er noch heute Morgen Speck gebraten und Kaffee gekocht hatte. Das T-Shirt, das Lil am Vortag getragen hatte, lag im Schnee. Coop hätte wetten können, dass das darauf verschmierte Blut von dem Puma stammte.

Er stieg ab, band die Pferde an und öffnete Lils Satteltasche, um nach der Kamera zu greifen, die sie am Morgen darin verstaut hatte.

Er dokumentierte die Szene aus verschiedenen Blickwinkeln, machte Nahaufnahmen des T-Shirts, der Zelte, der Sachen im Fluss und der Stiefelabdrücke, die nicht von ihm oder Lil stammten.

Mehr konnte er nicht tun, dachte er, bevor er eine Plastiktüte herausholte und sie als Beweisbeutel benutzte. Er ließ seine Handschuhe an, gab Lils T-Shirt in die Tüte und verschloss sie. Wenn er einen Stift gehabt hätte, hätte er auch noch Datum, Uhrzeit und seine Initialen darauf vermerkt.

Er hörte, wie sich ein Pferd näherte. Das musste Joe sein. Coop verstaute das T-Shirt in seiner Satteltasche und legte eine Hand auf seine Waffe. Als Pferd und Reiter in sein Blickfeld kamen, ließ er sie sinken.

»Es geht ihr gut«, rief Coop als Erstes. »Sie ist beim Sheriff. Es geht ihr gut, Joe.«

»Gut.« Von seinem Pferd aus musterte Joe den Zeltplatz. »Ihr beide werdet euch wohl kaum betrunken und das hier veranstaltet haben.«

»Er muss zurückgekommen sein und noch mal hier herumgefuhrwerkt haben, während wir oben waren. So etwas ist schnell erledigt. Was für eine hinterhältige und gemeine Tat! Wahrscheinlich hat er höchstens zehn Minuten dafür gebraucht.«

»Aber warum?«

»Genau das frage ich mich auch.«

»Und ich frage dich, Cooper.« Joe glitt aus dem Sattel und behielt die Zügel in der Hand, deren Knöchel unter den Reithandschuhen bestimmt weiß hervortraten. »Ich bin nicht naiv. Ich weiß, dass die Leute allen möglichen Unsinn anstellen. Aber das hier verstehe ich nicht. Du hast dir bestimmt schon Gedanken darüber gemacht.«

Lügen konnten durchaus nützlich sein, wusste Coop. Aber er wollte Joe nicht anlügen.

»Irgendjemand hat etwas gegen Lil, aber mehr fällt mir dazu auch nicht ein. Du oder sie, ihr wisst vielleicht mehr. Ich bin schon lange nicht mehr Teil ihres Lebens. Ich weiß nicht, was in ihr vorgeht, nicht wirklich.«

»Aber du wirst es herausfinden.«

»Die Polizei wurde eingeschaltet, Joe. Willy wirkt durchaus kompetent auf mich. Ich habe das alles fotografiert und werde ihm die Bilder geben.« Ihm fiel das blutbeschmierte T-Shirt wieder ein, aber das behielt er lieber für sich. Ein ohnehin schon verängstigter Vater, der krank war vor lauter Sorge, musste nicht zusätzlich belastet werden.

»Willy wird seinen Job erledigen, und zwar so gut er kann. Aber er hat nicht die Zeit, sich nur um das hier und Lil zu kümmern. Bitte, Coop. Bitte hilf mir und Lil. Pass auf sie auf.«

»Ich rede mit ihr. Ich werde tun, was ich kann.«

Joe nickte beruhigt. »Ich denke, wir sollten hier aufräumen.«

»Nein, wir rufen die Polizei und lassen alles so, wie es ist. Er hat wahrscheinlich kaum Spuren hinterlassen, aber die Polizei soll sich hier gründlich umsehen.«

»Das weißt du besser als ich.« Joes Atem ging unregelmäßig, als er seinen Hut abnahm und sich ein-, zweimal mit der behandschuhten Hand durchs Haar fuhr. »Meine Güte, Cooper. O Gott, ich mache mir solche Sorgen um mein Mädchen.«

Ich mir auch, dachte Coop. Ich mir auch.

10

Lil verdrängte sämtliche Gefühle, als sie Matt bei der Autopsie assistierte. Einer der Hilfssheriffs stand daneben und wurde währenddessen ganz grün im Gesicht. Unter anderen Umständen hätte sie sich über seine Reaktion sogar amüsiert.

Aber das Blut an ihren Händen hatte sie zum Teil mitverschuldet, davon ließ sie sich von niemandem abbringen.

Trotzdem nahm die Forscherin in ihr Blut- und Haarproben von dem Kadaver, so wie sie es am lebenden Tier hatte tun wollen. Sie würde sie analysieren und die Daten in ihre Unterlagen aufnehmen, sie für ihre Forschung, ihre Studie verwenden.

Als der Tierarzt die Kugel entfernte, hielt sie ihm das Edelstahltablett hin. Ein fast schon fröhliches Klirren ertönte, als Matt sie fallen ließ. Der Hilfssheriff versiegelte und beschriftete sie noch vor Ort.

»Sieht aus wie ein 32.er«, sagte er und schluckte. »Ich sehe zu, dass die hier zu Sheriff Johannsen kommt. Sie betrachten sie als Todesursache, stimmt's, Dr. Wainwright?«

»Eine Kugel im Hirn ist normalerweise eine Todesursache. Ich kann bisher keine anderen Verletzungen erkennen. Ich werde das Tier aufschneiden und gründlich untersuchen. Aber was Sie da in der Hand halten, hat es umgebracht.«

»Einverstanden, Sir.«

»Den Autopsiebericht schicken wir dann an das Büro des Sheriffs«, erklärte Lil. »Sämtliche Unterlagen.«

»Dann geh ich mal.« Er rannte los.

Matt tauschte die Pinzette gegen das Skalpell. »Seinem Gewicht, seiner Größe und seinem Gebiss nach würde ich dieses Weibchen auf zwölf bis fünfzehn Monate schätzen.« Er sah Lil fragend an.

»Ja. Sie ist nicht trächtig – wobei du das noch überprüfen wirst – und scheint in letzter Zeit keine Jungen geworfen zu haben. Somit ist es nicht sehr wahrscheinlich, dass sie sich in diesem Herbst gepaart hat, denn dafür war sie noch zu jung. So wie es aussieht, war sie bei guter Gesundheit.«

»Lil, du musst das nicht tun. Du musst nicht dabei sein.«

»O doch.« Sie verbot sich jedes Gefühl und sah zu, wie Matt den ersten Schnitt ansetzte.

Als es vorbei war, sämtliche Daten erhoben und alle Schlussfolgerungen gezogen waren, brannten ihre Augen, und ihr Hals kratzte. Außerdem schlugen ihr der Stress und die Trauer auf den Magen. Sie wusch sich mehrmals gründlich die Hände, bevor sie in ihr Büro ging.

Sobald Lucius sie sah, füllten sich seine Augen mit Tränen.

»Es tut mir leid. Ich kann es immer noch nicht richtig fassen.«

»Ist schon gut. Heute ist einfach kein guter Tag.«

»Ich wusste nicht, ob ich was auf die Website stellen soll. Irgendeine Erklärung oder …«

»Keine Ahnung.« Sie schlug die Hände vors Gesicht. So weit hatte sie noch gar nicht gedacht. »Vielleicht sollten wir das tatsächlich tun. Sie wurde ermordet. Die Leute sollten wissen, was ihr zugestoßen ist.«

»Ich kann einen Text formulieren, den du dann gegenliest.«

»Ja, tu das bitte, Lucius.«

Mary Blunt, die zwar recht kräftig gebaut, aber eine umso mitfühlendere Seele war, erhob sich von ihrem Schreibtisch, um heißes Wasser in einen Becher zu gießen. »Hier ist Tee. Trink das«, befahl sie und drückte ihn Lil in die Hand. »Und dann geh für eine Weile nach Hause. Es gibt nichts, was du hier tun müsstest. Der Tag ist so gut wie gelaufen. Soll ich nachher vorbeikommen und dir etwas zu essen machen?«

»Ich bringe jetzt sowieso nichts runter, Mary, trotzdem vielen Dank. Matt erledigt den Papierkram und stellt die Unterlagen zusammen. Kannst du sie auf dem Heimweg bei Willy vorbeibringen?«

»Selbstverständlich.« Mary, die sie mit ihren haselnussbraunen Augen besorgt über den Rand ihrer Lesebrille hinweg musterte, legte Lil kurz einen Arm um die Schulter. »Die finden diesen widerlichen Feigling, Lil, verlass dich drauf!«

»Na hoffentlich.« Weil er schon mal da war, trank sie den Tee, und auch, weil Mary darauf achtete, dass sie ihn trank.

»Nächste Woche steht die Führung für die Pfadfinder

an. Ich kann den Termin verschieben, wenn du noch etwas mehr Zeit brauchst.«

»Nein, lass uns ganz normal weitermachen.«

»Gut, einverstanden. Ich habe verschiedene Fördermaßnahmen recherchiert und ein paar Vorschläge gemacht. Schau doch mal drüber und sag mir, welche ich weiterverfolgen soll.«

»Gut.«

»Aber das hat bis morgen Zeit«, sagte Mary bestimmt und nahm ihr den leeren Becher ab. »Jetzt gehst du nach Hause, wir sperren hier zu.«

»Ich werde erst noch nach den Tieren sehen.«

»Tansy, die Praktikanten und ein paar Freiwillige kümmern sich schon um die Fütterung.«

»Ich will nur … nachsehen. Geht nach Hause.« Damit meinte sie auch Lucius. »Sobald Matt fertig ist, geht bitte nach Hause.«

Als sie hinausging, sah sie, wie Farley von den Stallungen her auf sie zukam. Er hob eine Hand zum Gruß. »Ich habe dir dein neues Pferd und deine Ausrüstung gebracht. Ich habe es besonders gründlich gestriegelt und ihm eine Extraration Hafer gegeben.«

»Farley, du bist ein Schatz.«

»Du würdest für mich dasselbe tun.« Er blieb vor ihr stehen und strich ihr kurz über den Arm. »Was für eine schreckliche Geschichte, Lil.«

»Allerdings.«

»Kann ich sonst noch was für dich tun?« Er blinzelte in die untergehende Sonne. »Dein Dad meinte, ich soll so lange bleiben, wie du mich brauchst. Er will, dass ich hier übernachte.«

»Das brauchst du nicht, Farley.«

»Genau deswegen hat er es mir aufgetragen.« Farley grinste sie auf seine charmante und zugleich naive Weise an. »Ich nehme das Feldbett im Stall.«

»Das im Büro ist besser, nimm das. Ich werde mit deinem Chef reden, aber für heute Nacht wollen wir es dabei belassen.«

»So kann er besser schlafen.«

»Genau. Und ehrlich gesagt, werde ich wahrscheinlich auch besser schlafen – jetzt, wo ich dich in meiner Nähe weiß. Ich mach uns was zum Abendessen.«

»Nicht nötig. Deine Ma hat mir jede Menge mitgegeben. Es kann bestimmt nicht schaden, sie mal kurz anzurufen.« Er trat verlegen von einem abgetretenen Stiefel auf den anderen. »Ich meine ja nur.«

»Das werde ich auch.«

»Äh, ist Tansy da?«

»Nein, sie muss irgendwo da draußen sein.« Das leise Funkeln in seinen Augen entlockte ihr beinahe ein Seufzen. Mann, war der süß!

»Wenn du sie findest, kannst du ihr ausrichten, dass wir heute früher Schluss machen. Wenn sie nach den Tieren gesehen hat, kann sie nach Hause gehen.«

»Gut. Und du lässt es langsam angehen, Lil. Wenn du irgendetwas brauchst, sag einfach Bescheid.«

»Versprochen.«

Sie ging zum Kleinkatzengehege. Sie blieb vor allen Gehegen stehen, um sich zu vergegenwärtigen, warum sie das alles tat, welche Ziele sie damit verfolgte. Die meisten Tiere, die sie hier beherbergten und erforschten, wären ansonsten längst tot. Eingeschläfert, von ihren

Besitzern entsorgt oder in freier Natur getötet, weil sie zu alt oder krank waren, um zu überleben. Hier ging es ihnen gut, sie waren geschützt und hatten so viel Auslauf wie möglich. Sie dienten als Anschauungsmaterial, faszinierten und brachten Spenden ein, mit denen das Reservat finanziert wurde.

Ihre Arbeit war wichtig. Vom Verstand her wusste sie das auch. Aber sie empfand einen solchen Schmerz, dass ihr der Verstand im Moment nicht weiterhalf.

Baby wartete schon auf sie und schnurrte laut. Sie ging in die Hocke, lehnte den Kopf gegen den Zaun, sodass er seinen dagegendrücken konnte, um sie zu begrüßen.

Sie sah, wie die beiden anderen Pumas, die sie aufgenommen hatten, über ihr Abendbrot herfielen. Nur Baby ließ sein geliebtes Hühnerfleisch für sie stehen.

Und in seinen funkelnden Augen fand sie Trost.

Farley brauchte eine Weile, um sie zu finden, aber als es so weit war, machte sein Herz einen Sprung. Tansy saß ausnahmsweise allein auf einer der Bänke und beobachtete den großen alten Tiger dabei, wie er sich das Gesicht putzte.

Farley suchte krampfhaft nach einer witzigen, originellen Bemerkung. Aber wenn es um Worte ging, war er nicht von der schnellen Truppe. Und sobald er in Tansys Nähe war, geriet er ins Stottern.

Er hatte noch nie eine so schöne Frau gesehen, und er sehnte sich schmerzlich nach ihr.

Er wusste, wie weich ihre dunklen Locken waren und dass sie unter seiner Berührung elastisch nachgaben. Er hatte sie bereits einmal angefasst. Er wusste auch, dass die Haut ihrer Hände glatt und weich war, aber ob sich ihr Gesicht genauso anfühlte? Dieses hübsche goldbraune Gesicht. Noch hatte er sich nicht getraut, es zu berühren.

Noch sammelte er seinen Mut.

Sie war klüger als er, keine Frage. Er hatte die Highschool zu Ende gemacht, da Joe und Jenna darauf bestanden hatten. Aber Tansy war ihm in Sachen Bildung um Längen voraus, sie besaß alle möglichen Collegeabschlüsse. Doch auch das gefiel ihm an ihr – der intelligente Ausdruck und die Güte in ihren Augen.

Er hatte gesehen, wie sie mit Tieren umging. Ganz sanft. Farley mochte es nicht, wenn man Tieren Schmerzen zufügte.

Und außerdem war sie so sexy, dass ihm das Blut in den Schläfen – und nicht nur dort – pochte, sobald er in ihrer Nähe war.

So wie jetzt zum Beispiel.

Er richtete sich auf und wünschte, er wäre nicht so ein halbes Hemd gewesen.

»Da achtet jemand wirklich auf seine Körperpflege, was?« Bis er genügend Mut gesammelt hatte, um sich neben sie zu setzen, blieb Farley neben dem Käfig stehen und sah dem alten Burschen beim Waschen zu.

Auch Boris hatte er einmal berührt, als Tansy ihn betäubt und Matt seine noch verbliebenen Zähne gesäubert hatte. Das war wirklich eine irre Erfahrung gewesen, einen echten König des Dschungels zu streicheln.

»Heute geht es ihm gut. Er hatte großen Appetit. Und ich habe schon befürchtet, der Gute übersteht den Winter nicht, damals, als er die Nierenbeckenentzündung hatte. Aber er hält sich wacker.«

Sie sprach, als wenn nichts wäre – aber er wusste es besser, er kannte ihre Stimme. Er hörte, dass sie kurz davor war, in Tränen auszubrechen.

»Kopf hoch.«

»Tut mir leid.« Sie machte eine hilflose Geste. »Wir haben heute alle einen harten Tag. Erst war ich vor allem wahnsinnig wütend. Dann habe ich mich hierhergesetzt und …« Sie zuckte mit den Achseln.

Jetzt brauchte er keinen Mut mehr, um sich neben sie zu setzen. Ihre Tränen waren Grund genug. »Vor ungefähr fünf Jahren wurde mein Hund überfahren. Ich hatte ihn noch gar nicht so lange, erst ein paar Monate. Ich stand am Straßenrand und habe geweint wie ein kleines Kind.«

Er legte den Arm um ihre Schultern, saß einfach neben ihr und beobachtete den Tiger.

»Ich wollte Lil nicht begegnen, bis ich mich wieder beruhigt habe. Dass ich mich auch noch an ihrer Schulter ausweine, kann sie jetzt wirklich nicht gebrauchen.«

»Ich kann dir meine anbieten.«

Trotz seines aufrichtigen Angebots machte sein Herz erneut einen Sprung, als sie ihren Kopf auf seine Schulter sinken ließ.

»Ich habe Lil getroffen.« Er sprach bewusst schnell, bevor er vor lauter Aufregung wieder einen Blackout bekam. »Ich soll dir ausrichten, dass wir heute etwas früher Schluss machen, ihr sollt alle nach Hause gehen.«

»Es ist nicht gut, wenn sie heute alleine ist.«

»Ich werde hier übernachten und es mir in der zweiten Hütte gemütlich machen.«

»Sehr gut. Da bin ich aber froh. Das ist wirklich nett von dir, Farley, dass du …«

Sie hob ihr Gesicht, und er senkte seines. In diesem Moment verlor er sich in ihren Augen, und aus freundschaftlichem Trost wurde eine Umarmung. »Meine Güte, Tansy«, brachte er gerade noch heraus und presste seinen Mund auf ihren.

Er fühlte sich weich und süß an. Wie heiße Kirschen. Jetzt, wo er ihr so nahe war, sog er sehnsüchtig ihren Duft ein und fühlte die Wärme ihrer Haut.

Der Mann, der sie küssen durfte, würde nie mehr frieren müssen, dachte er.

Sie beugte sich vor, er spürte, wie sie näher kam. Er fühlte sich stark und selbstbewusst.

Dann zog sie sich abrupt zurück. »Farley, das … das geht nicht.«

»Ich wollte das nicht. Nicht so.« Er konnte nicht anders, er musste ihr einfach übers Haar streichen. »Ich wollte die Situation nicht ausnutzen.«

»Schon gut.«

Sie klang nervös, ihre Augen waren weit aufgerissen. Er musste lächeln.

»Das war schön. Ich wollte dich schon seit einer Ewigkeit küssen und fürchte, ich will es gleich wieder.«

»Bitte nicht.« Ihre Stimme überschlug sich, als hätte er sie mit einem Stock gepiekt. »Das darfst du nicht. Das dürfen wir nicht.«

Sie stand auf, und er erhob sich ebenfalls, wenn auch viel langsamer. »Ich glaube, du magst mich.«

Sie wurde rot – mein Gott, sah das hübsch aus – und begann, an den Knöpfen ihrer Jacke herumzuspielen. »Natürlich mag ich dich.«

»Das heißt, dass auch du manchmal davon träumst, mich zu küssen. Ich steh voll auf dich, Tansy. Du vielleicht nicht, aber ein bisschen schon.«

Sie zog ihren Mantel zu und spielte nach wie vor an ihren Knöpfen herum. »Ich träume nicht davon, dass ...«

»Ich habe dich noch nie so durcheinander erlebt. Vielleicht sollte ich dich noch mal küssen.«

Die Hand, die gerade noch an den Knöpfen herumgespielt hatte, stieß ihn jetzt vor die Brust. »Vergiss es. Akzeptier das bitte. Du solltest auf ... auf Mädchen in deinem Alter stehen.«

Sein Grinsen wurde noch breiter. »Du streitest also nicht ab, dass du eine Schwäche für mich hast. Ich weiß, was ich tun werde. Ich werde dich zum Essen einladen. Oder zum Tanzen. So wie es sich gehört.«

»Vergiss es.«

Zwischen ihren Brauen hatte sich eine Steilfalte gebildet, die er gern geküsst hätte. Ihre Stimme wurde fester, aber er grinste weiter.

»Und das meine ich ernst.« Erschöpft richtete sie beide Zeigefinger auf ihn. »Ich werde nach Lil sehen und dann nach Hause gehen. Und ... hör endlich auf, so dämlich zu grinsen.«

Sie wirbelte herum und ging.

Ihr Temperamentsausbruch ließ sein Grinsen noch breiter werden.

Er hatte Tansy Spurge geküsst. Und bevor sie kratzbürstig geworden war, hatte sie ihn zurückgeküsst.

Lil schluckte drei extra starke Aspirin gegen die Kopfschmerzen und nahm eine lange, heiße Dusche. In einem Flanellpyjama, dicken Socken und einem gemütlichen Sweatshirt mit dem Aufdruck der North Dakota University legte sie Holz im Kamin nach.

Ich kann es gar nicht warm genug haben, dachte sie. Sie ließ auch sämtliche Lampen an, wollte die Dunkelheit noch so lange wie möglich draußen halten. Sie überlegte, ob sie etwas essen sollte, brachte aber weder die Energie noch den Appetit dafür auf.

Sie hatte ihre Eltern angerufen, hatte sie beruhigt, ihnen versprochen, sämtliche Türen von innen abzuschließen, und sie daran erinnert, dass das Reservat eine Alarmanlage besaß.

Sie würde arbeiten. Sie musste noch ein paar Artikel schreiben und Förderanträge fertigstellen. Nein, sie würde Wäsche waschen, die durfte sich nicht länger ansammeln.

Vielleicht würde sie auch ihre Fotos hochladen. Oder die Webcams kontrollieren.

Oder oder oder.

Sie lief nervös auf und ab, wie ein Tiger im Käfig.

Das Motorengeräusch ließ sie aufschrecken. Ihre Mitarbeiter waren schon seit beinahe zwei Stunden zu Hause, und Mary musste das Tor an der Zufahrtsstraße abgeschlossen haben. Jeder besaß einen Schlüssel, aber unter den gegebenen Umständen hätte man doch vorher angerufen und Bescheid gesagt, wenn man etwas vergessen hatte oder etwas brauchte?

Baby gab einen Warnlaut von sich, und im Großkatzengehege brüllte die alte Löwin. Lil griff nach ihrem Gewehr. Farley kam ihr um wenige Sekunden zuvor.

Im Gegensatz zu ihrem lauten Herzschlag war seine Stimme so leise und sanft wie eine Frühlingsbrise. »Warum gehst du nicht wieder rein, Lil, bis ich ... Ah, gut.« Er ließ den Lauf seines Gewehrs sinken. »Das ist Coopers Wagen.«

Als der Truck zum Stehen gekommen war und Coop ausstieg, hob Farley die Hand zum Gruß.

»Was für ein herzlicher Empfang.« Coop warf einen Blick auf die Waffen und sah dann zu den Tieren hinüber, die dem Neuankömmling klarmachten, dass sie alarmiert waren.

»Die machen ganz schön Krach«, bemerkte Farley. »Es ist schon beeindruckend, diesen Dschungel-Großkatzen zuzuhören. Wie dem auch sei.« Er nickte Coop zu. »Wir sehen uns später.«

»Wie bist du durchs Tor gekommen?«, wollte Lil wissen, als Farley wieder in seiner Hütte verschwunden war.

»Dein Vater hat mir seinen Schlüssel gegeben. Wenn ich das richtig verstanden habe, sind ziemlich viele dieser Schlüssel im Umlauf. Ein Schloss ist mehr oder weniger überflüssig, wenn alle einen Schlüssel dazu besitzen.«

»Die Mitarbeiter haben Schlüssel.« Sie wusste, dass sie aggressiv klang, dabei hatte sie bloß Angst gehabt. Richtig Angst gehabt. »Ansonsten müsste jeden Morgen jemand da sein, der das Tor öffnet, bevor man hineinkann. Du hättest vorher anrufen sollen. Wenn du nur gekommen bist, um nach mir zu sehen, hätte ich dir bereits am Telefon sagen können, dass alles in Ordnung ist. Dann hättest du dir die Mühe sparen können.«

»So lang ist die Fahrt auch wieder nicht.« Er betrat die

Veranda und reichte ihr einen Topf mit Deckel. »Das ist von meiner Großmutter. Hühnerfrikassee.« Er nahm das Gewehr, das sie gegen das Geländer gelehnt hatte, und betrat die Hütte, ohne dass sie ihn dazu aufgefordert hätte.

Mit zusammengebissenen Zähnen ging Lil ihm nach. »Nett, dass sie sich die Mühe gemacht hat. Ich weiß es durchaus zu schätzen, dass du mir etwas zu essen bringst, aber ...«

»Meine Güte, Lil! Hier drin herrscht ja eine Bullenhitze!«

»Mir war kalt.« Jetzt war es wärmer als nötig, aber schließlich wohnte sie hier, nicht er. »Hör mal, du musst nicht bleiben«, hob sie an, als er seine Jacke auszog. »Es passt schon jemand auf mich auf, wie du gesehen hast. Wir hatten beide einen langen Tag.«

»Ja. Und ich habe Hunger.« Er nahm ihr den Topf ab und ging nach hinten in ihre Küche.

Sie fluchte leise, aber sie hatte die Gastfreundschaft mit der Muttermilch aufgesogen. Jeder Besucher, und sei er auch noch so unwillkommen, bekam etwas zu essen und zu trinken. Das gehörte sich einfach so.

Er hatte bereits ihren Ofen angemacht und stellte den feuerfesten Topf hinein. Ganz so, als wäre sie hier der Gast, dachte sie.

»Es ist noch warm, wird also schnell heiß werden. Hast du Bier da?«

Als Gast wartet man eigentlich, bis man etwas angeboten bekommt, dachte sie widerwillig. Sie öffnete energisch die Kühlschranktür und nahm zwei Bierflaschen heraus.

Coop öffnete eine und reichte sie ihr. »Schön hast du's hier.« Er lehnte sich zurück und genoss den ersten kalten Schluck, während er sich kurz umsah. Obwohl die Küche klein war, gab es viele Schränke mit Glasfront, offene Regale und eine großzügige schieferfarbene Arbeitsplatte. Ein kleiner Tisch vor einer Eckbank bot genügend Platz, um daran zu essen.

»Kochst du?«

»Wenn ich Hunger habe.«

Er nickte. »Bei mir wird es ganz ähnlich aussehen, wenn die Baracke erst mal fertig ist.«

»Was willst du hier, Cooper?«

»Ein Bier trinken. Und in zwanzig Minuten werde ich vor einem Teller Hühnerfrikassee sitzen.«

»Mach dich nicht lächerlich.«

Er musterte sie und prostete ihr zu. »Ich bin aus zwei Gründen hier, vielleicht auch aus drei. Nach allem, was passiert ist, wollte ich wissen, wie es dir geht und wie du hier lebst. Außerdem hat mich Joe gebeten, auf dich aufzupassen, und ich habe es ihm versprochen.«

»Um Himmels willen!«

»Ich habe es ihm versprochen«, wiederholte Coop. »Also müssen wir uns wohl oder übel damit abfinden. Und der dritte Grund ist der: Nur weil sich die Dinge zwischen uns nun mal so entwickelt haben, heißt das noch lange nicht, dass du mir nicht wichtig bist. Da täuschst du dich.«

»Es geht nicht darum, wie sich die Dinge zwischen uns entwickelt haben, sondern darum, wie sie sind.« Nur darauf kam es an, dachte sie. »Wenn du meinen Eltern weismachen willst, dass du auf mich aufpasst, und sie das beruhigt – von mir aus. Aber du musst nicht auf mich aufpassen. Das Gewehr da draußen ist geladen, und ich kann damit umgehen.«

»Hast du schon einmal auf einen Menschen geschossen?«

»Bisher nicht. Und du?«

»Das ist nämlich etwas völlig anderes«, sagte er anstelle einer Antwort. »Zu wissen, dass man auch abdrücken kann. Du steckst in Schwierigkeiten, Lil.«

»Was heute passiert ist, heißt nicht ...«

»Er war wieder beim Zeltplatz, während wir oben bei dem Puma waren. Er hat die Zelte aufgeschlitzt und Ausrüstungsgegenstände in den Fluss geworfen.«

Sie atmete langsam ein und aus, um sich zu beruhigen.

»Das wusste ich gar nicht.«

»Deswegen sage ich es dir jetzt. Er hat das T-Shirt rausgesucht, das du am Vortag anhattest, und es mit Blut beschmiert. Das ist eine private Fehde.«

Ihre Knie wurden weich, deshalb machte sie einen Schritt zurück und ließ sich auf die Bank sinken. »Ich versteh das alles nicht.«

»Das musst du auch nicht. Wir werden hier sitzen, Lucys berühmtes Hühnerfrikassee essen, und ich werde dir ein paar Fragen stellen.«

»Warum vernimmt mich Willy nicht?«

»Das wird er noch. Aber heute Abend stelle ich die Fragen. Wo ist der Franzose?«

»Wer?« Sie hatte Schwierigkeiten, die Bedeutung seiner Worte zu erfassen, und fuhr sich mit beiden Händen durchs Haar. »Jean-Paul? Er ist ... in Indien, soweit ich weiß. Warum?«

»Gab es Streit zwischen euch?«

Sie starrte ihn an und brauchte einen Moment, bis sie begriff, dass er nicht aus Neugier fragte, sondern als Polizist. »Wenn du glaubst, dass Jean-Paul etwas damit zu tun hat, irrst du dich. Er würde kein gefangenes Tier töten und mir auch niemals wehtun. Er ist ein netter Kerl, und er liebt mich. Zumindest hat er mich mal geliebt.«

»Du sprichst in der Vergangenheitsform?«

»Wir sind nicht mehr zusammen.« Wieder machte sie sich klar, dass er sie das nicht aus einem persönlichen Interesse heraus fragte, und presste ihre Finger gegen die geschlossenen Lider. »Kurz bevor ich nach Südamerika aufgebrochen bin, haben wir uns getrennt. Wir sind nicht im Streit auseinandergegangen, und im Moment ist er für ein Projekt in Indien.«

»Gut.« Das ließ sich leicht nachprüfen. »Kommt sonst noch jemand infrage? Jemand, mit dem du eine Affäre hast oder der gern eine mit dir hätte?«

»Nein«, sagte sie sachlich, »und es bedrängt mich auch niemand. Ich verstehe nicht, was jemand gegen mich haben sollte.«

»Es ist deine Kamera, dein Puma, dein T-Shirt.«

»Die Kamera gehört dem Reservat, und der Puma war auch nicht mein Eigentum. Er gehörte nur sich selbst. Und das T-Shirt hätte genauso gut von dir sein können.«

»Aber so war es nun mal nicht. Hast du in letzter Zeit irgendjemanden vor den Kopf gestoßen?«

Sie legte den Kopf schief und hob die Brauen. »Nur dich.«

»Ich habe ein wasserdichtes Alibi.« Er drehte sich um und holte zwei Teller aus dem Schrank.

Es ärgerte sie, dass er sich so aufführte, als wäre er hier zu Hause. Deshalb blieb sie, wo sie war, und ließ ihn nach Topflappen und Löffeln suchen. Ihr fiel auf, dass ihn das nicht zu ärgern schien. Er fand, was er suchte, und begann, das Essen auf die Teller zu verteilen.

»Du musstest mit den Behörden verhandeln, um das hier aufzubauen«, fuhr er fort. »Du musstest dir Genehmigungen besorgen.«

»Papierkram, Politik, Gebühren. Das Land hat mir mein Vater geschenkt, und mit seiner Hilfe konnte ich nach der Reservatgründung noch welches hinzukaufen.«

»Nicht alle werden dir Erfolg gewünscht haben. Wer hat dir Steine in den Weg gelegt?«

»Es gab auf jeder Ebene Widerstände, auf der lokalen, regionalen und nationalen. Aber ich habe mich schlaugemacht und mich jahrelang auf dieses Projekt vorbereitet. Ich habe auf Gemeindeversammlungen gesprochen, bin nach Rapid City und nach Pierre gefahren. Ich habe mit den Nationalparkbetreibern und den Rangern gesprochen. Ich weiß, wie man andere für sich einnimmt, und wenn es darauf ankommt, kann ich das ziemlich gut.«

»Das bezweifle ich auch gar nicht.« Er stellte die Teller auf den Tisch und rutschte zu ihr auf die Bank. »Aber ...«

»Es gab Leute, die Angst hatten, eine der exotischen Katzen könnte ausbrechen oder Krankheiten übertragen. Diese Bedenken konnten wir zerstreuen, indem wir sie einluden und von Anfang an an der Planung beteiligten. Wir gaben ihnen auch Gelegenheit, Fragen zu stellen. Wir arbeiten mit Schulen zusammen, mit Jugendorganisationen und betreiben Aufklärung. Vor Ort und im Internet. Wir bieten Anreize. Und das funktioniert.«

»Keinerlei Streit also. Aber?«

Sie seufzte. »Ein paar Fanatiker gibt es immer, und zwar an beiden Enden des Spektrums: Leute, die glauben, dass Tiere entweder zahm sind oder Beute. Und Leute, die Tiere in freier Wildbahn mehr oder weniger anbeten. Sie halten sie für unantastbar und finden es falsch, sich in die Natur einzumischen.«

»Das ist auch Star Treks oberste Direktive: die Nicht-Einmischung.« Zum ersten Mal an diesem Abend gelang es ihm, ihr ein Lächeln zu entlocken.

»Wenn du so willst, ja. Leute, die Zoos als Gefängnis statt als Lebensraum betrachten. Solche Zoos gibt es durchaus. Mit Tieren, die im Dreck leben, krank sind und furchtbar misshandelt werden. Aber die meisten werden gut geführt und halten sich an die sehr strengen Vorschriften. Wir sind ein Reservat, ein Schutzraum für Tiere. Das bedeutet, dass seine Betreiber für die Gesundheit und das Wohlergehen der darin lebenden Tiere verantwortlich sind – für deren Sicherheit und die der Umgebung.«

»Bekommst du Drohungen?«

»Wir melden sie und bewahren die extremeren Briefe und E-Mails auf. Wir suchen die Website danach ab. Und es ist auch schon ein paarmal vorgekommen, dass Leute herkamen, um Ärger zu machen.«

»Auch das ist dokumentiert?«

»Ja.«

»Dann kannst du mir ja eine Kopie dieser Unterlagen zur Verfügung stellen.«

»Was soll das, Coop? Ich dachte, du bist kein Polizist mehr?«

Er wandte den Kopf, sodass sich ihre Blicke trafen. »Ich habe den Puma mit eingefangen.«

Sie nickte und spießte ein Stück Huhn auf. »Du hattest recht mit der Waffe. Sieht ganz so aus, als wäre es eine 32.er gewesen. Bisher habe ich mir nicht groß Gedanken darüber gemacht, aber Matt, der Tierarzt, meinte, jemand sei auf dem Gelände gewesen, als ich in Peru war und er hier übernachtet hat. Auch nachts ist immer jemand da, und als ich weg war, haben sich die anderen abgewechselt. Die Tiere wurden mitten in der Nacht aufgescheucht, also ist er rausgegangen, um nachzusehen. Aber er konnte nichts entdecken.«

»Wann war das?«

»Ein paar Tage, bevor ich zurückkam. Es kann aber auch ein Tier gewesen sein. Der Zaun dient hauptsächlich dazu, dass unsere Tiere nicht weglaufen können. Aber auch, um andere fernzuhalten. Sie könnten Krankheiten einschleppen, deshalb sind wir vorsichtig.«

»Aber in der freien Wildbahn würden sie doch auch auf andere Tiere treffen und ...«

»Sie sind hier nicht in der freien Wildbahn«, sagte sie knapp. »Wir geben ihnen die Möglichkeit, sich zu erholen. Trotzdem leben sie in Gefangenschaft. Wir haben in ihre Umwelt eingegriffen. Andere Tiere wie Vögel, Nager, Insekten können theoretisch alle möglichen Parasiten oder Krankheiten einschleppen. Deshalb wird sämtliches Futter sorgfältig kontrolliert. Und deshalb reinigen und desinfizieren wir die Gehege, untersuchen die Tiere regelmäßig und nehmen Proben. Wir impfen sie, behandeln sie, geben ihnen Nahrungsergänzungsmittel. Sie befinden sich nicht in freier Wildbahn«, wiederholte sie. »Daher sind wir in jeder Hinsicht für sie verantwortlich.«

»Verstehe.« Er hatte geglaubt zu wissen, was sie hier oben tat, begriff aber, dass er nur eine ungefähre Ahnung gehabt hatte. »Hast du irgendwelche Spuren entdeckt, nach jener Nacht, in der der Tierarzt irgendwen – oder irgendwas – bemerkt hat?«

»Nein. Weder die Tiere noch die Ausrüstung oder die Käfige waren in Mitleidenschaft gezogen worden. Ich habe mich gründlich umgesehen, aber es hatte geschneit, und meine Leute waren bereits überall herumgetrampelt. Insofern waren die Chancen, noch irgendwelche Spuren – sei es von einem Tier oder einem Menschen – zu finden, sehr gering.«

»Hast du eine Liste mit sämtlichen Mitarbeitern und Freiwilligen?«

»Klar. Aber das war niemand von uns.«

»Lil, du warst ein halbes Jahr weg. Kennst du jeden Freiwilligen persönlich, der den Katzen rohes Fleisch vorwirft?«

»Wir werfen ihnen kein ...« Sie verstummte und schüttelte den Kopf. »Wir sehen uns die Leute genau an. Wir nehmen fast nur Einheimische und haben ein Freiwilligenprogramm. Es gibt verschiedene Hierarchiestufen«, erklärte sie. »Die meisten Freiwilligen verrichten nur Hilfsarbeiten. Sie helfen beim Füttern, Putzen, räumen Vorräte ein. Wenn sie nicht schon Erfahrung mitbringen oder sich auf der obersten Hierarchiestufe befinden, haben die Freiwilligen – mit Ausnahme des Streichelzoos – keinerlei Umgang mit den Tieren. Nur die Tierarzthelfer, die ehrenamtlich für uns arbeiten und uns bei den Untersuchungen und Operationen helfen, dürfen das.«

»Ich habe hier junge Leute gesehen, die durchaus Kontakt zu ihnen hatten.«

»Das sind Praktikanten, keine Freiwilligen. Wir nehmen Praktikanten von Universitäten an, Studenten, die Feldforschung betreiben. Wir bilden sie aus. Sie sind hier, um praktische Erfahrungen zu sammeln.«

»Ihr bewahrt hier auch Medikamente auf?«

Müde strich sie sich über den Nacken. »Ja. Die Medikamente sind auf der medizinischen Station und im Arzneischrank weggeschlossen. Matt, Mary, Tansy und ich haben einen Schlüssel. Nicht einmal die Tierarzthelfer haben darauf Zugriff. Außerdem machen wir wöchentlich eine Inventur.«

Das genügt für heute, dachte er. Sie konnte nicht mehr. »Das Huhn schmeckt gut«, sagte er und nahm noch einen Bissen.

»Ja, das stimmt.«

Er stand auf und goss ihnen ein großes Glas Wasser ein.

»Warst du ein guter Polizist?«, fragte sie.

»Ganz okay.«

»Warum hast du den Polizeidienst verlassen? Und jetzt erzähl mir nicht, dass ich mich um meine eigenen Angelegenheiten kümmern soll, während du dich hier in alles einmischst.«

»Ich brauchte eine Veränderung.« Er dachte kurz nach und beschloss dann, ihr alles zu erzählen. »In meiner Einheit arbeitete eine Frau, Dory. Eine gute Polizistin, eine gute Freundin. Nur eine Freundin«, wiederholte er. »Sonst war da nichts zwischen uns. Zum einen, weil sie verheiratet war, zum anderen, weil wir einfach nur befreundet waren. Aber als ihre Ehe den Bach runterging, glaubte ihr Mann, wir hätten eine Affäre.«

Er schwieg, und als sie nichts darauf sagte, fuhr er fort. »Wir ermittelten in einem Fall, und nach einer Nachtschicht gingen wir gemeinsam etwas essen, um uns zu besprechen. Ich nehme an, er hat uns beobachtet und nur auf so einen Moment gewartet. Ich habe nicht das Geringste geahnt«, sagte er leise. »Keinerlei Verdacht geschöpft. Und sie hat mir nie erzählt, wie schlimm es war, nicht einmal mir.«

»Was ist passiert?«

»Er kam um die Ecke und hat geschossen. Sie ging sofort zu Boden, fiel auf mich. Vielleicht hat sie mir dadurch das Leben gerettet. Er hat auf mich geschossen, mich aber kaum getroffen. Die Kugel ging rein und gleich wieder raus.«

»Du wurdest angeschossen?«

»Wie gesagt, die Kugel ging rein und gleich wieder raus, ein Kratzer, sonst nichts.«

Und das konnte er einfach nicht vergessen. Ein paar Zentimeter weiter, und alles wäre ganz anders ausgegangen.

»Sie hat mich mitgerissen. Die Leute schrien, versuchten zu fliehen, gingen in Deckung. Glas zerbarst. Eine Kugel traf das Restaurantfenster. Ich weiß noch genau, wie es klang, als die Kugeln sie trafen, das Glas durchschlugen. Noch während wir fielen und sie mich zu Boden riss, griff ich nach meiner Waffe. Sie war bereits tot, trotzdem hat er sie weiter durchlöchert. Ich habe ihm fünf Kugeln reingejagt.«

Jetzt suchte er Lils Blick, seine Augen waren eisblau und ausdruckslos.

Sie dachte: Deshalb hat er sich so verändert. Das hat ihn verändert.

»Ich erinnere mich an jede einzelne davon: zwei in den Rumpf, während ich fiel, und dann noch drei – in die rechte Hüfte, das Bein, den Bauch –, als ich schon am Boden lag. Das Ganze dauerte gerade mal dreißig Sekunden. Irgendein Idiot hat alles mit seinem Handy gefilmt.«

Es war ihm so viel länger vorgekommen. Was das verwackelte Video nicht wiedergeben konnte, war, wie Dory auf ihn gefallen war. Und wie es sich angefühlt hatte, als ihr Blut über seine Hände geströmt war.

»Er hat sein ganzes Magazin leer geschossen.«

Coop schwieg und trank einen Schluck Wasser. »Deshalb brauchte ich eine Veränderung.«

Ihre Brust schmerzte, als sie eine Hand auf seine legte. Sie sah die Szene regelrecht vor sich. Hörte die Schüsse, die Schreie, das zerberstende Glas. »Deine Großeltern wissen nichts davon. Sie haben nie etwas erwähnt, also wissen sie nichts davon.«

»Nein. So schlimm war ich schließlich nicht verletzt. Ich wurde ambulant behandelt, mit ein paar Stichen genäht. Sie kannten Dory nicht, warum hätte ich es ihnen erzählen sollen? Ich bin froh, dass ich geschossen habe.

Ich bekam keinen Ärger deswegen. Aber ich konnte nicht mehr als Polizist arbeiten. Es ging einfach nicht mehr. Außerdem ...«, er zuckte mit den Achseln, »... verdient man als Privatdetektiv mehr.«

Es waren dieselben Worte, die sie gebraucht hatte, als sie ihn wiedergesehen hatte. Ganz achtlos, wie nebenbei. Wie gern hätte sie das ungeschehen gemacht! »Warst du mit jemandem zusammen? Als es passiert ist – war da jemand für dich da?«

»Ich war lange Zeit lieber allein.«

Sie konnte das verstehen, nickte und schwieg. Dann drehte er seine Hand und verschränkte sie mit der ihren. »Und als ich nicht mehr allein sein wollte, hätte ich dich fast angerufen.«

Ihre Hand zuckte, so überrascht war sie. »Das hättest du ruhig tun können.«

»Vielleicht.«

»Da gibt es kein Vielleicht, Coop. Ich hätte dir zugehört. Ich wäre nach New York gekommen, um dir zuzuhören.«

»Ja. Vermutlich habe ich genau deshalb nicht angerufen.«

»Wieso denn das?«, fragte sie.

»Es ist alles nicht so einfach, wenn es um dich geht, Lil.« Er fuhr mit seinem Daumen sanft über die Innenseite ihres Handgelenks. »Ich habe darüber nachgedacht, hier zu übernachten. Dich dazu zu bringen, mit mir ins Bett zu gehen.«

»Das hättest du sowieso nie geschafft.«

»Wir wissen doch beide, dass ich es geschafft hätte.« Er drückte ihre Hand, bis sie ihn ansah. »Früher oder später werde ich das auch. Aber heute ist nicht der richtige Zeitpunkt dafür. Und auf den kommt alles an.«

Alle Gefühle, die wieder für ihn erwacht waren, waren wie weggeblasen. »Ich bin nicht zu deinem Vergnügen da, Cooper.«

»Hier geht es auch nicht ums Vergnügen, Lil.« Seine freie Hand packte ihren Nacken. Und sein ihr so vertrauter Mund suchte voller Verlangen und Verzweiflung ihre Lippen.

Einen Moment lang hielt er sie fest. Angst, Erregung und Sehnsucht kämpften heftig gegeneinander an.

»Hier geht es wirklich nicht ums Vergnügen«, murmelte er, als er sie losließ.

Er stand auf und trug ihre leeren Teller zur Spüle.

»Schließ hinter mir ab«, befahl er und ging.

TEIL 2

Kopf

Der Kopf wird immer vom Herzen zum Narren gehalten.

LA ROCHEFOUCAULD

11

Die Märzkälte fraß sich durch Mark und Bein wie ein Tiger. Sie pirschte sich aus dem Norden heran und machte einen todbringenden Sprung über Hügel und Täler. Schnee und Eis fielen vom Himmel, begruben Äste unter ihrem Gewicht, rissen Strommasten um und sorgten für gefährliche Glätte auf den Straßen.

Im Reservat kämpfte, pflügte und schaufelte Lil mit jenen Mitarbeitern, die dem Schnee getrotzt hatten, die Wege frei, während der erbarmungslose Wind riesige Schneewehen auftürmte.

Die Tiere zogen sich in ihre Unterkünfte zurück und verließen sie nur, wenn sie Lust darauf hatten, die Menschen zittern und wegen der Kälte fluchen zu sehen. Lil, die bis zu den Augen vermummt war, traf auf Tansy.

»Wie geht es unserem Mädchen?«, erkundigte sich Lil nach der Löwin.

»Sie verträgt das Wetter besser als ich. Ich sehne mich nach einem heißen, tropischen Strand. Nach dem Duft von Meer und Sonnenmilch. Ich sehne mich nach einem Mai Tai.«

»Wie wär's mit einem heißen Kaffee und Keksen?«

»Einverstanden.«

Vor der Hütte trat sich Lil den Schnee ab und spürte, wie ihre Muskeln zitterten, als ihnen die Wärme aus der Hütte entgegenschlug. »Das Schlimmste ist geschafft«, sagte sie, während beide ihre Handschuhe, Mützen, Jacken und Schals ablegten. »Sobald es geht, karren wir den Mist zur Farm. Und ich bleibe dabei: Das ist der letzte Schneesturm in diesem Jahr. Der Frühling mit seinen flutartigen Überschwemmungen lässt nicht mehr lange auf sich warten.«

»Na toll.«

Lil ging in die Küche, um Kaffee aufzusetzen. »Du hast dich in den letzten Tagen verhalten wie eine verschrobene Wissenschaftlerin.«

»Ich habe den Winter satt!« Missmutig fischte Tansy einen Lippenpflegestift aus ihrer Tasche und trug ihn auf.

»Das sagtest du bereits. Aber du verheimlichst mir etwas.« Lil öffnete einen Schrank, holte ihren Keksvorrat heraus und reichte Tansy die Packung.

»Kann es vielleicht sein, dass es während meiner Abwesenheit zwischen dir und einem gewissen Farley Pucket gefunkt hat?«

»Farley ist gerade mal fünfundzwanzig. Ich gehe weder mit ihm aus, geschweige denn ins Bett, noch ermutige ich ihn irgendwie.«

»Weil er erst fünfundzwanzig ist? Soweit ich weiß, ist er sechsundzwanzig, also tatsächlich vier Jahre jünger als du.« Mit gespieltem Entsetzen schlug Lil die Hand vor den Mund. »Das ist ja skandalös!«

»Das ist nicht witzig.«

Lil wurde wieder ernst und runzelte die Stirn. Sie ignorierte die Schamesröte in Tansys Gesicht, schließlich musste man eine Freundin auch mal aufziehen dürfen. Doch die Traurigkeit in ihren großen dunklen Augen entging ihr nicht.

»Sieht ganz so aus. Tans, macht dich das wirklich so fertig, dass du ein paar Jahre älter bist als er? Wäre es andersherum, würdest du nicht mit der Wimper zucken.«

»Aber dem ist nun mal nicht so. Auch wenn das vielleicht albern klingt: Ich bin älter als er und noch dazu *schwarz*. Und das in South Dakota. Vergiss es!«

»Angenommen, Farley wäre schwarz und sechsunddreißig. Dann gäbe es keine Einwände?«

Tansy hob abwehrend die Hand. »Wie gesagt: Ich weiß, dass das albern klingt – trotzdem.«

»Das *ist* albern!«, erwiderte Lil. »Aber davon mal abgesehen.«

»Aber genau darum geht es.«

»Nein. Ich will wissen, ob du etwas für ihn empfindest. Erst dachte ich nämlich, es wäre nur eine Affäre. Der Winter ist lang, die Schlafquartiere liegen nicht weit auseinander, und ihr seid beide erwachsen. Ich dachte, ihr würdet euch einfach bloß ein wenig austoben. Was ich dir allerdings schwer vorgeworfen hätte, schließlich geht es um Farley. Und der ist so etwas wie mein kl… Bruder.«

»Siehst du, du wolltest ›kleiner Bruder‹ sagen.« Tansy wackelte verneinend mit ihrem Zeigefinger. »*Kleiner* Bruder.«

»Darum geht es nicht, Tansy. Denn anscheinend gefällt dir nicht nur sein knackiger Cowboypopo: Du willst mehr als nur ein Techtelmechtel.«

»Sein Po ist mir natürlich positiv aufgefallen. Warum auch nicht? Aber ein *Techtelmechtel* kommt für mich nicht infrage. Was für ein bescheuertes Wort!«

»Ah, verstehe, du hast also nie über dieses bescheuerte Wort nachgedacht. Dabei sieht doch ein Blinder, dass du scharf auf ihn bist!«

»Kann sein, dass mich Farley mal auf solche Gedanken gebracht hat, aber das ist schließlich nicht verboten. Außerdem muss ich sie deswegen noch lange nicht in die Tat umsetzen.« Erschöpft hob Tansy die Hände. »Wir beide haben uns auch an Gregs Knackpo erfreut – der Adonis, der letzten Sommer sein Uni-Praktikum bei uns gemacht hat. Aber nur aus der Ferne.«

»Ja, der war erstklassig«, sagte Lil. »Und dann noch dieser Waschbrettbauch und die breiten Schultern.«

Beide schwiegen andächtig.

»Meine Güte, wie gern hätte ich mal wieder Sex«, seufzte Lil.

»Wem sagst du das.«

»Aha! Und warum hast du dann keinen mit Farley?«

»So leicht kriegen Sie mich nicht, Frau Dr. Chance.«

»Ach nein? Du hast keinen Sex mit Farley, weil er dir mehr bedeutet als irgend so ein scharfer Typ wie Greg. Du hast keinen Sex mit Farley, weil du wirklich etwas für ihn empfindest.«

»Ich …« Tansy schnaubte empört. »Von mir aus, ich gebe es zu. Ich empfinde etwas für ihn. Keine Ahnung, wie es dazu gekommen ist. Er hat manchmal vorbeigeschaut, um auszuhelfen, und natürlich habe ich mir gedacht, was für ein süßer Kerl er ist! Süß, lieb und lustig. Also sind wir ins Reden gekommen und haben zusammengearbeitet. Irgendwann hat es dann bei mir gefunkt. Sobald er aufgetaucht ist, hat es wie verrückt geprickelt. Und ... na ja, ich bin schließlich nicht blöd, sondern eine erfahrene dreißigjährige Frau.«

»Aber klar doch.«

»Mir fiel auf, wie er mich ansah. Also wusste ich, dass es ihm genauso geht. Anfangs dachte ich mir noch nicht viel dabei. Nur: Wahnsinn, ich habe mich in diesen Cowboy verknallt! Aber dieses Gefühl ist nicht verflogen, sondern wurde immer intensiver. Und letzte Woche, an diesem furchtbaren Tag ...« Lil nickte. »Ich war traurig, und da hat er sich zu mir gesetzt. Er hat mich geküsst, und ehe ich überhaupt begriff, was ich da tat, habe ich ihn zurückgeküsst. Danach habe ich ihm gesagt, dass das kein zweites Mal passieren darf. Er hat mich nur angegrinst und mir wortwörtlich gesagt, dass er ›voll auf mich steht‹. Das ist doch lächerlich! Aber jetzt geht er mir nicht mehr aus dem Kopf.«

Sie griff nach einem weiteren Keks. »Ich kann dieses Grinsen einfach nicht mehr vergessen.«

»Verstehe. Dir wird nicht gefallen, was ich dir jetzt sage, aber du benimmst dich einfach nur dämlich, also lass es bleiben. Ein geringfügiger Altersunterschied und eine unterschiedliche Hautfarbe sind noch lange kein Grund, den Menschen abzulehnen, den man liebt. Und der einen auch liebt.«

»Nur komisch, dass es fast immer die Weißen sind, die sagen, dass die Hautfarbe keine Rolle spielt.«

»Jetzt darf ich aber auch mal laut ›Aua!‹ sagen!«

»Im Ernst, Lil: Gemischtrassige Beziehungen sind in vielen Teilen der Welt immer noch sehr kompliziert.«

»Das ist ja ganz was Neues! *Beziehungen* sind in vielen Teilen der Welt immer noch sehr kompliziert.«

»Genau. Warum sie noch komplizierter machen?«

»Weil Liebe etwas sehr Kostbares ist. Aber sie sich zu verdienen und am Leben zu erhalten – das ist wirklich kompliziert. Du hattest noch nie eine ernsthafte Beziehung.«

»Das stimmt nicht! Ich war über ein Jahr mit Thomas zusammen.«

»Du hast ihn gemocht, ihn respektiert und warst scharf auf ihn. Ihr habt dieselbe Sprache gesprochen, aber eine ernsthafte Beziehung war das für dich nie, Tansy. Ich weiß, wie es ist, mit einem netten Typen zusammen zu sein, in dessen Gegenwart man sich wohl fühlt, der aber trotzdem nicht der Richtige ist. Und ich weiß auch, wie es ist, wenn der Richtige kommt. Bei Coop war es so, doch er hat mir das Herz gebrochen. Aber das ist mir immer noch lieber, als wenn ich die Erfahrung nie gemacht hätte.«

»Das hast du schön gesagt. Aber ich habe auch eine Theorie, nämlich die, dass du nie über ihn hinweggekommen bist.«

»Nein, das bin ich auch nicht.«

Tansy hob beide Hände. »Und wie hältst du das jetzt aus?«

»Keine Ahnung. Dieser furchtbare Tag hat so einiges verändert. Er hat mir Hühnerfrikassee gebracht. Und er hat mich geküsst. Bei mir prickelt es nicht nur, Tansy. Ich werde regelrecht mitgerissen von meinen Gefühlen.«

Sie legte die Hand aufs Herz. »Ich weiß nicht, wohin das noch führen wird. Angenommen, ich schlafe wieder mit ihm. Hilft mir das dann, den Kopf über Wasser zu halten, bis ich wieder festen Boden unter den Füßen habe? Oder wird es mich erst recht runterziehen? Ich weiß es nicht, werde es aber vermutlich bald herausfinden.«

Erleichtert, es endlich mal ausgesprochen zu haben, stellte Lil ihren Becher ab und sagte lächelnd: »Ich stehe voll auf ihn.«

»Du bist – wie hast du es gleich wieder genannt? Ach ja, du bist ›fertig‹ wegen eines Mannes, der dich sitzen gelassen und dir das Herz gebrochen hat. Und ich bin ›fertig‹ wegen eines Landarbeiters mit einem gefährlichen Grinsen.«

»Dabei haben wir eigentlich studiert.«

»Ja, wir sind kluge Mädchen«, pflichtete ihr Tansy bei. »Aber gleichzeitig auch ziemlich dämlich.«

Coop trainierte mit der schönen braunen Stute, die er den Winter über ausgebildet hatte. Sie machte einen gutmütigen, robusten und vielleicht etwas trägen Eindruck. Tagsüber döste sie gern im Stall, auf der Weide oder auf dem Feld. Wenn man darauf bestand, setzte sie sich in Bewegung – aber nur, wenn es unbedingt sein musste.

Sie schnappte nicht, trat nicht nach einem und fraß einem den Apfel derart vorsichtig und wohlerzogen aus der Hand, dass man sofort sehen konnte, dass es ein Weibchen war.

Das ideale Reitpferd für Kinder, dachte er und nannte sie »Little Sis«.

In den letzten Wochen dieses bitterkalten Winters gingen die Geschäfte nicht besonders gut. Dadurch blieb ihm für seinen Geschmack viel zu viel Zeit, sich um den Schreibkram zu kümmern, die Ställe auszumisten und sein neues Zuhause einzurichten.

Und sich Gedanken über Lil zu machen.

Er wusste, dass sie alle Hände voll zu tun hatte. Über seine Großeltern, über ihre Eltern, über Farley und Gull erfuhr er so einiges.

Einmal war sie anscheinend vorbeigekommen, um seiner Großmutter den Topf zurückzugeben und sie zu besuchen. Aber da war er in seinem Büro in der Stadt.

Er fragte sich, ob das Zufall oder Absicht gewesen war.

Er hatte ihr Zeit gelassen, aber damit war es jetzt vorbei. Dafür gab es noch viel zu viele offene Fragen zwischen ihnen, die ein für alle Mal beantwortet werden mussten.

Er begann, Little Sis zur Scheune zu führen. »Du hast brav trainiert heute«, sagte er. »Jetzt striegele ich dich, und danach bekommst du vielleicht noch einen Apfel.« Er hätte schwören können, dass sie erleichtert aufseufzte, als er sie zum Haus führte und sah, wie der Sheriff aus der Hintertür trat.

»Das ist aber ein hübsches Mädchen.«

»Das kann man wohl sagen.«

Willy stand breitbeinig da und blinzelte in den Himmel. »Wenn es weiterhin aufklart, bist du bald mit ihr, den anderen Pferden und den Touristen in den Bergen unterwegs.«

Coop musste lächeln. »Das ist der einzige Ort, den

ich kenne, an dem man bei fünfeinhalb Metern Schnee von ›Aufklaren‹ spricht.«

»Ja. Seit dem letzten Sturm kam nichts mehr runter. Es klart also auf. Hast du eine Minute Zeit, Coop?«

»Klar.« Coop stieg ab und schlang die Zügel der Stute um das Verandageländer. Dabei war das eigentlich gar nicht nötig. Sie würde nirgendwohin gehen, wenn man ihr nicht das Kommando dazu gab.

»Ich war gerade bei Lil im Wildreservat und wollte auch noch bei dir vorbeischauen.«

Willys Gesicht sprach Bände. »Um mir zu sagen, dass die Ermittlungen in eine Sackgasse führen.«

»Stimmt genau. Wir haben einen toten Puma, eine 32.er-Kugel, ein paar Spuren im Schnee und die vage Beschreibung eines Mannes, den du im Dunkeln gesehen hast. Wir haben uns wirklich bemüht, aber wir haben so gut wie keine Anhaltspunkte.«

»Hast du Kopien ihrer Drohbriefe?«

»Ja, und wir sind allen nachgegangen. Ich bin höchstpersönlich losgeritten und habe mit einigen Männern gesprochen, die vor ein paar Monaten Ärger im Reservat gemacht haben. Sie passen nicht auf deine Beschreibung, keiner von ihnen. Der eine hat eine Frau, die schwört, dass er in jener Nacht sowie am frühen Morgen zu Hause war. Außerdem hat er pünktlich um neun seinen Job in Sturgis angetreten. Dafür gibt es Zeugen. Der andere wiegt beinahe hundertfünfzig Kilogramm. Ich glaube, das hättest du nicht übersehen.«

»Nein.«

»Ich habe mit einigen Rangern gesprochen, die ich kenne. Sie werden die Augen im Nationalpark offen halten und ihre Kollegen alarmieren. Trotzdem muss ich dir dasselbe sagen wie Lil, nämlich, dass wir eine gehörige Portion Glück brauchen, um diesen Fall aufzuklären. Meiner Meinung nach ist der Täter längst über alle Berge. Niemand, der einigermaßen bei Verstand ist, hält sich bei so einem Unwetter dort oben auf. Wir tun, was wir können, aber ich will euch nichts vormachen.«

»Es gibt viele Möglichkeiten, Schutz vor einem Unwetter zu suchen. In den Bergen und im Tal. Mit etwas Erfahrung, genügend Proviant und ein bisschen Glück ...«

»Stimmt. Wir haben uns umgehört, ob sich irgendein Bergwanderer in einem der Motels oder Hotels eingemietet hat. Ohne Erfolg. Seit dem Vorfall funktioniert Lils Kamera einwandfrei, und niemandem ist ein Fremder in der Nähe des Reservats oder der Chance-Farm aufgefallen.«

»Du scheinst alle Spuren verfolgt zu haben, die es gibt.«

»Trotzdem ist der Fall für mich noch nicht abgeschlossen. Ungelöste Fälle machen mich nervös.« Willy blieb stehen, musterte erst den Schnee und dann den Himmel. »Wie dem auch sei, schön, dass Sam wieder auf den Beinen ist. Hoffentlich bin ich auch mal so zäh, wenn ich in sein Alter komme. Falls dir noch etwas einfällt, das ich wissen sollte, gib mir einfach Bescheid.«

»Danke, dass du gekommen bist.«

Willy nickte und tätschelte Little Sis' Flanke. »Hübsches Mädchen. Pass auf dich auf, Coop.«

Das muss man mir nicht zweimal sagen, dachte Coop. Doch diejenige, auf die er aufpassen musste, befand sich im Reservat.

Er versorgte das Pferd und kümmerte sich darum, dass Little Sis gestriegelt wurde und ihren Apfel bekam. Er erledigte seine übrigen Pflichten, die ihm bereits genauso in Fleisch und Blut übergegangen waren wie das morgendliche Anziehen. Weil ihn dort heißer, frisch aufgebrühter Kaffee erwartete, betrat er die Küche seiner Großmutter.

Sein Großvater kam ohne seinen Stock herein. Coop unterdrückte eine Bemerkung, zumal ihm Sam einen bösen Blick zuwarf.

»Ich werde ihn nach wie vor benutzen, wenn ich rausgehe oder Probleme mit dem Laufen habe. Ich probier nur was aus, das ist alles.«

»Alter Sturkopf«, sagte Lucy, die mit einem Korb voller Wäsche aus der Waschküche kam.

»Damit wären wir also schon zu zweit.« Sam humpelte zu ihr herüber, nahm ihr den Korb ab und hinkte davon, um ihn auf einem Stuhl abzustellen. Coop stockte der Atem. Rot vor Stolz, drehte er sich um und zwinkerte Coop zu. »Frau, wo bleibt der Kaffee?«

Lucy verzog das Gesicht, konnte ein Lächeln jedoch nicht unterdrücken. »Los, setz dich.«

Sam ließ sich leise seufzend auf einen Stuhl sinken. »Es duftet schon nach gegrilltem Huhn.« Er schnupperte wie ein Wolf. »Soweit ich weiß, gibt es dazu Kartoffelbrei. Coop, du musst mir helfen, sonst mästet mich diese Frau wie ein Spanferkel.«

»Ehrlich gesagt, muss ich noch was erledigen. Aber

wenn ihr später jemanden ums Haus schleichen hört, bin ich das, der sich über die Reste hermacht.«

»Ich kann dir auch etwas aufbewahren und es nach nebenan bringen«, bot Lucy an.

Die Schlafbaracke hieß jetzt nur noch »nebenan«.

»Lass nur, ich komm schon klar.«

»Ganz wie du willst.« Sie stellte ihren Kaffee ab und strich Coop über die Schulter. »Es sieht nett aus, da drüben, aber wirf doch mal einen Blick auf den Dachboden. Ich weiß, dass du noch Möbel gebrauchen kannst.«

»Ich kann nicht auf zwei Stühlen gleichzeitig sitzen, Grandma. Übrigens: Little Sis, die Stute, macht sich so langsam.«

»Ich habe dich beim Training beobachtet.« Lucy goss heißes Wasser aus dem Kessel in ihre Tasse, denn sie trank um diese Uhrzeit lieber Tee. »Sie ist ein braves Mädchen.«

»Und bestimmt ein gutes Reitpferd für Kinder. Ich hatte eigentlich gehofft, dass du ein paarmal mit ihr ausreitest, Grandma. Und mir sagst, was du von ihr hältst.«

»Ich werde morgen mit ihr ausreiten.« Sie zögerte einen Augenblick und wandte sich dann an ihren Mann. »Würdest du mit ausreiten, Sam? Das letzte Mal ist schon eine Weile her.«

»Wenn uns der Junge entbehren kann.«

»Ich glaube, das lässt sich einrichten«, erwiderte Coop. Er trank seinen Kaffee aus und erhob sich. »Ich mach mich fertig. Kann ich euch noch bei etwas helfen, bevor ich gehe?«

»Nein, danke«, sagte Lucy lächelnd. »Du gehst noch aus?«

»Ja. Ich habe noch was zu erledigen.«

Als die Tür hinter Coop zufiel, sah Lucy Sam fragend an. »Wetten, es hat was mit einer Frau mit großen braunen Augen zu tun?«

»Lucille, bei so einer Wette kann ich nur verlieren.«

Der Himmel im Westen färbte sich bereits rot, und es begann zu dämmern. Die weiß verschneite Landschaft erstreckte sich weit vor ihm und befand sich nach wie vor fest in den Klauen des Winters.

Er hatte gehört, wie die Leute vom Frühling sprachen – seine Großeltern, Gull, die Menschen in der Stadt. Aber er konnte noch keine Anzeichen dafür erkennen, dass man hier schon bald Narzissen und Rotkehlchen sehen würde. Andererseits war das sein erster Winter in den Black Hills.

Die paar Tage über Weihnachten zählten nicht, gestand er sich ein, als er ausstieg, um das Tor mit einem Nachschlüssel zu öffnen, den man ihm von Joes Exemplar angefertigt hatte. Der Wind heulte und fegte über die Straße, die Kiefern rauschten. Für ihn war der Duft nach Kiefernnadeln, Schnee und Pferd gleichbedeutend mit Winter in den Bergen.

Er setzte sich wieder hinters Steuer und fuhr durch das Tor. Dann hielt er an und stieg aus, um es zuzuschließen. Was wohl ein elektrisches Tor mit Zahlencode und ein paar Überwachungskameras am Eingang kosteten?

Er nahm sich vor zu fragen, was für eine Alarmanlage sie installiert hatte.

Wenn er in der Lage war, sich einen Schlüssel nachmachen zu lassen, konnten das andere auch. Oder man lief einfach um das Tor herum und stahl sich dahinter auf das Reservatgelände. Wenn das jemand unbedingt wollte, waren die Zäune und Tore kein großes Hindernis.

Er folgte der Straße und bremste vor der ersten Kurve ab, nach der die Hütten in Sicht kamen. Aus Lils Kamin stieg Rauch auf, und in der Hütte brannte Licht. Fußspuren führten zu der zweiten Holzhütte und von dort zu den Gehegen, zum Schulungszentrum und dorthin, wo seines Wissens nach Ausrüstung, Trockenfutter und Vorräte gelagert wurden.

Bestimmt war sie so vernünftig, von innen abzuschließen. Und bestimmt wusste auch sie, dass es für einen trainierten, geduldigen Bergwanderer unzählige Möglichkeiten gab, sich Zugang zum Reservat zu verschaffen.

Er musterte den kleinen Besucherparkplatz und stellte sich direkt neben ihren Truck.

Die Tiere kündigten seine Ankunft an, aber ihre Rufe waren ihm bereits vertraut. Noch war es nicht dunkel, aber die Bewohner schienen sich bereits in ihre Unterkünfte verzogen zu haben.

Er konnte nicht beurteilen, ob das Zufall war – aber Lil stand schon in der Tür, bevor er die Veranda erreicht hatte.

Sie trug einen schwarzen Pulli, verwaschene Jeans, verkratzte Stiefel und hatte ihr dichtes schwarzes Haar zu einem Pferdeschwanz zusammengebunden. Weder ihre Haltung noch ihr Gesichtsausdruck ließen auf einen freundlichen Empfang schließen.

»Du musst meinem Vater seinen Schlüssel zurückgeben.«

»Das habe ich bereits.« Er betrat die Veranda und

erwiderte ihren verärgerten Blick. »Das sollte dir zu denken geben, welchen Schutz dir dieses Tor bietet.«

»Bisher hat es seinen Zweck prima erfüllt.«

»Bisher schon. Aber jetzt brauchst du ein sichereres, elektrisches Tor mit Zahlencode und einer Überwachungskamera.«

»Ach ja? Sobald ich ein paar Tausend Dollar auf der hohen Kante habe und mir keine bessere Anschaffung als ein rein symbolisches Tor einfällt, gern. Außer, du schlägst vor, mein mehr als zwei Dutzend Hektar umfassendes Gelände mit einer Mauer einfrieden zu lassen. Am besten noch mit Wachtürmen.«

»Hauptsache, es wirkt abschreckend genug. Aber da ich hier stehe, scheint dein Tor nicht sehr gut funktioniert zu haben. Hör mal, ich war fast den ganzen Tag im Freien, ich bin müde, und mir ist kalt.«

Er trat einen Schritt vor, und da sie nicht zur Seite wich, hob er sie einfach hoch und über die Schwelle. In der Hütte setzte er sie wieder auf dem Boden ab und schloss die Tür.

»Meine Güte, Cooper!« Ihr stand der Mund offen, sodass sie die Worte nur mit Mühe herausbrachte. »Was ist nur *in dich* gefahren?«

»Ich möchte ein Bier.«

»Ich wette, du hast zu Hause selber welches. Wenn nicht, gibt es im Ort genügend Läden dafür. Fahr dorthin.«

»Obwohl du so zickig und unfreundlich bist, möchte ich mit dir reden. Du bist hier, und Bier gibt es wahrscheinlich auch.«

Er ging zur Küche. »Warum bist du allein?«

»Weil das mein Haus ist. Ich wohne hier, und ich bin gern allein.«

Er warf einen Blick auf den Tisch, sah den Laptop, die Unterlagen und ein Glas Rotwein. Er griff nach der Flasche auf der Küchentheke, musterte das Etikett und überlegte es sich anders.

Er nahm ein Weinglas aus einem der Schränke.

»Fühl dich nur ganz wie zu Hause.«

»Willy war bei mir.« Er schenkte sich ein Glas Wein an, nippte daran und setzte es wieder ab, um seine Jacke auszuziehen.

»Er wird dir vermutlich genau dasselbe gesagt haben wie mir, nämlich, dass es nichts Neues gibt. Ich arbeite, Coop.«

»Du bist wütend und frustriert, und das kann ich gut verstehen. Aber die Polizei hat leider nicht viel in der Hand, und die Ermittlungen führen nirgendwohin. Doch das heißt nicht, dass sie eingestellt werden. Vielleicht muss man den Fall nur ganz anders angehen.«

Er griff erneut nach dem Wein, nahm einen Schluck und sah sich im Zimmer um. »Isst du nichts?«

»Nein, ich habe nämlich keinen Hunger. Wie dem auch sei – ich weiß es wirklich zu schätzen, dass du extra vorbeischaust, um mir zu sagen, dass die Polizei ihren Job macht. Ich weiß selbst, dass Willy tut, was er kann. So. Sonst noch was?«

»Gibt es irgendeinen Grund, warum du so sauer auf mich bist, oder hast du bloß schlechte Laune?«

»Wir haben ein paar lange und auch körperlich anstrengende Tage hinter uns. Und der Abgabetermin für meinen Artikel rückt immer näher. Mit solchen Artikeln verdiene ich unter anderem das Geld für den Wein, den du gerade trinkst. Ich habe soeben erfahren, dass es höchst unwahrscheinlich ist, dass man denjenigen, der den von mir eingefangenen Puma erschossen hat, jemals identifizieren, geschweige denn zur Rechenschaft ziehen wird. Und dann platzt du hier einfach rein, während ich gerade versuche zu arbeiten, und trinkst den Wein, den ich nur dank dieses Artikels nachkaufen kann. Insofern habe ich einfach nur schlechte Laune, allerdings überwiegend wegen dir.«

»Ich bin hier nicht reingeplatzt.« Er drehte sich um und öffnete den Kühlschrank. »Ach du meine Güte, Lil!«, sagte er nach einer kurzen Bestandsaufnahme. »Da ist ja meiner noch besser bestückt.«

»Was bildest du dir eigentlich ein?«

»Dass es hier irgendetwas gibt, aus dem ich ein Abendessen zubereiten kann.«

»Finger weg von meinem Kühlschrank!«

Statt ihr zu antworten, öffnete er einfach das Gefrierfach. »Hab ich's doch gewusst: jede Menge leichte Tiefkühlkost. Wenigstens gibt es Pizza.«

Er konnte förmlich hören, wie sie mit den Zähnen knirschte, doch das belustigte ihn eher.

»Wenn du so weitermachst, hole ich in ungefähr zwei Minuten mein Gewehr und schieß dir damit in deinen Hintern.«

»Nein, denn wenn die Packungsanweisung stimmt, wirst du in ungefähr fünfzehn Minuten Pizza essen. Vielleicht hebt das ja deine Laune. Du hast pro Saison viele Freiwillige«, fuhr er fort, während er den Ofen anmachte. »Leute, die nur kurz aushelfen.«

Ihre kratzbürstige Art schien nicht zu fruchten, also verlegte sie sich aufs Schmollen. »Ja und?«

»Die ideale Möglichkeit herauszufinden, wie das hier läuft: wer die Mitarbeiter sind, wie der Tagesablauf aussieht und wie das Reservat angelegt ist.«

Er schob die Pizza in den Ofen und stellte die Küchenuhr.

»Na und? Laut Willy ist der Typ längst über alle Berge.«

»Vielleicht hat er recht, vielleicht auch nicht. Wenn der Mann weiß, was er tut und sich lange darauf vorbereitet hat, kann er sich in den Bergen einen hübschen Unterstand gebaut haben. Dort gibt es Höhlen in Hülle und Fülle.«

»Das muntert mich nicht gerade auf.«

»Ich will, dass du vorsichtig bist. Und das geht nur, wenn du dich nicht in falscher Sicherheit wiegst.« Er trug die Flasche zum Tisch und goss ihr Wein nach. »Worum geht es in deinem Artikel?«

Sie griff nach dem Glas, starrte hinein und nippte daran. »Ich werde nicht mit dir schlafen.«

»Ach, darüber schreibst du also? Darf ich das lesen?«

»Ich werde nicht mit dir schlafen«, wiederholte sie, »bevor ich es nicht selbst will. Nur weil du eine Tiefkühlpizza in den Ofen schiebst, werde ich noch lange nicht heiß. Du hast mich bereits gehabt, Cooper, und du hättest mich behalten können. Aber du hast mich sitzen lassen.«

Seine Züge verhärteten sich. »Das habe ich anders in Erinnerung.«

»Wenn du glaubst, wir könnten einfach weitermachen, wo wir ...«

»Nein, das will ich auch nicht. Aber ich muss dich nur

ansehen, Lil, und weiß, dass da etwas ist. Und du weißt das auch.«

Er setzte sich zu ihr auf die Bank, nippte an seinem Wein und griff nach den Fotos, die sie neben ihren Unterlagen ausgebreitet hatte. »Ist das Südamerika?«

»Ja.«

»Wie ist es, solche Gegenden zu bereisen?«

»Aufregend. Eine Herausforderung.«

Er nickte. »Und jetzt schreibst du darüber, wie du in den Anden Pumas auf der Spur warst.«

»Ja.«

»Und dann?«

»Und dann was?«

»Wohin reist du als Nächstes?«

»Keine Ahnung. Noch habe ich keine Pläne. Diese Reise war eine Riesensache für mich. Sowohl in persönlicher als auch in beruflicher Hinsicht, wegen der Artikel, Aufsätze und Vorträge, die sich daraus ergeben. Aber natürlich auch für meine Forschung.« Sie zuckte mit den Achseln. »Ich lerne viel für das Reservat, und das ist meine oberste Priorität.«

Er legte die Fotos wieder auf den Tisch und sah sie an. »Es ist gut, wenn man Prioritäten setzen kann.«

Er rückte langsam näher und ließ ihr diesmal Zeit, darauf zu reagieren. Sie schwieg, versuchte nicht, ihn daran zu hindern, sondern beäugte ihn nur misstrauisch.

Er hob ihr Kinn und küsste sie.

Zwar war sein Kuss weder sanft noch zärtlich, aber er war nicht mehr so grob wie zuvor. Dieses Mal küsste er sie wie ein Mann, der nichts überstürzen will und das auch nicht nötig hat.

Und obwohl seine Finger sanft über ihr Gesicht strichen, wusste sie, dass sie jederzeit fest zupacken konnten. Dass er sie einfach nehmen konnte, statt sie zu verführen.

Und genau das erregte sie.

Nicht umsonst hatte sie sich schon immer von allem Wilden angezogen gefühlt.

Er spürte, wie sie langsam nachgab. Ihre Lippen näherten sich seinen, wurden wärmer und weicher, und ein leises Stöhnen entrang sich ihrer Kehle.

Er löste sich von ihr, so langsam, wie er sich ihr genähert hatte. »Nein«, sagte er. »Noch sind wir nicht so weit.« Die Küchenuhr klingelte, und er lächelte. »Dafür ist die Pizza fertig.«

12

Er hatte schon unangenehmere Nächte verbracht, dachte Coop, während er in Lils Wohnzimmerkamin Holz nachlegte. Aber es war schon ein paar Jahre her, dass er sich mit einem kalten Zimmer und einem durchgesessenen Sofa zufriedengegeben hatte. Und selbst damals hatte er nicht auch noch darunter leiden müssen, dass die von ihm begehrte Frau ein Stockwerk höher schlief.

Aber es war schließlich seine Entscheidung gewesen, rief er sich wieder in Erinnerung. Sie hatte ihn hinausgeworfen, doch er hatte sich geweigert zu gehen und sich stattdessen für die Decke, das Kissen und das viel zu kurze Sofa entschieden. Und das vermutlich völlig umsonst.

Wahrscheinlich hatte sie recht. Sie kam wunderbar alleine klar. Sie schloss von innen ab und hielt stets ein geladenes Gewehr bereit.

Aber nachdem er einmal darauf bestanden hatte zu bleiben, konnte er nicht mehr zurück.

Irgendwie merkwürdig, dachte er, während er in die Küche ging, um Kaffee aufzusetzen: im Dunkeln zu liegen und vom Schnurren eines Dschungeltigers geweckt zu werden.

Verdammt merkwürdig.

Sie war das wahrscheinlich gewohnt, da sie sich noch nicht gerührt hatte – nicht einmal, als er seine Stiefel angezogen hatte, um draußen nachzusehen.

Das Einzige, das ihm auffiel, war, dass sie die Sicherheitsbeleuchtung verstärken musste. Und dass das Schreien und Knurren selbst einem Mann, der wusste, welche Gefahren hier lauerten, instinktiv eine Gänsehaut über den Rücken jagten.

Aber jetzt ist sie aufgewacht, dachte er. Er hatte Schritte über sich gehört und das Rauschen in den Rohren, als sie die Dusche aufdrehte.

Bald würde es hell werden, und ein neuer eiskalter Wintertag würde beginnen. Ihre Mitarbeiter würden herbeiströmen, und er musste sich um seine eigenen Angelegenheiten kümmern.

Er fand Eier und Brot, eine Bratpfanne. Auch wenn sie das bestimmt anders sah, schuldete sie ihm trotzdem ein Frühstück für den Wachdienst. Er machte gerade ein paar Sandwiches mit Spiegelei, als sie hereinkam. Sie hatte das Haar hochgesteckt, trug ein Flanellhemd über einer Strumpfhose und war kein bisschen erfreuter über seinen Anblick als am Vorabend.

»Wir müssen ein paar Regeln aufstellen«, hob sie an.

»Prima, schreib mir eine Liste. Ich muss jetzt arbeiten. Ich hab zwei gemacht, falls du auch eines willst«, fügte er hinzu, während er sein Sandwich in eine Serviette wickelte.

»Du kannst hier nicht einfach so reinschneien und das Kommando übernehmen.«

»Setz das ganz oben auf die Liste«, schlug er vor, während sie ihm ins Wohnzimmer folgte. Er nahm das Sandwich von einer Hand in die andere, während er seine Jacke anzog. »Du riechst gut.«

»Du musst meine Privatsphäre respektieren und ein für alle Mal begreifen, dass ich keinen Wachhund brauche.«

»Hm-hm.« Er setzte seine Mütze auf. »Du brauchst mehr Kaminholz. Bis später.«

»Coop, verdammt!«

Er drehte sich in der Tür noch einmal um. »Du bist mir wichtig. Finde dich damit ab.«

Er biss in sein Sandwich, während er zu seinem Truck ging.

Sie hatte recht mit den Regeln, dachte er. Das meiste funktionierte besser nach Regeln oder bestimmten Richtlinien. Es gab Richtig und Falsch und eine riesige Grauzone dazwischen. Trotzdem konnte es nicht schaden zu wissen, welcher Grauton für welche Situation am besten geeignet war.

Es war ihr gutes Recht, ein paar Regeln aufzustellen – vorausgesetzt, sie fand sich damit ab, dass er die Grauzone erforschen würde.

Er aß sein Spiegeleisandwich, während er die kurvige Straße zum Tor fuhr. Dann schob er die Regeln und Richtlinien und die Frage, was er eigentlich von Lil wollte, beiseite, um den bevorstehenden Tag durchzugehen.

Das Vieh musste gefüttert und die Stallungen ausgemistet werden. Wenn es ihm gelingen würde, seine Großeltern in den Sattel zu bekommen, wäre das ein Riesenfortschritt. Er musste noch in die Stadt, um ein paar Einkäufe und den Papierkram im Büro zu erledigen.

Er wollte durchrechnen, ob es sich lohnte, zusätzlich zu den Reittouren auch noch Ponyreiten anzubieten. Wenn man mehrere Pferde wie Little Sis hatte und sie eine halbe Stunde innerhalb eines umzäunten Bereichs am Zügel führte ...

Etwas lenkte ihn ab, und er war sofort alarmiert. Der Tierkadaver war über das Tor drapiert worden. Der Schnee darunter war blutbefleckt. Einige Geier machten sich bereits daran zu schaffen.

Coop hupte, um die Vögel zu vertreiben. Gleichzeitig bremste er und suchte die Bäume, das Unterholz und die Straße hinter dem Tor ab. Im fahlen Morgenlicht erfassten seine Scheinwerfer den toten Wolf und ließen dessen Augen unheimlich aufleuchten.

Coop beugte sich vor, öffnete sein Handschuhfach und holte seine 9-mm-Pistole sowie seine Taschenlampe heraus. Er stieg aus dem Wagen und richtete den Lichtkegel auf den Boden. Natürlich gab es Fußspuren. Unter anderem seine eigenen vom Vorabend, als er das Tor geöffnet hatte.

Auf dem Reservatgelände entdeckte er keine, die frischer waren als seine eigenen. Immerhin. Trotzdem lief er in seinen Fußstapfen auf den Wolf zu.

Soweit Coop das auf den ersten Blick beurteilen konnte, hatte das Tier zwei Kugeln abbekommen – eine in den Rumpf und eine in den Kopf. Der Kadaver fühlte sich kalt an, und die kleine Blutlache war gefroren.

Die »Botschaft« war also bereits vor mehreren Stunden überbracht worden.

Er sicherte seine Waffe und steckte sie in die Tasche. Als er nach seinem Handy griff, hörte er, wie sich ein Wagen näherte. Obwohl er bezweifelte, dass der Überbringer dieser Botschaft so schnell zurückkommen würde, geschweige denn mit dem Auto unterwegs wäre, ließ Coop seine Hand in die Hosentasche gleiten und umklammerte den Griff seiner Waffe.

In der Dämmerung war es neblig grau, doch im Osten färbte sich der Himmel schon rot. Er ging zurück zum Wagen und machte die Scheinwerfer aus. Nachdem er kurz am Tor gewartet hatte, sah er, dass ihn sein Instinkt nicht getrogen hatte. Der Jeep wurde langsamer. Als er in die Kurve fuhr, hob Coop die Hand, um ihn zum Halten zu bewegen.

Er kannte den Mann, der auf der Beifahrerseite ausstieg, vom Sehen, aber nicht seinen Namen. »Bleiben Sie vom Tor weg«, befahl Coop.

Auf der Fahrerseite stieg Tansy aus und suchte Halt am Türgriff. »O mein Gott.«

»Bitte bleib vom Tor weg«, wiederholte er.

»Lil.«

»Es geht ihr gut«, sagte Coop zu Tansy. »Ich komme gerade aus ihrer Hütte. Bitte sei so gut und benachrichtige Willy, den Sheriff. Steig wieder in den Wagen und ruf ihn an. Sag ihm, dass jemand einen toten Wolf am Tor hinterlegt hat. Er wurde von zwei Kugeln getroffen, soweit ich das erkennen kann. Ich möchte, dass ihr im Wagen wartet, und fasst bitte nichts an. He, Sie!« Er zeigte auf den Mann.

»Äh, Eric. Ich bin ein Praktikant. Ich wollte nur …«

»Bleiben Sie im Wagen. Wenn die Geier zurückkommen, hupen Sie. Ich werde Lil holen.«

»Wir erwarten ein paar Freiwillige heute Morgen.« Tansy stieß eine heftige Atemwolke aus, dann eine kleinere. »Und die anderen Praktikanten. Sie dürften bald hier sein.«

»Wenn sie kommen, bevor ich zurück bin, haltet sie bitte vom Tor fern.«

Er ging wieder zu seinem Truck und fuhr rückwärts, bis er eine Wendemöglichkeit gefunden hatte. Dann drehte er rasch um und gab Gas.

Sie stand bereits draußen auf dem Weg, der von ihrer Hütte zu den Büros führte. Als sie ihn sah, stemmte sie die Hände in die Hüften und runzelte wütend die Stirn.

»Was ist denn jetzt schon wieder? Wir haben hier morgens viel zu tun.«

»Du musst sofort mitkommen.«

Das Stirnrunzeln verschwand. Sie stellte keine Fragen. Sein Tonfall, seine Augen sprachen eine eindeutige Sprache.

»Hol eine Kamera«, rief er, als sie auf den Truck zulief. »Eine Digitalkamera. Los, beeil dich!«

Wieder stellte sie keine Fragen, sondern rannte zur Hütte. Es dauerte keine zwei Minuten, bis sie mit einer Kamera und ihrem Gewehr wieder da war.

»Raus mit der Sprache!«, sagte sie, als sie in den Truck sprang.

»Da hängt ein toter Wolf über deinem Tor.«

Sie sog scharf die Luft ein. Aus dem Augenwinkel sah

er, wie ihre Hand den Gewehrlauf umklammerte. Aber ihre Stimme blieb ruhig.

»Erschossen? Wie der Puma?«

»Soweit ich das erkennen kann, hat er zweimal geschossen. Es gibt kaum Blutspuren, außerdem ist der Kadaver schon kalt. Er hat ihn woanders getötet und dann hergeschleift. Aber es sieht nicht danach aus, als ob er hier eingedrungen wäre oder es versucht hätte. So genau habe ich mich allerdings auch noch nicht umgesehen. Ein paar deiner Mitarbeiter sind angekommen, kurz nachdem ich ihn fand. Sie verständigen den Sheriff.«

»Was für ein Mistkerl! Was hat das schon für einen Sinn ... Warte!« Alarmiert richtete sie sich auf dem Beifahrersitz auf. »Kehr um, kehr um! Was, wenn er uns damit nur fortlocken will? Was, wenn er im Reservat ist? Die Tiere sind völlig hilflos. Kehr um, Coop.«

»Wir sind schon fast am Tor. Ich setz dich ab und fahre zurück.«

»Beeil dich. Beeil dich!« Als er vor dem Tor hielt, drehte sie sich zu ihm um. »Warte auf mich«, bat sie und sprang aus dem Wagen. »Eric!«

Sie war nicht dumm und machte einen großen Bogen um den Wolf. Coop sah, wie Eric aus dem Wagen stieg. »Fotografier das! Mach möglichst gute Fotos von dem Wolf, dem Tor, von allem. Warte auf den Sheriff.«

»Wo willst du ...«

Sie kletterte zurück zu Coops Wagen und schlug bei Erics Frage die Tür zu. »Los, fahr!«

Er trat aufs Gaspedal, setzte zurück und wendete. Als er hupte, zuckte sie zusammen und starrte ihn an. »Für den unwahrscheinlichen Fall, dass du recht hast, wird er

uns hören und abhauen. Er sucht keine Konfrontation.«
Noch nicht, dachte Coop. Noch nicht. »Er will dir nur Angst machen.«

»Wieso glaubst du das?«

»Es ist mehr als unwahrscheinlich, dass er von meiner Übernachtung bei dir weiß. Ebenso wenig konnte er wissen, dass ich noch vor der Ankunft deiner Mitarbeiter von hier wegfahre. Normalerweise hätten sie den Wolf gefunden und wären gekommen, um es dir zu sagen. In diesem Fall wären alle hier und nicht am Tor.«

»Verstehe, damit hast du auch wieder recht.« Aber ihre Atmung beruhigte sich erst, als sie die ersten Gehege sah, die üblichen Rufe und Morgenlaute vernahm.

»Ich muss nach ihnen sehen, nach jedem Tier. Wenn du hier entlanggehst und diesen Weg nimmst, biege ich seitlich ab und umrunde ...«

»Nein.« Er hielt an. »Auch wenn es noch so unwahrscheinlich ist: Ich werde nicht riskieren, dass er dich alleine antrifft.«

Sie hob das Gewehr, das auf ihrem Schoß lag, aber Coop schüttelte den Kopf.

»Wir machen das zusammen.« Und danach würde er beide Hütten kontrollieren und sämtliche Außengebäude.

»Sie werden annehmen, dass ich eine Weile bei ihnen bleibe. Es wird also ziemlich unruhig werden, wenn ich gleich wieder gehe.«

Während sie an den Gehegen vorbeiliefen, hörte man Geknurre und Gezische. Sie lief schnell, da sie jeder Blick auf ein unversehrtes Tier aufatmen ließ. Als sie bei Babys Gehege angekommen war, blieb ihr fast das

Herz stehen. Dann sah sie nach oben – schließlich kannte sie seine Spielchen – und entdeckte ihn auf einem dicken Ast seines Baumes.

Sein Sprung war ebenso akrobatisch wie verspielt. Als er schnurrte, gab sie nach und kroch unter der Absperrung durch. »Gleich«, murmelte sie. »Gleich spielen wir ein bisschen.« Sie streichelte sein Fell durch den Zaun und lachte, als er sich auf die Hinterbeine erhob, damit sie seinen Bauch kraulen konnte. »Gleich«, wiederholte sie. Er knurrte enttäuscht, als sie hinter die Absperrung zurücktrat. Als Coop sie anstarrte, zuckte sie nur mit den Achseln.

»Er ist ein Sonderfall.«

»Höre ich nicht so etwas wie Abneigung, ja Verachtung in deiner Stimme, wenn du über Leute sprichst, die sich exotische Haustiere zulegen?«

»Er ist kein Haustier. Kannst du dir vorstellen, dass ich ihm ein Strasshalsband umlege und ihn an einer Leine herumführe?«

»Das ist also Baby.«

»Du bist aufmerksamer, als ich dachte. Er ist schon im Reservat, seit er ein Welpe ist, und zwar freiwillig. Den Tieren geht es gut«, fügte sie hinzu. »Wenn ein Eindringling hier wäre, wären sie unruhiger. Aber ich muss trotzdem alles kontrollieren. Wir erwarten heute Morgen noch eine Gruppe, eine Jugendgruppe. Und wir haben zwei Katzen mit eingewachsenen Krallen, um die wir uns kümmern müssen. Außerdem müssen die Praktikanten noch ein paar Hundert Pfund Fleisch vorbereiten. Wir haben einen strikten Tagesablauf, Coop. Wir dürfen nicht zulassen, dass diese Vorfälle unseren

Betrieb beeinträchtigen. Wenn wir keine Führungen anbieten können, sinken unsere Einnahmen. Und du musst dich auch um dein Geschäft kümmern, deine Tiere füttern.«

»Überprüfe deine Kameras. Lass uns die Büros kontrollieren. Wenn die in Ordnung sind, kannst du hier loslegen und dich um deine Tiere kümmern.«

»Willy wird uns doch hoffentlich erlauben, das Tor zu öffnen? Damit meine Mitarbeiter hereinkönnen.«

»Das dürfte nicht mehr lange dauern.«

»Ich konnte mir den Wolf gar nicht richtig ansehen. Er war ziemlich groß, wahrscheinlich ausgewachsen. So ein Tier muss man erst mal erlegen ... Vielleicht war es ein Einzelgänger. Ein einsamer Wolf ist eine leichtere Beute. Er will, dass ich die Nerven verliere, will uns in Aufregung versetzen. Ich habe genügend Psychologiekurse belegt, um das zu wissen«, sagte sie, als Coop sie musterte. »Ich weiß, was er damit bezweckt. Nicht warum, aber was. Ich könnte dadurch einige Freiwillige, vielleicht sogar Praktikanten, verlieren. Wir sind auf unsere Praktikanten angewiesen, also werde ich ein paar ernste Worte auf unserer Sonderversammlung sprechen müssen.«

Sie schloss die Hütte mit den Büroräumen auf. Coop stieß sie beiseite und drückte die Tür auf. Alles sah ganz normal aus. Er betrat die Hütte, sah sich um und verfuhr mit den übrigen Zimmern genauso.

»Bleib hier, mach den Computer an. Ich kontrolliere die anderen Gebäude. Gib mir die Schlüssel.«

Sie reichte sie ihm schweigend. Als er ging, wartete sie im Sitzen, bis der Computer hochgefahren war.

Sie hatte gewusst, dass er mal Polizist gewesen war. Aber bisher hatte sie ihn nie als solchen erlebt.

Er hatte geglaubt zu verstehen, was im Reservat vor sich ging. Aber jetzt wurde ihm klar, dass er das ganze Ausmaß der damit verbundenen Arbeit nicht einmal ansatzweise begriffen hatte, nicht einmal nach Lils Führung. Allein die Vorratsräume öffneten ihm die Augen, mit ihren enormen Kühl- und Gefrierschränken, den riesigen Fleischbergen und der Ausrüstung, die vonnöten war, sie zu verarbeiten, zu zerteilen und zu transportieren.

In den Ställen standen drei Pferde, unter anderem auch jenes, das er ihr verkauft hatte. Da er schon mal da war, gab er ihnen Futter und Wasser und hakte beides auf der an der Wand hängenden Liste ab.

Er kontrollierte den Werkzeugschuppen, die Garage und die lang gezogene, niedrige Hütte, die als Schulungsraum diente. Er überflog kurz die Schaukästen, Fotos, Felle, Zähne, Schädel und Knochen – wo zum Teufel hatte sie die bloß her?

Faszinierend, dachte er. Er lief durch den kleinen Andenkenladen mit seinen Plüschtieren, T-Shirts, Sweatshirts, Baseballkappen, Postkarten und Postern. Alles ordentlich und gut organisiert.

Sie hatte sich hier ganz schön was aufgebaut. Sich um jedes Detail gekümmert. Und das alles nur den Tieren zuliebe.

Als er den Rückweg antrat, hörte er Motorengeräusche. Er ging um das Gebäude herum und traf auf den Sheriff.

»Hier ist alles in Ordnung. Sie ist im Büro«, sagte er zu Tansy und wandte sich dann an Willy.

»Sieht ganz so aus, als hätte er noch einen Trumpf im Ärmel gehabt«, meinte Willy. »Aber wir können auch nicht ausschließen, dass es jemand anders war, der sich ausgerechnet dieses Tor ausgesucht hat. Vielleicht wurde derjenige durch die Sache mit dem Puma überhaupt erst auf die Idee gebracht. Die Jagd auf Wölfe ist allerdings in dieser Gegend verboten, und das ist auch allseits bekannt. Die Leute wissen, dass sie sich damit ernsthafte Schwierigkeiten einhandeln. Wenn ein Farmer ein Tier erschießt, das hinter seinem Vieh her ist, kann ich das vielleicht noch verstehen. Aber ich kenne jeden Farmer hier und kann mir nicht vorstellen, dass einer von ihnen den Kadaver hochgeschleift hat. Nicht einmal diejenigen, die Lil für etwas plemplem halten, würden so etwas tun.«

»Die Kugeln in dem Wolf werden aus derselben Waffe stammen, mit der auch der Puma erschossen wurde.«

»Ja, davon gehe ich auch aus.« Mit einem Nicken presste Willy die Lippen zusammen. »Ich werde mit den Betreibern des Nationalparks reden und mit der Staatspolizei. Vielleicht stellst du ja auch ein paar Ermittlungen an. Unter Umständen hat jemand, der auf Patrouille war, irgendwas gesehen.«

Als Lil aus der Hütte kam, drehte er sich um. »Guten Morgen. Entschuldige bitte das Chaos hier. Ist dein Tierarzt schon da?«

»Er muss jeden Moment kommen.«

»Ich werde einen unserer Männer hier abstellen, genau wie beim letzten Mal. Wir werden tun, was in unserer Macht steht, Lil.«

»Ich weiß, aber da gibt es nicht viel, das du tun kannst.«

Sie kam die Verandastufen herunter. »Ein Puma und ein Wolf. Das ist furchtbar, aber wir leben in einer furchtbaren Welt. In anderen Teilen der Welt romantisiert man solche Tiere vielleicht, aber nicht hier, wo sie aus den Bergen ins Tal kommen und sich über das Vieh oder die Hühner hermachen. In gewisser Weise kann ich das sogar verstehen, Willy, ich bin schließlich nicht weltfremd. Aber meine Welt besteht nun mal aus zweiunddreißig Hektar, auf denen ich sechsunddreißig Tiere beherberge, die Pferde nicht mit eingerechnet. Und ich habe Angst, dass er vorhat, hier einzudringen. Zumindest hat er mir das heute mit dieser ›Botschaft‹ zu verstehen gegeben. Und dann wird er eines der Tiere, die hier leben, die ich hierhergeholt habe, töten. Oder noch schlimmer, einen meiner Mitarbeiter, die ich hierhergeholt habe.«

»Ich weiß nicht, was ich sagen soll, um deine Bedenken zu zerstreuen.«

»Da gibt es nichts zu sagen. Im Moment ist er eindeutig im Vorteil. Meine Bedenken lassen sich nicht zerstreuen. Dafür wartet hier jede Menge Arbeit auf uns, und die werden wir auch erledigen. Ich habe sechs Praktikanten, die unser Ausbildungsprogramm durchlaufen. Noch heute Morgen erwarten wir eine Gruppe mit Acht- bis Zwölfjährigen. Sie bekommen in etwa zwei Stunden eine Führung und einen Vortrag im Schulungszentrum. Wenn du mir sagst, dass diese Kinder hier nicht sicher sind, werde ich die Veranstaltung absagen.«

»Ich habe nicht den geringsten Grund anzunehmen, dass ein Mann, der wilde Tiere tötet, vorhat, auf Kinder zu schießen, Lil.«

»Gut. Dann tut jeder, was er kann. Du solltest jetzt gehen«, sagte sie zu Coop. »Du musst dich um deine Dinge kümmern, um deine Tiere.«

»Ich komme wieder. Und du denkst an die Liste.«

Sie sah ihn einen Moment lang verständnislos an und schüttelte dann nur den Kopf. »Das ist jetzt nicht gerade meine oberste Priorität.«

»Ganz wie du meinst.«

»Eben. Danke, Willy.«

Als sie in ihr Büro zurückkehrte, spitzte Willy die Lippen. »Wenn ich mich nicht täusche, ging es da gerade nicht um einen toten Wolf. So wie es aussieht, wirst du hier heute übernachten.«

»Richtig.«

»Da bin ich aber froh! Bis dahin werde ich ein paar Leute hier abstellen, die anderen Tore kontrollieren und nach Schwachstellen Ausschau halten. Er hat sich da irgendwo verschanzt«, murmelte Willy und sah hinauf zu den Bergen.

Lil wusste, dass sich der Vorfall herumsprechen würde, also wunderte sie sich nicht weiter, als ihre Eltern kamen. Sie ließ den betäubten Tiger allein und ging zum Zaun des Geheges. »Nur eine eingewachsene Kralle. Ein verbreitetes Problem.« Sie hob die Hand, um nach den Fingern ihrer Mutter zu greifen, die diese durch den Zaun gesteckt hatte. »Tut mir leid, dass ihr euch Sorgen gemacht habt.«

»Du wolltest doch für ein paar Wochen runter nach Florida und in diesem Panther-Reservat mitarbeiten. Und das solltest du auch tun.«

»Aber nur für ein paar Tage«, berichtigte sie Lil. »Und

auch erst im nächsten Winter. Ich kann im Moment nicht weg. Und jetzt erst recht nicht.«

»Du könntest zu uns ziehen, bis man den Kerl gefasst hat.«

»Und wer soll mich dann hier ersetzen, Mom? Wem soll ich sagen, ich habe zu viel Angst hierzubleiben, mach du das bitte?«

»Mir egal, Hauptsache, nicht meine Tochter.« Jenna drückte Lils Hand. »Aber das wirst du sowieso nicht tun.«

»Cooper war heute Nacht hier, stimmt's?«, erkundigte sich Joe.

»Er hat auf dem Sofa geschlafen. Er wollte partout nicht gehen, und jetzt muss ich ihm auch noch dankbar dafür sein, dass ich ihn nicht aus meinem eigenen Haus werfen durfte. Ich habe hier jede Menge Leute, die bereit sind, bei mir zu bleiben. Wir treffen sämtliche Vorsichtsmaßnahmen, versprochen! Ich werde neue Überwachungskameras bestellen. Ich habe mir auch schon Alarmanlagen angesehen. Aber solche, mit denen sich das ganze Gelände sichern lässt, kann ich mir nicht leisten. Kommt gar nicht infrage«, sagte sie, als Joe sich einmischen wollte. »Du kannst sie dir genauso wenig leisten.«

»Ich kann es mir vor allem nicht leisten, dass meiner Tochter etwas zustößt.«

»Ich werde dafür sorgen, dass es gar nicht so weit kommt.« Sie sah sich nach Matt um, der den Tiger behandelte. »Ich muss hier weitermachen.«

»Wir gehen zurück zum Büro und fragen, ob wir behilflich sein können.«

»Bestimmt.«

Von seiner erhöhten Position aus beobachtete er die Familie durch seinen Feldstecher. Das Ausspionieren der Beute war unverzichtbar. Man musste ihre Gewohnheiten kennen, ihr Revier, ihr Umfeld, ihre Stärken. Und ihre Schwächen.

Geduld war ebenfalls unverzichtbar. Und die fehlte ihm zugegebenermaßen manchmal, das war eine seiner größten Schwächen. Reizbarkeit war eine weitere. Sie hatte ihn für anderthalb Jahre hinter Gitter gebracht, weil er einen Mann bei einer Kneipenschlägerei fast zu Tode geprügelt hatte.

Aber er hatte gelernt, sich zu beherrschen, ruhig und sachlich zu bleiben. Und ausschließlich zu seiner persönlichen Befriedigung zu töten.

Nie aus Wut oder Unbeherrschtheit. Er musste einen kühlen Kopf bewahren, kaltblütig bleiben.

Das mit dem Puma war rein spontan geschehen. Er war da gewesen und hatte wissen wollen, wie es sich anfühlte, einem wilden Tier Auge in Auge gegenüberzustehen und es zu töten.

Er war enttäuscht gewesen. Wegen der fehlenden Herausforderung, der nicht vorhergegangenen Jagd hatte ihm das nicht einmal ansatzweise Befriedigung verschafft.

Er musste sogar zugeben, dass er sich ein wenig dafür geschämt hatte.

Deshalb hatte er sich anschließend abreagieren müssen, allerdings nur ein bisschen, und das Zeltlager zerstört. Aber mit kühlem Kopf, und darauf kam es an. Er hatte es auf eine Weise zerstört, die eine Botschaft hinterließ.

Lil. Lillian. Dr. Chance. Sie war unglaublich interessant, das hatte er schon immer gefunden. Wenn man sie so im Kreis ihrer Familie erlebte, war das eindeutig eine ihrer Schwächen.

Es könnte Spaß machen, das gegen sie zu verwenden. Angst, gepaart mit der Erregung des Jagens. Er wollte ihr Angst einjagen. Er hatte gelernt, dass es sich wesentlich besser anfühlte, wenn Angst im Spiel war. Und es wäre bestimmt sehr aufregend, die ihre zu spüren, zumal sie sich nicht so schnell Angst einjagen ließ.

Er würde ihr Angst einjagen.

Er respektierte sie und ihre Vorfahren. Auch wenn sie sie nicht respektierte. Sie hatte sie mit diesem Reservat entehrt, mit diesen Gehegen, in denen sie Wildtiere gefangen hielt. Sie hatte diesen heiligen Ort seines – und ihres – Volkes entehrt.

Ja, er würde ihr Angst einjagen.

Sie wäre geradezu ideal für seine Sammlung. Seine bisher größte Trophäe.

Er verstaute seinen Feldstecher, entfernte sich vom Grat, bevor er sich erhob. Er schulterte seinen Rucksack, blieb in der Spätwintersonne stehen und tastete nach der Kette mit Bärenzähnen um seinen Hals. Sie war das Einzige, das er von seinem Vater aufbewahrt hatte.

Sein Vater hatte ihm von seinen Vorfahren erzählt, davon, wie man sie betrogen hatte. Er hatte ihn das Jagen und das Leben auf heiligem Boden gelehrt. Und auch wie man sich etwas nahm, ohne Bedauern, ohne Scham.

Er fragte sich, was er sich wohl von Lil nehmen und zurückbehalten würde, nachdem er sie getötet hatte.

Zufrieden mit seinen Beobachtungen begann er, zu seinem Unterschlupf zurückzukehren, von wo aus er seinen nächsten Spielzug vorbereiten würde.

13

Lil bereitete gerade die Abendfütterung vor, als Farley kam. Er kam zu Pferd und sah dabei aus wie ein Mann, der, wenn es sein muss, den ganzen Tag im Sattel sitzen kann.

Zum ersten Mal fiel ihr auf, wie ähnlich Coop und er sich in diesem Punkt waren: zwei Großstadtkinder, die sich in Cowboys verwandelt hatten.

Das war aber auch die einzige Gemeinsamkeit, dachte sie. Farley war offen und unkompliziert, Coop verschlossen und schwierig.

Aber vielleicht machte er nur auf sie diesen Eindruck.

Sie wandte sich an Lucius.

»Warum gehst du nicht schon mal zur Vorratskammer? Ich komme gleich nach.«

Sie ging zu Farley hinüber und tätschelte seinem Pferd Hobo den Kopf. »Hallo, Jungs.«

»Hallo, Lil. Ich habe dir was mitgebracht.« Er zog einen Strauß rosaweißer Margeriten aus der Satteltasche.

Freude und Überraschung standen ihr gleichermaßen im Gesicht geschrieben. »Du schenkst mir Blumen?«

»Ich dachte, du könntest eine kleine Aufmunterung gebrauchen.«

Sie betrachtete sie – duftend, frisch und leuchtend. Sie strahlte und gab ihm ein Zeichen, sich vorzubeugen.

Sein ohnehin breites Grinsen wurde noch breiter, als sie ihm einen lauten Kuss auf die Wange schmatzte. Dann zog sie eine Braue hoch. »Sind das Narzissen, die ich da aus deiner Satteltasche herausspitzen sehe?«

»Ich denke schon.«

Lil tätschelte liebevoll seinen Knöchel. »Sie macht gerade eine Führung mit einer Familie. Der Vater ist ein großer Fan der Fernsehserie Deadwood. Deshalb sind sie nach einem Mount-Rushmore-Besuch hergekommen. Im Ort haben sie dann von uns gehört. Er glaubt, dass seine Kinder begeistert sein werden.«

»Und ob sie das sein werden!«

»Die Führung müsste zur Hälfte vorbei sein. Wenn du dich anschließen möchtest …«

»Gern! Lil, ich kann heute Nacht hierbleiben, wenn du willst.«

»Danke, Farley, aber ich werde bereits bewacht.«

»Davon habe ich schon gehört.« Als sie ihn durchdringend ansah, errötete er leicht. »Joe meinte, dass Coop voraussichtlich hierbleibt und auf dich aufpasst. Und das beruhigt unseren Pa ungemein«, fügte er noch hinzu.

»Nur deshalb lasse ich es überhaupt zu. Sag Tansy, dass wir mit der Abendfütterung beginnen. Die Familie aus Omaha darf einem ganz besonderen Spektakel beiwohnen.«

»Einverstanden.«

»Farley?« Sie streichelte Hobo erneut, während sie zu Farley aufsah. »Tansy und du – ihr liegt mir ganz besonders am Herzen. Ihr gehört zur Familie, also darf ich euch sagen, was ich wirklich denke.«

Sein Gesicht wurde ausdruckslos. »Wenn du meinst.«

»Viel Glück.«

Auf seinem Gesicht erschien ein Lächeln, das immer breiter wurde. »Das kann ich gut gebrauchen.«

Er trabte beschwingt davon. Er hielt große Stücke auf Lil, und ihre Zustimmung – so hatte es sich für ihn wenigstens angehört – bedeutete ihm viel. Leise vor sich hin pfeifend ritt er zu den ersten Gehegen.

Der Boden war naturbelassen und dementsprechend uneben. Es gab Felsvorsprünge – einige davon schon seit ewigen Zeiten, andere hatte Lil eingefügt. Bäume wuchsen in die Höhe und boten Schatten, Kletter- und Kratzmöglichkeiten. Als er vorbeiritt, reckte sich gerade eine der kanadischen Waldkatzen und schärfte ihre Krallen an der Rinde einer Kiefer.

Hinter der Kurve, auf der anderen Seite des Geländes, entdeckte er das Gefährt, das bei Gruppenführungen verwendet wurde. Trotzdem unterdrückte er den Impuls, sofort mit Hobo loszugaloppieren. Als er die Gruppe erreichte, stand Tansy vor dem Tigergehege und sah zu, wie die Großkatze gähnte, sich reckte und streckte. Farley nahm an, dass sie gerade ein Schläfchen gemacht hatte.

Wahrscheinlich wusste sie, dass es gleich Abendbrot gab.

»Hallo, Leute.« Er legte grüßend die Hand an die Hutkrempe. »Lil lässt ausrichten, dass die Fütterung gleich beginnt«, sagte er zu Tansy.

»Danke, Farley. Bis auf die Tiere im Streichelzoo haben wir es hier mit nachtaktiven Tieren zu tun. Wir füttern sie abends, denn das entspricht ihrem natürlichen Instinkt.«

Sie sprach mit ihrer »offiziellen« Stimme, wie Farley das nannte. Er hätte ihr den ganzen Tag zuhören können.

»Wir verarbeiten Hunderte Pfund Fleisch in der Woche. Die Mitarbeiter und Praktikanten bereiten das Fleisch vor – überwiegend Huhn, das uns die Firma Hanson großzügigerweise zur Verfügung stellt. Sie haben wirklich einen idealen Zeitpunkt erwischt, denn bei der Fütterung zuzusehen, ist wirklich ein Erlebnis. Dabei werden Sie die Kraft der Tiere hier im Chance-Wildreservat aus nächster Nähe beobachten können.«

»Mister, darf ich auf Ihrem Pferd reiten?«

Farley sah zu einem etwa achtjährigen Mädchen hinunter, das in seinem Mäntelchen mit der rosa Kapuze einfach entzückend aussah.

»Wenn es deine Eltern erlauben, darfst du hoch zu mir aufs Pferd, und wir reiten ein paar Schritte. Hobo ist ein ganz lieber Kerl, Ma'am«, sagte er zu der Mutter.

»Bitte! *Bitte!* Ich möchte viel lieber auf dem Pferd reiten, als zusehen, wie die Löwen und so Hühnchen essen.«

Es folgte eine kurze Diskussion, aus der sich Farley heraushielt. Genüsslich hörte er Tansy zu, die dem etwa zwölfjährigen Jungen erklärte, wie sich Tiger an ihre Beute heranschleichen und aus dem Hinterhalt angreifen.

Zu guter Letzt konnte sich das Mädchen durchsetzen und wurde vor Farley aufs Pferd gehoben. »Das macht viel *mehr* Spaß. Können wir galoppieren?«

»Theoretisch schon. Aber dann würde mir deine Mutter das Fell gehörig über die Ohren ziehen. Schließlich habe ich ihr versprochen, vorsichtig zu sein.«

»Ich wünschte, ich hätte auch ein Pferd.« Sie beugte sich vor, um über Hobos Mähne zu streichen. »Darfst du den ganzen Tag reiten? Jeden Tag?«

»Ja.«

Das kleine Mädchen seufzte. »Hast du ein Glück!«

Hinter ihr nickte Farley. »Ja, das habe ich.«

Da sich das Mädchen – sie hieß Cassie – kein bisschen für die Fütterung interessierte, bekam Farley die Erlaubnis, ihr das Reservat zu Pferd zu zeigen. Hobo klapperte zuverlässig über den Weg, während die Tiere schrien, knurrten, brüllten und heulten.

Als es dämmerte, winkte Farley zum Abschied.

»Das war nett von dir, Farley.« Tansy sah dem Kombi hinterher. »Dass du dir Zeit für sie genommen hast.«

»Das hat doch Spaß gemacht. Es ist einfacher, mit einem Pferd spazieren zu reiten, als das ganze Fleisch über den Zaun zu werfen. Wäre ich nicht anderweitig beschäftigt gewesen, hätte ich hinterher noch helfen müssen.«

Er zog die Narzissen aus seiner Satteltasche. »Die sind für dich.«

Sie starrte auf die knallgelben Osterglocken. Ob ihr bewusst war, wie deutlich ihr ihre Gefühle im Gesicht geschrieben standen – die Überraschung, die Freude ... und die Sorge? »Oh, Farley, das wäre doch nicht nötig gewesen ...«

»Der Tag hat nicht gut angefangen. Bitte erlaube mir, dass ich ihn schön enden lasse. Warum gehst du nicht mit mir aus, Tansy?«

»Farley, ich sagte bereits, dass aus uns nichts werden kann. Wir sind Freunde, mehr nicht. Wir sind kein Paar.«

Es kostete ihn einige Anstrengung zu lächeln. Sie benutzte immer noch ihre »offizielle« Stimme.

»Warum darf ich dich dann nicht rein freundschaftlich auf einen Burger einladen? Wie man das so macht, wenn ein Freund einen schlimmen Tag hatte. Nur, um dich auf andere Gedanken zu bringen.«

»Ich weiß nicht recht ...«

»Nur auf einen Hamburger, Tansy. Damit du dir kein Fertiggericht aufwärmen oder überlegen musst, wo du was zu essen herbekommst.«

Sie sah ihn lange an. Zwischen ihren Brauen erschien erneut die Steilfalte, die er inzwischen schon kannte. »Nur auf einen Burger?«

»Na ja, vielleicht auch auf ein paar Pommes. Denn ohne die schmeckt ein Burger nicht.«

»Gut, Farley. Wir treffen uns in der Stadt. In etwa einer Stunde. Bei Mustang Sally's, okay?«

»Einverstanden.« Da er es nicht übertreiben wollte, schwang er sich in den Sattel. »Also dann bis später.«

Er ritt strahlend davon, während sein Herz Purzelbäume schlug vor lauter Freude.

In dem Büro, das sie sich mit Tansy teilte, hatte Lil die Füße auf den Tisch gelegt und sah zur Decke. Als Tansy hereinkam, blickte sie zur Tür und strahlte die Narzissen an. »Hübsch.«

»Kein Kommentar, bitte«, sagte Tansy kurz angebunden.

»Das ist nur eine freundschaftliche Geste, mehr nicht. Um mich aufzumuntern.«

Lil überlegte einen Moment, aber eine gute Freundin durfte man schon mal auf den Arm nehmen. »Ich weiß. Er hat mir Margeriten geschenkt.«

Tansy machte ein langes Gesicht. »Ehrlich?« Doch dann fing sie sich wieder und setzte ein gekünsteltes Lächeln auf. »Siehst du? Eine nette Geste, sonst nichts. Mehr hat das nicht zu bedeuten.«

»Eben. Du solltest sie in eine Vase stellen. Das nasse Zeitungspapier hält sie nicht ewig frisch.«

»Das mach ich auch. Wenn nichts Dringendes mehr zu erledigen ist, würde ich jetzt gern nach Hause gehen. Es war ein langer Tag. Die Praktikanten sind auch gleich fertig. Wenn Eric oder sonst noch jemand eine Mitfahrgelegenheit braucht, kann ich ihn mitnehmen.«

»Natürlich. Lucius arbeitet noch. Er will noch zwanzig Minuten bleiben, was bei ihm heißt, dass es mindestens noch eine Stunde dauern wird. Er kann dann zuschließen.«

»Nach dem Vorfall von heute Morgen dürfte das kaum ausreichen.«

»Ich weiß, aber was sollen wir sonst machen?«

Sorge umschattete ihren Blick. »Kommt Cooper und bleibt über Nacht?«

»Ich selbst scheine gar kein Mitspracherecht mehr zu haben. Kein Kommentar. Wie du mir, so ich dir.«

Tansy hob feierlich die Hand: »Ich werde schweigen wie ein Grab.«

»Ich weiß genau, was du denkst – vergiss es! Und noch etwas: Ich habe gerade mit einer Frau aus der

Nähe von Butte telefoniert. Sie besitzt einen anderthalb Jahre alten melanistischen Jaguar, der in Gefangenschaft geboren wurde und den sie sich als exotisches Haustier angeschafft hat. Sie hat ihn schon im Welpenalter bekommen. Es ist ein Weibchen namens Cleopatra. Vor ein paar Tagen war Cleopatra anscheinend verspielt und hungrig genug, um Pierre, den Zwergpudel, zu verspeisen.«

»Huch.«

»Ja, der arme kleine Pierre. Die Besitzerin ist ganz hysterisch, ihr Mann tobt. Pierre gehörte seiner Mutter, die aus Phoenix zu Besuch war. Er hat bestimmt, dass Cleo wegmuss.«

»Wo sollen wir sie hinstecken?«

»Genau das frage ich mich auch. Ich überlege noch. Wir könnten fürs Erste ein neues Gehege bauen, indem wir von Shebas ein Stück abzwacken. Sie nutzt es sowieso nicht aus und verlässt nur selten ihren Unterschlupf beziehungsweise seine direkte Umgebung.«

»Können wir uns das leisten?«

»Auch darüber mache ich mir noch Gedanken.« Lil lehnte sich zurück und klopfte mit einem Stift auf die Tischplatte. »Cleos Besitzerin wird bestimmt ein hübsches Sümmchen spenden, damit wir auch alles tun, um ihre Cleo glücklich zu machen.«

»Was verstehst du unter ›hübsch‹?«

»Ich spekuliere auf zehntausend Dollar.«

»Das hört sich gut an.«

»Das ist gar nicht mal so unrealistisch«, erzählte ihr Lil. »Ich habe die Besitzer gegoogelt. Die schwimmen nur so in Geld und haben schon zugesagt, alle Transportkosten zu übernehmen. Außerdem haben sie angedeutet, dass auch noch ein hübsches Sümmchen für uns abfällt, wenn wir uns beeilen. Ich habe sie gebeten, mir einen Tag Zeit zu geben, damit ich alles organisieren kann.«

Lils Augen strahlten, als sie den Stift weglegte. »Ein melanistischer Jaguar, Tansy! Jung und gesund. Wir könnten mit ihm züchten. Und hier ist er auf jeden Fall besser aufgehoben als auf irgendeiner Ranch in Montana. Die Baumaterialien für ein vorläufiges Gehege sind mehr oder weniger vorhanden. Sobald der Boden im Frühling aufgetaut ist, können wir es erweitern.«

»Du hast dich bereits entschieden.«

»Ich wüsste nicht, warum wir da Nein sagen sollten! Ich habe die Möglichkeit, einen Jaguar und eine wahrscheinlich fünfstellige Summe zu bekommen. Ich kann die Frau glücklich machen und mir ihre dankbare Unterstützung sichern. Ich werde weiter darüber nachdenken. Und du tust bitte dasselbe! Morgen früh sprechen wir noch mal darüber und treffen dann eine Entscheidung.«

»Gut. Ich wette, das Weibchen ist wunderschön.«

Lil zeigte auf ihren Computerbildschirm.

»Sie hat mir Fotos gemailt. Das Strasshalsband werden wir ihr natürlich abnehmen. Sie sieht fantastisch aus. Schau dir nur die Augen an! Ich habe diese Tiere schon in freier Wildbahn erlebt. Sie sind kapriziös, geheimnisvoll und ein wenig unheimlich. Sie wäre eine tolle Ergänzung. Sie kann nicht ausgewildert werden und braucht ein neues Zuhause. Hier können wir es ihr geben.«

Tansy klopfte Lil auf die Schulter. »Denk du nur weiter darüber nach. Wir sehen uns morgen.«

Als Lil das Büro verließ, war es bereits völlig dunkel. Sie trat vor die Hütte, entdeckte Coops Truck und zog die Schultern hoch. Sie hatte ihn gar nicht kommen hören, so vertieft war sie in ihre Arbeit gewesen. Sie hatte von dem Jaguar geträumt, über die Organisation, den Transport und das Gehege nachgedacht. Sie würden einen Tierarzt brauchen, der ihren guten Zustand bestätigte, dachte Lil. In diesem Punkt durften sie sich nicht ausschließlich auf die Besitzerin verlassen. Doch selbst wenn die Katze irgendwelche gesundheitlichen Probleme hatte, war es umso wichtiger, ihr ein Zuhause zu geben.

Sie würde Cleos Besitzerin bestimmt ein Sümmchen entlocken. Sie war sehr gut im Eintreiben von Spenden, auch wenn das nicht unbedingt ihre Lieblingsbeschäftigung war.

Sie betrat ihre Hütte.

Ein Feuer flackerte im Kamin. Coop saß auf dem Sofa, hatte die Füße auf den Couchtisch gelegt und hielt ein Bier in der einen Hand. Mit der anderen tippte er etwas in das Notebook auf seinem Schoß.

Sie zog die Vordertür etwas lauter ins Schloss als nötig. Er machte sich nicht einmal die Mühe aufzusehen.

»Deine Mutter hat mir einen riesigen Schinken, Kartoffeln und Artischocken mitgegeben.«

»Stell dir vor, ich kann selbst kochen. Ich habe es in den letzten Tagen nur nicht geschafft, einkaufen zu gehen.«

»Hm-hm. Ich habe ein Sixpack mitgebracht, falls du ein Bier willst.«

»Coop, das kann so nicht ... Das geht einfach nicht.« Sie zog ihre Jacke aus und warf sie beiseite. »Du kannst hier nicht *einziehen*.«

»Das tu ich auch gar nicht. Ich habe mein eigenes Haus. Ich bleibe nur für ein paar Nächte hier.«

»Und für wie viele, wenn ich fragen darf? Wie lange willst du noch auf meinem Sofa schlafen?«

Er warf ihr einen trägen Blick zu, während er einen Schluck von seinem Bier nahm. »So lange, bis du dich entspannst und mich in dein Bett lässt.«

»Oh, wenn das alles ist – bitte sehr! Los, komm, lass uns ins Bett gehen. Danach können wir ganz normal mit unseren Leben fortfahren.«

»Gut. Noch eine Minute, dann ist das hier fertig.«

Sie verschränkte die Hände auf dem Kopf und lief im Kreis. »Scheiße!«, sagte sie. »Scheiße, scheiße, scheiße!«

»Ich hätte das anders formuliert.«

Sie blieb stehen und ging am anderen Ende des Couchtisches in die Hocke. »Cooper.«

Er nippte erneut an seinem Bier. »Lillian.«

Sie schloss kurz die Augen, um wieder einen klaren Kopf zu bekommen und etwas Logisches zu sagen. »Dieses Arrangement ist ebenso peinlich wie unnötig.«

»Warum?«

»Warum? Weil wir eine gemeinsame Vergangenheit haben, weil wir ... mal was miteinander hatten. Ist dir eigentlich klar, dass alle Welt glaubt, wir schlafen miteinander?«

»Ich glaube nicht, dass uns alle Welt kennt, geschweige denn ein besonderes Interesse an uns hat. Und selbst wenn, na und?«

Sie suchte krampfhaft nach einer Antwort. »Vielleicht möchte ich ja mit jemand anderem schlafen, und du stehst mir im Weg.«

Diesmal nahm Coop einen extra langen, großen Schluck von seinem Bier. »Und wo ist der Kerl, bitte schön?«

»Gut, vergiss es. Vergiss es einfach.«

»Gern. Diesmal bist du mit Essenaufwärmen dran.«

»*Siehst du?*«, sagte sie mit erhobenem Zeigefinger. »Da haben wir's! Was soll das Gerede von ›du bist dran‹? Das ist *mein* Haus, einzig und allein *mein* Haus. Und dann komme ich nach Hause und sehe, dass du auf *meinem* Sofa sitzt, deine Füße auf *meinen* Couchtisch gelegt hast und *mein* Bier trinkst ...«

»Das Bier habe ich gekauft.«

»Du willst mich einfach nicht verstehen.«

»Ich verstehe dich sehr gut. Du willst mich nicht hierhaben. Aber was *du* nicht verstehst, ist, dass mir das egal ist. Du bleibst nicht allein, bis der Spuk vorbei ist. Ich habe Joe versprochen, auf dich aufzupassen, und damit basta.«

»Ich kann auch einen der Praktikanten bitten, in der Hütte nebenan zu übernachten, wenn dich das beruhigt.«

Ein Hauch von Ungeduld zeigte sich auf seinem Gesicht. »Könnte es sein, dass deine Praktikanten im Durchschnitt zwanzig Jahre alt sind? Komisch, dass ich die Vorstellung, wie du von einem Collegejüngelchen beschützt wirst, nicht gerade beruhigend finde. Wenn du einfach akzeptierst, dass ich hierbleibe, bis das Problem gelöst ist, kannst du dir einigen Ärger ersparen. Hast du die Liste schon gemacht?«

Genau das »bis« war ja das Problem. Er würde bleiben, bis ... bis er nicht mehr konnte, bis er beschloss weiterzuziehen, bis er eine andere fand.

»Lil?«

»Was ist?«

»Hast du diese Liste gemacht?«

»Welche Liste?« Als er grinste, fiel ihr alles wieder ein. »Nein, ich habe keine verdammte Liste erstellt. Ich hatte weiß Gott Besseres zu tun.« Obwohl sie wusste, dass sie sich damit mehr oder weniger geschlagen gab, setzte sie sich auf den Boden. »Wir haben zwei 32.er aus dem Grauwolf geholt.«

»Ich weiß.«

»Die Kugeln werden noch ballistisch untersucht, aber im Grunde wissen wir, dass sie aus derselben Waffe, von demselben Mann stammen.«

»Das sind doch gute Neuigkeiten. Wenn es zwei Schützen gäbe, müsstest du dir noch mehr Sorgen machen.«

»So habe ich das noch nie gesehen. Na prima.«

»Du musst dich besser schützen.«

»Ich kümmere mich darum. Mehr Überwachungskameras, mehr Lampen, eine bessere Alarmanlage. Die Gesundheit und Sicherheit meiner Tiere haben oberste Priorität, aber es fehlt mir einfach an Geld.«

Er sprang auf, griff in seine hintere Hosentasche und zog einen Scheck heraus. »Eine kleine Spende.«

Sie musste lächeln und schämte sich. Er war so nett und aufmerksam, während sie ihn bloß angiftete. »Die ich dankbar annehme. Allerdings habe ich mir heute mehrere Angebote machen lassen und ...«

Sie warf einen Blick auf den Scheck und wäre beinahe

in Ohnmacht gefallen. Sie blinzelte mehrfach, aber die Anzahl der Nullen blieb unverändert. »Was soll denn das?«

»Ich dachte, wir wären uns einig, dass das eine Spende ist. Würdest du jetzt endlich das Essen aufwärmen, das mir deine Mutter mitgegeben hat?«

»Wo zum Teufel hast du das Geld her? Du kannst das unmöglich einfach so herschenken. Ist dieser Scheck wirklich gedeckt?«

»Das ist ein Teil meines Familienerbes. Aus dem Familientrust. Mein Vater hat versucht, es mir vorzuenthalten, aber alle fünf Jahre tröpfelt doch etwas davon auf mein Konto.«

»Tröpfeln, nennst du das«, flüsterte sie. »Für mich ist das ein Riesenbetrag.«

»Wenn ich fünfunddreißig bin, muss er noch mehr locker machen. Den Rest kann er einbehalten, bis ich vierzig bin, und das wird er auch. Es ärgert ihn zu Tode, dass er mich nicht völlig enterben kann. Ich bin eine Riesenenttäuschung für ihn, in jeglicher Hinsicht. Aber das beruht wohl auf Gegenseitigkeit.«

Das Strahlen, das die Spende ausgelöst hatte, wich Mitgefühl. »Es tut mir leid, dass sich dein Verhältnis zu deinem Vater nicht gebessert hat. Und ich habe nicht einmal danach gefragt, geschweige denn nach deiner Mutter.«

»Sie hat wieder geheiratet, zum dritten Mal. Aber diesmal scheint es ein anständiger Kerl zu sein. Ein netter Mann, soweit ich das beurteilen kann, und sie wirkt glücklich mit ihm.«

»Ich habe gehört, dass sie einmal hier waren. Ich war

zur Feldforschung unterwegs, aber Sam und Lucy hat es viel bedeutet.«

»Sie ist sofort hergeflogen, als er den Unfall hatte. Das hat mich gewundert«, musste Coop zugeben. »Ich glaube, das hat alle überrascht, sogar sie selbst.«

»Davon weiß ich nichts. Als ich in Peru war, ist so viel passiert. Ich habe einiges verpasst. Das Verhältnis zu deiner Mutter hat sich also gebessert?«

»Es wird nie besonders innig sein, aber wir kommen miteinander aus, wenn wir uns sehen.«

»Das freut mich.« Sie warf noch einen Blick auf den Scheck. »Ich kann das gut gebrauchen. Aber das ist viel Geld. Mehr, als ich aus der Jaguar-Lady rausholen will, und allein das hätte mich heute schon beruhigt schlafen lassen.«

»Welche Jaguar-Lady?«

Lil schüttelte nur den Kopf. »Das ist eine Riesenspende. Eine, um die ich sonst richtig betteln muss.«

»Ich habe sehr viel Geld. Mehr als ich brauche. Das hier kann ich von der Steuer absetzen, und darüber freut sich mein Steuerberater.«

»Na, dann. Ich bin dir zu großem Dank verpflichtet.« Sie gab seinem Stiefel, der immer noch auf ihrem Couchtisch lag, einen freundschaftlichen Klaps. »Dafür erwarten dich gleich mehrere fantastische Geschenke: ein Stoffpuma, ein offizielles T-Shirt des Chance-Wildreservats und ein Becher. Du bekommst regelmäßig unseren Newsletter, hast freien Eintritt zum Reservat, zum Schulungszentrum und kannst sämtliche Einrichtungen benutzen, und zwar für die nächsten ... für den Rest deines Lebens.«

»Lass sie als Geschenk einpacken. An meine Spende sind allerdings Bedingungen geknüpft.«

»Oje.«

»Nämlich die, dass du das Geld in deine Sicherheit investierst. Ich helfe dir, die richtige Alarmanlage auszusuchen. Damit kenne ich mich aus. Wenn danach noch Geld übrig ist, kannst du es verprassen, wie du willst. Aber nimm das Geld, um das Reservat so sicher wie möglich zu machen.«

»Da ich vor fünf Minuten noch nichts von diesem Geld ahnte, kann ich damit leben. Ich brauche ein neues Gehege. Ein Zuhause für den Panther. Ein melanistischer Jaguar aus Butte.«

»Was zum Teufel ist ›melanistisch‹, und seit wann gibt es in Montana Jaguare, von denen mit Motor einmal abgesehen?«

»Melanistisch bedeutet schwarz beziehungsweise eine fast schwarze Pigmentierung, obwohl schwarze Jaguare gefleckte Junge bekommen können. In Montana gibt es keine frei lebenden Jaguare mehr. Vielleicht kehren sie irgendwann zurück, aber in den Vereinigten Staaten werden Jaguare ausschließlich in Gefangenschaft gezüchtet. Eine Frau aus Butte hat sich an mich gewandt und will, dass ich ihr Tier adoptiere, weil es den Hund gefressen hat.«

Coop sah Lil lange an. »Ich glaube, ich brauche noch ein Bier.«

Sie seufzte. »Ich werde das Essen aufwärmen und dir alles erklären.« Sie erhob sich, blieb stehen und wedelte mit dem Scheck. »Siehst du? Ich mach das Essen warm.«

»Nein, du stehst bloß rum und redest davon.«

»Du gibst mir eine dicke, fette Spende, und ich mach das Essen warm und rege mich nicht mehr darüber auf, dass du dich in meinem Wohnzimmer breitmachst.«

»An solche Bedingungen war der Scheck nicht geknüpft, Lil. Ich habe sie dir klipp und klar genannt.«

»Aber das sind doch längst nicht alle.«

»Los, gib ihn mir zurück. Ich werde ihn zerreißen.«

»Kommt gar nicht infrage.« Sie steckte ihn in ihre Gesäßtasche. »Trotzdem, Coop, wir müssen gewisse Grenzen ziehen und ein paar Grundregeln aufstellen. Ich kann so nicht leben. Das ist mir zu chaotisch und anstrengend.«

»Schreib sie mir auf. Danach reden wir darüber.«

»Eine Regel lautet: Wenn du hier isst, und einer kocht oder Essen warm macht, muss der andere aufräumen. Das sind ganz normale WG-Regeln.«

»Einverstanden.«

»Hast du jemals mit jemandem zusammengewohnt? Nach dem College und nach der Polizeischule, meine ich.«

»Du willst wissen, ob ich mit einer Frau zusammengelebt habe. Nein. Nicht offiziell.«

Weil er sie sofort durchschaut hatte, antwortete sie nicht darauf, sondern ging in die Küche, um das Care-Paket ihrer Mutter warm zu machen.

Da Cleo ein unverfängliches Gesprächsthema abgab, erzählte sie ihm während des Essens von ihr.

»Die Frau kann froh sein, dass das Tier nur einen Pudel und kein Kleinkind gefressen hat.«

»Das kann man wohl sagen. Vielleicht hat Cleo

anfangs wirklich nur gespielt. Doch dann hat ihr Instinkt gesiegt. Wildtiere kann man zwar trainieren, denn sie sind lernfähig. Aber zähmen lassen sie sich nicht. Strasshalsbänder und Satinkissen machen noch lange kein Haustier aus ihnen – nicht einmal, wenn sie in Gefangenschaft geboren und aufgezogen wurden. Wir werden sie aufnehmen, ihr eine Spalte auf unserer Website widmen. Ein neues Tier bringt mehr Klicks, mehr Spenden.«

»Wirst du dort auch ihre Vorliebe für Pudel erwähnen?«

»Ich glaube, die lassen wir lieber weg. Und an was hast du gerade gearbeitet? An deinem Laptop?«

»An einer Tabellenkalkulation mit unseren Ausgaben, unseren Einnahmen, unseren Umsatzzielen.«

»Ehrlich?«

»Du wunderst dich wohl, dass ich weiß, was eine Tabellenkalkulation ist. Aber ich hatte fünf Jahre lang eine eigene Firma.«

»Ich weiß. Ich habe mich nur noch nicht an den Gedanken gewöhnt. Eine Privatdetektei. Ist die Arbeit annähernd so wie im Fernsehen? Das habe ich dich schon mal gefragt, aber damals hast du mir keine richtige Antwort gegeben.«

»Soweit ich weiß, war ich ehrlich. Nein, es ist nicht wirklich so wie im Fernsehen. Es ist viel Routine und Büroarbeit. Man muss mit Leuten reden, sitzt am Computer, erstellt Dokumentationen.«

»Trotzdem, man klärt auch Verbrechen auf, oder?«

Ihr erwartungsvoller Tonfall amüsierte ihn, und sein Blick wurde weich. »Das passiert nur im Fernsehen. Wir hatten oft mit Versicherungsbetrug, Scheidungen, der Überwachung fremdgehender Ehepartner zu tun. Mit Vermisstenfällen.«

»Du hast Vermisste gefunden? Das ist doch großartig, Coop.«

»Nicht jeder Vermisste möchte auch gefunden werden. Das ist alles relativ und außerdem Vergangenheit. Von nun an kümmere ich mich um Pferde, Futter, Tierarztrechnungen, Hufschmiedrechnungen, Zaumzeug, Versicherungen, Getreide. Wir brauchen einen Landarbeiter auf der Farm. So einen wie Farley.«

Sie hob drohend die Gabel. »Farley ist schon vergeben.«

»Selbst wenn ich ihn abwerben wollte, würde er sowieso Nein sagen. Er liebt deine Eltern.«

»Unter anderem. Er hat ein Auge auf Tansy geworfen.«

»Tansy?« Coop überlegte. »Die ist scharf. Und Farley ist ...« Er suchte nach dem richtigen Wort. »Nett.«

»Nett, charmant, zuverlässig und unheimlich süß. Er macht sie nervös. Ich kenne Tansy, seit wir achtzehn waren. Ich habe noch nie erlebt, dass ein Mann sie so nervös gemacht hat.«

Neugierig geworden, legte Coop den Kopf schief. »Du bist auf Farleys Seite.«

»Insgeheim halte ich ihm die Daumen.«

»Interessant.« Er strich ihr über den Zopf. »Und wann warst du das letzte Mal nervös, Lil?«

Da die Antwort *genau jetzt* lautete, ließ sie sich von der Bank gleiten und trug die Teller zur Spüle. »Ich habe viel zu viel um die Ohren, um wegen so etwas nervös zu sein. Die Teller überlasse ich dir. Ich geh nach oben. Ich muss noch meinen Artikel fertig schreiben.«

Als sie an ihm vorbeiging, packte er sie so fest am Handgelenk, dass sie das Gleichgewicht verlor und er sie auf seinen Schoß ziehen konnte. Er griff erneut nach ihrem Zopf, aber diesmal fester und zog sie an sich, bis ihre Lippen sich berührten.

Aus Wut, so überrumpelt worden zu sein, sträubte sie sich. Er war deutlich stärker, sein Körper war muskulöser als früher.

Und sein Mund, seine Hände waren erfahrener.

Schließlich besiegten Lust und Verlangen die Wut.

Dann wurde sein Kuss sanfter und so liebevoll, dass sich ihr Herz schmerzhaft zusammenzog.

»Gute Nacht, Lil«, murmelte er, bevor er sich von ihr löste.

Sie stand auf. »Kein körperlicher oder sexueller Kontakt. So lautet die zweite Regel.«

»Der werde ich niemals zustimmen. Nenn mir noch eine.«

»Das ist nicht fair, Coop.«

»Ich weiß auch nicht, ob das richtig ist. Aber ob es fair ist, interessiert mich nicht«, sagte er gleichgültig. »Ich will dich. Ich weiß, wie man ohne das zurechtkommt, was man will. Und ich weiß auch, wie man bekommt, was man will. Man muss sich nur entscheiden.«

»Und wo bleibe ich bei dieser Entscheidung?«

»Diese Frage musst du dir selbst beantworten.«

»Das wirst du mir nicht antun. Du wirst mir kein zweites Mal das Herz brechen.«

»Ich habe dir nie das Herz gebrochen.«

»Wenn du das ernst meinst, bist du entweder blind oder emotional unfähig. Lass mich für heute in Frieden. Lass mich in Frieden!«

Sie ging die Treppe hinauf in ihr Zimmer, wo sie die Tür hinter sich zumachte und absperrte.

14

Am nächsten Morgen wartete Lil, bis Coop den Motor anließ, bevor sie herunterkam. Das bedeutete zwar, dass sie sich verspätete, aber es ersparte ihr auch jede Menge Ärger.

Eingeschlossen in ihrem Zimmer hatte sie noch lange gearbeitet und nachgedacht. Und zwar mit einem klaren Kopf.

Noch bevor sie in die Küche kam, roch sie den Kaffee – und sah darin durchaus etwas Gutes. Wenn er bei ihr übernachtete, hatte das Nachteile, aber zugegebenermaßen auch Vorteile.

Ihre Küche war sauber. Der Mann war nicht schlampig. Und der Kaffee war heiß und stark, genau so, wie sie ihn mochte. In der morgendlichen Stille frühstückte sie ihre Haferflocken. Als sie damit fertig war, wurde es langsam hell, und die Praktikanten und Mitarbeiter fanden sich nach und nach im Reservat ein.

Die Gehege und Ställe mussten ausgemistet und desinfiziert werden. Die Praktikanten würden von jedem Tier Kotproben einsammeln, die auf Parasiten getestet wurden.

Xenas Bein musste untersucht werden. Dafür musste die alte Wölfin betäubt und auf die medizinische Station gebracht werden. Während der Betäubung würde man sie gleich gründlich untersuchen und ihr Blut abnehmen.

Die Kleintiere des Streichelzoos mussten gefüttert und gepflegt werden, sie brauchten auch eine frische Lage Stroh. Die Pferde benötigten Futter und Wasser, mussten bewegt und gestriegelt werden. Schon die körperliche Anstrengung ihrer morgendlichen Routine sorgte dafür, dass jegliche Anspannung von ihr abfiel.

Als der Vormittag zur Hälfte um war, hatte sie bereits einige Praktikanten damit beauftragt nachzusehen, ob genügend Zäune, Pfosten und andere Materialien für das vorläufige Jaguargehege vorrätig waren. Danach ging Lil in ihr Büro und rief in Butte an.

Nachdem sie alles so gut wie möglich organisiert hatte, suchte sie nach Tansy.

»Ein Grundschulausflug«, erklärte ihr diese und zeigte auf die Kinder, die gerade den Weg entlanggeführt wurden. »Ich habe Eric und Jolie auf sie losgelassen. Sie sind ein gutes Team. Du siehst übrigens nicht so aus, als hättest du viel Schlaf bekommen.«

»Hab ich auch nicht. Ich habe gearbeitet, gerechnet, kalkuliert und geplant. Ich muss gleich in die Stadt und den hier einlösen.«

Sie zog den Scheck aus ihrer Tasche und wedelte damit herum.

»Was ist denn das ... meine Güte!«

Tansy schlang die Arme um Lil, und die beiden

führten einen Freudentanz auf. »Lil, das ist ja unglaublich, wirklich fantastisch und völlig unerwartet. Ist der von Coop? Und wie viele sexuelle Dienstleistungen musstest du ihm dafür versprechen? Hat der so viel Geld?«

»Ich habe keinerlei sexuelle Dienstleistungen versprochen. Aber für so eine Summe hätte ich es glatt getan. Ja, er scheint tatsächlich so viel Geld zu haben. Wer hätte das gedacht?«

»Hat er noch mehr davon? Wir können ja beide unsere Dienste anbieten. Ich bin dabei!«

»Das heben wir uns für ein andermal auf.« Weil sie es immer noch kaum glauben konnte, zählte Lil erneut die Nullen. »In Gedanken habe ich diesen Betrag heute Nacht schon zehnmal ausgegeben. Ich habe Angebote für eine neue Alarmanlage, für Sicherheitsbeleuchtung, Überwachungskameras und ein neues Tor eingeholt. Mal sehen, wie weit wir damit kommen. Außerdem bekommen wir aus Montana noch eine Spende über zehn Riesen, unter der Bedingung, dass wir einen Teil davon verwenden, um Cleo im Frühling ein schickes neues Zuhause zu bauen.«

»Wenn es schon mal Geld regnet, dann richtig!«

»Meine Mutter sagt immer, das Leben ist ein einziges Geben und Nehmen. Ich hoffe nur, dass wir uns mit dem Geld das Schlimmste vom Hals schaffen können. Matt hat mit dem Tierarzt in Butte telefoniert, und es sieht gut aus. Ich kümmere mich um die Genehmigungen, die Papiere und den Transport.«

»Meine Güte, Lil, wir bekommen einen Jaguar. Einen schwarzen Jaguar!«

»Und ich will, dass du nach Montana fährst und Cleo in ihr neues Zuhause bringst.«

»Gern, aber normalerweise kontrollierst du doch die Tiere.«

»Ich kann hier jetzt nicht weg, Tansy, nicht einmal für zwei, drei Tage.«

Sie ließ ihren Blick über das Gelände, die Menschen und Tiere schweifen. »Ich darf einfach nicht riskieren, dass während meiner Abwesenheit irgendwas passiert. Und da alles ganz schnell gehen muss, möchte ich beim Aufbau des vorläufigen Geheges helfen und das endgültige fertig planen. Ich habe mich bereits um die Transportkiste und den Wagen gekümmert.«

»Das Problem ist nur, dass ich noch nie so einen Kranwagen gefahren habe.«

»Du musst nicht fahren. Du musst dich nur um die Katze kümmern. Um ihre Sicherheit – und die der Öffentlichkeit – und um ihre Gesundheit. Die Fahrt dauert ungefähr sieben Stunden, höchstens acht. Farley wird sich um den Kranwagen kümmern.«

»Oh, Lil.«

»Sei vernünftig, Tansy. Er kennt sich mit so etwas aus und ist einer der besten Freiwilligen, die wir haben. So gesehen dürfte alles glattgehen.«

»Aus deinem Mund klingt das völlig logisch. Aber was ist mit seiner Schwäche für mich?!«

Lil wusste genau, wie sie es anstellen musste, und riss die Augen auf. »Du willst mir doch nicht sagen, dass du damit nicht fertigwirst?«

»Nein, nein, das nicht.« Und schon saß Tansy in der Falle. »Verdammt!«

»Wenn alles gut geht, bist du in sechs Stunden dort«, fuhr Lil fort und sprach immer schneller. »Du untersuchst Cleo und bist nett zu ihrer Besitzerin. Du übernachtest dort, lädst Cleo am nächsten Morgen ein und bist wieder hier, bevor die Fütterungszeit beginnt.«

Danach fuhr Lil noch schwerere Geschütze auf: »Ich kann diesmal nicht, Tansy, also musst du mir diesen Riesengefallen tun.«

»Natürlich. Aber begeistert bin ich nicht gerade.«

»Und warum wart ihr dann gestern zusammen essen?«

Verwirrt steckte Tansy die Hände in die Jackentaschen. »Woher weißt du das?«

»Weil Praktikanten auch etwas essen müssen. Und reden.«

»Wir waren nur auf einen Burger dort.«

»Und jetzt geht es nur um einen Tiertransport. Bis heute Abend habe ich alles für dich vorbereitet, und du hast Zeit genug, die medizinischen Fragen mit Matt zu klären. Du kannst gleich morgen früh losfahren. Wenn du gegen sechs da bist, kommst du rechtzeitig weg.«

»Du hast bereits mit Farley geredet.«

»Ja. Er bringt noch heute Abend den Kranwagen.«

»Sag ihm, dass wir um fünf Uhr früh aufbrechen.«

»Einverstanden. Meine Güte, Tansy, wir bekommen einen Jaguar! Aber jetzt fahr ich in die Stadt, um unsere Konten zu füllen, bevor ich sie wieder plündere.«

Sie hatte in Deadwood einiges zu erledigen: Erst wollte sie zur Bank, dann zum Lebensmittelladen, zur Spedition und zur Post. Bei der Gelegenheit schaute sie auch beim Futtermittelbedarf vorbei, um ihre Vorräte aufzufüllen.

Coop hob sie sich bis zuletzt auf, denn sie sah seinen Truck vor den Stallungen, die er am Ortsrand besaß.

Sie griff nach den Infobroschüren, die sie sich aus dem Internet heruntergeladen hatte, und begab sich in seine nach Pferden, Leder und Heu duftende Welt.

Sie entdeckte ihn in der dritten Box, wo er auf einem Schemel saß und gerade das rechte Vorderbein eines Fuchswallachs bandagierte.

»Geht es ihm gut?«

Coop nickte, seine Hände arbeiteten geschult und gleichmäßig. »Er hat sich nur das Bein verstaucht.«

»Ich musste etwas in der Stadt erledigen, und als ich deinen Truck sah, dachte ich, ich bringe dir die Broschüren vorbei. Ich habe ein paar Alarmanlagen recherchiert, die für uns geeignet sein könnten. Ich leg die Broschüren draußen auf die Bank.«

»Danke. Ich habe bereits herumtelefoniert und einen alten Kontakt aktiviert. Sein System gefällt mir, außerdem macht er mir einen Sonderpreis.« Er nannte den Namen.

»Das ist eine der beiden Firmen, deren Broschüren ich ausgedruckt habe.«

»Sie ist gut. Wenn du einverstanden bist, nennt er uns den zuständigen Ansprechpartner. Der kommt dann her und hilft bei der Planung und Installation.«

»Gut. Dann beauftragen wir diese Firma.«

»Ich rufe ihn an, sobald ich hier fertig bin. Er soll sich mit dir in Verbindung setzen.«

»Danke. Ich habe auch ein offizielles Dankesschreiben vom Reservat dabei, für deine großzügige Spende. Dein Steuerberater benötigt es bestimmt für seine Unterlagen. Und heute wird Farley bei uns übernachten.«

Er sah sie an. »Einverstanden.«

»Ich lass dich lieber weiterarbeiten.«

»Lil. Es gibt so einiges, über das wir reden müssen.«

»Wahrscheinlich schon. Früher oder später.«

Sie war früh aufgestanden, um Tansy und Farley in der kalten Dunkelheit zu verabschieden. Farleys fröhliches Grinsen sorgte dafür, dass ihr Tag gut anfing, auch wenn ihr Tansy heimlich böse Blicke zuwarf.

»Fahrt vorsichtig!«

»Keine Sorge.«

»Und ruft mich an, wenn ihr angekommen seid, Probleme auftreten oder …«

»Vielleicht solltest du mich auch noch daran erinnern, nicht den Zündschlüssel stecken zu lassen und mein Essen zu kauen, bevor ich es hinunterschlucke.«

Sie bohrte einen Finger in seinen Bauch: »Fahrt nicht zu schnell und meldet euch. Das reicht fürs Erste.«

»Dann mal los! Bist du so weit, Tansy?«

»Ja.« Sie nickte ihm kurz und sachlich zu.

Lil schenkte sie ein Grinsen und zwinkerte.

Wenn Lil sich nicht sehr täuschte, würde sich das Zwinkern schon auf den ersten hundert Kilometern gegen das Sachlich-Geschäftsmäßige durchsetzen.

Sie winkte und lauschte auf das leiser werdende Motorengeräusch des Kranwagens, der in Richtung Hauptstraße verschwand.

Ihr fiel auf, dass sie zum ersten Mal ganz allein im Reservat war, seit Coop und sie zelten gewesen waren. Die nächsten zwei Stunden würden nur ihr gehören.

»Nur mir und euch, Jungs«, murmelte sie.

Sie lauschte dem Gesang ihrer alten Löwin, die oft in die Nacht hineinrief, bevor es dämmerte. Die Wildtiere in den Gehegen waren hellwach und lebhaft.

Und sie gehörten ihr, dachte sie, soweit sie überhaupt irgendjemandem gehören konnten.

Sie hob den Kopf und freute sich über den funkelnden Sternenhimmel. Die Luft war angenehm klar und frisch, und Boris fiel in Shebas Gebrüll mit ein.

Lil hätte nicht glücklicher sein können.

Eine andere Frau hätte sich noch mal ein Stündchen hingelegt – oder wäre zumindest ins Warme zurückgekehrt, um noch eine Tasse Kaffee zu trinken oder gemütlich zu frühstücken. Aber sie wollte nicht zurück ins Bett oder zurück in die Hütte. Nein, sie wollte die Nacht auf sich wirken lassen, die Sterne, ihre Tiere und das seltene Alleinsein genießen.

Sie holte nur kurz einen Thermosbecher mit Kaffee aus der Hütte, griff nach einer Taschenlampe und steckte gewohnheitsmäßig ihr Handy ein.

Sie beschloss, einen Rundgang durchs Reservat zu machen, alle Wege abzulaufen, bevor die Sonne aufging und es ihr nicht mehr allein gehörte.

Als sie nach draußen trat, ließ sie ein schrilles Piepen erstarren. Die Alarmanlage eines Käfigs war losgegangen, und ihr Herz klopfte bis zum Hals. Sie verschüttete Kaffee, als sie den Becher abstellte, um die Verandastufen hinunterzueilen und zur anderen Hütte zu rennen.

»Aber welcher Käfig? Welcher?« Sie fuhr Lucius' Computer hoch, holte ein Betäubungsgewehr und Munition aus der medizinischen Station. Weil sie nicht wusste, was sie da draußen erwartete, steckte sie vor lauter Angst noch ein Beruhigungsmittel ein. Sie legte den Schalter für die Weg- und Notbeleuchtung um und eilte anschließend zum Computer, um die Bilder der Überwachungskameras aufzurufen.

»Vielleicht ist es ja nur falscher Alarm. Vielleicht ... o Gott.«

Der Tigerkäfig stand weit offen. Im gelben Neonlicht der Sicherheitsbeleuchtung sah sie eine quer über den Weg verlaufende Blutspur, die ins Unterholz führte. Und dort die dunklen Umrisse ihrer Katze, deren Augen in der Finsternis funkelten.

Los, beeil dich!, befahl sie sich. Wenn sie noch länger wartete, entkam ihr der Tiger noch. Trotz seines hohen Alters konnte er noch schnell und weit laufen. Quer durchs Tal, in die Berge und Wälder, wo Menschen, Wanderer, Farmer und Camper waren.

Los, geh!

Sie sog scharf die Luft ein wie ein Taucher, bevor er sich über Bord fallen lässt, und trat hinaus.

Die Einsamkeit, die ihr vorher noch so reizvoll erschienen war, bescherte ihr jetzt ängstliches Herzrasen. Die Luft schien mitzuzittern und stach sie bei jedem Atemzug wie mit tausend spitzen Nadeln. Der anhaltende Alarmton machte die anderen Tiere nervös, überall im Reservat hob ein Brüllen, Heulen und Schreien an, das von den Bergen widerhallte. Wenn sie Glück hatte, würde es ihre Schritte übertönen.

Der Tiger kannte sie, aber das spielte keine Rolle. Jetzt, da er sich nicht mehr im Gehege befand und hinter einer Blutspur her war, war er wild und gefährlich. Die Blutspur sagte ihr, dass er nicht das einzige Raubtier war, das sie bedrohte. So wie sie der Katze nachstellte, konnte man auch ihr nachstellen.

Sie musste ihre Angst überwinden und zwang sich, das Rauschen in ihren Ohren, das Rasen ihres Herzens und den Schweiß, der ihr den Rücken hinunterrann, zu ignorieren. Ihre Aufgabe, ihre Verantwortung bestand darin, die Katze zu betäuben. Schnell und ohne den kleinsten Fehler zu machen.

Sie schärfte ihre Sinne, vergegenwärtigte sich ihre gesamte Ausbildung und Erfahrung. Sie kannte das Gelände – und zwar besser als ihre Jagdbeute. Sie zwang sich, langsame Bewegungen zu machen, vorsichtig vorzugehen, zu *lauschen*.

Sie änderte die Richtung und nahm einen Umweg, aber nur so konnte sie sich gegen den Wind anschleichen. Wenn der Tiger tatsächlich mit dem Köder beschäftigt war, der ihn aus dem Käfig gelockt hatte, würde ihn das ablenken.

Sie trat in den Lichtkegel der Lampe, dann in den Schatten und wieder ins Licht. Sie sah sich die Beschaffenheit des Bodens an, schätzte die Entfernung ab und blendete alles aus, was nichts mit dem Erreichen der Katze und ihrer Betäubung zu tun hatte.

Aus all den Tierlauten hörte sie ein Geräusch heraus, das sie gut kannte. Fangzähne und Krallen zerrissen Fleisch, Knochen knackten, und die Katze knurrte leise, während sie sich über den Köder hermachte.

Lil stand der Schweiß auf der Stirn und rann ihr die Schläfen hinab, als sie einen erneuten Blick auf die Katze warf. Die duckte sich flach auf den Boden und schlemmte. Wenn sie sie richtig erwischen und ihr den Betäubungspfeil in einen großen Muskel jagen wollte, musste sie sich aus der Deckung wagen und in ihr Blickfeld treten.

Lil packte das Betäubungsgewehr, machte ein paar Schritte seitwärts und kam höchstens zwei Meter vor dem Tier zwischen den Bäumen hervor.

Die Katze hob den Kopf und brummte. Das Blut von dem fast verzehrten Elchkalb verschmierte ihre Schnauze und troff von ihren Fangzähnen. Die Augen funkelten sie wild und golden an.

Sie schoss, traf den Tiger hinter der Schulter und bereitete sich auf einen weiteren Schuss vor, während dieser vor Wut aufbrüllte. Er zuckte und schüttelte sich in dem Versuch, den Pfeil loszuwerden. Sie trat einen Schritt zurück und dann noch einen, ertastete vorsichtig den Boden, bevor sie das Gewicht von einem Fuß auf den anderen verlagerte.

Der Tiger beobachtete sie, senkte den Kopf wieder zu dem blutigen Fleisch, während sie leise die Sekunden zählte und auf das Grollen aus seiner Kehle lauschte.

Obwohl sie nichts lieber getan hätte, als wegzulaufen, wusste sie ganz genau, dass das nur seinen Verfolgungsinstinkt geweckt und ihn zum Angriff bewegt hätte. Deshalb trat sie bewusst langsam und zitternd den Rückweg an. Geh in sein Gehege und schließ die Tür, dachte sie, während sie weiterhin die Sekunden zählte. Dort wäre sie zu weit von ihm entfernt, um noch mal zu schießen, aber immerhin in Sicherheit, bis ihn das Mittel bewusstlos machte.

Er würde langsam bewusstlos werden. Verdammt, werd endlich bewusstlos! Bitte mach, dass ich dir nicht noch eine Dosis verpassen muss. Sie hörte sich stoßweise atmen, als er erneut knurrte, während sie sich Zentimeter um Zentimeter zurückzog. Mit zitternden Fingern bereitete sie sich darauf vor abzudrücken, als er zum Sprung ansetzte.

Der Schock traf sie wie ein Blitz. Sie würde es nie bis zum Käfig schaffen.

Doch während sie all ihre Kräfte zusammennahm, knickten seine Vorderbeine ein. Lil wich einen Schritt zurück und dann noch einen. Mit dem Gehege vor Augen blieb sie auf Distanz, während der Tiger wankte. Er fiel zu Boden, und das wilde Glitzern in seinen Augen erstarb. Während sie sich in den Schatten, in den Schutz der Bäume zurückzog, hielt sie das Gewehr nach wie vor auf ihn gerichtet.

Jetzt musste sie nicht mehr ins Gehege fliehen. Der Tiger stellte keine Bedrohung mehr für sie dar.

Nichts regte sich. Die Nachtvögel waren verstummt, und die morgendlichen Rufe standen erst noch bevor. Sie roch die Tiere, das Blut und ihren eigenen klebrigen Schweiß.

Wenn noch ein anderer Jäger unterwegs ist, lass ihn verschwunden sein, flehte sie innerlich. Obwohl sie in die Hocke ging, sich so klein machte wie möglich, wusste sie, dass sie ein leichtes Ziel abgab, wenn er anwesend und bewaffnet war.

Aber sie hatte nicht vor, ihren wehrlosen Tiger allein

zu lassen. Mit der freien Hand suchte sie in ihrer Tasche nach dem Handy.

Rein instinktiv rief sie Coop an.

»Ja?«

»Hier wurde eingebrochen. Du musst sofort kommen, so schnell du kannst. Sag bloß meinen Eltern nichts!«

»Bist du verletzt?«

»Nein. Ich habe alles unter Kontrolle, aber du musst kommen.«

»Ich bin in einer Viertelstunde da«, sagte er und legte auf.

Ihr zweiter Anruf galt dem Sheriff, dann sah sie nach der Großkatze. Beruhigt, dass diese ganz normal atmete, trat sie erneut ins Licht und ging auf den Weg zu. Sie kontrollierte die Käfigtür, betrachtete das aufgebrochene Schloss, das Köderblut auf dem Weg.

Ein Geräusch ließ sie aufschrecken. Sie suchte den Weg, das Unterholz und die Bäume nach einer Bewegung ab, bis sie merkte, dass das Geräusch von ihr stammte. Ihr Atem ging keuchend, und die Hand, die das Gewehr hielt, zitterte heftig.

»Nur gut, dass ich mit meinem Nervenzusammenbruch gewartet habe, bis alles vorbei ist.« Sie beugte sich weit nach vorn, stützte sich auf den Oberschenkeln ab und versuchte, sich wieder zu beruhigen. Ihr fiel auf, dass selbst ihre Beine zitterten, und als sie ihr Handgelenk drehte, sah sie zu ihrem Entsetzen, dass erst sechzehn Minuten vergangen waren, seit die Alarmanlage losgegangen war.

Minuten, nicht Stunden oder Tage. Nur eine Handvoll Minuten.

Sie zwang sich, sich aufzurichten. Wer auch immer

das Schloss aufgebrochen und den Tiger aus dem Gehege gelockt hatte, war längst verschwunden. Das sagte ihr der gesunde Menschenverstand. Wenn er geblieben wäre, hätte er gesehen, wie sie die Katze betäubte und die Anrufe machte. Wenn er klug war, und das war er mit Sicherheit, wusste er, dass sie Hilfe geholt und die Polizei verständigt hatte. Und bis die eintraf, wollte er bestimmt längst über alle Berge sein.

Zurück in seinem Schlupfwinkel, in seiner Höhle.

»Lass die Finger von meinem Reservat!«, rief sie laut, aber eher aus Wut als in dem Glauben, dass er sie hören konnte. »Ich werde dich finden. Ich schwöre bei Gott, dass ich dich finden werde!«

Sie lief den Weg auf und ab, kontrollierte die nahe gelegenen Käfige und zählte die Minuten. Als weitere zehn vergangen waren, wagte sie es, die bewusstlose Katze allein zu lassen. Sie eilte zurück zu den Gebäuden, schlüpfte in den Geräteschuppen, um das Geschirr für den Transport des Tieres zu holen, und sprang in einen der Wagen. Als sie rückwärts aus dem Schuppen fuhr, hörte sie den Truck die Straße heraufheulen. Als sie von Coops Scheinwerfern erfasst wurde, fuchtelte Lil wild mit den Armen.

»Lass uns schnell machen, warum, erkläre ich dir später. Steig einfach ein.«

Er verlor keine Zeit, stellte keine Fragen, bis sie beide im Wagen saßen und auf die Gehege zurasten. »Was ist passiert?«

»Jemand ist eingebrochen, hat das Schloss vom Tigerkäfig aufgebrochen und das Tier mit einem Köder herausgelockt. Es geht ihm gut. Ich habe ihn betäubt.«

»Es geht *ihm* gut?«

»Ja. Ich muss ihn in sein Gehege verfrachten und die Tür sichern. Ich habe Willy angerufen, aber die Einzelheiten erkläre ich dir später. Ich will, dass die Katze wieder im Gehege ist, bevor die Praktikanten hier sind. Ich will mir vor einem Haufen Collegestudenten keine Blöße geben.«

Sie hielt den Wagen an und sprang heraus. »Ich kann ihn nicht allein transportieren. Er wiegt fast zweihundertfünfzig Kilo. Ich werde ihm dieses Geschirr anlegen, und dann fahren wir mit dem Wagen so nahe wie möglich an ihn heran. Wir beide sollten es schaffen, ihn hochzuheben.«

»Wie lange dauert die Betäubung?«

»Etwa vier Stunden, ich habe ihm eine hohe Dosis verpasst. Coop, es ist einfacher, die Praktikanten zu informieren, wenn er wieder wohlbehalten in seinem Gehege ist. Und nicht, wenn sie ihn hier sehen.«

Coop betrachtete das blutverschmierte Maul und das, was noch von dem jungen Elch übrig geblieben war.

»Na gut, bringen wir es hinter uns. Aber danach muss ich ein ernstes Wort mit dir reden, Lil.«

Sie legten dem bewusstlosen Tiger das Geschirr an. »Du hättest wohl nicht gedacht, dass dich hier so etwas erwartet.«

»Es gibt so einiges, das ich nicht erwartet hätte. Ich hole den Wagen.«

Er fuhr rückwärts ins Unterholz. »Wir könnten ihn an diesen Seilen hinter uns her schleifen.«

»Ich schleife ihn nirgendwohin.« Sie kontrollierte

seine Atmung, seine Pupillen. »Er ist alt, und der Boden ist rau. Er hat nichts Böses getan, und ich lasse nicht zu, dass man ihm weh tut. Wir haben diese Methode schon einmal angewendet, als wir ihn vom Gehege zur medizinischen Station transportiert haben. Aber dafür muss man zu zweit sein.«

Oder zu dritt oder zu viert, dachte sie, dann ginge es erheblich einfacher und schneller.

»Der Tiger ist die größte der vier Großkatzenarten«, sagte sie, als sie die Seile am Geschirr befestigte. »Er ist ein sibirischer Tiger und steht unter Artenschutz. Er ist zwölf und hat einmal einem Zirkus gehört, in dem er ausgestellt wurde. Als wir ihn vor vier Jahren bekamen, war er krank. So, prima. Bist du sicher, dass du die Handbremse angezogen hast?«

»Ich bin doch nicht blöd.«

»Tut mir leid. Du musst diese Winde bedienen, und ich nehme die hier. Versuche, ihn gerade zu halten, Coop. Sobald er in der Luft hängt, kann ich ihn auf die Ladefläche ziehen. Bist du so weit?«

Als er nickte, begannen sie beide zu kurbeln. Während sich das Geschirr hob, ließ sie das Tier nicht aus den Augen, um sicherzustellen, dass ihm nichts passierte und das Geschirr hielt. »Noch ein bisschen, ein kleines bisschen. Ich werde meine Winde feststellen und ihn hereinziehen. Vielleicht musst du mir noch etwas mehr Spiel geben. Jawohl, so ist es gut«, murmelte sie, während sie das Geschirr über die Ladefläche zog. »Jetzt lass ihn auf deiner Seite herunter, Coop, aber nur ein paar Zentimeter.«

Es erforderte Zeit und einiges an Geschick, aber sie

brachten die Katze auf den Wagen und fuhren mit ihr zum Gehege. Als sie den Tiger vor seinem Unterschlupf ablegten, wurde es bereits hell.

»Seine Atmung geht regelmäßig, und seine Pupillen reagieren«, bemerkte sie, als sie zu einer weiteren kurzen Untersuchung in die Hocke ging. »Ich will, dass Matt ihn gründlich untersucht. Vielleicht war der Köder manipuliert.«

»Du brauchst ein neues Schloss, Lil.«

»Ich habe schon eines aus dem Werkzeugschuppen geholt. Es steckt in meiner Tasche. Das muss fürs Erste reichen.«

»Lass uns gehen.«

»Ja, einverstanden.« Sie strich der Katze über den Kopf und die Flanke und erhob sich dann. Vor dem Gehege befestigte sie das neue Schloss an der Kette und sicherte die Käfigtür. »Die Praktikanten und Mitarbeiter werden gleich hier sein. Die Polizei auch. Ich brauche jetzt unbedingt einen Kaffee. Kaffee und eine Verschnaufpause.«

Während sie den Wagen zum Schuppen zurückfuhren, schwieg Coop. Als er mit ihr zur Hütte ging, wies er mit dem Kinn auf die Scheinwerfer, die sich von der Straße her näherten. »Das mit der Verschnaufpause kannst du dir abschminken.«

»Einen Kaffee brauche ich trotzdem, und das ist immer noch vernünftiger als der Whiskey, den ich jetzt wirklich vertragen könnte. Hast du das Tor hinter dir zugeschlossen?«

»Nein, das war heute früh nicht gerade meine oberste Priorität.«

»Da hast du auch wieder recht. Das wird langsam richtig zur Gewohnheit!« Sie schaffte es sogar, sich ein Lächeln abzuringen.

»Kannst du mir noch einen Gefallen tun? Wartest du auf Willy, während ich den Kaffee hole? Ich bring dir auch einen mit.«

»Beeil dich.«

Als sie in der Küche stand, fingen ihre Hände wieder zu zittern an. Bevor sie zwei Thermosbecher mit Kaffee füllte, spritzte sie sich kaltes Wasser ins Gesicht.

Als sie die Hütte verließ, stand Coop mit Willy und zwei Hilfssheriffs zusammen.

»Geht es dir gut, Lil?«, fragte Willy.

»Besser. Meine Güte, Willy, dieser Mistkerl muss völlig durchgeknallt sein. Ich möchte mir nicht vorstellen, was passiert wäre, wenn dieser Tiger entlaufen wäre …«

»Ich muss mich hier gründlich umsehen. Wann ging die Alarmanlage los?«

»Etwa Viertel nach fünf. Ich habe kurz auf die Uhr gesehen, als ich die Hütte verließ, und bin nicht weiter als bis zur Veranda gekommen, als sie losging.« Sie zeigte ihnen den Weg. »Tansy und Farley sind ziemlich genau um fünf losgefahren, vielleicht, ein, zwei Minuten nach fünf. Tansy konnte es kaum erwarten wegzukommen.«

»Bist du sicher? Du hast mich um halb sechs angerufen, und da hattest du den Tiger bereits betäubt.«

»Ja, da bin ich mir sicher. Ich wusste, wo er war. Ich habe den Computer eingeschaltet, die Kamerabilder aufgerufen und mir das Betäubungsgewehr geholt. Ich sah, dass der Käfig offen stand, und ich sah den Tiger, also wusste ich, wo ich nach ihm suchen musste. Alles ging so schnell – angefühlt hat es sich allerdings wie eine Ewigkeit.«

»Aber daran gedacht, mich anzurufen, hast du nicht?«, fragte Willy.

»Ich musste mich beeilen. Ich konnte nicht riskieren, dass mir die Katze entwischt. Wenn sie das Gelände verlassen hätte ... Tiger können sehr schnell sein, wenn sie wollen, und bis ihr hier gewesen wärt ... Das Tier musste so schnell wie möglich eingefangen werden.«

»Trotzdem, Lil: Wenn noch einmal so etwas passiert, möchte ich, dass du mich anrufst, bevor du eigenmächtig handelst. Und von dir, Coop, hätte ich eigentlich auch was anderes erwartet, als den Tatort zu verunreinigen.«

»Du hast ja recht.«

Willy blies die Backen auf. »Mehr fällt dir dazu nicht ein?« Willy blieb stehen, bevor sie die Blutspuren erreichten. »Mach Fotos«, befahl er einem der Hilfssheriffs. »Und auch von dem aufgebrochenen Schloss da drüben.«

»Ich habe es so liegen lassen, wie ich es gefunden habe«, sagte Lil. »Und ich habe mich auch bemüht, die Spuren so wenig wie möglich zu verwischen. Wir haben den Köder nicht berührt. Der Tiger hatte höchstens zehn Minuten Zeit, sich darüber herzumachen, aber soweit ich das erkennen konnte, hatte er ihn schon mehr oder weniger vertilgt. Es war ein kleiner Elch.«

»Ihr tut mir bitte einen Gefallen und bleibt hier.«

Willy gab seinen Männern ein Zeichen und ging in den Reifenspuren ins Unterholz.

»Er ist ziemlich sauer«, seufzte Lil. »Und du bist es wahrscheinlich auch.«

»Gut geraten.«

»Ich habe nur getan, was ich für richtig hielt, und stehe nach wie vor zu meiner Entscheidung. Ich hatte einfach keine andere Wahl. Aber ... Die Praktikanten kommen«, sagte sie, als sie die Trucks hörte. »Ich muss mich um sie kümmern. Danke, dass du so schnell gekommen bist, Coop. Danke für alles.«

»Heb dir deinen Dank für später auf. Mal sehen, wie viel dann noch davon übrig ist. Ich warte hier auf Willy.«

»Gut.« Sie hatte einen ausgebrochenen Tiger eingefangen, dachte Lil, während sie davoneilte. Da sollte sie es mit ein paar wütenden Männern doch locker aufnehmen können.

Um halb acht Uhr morgens fühlte sich Lil bereits wie am Ende eines langen Arbeitstages. Nach der Sonderversammlung mit den Mitarbeitern hatte sie Kopfschmerzen und blieb mit einem Häuflein nervöser Praktikanten zurück. Stünde nicht in wenigen Tagen ohnehin ihre Ablösung an, hätten einige bestimmt gekündigt. Obwohl sie Matt gern geholfen hätte, Boris zu untersuchen, verteilte sie Aufgaben an die Praktikanten. Das würde sie erst mal ablenken und den Eindruck verstärken, dass die Lage unter Kontrolle war. Wieder andere ließ sie beim Aufbau des neuen Geheges helfen. Heute würden zweifellos zahlreiche Augenpaare ängstlich über das Gelände schweifen.

»Einige werden sich morgen krankmelden«, sagte Lucius, sobald er mit Lil allein war.

»Ja, aber nur die, die für eine Arbeit in freier Wildbahn sowieso nicht geeignet sind. Sie können in die Forschung gehen, in Labors und Klassenzimmer, aber die Feldforschung können sie vergessen.«

Mit einem verlegenen Lächeln hob Lucius die Hand.

»Hast du auch vor, dich morgen krankzumelden?«

»Nein, aber auch ich verbringe den Tag hauptsächlich in Innenräumen. Nie im Leben wäre ich mit einem Betäubungsgewehr da rausgegangen, um einen sibirischen Tiger zu erlegen. Du musst halb wahnsinnig vor Angst gewesen sein, Lil. Ich weiß, dass du auf der Besprechung vorhin so getan hast, als wäre das reine Routine, aber mir kannst du nichts vormachen.«

»Ich war wirklich halb wahnsinnig vor Angst«, gab sie zu. »Aber noch mehr Angst hatte ich davor, ihn nicht betäuben und einfangen zu können. Meine Güte, Lucius, stell dir vor, was passiert wäre, wenn er uns entlaufen wäre. Das hätte ich mir nie verziehen.«

»Du hast ihn nicht entkommen lassen, Lil.«

Das war nicht der Punkt, dachte sie beim Hinausgehen. Sie hatte eine wichtige Lektion gelernt. Egal, was es kostete – sie würde sich die beste Alarmanlage zulegen, die es gab, und zwar so schnell wie möglich.

Sie traf Willy und Coop auf dem Rückweg vom Tatort, wie sie das wahrscheinlich bezeichneten.

»Wir haben die Überreste des Köders gesichert und werden sie auf eine mögliche Manipulation hin untersuchen lassen«, sagte Willy. »Meine Leute folgen den Spuren. Ich werde Verstärkung anfordern.«

»Gut.«

»Ich brauche noch eine Zeugenaussage von euch beiden«, fügte er an Coop gerichtet hinzu. »Warum erledigen wir das nicht bei dir zu Hause, Lil?«

»Einverstanden.«

An ihrem Küchentisch gingen sie bei noch mehr Kaffee sämtliche Details durch.

»Wer wusste, dass du nach Farleys Aufbruch heute Morgen allein sein würdest?«

»Keine Ahnung, Will. Es hat sich bestimmt herumgesprochen, dass er heute Morgen mit Tansy nach Montana fährt. Ich musste im Vorfeld einiges organisieren, und so etwas lässt sich schlecht verbergen. Aber spielt das überhaupt eine Rolle? Wenn Farley hier gewesen wäre, wäre bestimmt dasselbe passiert. Ich hätte nur Coop nicht anrufen müssen, damit er mir hilft, Boris in sein Gehege zurückzubringen.«

»Trotzdem wurde die Käfigtür wenige Minuten nach ihrer Abfahrt aufgebrochen und etwa zwei Stunden, bevor die ersten Mitarbeiter normalerweise eintreffen. Das kann ein Zufall gewesen sein – oder aber jemand beobachtet dich.«

Genau das hatte sie auch schon vermutet. »Dann muss er wissen, dass die Käfige mit einer Alarmanlage gesichert sind. Aber vielleicht wollte er auch nur den Tiger befreien und mit einem Köder fortlocken. In diesem Fall hätten locker zwei Stunden vergehen können, bis irgendjemandem aufgefallen wäre, dass die Tür offen steht. Und bis dahin wäre Boris längst verschwunden gewesen oder vielleicht sogar in sein Gehege zurückgekehrt. Schließlich ist es sein Zuhause. Aber das kann nur *ich* wissen, weil ich mit dem Tier gearbeitet habe, und kein Fremder.«

»Du bist jetzt seit ungefähr fünf Jahren hier«, sagte Willy. »Bisher habe ich noch nie gehört, dass jemand versucht hätte, eines deiner Tiere zu befreien.«

»Nein. So etwas ist auch noch nie passiert. Ich behaupte auch nicht, dass das ein Zufall ist. Aber vielleicht sollte ja nur eine der Großkatzen entkommen und Panik auslösen.«

Willy nickte heftig. »Ich werde mit den Leuten vom Nationalpark nach ihm fahnden lassen. Ich kann dir als Sheriff nicht vorschreiben, wie du dich verhalten sollst, Lil. Aber als dein Freund rate ich dir, nie allein hier zu sein. Nicht einmal für eine Stunde.«

»Das wird sie auch nicht«, warf Coop ein.

»Dagegen wehre ich mich auch gar nicht. Bis dieser Mann gefunden und verhaftet wird, sollte niemand hier allein sein, nicht einmal ich. Ich werde mich noch heute Morgen mit einer Firma für Sicherheitstechnik in Verbindung setzen und die beste Alarmanlage kaufen, die ich mir leisten kann. Mensch, Willy, meine Eltern leben keine zwei Kilometer von hier! Wenn ich dir sage, dass ich nicht das geringste Risiko eingehen werde, dass sich so etwas noch einmal wiederholt, kannst du mir das ruhig glauben.«

»Ich glaube dir ja. Aber du selbst bist wesentlich näher als zwei Kilometer an diesen Gehegen dran, und ich mag dich nun mal.« Er erhob sich. »Ich habe mich gründlich umgesehen. Sämtliche Gehege sind sicher. Ich werde dich nicht zur Schließung zwingen. Obwohl ich das könnte. Aber wenn du es übertreibst, kann sich das sehr schnell ändern. Ich möchte, dass du diese Firma für Sicherheitstechnik anrufst und mich auf dem neuesten Stand hältst. Ich mag dich wirklich, Lil, aber ich bin auch für die Sicherheit anderer verantwortlich.«

»Das habe ich bereits begriffen. Doch seit die erste Katze hierhergebracht wurde, haben wir nicht gegen eine einzige Auflage oder Sicherheitsverordnung verstoßen.«

»Ich weiß das, Süße, wirklich. Ich komme schließlich zwei- bis dreimal im Jahr mit meinen Kindern hierher und möchte das auch weiterhin tun.« Lässig und zugleich liebevoll tätschelte er ihren Kopf. »Ich muss jetzt los. Aber von nun an rufst du zuallererst mich an.«

Sie blieb sitzen und kochte vor Wut. »Wahrscheinlich willst du mir auch noch die Leviten lesen«, meinte sie, sobald Coop und sie allein waren.

»Du hättest in der Hütte bleiben und auf Hilfe warten müssen. Zwei Personen mit einem Betäubungsgewehr sind besser als eine. Aber du wirst sagen, dass keine Zeit dafür war.«

»Stimmt ja auch. Was weißt du über Tiger, insbesondere über sibirische Tiger?«

»Sie sind groß, gestreift und kommen wahrscheinlich aus Sibirien.«

»Eigentlich lautet die korrekte Bezeichnung für diese Unterart Amur-Tiger. Der Name Sibirischer Tiger ist zwar geläufiger, aber missverständlich, da die Tiere im äußersten Osten Russlands leben.«

»Gut, dass wir das geklärt hätten.«

»Ich will dir das nur begreiflich machen: Dieser Tiger

ist sehr an sein Revier gebunden. Er lauert seiner Beute aus dem Hinterhalt auf und kann eine Geschwindigkeit von sechsundfünfzig Stundenkilometern erreichen, manchmal sogar über sechzig.«

Sie atmete tief durch, da sie schon beim Gedanken daran Bauchschmerzen bekam. »Selbst ein so alter Bursche wie Boris kann noch Beute machen, wenn er will. Er ist kräftig und durchaus in der Lage, eine etwa fünfzig Kilo schwere Beute mitzuschleifen, ja, er kann damit sogar einen knapp zwei Meter hohen Zaun überspringen. Normalerweise fällt der Mensch nicht in sein Beuteschema, aber laut verlässlichen Quellen haben Tiger mehr Menschen umgebracht als jede andere Großkatze.«

»Das ist doch erst recht Wasser auf meine Mühlen, Lil.«

In dem verzweifelten Versuch, ihn zu überzeugen, nahm sie seine Hand, die auf dem Tisch lag, und drückte sie. »Wenn ich gewartet hätte, wäre diese Katze längst über alle Berge gewesen, vielleicht sogar im Garten meiner Eltern. Oder auf der Weide, direkt vor dem Haus deiner Großeltern. Vielleicht hätte sie es auch bis zu der Haltestelle geschafft, an der die Silverstone-Kinder den Schulbus nehmen. Und all das, während ich hier sitze und auf Hilfe warte.«

»Wenn du nicht allein gewesen wärst, hättest du auch nicht auf Hilfe warten müssen.«

»Soll ich zugeben, dass ich den Mistkerl unterschätzt habe? Ja, das habe ich.« Wut, aber auch so etwas wie eine Entschuldigung stand in ihren Augen. »Ich habe mich getäuscht. Furchtbar getäuscht, und dieser Fehler hätte Menschen das Leben kosten können. Ich hätte nie so etwas erwartet, nie damit gerechnet. Verdammt, Cooper, du vielleicht? Du weißt genau, dass ich die Vorsichtsmaßnahmen verbessern wollte. Ich habe dir schließlich von den Alarmanlagen erzählt, die ich recherchiert habe.«

»Stimmt genau. Damals, als du bei mir vorbeikamst, um mir auszurichten, dass Farley bei dir ist und ich nicht gebraucht werde.«

Sie bekam Herzklopfen und senkte den Blick. »Es war praktischer so, schließlich wollte Farley sowieso frühmorgens vom Reservat aus aufbrechen. Mehr nicht.«

»Quatsch. Meine Güte, Lil, glaubst du, es ist mir wichtiger, mit dir ins Bett zu gehen, als dich in Sicherheit zu wissen?«

»Nein, natürlich nicht.« Sie sah ihn erneut an. »Wirklich nicht. Coop, ich habe dich angerufen. Noch bevor ich Willy anrief.«

»Weil ich näher bei dir wohne. Weil es praktischer war und du deine Eltern nicht beunruhigen wolltest.«

Sie hörte die Bitterkeit in seiner Stimme und konnte sie ihm nicht verdenken. »Das stimmt, aber auch weil ich mich auf dich verlassen kann. Weil ich weiß, dass du für mich da bist.«

»Zu Recht. Und nur damit du's weißt: Das Thema Sex ist ein für alle Mal vom Tisch.«

»Wie bitte?«

»Und das sagst ausgerechnet du?« Als er das sagte und seinen Kopf schüttelte, hatte seine Wut bereits sichtlich nachgelassen.

»Ja. Nein. Ich meine, ich verstehe dich nicht.«

»Ganz einfach: Sex ist kein Thema mehr. Ich werde dich nicht anrühren. Ich werde dich nicht darum bitten. Und ich werde rund um die Uhr hier sein, Tag für Tag. Und wenn das nicht geht, wird jemand anders hier sein.« Er stand auf. »Ich muss jetzt los. Am besten, du redest mit deinen Eltern, bevor es andere tun.«

15

Er hätte sie genauso leicht töten können wie das Elchkalb. Er hätte einfach nur draufhalten müssen, und sie wäre zu Boden gegangen. Dann hätte sich der Tiger auf sie gestürzt, großartig! Ein Beinschuss, überlegte er und malte sich das Szenario genüsslich aus. Kein tödlicher Schuss, sondern nur einer, der sie zu Fall gebracht hätte. Hätte der Tiger den Elch gegen die Frau eingetauscht?

Bestimmt.

Wäre das nicht fantastisch gewesen?

Aber er hatte andere Pläne. Außerdem war es interessant und sehr unterhaltsam gewesen, sie zu beobachten. Sie hatte ihn überrascht, das musste er zugeben. Sogar noch nach dem, was er bereits über sie wusste und was er beobachtet hatte. Er hätte nicht gedacht, dass sie so schnell reagieren würde, so fest entschlossen, und auch nicht, dass sie sich so geschickt an die Katze heranschleichen würde.

Er hatte sie und den Ausgang seines Experiments sich selbst überlassen. Und der Katze.

Sie hatte Mut bewiesen, was er bewunderte, und

einen kühlen Kopf bewahrt. Diese Charakterzüge hatten sie noch einmal mit dem Leben davonkommen lassen.

Die meisten anderen, auf die er Jagd gemacht hatte, waren eine lächerlich leichte Beute gewesen. Das erste Mal war reiner Zufall gewesen, wirklich. Es war aus einem Impuls heraus geschehen, es hatte sich einfach so ergeben. Aber dieser Vorfall hatte ihn im wahrsten Sinne des Wortes geprägt. Seinem Leben einen Sinn gegeben, den es vorher nie gehabt hatte. Für ihn war das eine Möglichkeit, seine Vorfahren zu ehren.

Er hatte den Sinn seines Lebens im Tod gefunden.

Die letzte Jagdetappe würde sich deutlich komplizierter gestalten. Aber das verschaffte ihm eine ganz besondere Befriedigung. Wenn es so weit sein würde, würde er sich wirklich mit ihr messen können. Und erst das würde ihm echte Genugtuung verschaffen, da war er sich sicher. Mehr als die beiden Tölpel von Hilfssheriffs, die da draußen auf seinen Spuren herumtrampelten.

Er konnte sie ohne Probleme ebenfalls ausschalten. Er hatte sich zurückgezogen, hatte sie von hinten umkreist und sie beobachtet wie ein von seiner Herde getrenntes Wild. Er konnte sie beide ausschalten und wäre bereits kilometerweit weg, bevor es jemand merkte.

Die Versuchung war groß.

Er hatte erst einen gesichtet und dann den anderen, im Zielfernrohr des Gewehrs, das er heute bei sich trug. Er hatte Peng! Peng! gesagt, um die Schüsse zu imitieren. Er hatte auch schon Männer getötet, aber Frauen waren ihm lieber.

Bei fast jeder Spezies waren Weibchen die besseren Jäger.

Er hatte sie am Leben gelassen, hauptsächlich, weil zwei tote Hilfssheriffs jede Menge Leute in die Berge gelockt hätten. Und das konnte ihm die eigentliche Jagd vereiteln. Er wollte sein eigentliches Ziel nicht aus den Augen verlieren oder gezwungen werden, sein Revier zu verlassen, bevor er erreicht hatte, was er wollte.

Geduld, ermahnte er sich und schlüpfte so lautlos davon wie ein Schatten.

Nachdem Lil ihren Eltern von dem Vorfall berichtet und ihre Ängste beschwichtigt hatte, war sie völlig erschöpft. Als sie die Firma für Sicherheitstechnik noch aus der Küche ihrer Eltern anrief – auch ein Beruhigungsversuch –, stellte sie die Empfangsdame sofort zum Firmenchef durch.

Zehn Minuten später legte sie auf und drehte sich zu ihren Eltern um. »Habt ihr das mitbekommen?«

»Jemand kommt her, um gemeinsam mit dir eine Alarmanlage zu installieren.«

»Aber nicht irgendjemand«, verbesserte sie ihren Vater. »Sondern der Chef persönlich. Er hat bereits auf meinen Anruf gewartet, weil Coop schon vor einer halben Stunde mit ihm gesprochen und ihm alles erklärt hat. Er steigt noch heute ins Flugzeug und wird heute Nachmittag hier sein.«

»Wie lange dauert es, bis alles installiert ist?«, fragte ihre Mutter.

»Keine Ahnung, aber das werden wir schon erfahren. In der Zwischenzeit fahnden Polizisten und Ranger nach dem Kerl. Ich verspreche euch, nicht leichtsinnig zu sein und nie mehr allein im Reservat zu bleiben.

Nicht mal für zehn Minuten. Ich mache mir Vorwürfe. Ich mache mir Vorwürfe, dass ich mit so etwas nicht gerechnet habe. Ich dachte, er hätte vielleicht vor, eines der Tiere zu verletzen. Aber nicht, eines zu befreien. Ich muss zurück ins Reservat. Die Praktikanten und Mitarbeiter müssen mich dort sehen und merken, dass ich meinen Alltag bewältige wie sonst auch.«

»Joe, begleite sie.«

»Mom ...«

Jenna funkelte sie so böse an, dass Lil lieber nicht protestierte. »Lillian, ich mache dir schon lange keine Vorschriften mehr. Aber jetzt lass dir eines gesagt sein: Dein Vater wird dich begleiten und so lange bleiben, bis er und ich wissen, dass du in Sicherheit bist. Keine Widerrede!«

»Aber ... aber ich habe euch doch schon Farley für zwei Tage entführt.«

»Ich bin absolut in der Lage, diese Farm allein zu bewirtschaften. Ich sagte, keine Widerrede. Sieh mich an.« Jenna zog ihre funkelnden Augen zu schmalen Schlitzen zusammen.

»Lass uns aufbrechen, Lil. Du hast gehört, was deine Mutter gesagt hat.« Er beugte sich vor und küsste seine Frau. »Mach dir keine Sorgen.«

»Jetzt mache ich mir schon weniger Sorgen.«

Lil gab auf und wartete, bis ihr Vater seine Jacke geholt hatte. Sie schwieg auch, als er sein Gewehr aus dem Koffer nahm. Sie setzte sich hinters Steuer ihres Trucks und sah ihn lange an, bevor sie wendete und losfuhr. »Und wieso begleitest du mich nicht, wenn ich auf Exkursion bin? Wo warst du in Nepal? Du weißt, dass ich dort Tigern in freier Wildbahn auf der Spur war, um ihnen Halsbänder mit Sendern anzulegen.«

»Damals hat niemand dafür gesorgt, dass die Tiger deine Spur aufnehmen.«

»1:0 für dich. Wie dem auch sei, ich kann dich beim Bau des neuen Geheges gut gebrauchen.« Schnaubend setzte Lil ihre Sonnenbrille auf und verschränkte die Arme. »Und glaub bloß nicht, dass du jetzt was bei mir guthast.«

»Ich werde dich gegebenenfalls daran erinnern. Aber wenn ich schon für dich schufte, sollte mindestens was zu essen drin sein.«

Daraufhin musste sie lachen, und als sie ihre Hand ausstreckte, griff Joe danach und drückte sie.

Coop half, acht Mann für eine Dreitagestour auszurüsten. Die Gruppe aus Fargo hatte das Ganze als Junggesellenparty gebucht. Mal was anderes als eine Feier im Striplokal, dachte er.

Gemeinsam mit Gull sah er zu, wie sie zum Reitpfad trotteten. Wie sie wohl reagiert hätten, wenn er ihnen gesagt hätte, dass sich ein Psychopath in den Bergen herumtrieb? Wahrscheinlich hätten sie ihre lustige Unternehmung trotzdem fortgesetzt. Zu seiner Erleichterung führte sie ihre Tour ziemlich weit vom Reservat weg.

Nachdem er auf der Farm alles erledigt hatte, ging Coop zum Ladenbüro. Der alte Schreibtisch stand direkt am Fenster, sodass er eine gute Aussicht auf Deadwood hatte – eine Stadt, die ziemlich anders aussah, als sich das Calamity Jane und Wild Bill einmal vorgestellt hatten. Trotzdem hatte sich die Stadt mit ihren Markisen, ihrer Architektur und den altmodischen Laternen ihren Western-Flair bewahrt. Neben den Cowboys bevölkerten inzwischen auch Touristen die Stadt, und aus den Saloons waren Souvenirshops geworden.

Wer wollte, konnte zu jeder Tages- und Nachtzeit eine Partie Poker oder Blackjack spielen. Nur dass die Casinobesitzer niemanden mehr im Hinterzimmer umbrachten und an die Schweine verfütterten.

Das nannte sich Fortschritt.

Schnell erledigte er die anstehenden Büroarbeiten. So gewann er etwas Zeit für seine Recherchen.

Dann öffnete er Lils Ordner. Er war zwar kein Detektiv mehr, beherrschte sein Handwerk aber noch ziemlich gut. Er hätte gern gewusst, ob ihre Liste mit den Mitarbeitern, Praktikanten und Freiwilligen vollständig war. Aber es waren auch so schon genug. Die Überprüfung der Mitarbeiter hatte nichts ergeben – weder bei früheren noch jetzigen. Inzwischen wusste er wahrscheinlich mehr über sie, als den meisten recht wäre, aber das war auch einmal sein Job gewesen.

Obwohl Jean-Paul kein Mitarbeiter im eigentlichen Sinne gewesen war, hatte Coop ihn überprüft. Gescheiterte Liebesbeziehungen waren eine Brutstätte für Probleme. Er wusste, dass der Franzose mit Anfang zwanzig verheiratet und wieder geschieden worden war. Aber das dürfte Lil nicht weiter überraschen, und da die Information irrelevant war, nahm sie Coop einfach nur zur Kenntnis. Er fand keinerlei Vorstrafen und eine aktuelle Adresse in Los Angeles.

Bleib, wo du bist, dachte Coop.

Er war auf ein paar kleinere Vergehen bei Mitarbeitern

gestoßen, aber nichts Ernstes. Zum Beispiel war der Tierarzt vor fünfzehn Jahren bei einer Demonstration gegen Tierversuche handgreiflich geworden.

Die ehemaligen Praktikanten bescherten ihm erheblich mehr Arbeit. Von der Zusammensetzung her war das eine ganz andere Gruppe, sowohl was ihr Einkommen und ihre Herkunft, als auch ihre Bildung anging. Er verfolgte einige Lebenswege vom College über die Uni bis in den Beruf.

Während er einen nach dem anderen durchging, entdeckte er ein paar Gesetzesverstöße: unerlaubten Drogenbesitz, Trunkenheit am Steuer, ein paar Landfriedensbrüche oder Sachbeschädigungen – meist unter Drogen- oder Alkoholeinfluss.

Diese Leute würde er sich näher ansehen.

Genauso ging er bei den Freiwilligen vor – allerdings hatte er nur die Namen derjenigen, die überhaupt erfasst worden waren.

Er konzentrierte sich auf diejenigen, die aus Dakota stammten oder zugezogen waren. Die Nähe zum Tatort konnte ein entscheidender Faktor sein. Und wenn er sich nicht täuschte, kannte Lils Widersacher die Berge genauso gut wie sie.

In mühsamer Kleinarbeit forschte er nach, welche Fälle von Körperverletzung, Drogenmissbrauch und Trunkenheit am Steuer sich hier in der Gegend ereignet hatten. Dabei stieß er auf eine einzige Person: auf Ethan Richard Howe, einunddreißig Jahre alt. Mit zwanzig ein Fall von Hausfriedensbruch in Sturgis, was gar nicht so weit weg war. Aber die Anklage wurde fallen gelassen. Zwei Jahre später unerlaubter Waffenbesitz – ein

22.er-Revolver – in Wyoming. Eine Kneipenschlägerei mit Körperverletzung hatte ihn in Montana für anderthalb Jahre ins Gefängnis gebracht, und zwar im reifen Alter von fünfundzwanzig.

Wegen guter Führung hatte man ihn vorzeitig entlassen. Aber auch, um Platz für neue Gefangene zu schaffen, wusste der frühere Polizist aus Erfahrung.

Drei Delikte, überlegte Coop. Einmal wegen unbefugten Betretens eines Grundstücks, das ihm nicht gehörte, einmal wegen unerlaubten Waffenbesitzes und zuletzt wegen Körperverletzung. Er würde sich Howe einmal genauer ansehen.

Doch in diesem Moment musste er seine Recherchen unterbrechen, weil Kunden für eine Reittour in sein Büro kamen.

Als Profi wusste er, dass sein Job mehr bedeutete, als Formulare auszufüllen und sicherzustellen, dass die Kunden auf einem Pferd sitzen konnten. Er plauderte ein paar Takte mit dem Vater und erzählte über jedes Pferd eine kleine Geschichte. Ganz so, als hätte er alle Zeit der Welt.

Dann konzentrierte er sich wieder auf Lils Ordner.

Er sah sich die Frauen noch einmal genauer an. In diesem Fall tendierte er zwar eher zu einem Mann als Täter, war aber nicht so leichtsinnig, die Frauen von vornherein auszuschließen. Er hatte an jenem Morgen nicht genug erkennen können, um sich in diesem Punkt absolut sicher zu sein. Vielleicht stellte eine Frau die Verbindung zum Täter her.

Er trank ein Ginger Ale und aß das Sandwich, das ihm seine Großmutter mitgegeben hatte. Er konnte sie nicht davon abhalten, ihm ein Lunchpaket zu machen, strengte sich allerdings auch nicht besonders an.

Es war schön, dass sich jemand die Mühe machte.

Ehen, Scheidungen, Kinder, Universitätsabschlüsse. Eine frühere Praktikantin lebte mittlerweile in Nairobi, eine andere war Tierärztin in L.A. und hatte sich auf Exoten spezialisiert.

Und wieder eine andere war verschwunden. Sofort wurde er hellhörig.

Carolyn Lee Roderick, Alter: 23, wurde seit acht Monaten und ein paar Tagen vermisst. Zuletzt war sie im Denali Nationalpark gesehen worden, wo sie auf Feldforschung gewesen war.

Er hörte auf seinen Instinkt und recherchierte alles, was er zu Carolyn Roderick finden konnte.

Im Reservat gab Lil Brad Dromburg, dem Besitzer von *Safe and Secure*, die Hand. Er war die reinste Bohnenstange und schien sich in seinen Jeans und den Turnschuhen sichtlich wohlzufühlen. Seine dunkelblonden Haare waren kurz geschoren, und er hatte grüne Augen. Er besaß ein angenehmes Lächeln, einen festen Händedruck und einen leichten Brooklyn-Akzent.

»Ich weiß es wirklich sehr zu schätzen, dass Sie den weiten Weg gekommen sind, und noch dazu so schnell.«

»Coop hat mich darum gebeten. Ist er da?«

»Nein. Ich ...«

»Er wollte auch kommen. Das ist ja toll hier, Ms. Chance.« Die Hände in die Hüften gestemmt, musterte er die Gehege, die gesamte Anlage. »Beeindruckend. Wie lange gibt es das Reservat schon?«

»In diesem Mai werden es sechs Jahre.«

Er zeigte auf die vier Pfosten, die Praktikanten für das neue Gehege errichtet hatten. »Bauen Sie das Reservat aus?«

»Wir bekommen einen melanistischen Jaguar.«

»Wirklich? Coop hat erzählt, dass Sie Probleme hatten. Jemand hat einen der Käfige beschädigt?«

»Das Tigergehege, ja.«

»Das ist allerdings problematisch. Vielleicht können Sie mir alles zeigen, damit ich mir ein Bild davon machen kann. Und mir sagen, was Sie sich so vorgestellt haben.«

Er stellte Fragen, machte sich Notizen auf seinem Organizer. Wenn er auf die Gehege zuging, um sich die Türen und Schlösser anzusehen, wirkte er nicht besonders nervös.

»Das ist aber ein großer Bursche«, sagte er, als Boris herantrottete und sich vor seiner Unterkunft ausstreckte.

»Ja. Er wiegt nicht umsonst zweihundertdreiundvierzig Kilogramm.«

»Man muss schon sehr mutig oder sehr dumm sein, um diesen Käfig mitten in der Nacht zu öffnen und sich darauf zu verlassen, dass der Bursche den Köder verfolgt und nicht die Lebendmahlzeit. Und man braucht viel Mut, ihm dann nachzugehen und ihm einen Betäubungspfeil reinzujagen.«

»Wenn man gezwungen ist zu handeln, ist man auch gezwungen, mutig zu sein.«

Er lächelte und trat einen Schritt zurück. »Ich bin ehrlich gesagt doch ziemlich froh, dass mich ein Zaun von diesem Tier trennt. Es gibt also vier Tore, einschließlich des Besucherhaupteingangs. Und jede Menge offenes Gelände.«

»Das Ganze kann ich unmöglich einzäunen. Und selbst wenn, wäre es ein logistischer Albtraum. Es gibt Wanderwege durch die Berge, die über mein Land, das Land meines Vaters und das Land anderer führen. Wir haben Schilder aufgestellt, die darauf hinweisen, dass es sich um ein Privatgelände handelt, und die Tore halten die Leute ebenfalls fern. Meine oberste Priorität besteht darin, die Gehege zu sichern. Meine Tiere müssen geschützt werden, Mr. Dromburg, und umgekehrt muss ich die Öffentlichkeit vor meinen Tieren schützen.«

»Bitte nennen Sie mich Brad. Ich habe mir einen ungefähren Eindruck verschafft und werde mir etwas ausdenken. Ich würde Ihnen auf jeden Fall Bewegungsmelder empfehlen, die vor den Gehegen platziert werden.«

Sie konnte förmlich sehen, wie ihr Budget dahinfloss. »Wie viel wird so etwas kosten?«

»Ich mache Ihnen einen Kostenvoranschlag. Sie brauchen eine bessere Beleuchtung. Der Bewegungsmelder wird aktiviert, der Alarm geht los, Flutlicht erhellt das Reservat. Da wird es sich ein Eindringling zweimal überlegen, bevor er sich einem Käfig nähert. Dann wären da noch die Schlösser, und zwar die der Tore und der Gehege. Eine interessante Situation«, fügte er hinzu. »Eine echte Herausforderung.«

»Bitte entschuldigen Sie, dass ich so direkt bin, aber wohl auch eine sehr kostspielige.«

»Ich werde Ihnen zwei, drei Systeme vorschlagen, die für Sie geeignet sind, und Ihnen die jeweiligen Kosten nennen. Das wird Sie tatsächlich eine schöne Stange

Geld kosten, aber da ich Ihnen alles zum Selbstkostenpreis installiere, sparen Sie erheblich was ein.«

»Zum Selbstkostenpreis? Das verstehe ich nicht.«

»Das Sicherheitssystem ist für Coop.«

»Nein, für mich.«

»Coop hat mich angerufen. Er will, dass hier ein Sicherheitssystem installiert wird, also installieren wir eines. Zum Selbstkostenpreis.«

»Brad, dieses Reservat wird durch Spenden finanziert, also durch die Großzügigkeit anderer. Ich werde Ihr Angebot nicht ablehnen, aber warum tun Sie das?«

»Wenn Coop nicht wäre, hätte ich überhaupt keine Firma. Er hat mich beauftragt, also mache ich es zum Selbstkostenpreis. Wenn man vom Teufel spricht ...« Brads Gesicht begann zu strahlen, als Coop auf sie zukam.

Anstatt sich die Hand zu geben, begrüßten sie sich mit einem herzlichen Schulterklopfen zwischen Männern. »Ich wollte eigentlich eher hier sein, aber ich wurde aufgehalten. Wie war der Flug?«

»Lang. Meine Güte, Coop, wie schön, dich zu sehen.«

»Und ich muss dir erst einen Auftrag erteilen, damit du kommst! Hat man dich schon herumgeführt?«

»Ja, deine Freundin hat mir alles gezeigt.«

Lil machte den Mund auf, schloss ihn jedoch gleich wieder. Sie wollte die Wiedersehensfreude nicht trüben, indem sie klarstellte, dass sie niemandes Freundin war.

»Entschuldigt mich bitte. Die Fütterungszeit beginnt.«

»Wirklich?«, fragte Brad.

Er sah aus wie ein kleines Kind, dem man gerade das größte Plätzchen aus der Keksdose versprochen hatte. »Wie wär's, wenn ich euch ein Bier hole, und ihr genießt die Vorstellung?«

Brad wippte auf den Fersen auf und ab, als Lil ging. »Sie ist sexyer als auf dem Foto.«

»Das war ein altes Bild.«

»Jetzt, wo ich sie *in natura* gesehen habe, brauche ich wohl nicht zu fragen, ob du nach New York zurückkommst.«

»Das hatte ich sowieso nie vor, aber sie ist nicht der Grund, warum ich hierhergezogen bin.«

»Das kann schon sein, aber einen überzeugenderen habe ich bisher noch nicht entdecken können.« Brad warf einen Blick auf die Gehege, die Berge. »New York ist wirklich verdammt weit weg von hier.«

»Wie lange kannst du bleiben?«

»Ich muss noch heute Abend zurückfliegen, deshalb bleibt es leider bei diesem einen Bier. Ich musste ein paar Termine verschieben, um heute kommen zu können. Dafür werde ich euch in ein, zwei Tagen ein paar Vorschläge schicken und wieder hier sein, wenn alles installiert wird. Ich sichere dir das Reservat, Coop.«

»Ich verlass mich auf dich.«

Lil beschäftigte sich mit anderen Dingen und hielt sich von Coop fern. Die alten Freunde sollten etwas Zeit haben, um Neuigkeiten auszutauschen.

Sie und Coop waren auch einmal befreundet gewesen. Vielleicht konnten sie wieder Freunde werden. Vielleicht war diese innere Sehnsucht nichts anderes als die nach ihrem alten Freund.

Auch wenn sie die Uhr nicht zurückdrehen konnten, konnten sie wenigstens nach vorn blicken. Er schien das auch zu wollen, wieso sollte sie es ihm also verweigern.

Sie räumte gerade ihr Büro auf, als Coop hereinkam. »Brad musste los. Ich soll dich von ihm grüßen. In den nächsten Tagen wird er dir ein paar Pläne zur Begutachtung schicken.«

»Nun, für einen Tag, der so schlecht angefangen hat, endet er ziemlich gut: Ich habe gerade mit Tansy telefoniert. Cleo ist genau so wie angekündigt: Sie sieht atemberaubend aus, ist gesund und schon morgen reisefähig. Cooper, Brad meinte, dass er das Sicherungssystem zum Selbstkostenpreis installieren will.«

»Ja, so lautet die Abmachung.«

»Jeder sollte so großzügige Freunde haben.«

»Er glaubt, dass er in meiner Schuld steht. Und ich lasse ihn gern in diesem Glauben.«

»Ich stehe in deiner Schuld.«

»Ich habe kein Interesse daran, hier irgendwas aufzurechnen.« Eine leichte Verärgerung zeigte sich auf seinem Gesicht, als er einen weiteren Schritt auf ihren Schreibtisch zu machte. »Du warst die beste Freundin, die ich je hatte. Lange hast du zu den wenigen Leuten gehört, denen ich blind vertrauen und auf die ich zählen konnte. Das hat einiges verändert, in mir verändert. Nicht weinen«, sagte er, als sich ihre Augen mit Tränen füllten.

»Ich weine nicht.« Trotzdem stand sie auf, ging zum Fenster und sah hinaus, bis sie sich wieder unter Kontrolle hatte. »Du hast auch einiges verändert. Ich habe dich vermisst, als Freund vermisst. Und jetzt bist du hier. Ich stecke in Schwierigkeiten, und wie es der Zufall so will, bist du hier.«

»Ich habe eine mögliche Erklärung dafür. Für die Schwierigkeiten.«

Sie drehte sich um. »Wie bitte? Welche denn?«

»Eine Praktikantin namens Carolyn Roderick. Erinnerst du dich noch an sie?«

»Ah, Moment …« Lil schloss die Augen und dachte nach. »Ja doch, ich glaube schon … Das dürfte zwei Jahre her sein, knapp zwei Jahre. Ein Sommerpraktikum nach dem Studium, vielleicht auch später, ich bin mir nicht sicher. Sie war intelligent und motiviert. Ich müsste in meinen Unterlagen nachsehen, um mich richtig zu erinnern. Aber sie hat hart gearbeitet, war eine echte Tierschützerin. Eine hübsche junge Frau.«

»Sie wird vermisst«, sagte er knapp. »Seit etwa acht Monaten.«

»Vermisst? Was ist passiert? Wo? Woher weißt du das?«

»In Alaska. Im Denali Nationalpark. Sie betrieb dort Feldforschung mit einer Gruppe Aufbaustudenten. Eines Morgens fehlte sie im Zeltlager. Anfangs dachten alle, sie sei nur weggegangen, um ein paar Fotos zu machen. Aber sie kehrte nicht mehr zurück. Man hat nach ihr gesucht, Ranger, Such- und Rettungstrupps zu Hilfe gerufen. Doch sie blieb spurlos verschwunden.«

»In meinem letzten Jahr an der Uni war ich auch in Denali, um Feldforschung zu betreiben. Der Park ist unglaublich und einfach riesig. Wenn man nicht aufpasst, kann man sich leicht verirren.«

»Dort gibt es viele Orte, an denen man zum Opfer werden kann.«

»Zum Opfer?«

»Als ihre Kollegen anfingen, sich Sorgen zu machen, sahen sie sich ihr Zelt näher an. Ihre Kamera war noch da, ihre Notizbücher, ihr Aufnahmegerät, ihr GPS. Schwer vorstellbar, dass sie nur mit der Kleidung, die sie am Leib getragen hatte, rausgegangen war.«

»Du meinst, sie wurde entführt.«

»Sie hatte einen Freund, jemanden, den sie hier in South Dakota kennengelernt hatte. Laut den Freunden, die ich bisher ausfindig machen konnte, kannte ihn niemand wirklich. Er war ein Einzelgänger. Aber sie teilten ihre Begeisterung für die Natur, fürs Wandern und Zelten. Die Beziehung scheiterte, und wenige Monate vor der Alaskareise trennte sie sich von ihm. Es war eine sehr hässliche Trennung. Sie rief die Polizei, er haute ab. Der Typ heißt Ethan Howe und hat hier als Freiwilliger gearbeitet. Er hat auch kurz im Gefängnis gesessen, aber das überprüfe ich noch.«

Von den vielen Informationen brummte ihr der Schädel, und sie rieb sich die Schläfe. »Und was hat das deiner Meinung nach mit den jetzigen Vorfällen zu tun?«

»Er hat damit angegeben, dass er monatelang in freier Wildbahn überlebt hat. Er hat behauptet, ein direkter Nachfahre eines Sioux-Häuptlings zu sein, der in den Black Hills lebte. Für seinen Stamm ist das hier heiliger Boden.«

»Wenn auch nur die Hälfte derjenigen, die behaupten, direkte Nachfahren eines Sioux-Häuptlings oder einer ›Prinzessin‹ zu sein ...« Jetzt rieb sich Lil über die

Stirn. Das kam ihr bekannt vor, irgendetwas daran kam ihr bekannt vor. »Ich glaube, ich kann mich vage an ihn erinnern, sehe ihn aber nicht wirklich vor mir.«

»Er hat anderen Leuten von deinem Reservat erzählt, davon, wie er hier ausgeholfen hat, als Carolyn ihr Praktikum machte. Sie wird vermisst, und über ihn finde ich nichts. Niemand hat ihn seit der Trennung je wieder gesehen.«

Sie ließ den Kopf hängen, und in diesem Moment der Schwäche wünschte sie sich, ihn nicht verstanden zu haben. »Du glaubst, sie ist tot. Du glaubst, er hat sie entführt und getötet. Und jetzt ist er zurückgekehrt. Wegen des Reservats oder wegen mir.«

Er beschönigte nichts, denn damit wäre ihr auch nicht geholfen. »Ich glaube, dass sie tot ist und er das zu verantworten hat. Ich glaube, dass er hier ist und sich irgendwo in der Wildnis versteckt. Auf deinem Grund und Boden. Das ist der einzige logische Zusammenhang, den ich herstellen konnte. Wir werden ihn finden, uns über ihn informieren. Dann wissen wir, mit wem wir es zu tun haben.«

16

Tansy nahm noch einen Schluck von dem zweifellos fürchterlichen Wein, während die zweitklassige Band hinter dem Maschendraht etwas von sich gab, das sich für sie anhörte wie »Ye-haw Country«.

Die Gäste – eine Mischung aus Motorradfreaks, Cowboys und Frauen, die solche Männer lieben – sahen durchaus so aus, als könnten sie Bierflaschen und Plastikteller mit schwer verdaulichen Nachos auf die Bühne werfen, hatten sich aber bisher noch nicht dazu aufraffen können.

Einige tanzten, was anscheinend für die Band und für niedrige Reinigungskosten sprach.

Sie lebte jetzt ganze fünf Jahre im Wilden Westen, wie sie ihn liebevoll nannte, die Jahre auf dem College nicht mit eingerechnet. Doch dann gab es wieder Momente wie diesen hier, in denen sie sich nach wie vor fühlte wie eine Touristin.

»Bist du sicher, dass du kein Bier möchtest?«

Sie sah zu Farley hinüber und dachte, dass er perfekt hierher passte. Eigentlich hatte sie ihn noch nie irgendwo erlebt, wo er nicht perfekt hingepasst hätte.

»Ich hätte auf dich hören und gleich Bier bestellen sollen.« Sie nippte erneut an ihrem Wein. »Aber dafür ist es jetzt zu spät. Außerdem gehe ich gleich zurück ins Motel.«

»Ein Tanz.«

»Du hast gesagt, auf einen Drink.«

»Auf einen Drink und einen Tanz«, sagte er, als er ihre Hand nahm und sie vom Barhocker zog.

»Einen!« Sie gab nach, da sie ohnehin schon auf der Tanzfläche standen. Sie hatten einen langen Tag hinter sich, also gab es gegen einen Drink und ein Tänzchen nichts einzuwenden.

Bis er seine Arme um sie schlang. Bis ihr Körper eng an seinen geschmiegt war und er sie anlächelte. »Ich will schon seit Langem mit dir tanzen.«

Locker bleiben, ermahnte sie sich selbst, obwohl sie insgeheim dahinschmolz und ganz weiche Knie bekam. Einfach locker bleiben. »Du scheinst es ja ganz gut zu können.«

»Jenna hat es mir beigebracht.«

»Wirklich?«

»Als ich ungefähr siebzehn war, erklärte sie mir, dass die meisten Mädchen gerne tanzen. Und dass ein kluger Mann lernt, wie man sich auf einer Tanzfläche bewegt. Also hat sie es mir beigebracht.«

»Sie war eine gute Lehrerin.« Er besaß wirklich *Schwung*, dachte sie, und bewegte sich herrlich geschmeidig. Und als er sie erst in die eine und dann in die andere Richtung herumwirbelte, machte ihr Herz einen kleinen Purzelbaum.

Sie wusste, dass sie mehr schlecht als recht tanzte – er war deutlich besser als sie. Trotzdem lachte sie atemlos auf, als er sie erneut drehte und sie mehrere Tanzschritte rückwärts machte.

Meine Güte, der Kerl war richtig gut! »Ich glaube, ich muss auch mal bei Jenna Unterricht nehmen.«

»Sie ist eine hervorragende Lehrerin. Ich finde, wir tanzen ziemlich gut zusammen, wenn man bedenkt, dass es das erste Mal ist.«

»Wenn du meinst.«

»Falls du zu Hause mit mir tanzen gehst, Tansy, werden wir noch besser.«

Ihre Antwort bestand in einem leichten Kopfschütteln. Und als die Musik verstummte, trat sie einen Schritt zurück, um sich von ihm zu lösen, bevor das nächste Lied begann. »Ich muss wirklich zurück ins Motel und schauen, ob alles geregelt ist. Wir müssen morgen früh los.«

»Gut.« Als sie an ihren Tisch zurückkehrten, nahm er ihre Hand.

»Du musst nicht mitkommen. Du solltest bleiben und die Musik genießen.« Ich sollte gehen, dachte sie, und eiskalt duschen.

»Selbst wenn du nicht die schönste Frau im Saal wärst, würde ich dich nach Hause begleiten. So wie ich dich herbegleitet habe.«

Von der Bar zum Motel, in dem sie übernachteten, war es nur ein kurzer Spaziergang. Aber sie kannte ihn gut genug, um ihm nicht zu widersprechen. Von manchen Dingen hatte er sehr genaue Vorstellungen – die er zweifellos ebenfalls von Jenna gelernt hatte. Ein Mann begleitet eine Frau nach Hause, keine Widerrede.

Aber sie steckte ihre Hände in die Jackentaschen, bevor eine davon in seiner Hand landen konnte.

»Lil wird sich freuen, wenn sie diese Großkatze sieht«, meinte Farley.

»Sie wird begeistert sein. Cleo ist wirklich eine Schönheit. Hoffentlich wird sie die Fahrt gut überstehen. Lil meinte, das vorläufige Gehege wartet bereits auf sie. Und mit dem Bau des endgültigen Geheges wurde bereits begonnen.«

»Lil fackelt nicht lange.«

»Nein, das hat sie noch nie getan.« Sie fröstelte in ihrem Mantel, denn der Weg war zwar kurz, aber kalt war es trotzdem. Farleys Arm legte sich um ihre Schulter und zog sie an ihn.

»Du zitterst ja.«

Aber im Moment nicht nur vor Kälte, dachte sie.

»Ähm, wenn wir Cleo gegen sieben abholen, müsste das reichen.«

»Als Erstes tanken wir voll, dann müssen wir später nicht so viele Pausen machen. Wir brechen gegen sechs von hier auf, dann bleibt uns noch genügend Zeit fürs Tanken und Frühstücken.«

»Gern.« Sie sprach betont munter und kämpfte heftig gegen ihre Hormone an. »Wir treffen uns dann im Diner. Zuerst checken wir aus und brechen von dort aus auf, oder?«

»Ja, das können wir machen.« Als sie den Motelparkplatz überquerten, ließ er eine Hand ihren Rücken hinuntergleiten. »Wir können aber auch zusammen zum Frühstücken gehen.«

»Klopf morgen früh einfach an meine Tür«, sagte sie, während sie ihren Zimmerschlüssel aus der Tasche holte.

»Ich will nicht an deine Tür klopfen. Ich will, dass du mich reinlässt.« Als sie aufsah, drehte er sie genauso sanft wie beim Tanzen, sodass sie zwischen ihm und der Tür stand. »Lass mich mit reinkommen, Tansy, und mit dir zusammen sein.«

»Farley, das ...«

Sein Mund fand den ihren. Er küsste sie auf eine Art, dass sie der gesunde Menschenverstand und sämtliche festen Vorsätze verließen. Und wider alle Vernunft und allen Vorsatz küsste sie ihn zurück.

O nein, verdammt!, dachte sie, obwohl sie ihre Arme um ihn schlang. Er konnte einfach zu gut küssen.

»Das führt nirgendwohin«, sagte sie.

»Es könnte erst einmal hinter diese Tür führen. Lass mich mit reinkommen.« Er nahm ihr den Schlüssel ab, steckte ihn in das Schloss und ließ sie dabei nicht aus den Augen. »Sag ja.«

Nein, dachte sie stur, brachte es aber nicht über die Lippen.

»Aber es muss wie bei dem Drink und dem Tanz bei einem einzigen Mal bleiben, versteh das bitte.«

Er lächelte und öffnete die Tür.

Danach – und es hatte mehr als nur ein einziges Mal gegeben – starrte Tansy an die dunkle Decke. Gut, sagte sie sich, sie hatte Sex mit Farley Pucket gehabt – zweimal. Und was jetzt?

Am besten, sie betrachtete das Ganze als Urlaubsflirt. Es war eben einfach passiert. Sie war schließlich eine erwachsene, gebildete und erfahrene Frau.

Sie musste nur ignorieren, dass der Sex beide Male

fantastisch gewesen war. Dass er ihr das Gefühl gab, die Frau seines Lebens zu sein. Und dass es nicht nur die Hormone waren, die den Kampf verloren hatten, sondern auch ihr Herz.

Nein, sie musste sich wieder in Erinnerung rufen, dass sie älter und vernünftiger war als er. Es war ihre Aufgabe, die Dinge klarzustellen.

»Farley, wir müssen reden. Das darf nicht noch mal passieren, wenn wir wieder zu Hause sind.«

Er verschränkte seine Finger mit den ihren und zog sie an seine Lippen. Strich mit ihnen darüber. »Nun, Tansy, wenn ich ehrlich bin, werde ich tun, was ich kann, damit das noch mal passiert. Ich habe schon viele schöne Dinge erlebt, aber das war mit Abstand das Beste.«

Sie zwang sich, sich aufzusetzen, und zog die Decke bis unters Kinn, damit er nicht auf dumme Gedanken kam. »Wir sind zwar keine direkten Kollegen, aber du arbeitest als Freiwilliger im Reservat. Und Lil ist meine beste Freundin.«

»Stimmt.« Er setzte sich ebenfalls auf, und sein Blick ruhte auf ihrem Gesicht. »Aber was hat das damit zu tun, dass ich dich liebe?«

»Oh. Liebe. Sprich nicht von Liebe.« Panik schnürte ihr die Kehle zu.

»Aber ich liebe dich.« Er streckte den Arm aus und strich ihr übers Haar. »Und ich weiß, dass du auch etwas für mich empfindest.«

»Natürlich tue ich das. Ansonsten wären wir wohl kaum hier. Aber das heißt nicht ...«

»Ich glaube, dass es ernsthafte Gefühle sind.«

»Von mir aus, ja, zugegeben. Aber wir müssen realistisch sein, Farley. Ich bin um einige Jahre älter als du. Ich bin schon über dreißig, verdammt noch mal!«

»In ein paar Jahren werden wir beide noch eine Weile über dreißig sein.« Er sah sie amüsiert an. »Aber so lange möchte ich nicht warten.«

Seufzend knipste sie die Nachttischlampe an. »Farley, sieh mich an. Ich bin über dreißig und schwarz.«

Er legte den Kopf schief und musterte sie eingehend. »Eher karamellfarben. Jenna macht solche Karamelläpfel, im Herbst. Die sind außen goldbraun und süß und innen etwas herb. Ich liebe diese Karamelläpfel. Ich liebe deine Hautfarbe, Tansy, aber das ist nicht der Grund, warum ich dich liebe.«

Sie bekam Gänsehaut und schmolz dahin. Nicht nur wegen dem, was er sagte, sondern auch wegen der Art, wie er sie dabei ansah.

»Du bist klüger als ich.«

»Nein, Farley.«

»Aber natürlich. Und deshalb war ich auch lange so nervös in deiner Gegenwart. Zu nervös, um dich zu fragen, ob du mit mir ausgehst. Ich mag es, dass du intelligent bist und auch, wie du dich manchmal mit Lil unterhältst, ohne dass ich auch nur die Hälfte davon verstehe. Aber dann dachte ich mir: Ganz blöd bin ich auch nicht.«

»Du bist nicht blöd«, murmelte sie entwaffnet. »Kein bisschen. Du bist zuverlässig, clever und liebevoll. Unter anderen Umständen …«

»Manche Dinge kann man nicht ändern. Und manche

Dinge, Tansy, spielen überhaupt keine Rolle. Wie das hier.«

Er zog sie an sich, küsste sie und bewies es ihr.

Es war ein komisches Gefühl, dass Bewaffnete um ihr Reservat patrouillierten. Obwohl sie darauf bestanden hatte und auch selbst mithalf. Die Tiere streiften in ihren Gehegen umher und stießen Rufe aus. Nachts liefen sie zur Hochform auf. Außerdem machten der Duft nach Menschen und die hellen Lichter sie nervös.

Sie verbrachte besonders viel Zeit mit Baby, was ihm sehr gefiel. Die Liebe, die in seinen Augen stand, beruhigte sie. Während sie Stellung bezog, auf und ab lief oder noch einen Becher Kaffee trank, schmiedete sie lang- und kurzfristige Pläne, um sich abzulenken. Um nicht mehr daran denken zu müssen, warum sie hier Stellung bezog, auf und ab lief und einen Becher Kaffee nach dem anderen trank.

Aber auch das würde vorbeigehen. Wenn der Verantwortliche für diesen Wahnsinn wirklich Ethan Howe war, würde man ihn finden und das hier beenden.

Inzwischen erinnerte sie sich schon etwas besser an ihn. Sie hatte in ihrem Gedächtnis wühlen, sich Carolyns Personalakte ansehen müssen, um sich ein klares Bild von der Studentin zu machen. Aber danach hatte sie den Mann vor sich gesehen, der ein paarmal mitgeholfen hatte, um mit Carolyn zu flirten.

Ein überdurchschnittlich großer Mann, dachte sie, schlank, aber mit einem breiten Kreuz. Damals war ihr nichts Ungewöhnliches an ihm aufgefallen. Sie wusste nur noch, dass er behauptet hatte, nicht von irgendeinem

Krieger, sondern von Crazy Horse höchstpersönlich abzustammen.

Lil erinnerte sich, dass sie über die Heftigkeit dieser Behauptung amüsiert gewesen war und auch ihn nicht sonderlich ernst genommen hatte. Wenn sie sich nicht täuschte, hatten Ethan und sie kaum mehr als ein paar Worte gewechselt. Trotzdem. War es dabei nicht fast immer um das Land gegangen, um dessen Heiligkeit und ihre Pflicht, es wegen ihrer Abstammung zu ehren?

Sie hatte auch das nicht weiter ernst genommen, hatte ihn nur für einen harmlosen Sonderling gehalten. Aber jetzt fiel ihr wieder ein, dass sie sich von ihm beobachtet gefühlt hatte. Oder empfand sie das nur rückblickend so, weil sie jetzt nervös war? Projizierte sie das bloß auf ihn?

Vielleicht konnte sich Tansy besser an ihn erinnern.

Aber vielleicht hatte er auch gar nichts mit den Vorfällen zu tun. Coop ging allerdings instinktiv davon aus. Sie vertraute seinem Instinkt. Obwohl sie privat Probleme hatten, vertraute sie Coop blind.

Was wiederum eine Frage ihres Instinkts war.

Sie trat von einem Bein auf das andere und bewegte die vor Kälte schon ganz steifen Arme. Der bedeckte Himmel speicherte wenigstens etwas Wärme. Trotzdem hätte sie lieber Sterne und den Mond gesehen.

Im grellen Licht der Notbeleuchtung sah sie, wie Gull auf sie zukam. Er winkte heftig. Wahrscheinlich als Vorsichtsmaßnahme, damit sie ihn auch ja erkannte.

»Hallo, Gull.«

»Lil. Coop meint, ich soll dich ablösen.«

»Ich weiß deine Hilfe wirklich sehr zu schätzen, Gull.«

»Du würdest für mich genau dasselbe tun. Nachts war ich noch nie hier draußen.«

Er musterte die Gehege. »Sieht nicht so aus, als würden die Tiere viel Schlaf bekommen.«

»Es sind nachtaktive Tiere. Außerdem sind sie neugierig, was die vielen Leute da draußen im Dunkeln zu suchen haben. Und na ja, hauptsächlich schlagen sie sich die Nacht um die Ohren und trinken zu viel Kaffee. Er wird heute Nacht nicht zurückkommen.«

»Vielleicht *weil* die ganzen Leute sich die Nacht um die Ohren schlagen und zu viel Kaffee trinken.«

»Das hast du schön gesagt.«

»Los, geh rein, Lil. Jetzt bin ich dran. Außer, du willst Jesse besuchen, so wie früher.«

Sie boxte spielerisch gegen seinen Arm. »Das dürfte seiner Frau wohl kaum gefallen.«

»Was im Reservat passiert, bleibt im Reservat«, witzelte Gull.

Sie lief kichernd zur Hütte, sah, wie andere zu ihren Trucks oder Autos gingen, während sie von Freunden und Nachbarn abgelöst wurden. Man hörte ihre Stimmen, und sie schnappte Witze, schläfriges Gelächter und Gute-Nacht-Rufe auf.

Als sie ihre Eltern entdeckte, beschleunigte sie ihre Schritte. »Ihr habt mir doch versprochen, euch in die Hütte zurückzuziehen und etwas zu schlafen«, sagte sie zu ihrer Mutter.

»Aber nur, damit du aufhörst zu nerven. Dafür fahre ich jetzt nach Hause, um etwas zu schlafen. Und du tust dasselbe.« Sie tätschelte Lil mit ihrer behandschuhten Hand die Wange. »Der Anlass ist zwar nicht gerade schön, aber es ist schön zu sehen, wie viele Leute gekommen sind, um dich zu unterstützen. Fahr mich nach Hause, Joe, ich bin müde.«

»Sieh zu, dass du etwas Schlaf bekommst.« Joe gab Lil einen zärtlichen Nasenstüber. »Wir reden morgen weiter.«

Und ob, dachte Lil, als sie sich trennten. Sie würden sie nicht aus den Augen lassen, bis das hier vorbei wäre. So waren sie eben. Und wenn sie in Gefahr wären, würde sie genauso reagieren.

In der Hütte verstaute sie ihr Gewehr und schälte sich aus ihren dicken Klamotten. Sie warf einen Blick auf die Veranda und überlegte, ins Bett zu gehen. Doch dafür war sie zu unruhig. Dafür hatte sie zu viel Kaffee getrunken.

Sie ging in die Küche und schenkte sich ein Glas Wein ein, in der Hoffnung, er könnte die Wirkung des Koffeins wieder ausgleichen.

Sie könnte etwas arbeiten und eine Stunde am Computer verbringen, bis sie ruhiger wurde. Aber die Vorstellung, still zu sitzen, gefiel ihr auch nicht.

Als die Vordertür aufging, wusste sie, dass sie nur darauf gewartet hatte. Darauf, dass er kam.

Als sie das Wohnzimmer betrat, setzte er sich gerade und zog einen Stiefel aus. Er sah hellwach und konzentriert aus.

»Ich dachte, du wärst längst oben.«

»Zu viel Kaffee.«

Er brummte zustimmend und zog den zweiten Stiefel aus.

»Wahrscheinlich bin ich genauso nervös wie die Tiere, denn ich bin es auch nicht gewohnt, dass um diese Zeit so viele Menschen draußen sind. Ich komme einfach nicht zur Ruhe.« Sie ging zum Fenster und starrte hinaus.

»Normalerweise würde ich mehrere Partien Rommee vorschlagen, aber ich bin heute nicht in Stimmung.«

»Du könntest auch einfach das Licht aus- und die Augen zumachen.«

»Das wäre sicherlich vernünftig.« Sie trank den letzten Rest Wein aus und stellte ihr Glas ab. »Ich geh nach oben und lass dich schlafen.« Sie begann die Treppe hochzugehen, blieb jedoch stehen und drehte sich um. Er hatte sich nicht vom Fleck gerührt. »Was, wenn ich Sex auf dem Küchentisch will?«

»Du willst Sex auf dem Küchentisch?«

»Du meintest doch, das Thema Sex sei vorerst vom Tisch. Vielleicht will ich, dass es wieder auf den Tisch kommt. Vielleicht will ich heute Nacht nicht alleine schlafen. Du bist hier, ich bin hier. Wir sind Freunde, so viel steht fest. Wir sind doch Freunde, oder?«

»Das waren wir immer.«

»Genau das meine ich, Freunde, nichts weiter. Wir sind Freunde, und ich möchte nicht allein sein. Wir könnten uns gegenseitig beruhigen.«

»Klingt vernünftig. Aber vielleicht bin ich dafür zu müde.«

Sie verzog den Mund zu einem Lächeln. »Bestimmt.«

»Aber vielleicht auch nicht.«

Trotzdem blieb er, wo er war, und beobachtete sie nur. Abwartend.

»Du hast gesagt, dass du mich nicht anrührst. Ich möchte dich bitten, diese Regel außer Kraft zu setzen, zumindest vorübergehend. Komm mit mir nach oben, komm mit mir ins Bett, bleib bei mir. Ich muss dringend abschalten, Coop, ehrlich. Ich brauche etwas Ruhe und Frieden. Nur ein paar Stunden. Tu mir den Gefallen.«

Er ging auf sie zu. »Wenn ich bis zwei Uhr früh draußen in der Kälte stehe, tue ich dir einen Gefallen. Aber wenn ich mit dir ins Bett gehe?« Er hob den Arm und ließ ihren Zopf durch seine Hand gleiten. »Das zählt nicht. Erzähl mir nicht, dass du etwas Ruhe brauchst, Lil. Sag mir, dass du mich begehrst.«

»Ja. Ich begehre dich. Doch wahrscheinlich werde ich es schon morgen bereuen.«

»Ja, aber dann ist es zu spät.« Er zog sie an sich und küsste sie stürmisch. »Es ist schon jetzt zu spät.«

Er wandte sich zur Treppe und hob sie hoch, sodass sie ihre Beine um seine Taille und ihre Arme um seinen Hals schlingen konnte.

Vielleicht war es immer zu spät gewesen, dachte sie. Während er sie nach oben trug, wanderten ihre Lippen über sein Gesicht, wie sie es auch einst, vor langer Zeit, getan hatten. Es fühlte sich so an, als würde sich ein Kreis schließen.

Seufzend schmiegte sie ihre Wange an die seine. »Ich fühle mich schon viel besser.«

Im Schlafzimmer drehte er sich um und drückte sie gegen die Tür. Und diese Augen, diese eisblauen Augen, die ihr Herz ein für alle Mal erobert hatten, begegneten den ihren. »Ein heißes Bad, und es geht dir besser. Hier geht es um mehr, Lil. Wir müssen beide lernen, damit umzugehen.«

Als er sie küsste, tat er das nicht, um sie zu trösten oder zu beruhigen, sondern um ihr Feuer zu entfachen. Um die Glut, die nie vollkommen gelöscht worden war, wieder hell auflodern zu lassen.

Ein bisschen Ruhe und Frieden? Hatte sie erwartet, so Frieden zu finden, zusammen mit ihm? Bei dem Krieg, den sie gegeneinander führten, den sie in sich austrug, war kein Platz für Frieden. Sie stand in Flammen und gab nach, gab sich ihm hin.

Vielleicht würde die Schlacht jetzt ein für alle Mal geschlagen werden, und die ewige Flamme in ihr würde endlich verlöschen.

Die Lust überwältigte sie, ergriff Besitz von ihrer Haut und brachte ihre Brüste und ihren Unterleib zum Glühen. Das war ihr irgendwie vertraut, aber gleichzeitig war es heftiger und weniger heftig als früher. Waren seine Hände so erfahren gewesen, sein Mund so fordernd?

Sie hatte die Beine immer noch um ihn geschlungen, als er sie zum Bett trug. Die Beleuchtung des Reservats drang durch die Fensterläden, dünne Lichtstreifen fielen aufs Bett, auf sie, als er sie auf die Bettkante setzte. Wie im Käfig, dachte sie. Nur dass sie sich freiwillig hineinbegeben hatte.

Er packte ihren Stiefel und zog daran. Sie hörte sich lachen, freudig, nervös, als er ihr den anderen auszog. Dann ließ er die Hände sinken, um ihr Flanellhemd aufzuknöpfen.

»Lös dein Haar.« Er zog sich das Hemd aus. »Bitte.«

Sie hob die Arme und löste ihren Zopf, während er sein Hemd auszog.

»Nein, lass mich das machen«, sagte er, als sie begann, sich mit den Fingern das Haar zu kämmen.

»Ich habe oft an deine Haare gedacht. Daran, wie sie sich anfühlen, wie sie duften, wie sie aussehen, nachdem ich meine Hände darin vergraben hatte. Dieses nachtschwarze Haar.«

Er wickelte ihre Haare um seine Faust und zog daran, bis sie zu ihm aufsah. Die Geste, die Glut in seinen Augen zeugten von Wut und zugleich Leidenschaft. »Ich sah dich vor mir wie ein verfluchtes Gespenst. Ich glaubte immer wieder, dich in der Menge zu entdecken, aus dem Augenwinkel zu sehen, wie du um die Ecke verschwandest. Du warst überall.«

Sie wollte den Kopf schütteln, aber er verstärkte seinen Griff. Kurz sah sie, wie die Wut in seinen Augen überhandnahm, dann ließ er ihr Haar los. »Und jetzt bist du hier«, sagte er und zog ihr das warme Unterhemd über den Kopf.«

»Ich war die ganze Zeit hier.«

Nein, dachte er. Nein. Aber jetzt war sie hier. Erregt und ein wenig wütend, genau wie er. Er strich mit seinen Fingern über ihr Schlüsselbein, hinunter zu ihren prallen kleinen Brüsten. Die Knospe, die sie einst war, war ohne ihn erblüht. Sie erzitterte unter seinen Berührungen.

Dann presste er seinen Handballen gegen ihre Stirn und schubste sie leicht auf den Rücken. Damit brachte er sie erneut zum Lachen.

»Mr. Sanft«, sagte sie, und dann war er auf ihr und

drückte sie in die Matratze. »Du hast ein bisschen zugenommen.«

»Du auch.«

»Wirklich?«

»An den richtigen Stellen.«

Sie lächelte und fuhr ihm mit den Fingern durchs Haar, so wie er es vorher bei ihr getan hatte. »Nun, es ist schon eine Weile her.«

»Ich glaube, ich weiß noch, wie es geht. Was dir gefällt.«

Sein Mund streifte provozierend ihre Lippen, und sie versanken immer tiefer in ihren Küssen, bis sie darin beinahe ertranken. Sie spürte seine Hände, wusste wieder, wie es gewesen war, und die Vergangenheit verschmolz mit der Gegenwart.

Kräftige Hände glitten über sie und berührten sie voller Leidenschaft, bis sich ihr Atem beschleunigte und alles um sie herum verschwamm.

Er öffnete ihren BH, zog ihn weg und ergriff mit Händen und Mund, Zähnen und Zunge von ihr Besitz. Aus ihrer immer heftigeren Atmung wurde ein Stöhnen. Sie zerrte an seinem warmen Unterhemd, riss es ihm über den Kopf und konnte es kaum erwarten, ihn zu spüren. Seinen breiten Rücken, seine starken Muskeln. Er fühlte sich neu an, neu und faszinierend.

Er war noch ein Junge gewesen, als sie ihn das letzte Mal so berührt hatte. Jetzt war da ein Mann unter ihren Händen, ein Mann, dessen Körper schwer auf ihrem lastete.

Im Dunkeln, unter den Lichtstreifen, erkundeten sie einander. Eine Rundung, einen Spalt, eine neue erogene

Zone. Ihre Finger strichen über eine Narbe, die vorher noch nicht da gewesen war. Und sie flüsterte seinen Namen, während seine Lippen wie wahnsinnig über ihren Körper glitten.

Sie zitterte, als er ihre Jeans aufknöpfte und sie ihr Becken hob, damit er sie leichter ausziehen konnte. Sie rollte mit ihm im Bett herum, während sie sich beeilten, alles sie noch Trennende loszuwerden.

Draußen schrie eine der Katzen, ein Ruf der Wildnis in der Dunkelheit. In diesem Moment nahm er sie mit in die Dunkelheit. Und das Wilde in ihr stieß einen Schrei aus, in ungebremster, primitiver Lust.

Sie bewegte sich, um ihn zu entzücken, bewegte sich mit ihm, während ihre Augen im Schatten funkelten. Alles, was er gefunden und wieder verloren hatte, alles, was er so vermisst hatte, war hier, genau hier. Sie verlor fast die Besinnung. Er erlebte den Lustrausch einer Frau, ihren Duft, ihre Haut, alles war feucht und warm. Er spürte den Schlag ihres Herzens an seinem gierigen Mund, ihre Haut unter seinen fordernden Händen.

Er drehte sie um, spürte, wie sie sich hob und senkte und wieder beruhigte.

Immer wieder sagte sie seinen Namen.

Als er in sie eindrang. Als er sie festhielt, sich selbst an sie klammerte, sie ausfüllte und umarmte, gefangen nahm, bis sie beide zitterten. Dann waren da nur noch wilde, gedankenlose Bewegungen. Und als sie erneut erstarrte, kam er gemeinsam mit ihr.

Sie wollte sich an ihn schmiegen, ihren Körper in seinen fügen wie zwei Teile eines Puzzles. Stattdessen lag sie ganz still da, um die Lust und den Frieden, den sie endlich gefunden hatte, so lange wie möglich zu bewahren.

Endlich konnte sie schlafen. Wenn sie die Augen schloss, ihre Gedanken zur Ruhe kommen ließ, konnte sie schlafen. Was gesagt oder getan werden musste, konnte auch morgen noch gesagt oder getan werden.

»Du bist ganz kalt.«

»Ach ja?«

Bevor ihr Verstand wieder in ihren Körper zurückkehren konnte, hatte er sie hochgehoben und umgedreht. Wann war er nur so muskulös geworden?, fragte sie sich. Er breitete das Laken und die Decke über sie und zog sie an sich.

Sie begann, sich ein wenig von ihm zu lösen. Brauchte sie nicht auch etwas Platz, etwas Platz nur für sich? Aber er ließ sie nicht los und zog sie so an sich, wie sie es gerne hatte.

»Schlaf jetzt«, sagte er.

Sie war zu müde und aufgelöst, um ihm zu widersprechen.

Noch vor Sonnenaufgang wachte sie auf und verhielt sich ganz ruhig. Seine Arme waren noch immer um sie gelegt, und ihre hatten dasselbe getan, in der kurzen Nacht, die ihnen noch geblieben war.

Warum, fragte sie sich, brach ihr so etwas Natürliches, Menschliches das Herz?

Trost, dachte sie. Am Ende hatte er ihr den Trost gegeben, den sie gebraucht hatte. Und vielleicht hatte sie ihn ja auch getröstet.

Mehr musste gar nicht daraus werden.

Sie hatte ihn ihr ganzes Leben geliebt und brauchte sich nicht einzureden, dass sich das jemals ändern würde. Aber Sex war nun mal etwas ganz Kreatürliches und in ihrem Fall ein Geschenk zwischen Freunden.

Zwischen einvernehmlichen, gesunden, erwachsenen Single-Freunden.

Sie war stark, intelligent und selbstbewusst genug, um das zu akzeptieren – und es dabei zu belassen. Der erste Schritt bestand darin, sich von ihm zu lösen und aufzustehen.

Sie begann sich so vorsichtig aus seiner Umklammerung zu befreien, als würde sie von einer schlafenden Kobra umarmt. Sie hatte gerade mal ein, zwei Zentimeter geschafft, als er die Augen öffnete und sie anstrahlte.

»Tut mir leid.« Sie wusste selbst nicht, warum sie flüsterte – in diesem Moment war es einfach das Natürlichste der Welt. »Ich wollte dich nicht wecken. Ich muss los.«

Er hielt sie fest, hob nur ihre Hand und drehte ihr Handgelenk, damit er die Leuchtziffern ihrer Uhr sehen konnte. »Ja, wir müssen beide los. In ein paar Minuten.«

Noch bevor sie reagieren konnte, wälzte er sich auf sie und drang in sie ein.

Er ließ sich Zeit. Nach dem ersten Schock, dass er einfach so von ihr Besitz ergriffen hatte, verlangsamten sich seine Bewegungen. Es folgten ausgiebige, sanfte Liebkosungen, die sie schwach und schwindelig werden ließen. Hilflos trieb sie nach oben, ein Flirren erfasste sie. Sie schmiegte ihr Gesicht an seinen Hals und ließ sich fallen.

Sie seufzte und blieb länger liegen als geplant.

»Ich fürchte, ich schulde dir ein Frühstück.«

»Dagegen habe ich nichts einzuwenden.«

Sie zwang sich, von ihm abzurücken, und bemühte sich, wie nebenbei zu sagen: »Ich mach Kaffee. Wenn du willst, kannst du zuerst duschen.«

»Gern.«

Sie griff nach einem Bademantel und streifte ihn beim Hinausgehen über.

Sie vermied es, sich im Spiegel anzusehen, und konzentrierte sich auf die alltäglichen Handgriffe. Auf starken schwarzen Kaffee und das, was sie unter einem ordentlichen Bauernfrühstück verstand. Sie hatte zwar keinen Appetit, würde sich aber zwingen, etwas zu essen. Niemand sollte ihr anmerken, dass sie krank vor Liebe war, erneut.

Besser, sie konzentrierte sich auf das Positive. Sie hatte sich in den letzten vier Stunden besser entspannt als in all den Nächten zuvor. Bestimmt würde die sexuelle Anziehungskraft zwischen Coop und ihr jetzt nachlassen.

Es war passiert. Sie hatten es überlebt. Und würden ihr Leben weiterleben.

Speck zischte in der gusseisernen Pfanne, während sie im Ofen Brötchen aufbackte. Er mochte sein Ei am liebsten im Schlafrock, fiel ihr wieder ein. Zumindest war das früher so gewesen.

Als er herunterkam und nach ihrer Seife duftete, schlug sie gerade Eier über der Pfanne auf. Er schenkte sich Kaffee ein, goss ihr nach, lehnte sich dann gegen die Küchentheke und beobachtete sie.

»Was ist?«

»Du siehst gut aus. Es ist schön, dich beim Morgenkaffee zu betrachten.« Er warf einen Blick auf den Speck, den sie gerade abtropfen ließ, auf die in der Pfanne brutzelnden Bratkartoffeln. »Du scheinst Hunger zu haben.«

»Ich dachte, ich schulde dir das volle Programm.«

»Ich weiß das Frühstück sehr zu schätzen, aber bezahlen musst du mich nicht.«

»Trotzdem! Hoffentlich wird die Alarmanlage bald installiert. Ich kann nicht erwarten, dass die Leute mein Reservat bewachen, als wäre es Fort Knox. Sie haben genügend eigene Sachen um die Ohren, genau wie du.«

»Sieh mich an.«

Sie warf ihm einen flüchtigen Blick zu, während sie die Spiegeleier wendete. »Warum setzt du dich nicht? Ich bin gleich fertig.«

»Wenn du vorhast, einen Rückzieher zu machen, solltest du dir das vorher gut überlegen.«

Mit bemerkenswert ruhiger Hand schaufelte sie die Bratkartoffeln aus der Pfanne. »Sex verpflichtet zu nichts, Coop. Ich kann durchaus einen Rückzieher machen, wenn ich das will.«

»Nein, das kannst du nicht. Nicht schon wieder.«

»Nicht schon wieder? Ich habe nie ...« Sie hob eine Hand, wie um sich selbst zum Schweigen zu bringen. »Ich will mich gar nicht erst auf diese Diskussion einlassen. Ich habe auch so schon genug Probleme, mit denen ich klarkommen muss.«

»Du musst damit klarkommen, Lil. Genauso wie mit mir.«

»Du warst über zehn Jahre weg und bist gerade mal wieder ein paar Monate da. Glaubst du wirklich, du kannst einfach da weitermachen, wo wir aufgehört haben? Bis dir der Sinn wieder nach etwas anderem steht?«

»Willst du wissen, was ich wirklich denke, was ich mir wirklich wünsche? Bist du bereit dafür?«

»Nein, ehrlich gesagt nicht.« Ihr Herz hielt das einfach nicht aus. »Ich will jetzt nicht diskutieren oder alte Kamellen aufwärmen. Entweder wir sind Freunde, oder du bedrängst mich so lange, bis wir keine mehr sind. Das liegt ganz bei dir. Wenn das, was heute Nacht passiert ist, unsere Freundschaft zerstört hat, Cooper, täte mir das leid. Sehr leid.«

»Ich suche niemanden zum Vögeln, Lil.«

Sie atmete hörbar aus. »Dann eben nicht.«

Er machte einen Schritt auf sie zu, und sie wich zurück. In diesem Moment ging die Tür auf.

»Guten Morgen. Ich wollte nur sagen, dass ...« Gull war nicht gerade schnell von Begriff, aber selbst er merkte, dass er einen denkbar schlechten Zeitpunkt erwischt hatte. »Entschuldigt, wenn ich störe.«

»Du störst nicht«, sagte Lil rasch. »Du kommst genau zur rechten Zeit. Coop wollte gerade frühstücken. Du kannst ihm Gesellschaft leisten und auch etwas essen.«

»Oh, äh, ich möchte nicht ...«

»Nimm dir Kaffee.« Sie begann, zwei Teller aufzudecken. »Ich muss nach oben gehen und mich anziehen. Alles okay da draußen?«

»Ja. Ja, äh ...«

»Setz dich und hau rein. Ich bin gleich wieder da.« Sie griff nach ihrem Kaffee und verließ den Raum, ohne sich noch einmal umzudrehen.

Gull räusperte sich. »Tut mir leid, Chef.«

»Du kannst ja nichts dafür«, murmelte Coop.

17

Sie war nicht gleich wieder da, sondern kehrte gar nicht mehr in die Küche zurück. Sie duschte, zog sich an und verließ die Hütte anschließend durch die Vordertür.

Sie wollte ihm eindeutig aus dem Weg gehen, gestand sich Lil ein. Sie konnte es sich nicht leisten, sich in Liebesdinge zu verstricken. Bis Tansy zurückkam, war sie ganz allein für die Praktikanten verantwortlich. Und danach würden sie eine neue Katze haben. Sie lenkte sich ab, indem sie das vorläufige Gehege kontrollierte und mit ihrem Team an dessen Nachfolger arbeitete.

Da die Sonne schien und es wärmer geworden war, konnte sie zur Abwechslung in kurzen Ärmeln arbeiten. Das hieß auch, dass mehr Schnee schmolz und es mehr Schlamm geben würde. Der unbeständige März ging in einen launischen April über, und mit dem Frühlingsanfang bekamen sie auch mehr Förderer und Online-Spenden.

In ihrer Vormittagspause besuchte sie Baby und spielte ausgiebig mit ihm. Es wurde jede Menge gekratzt, gekrault und gestreichelt.

»Ich glaube ja noch immer, dass das bloß eine überdimensional große Hauskatze ist.« Mary schüttelte den Kopf, während Lil das Gehege verließ und die Schlösser zweimal kontrollierte. »Die ist weniger arrogant als meine Tigerkatze.«

»Mit dem kleinen Unterschied, dass dir deine Hauskatze nicht die Halsschlagader zerfetzen kann.«

»Stimmt, obwohl ich mir das bei der hier auch nicht vorstellen kann. Baby war von Anfang an ein Schatz. Schönes Wetter heute, was?« Die Hände in die Hüften gestemmt, sah Mary zum blauen Himmel hoch. »Bei mir im Garten blühen schon die Krokusse.«

»Ich bin reif für den Frühling. Und wie!«

Lil machte eine große Runde, weil sie nach allen Tieren sehen wollte. Mary begleitete sie.

Die kanadischen Waldkatzen rauften wie eine Bande übermütiger Jungs, während der Luchs auf seinem Ast kauerte und ihnen mehr oder weniger verächtliche Blicke zuwarf.

»Ich weiß, dass der Jaguar und die Alarmanlage einen Großteil unseres Budgets verschlingen werden. Aber wir stehen gut da, oder, Mary?«

»Ja. Von Coops Scheck einmal abgesehen, waren die Spenden in diesem Winter etwas spärlich. Aber der katapultiert uns weit über das erste Quartal des letzten Jahres hinaus.«

»Und jetzt müssen wir uns Sorgen um das zweite Quartal machen.«

»Lucius und ich arbeiten an ein paar Fundraising-Strategien. Und wenn es wärmer wird, werden auch mehr Online-Spenden eintrudeln.«

»Ich habe Angst, dass die derzeitigen Probleme Besucher abschrecken und die Einnahmen aus Eintrittsgeldern und Online-Spenden stark zurückgehen. Die Sache wird sich herumsprechen.«

Am Ende kam es immer nur aufs Geld an. »Und mit Xena und Cleo haben wir zwei Tiere mehr, für deren Futter, Unterbringung und Pflege wir aufkommen müssen. Ich hatte gehofft, Matt im Sommer wenigstens eine Tierarzthelferin in Teilzeit zur Seite stellen zu können. Aber im Moment weiß ich nicht, ob wir uns das leisten können.«

»Willy muss diesen Mistkerl schnappen, und zwar schnell. Matt ist überarbeitet, aber das sind alle hier. So ist es nun mal. Noch stehen wir gut da, Lil, und das wird auch so bleiben. Aber wie geht es dir überhaupt?«

»Prima. Mir geht es gut.«

»Na, wenn du mich fragst, siehst du gestresst aus, auch wenn du das vielleicht nicht gerne hörst. Und apropos überarbeitet – du solltest dir dringend einen Tag freinehmen. Und zwar richtig. Und dir ein Date gönnen.«

»Ein Date?«

»Ja, ein Date.« Mary verdrehte genervt die Augen. »Du weißt doch hoffentlich noch, was ein Date ist? Essen gehen, tanzen. Seit du wieder da bist, hattest du noch keinen Tag frei. Und egal, wie sehr du deine Südamerikareise genossen hast – ich weiß genau, dass du auch dort jeden verdammten Tag gearbeitet hast.«

»Die Arbeit macht mir Spaß.«

»Das kann schon sein, aber ein freier Tag und ein Date würden dir guttun. Du solltest mal mit deiner Ma nach Rapid City fahren, dort shoppen und zur Maniküre gehen.

Und dich anschließend von diesem gut aussehenden Cooper Sullivan auf ein Steak, zum Tanzen und was man sonst so tut einladen lassen.«

»Mary!«

»Wenn ich Single und dreißig Jahre jünger wäre, würde ich alles dafür tun, dass er mich zum Steakessen und so weiter einlädt.« Mary nahm Lils Hand und drückte sie ungeduldig. »Ich mach mir Sorgen um dich, mein Schatz.«

»Das brauchst du nicht.«

»Nimm einen Tag frei. So, die Pause ist vorbei.« Sie sah auf die Uhr. »Tansy und Farley müssten in wenigen Stunden hier sein, und dann ist die Aufregung groß.«

Sie hatte keine Lust, sich einen Tag freizunehmen, dachte Lil, als Mary ging. Sie hatte keine Lust, shoppen zu gehen. Oder sich die Nägel machen lassen. Sie betrachtete ihre Nägel und zuckte zusammen. Na gut, vielleicht könnte sie eine Maniküre gebrauchen, aber in nächster Zeit waren keine Vorträge, öffentlichen Auftritte oder Veranstaltungen geplant. Keine Spendentrommel musste gerührt werden. Denn wenn es sein musste, konnte sie sehr gepflegt aussehen.

Und wenn sie Lust auf ein Steak hatte, konnte sie es sich selbst kaufen. Das Letzte, was sie jetzt brauchen konnte, war eine Verabredung mit Coop. Das würde die Situation, die durch die letzte Nacht schon kompliziert genug war, nur noch mehr verkomplizieren.

Aber das war allein ihre Schuld, gestand sie sich ein.

In einem Punkt hatte er heute Morgen allerdings recht gehabt: Sie musste sehen, wie sie damit klarkam.

Warum hatte sie immer noch nicht diese Liste gemacht?

Sie blieb vor dem Tigergehege stehen. Boris lag vor dem Eingang seiner Hütte, die Augen halb geschlossen. Sein Schwanz schlug träge hin und her, und Lil sah die gespannte Aufmerksamkeit in den zu schmalen Schlitzen zusammengezogenen Augen.

»Du bist nicht mehr böse auf mich, oder?« Lil lehnte sich an das Geländer und sah, wie Boris' Ohren zuckten. »Ich musste es tun. Ich wollte nicht, dass dir etwas zustößt oder anderen deinetwegen etwas zustößt. Du kannst nichts dafür, Boris, aber verantwortlich wären wir trotzdem.«

Boris ließ ein Knurren hören, das wie eine widerwillige Zustimmung klang. Lil lächelte. »Du bist schön. Ein schöner, großer Junge.« Lil seufzte. »Ich fürchte, auch meine Pause ist vorbei.«

Sie richtete sich auf und sah zu den Bäumen, hinauf in die Berge. An so einem schönen Tag, dachte sie, schien die Welt vollkommen in Ordnung zu sein.

Er kaute auf seinem zweiten Kuchenriegel. Er konnte sich von der Natur ernähren, sah aber nicht ein, warum er sich nicht ab und zu etwas gönnen sollte. Außerdem hatte er die Packung mit den süßen Snacks auf einem Zeltplatz mitgehen lassen. So gesehen hatte er sich ebenfalls aus der Natur bedient. Er hatte auch noch eine Tüte Chips und ein Sixpack Heineken mitgenommen.

Er hatte sich auferlegt, nur alle zwei Tage ein Bier zu trinken. Ein Jäger durfte nicht zulassen, dass sein Gehirn durch Alkohol benebelt wurde – nicht einmal für eine Stunde. Deshalb trank er das eine Bier auch stets vor dem Schlafengehen.

Der Alkohol war sein wunder Punkt gewesen, mittlerweile konnte er das zugeben. So wie er der wunde Punkt seines Vaters gewesen war. Ganz so, als wäre sein Volk dazu verdammt. Dabei war der Alkohol nur eine weitere Waffe des weißen Mannes.

Der Alkohol hatte ihn in Schwierigkeiten, mit dem Gesetz des weißen Mannes in Konflikt gebracht.

Aber er liebte den Geschmack eines kühlen Bieres.

Er würde sich keine Entbehrungen auferlegen, sondern sich nur beherrschen.

Das hatte er sich selbst beigebracht. Sein Vater hatte ihm viel gezeigt – aber Selbstbeherrschung war nicht dabei gewesen.

Alles war eine Frage der Selbstbeherrschung, dachte er. Auch, die Camper am Leben zu lassen. Es wäre kinderleicht gewesen, sie zu töten, eine Verschwendung seines Könnens. Er hatte überlegt, drei der vier zu töten und dann Jagd auf den Letzten zu machen.

Es konnte nicht schaden, ein wenig zu üben.

Aber wenn er das Leben von vier Campern ausgelöscht hätte, würde es in den Bergen bald nur so wimmeln von Polizisten und Rangern. Nicht dass er ihnen nicht entkommen konnte, so wie es seine Vorväter all die Jahre getan hatten. Eines Tages würde er seinen persönlichen Rachefeldzug antreten und nach Lust und Laune jeden jagen und töten, der dieses Land schändete.

Eines Tages würde man seinen Namen mit Angst und Ehrfurcht im Munde führen.

Aber vorher hatte er Wichtigeres zu tun, Dinge, die nicht ganz so leicht waren.

Er holte seinen Feldstecher hervor und suchte das Reservat ab. Seine Brust war immer noch stolzgeschwellt wegen der Wachposten, die nachts überall postiert waren.

Nur wegen ihm.

Die Beute witterte und fürchtete ihn. Nichts, was er bisher getan hatte, hatte ihm solche Befriedigung verschafft.

Wie einfach, wie aufregend wäre es gewesen, sie alle zu töten. Sich so lautlos zu bewegen wie ein Gespenst und einem nach dem anderen die Kehle durchzuschneiden, während ihr warmes Blut seine Hände tränkte.

All das Wild in einer einzigen Nacht zu erlegen.

Und wie hätte er triumphiert, wenn sie am nächsten Morgen aus ihrer Hütte gekommen wäre und das von ihm angerichtete Blutbad entdeckt hätte!

Wäre sie schreiend vor Angst davongelaufen?

Er liebte es, wenn sie schreiend davonrannten. Aber noch mehr liebte er es, wenn sie keine Luft mehr holen konnten, um zu schreien.

Aber er hatte die Selbstbeherrschung nicht verloren. Noch war der richtige Zeitpunkt nicht gekommen.

Er konnte ihr eine Botschaft zukommen lassen, beschloss er. Eine, die an sie persönlich gerichtet war. Je mehr auf dem Spiel stand, desto heftiger würde der Zweikampf ausfallen, wenn es endlich so weit war.

Er wollte sie nicht nur in Angst und Schrecken versetzen, denn das war zu einfach.

Er beobachtete sie noch eine Weile, während sie auf die Hütte mit den Büros zugingen.

Nein, er wollte sie nicht nur in Angst und Schrecken versetzen, dachte er, ließ den Feldstecher sinken und leckte sich die Schokolade von den Fingern. Er wollte sie in sein Spiel mit einbeziehen so wie keines seiner Opfer zuvor. Sie waren es nicht wert gewesen.

Er wandte sich ab, schulterte seinen Rucksack und begann, in einem großen Bogen zu seinem Unterschlupf zurückzukehren, während er fröhlich vor sich hin pfiff.

Als ein einsamer Wanderer, der bereits ein wenig außer Atem war, seinen Weg kreuzte, lächelte er.

»Haben Sie sich verlaufen?«, fragte er.

»Nein, eigentlich nicht. Aber ich freue mich, überhaupt jemandem zu begegnen. Ich war unterwegs zum Crow Peak, wollte auf den Gipfel. Ich glaube, ich bin ein wenig vom Weg abgekommen.« Er zog eine Wasserflasche aus seinem Gürtel. »Wahrscheinlich hätte ich mich mit einer einfacheren Route zufriedengeben sollen. Meine letzte Bergtour ist schon eine Weile her.«

»Hm-hm.« Doch dafür sah er recht gesund und fit aus. Und recht verloren. »Sind Sie allein unterwegs?«

»Ja. Meine Frau ist an der Weggabelung umgekehrt. Ich hätte dasselbe getan, wenn sie nicht gesagt hätte, dass ich die elf Kilometer sowieso nicht mehr schaffe. Sie kennen das sicherlich. Man muss ihnen beweisen, dass sie unrecht haben.«

»Ich bin auch dorthin unterwegs. Ich kann Ihnen die richtige Route zeigen.«

»Das wäre toll. Und gegen ein bisschen Gesellschaft

hab ich auch nichts einzuwenden. James Tyler«, sagte er und hielt ihm die Hand hin. »Aus St. Paul.«

»Ethan Swift Cat.«

»Schön, Sie kennenzulernen. Stammen Sie aus der Gegend?«

»Ja, in der Tat.«

Er lief los und brachte James Tyler aus St. Paul immer weiter vom Weg ab, weg von den dichten Kiefernwäldern, den Schildern und Markierungen, immer tiefer in die Wildnis hinein. Er legte ein gemütliches Tempo vor. Er wollte nicht, dass James erschöpft war, bevor das Spiel begann. Er hielt nach fremden Spuren Ausschau, hörte zu, wie der Mann von seiner Frau, seinen Kindern und seinem Job erzählte – er war in St. Paul Immobilienmakler.

Er zeigte ihm Fährten, um den Mann abzulenken, wartete, während James mit einer hübschen kleinen Canon-Digitalkamera Fotos machte.

»Sie sind besser als mein Bergführer«, sagte James begeistert. »Wenn ich ihr diese Bilder zeige, wird meine Frau begreifen, was sie verpasst hat. Ich kann froh sein, dass ich Sie getroffen habe.«

»Ja, allerdings.« Er schenkte James ein breites Lächeln und zog seinen Revolver hervor.

»Lauf, mein Hase«, sagte er grinsend. »Lauf!«

Lil eilte aus der Hütte, als Farley vorfuhr. Mitarbeiter, Freiwillige und Praktikanten ließen alles stehen und liegen und rannten zu ihnen. Noch bevor Farley zum Stehen gekommen war, sprang Lil aufs Beifahrertrittbrett und grinste ihre Freundin an.

»Wie war's?«

»Prima. Alles lief bestens. Sie wird da drin langsam nervös. Als ob sie wüsste, dass sie bald da ist. Du wirst begeistert sein, Lil. Sie ist eine Schönheit.«

»Hast du ihre komplette Krankenakte?«, wollte Matt wissen.

»Ja, ich habe sogar mit dem Tierarzt persönlich gesprochen. Sie ist völlig gesund. Vor ein paar Monaten hatte sie Verdauungsprobleme. Ihre Vorbesitzerin hat sie doch tatsächlich mit Schokotrüffeln gefüttert. Und zu besonderen Anlässen gab es Beluga-Kaviar. Angeblich steht Cleo vor allem auf dunkle Schokolade mit Haselnussfüllung und auf Kaviar auf leicht gebräuntem Toast.«

»Ach du meine Güte«, lautete Matts Antwort.

»Jetzt ist für sie Schluss mit Luxus, aber sie wird sich schon eingewöhnen.« Lil zwang sich, nicht gleich zu ihr hineinzuklettern. »Fahr sie zum vorläufigen Gehege, Farley. Lass sie aus dem Käfig in ihr neues Zuhause. Ich wette, sie ist froh, sich die Beine vertreten zu können.«

Sie sah zu den zwei Praktikanten hinüber, die gerade eine kleine Gruppe führten. »Annie«, wandte sie sich an die junge Frau. »Sag den Leuten, sie sollen zum Gehege gehen. Dort können sie gleich etwas ganz Besonderes erleben.«

Sie fuhr auf dem Trittbrett stehend mit ihnen mit. »Wir haben euch schon vor einer Stunde erwartet«, sagte sie.

Tansy rutschte verlegen auf ihrem Sitz hin und her. »Wir ... sind etwas später weggekommen als geplant.«

»Gab es Probleme?«

»Nein, nein.« Tansy starrte geradeaus. »Keine Probleme. Cleo hat die Fahrt gut vertragen, sie hat sie größtenteils verschlafen.«

Als Lil die Katze zum ersten Mal sah, verschlug es ihr die Sprache. Schlank und muskulös saß Cleo in ihrem Reisekäfig wie auf einem Thron, während ihre Augen bernsteinfarben funkelten.

Sie musterte die Menschen mit einem Blick, der fast arrogant wirkte, und ließ ihr heiseres Gebrüll ertönen. Nur um von vornherein klarzustellen, wer hier der Chef war.

Lil näherte sich dem Käfig, damit der Jaguar ihre Witterung aufnehmen konnte. »Hallo, Cleo. Ja, du bist fantastisch. Stark und kräftig, und das weißt du auch. Aber ich bin hier das Alphatier. Hier stehen keine Godiva-Pralinen oder Pudel mehr auf der Speisekarte.«

Als Lil sie umrundete, verfolgte sie die Katze mit ihren exotischen Augen. »Lassen wir sie raus. Hände weg von den Käfigstäben! Ihre bevorzugte Tötungsmethode besteht darin, ihrer Beute den Schädel zu zertrümmern. Trotzdem wird sie nicht zögern, nach unvorsichtigen Händen oder Armen zu schlagen. Ich will niemanden ins Krankenhaus fahren müssen. Lasst euch von ihrer Vorliebe für Schokolade nicht in die Irre führen. Sie hat mächtige Kiefer, wahrscheinlich die kräftigsten aller Katzen.«

Sie ließen den Käfig mit der Hebebühne herunter, und unter den Blitzlichtern einer Touristengruppe brachten sie ihn direkt vor den Eingang des Geheges.

Cleo knurrte. Auf der anderen Seite des Zauns brüllte die Löwin.

Lil machte die Käfigtür weit auf und trat einen Schritt zurück.

Die Katze schnupperte in die Luft und ließ ihren Blick über das Gehege mit dem Baum und dem Felsen, den Zaun sowie die anderen Tiere dahinter schweifen.

Ihr Schwanz zuckte, während die Löwin den gemeinsamen Zaun abschritt und ihr Revier markierte.

»Dieses melanistische oder schwarze Jaguarweibchen ist noch nicht ausgewachsen«, sagte Lil laut für die Touristen. »Seine Fellfärbung verdankt es einem dominanten Allel – also einer seltenen Genkombination. Aber sie hat Rosetten – Flecken –, die man aus der Nähe erkennen kann. Der Jaguar ist neben dem Löwen, dem Tiger und dem Leoparden eine von vier Großkatzenarten.«

Während sie sprach, beobachtete sie Cleos Reaktionen.

»Wie Sie sehen, hat es trotz seines jungen Alters einen kräftigen, muskulösen Körper.«

»Es sieht aus wie ein Leopard.«

Lil nickte einem der Männer aus der Gruppe zu. »Sie haben recht. Vom Körperbau her sieht der Jaguar aus wie ein Leopard, wobei er allerdings noch größer und gedrungener werden wird. Aber vom Verhalten her erinnert er eher an einen Tiger – und wie die Tiger schwimmt er gern.«

Cleo bewegte sich zentimeterweise auf die Käfigöffnung zu. Lil blieb, wo sie war. Sie verhielt sich ganz ruhig und sprach weiter. »Und wie die Tiger werfen Jaguarweibchen das Männchen nach der Geburt ihrer Jungen hinaus.«

Das brachte ihr ein paar Lacher ein, während die

Gruppe eine andere Position einnahm, um noch mehr Fotos machen zu können.

»Sie ist eine Lauerjägerin, und kaum eine Art kann mit ihren Fähigkeiten mithalten. In freier Wildbahn steht sie als Raubtier ganz oben in der Nahrungskette. Nur der Mensch macht Jagd auf sie. Weil die Wälder immer mehr abgeholzt werden, der Mensch immer stärker in ihre Lebensräume vordringt und sie zerstört, nimmt der Jaguarbestand ab. Die Spezies gilt als beinahe vom Aussterben bedroht. Schutzmaßnahmen tragen dazu bei, die Tierart zu retten.«

Geduckt schob sich der Jaguar aus dem Käfig und schnupperte auf dem Boden und in der Luft herum. Als er den Käfig verlassen hatte, verließ Lil das Gehege und schloss die Tür hinter sich.

Die Menge applaudierte.

»Hier ist das Tier geschützt«, fügte Lil hinzu. »Die Mitarbeiter, Praktikanten und Freiwilligen des Chance-Wild-Reservats werden sich darum kümmern.« Und damit sie es nicht vergaßen, fügte Lil noch hinzu: »Und das alles dank der Spenden unserer Förderer und Besucher.«

Sie sah zu, wie die schwarze Katze durchs Gras schlich, daran schnupperte und sich anschließend aufrichtete. Sie markierte ihr Revier, so wie es die Löwin bereits getan hatte.

Sie lief auf und ab, ging im Kreis, und selbst als sie stehen blieb, um aus ihrer Tränke zu trinken, sah Lil das Spiel ihrer Muskeln.

Sie beobachtete die Katze auch noch, als die anderen längst gegangen waren, und zwar fast eine Stunde lang.

Und als Cleo in den Baum sprang, um ihren muskulösen Körper auf einem dicken Ast auszustrecken, lächelte sie.

»Willkommen daheim, Cleo«, sagte sie laut.

Sie ließ ihren neuen Gast allein und ging zurück ins Büro, um nach der Post zu sehen.

Als sie die Tür hinter sich schloss, sah Tansy von ihrer Computertastatur auf. »Alles in Ordnung?«

»Das erzähle ich dir gleich. Aber erst möchte ich wissen, was mit dir los ist.«

»Nichts. Ich will jetzt nicht darüber reden. Später«, sagte Tansy. »Wenn ich ein alkoholisches Getränk vor mir stehen habe.«

»Gut, also nach der Abendfütterung. Dann trinken wir ein Glas Wein zusammen und plaudern ein bisschen. Und jetzt erzähle ich dir, was du wissen musst.«

Lil setzte sich und schilderte Tansy, was während ihrer Abwesenheit passiert war.

»Meine Güte, Lil! Du hättest ernsthaft verletzt, ja getötet werden können.« Tansy schloss die Augen. »Wenn eines der Kinder ...«

»Es war mitten in der Nacht. Da gibt es hier keine Kinder. Wir ergreifen Vorsichtsmaßnahmen, tun alles, was wir können. Mit dem neuen Sicherheitssystem werden die Tiere und die Mitarbeiter geschützt sein. Ich hätte schon früher in eine anständige Alarmanlage investieren sollen.«

»Die alte war ausreichend, Lil, und zwar so lange, bis dieser Verrückte hierherkam. Man muss wirklich verrückt sein, das Gehege zu öffnen. Wer immer das getan hat, hätte genauso gut als Frischfleisch enden können wie dieser Elch. Die Polizei kann ihn nicht finden?«

»Noch nicht. Coop hat jemanden in Verdacht. Tansy, erinnerst du dich an Carolyn Roderick?«

»Natürlich. Was hat sie mit der Sache zu tun?«

»Sie wird vermisst. Und zwar schon seit Monaten. Sie verschwand aus einem Forscherteam, das in Alaska gearbeitet hat.«

»Sie wird vermisst? O nein, die arme Familie! Ich hab ein paarmal mit ihrer Mutter gesprochen, als Carolyn hier war.«

»Sie hatte einen Freund – besser gesagt einen Ex-Freund. Er war auch hier, als sie ihr Praktikum bei uns gemacht hat.«

»Dieser Bergsteigertyp – Ed? Nein, der hieß anders.«

»Ethan.«

»Stimmt, Ethan. Der ständig behauptet hat, von Crazy Horse abzustammen.«

»Da kannst du dich besser an ihn erinnern als ich«, erwiderte Lil.

»Ich war ein paarmal mit Carolyn und den anderen Praktikanten essen, und da war er auch dabei. Er war sehr von sich und seiner edlen Abkunft überzeugt, aber ernst nehmen konnte ich das nicht. Aber ihr hat das gefallen, sie mochte ihn. Er hat ihr selbst gepflückte Blumen geschenkt und als Freiwilliger bei uns ausgeholfen. Er hat sie zum Tanzen ausgeführt. Sie war hin und weg.«

»Die Beziehung ist gescheitert. Sie hat sich von ihm getrennt, und die Leute, die Coop befragt hat, meinten, er sei gewalttätig geworden.« Lil holte sich und Tansy eine Flasche Wasser. »Nachdem ich mir ihre Personalakte angesehen hatte, fiel mir wieder ein, dass er behauptet hatte, Sioux zu sein. Und damit geprahlt hatte, wochenlang in der Wildnis überleben zu können, genau wie – na ja – Crazy Horse. Er hatte ein Problem mit dem Nationalpark, da er sich angeblich auf heiligem Boden befindet.«

»Und du glaubst, dass er dahintersteckt? Dass er den Puma und den Wolf getötet hat? Warum sollte er zurückkommen und dich belästigen?«

»Keine Ahnung. Aber er ist auch verschwunden. Coop konnte ihn nirgends ausfindig machen. Noch nicht. Wenn dir noch irgendwas zu ihm einfällt, egal was, solltest du Coop und Willy Bescheid geben.«

»Einverstanden. Ich denk drüber nach. Meine Güte, glaubst du, er hat Carolyn etwas angetan?«

»Ich wünschte, es wäre nicht so.« Allein bei dem Gedanken daran wurde ihr schlecht, und sie fühlte sich schuldig. »Ich weiß nicht, ob es wirklich so war, oder ob nur meine Nerven mit mir durchgehen: Aber ein bisschen unheimlich fand ich ihn schon. Irgendwie hatte ich das Gefühl, dass er mich beobachtet hat. Damals habe ich mir noch nichts dabei gedacht, da mich viele Freiwillige und Praktikanten beobachten. Sie wollen sehen, was ich tue, wie ich es tue. Du weißt schon.«

»Klar.«

»Aber jetzt habe ich das Gefühl, dass es bei ihm anders war. Dass es mir merkwürdig vorkam, ohne dass ich weiter darüber nachgedacht hätte.«

»So gut kann ich mich auch wieder nicht an ihn erinnern. Ich weiß nur noch, dass er viel Blödsinn geredet hat. Aber er hat hier ausgeholfen und war Carolyn gegenüber äußerst charmant und aufmerksam.«

»Gut.«

»Was kann ich sonst noch für dich tun?«

»Mit den Praktikanten reden, sie beruhigen. Ich habe ihnen alles erzählt, was ich weiß, und auch den Universitäten der Neuankömmlinge Bescheid gegeben. Ich bin für Offenheit. Ich glaube nicht, dass sie in Gefahr sind, und wir müssen das Reservat ganz normal weiterbetreiben. Trotzdem bin ich für absolute Offenheit. Und das wird einige zwangsläufig nervös machen.«

»Gut. Ich gehe zu ihnen, um mir einen Eindruck zu verschaffen.«

»Das wäre toll.«

»Wir reden später weiter.« Tansy stand auf. »Soll ich heute Nacht hierbleiben?«

Feigling, schalt sich Lil, als sie fast zugestimmt hätte. Aber das würde den Verrückten, der durch die Berge streifte, wohl kaum beeindrucken. Es würde ihr nur dabei helfen, sich Cooper Sullivan vom Leib zu halten.

»Nein. Es sind genügend Leute hier. Ich möchte so wenig wie nötig von meinem normalen Alltag abweichen.«

Als Tansy ging, klopfte Lucius an ihre Tür. »Ich habe dir Fotos von Cleo gemailt und eine Fotomontage, bestehend aus Bildern von ihrem Transport. Ich kann sie auf die Website stellen, sobald du dein Einverständnis gegeben hast.«

»Ich werde sie mir ansehen.« Konzentrier dich!, ermahnte sie sich und dachte wieder an die Arbeit. »Ich werde einen Text zur Fotomontage verfassen.«

»Soll ich die Tür wieder zumachen?«

»Nein, lass sie ruhig offen.«

Sie vertiefte sich in ihre Arbeit.

Als die Fütterung begann, war sie noch nicht fertig und nach wie vor nicht wirklich zufrieden. Sie kopierte den Text und die Fotos auf einen USB-Stick, den sie in ihre Tasche steckte. Sie würde sich alles noch einmal in Ruhe zu Hause ansehen.

Spender, das wusste sie aus Erfahrung, wollten Fakten, aber auch eine Geschichte. Ein neues Tier generierte neues Interesse, und das wollte sie sich zunutze machen. Sie erledigte noch etwas Papierkram, während es dämmerte und die Fütterungsgeräusche zu ihr hereindrangen.

Als auch der letzte Praktikant das Reservat verlassen hatte, trat sie aus der Hütte und schloss hinter sich ab. Irgendwann würde sie genügend Geld haben, um einen Schlafsaal errichten zu lassen. Eine Unterkunft für die Praktikanten samt eigener Küche. Angesichts der Ausgaben für das neue Sicherheitssystem und das neue Gehege wäre es vielleicht in zwei Jahren so weit.

Sie fand Tansy im Wohnzimmer vor mit einer Flasche Wein und einer Tüte Maischips. »Alkohol und Salz.« Tansy prostete ihr zu. »Genau das brauche ich jetzt.«

»Hm, köstlich!« Lil warf ihre Jacke und ihren Hut in eine Ecke und schenkte sich selbst ein Glas ein. »Du siehst müde aus.«

»Ich fürchte, ich habe heute Nacht nicht viel Schlaf bekommen.« Tansy nahm einen großen Schluck Wein. »Weil ich Sex mit Farley hatte.«

»Oh.« Lil beschloss, dass sie sich bei dieser Nachricht setzen musste. »Verstehe. Ja, um solche Neuigkeiten zu verdauen, braucht man allerdings einen Schluck Alkohol. Wow!«

»Wirklich guten Sex.« Mit gerunzelter Stirn biss Tansy in einen Chip. »Was soll ich denn jetzt machen?«

»Ähm, noch mehr guten Sex haben, vielleicht?«

»Meine Güte, Lil, was habe ich mir nur dabei gedacht? Aber es ist einfach so passiert.« Sie trank noch mehr Wein. »Viermal.«

»Vier Mal, in einer Nacht? Toll. Alle Achtung, Farley!«

»Das ist kein Witz.«

»Nein, das ist eine stolze Leistung.«

»Lil.«

»Tansy. Du bist eine erwachsene Frau, und er ist ein erwachsener Mann.«

»Er bildet sich ein, mich zu lieben. Weißt du, was er mir letzte Nacht gesagt hat?«

»Vor oder nach dem Sex?«

»Danach, verdammt noch mal! Und eigentlich auch davor. Ich bemühe mich wirklich sensibel, fair und realistisch zu sein.«

»Und nackt.«

»Ach, halt die Klappe. Und wie er mich ansieht! ...«

Tansy erzählte ihr, was Farley gesagt hatte, und zwar mehr oder weniger Wort für Wort.

»Oh.« Lil griff sich ans Herz. »Das ist wunderschön. Und typisch Farley – unser wunderbarer Farley!«

»Ich weiß. Trotzdem, Lil, heute Morgen beim Frühstück winde ich mich hin und her und versuche ... na ja ... zurückzurudern, das Ganze herunterzuspielen. *Vernünftig* zu sein. Und er strahlt mich einfach nur an.«

»Na ja, nach vier Mal strahlt jeder Mann.«

»Halt die Klappe! Und dann hat er gesagt: ›Ich werde

dich heiraten, Tansy, aber ich gebe dir noch etwas Zeit, dich an den Gedanken zu gewöhnen.‹«

»Wow.« Lil fiel die Kinnlade herunter, bevor sie es schaffte, den Mund wieder zuzumachen und sich noch Wein einzuschenken. »Und noch einmal: Wow!«

»Ich kann sagen, was ich will – er strahlt einfach nur und nickt. Und als wir rausgehen, umarmt er mich erneut und küsst mich, bis ich beinahe ohnmächtig werde. Ich glaube, ich habe mindestens meinen halben Verstand in Montana verloren.«

»Habt ihr schon einen Hochzeitstermin festgelegt?«

»Würdest du bitte damit aufhören! Du bist mir keine große Hilfe!«

»Sorry, Tans, aber du sitzt hier, stopfst dich verzweifelt mit Chips voll und erzählst mir, dass dich ein wirklich toller Mann liebt und begehrt. Ein Mann, mit dem du multiple Orgasmen erlebt hast, wenn ich mich nicht täusche.«

»Ja, das auch. Er ist sehr … aufmerksam und leidenschaftlich.«

»Gib nicht so an!«

»Du hast mich ertappt. Lil, er ist so lieb und ehrlich, und das macht mir ein bisschen Angst. Ich bin seinetwegen völlig durcheinander.«

»Immerhin. Ich freue mich, dass du in ihn verliebt bist, wirklich. Das finde ich gut. Ich freue mich für dich und bin auch ein bisschen eifersüchtig.«

»Ich hätte nicht mit ihm schlafen sollen«, fuhr Tansy fort. »Jetzt habe ich alles nur komplizierter gemacht. Vorher konnte ich mir einreden, dass ich einfach nur auf ihn stehe. Aber jetzt weiß ich, dass ich total auf ihn stehe – ja völlig verrückt nach ihm bin. Warum tun wir das? Warum gehen wir mit Männern ins Bett?«

»Keine Ahnung. Ich habe mit Coop geschlafen.«

Tansy aß einen weiteren Chip und spülte ihn mit Wein hinunter. »Ich dachte, du würdest länger durchhalten.«

»Ich auch«, gab Lil zu. »Und jetzt sind wir wahrscheinlich zerstritten. Ich habe ihn heute Morgen nämlich ganz schön angefahren. Das habe ich bereits währenddessen gemerkt, aber das war zu neunzig Prozent Selbstschutz.«

»Er hat dir das Herz gebrochen.«

»Und wie! Farley ist gar nicht in der Lage, dir so etwas anzutun.«

Tansys Blick wurde weich. »Ich könnte seines brechen.«

»Ja. Wirst du es tun?«

»Keine Ahnung, das ist ja das Problem. Ich will das alles nicht. Er ist eigentlich gar nicht mein Typ. Wenn ich an meinen zukünftigen Mann gedacht habe, dann bestimmt nicht an einen schlaksigen weißen Cowboy.«

»Ich glaube nicht, dass wir da so viel mitzureden haben, wie wir immer denken.« Nachdenklich griff Lil in die Chipstüte. »Wenn ich wählen dürfte, würde ich Jean-Paul nehmen. Er passt besser zu mir. Aber er war nun mal nicht der Richtige, und daran ließ sich auch nichts ändern. Also habe ich ihm am Ende wehgetan, obwohl ich das gar nicht wollte.«

»Mir kommen gleich die Tränen.«

»Tut mir leid, ich hör schon auf, über gebrochene Herzen zu sprechen.« Lil schüttelte sich, als wollte sie eine schwere Last loswerden. »Lass uns lieber darüber reden, wie der Sex mit Farley war. Und zwar bis ins Detail.«

»Nein«, sagte Tansy amüsiert. »Zumindest nicht nach einem Glas Wein. Und da ich noch Auto fahren muss, ist für mich jetzt Schluss. Ich werde nach Hause gehen und an etwas anderes denken, egal an was. Kommst du klar?«

»Da draußen steht ein halbes Dutzend bewaffneter Männer.«

»Gut. Aber ich habe eigentlich Cooper gemeint.«

Lil seufzte. »Ich werde die Spätschicht übernehmen und dem Problem so aus dem Weg gehen, da er die Frühschicht übernehmen wird. Das ist noch keine Lösung, aber immerhin ein Plan. Doch eine Frage noch, Tansy: Bitte nicht nachdenken, einfach antworten. Liebst du Farley? Bist du nicht nur verrückt nach ihm, sondern liebst du ihn wirklich?«

»Ich glaube schon. So, und jetzt bin ich noch deprimierter.« Sie stand auf. »Ich fahr nach Hause und grüble dort weiter.«

»Viel Erfolg dabei! Wir sehen uns morgen.«

Als Lil allein war, machte sie sich ein Sandwich und einen Becher Kaffee. Sie setzte sich an den Küchentisch, aß ihr Abendbrot und feilte an ihren Texten für die Website.

Als die Tür aufging, spannte sie alarmiert jeden Muskel an. Ihre Mutter kam herein, und sie entspannte sich wieder. »Ich habe dir doch gesagt, dass du zu Hause bleiben kannst.«

»Dein Vater ist hier, also bin ich auch hier. Finde dich damit ab.« Jenna fühlte sich ganz wie zu Hause, öffnete den Kühlschrank, seufzte angesichts seines Inhalts und nahm dann eine Flasche Wasser heraus. »Du arbeitest, ich störe dich also.«

»Ist schon gut. Ich gebe nur noch ein paar Texten für die Website den letzten Schliff, es geht um unsere neue Prinzessin.«

»Ich habe sie gesehen, sie sieht wunderschön aus. So elegant und geheimnisvoll. Sie wird sich zu einem großen Publikumsmagneten entwickeln.«

»Hoffentlich. Und sie wird sich hier wohlfühlen. Wenn ihr neues Gehege erst einmal fertig ist, hat sie richtig viel Platz. Sie wird die richtige Ernährung und die richtige Pflege bekommen. Vielleicht kann ich ja nächstes Jahr anfangen, mit ihr zu züchten.«

Jenna nickte und setzte sich. »Ich will dich nicht beunruhigen.«

»Oje.«

»Du kennst Alan Tobias, den Ranger.«

»Klar. Er kommt öfter mit seinen Kindern her.«

»Er hilft heute Nacht aus.«

»Wie nett von ihm! Ich sollte rausgehen und mich bei ihm bedanken.«

»Ja, später vielleicht. Er hat uns erzählt, dass ein Bergsteiger vermisst wird.«

»Seit wann?«

»Er wollte gegen vier zurück sein. Doch als es fünf wurde, begann sich seine Frau, ernsthaft Sorgen zu machen.«

»Na ja, es ist gerade mal acht.«

»Und dunkel. Er geht nicht an sein Handy.«

Ihre Nerven waren bis zum Zerreißen gespannt, aber sie sprach ganz ruhig. »Der Empfang hier ist schlecht, das weißt du doch.«

»Ja, wahrscheinlich ist es nur falscher Alarm. Wahrscheinlich ist er ein wenig vom Weg abgekommen, und wenn er nicht bald heimfindet, verbringt er eine furchtbare Nacht. Trotzdem, Lil, er wollte den Crow Peak besteigen, und der ist nicht weit von jenem Ort entfernt, an dem du mit Coop den Puma gefangen hast.«

»Das ist ein Tagesausflug, und der Weg ist nicht einfach. Wenn er unerfahren ist, braucht er bestimmt länger, länger als gedacht. Warum war er allein unterwegs?«

»Keine Ahnung, die Details kenne ich nicht.« Jenna sah zum Fenster, hinaus in die Dunkelheit. »Sie suchen nach ihm.«

»Sie werden ihn bestimmt finden.«

»Sie haben nach dem Mann gesucht, der deinen Puma erschossen hat. Der hier war. Sie haben ihn auch nicht gefunden.«

»Er will nicht gefunden werden«, erklärte Lil. »Aber der Bergsteiger will das schon.«

»Es soll Regen geben heute Nacht. Heftigen Regen.« Jenna sah erneut aus dem Fenster. »Man riecht ihn schon. Ich habe kein gutes Gefühl, Lil. Ich habe das Gefühl, dass wir mit Schlimmerem rechnen müssen als nur mit Regen.«

18

Der Regen kam, heftiger Regen. Bei Sonnenaufgang schleppte sich Lil zurück in die Hütte, hängte ihren Regenumhang zum Trocknen auf und schälte sich aus ihren durchnässten, schlammbespritzten Stiefeln.

Sie wollte ein, zwei Stündchen schlafen, am liebsten den ganzen Tag unter der Dusche verbringen und essen wie ein Scheunendrescher.

Gegen Morgen war der Bergsteiger – ein James Tyler aus St. Paul – immer noch nicht gefunden worden. Hoffentlich war ihm nichts Schlimmeres zugestoßen als eine ähnlich unangenehme Nacht, wie sie sie heute verbracht hatte.

Sie schlich barfuß aus der Küche in Richtung Treppe. Aber als sie einen Blick ins Wohnzimmer warf, war das Sofa leer. Wahrscheinlich war er nach Hause gefahren. Sie hatte seinen Truck nicht gesehen, aber in dem strömenden Regen hatte sie auch kaum etwas erkannt. Deutlich entspannter, ging sie die Treppe hoch.

Stell den Wecker, befahl sie sich – neunzig Minuten waren ein schöner Kompromiss. Und dann ab ins Bett. In ihr warmes, weiches, trockenes Bett.

Als sie ihr Zimmer betrat, sah sie, dass ihr warmes, weiches, trockenes Bett bereits belegt war.

Sie biss sich auf die Zunge, um einen Fluch zu unterdrücken, aber als sie den Raum rückwärts verlassen wollte, öffnete Coop die Augen.

»Ich schlafe nicht auf der verdammten Couch.«

»Gut. Es ist bereits Tag, also Zeit, aufzustehen und zu gehen. Du kannst dir Kaffee machen, wenn du willst, aber sei bitte leise – ich brauche dringend etwas Schlaf.« Sie ging quer durchs Schlafzimmer ins Bad und knallte die Tür zu.

So, erst mal duschen, dachte sie. Danach werde ich umso besser schlafen. Eine schöne heiße Dusche, und dann ins Bett. Es war schließlich nichts dabei: Warum sollte der Mann nicht das Bett benutzen, nachdem er Stunden draußen im Dunkeln gestanden hatte?

Sie zog sich aus, ließ ihre Kleider in einem Haufen auf dem Boden liegen und machte die Dusche an. Sie drehte sie voll auf und stellte sie so heiß ein, dass sie es gerade noch aushielt. Sie stöhnte sogar auf, als sie unter den Strahl trat und spürte, wie die Hitze ihren bis auf die Knochen ausgekühlten Körper traf.

Als der Duschvorhang zurückgezogen wurde, zischte sie: »Verdammt noch mal!«

»Ich will duschen.«

»Das ist *meine* Dusche.«

Er trat einfach hinter sie. »Hier ist genug Platz und genügend Wasser für zwei.«

Sie strich sich die nassen Haare aus dem Gesicht. »Du gehst zu weit, Cooper.«

»Nur, wenn ich dich anfassen würde, aber das habe ich nicht vor.«

»Ich bin müde. Ich werde mich jetzt nicht mit dir streiten.«

»Prima. Ich bin nicht in der Stimmung, mich zu streiten.« Er pumpte etwas Duschgel in seine Hand und seifte sich ein. »Wenn es so weiterregnet, wird es eine ziemliche Überschwemmung geben.«

Sie ließ das Wasser einfach nur über ihren Kopf rieseln. Sie war auch nicht in der Stimmung, sich zu unterhalten.

Sie trat zuerst aus der Dusche und wickelte sich in ein Handtuch ein. Im Schlafzimmer zog sie eine Flanellhose und ein T-Shirt an. Danach setzte sie sich auf die Bettkante und stellte den Wecker.

Er kam mit feuchten Haaren, einer Jeans und einem Hemd aus dem Bad, das er noch nicht zugeknöpft hatte. »Hat man den Bergsteiger gefunden?«

»Nein, noch nicht. Nicht, als ich nach Hause kam.«

Er nickte, setzte sich anschließend, um seine Socken anzuziehen, und sah zu, wie sie in das von ihm vorgewärmte Bett schlüpfte. »Deine Haare sind nass.«

»Das ist mir egal. Ich bin müde.«

»Ich weiß.« Er stand auf, kam zum Bett. Er beugte sich über sie und küsste sie, so sanft wie ein schläfriges Kind. »Ich komme nachher wieder.«

Er fuhr mit einem Finger über ihre Wange, bevor er zur Tür ging. »Das war nicht nur Sex, Lil. Das war es nie.«

Sie hielt die Augen geschlossen, hörte, wie er nach unten ging. Sie wartete, bis die Vordertür hinter ihm zufiel.

Und gab sich den widersprüchlichen Gefühlen hin, die er in ihr ausgelöst hatte. Während draußen der Regen fiel, weinte sie sich in den Schlaf.

Es regnete den ganzen Vormittag, und damit fielen die geplanten Ausritte und der Pferdeverleih aus. Coop kümmerte sich um das Vieh auf der Farm. Regen und Wind verfluchend, gab er nach einer Stunde auf.

Es war sinnlos.

Während sein Großvater damit beschäftigt war, Zaumzeug auszubessern, und seine Großmutter bis über beide Ohren in Papierkram vertieft war – beide im Warmen und Trockenen –, lud er zwei weitere Pferde in den Anhänger.

»In den Bergen gibt es jede Menge Schutzhütten«, sagte Lucy, während sie Coop ein Mittagessen einpackte. »Ich kann nur hoffen, dass der arme Mann eine gefunden hat. Keine Ahnung, wie man ihn bei diesem Wetter finden soll.«

»Wir haben sechs berittene Freiwillige da draußen. Ich fahre die Pferde hier in die Stadt, falls noch mehr benötigt werden. Flutartige Überschwemmungen könnten ein Problem werden.«

»So viele Probleme! Sie prasseln auf uns herab wie der Regen.«

»Es wird auch wieder aufklaren. Wenn sie noch jemanden für die Suche brauchen, gebe ich euch Bescheid. Ansonsten bin ich in ein paar Stunden wieder da.«

»Du wirst bei Lil übernachten.«

Er hielt inne, die Hand an der Klinke. »Ja, und zwar so lange, bis das Problem gelöst ist.«

»Und Lil und du?« Sie sah ihn ernst und durchdringend an. »Wirst du dieses Problem auch lösen?«

»Ich arbeite daran.«

»Ich weiß nicht, was vor all den Jahren zwischen euch vorgefallen ist, und will es auch gar nicht wissen. Aber du liebst dieses Mädchen, also hör auf, deine Zeit zu verschwenden. Ich möchte gern noch erleben, wie du eine Familie gründest!«

Er kratzte sich im Nacken. »Das ist vielleicht noch etwas verfrüht.«

»Nicht aus meiner Warte. Wenn du dich dem Suchtrupp anschließt, nimm bitte ein Gewehr mit.«

Sie gab ihm den Proviantbeutel und nahm sein Gesicht in beide Hände. »Pass auf dich auf, denn du bist alles, was wir haben.«

»Mach dir keine Sorgen.«

Um ihn musste man sich keine Sorgen machen, dachte er, während er sich mit dem Wagen bis nach Deadwood durchkämpfte. Er wurde schließlich nicht verfolgt, und er hatte sich auch nicht irgendwo in den Bergen verirrt. Er tat einfach nur, was getan werden musste, stellte Pferde zur Verfügung und ein weiteres aufmerksames Augenpaar, wenn es sein musste. Und für Lil konnte er nicht mehr tun, als für sie da sein.

Liebte er sie?

Er hatte sie immer geliebt. Und auch in diesem Punkt getan, was getan werden musste, indem er auf sie verzichtet hatte. Dafür war jetzt das aus ihr geworden, wovon sie immer geträumt hatte. Sie hatte sich etwas aufgebaut, und auf seine Art hatte er das auch getan.

Nun, er würde auch weiterhin tun, was getan werden

musste. Nur dass er leider nicht wusste, woran er bei ihr war.

War er ein Freund? Nur ein Lover von vielen? Ein Fels in der Brandung?

Doch diesmal würde er sich nicht damit zufriedengeben. Deshalb würde er so lange nicht lockerlassen, bis seine Rolle geklärt war.

Und bis es so weit war, würde er alles tun, was in seiner Macht stand, um sie zu beschützen. Damit musste sie sich abfinden.

Als Coop vorfuhr, kam Gull gerade aus dem Stall. Wasser troff von seiner Hutkrempe und rann an seinem Regenumhang herunter, als er half, die Pferde auszuladen.

»Noch wurde er nicht gefunden«, schrie Gull über den tosenden Regen hinweg. »Dieses Mistwetter hat sämtliche Spuren verwischt. Die Schneeschmelze und der Regen haben zu Überschwemmungen geführt. Da oben sieht es schlimm aus, Chef.«

»Sie werden mehr Pferde brauchen.« Coop sah zum düsteren Himmel empor. »Selbst wenn die Hubschrauber starten dürften – was würde man bei diesem Wetter schon sehen? Ein Bodentrupp, der die Gegend durchkämmt, ist die beste Lösung.«

»Sie versuchen, seine Handykoordinaten zu bekommen. Das Signal zu orten.« Gull führte sein Pferd in eine trockene Box. »Ich weiß nicht, ob sie Verstärkung brauchen. Aber wenn du mich hier nicht brauchst, könnte ich jemanden ablösen, der schon lange genug da draußen war.«

»Such dir ein Pferd aus und beteilige dich an der

Suche. Aber melde dich in regelmäßigen Abständen, Gull.«

»Einverstanden. Wenn der Mann auch nur einen Funken Verstand hat, hat er weiter oben in einer Höhle Schutz gesucht. Allerdings bezweifle ich, dass er einen Funken Verstand hat. Denn alle anderen, die in den Bergen unterwegs waren oder dort gezeltet haben, wurden gefunden. Nur dieser Kerl aus St. Paul nicht.«

»Für so ein Wetter ist er schon ziemlich lange weg.«

»Allerdings. Angeblich gibt es noch keinerlei Spuren von ihm.« Noch während er sprach, sattelte Gull einen großen braunen Wallach. »Ein paar Tagesausflügler haben ihn gesehen und an der Weggabelung zum Crow Peak sogar ein paar Worte mit ihm gewechselt. Sie haben den Nebenpfad nach Süden genommen, während er angeblich nach Norden zum Gipfel wollte. Aber das war gestern Vormittag.«

»Hat ihn sonst noch jemand gesehen?«

»An der Gabelung schon und auf dem Nebenpfad. Aber nicht auf dem Weg zum Gipfel. Er war allein.«

»Dann können wir nur hoffen, dass er vernünftig ist. Wenn noch mehr Verstärkung gebraucht wird, sag, dass ich hier bin. Und melde dich!«

Coop fuhr ins Büro und machte sich einen Kaffee. Bis man ihn rief, wollte er mehr über Ethan Howe herausfinden.

Er fuhr den Computer hoch und griff zum Telefon.

In der nächsten Stunde sprach er abwechselnd mit Polizisten und Ermittlern in Alaska, North Dakota und New York und schloss in mühsamer Kleinarbeit so manche Informationslücke. Er sprach mit Howes

Bewährungshelfer, mit früheren Vermietern und ergänzte seine Liste um Leute, die er noch anrufen wollte.

Was Freunde anbelangte, waren sie eher dünn gesät. Der Mann war ein Einzelgänger, ein Herumtreiber, der sich gern in abgelegenen Gebieten aufhielt. Soweit Coop das beurteilen konnte, blieb er selten länger als ein halbes Jahr an einem Ort. Normalerweise zeltete er. Manchmal übernachtete er in Motels oder nahm sich für eine Woche ein Zimmer. Er zahlte stets bar.

Er ging keiner geregelten Arbeit nach, jobbte als Tagelöhner, Landarbeiter, Bergführer.

Er blieb gern für sich, verhielt sich still und unauffällig. Er konnte mit anpacken, war aber unzuverlässig. Er kam und ging. Coop verfolgte seine Spur weiter zu einer Kneipe in Wise River, Montana. Ich drehe mich im Kreis, dachte er, als er den Anruf machte. Genauso gut könnte ich blind mit dem Finger auf die Landkarte tippen.

»Bender's.«

»Ich hätte gern mit dem Besitzer oder Manager gesprochen.«

»Ich bin Charlie Bender. Die Kneipe gehört mir.«

»Gehörte sie Ihnen auch schon vor vier Jahren, im Juli und August?«

»Ich betreibe die Kneipe seit sechzehn Jahren. Warum?«

»Mr. Bender, ich heiße Cooper Sullivan. Ich bin Privatdetektiv mit einer Lizenz in New York.«

»Warum rufen Sie dann aus South Dakota an? Ich habe eine Anruferkennung, mein Lieber.«

»Ich bin in South Dakota. Ich kann Ihnen gern meine

Lizenznummer geben, wenn Sie sie überprüfen wollen.«
Er hatte zwar seine Firma verkauft, aber seine Lizenz
war nach wie vor gültig. »Ich suche nach jemandem, der
im Sommer 2005 ein paar Monate für Sie gearbeitet
hat.«

»Wen denn?«

»Ethan Howe.«

»Der Name sagt mir nichts. Vier Jahre sind eine lange
Zeit, und hier gehen viele Leute ein und aus. Warum suchen Sie ihn?«

»Er ist unter Umständen in einen Vermisstenfall verwickelt, mit dem ich betraut bin. Er muss damals Ende
zwanzig gewesen sein«, hob Coop an und gab eine Beschreibung.

»Das trifft auf viele zu.«

»Er kam damals frisch aus dem Gefängnis, wegen
Körperverletzung.«

»Mir fällt trotzdem niemand ein.«

»Er behauptet, von Sioux-Indianern abzustammen,
und gibt gern mit seinen Erfahrungen als Bergführer an.
Er lebt zurückgezogen, ist aber sehr höflich und charmant zu den Damen. Anfangs zumindest.«

»Chief. Wir haben ihn hauptsächlich Chief, also Häuptling, genannt, weil er nach ein paar Bier davon gesprochen hat, von Crazy Horse abzustammen. Ein Idiot. Ich
weiß noch, dass er eine Kette aus sogenannten Bärenzähnen getragen und erzählt hat, wie er und sein Vater
auf Bärenjagd gingen und solchen Mist. Er hat gut was
weggearbeitet, als er hier war, aber er ist nicht lange geblieben. Dann ist er mit meiner besten Kellnerin verschwunden.«

»Wissen Sie noch, wie sie heißt?«

»Ja, Molly Pickens. Sie hat vier Jahre für mich gearbeitet, bis Chief aufgetaucht ist. Dann ist sie mit ihm abgehauen, und mir fehlten plötzlich zwei Leute. Ich musste meine Frau reinschleifen, damit sie bedient, und durfte mir anschließend wochenlang ihr Gejammer anhören. Daran kann ich mich noch sehr gut erinnern.«

»Wissen Sie, wo ich Molly erreichen kann?«

»Seit jenem August habe ich nie mehr etwas von ihr gesehen oder gehört.«

Coop spürte ein Summen in seinem Schädel. »Hat sie Familie? Freunde? Jemanden, bei dem ich mich melden könnte?«

»Hören Sie, guter Mann, ich behalte die Leute nicht im Auge. Sie kam und hat nach Arbeit gefragt. Und ich habe ihr Arbeit gegeben. Sie verstand sich gut mit den Kollegen und Gästen. Sie hat sich um ihren eigenen Dreck gekümmert, und ich kümmere mich um meinen.«

»Woher stammte sie?«

»Meine Güte, sind Sie neugierig! Von irgendwo an der Ostküste. Sie hat einmal erwähnt, dass sie genug von ihrem Alten gehabt habe – keine Ahnung, ob das ihr Mann oder ihr Vater war – und abgehauen sei. Sie hat nie Ärger gemacht, und trotzdem ist sie mit Chief auf und davon.«

»Sie ist einfach weg, ohne Ihnen vorher zu kündigen. Hat sie ihre Sachen mitgenommen?«

»Viel hat sie sowieso nicht gehabt. Sie hat ein paar Klamotten und so was mitgenommen, ihr Konto aufgelöst und ist mit ihrem alten Ford Bronco auf und davon.«

»Mochte sie die Natur? Wandern? Zelten?«

»Wie bitte? Suchen Sie jetzt nach ihr oder nach ihm?«

»Im Moment? Nach beiden.«

Bender schnaubte gereizt. »Jetzt, wo Sie es sagen ... sie war gern draußen in der Natur. Sie war ein nettes, zähes Mädchen. Wenn sie frei hatte, ging sie gern wandern, um Fotos zu machen. Sie wolle Fotografin werden, hat sie gesagt. Sie hat sich ein bisschen was dazuverdient, indem sie Fotos an die Touristen verkaufte. Um sie mach ich mir keine Sorgen.«

In diesem Punkt war sich Coop nicht so sicher. Er quetschte Bender nach noch mehr Details aus und machte sich Notizen.

Nachdem er alle Informationen zusammengestellt hatte, lehnte er sich zurück, schloss die Augen und dachte nach. Er erkannte ein Muster, ein sich wiederholendes Verhaltensmuster. Das fand man oft, wenn man darauf achtete.

Er machte den Computer aus und ging zu Willy.

Das Gesicht des Sheriffs war bleich vor Erschöpfung, seine Augen waren blutunterlaufen, und seine Stimme war extrem heiser. »Ich hab mich erkältet.« Er nieste lautstark in ein rotes Bandana-Tuch. »Dieser verdammte Frühling! Ich bin erst vor einer halben Stunde von der Suche zurückgekommen.« Er hob einen dicken weißen Becher. »Tütensuppe. Ich kann nichts schmecken, aber meine Mutter hat immer gesagt, dass bei einer Erkältung nichts besser hilft als Hühnersuppe. Jetzt heißt es: runter damit.«

»Ihr habt ihn nicht gefunden.«

Willy schüttelte den Kopf. »Bei diesem Mistwetter

sieht man die Hand vor den Augen nicht. Morgen soll es aufklaren. Wenn der arme Kerl noch lebt, geht es ihm ganz schön dreckig.« Er nahm einen Schluck und verzog das Gesicht. »Mein Hals fühlt sich an, als hätte man meine Mandeln mit Sandpapier abgeschmirgelt. Er wird erst seit einem Tag vermisst. Wenn er sich nicht verletzt hat oder tot ist, hat er sich vor dem Regen untergestellt und wird durchkommen. Er hatte Proviant dabei. Energieriegel, Wasser, Studentenfutter und so was. Er wird schon nicht verhungern. Unsere größte Angst ist die, dass er in eine flutartige Überschwemmung geraten und ertrunken ist.«

»Braucht ihr Verstärkung da oben?«

»Wir haben genügend Leute dort. Ich hoffe nur, dass nicht noch jemand ertrinkt oder von einer verdammten Klippe stürzt. Zwei mussten schon evakuiert werden: Einer hat sich den Knöchel gebrochen, und ein anderer zeigte Symptome eines Herzinfarkts. Wie sich herausstellte, waren es nur Verdauungsprobleme. Wenn wir morgen wieder in die Berge müssen, brauchen wir neue Pferde.«

»Die sollst du kriegen. Willy ...«

Als eine Frau ins Zimmer trat, verstummte er. »Sheriff.«

»Mrs. Tyler. Kommen Sie und setzen Sie sich.« Ächzend erhob sich Willy und führte sie zu einem Stuhl. »Sie sollten bei diesem Wetter nicht vor die Tür gehen.«

»Ich kann doch nicht den ganzen Tag im Hotel herumsitzen. Ich werde noch verrückt! Sie müssen mir doch *irgendwas* sagen können, egal was.«

»Wir tun, was wir können. Da draußen sind jede

Menge Leute, die nach Ihrem Mann suchen, Mrs. Tyler. Männer, die sich in den Bergen auskennen und schon an vielen Rettungsaktionen beteiligt waren. Sie haben mir erzählt, Ihr Mann sei ein vernünftiger Mensch.«

»Normalerweise schon.«

In ihren Augen standen Tränen, und sie schlug sich die Hände vors Gesicht. So wie sie aussah, hatte sie bestimmt nicht mehr als eine Stunde geschlafen, seit ihr Mann vermisst wurde.

»Er hätte vernünftiger sein und nicht auf dieser Tour bestehen sollen.« Sie wiegte sich auf dem Stuhl hin und her, als helfe ihr das, sich zu beruhigen. »Die einzigen Wandertouren, die er in den letzten Jahren gemacht hat, waren die auf seinem Laufband.«

»Sie sagten, er sei gut in Form.«

»Ja. Ich hätte ihn begleiten müssen.« Sie biss sich auf die Unterlippe und wiegte sich noch schneller hin und her. »Ich hätte ihn nicht alleine losziehen lassen dürfen. Aber ich hatte keine Lust, den ganzen Tag in den Bergen herumzustapfen. Ich wollte Pferde mieten, aber James hat Angst vor Pferden. Als wir diese Weggabelung erreichten, wollte ich ihn zum Umkehren überreden und war stinksauer, als er nichts davon wissen wollte. Ich habe ihn angefaucht. Das Letzte, was ich tat, war, ihn anzufauchen. O Gott.«

Willy ließ sie weinen, bedeutete Coop zu bleiben und schob seinen Stuhl so nah an die Frau heran, dass er ihren Arm berühren konnte.

»Ich weiß, dass Sie Angst um ihn haben. Und ich wünschte, ich könnte Sie irgendwie beruhigen.«

»Sein Handy. Sie wollten sein Handy orten.«

»Das haben wir bereits versucht, aber wir empfangen kein Signal. Vielleicht ist der Akku leer.«

»Er hätte angerufen. Er hätte versucht anzurufen.« Ihre Stimme zitterte, und sie trocknete mit einem Taschentuch die Tränen. »Er hätte nie gewollt, dass ich mir Sorgen mache. Wir haben unsere Handys aufgeladen, bevor wir an jenem Morgen los sind. Es soll flutartige Überschwemmungen gegeben haben, hieß es in den Nachrichten.«

»Er ist ein vernünftiger Mann. Und ein vernünftiger Mann hält sich in höheren Lagen auf. Wir haben ihn nicht gefunden, Mrs. Tyler, aber wir haben auch keinen Hinweis darauf gefunden, dass ihm etwas zugestoßen ist. An diesen Strohhalm sollten wir uns klammern.«

»Ich bemühe mich.«

»Ich werde Sie zurück in Ihr Hotel begleiten lassen. Wenn Sie das möchten, kann ich Ihnen auch jemanden zur Seite stellen, damit Sie nicht so allein sind.«

»Nein, nein, es geht schon wieder. Ich habe meine Jungs – unsere Söhne – noch gar nicht angerufen. Ich war mir so sicher, dass er heute Morgen zurück sein würde. Und jetzt ist er schon seit vierundzwanzig Stunden verschwunden ... Ich glaube, ich muss unsere Jungs verständigen.«

»Das wissen Sie selbst am besten.«

»James war einfach nicht von dieser Tour abzubringen. Wild Bill, Calamity Jane, Crazy Horse, die Black Hills. Wir haben einen dreijährigen Enkel, ein weiterer wird bald geboren. Er meinte, wir sollten trainieren, damit wir später mit ihnen wandern gehen können. Er hat eine komplett neue Ausrüstung gekauft.«

»Und Sie sagten, er habe alles eingepackt, was von den Führern empfohlen wird«, hob Willy an, als er sie hinausführte. »Er hatte Karten dabei, eine Taschenlampe ...«

Coop ging zum Fenster und sah, wie der Regen herunterprasselte. Er wartete, bis Willy wieder zurückkam, und schloss dann die Tür hinter ihm.

»Noch so eine Nacht dort oben wird James Tyler nicht gut bekommen.«

Coop drehte sich um. »Wenn er Ethan Howe begegnet ist, wird er sie vielleicht nicht mehr erleben.«

»Wer ist Ethan Howe?«

Coop erzählte ihm alles, was er wusste, und gab die Informationen schnell und präzise wieder – so wie er es als Polizist und Detektiv gelernt hatte.

»Es gibt nur eine vage Verbindung zu Lil und den Tieren, aber das ist immerhin besser als nichts«, gab Willy zu. »Doch soweit ihr euch erinnern könnt, hatten Howe und Lil nie Probleme oder Streit.«

»Sie kann sich kaum noch an ihn erinnern, und wenn, dann nur wegen dieser Praktikantin. Der Typ ist gefährlich, Willy. Ein Herumtreiber und Einzelgänger, der völlig abgetaucht ist, von diesem einen Gewaltausbruch einmal abgesehen. Damals hatte er getrunken und ist ausgerastet. Ansonsten verhält er sich unauffällig. Er behauptet gern, von Indianern abzustammen, aber ansonsten fällt er nicht weiter auf. Er hat ein hitziges Temperament und ist eingebildet, das sind seine beiden großen Schwächen.«

»Ich kenne viele solche Leute.«

»Glaubt man seinen Freunden und Bekannten, war er

unbeherrscht genug, um Carolyn Roderick in die Flucht zu schlagen«, fügte Coop hinzu. »Sie war ein ganz ähnlicher Typ wie dieses Mädchen aus Montana. Sportlich, hübsch, selbstbewusst, Single. Molly Pickens hat ihr Konto leer geräumt und ist mit ihm auf und davon.«

Willy lehnte sich mit seinem Becher Suppe zurück und nickte nachdenklich, während er daran nippte. »Freiwillig.«

»Aber seitdem sie freiwillig mit ihm weg ist, verliert sich ihre Spur. Seit jenem August wurde ihre Kreditkarte nicht mehr benutzt, dabei hat sie bis dahin regelmäßig eine Master Card verwendet. Sie hat ihren Führerschein nie verlängern lassen. Hat keine Steuererklärung abgegeben. Sie ist 1996 aus Columbus, Ohio, verschwunden. Damals war sie achtzehn. Manche behaupten, ihr Vater hätte sie sexuell missbraucht, als vermisst hat er sie auf jeden Fall nicht gemeldet. Sie hat Spuren hinterlassen. Aber nachdem sie mit Ethan Howe auf und davon ist, fehlt von ihr jede Spur.«

Willy atmete nachdenklich aus und musste niesen. »Du meinst, er hat diese Kellnerin und die Praktikantin umgebracht.«

»Allerdings.«

»Und du meinst, das ist derselbe Typ, der Lil Ärger macht.«

»Es gibt eine Verbindung, und sie ist genau sein Typ.«

»Und wenn Tyler ihm begegnet ist ...«

»Vielleicht will er nicht gesehen werden. Und auch nicht, dass jemand nach seiner Rückkehr erzählt, er habe unterwegs einen Mann getroffen. Oder aber Tyler ist zufällig auf seinen Zeltplatz gestoßen und hat ihn beim Wildern erwischt. Vielleicht macht ihm das Morden auch einfach Spaß. Und da ist noch etwas.«

»Meine Güte.« Willy kniff sich in die Nasenwurzel. »Heraus mit der Sprache!«

»Melinda Barrett, zwanzig Jahre alt.«

Willy runzelte die Stirn. »Das ist das Mädchen, das Lil und du gefunden habt.«

»Selbstbewusst, hübsch, sportlich. Allein unterwegs. Ich wette, sie war sein erstes Opfer. Er muss etwa in ihrem Alter gewesen sein. Und es wird andere gegeben haben.« Coop ließ eine Mappe auf Willys Schreibtisch fallen. »Ich habe dir meine Unterlagen kopiert.«

Willy würdigte die Mappe keines Blickes, sondern starrte Cooper an. »Verdammt noch mal, Coop, du redest hier von einem Serienmörder. Du redest von etwa zwölf Jahren voller Morde.«

»Die, soweit ich das beurteilen kann, in den anderthalb Jahren aufgehört haben, in denen Howe im Gefängnis saß. Weil so ein großer Zeitraum dazwischenliegt, war es schwierig, den ersten Mord mit den anderen von mir recherchierten Verbrechen in Zusammenhang zu bringen. Aber wenn man Vermisstenfälle dazunimmt, die Leichen, die nie gefunden wurden – sei es nun durch Zufall oder weil er dafür gesorgt hat –, passt alles zusammen.«

Willy musterte die Mappe, wollte etwas sagen und bekam dann einen trockenen Hustenanfall. Er wedelte mit der Hand, bis er wieder Luft bekam. »Dieser verdammte Frühling«, jammerte er. »Ich werde mir deine Unterlagen ansehen. Ich werde mir alles durchlesen und möchte anschließend mit dir reden.«

Er nahm einen letzten Schluck von seiner lauwarmen Suppe. »Willst du bei mir anfangen?«

»Danke, aber ich hab schon einen Job.«

Willy lächelte. »Die Polizeiarbeit liegt dir im Blut.«

»Ich will mit meinen Pferden arbeiten, sonst nichts. Aber ich habe ein ganz persönliches Interesse an diesem Fall. Er wird keine Chance kriegen, Lil anzurühren. Diese Chance bekommt er nicht!« Coop stand auf. »Deshalb werde ich höchstwahrscheinlich bei ihr sein, wenn du mit mir reden willst.«

Er ging nach Hause, um ein paar frische Klamotten einzupacken. Er sah sich in der umgebauten Schlafbaracke um und stellte fest, dass er in letzter Zeit seltener hier übernachtet hatte als auf Lils Sofa. Oder in ihrem Bett.

Aber genau so musste es sein, beschloss er und stapfte durch den nicht nachlassenden Regen, um seine Tasche in den Truck zu werfen und zurück zur Farm zu gehen.

Er setzte sich mit seinen Großeltern an den Küchentisch und erzählte ihnen alles.

Als er damit fertig war, erhob sich Lucy, ging zum Schrank und holte eine Flasche Whiskey hervor. Sie schenkte drei kleine Gläser ein.

Nachdem sie sich wieder hingesetzt hatte, trank sie ihren auf einen Zug aus, ohne mit der Wimper zu zucken.

»Hast du Jenna und Joe schon Bescheid gesagt?«

»Ich werde auf dem Weg zu Lil bei ihnen vorbeischauen. Ich habe keinerlei Beweise …«

»Die brauchst du nicht«, sagte Sam, noch bevor er

seinen Satz beenden konnte. »Du bist dir sicher, und das reicht mir. Hoffentlich irrst du dich in Bezug auf den Mann, der gerade gesucht wird. Hoffentlich hat er sich bloß verirrt, ist klatschnass geworden und mit dem Schrecken davongekommen.«

»Ich möchte trotzdem, dass ihr hier im Haus bleibt. Die Tiere sind gefüttert und für die Nacht versorgt. Ich bin bei Sonnenaufgang wieder zurück. Ihr bleibt hier drin, schließt Türen und Fenster und haltet ein geladenes Gewehr bereit. Das müsst ihr mir versprechen.« Er ließ nicht locker, denn er sah, wie sein Großvater stur das Kinn vorschob. »Wenn ihr mir das nicht versprecht, kann ich euch nicht allein lassen und nicht auf Lil aufpassen.«

»Du willst mich wohl erpressen«, murmelte Sam.

»Ja, Sir, in der Tat.«

»Wenn es unbedingt sein muss, versprech ich es dir.«

»Einverstanden. Wenn du irgendetwas hörst, wenn dir irgendetwas komisch vorkommt, rufst du mich an und verständigst die Polizei. Überleg nicht lange, ruf einfach an, ohne Angst zu haben, es könnte falscher Alarm sein. Auch das musst du mir versprechen, oder ich stelle hier ein paar Männer ab, die die Farm bewachen.«

»Du meinst, er kommt hierher?«, fragte Lucy.

»Nein, das glaube ich nicht. Er befindet sich auf einer Mission. Ich glaube nicht, dass er herkommen wird, denn das gehört nicht zu seinem Plan. Aber ich werde hier nicht weggehen, bevor ihr mir das nicht versprochen habt. Vielleicht braucht er Proviant oder ein trockenes Plätzchen für die Nacht. Das ist ein Psychopath.

Niemand weiß, was ihm noch alles einfällt. Und was euch betrifft, möchte ich kein Risiko eingehen.«

»Fahr zu Lil«, befahl ihm Sam. »Du hast unser Wort.« Er sah seine Frau an, die nickte. »Joe und Jenna sind höchstwahrscheinlich auf dem Weg dorthin. Du kannst im Reservat mit ihnen reden. Ich werde aber auch bei ihnen anrufen, falls sie noch daheim sind. Ich werde ihnen alles sagen, was du uns erzählt hast.«

Nickend griff Coop nach dem Whiskey und trank ihn aus. Er starrte in das Glas. »Die Menschen, die mir wirklich wichtig sind, seid ihr, Joe und Jenna und Lil. Ihr bedeutet mir alles.«

Lucy streckte den Arm aus und nahm seine Hand. »Sag es ihr.«

Er sah auf, sah sie an und dachte an ihre morgendliche Unterhaltung zurück. Lächelnd gab er ihr dieselbe Antwort: »Ich arbeite daran.«

Als er bei Lil ankam, war die Fütterung gerade in vollem Gange. Er hatte schon einmal zugeschaut, aber nie bei so heftigem Regen. Die Mitarbeiter eilten in schwarzen Regenumhängen hin und her und karrten riesige Fleischmengen herbei – ganze Hühner, dicke Scheiben Rindfleisch, Kübel mit Wild –, die alle extra vorbereitet worden waren.

Nacht für Nacht wurden Tonnen von Kraftfutter, Getreide und Heuballen herumgeschleppt und verteilt, und zwar bei jeder Witterung.

Er überlegte kurz mitzuhelfen, aber er hätte ohnehin nicht gewusst, was zu tun war. Außerdem hatte er für heute genug von nassen Füßen.

Er trug den Topf mit Rindereintopf, den ihm seine Großmutter aufgedrängt hatte, in die Hütte. Im Moment fand er es sinnvoller, ein Essen auf den Tisch zu bringen.

Er machte eine Flasche Rotwein auf und ließ den Wein atmen, während er den Eintopf und die Buttermilchklöße aufwärmte.

Es war irgendwie entspannend, in der gemütlichen Küche herumzufuhrwerken, während der Regen aufs Dach und gegen die Scheiben prasselte und die Rufe der Tiere mit der einbrechenden Dunkelheit immer lauter wurden. Er holte zwei Kerzen aus Lils Wohnzimmer, stellte sie auf den Tisch und zündete sie an.

Als sie durchnässt und nicht gerade gut gelaunt hereinkam, hatte Coop bereits den Tisch gedeckt und den Eintopf samt Klößen erhitzt. Er schenkte gerade Wein ein.

»Ich kann mir verdammt noch mal selbst etwas zum Abendessen machen.«

»Bitte, lass dich nicht abhalten! Dann bleibt mehr Eintopf für mich übrig.«

»Wenn es das Wetter zulässt, wird morgen die neue Alarmanlage installiert. Dann können wir mit diesem Irrsinn aufhören.«

»Prima. Möchtest du einen Schluck Wein?«

»Das ist *mein* Wein.«

»Ehrlich gesagt, habe ich ihn selbst mitgebracht.«

»Ich habe meinen eigenen Wein.«

»Ganz, wie du willst.« Während er an seinem Wein nippte, musterte er sie. »Der schmeckt ziemlich gut.«

Sie ließ sich auf die Bank fallen und starrte missmutig auf die Kerzen. »Soll das vielleicht romantisch sein?«

»Nein, die dienen nur als Reserve, falls der Strom ausfällt.«

»Wir haben einen Generator.«

»Aber bis der Strom gibt, dauert es eine gute Minute. Wenn sie dich stören, kannst du sie ja ausblasen.«

Sie schnaubte, aber das galt nicht den Kerzen. »Ich hasse es, dass du das schaffst, so gelassen und sachlich zu bleiben, während ich hier rumzicke.«

Er schenkte ein zweites Glas Wein ein und nahm es mit an den Tisch. »Trink den verdammten Wein aus, du Zicke! Gefällt dir das besser?«

Sie seufzte und musste fast schon lächeln. »Ein bisschen.«

»Das ist ja eine Heidenarbeit, bei diesem Regen die Tiere zu füttern.«

»Ja, es ist eine Heidenarbeit, aber sie müssen auch etwas essen.« Sie fuhr sich mit den Händen über das Gesicht. »Ich bin müde und gereizt. Und Hunger habe ich auch – insofern ist mir der Eintopf, den vermutlich Lucy gekocht hat, sehr willkommen. Ich habe noch keine Liste geschrieben, aber ich habe sie im Kopf, und wir müssen so einiges besprechen. Ich habe alles verändert, mit meiner Entscheidung, meinem Verhalten, meiner Anmache und so. Wenn das ein Fehler war und unsere Freundschaft darunter gelitten hat, tut mir das leid. Das wollte ich nicht.«

»Beim ersten Mal hast du auch alles verändert. Es war deine Entscheidung, deine Anmache, dein Verhalten.«

»Ich fürchte, da hast du recht.«

»Es kann nicht immer nur nach dir gehen, Lil.«

»Hier geht es nicht darum, was ich will oder was du

willst. Außerdem ist es damals garantiert nicht nach mir gegangen. Ich will nur klare Verhältnisse schaffen, Coop. Und deshalb …«

»Vielleicht sollten wir dieses Thema ein wenig zurückstellen. Ich muss dir erzählen, was ich über Ethan Howe rausgefunden habe.«

»Über den Mann, der Carolyn Roderick entführt hat?«

»Ja. Und ich glaube, dass dieser Mann noch andere Frauen entführt und ermordet hat. Auch Melinda Barrett.«

Sie wurde ganz still. »Aber warum sollte er? Das ist fast zwölf Jahre her.«

»Lass uns etwas essen, und währenddessen werde ich dir alles erzählen. Und noch etwas, Lil: Sollte irgendwas auf deiner mentalen Liste stehen, das meine Anwesenheit hier verbietet, kannst du das gleich mal streichen.«

»Ich lehne nichts ab, das mich, meine Mitarbeiter, meine Familie oder meine Tiere beschützt. Aber du bist nicht für mich verantwortlich, Cooper.«

»Das hat nichts mit Verantwortung zu tun.«

Er stellte den Eintopf und die Klöße auf den Tisch. Zwischen ihnen flackerten die Kerzen, als er sich hinsetzte und ihr von den Morden erzählte.

19

Sie hörte ihn an und sagte nicht viel, als er die Fakten auflistete und ihr seine Theorie darlegte. Wieder versuchte sie, sich ein klares Bild von dem Mann zu machen, von dem Cooper sprach. Aber sie erinnerte sich nur an grobe Umrisse, verwischte Details, wie auf einer verblichenen Bleistiftzeichnung.

Er hatte ihr nichts bedeutet, keinen nachhaltigen Eindruck auf sie gemacht. Sie hatten nur ein paarmal miteinander gesprochen, als er sich als Freiwilliger gemeldet hatte, um Carolyn zu sehen.

»Ich weiß noch, dass er mich nach meinen Vorfahren gefragt hat, nach meiner Abstammung von den Lakota Sioux. Das fragen mich die Leute öfter. Wir erwähnen es auch in meiner Kurzbiografie, weil es neugierig macht und beweist, dass meine Familie schon seit Generationen hier in den Bergen lebt. Aber er wollte Genaueres wissen und sagte mir, er sei ein Sioux, der direkt von Crazy Horse abstamme.«

Sie hob die Hände. »Auch das hört man öfter. Manche Leute wollen sich unbedingt auf dieses Erbe berufen, und von mir aus sollen sie das ruhig tun. Ich habe nicht groß darauf geachtet, denn bei der Behauptung, von Crazy Horse oder Sitting Bull abzustammen, verdrehe ich normalerweise nur die Augen.«

»Du hast also dieses Gerede und damit auch ihn nicht ernst genommen.«

»Ich war bestimmt höflich. Ich beleidige niemanden und schon gar nicht Freiwillige oder potenzielle Spender. Aber ich habe ihm auch nicht vorgeschlagen, ein Bier trinken zu gehen und über unsere Vorfahren zu sprechen.«

»Du hast ihn nicht ernst genommen«, wiederholte Coop. »Wenn auch auf höfliche Art.«

Sie schnaubte genervt. »Wahrscheinlich. Ich kann mich bloß nicht mehr daran erinnern. Er war ganz normal, etwas nervig vielleicht, aber nur weil er sich mehr für diese Dinge interessierte als für das Reservat. Coop, ich unterhalte mich Dutzende von Malen pro Woche mit irgendwelchen Leuten, die ich nicht kenne und an die ich mich kaum erinnern kann.«

»Die meisten davon sind keine Mörder. Streng dich an.«

Sie drückte die Finger gegen ihre Lider und dachte krampfhaft nach. Sie versuchte, sich wieder in jenen Sommer zurückzuversetzen. Es war ein außergewöhnlich heißer Sommer gewesen, und sie hatten ständig gegen die Insekten – und die Parasiten und Krankheiten, die sie übertragen konnten – ankämpfen müssen.

Sie hatten geputzt und desinfiziert. Sie hatten ein verletztes Murmeltier im Reservat gehabt. Oder war das im Sommer davor gewesen?

Es hatte nach Schweiß, Kot und Sonnenschutzmittel gerochen.

Und jede Menge Touristen gegeben. In dieser Hinsicht war der Sommer spitze gewesen.

Sie erinnerte sich vage daran, in einem Gehege zu stehen und es nach dem Putzen und Desinfizieren noch einmal abzuspritzen. Erklärte sie ihm etwas? Ja, sie erklärte ihm die Prozedur und die Regeln, die nötig waren, um eine sichere, saubere und gesunde Umgebung für die Tiere zu gewährleisten.

»Es war das Pumagehege«, murmelte sie. »Ich hatte die Spielsachen gereinigt. Den blauen Ball, der Baby so gefiel. Und dann ...«

Sie strengte sich wirklich an, sah ihn aber noch immer nicht richtig vor sich. Nur irgendeinen Kerl mit Stiefeln, Jeans und Cowboyhut. Moment mal ...

»Und dann hat er mich gefragt, ob ich den heiligen Boden so für mein Volk und seine Tiergeister zurückgewinnen will. Ich war sehr beschäftigt und weiß nicht mehr genau, was ich darauf sagte. Wahrscheinlich, dass ich mich mehr dafür interessiere, die heute lebenden Tiere zu schützen, die Menschen aufzuklären, und weniger für Tiergeister.«

Coop nickte. »Also hast du ihn erneut nicht ernst genommen.«

»Verdammt!« Sie fuhr sich mit einer Hand durchs Haar. »Jetzt klinge ich wie eine Zicke. Aber ich war nicht zickig zu ihm. Er hat bei uns ausgeholfen, zu so jemandem würde ich nie zickig werden. Dabei stimmt es nicht mal, was ich zu ihm gesagt habe. Mein Tiergeist, Talisman oder wie immer du es nennen willst, ist der Puma.

Aber das ist etwas sehr Privates und Persönliches. Ich brüste mich nicht damit.«

»Kannst du dich noch an mehr erinnern? Daran, was er gesagt oder getan, wie er reagiert hat?«

»Wir waren schwer beschäftigt. Chichi war krank – das Leopardenweibchen, das wir im Herbst darauf verloren haben. Es war alt und krank, und ich war abgelenkt. Ich kann dir wirklich nicht sagen, ob es tatsächlich so war, oder ob es nur eine Projektion ist: Aber besonders gemocht habe ich ihn nicht. Er stand plötzlich wie aus dem Nichts vor einem und war einfach da. Er verbrachte viel Zeit bei den Gehegen, beobachtete die Tiere und mich.«

»Vor allem dich?«

»Heute würde ich sagen Ja. Aber das machen viele Leute – schließlich ist es mein Reservat. Ich bin dafür verantwortlich, und es trägt meinen Namen. Aber... Baby mochte ihn nicht. Das hatte ich ganz vergessen. Baby liebt Aufmerksamkeit, aber wenn dieser Typ in der Nähe war, wollte er nicht zum Zaun kommen und hat auch nicht geschnurrt. Ein paarmal ist er sogar gegen den Zaun gesprungen, wenn Ethan da war. Und so etwas tut Baby normalerweise nicht. Er ist nicht aggressiv, er mag Menschen.«

»Aber dieses Exemplar mochte er nicht.«

»Anscheinend nicht. Andererseits war Ethan auch nicht sehr oft hier, und wenn, dann nicht lange. Wir hatten nicht viel miteinander zu tun. Er trug keine Kette aus Bärenzähnen oder so etwas. Das wäre mir aufgefallen, daran hätte ich mich erinnert.«

»Das wäre an einem Ort wie diesem tatsächlich

aufgefallen. In einem Wildreservat. Du hättest bestimmt etwas dazu gesagt.« Coop musterte ihr Gesicht. »Es hätte dir nicht gefallen.«

»Allerdings. Coop, glaubst du wirklich, dass dieser Mann all diese Leute umgebracht hat? Dass er es war, der Melinda Barrett getötet hat?«

»Ich habe keinerlei Beweise dafür. Das ist reine Spekulation.«

»Das habe ich dich nicht gefragt. Glaubst du das wirklich?«

»Ja. Macht dir das Angst?«

»Ja.« Die Gänsehaut überfiel sie ohne Vorwarnung. »Aber Angst hilft mir auch nicht weiter. Ich muss mit meinen Eltern reden. Sie müssen Bescheid wissen.«

»Mein Großvater kümmert sich bereits darum. Ich dachte, deine Eltern wären hier.«

»Ich habe sie gebeten, heute Nacht zu Hause zu bleiben. Ich habe ihnen ein schlechtes Gewissen gemacht«, fügte sie mit einem verkrampften Lächeln hinzu. »Ihr macht euch Sorgen um mich? Und was ist, wenn ich mir Sorgen um euch mache? Ich mache mir Sorgen, wenn ihr nicht mehr genügend Schlaf bekommt und so weiter. Jetzt wünschte ich, ich hätte nichts gesagt. Wenn sie hier wären, wären sie zwar müde, aber wenigstens in Sicherheit.«

»Ruf sie an, dann geht es dir besser.«

Sie nickte. »Wenn du recht hast, mordet er, seit er ein Junge ist. Ich kann nicht verstehen, was einen Menschen dazu treibt: den Tod zur eigenen Mission zu machen.«

Coop lehnte sich zurück und musterte ihr Gesicht.

»Genau das tut er. Das ist seine Mission. Ich habe ein paar Hintergrundinformationen eingeholt. Als Kind hat er lange in verschiedenen Heimen gelebt. Seine Eltern gaben ihn immer wieder dort ab. Sein Vater war mal im Gefängnis, aber nur kurz. Er hat ihn und seine Mutter geschlagen. Sie hat ihn deswegen nie angezeigt. Sie sind oft umgezogen. Dann verschwindet er eine Weile von der Bildfläche. Sieht ganz so aus, als wären sie hier in Wyoming und Montana als Wanderarbeiter unterwegs gewesen. Sein alter Herr wurde erwischt, als er hier im Wald des Nationalparks gewildert hat.«

»Hier?«

»Damals muss Ethan ungefähr fünfzehn gewesen sein. Über die Mutter ist zu diesem Zeitpunkt nichts mehr bekannt.«

»Vielleicht bin ich ihm irgendwann begegnet«, murmelte sie. »Ich erinnere mich zwar nicht daran, aber möglich wäre es. Vielleicht habe ich ihn auch in der Stadt oder beim Wandern in den Bergen getroffen.«

»Oder aber er hat dich gesehen. Deine Familie. Vielleicht haben er und sein Vater nach Arbeit gefragt.«

»Ich kann mich nicht daran erinnern.« Sie seufzte, ärgerte sich über sich selbst und stand auf, um Cracker zu holen. Sie nahm ein Stück Cheddar aus dem Kühlschrank und sagte: »Meine Eltern haben aus Prinzip keine Herumtreiber eingestellt. Höchstwahrscheinlich meinetwegen. Sie haben ein großes Herz, aber auch einen ausgeprägten Beschützerinstinkt. Sie hätten keine Wildfremden bei sich aufgenommen, erst recht nicht, als ich um die dreizehn war. Wir reden hier schließlich über einen Mann mit seinem Sohn im Teenageralter.«

Sie schwieg und rang sich ein Lächeln ab, während sie die Snacks auf den Tisch stellte. »Wenn damals ein Fünfzehnjähriger auf unserer Farm gearbeitet hätte, wüsste ich das. In diesem Alter fing ich nämlich gerade an, mich für Jungs zu interessieren.«

»Wie dem auch sei, soweit ich das recherchieren konnte, lief Ethan um diese Zeit davon, und seine Spur verliert sich für einige Jahre. Ich bin erst wieder auf ihn gestoßen, als er in Wyoming einen Job als Bergführer bekam. Er muss so um die achtzehn gewesen sein. Er hielt ein halbes Jahr durch. Dann ist er mit einem der Pferde, etwas Ausrüstung und Proviant durchgebrannt.«

»Ein Mann stiehlt kein Pferd, wenn er die Stadt wechseln will. Sondern nur, wenn er in die Berge will.«

Mit einem Nicken, das so etwas wie Zustimmung bedeutete, belegte Coop einen Cracker mit Käse und gab ihn ihr. »Du hättest auch eine gute Polizistin abgegeben.«

»Das ist nur logisch gedacht. Aber was ist mit seinen Eltern? Wenn wir mit ihnen reden könnten, würden wir vielleicht mehr erfahren.«

»Sein Vater ist vor acht Jahren in Oshoto gestorben. An den Folgen seines lebenslangen Alkoholmissbrauchs. Über die Mutter kann ich nichts finden. Ihre Spur verliert sich vor siebzehn Jahren. Das Letzte, was ich von ihr weiß, ist, dass sie in Cody, Wyoming, einen Scheck eingelöst hat. Sie hat dort als Küchenhilfe in einem Diner gearbeitet. Niemand kann sich an sie erinnern. Siebzehn Jahre sind eine lange Zeit«, sagte er achselzuckend. »Aber bis dahin hat sie gearbeitet. Ein paar Wochen, ein paar Monate, manchmal mit Unterbrechungen. Aber sobald es Arbeit gab, griff sie zu. Irgendwann dann nicht mehr.«

»Du glaubst, sie ist tot.«

»Leute, die motiviert genug sind oder genügend Angst haben, planen ihr Verschwinden sehr sorgfältig. Sie könnte ihren Namen geändert haben. Ja, sie könnte sogar nach Mexiko gezogen sein, wieder geheiratet haben und gerade ein dickes, wonniges Enkelkind auf ihren Knien schaukeln. Aber ich glaube, dass sie tot ist. Dass sie einen Unfall hatte. Vielleicht hat sie ihr Mann auch einmal zu oft zusammengeschlagen.«

»Er war damals noch ein Kind, dieser Ethan. Wenn das stimmt und er zusehen musste, wie ...«

Seine Züge verhärteten sich, und seine Stimme wurde eiskalt. »Das wird sein Anwalt auch sagen. Der arme, missbrauchte Junge, beschädigt und zerstört durch einen alkoholsüchtigen Vater und eine passive Mutter. Klar, er hat zwar all die Leute umgebracht, aber man kann ihn nicht dafür zur Verantwortung ziehen. Vergiss es!«

»Erlerntes Verhalten gibt es nicht nur im Tierreich. Aber ich will dir gar nicht widersprechen, Coop. Aus meiner Sicht ist ein Mord eine bewusste Entscheidung. Aber alles, was du mir erzählt hast, weist auf eine entsprechende Vorbelastung hin. Und irgendwann hat er Entscheidungen getroffen, die ihn auf seine Mission gebracht haben. Wenn das stimmt, mussten viele Leute sterben, und er hat großes Leid über die Hinterbliebenen gebracht.«

»Verstehe«, sagte er kurz angebunden. »Trotzdem.«

»Er tut mir nicht leid«, wiederholte sie, »aber ich kann

ihn jetzt ein kleines bisschen besser verstehen. Glaubst du, dass er außer mir noch anderen nachgestellt und sie bedroht hat?«

»Bei Melinda Barrett ergab sich einfach die Gelegenheit, und es geschah rein impulsiv. Und Molly Pickens hat ihn freiwillig begleitet, wenn es stimmt, was ihr Chef sagt. Aber Carolyn Roderick? Ich glaube, ihr hat er auch nachgestellt und sie bedroht. Ich denke, das hängt ganz davon ab, wie gut er sein Opfer kennt. Und wie groß seine Motivation ist.«

»Wenn James Tylor durch ihn gestorben ist, wäre das eine weitere rein impulsive Tat.«

»Oder eine Art Triebabfuhr. Keine der Frauen, deren Leichen gefunden wurden, ist vergewaltigt worden. Es gibt keinerlei Hinweise auf sexuelle Übergriffe, Folter oder eine Verstümmelung. Es ist das Morden an sich, an dem er sich berauscht.«

»Beruhigend kann ich das nicht gerade finden. Was er bisher getan hat, hat mich und die anderen auf jeden Fall alarmiert. Das macht es ihm so gut wie unmöglich, sich mir oder meiner Familie zu nähern. Damit bin ich ...« Sie interpretierte Coops Miene genau richtig. »... eine noch größere Herausforderung?«

»Vielleicht. Wenn mich nicht alles täuscht, treibt er sich schon zum vierten Mal in dieser Gegend herum. Vielleicht war er auch öfter hier, ohne Kontakt zu dir aufzunehmen. Vielleicht, als du weg warst. Vielleicht hat er sich auch hier um Arbeit bemüht, auf einer der Farmen, in einem der Geschäfte. Er kennt sich hier aus.«

»Ich mich auch.«

»Und das weiß er. Wenn er dich einfach nur umbringen wollte, wärst du längst tot.«

So kühl und sachlich, wie er das sagte, bekam sie erneut eine Gänsehaut. »Na, das baut mich wirklich auf!«

»Er hätte dich in jener Nacht erledigen können, als er den Tiger befreit hat. Sobald du hier allein warst, hätte er die Tür eintreten und dich umbringen können. Oder er hätte dir auf dem Weg zu deinen Eltern auflauern können. Es gibt jede Menge solcher Szenarien, aber die interessieren ihn nicht. Noch nicht.«

Sie griff nach ihrem Wein und nippte vorsichtig daran. »Du willst mir Angst einjagen.«

»Allerdings.«

»Das ist nicht nötig, ich habe auch so Angst genug. Und ich werde vorsichtig sein.«

»Du könntest eine Reise machen. Irgendwo gibt es bestimmt ein Projekt, an dem du mehrere Wochen oder Monate mitarbeiten könntest.«

»Klar. Und er könnte rausfinden, wo ich bin, mir nachkommen und mich irgendwo verfolgen, wo ich mich nicht so gut auskenne. Oder er wartet einfach ab, bis ich anfange, mich zu entspannen. Das weißt du genauso gut wie ich.«

»An dir ist sogar eine sehr gute Polizistin verloren gegangen«, musste er zugeben. »Ja, der Gedanke ist mir auch schon gekommen. Aber wie groß ist die Chance, dich anderswo aufzuspüren? Darauf spekuliere ich.«

»Ich werde nicht fortgehen, Coop.«

»Was, wenn ich auch für deine Eltern eine kleine Reise organisiere?«

Sie stellte ihren Wein ab und trommelte mit den Fingern auf den Tisch. »Mich mit ihnen zu erpressen, ist nicht fair.«

»Ich erpresse dich mit allem, was dich schützt.«

Sie stand auf und begann, Kaffee aufzusetzen. »Ich geh nicht fort«, wiederholte sie. »Ich lass mich nicht aus meinem Reich vertreiben, das ich mir mühsam aufgebaut habe. Ich werde meine Mitarbeiter und meine hilflosen Tiere nicht im Stich lassen und mich irgendwo verkriechen. Und wenn du das nicht begreifst, hast du gar nichts verstanden.«

»Einen Versuch war es immerhin wert.«

»Du hast ziemlich viel Zeit und Energie darauf verwendet.«

»Willst du eine Rechnung?«

Sie sah ihn an. »Ich will dich nicht ärgern. Auch wenn ich dich vorhin so lange nerven wollte, bis du verschwindest und mich in Ruhe lässt. Ich weiß wirklich nicht, was ich mit dir machen soll, Coop, ehrlich. Ich weiß, dass wir unsere Beziehung klären müssen, aber dafür ist jetzt nicht der richtige Zeitpunkt. Dafür ist nicht genügend Zeit«, verbesserte sie sich. »Ich muss meine Eltern anrufen und draußen meine Wachschicht antreten.«

»Es stehen schon genügend Leute da draußen. Du brauchst nicht Wache zu schieben. Du bist erschöpft, Lil, und das sieht man dir auch an.«

»Danke, auch das baut mich unheimlich auf.« Sie holte eine Thermoskanne hervor. »Aber wozu hat man schließlich Freunde?«

»Nimm dir diese Nacht frei.«

»Würdest du das an meiner Stelle tun? Ich kriege sowieso kein Auge zu.«

»Ich könnte mit dem Betäubungsgewehr auf dich schießen. Dann wärst du für ein paar Stunden außer Gefecht gesetzt. Wozu hat man schließlich Freunde?«, wiederholte er, als sie lachte.

Sie füllte die Thermoskanne und reichte sie ihm. »Bitte. Nachdem ich zu Hause angerufen habe, bin ich weg.«

Er stand auf und stellte die Thermoskanne auf den Tisch, um sie am Arm zu packen. »Sieh mich an. Ich werde nicht zulassen, dass dir irgendwas passiert.«

»Dann müssen wir uns ja keine Sorgen machen.«

Er küsste sie, streifte mit seinem Mund ihre Lippen, und ihr Herz machte einen Sprung. »Als hätten wir nicht schon genug Sorgen. Nimm den Kaffee.«

Er zog zuerst seine Regenkleidung an und griff dann nach der Thermoskanne. »Ich werde nicht auf dem Sofa schlafen.«

»Nein.«

Als er hinausging, seufzte sie. Immer wieder diese Entscheidungen, dachte sie. Aber wie es schien, hatte sie ihre bereits getroffen.

Lil bezog Stellung vor dem Kleinkatzengehege und lief vor dem Zaun auf und ab. Trotz des Regens spielten Baby und seine Gefährten mit dem großen roten Ball, den sie immer wieder belauerten und angriffen. Die kanadischen Waldkatzen verfolgten sich auf einen Baum und gaben jede Menge gespieltes Brummen und Knurren von sich. Hätte es das Flutlicht, den Lärm, den Duft und den Anblick der vielen Menschen nicht gegeben, hätten die Katzen vermutlich Schutz vor dem Regen gesucht.

Auf der anderen Seite des Geheges ließ ihr Neuzugang ein gelegentliches bellendes Gebrüll hören, ganz so als wollte er sagen: Keine Ahnung, wo ich hier gelandet bin, aber ihr solltet mich lieber ernst nehmen!

»Es kommt mir fast so vor, als würden sie eine Party feiern.«

Sie lächelte Farley zu, der neben sie getreten war und ebenfalls zuschaute. »Kann sein. Sie lieben das Publikum. Trotzdem komme ich mir blöd vor«, gestand sie ihm. »Bei dem Lärm hier wird niemand aus den Bergen kommen und mir Probleme machen.«

»Und genau dann sollte man ganz besonders vorsichtig sein. Wenn man sich in Sicherheit wiegt.«

»Wenn du meinst. Möchtest du Kaffee?« Sie hielt ihm ihre Thermoskanne hin.

»Da sage ich nicht Nein.« Er schenkte sich ein wenig ein. »Ich nehme an, Tansy hat es dir gesagt.«

»Ja.« Sie wartete, bis er sie ansah. »Ich finde, dass sie großes Glück hat.«

Sein Mund verzog sich zu einem Lächeln. »Schön, dass du das sagst.«

»Zwei meiner engsten Freunde verlieben sich – was sollte ich da dagegen haben?«

»Sie glaubt, dass es wieder vorbeigeht, zumindest *will* sie das glauben. Vielleicht so lange, bis wir einen Haufen Kinder haben.«

Sie verschluckte sich an ihrem Kaffee. »Meine Güte, Farley, wenn du mal loslegst, dann aber richtig!«

»Wenn man gefunden hat, was man sucht, kann man auch loslegen. Ich liebe sie, Lil. Sie ist ganz durcheinander deswegen. Aber das macht mir nichts aus. Im Grunde ist es sogar schmeichelhaft.«

Er trank seinen Kaffee, während ihm der Regen von der Hutkrempe tropfte. »Trotzdem, ich möchte dich um einen Gefallen bitten.«

»Ich habe mit ihr geredet, Farley. Und ihr gesagt, dass du der Richtige bist.«

»Das freut mich. Aber darum wollte ich dich gar nicht bitten. Ich hatte gehofft, dass du mir hilfst, einen Ring auszusuchen. Von solchen Dingen habe ich keine Ahnung. Ich möchte nicht den falschen erwischen.«

Einen Moment lang starrte Lil ihn nur an. »Farley, ich ... einfach so? Im Ernst? Du willst ihr einen Ring schenken und um ihre Hand anhalten? Einfach so?«

»Ich habe ihr schon gesagt, dass ich sie liebe und heiraten werde. Ich habe sie ins Bett gekriegt.« Selbst im Dunkeln konnte sie sehen, wie er rot wurde. »Ich möchte hier nicht aus dem Nähkästchen plaudern, aber ich gehe davon aus, dass sie dir schon alles erzählt hat. Ich möchte ihr einen Ring schenken, der ihr gefällt, und wenn ich mich nicht täusche, kennst du ihren Geschmack ganz gut.«

»Ich denke schon. Ich habe noch nie Verlobungsringe gekauft, aber ich glaube, ich weiß, was ihr gefällt. Meine Güte, Farley!«

»Meinst du, in Deadwood finden wir den richtigen? Ansonsten könnten wir nach Rapid City fahren.«

»Lass es uns erst mal in Deadwood versuchen. Wir sollten ... Ich kann es immer noch kaum fassen.« Sie musterte ihn durch den Regenumhang. »Farley!« Lachend stellte sie sich auf die Zehenspitzen und gab ihm einen schmatzenden Kuss. »Hast du es Mom und Dad schon gesagt?«

»Jenna hat geweint. Aber vor Freude. Sie hat mir auch vorgeschlagen, dass du mich zum Ringkauf begleiten könntest. Sie mussten mir beide versprechen, nichts zu verraten, bis alles gebongt ist. Du verrätst doch auch nichts, Lil?«

»Meine Lippen sind versiegelt.«

»Ich wollte es ihnen zuerst sagen. Weil ... ich weiß nicht, das klingt irgendwie blöd.«

»Wieso?«

Er trat unruhig von einem langen Bein auf das andere. »Weil ich ihren Segen wollte, nehme ich an.«

»Das klingt überhaupt nicht blöd. Du bist ein Traummann, Farley, ehrlich. Wieso hast du dich eigentlich nicht in mich verliebt?«

Grinsend legte er den Kopf schief. »Lil. Du bist mehr oder weniger meine Schwester.«

»Darf ich dich mal was fragen, Farley?«

»Klar.«

Sie lief mit ihm auf und ab, so langsam und gemütlich wie bei einem Regenspaziergang, nur dass sie beide bewaffnet waren. »Du hattest es schwer als Kind.«

»Das kann man wohl sagen.«

»Ich weiß. Das ist mir nicht zuletzt deshalb bewusst, weil ich es nie schwer hatte. Meine Kindheit war nahezu perfekt. Als du von zu Hause weggelaufen bist, warst du noch ein Kind.«

»Aber ich habe mich nicht wie eines gefühlt.«

»Warum hast du das getan? Warum hast du beschlossen abzuhauen? Das ist ein großer, beängstigender Schritt. Selbst wenn man eine furchtbare Familie hat – man kennt sie wenigstens.«

»Es war schwer, mit meiner Mutter zusammenzuleben, außerdem hatte ich es satt, ständig zu Pflegefamilien zu kommen und von dort wieder zu ihr und dem Typen, mit dem sie gerade zusammen war, zurückzukehren. Ich kann mich an keine Nacht erinnern, in der nicht geschrien und gestritten wurde. Manchmal fing sie damit an, manchmal ihr jeweiliger Lebensgefährte. Aber am Ende war immer ich derjenige, der blutete. Einmal war ich fast so weit, diesen Typen mit einem Baseballschläger anzugreifen, nachdem er uns beide durch die Gegend geprügelt hatte. Aber er war ziemlich groß, und ich hatte Angst, er könnte ihn mir entwinden und mich damit vermöbeln.«

Er blieb stehen. »Meine Güte, Lil, du glaubst doch nicht etwa, dass ich Tansy wehtun, ihr so etwas antun könnte?«

»Nichts läge mir ferner, Farley. Ich versuche, etwas anderes zu verstehen. Du warst pleite, als du hier ankamst, hungrig und noch ein Kind. Aber du hattest nichts Bösartiges an dir. Denn das hätten meine Eltern gespürt. Sie haben ein gutes Herz, aber auch eine gute Menschenkenntnis. Du hast unterwegs weder gestohlen noch dich geprügelt, noch gelogen. Gelegenheiten gab es bestimmt genug.«

»Aber dann wäre es mir wohl kaum besser ergangen als vorher.«

»Du hast von einem besseren Leben geträumt.«

»Ehrlich gesagt haben mich Jenna und Joe gerettet, Lil. Ich weiß nicht, was aus mir geworden wäre, oder ob es mich überhaupt noch gäbe, wenn sie mich nicht aufgenommen hätten.«

»Vermutlich hatten wir alle Glück, dass du gerade deinen Daumen ausgestreckt hast, als mein Vater vorbeikam. Der Mann, den wir da draußen vermuten, hatte ebenfalls eine schwere Kindheit.«

»Na und? Aber jetzt ist er längst erwachsen.«

Sie schüttelte den Kopf. Das war Farleys Logik, aber leider waren die meisten Menschen deutlich komplizierter.

Kurz nach zwei kehrte sie in ihre Hütte zurück. Sie verstaute ihr Gewehr und ging nach oben. Sie besaß immer noch hübsche Unterwäsche aus der Zeit mit Jean-Paul. Aber es kam ihr nicht richtig vor, für Coop etwas zu tragen, das sie für einen anderen Mann angezogen hatte.

Stattdessen zog sie ihre normale Flanellschlafanzughose und ein T-Shirt an und setzte sich auf die Bettkante, um ihre Haare zu bürsten.

Sie war müde, aber gleichzeitig hellwach. Sie wollte, dass er zu ihr kam, sehnte sich nach diesem harten Tag nach seiner Gegenwart. Nach seiner Liebe, während draußen der Regen herunterprasselte und es langsam Morgen wurde.

Sie sehnte sich nach etwas Hellem, Strahlendem in ihrem Leben. Selbst ein verwirrendes Flackern war immer noch besser als diese deprimierende Dunkelheit.

Sie hörte, wie er hereinkam, und stand auf, um ihre Bürste zurück auf die Kommode zu legen. Gedankenverloren lief sie wieder zum Bett und schlug die Decke zurück. Als er das Zimmer betrat, drehte sie sich zu ihm um.

»Wir müssen reden«, sagte sie. »Aber es ist zwei Uhr morgens, und tagsüber redet es sich besser. Ich möchte einfach nur mit dir ins Bett gehen. Ich möchte dich einfach nur spüren, wissen, dass es an so einem trostlosen Tag auch noch einen Lichtblick gibt.«

»Dann werden wir tagsüber reden.«

Nach diesen Worten kam er zu ihr, fuhr ihr mit den Fingern durchs Haar und hob ihr Kinn. Er küsste sie mit einer Zärtlichkeit und Geduld, die sie an ihm ganz vergessen hatte.

Die Süße, die sie einst geteilt hatten, war wieder da.

Sie legte sich mit ihm zwischen die kühlen, glatten Laken und öffnete Körper, Seele und Herz. Ganz langsam und sanft, so als wüsste er, dass sie Zuwendung brauchte. Alle Anspannung fiel von ihr ab, wurde von der Lust hinweggeschwemmt. Seine Hände glitten über sie, raue Handflächen, sanfte Berührungen. Mit einem zufriedenen Seufzen wandte sie den Kopf, während seine Lippen ihren Hals, ihr Kinn erkundeten.

Diesmal gab es keinen Grund zur Eile, zur Gier. Das hier fühlte sich an wie Samt und Seide, so warm und weich. Das hier war mehr als eine flüchtige Empfindung, ein befriedigtes Bedürfnis, es war ein echtes *Gefühl*. Sie schob sein Hemd hoch, fuhr mit den Fingern über seine Narbe.

»Ich weiß nicht, ob ich es je verkraftet hätte, wenn du ...«

»Pssst.« Er hob ihre Hand an seine Lippen, küsste

ihre Finger und dann ihren Mund. »Nicht nachdenken. Mach dir keine Sorgen.«

In dieser Nacht konnte er ihr Frieden schenken und selbst Frieden finden. In dieser Nacht wollte er ihr seine Liebe zeigen, nicht nur seine Leidenschaft. Ja, in dieser Nacht würden sie einander voll und ganz auskosten.

Sie roch nach Regen, irgendwie modrig und frisch zugleich. Sie schmeckte danach. Er schob ihre Kleider beiseite, berührte und schmeckte die entblößte Haut und verweilte dort, wo sie zitterte.

Auch sie war von Narben übersät. Narben, die noch nicht da gewesen waren, als sie sich das erste Mal geliebt hatten und diese herrliche Haut noch unversehrt gewesen war. Ihre Arbeit hatte Spuren hinterlassen. So wie seine Arbeit in Form der Kugel Spuren hinterlassen hatte.

Sie waren nicht mehr dieselben wie früher. Und trotzdem war sie noch immer die einzige Frau, die er je gewollt hatte.

Wie oft hatte er davon geträumt, Lil die ganze Nacht lang zu lieben? Ihre Hände auf sich zu spüren, ihren Körper, der sich im Gleichklang mit seinem bewegte?

Sie drehte sich um, ließ ihre Lippen über seine Brust gleiten, um ihn dann wieder zu küssen und sich immer mehr in diesem Kuss zu verlieren, während ihre Haare um ihn fielen wie ein dunkler Vorhang. Er richtete sich auf, um sie zu umarmen, sie hin und her zu wiegen und festzuhalten, während sein Mund ihre Brust fand.

Sie empfand große Lust, ihre Bewegungen waren langsam und jeder einzelne Nerv hellwach.

Sie sah ihn an, als sie ihn in sich aufnahm, sah, wie er die Luft anhielt und dann stoßweise ausatmete. Ihre

Lippen vereinten sich in einem zitternden Kuss. Dann lehnte sie sich zurück und ließ sich mit geschlossenen Augen treiben.

Sie ritt auf ihm, ganz sanft, und kostete den Moment voll aus. Sie stöhnte, und als sich ihr Körper entspannte, wurde ihr Herz übervoll.

Sie legte ihren Kopf auf seine Schulter, während sie erneut mitgerissen wurde. Er drehte sein Gesicht so, dass es seitlich an ihrem Hals lag. »Lil«, sagte er. »Meine Güte, Lil.«

»Bitte sag jetzt nichts. Bitte.« Denn dann würde sie vielleicht zu viel sagen, und sie war jetzt vollkommen wehrlos. Sie löste sich von ihm, um seine Wange zu berühren. »Tagsüber redet es sich besser«, wiederholte sie.

»Einverstanden. Es wird sowieso bald hell.«

Er lag neben ihr, zog sie eng an sich. »Ich muss noch vor Sonnenaufgang weg«, gestand er ihr. »Aber ich komme wieder. Wir brauchen dringend etwas Zeit zu zweit, Lil. Zeit, in der wir ungestört sind.«

»Das ist alles ein bisschen viel für mich, ich kann kaum noch klar denken.«

»Das stimmt nicht. Du denkst klarer als alle, die ich kenne.«

Nicht, was dich anbelangt, gestand sie sich insgeheim ein. »Der Regen lässt nach. Morgen soll es aufklaren. Morgen sehen wir weiter, wenn es wieder Tag ist.«

Aber der Tag brachte den Tod.

20

Gull fand James Tyler. Es war eher der Zufall und weniger der Verstand, der ihn, seinen Bruder Jesse und einen jungen Hilfssheriff ans Ufer des mittlerweile reißenden Spearfish Creek führte. An einem Morgen, an dem es so neblig war wie in einem Dampfbad, ritten sie mit ihren Pferden durch den Schlamm. Das vom Regen und der Schneeschmelze aufgewühlte Wasser brauste laut, und über ihnen schwebten dicke graue Nebelschwaden.

Sie waren weit von dem Weg entfernt, den Tyler zum Crow-Peak-Gipfel hätte nehmen müssen. Aber inzwischen hatte sich die Suche auf die bewaldeten Hänge des Canyons ausgeweitet. Kleinere Grüppchen durchkämmten die felsigen höheren Lagen sowie das braune, schieferfarbene Totholz darunter.

Gull hatte nicht damit gerechnet, irgendetwas zu entdecken. Ja, er schämte sich fast dafür, dass er den Abstecher regelrecht genoss. Der Frühling machte sich bereits bemerkbar, und der Regen hatte das Grün hervorgelockt, das er an den Bergen so liebte. Ein Eichelhäher schoss wie eine blaue Kugel durch den Nebel, während die Meisen durcheinanderkrakeelten wie Kinder auf einem Spielplatz.

Regen ließ das Wasser tosen, aber es gab immer noch Stellen, an denen der Bach so klar war wie Gin.

Hoffentlich konnte er bald eine Gruppe Wanderer durch die Berge führen, die angeln wollten, sodass er Forellen fangen konnte. Gull liebte seinen Job.

»Wenn der Mann so weit vom markierten Weg abgekommen ist, ist er blind wie ein Maulwurf«, sagte Jesse. »Das ist doch bloß Zeitverschwendung.«

Gull sah zu seinem Bruder hinüber. »An so einem schönen Tag verschwende ich gern meine Zeit. Außerdem kann er sich bei dem Unwetter in der Dunkelheit verirrt haben. Wenn man einmal falsch abbiegt und dann immer geradeaus geht, kann man durchaus so weit vom Weg abkommen.«

»Hätte sich dieser Idiot einen Felsen gesucht und wäre dort hocken geblieben, hätte man ihn bestimmt längst gefunden.« Jesse rutschte in seinem Sattel hin und her. Er verbrachte mehr Zeit damit, Pferde zu beschlagen, als sie zu reiten, und sein armer Hintern schmerzte bereits. »Ich kann nicht ewig hier rumreiten und nach jemandem suchen, der zu doof ist, um sich finden zu lassen.«

Hilfssheriff Cy Fletcher – der kleine Bruder des ersten Mädchens, das Gull an seine Brüste gelassen hatte – kratzte sich am Bauch. »Ich würde sagen, wir folgen dem Bach noch ein Stückchen und reiten dann in einem großen Bogen zurück.«

»Einverstanden«, pflichtete Gull ihm bei.

»In diesem Nebel sieht man die Hand vor Augen nicht«, jammerte Jesse.

»Die Sonne lässt ihn gleich verdunsten.« Gull zuckte mit den Achseln. »An manchen Stellen kommt sie schon durch. Hast du was Besseres vor, Jesse?«

»Ich muss schließlich Geld verdienen! Ich habe keinen so lockeren Job, bei dem ich den lieben langen Tag mit irgendwelchen blöden Touristen durch die Gegend reite.« Das war ein ewiger Streitpunkt zwischen den Brüdern, und so zankten sie sich, während die Sonne stärker und der Nebel dünner wurde. Als sie einen der kleinen Wasserfälle erreichten, wurde es wegen des lauten Rauschens und Brausens einfach zu anstrengend, sich Beleidigungen an den Kopf zu werfen.

Gull konzentrierte sich wieder darauf, den Ritt zu genießen. Er sog die frische, wärmer werdende Luft tief in seine Lunge und grinste glücklich, als er eine Forelle springen sah. Sie blitzte in der Sonne auf wie das gute Silberbesteck, das seine Ma fürs Weihnachtsessen hervorholte. Anschließend fiel sie in das schnell dahinfließende Wasser zurück.

Sein Blick folgte den Wellen bis zum schäumenden Weiß der Wasserfälle. Er blinzelte, und ihm stellten sich die Nackenhaare auf.

»Ich glaube, da unten liegt einer, da unten im Wasserfall.«

»Ich kann nichts erkennen.«

»Das will noch nichts heißen.« Ohne weiter auf seinen Bruder zu achten, trieb Gull sein Pferd näher ans Ufer.

»Wenn du da reinfällst, hole ich dich nicht wieder raus!«

Wahrscheinlich war es nur ein Felsen, dachte Gull.

Dann würde er dastehen wie ein Idiot und müsste sich von Jesse für den Rest des Rittes blöd anreden lassen. Aber es sah nicht aus wie ein Felsen. Es sah aus wie eine Stiefelspitze.

»Ich glaube, das ist ein Stiefel. Siehst du das, Cy?«

»Schwer zu sagen.« Cy sah mäßig interessiert zu der angegebenen Stelle hinüber, wobei seine Hutkrempe die Augen überschattete. »Wahrscheinlich ein Felsen.«

»Ich glaube, es ist ein Stiefel.«

»Alarmier die verdammte Journaille«, rief Jesse und hob den Hintern aus dem Sattel, um sich daran zu kratzen. »Irgendein bescheuerter Camper hat seinen Stiefel im Spearfish Creek verloren.«

»Wenn dem so wäre – warum bleibt der dann da liegen? Warum treibt er nicht ab und wird vom Wasserfall mitgerissen? Selber bescheuert!«, murmelte Gull, während er seinen Feldstecher hervorholte.

»Weil es ein verdammter Felsen ist. Oder der Stiefel von irgend so einem Idioten ist an einem verdammten Felsen hängen geblieben. Vergiss es. Ich muss mal pissen.«

Als Gull durch den Feldstecher sah, wurde er kreidebleich. »O Gott! Ich glaube, da steckt ein Bein in diesem Stiefel. Verdammt, Jesse! Ich kann was unter Wasser erkennen.«

»Verarsch uns nicht, Gull.«

Gull ließ den Feldstecher sinken und musterte seinen Bruder. »Seh ich so aus, als würde ich euch verarschen?«

Jesse verstimmte, sobald er das Gesicht seines Bruders sah. »Dann sollten wir mal genauer nachsehen.«

Sie banden die Pferde fest.

Gull warf einen Blick auf das Klappergestell von Hilfssheriff und wünschte, er könnte sich aus der ganzen Sache heraushalten. »Ich kann von uns allen am besten schwimmen. Ich gehe da runter.«

Der Seufzer, den Cy ausstieß, verriet Schicksalsergebenheit, aber auch Angst. »Das ist mein Job.«

»Gut möglich«, sagte Jesse, als er sein Seil hervorholte. »Aber Gull kann schwimmen wie ein Otter. Das Wasser ist ziemlich wild, also werden wir dich anseilen. Du bist ein Idiot, Gull, aber du bist mein Bruder, und ich werde nicht zusehen, wie du ersäufst.«

Gull kämpfte gegen seine Angst an und zog sich bis auf die Unterhose aus. Dann wartete er, bis ihm sein Bruder das Seil um die Taille gebunden hatte. »Ich wette, das Wasser ist verdammt kalt.«

»Du wolltest da runter.«

Weil er das leider nicht abstreiten konnte, schwang sich Gull über das Ufer, balancierte über Felsen und Totholz und starrte in das schnell vorbeifließende Wasser. Er sah sich um und prüfte, ob sein Bruder das Seil gut befestigt hatte.

Er ging ins Wasser. »Es ist verdammt kalt!«, schrie er. »Gib mir etwas mehr Seil.«

Er schwamm gegen die heftige Strömung an und stellte sich dabei vor, wie seine Zehen blau wurden und einfach abfielen. Trotz des Seils prallte er gegen Felsen, konnte sich aber wieder von ihnen abstoßen.

Er tauchte und stemmte sich gegen die Strömung. In dem Wasser, das klar wie Gin war, sah er, dass er recht gehabt hatte. In dem Stiefel steckte ein Bein.

Nach Luft japsend und wild um sich fuchtelnd, tauchte

er wieder auf. »Zieh mich an Land. Verdammt, zieh mich an Land!«

Panik vernebelte seinen Verstand, und ihm wurde schlecht. Er schlug um sich, kraulte durchs Wasser, schluckte es, spuckte es wieder aus und verließ sich darauf, dass sein Bruder ihn rausholte.

Er kraulte zu einem Felsen, würgte Wasser und sein Frühstück hoch, bis er nur noch keuchend dalag. »Ich hab ihn gesehen. Ich hab ihn gesehen. O Gott, die Fische haben sich über ihn hergemacht. Über sein Gesicht.«

»Ruf Verstärkung, Cy. Ruf Verstärkung!« Jesse rutschte zum Ufer hinunter, um seinen Bruder in eine Satteldecke zu hüllen.

Die Sache sprach sich sofort herum. Coop erfuhr aus drei verschiedenen Quellen von Gulls Entdeckung, und jeder erzählte ihm etwas anderes, bevor Willy ihn bei den Ställen aufsuchte.

»Du hast es bestimmt schon gehört.«

»Ja. Ich wollte gerade zu Gull fahren, um nach ihm zu sehen.«

Willy nickte. Seine Stimme klang immer noch heiser, aber es ging ihm schon wieder besser. »Er ist ziemlich fertig mit den Nerven. Ich wollte auch zu ihm, um seine Aussage aufzunehmen. Wenn du mitfahren willst, wäre mir das sehr recht, Coop, und zwar nicht nur, weil er für dich arbeitet. Ich hatte bereits mit Morden zu tun, aber mit so etwas noch nie. Schon bald werden sich jede Menge Leute mit diesem Fall beschäftigen, und ich möchte, dass du mit dabei bist. Allerdings nur inoffiziell.«

»Ich fahr dir hinterher. Hast du schon Tylers Frau benachrichtigt?«

Willys Mund war nur noch ein schmaler Strich. »Ja, das war das Allerschlimmste. Ich nehme an, du musstest auch schon so manche Todesnachricht überbringen, damals an der Ostküste.«

»Ja, das ist wirklich das Allerschlimmste«, pflichtete ihm Coop bei. »Ich habe ganz unterschiedliche Versionen der Geschichte gehört. Kennst du schon die Todesursache?«

»Die bekommen wir erst vom Gerichtsmediziner. Er lag schon eine Weile im Wasser – du weißt ja, was dann passiert. Aber er ist nicht gestürzt, und die verdammten Fische haben ihm auch nicht die Kehle aufgeschlitzt. Sie waren es auch nicht, die die Leiche unter Wasser hielten. Wenn ihn die Flut nicht hochgespült und Gull nicht Augen hätte wie ein Falke, hätten wir ihn vielleicht erst viel später gefunden.«

»Wie hat er das hingekriegt?«

»Mit einem Nylonseil und Felsen. Aber so wie die Leiche dalag, musste der Mistkerl dafür ins Wasser gehen. Was für ein kranker Typ. Er hat Tylers Geldbeutel, seine Uhr, seinen Rucksack, seine Jacke und sein Hemd mitgenommen. Er hat ihn mit nichts als seiner Hose und seinen Stiefeln zurückgelassen.«

»Wahrscheinlich hatten sie die falsche Größe. Ansonsten hätte er sie auch mitgenommen. Man soll schließlich nichts verkommen lassen.«

Gull besaß eine kleine Wohnung am anderen Ende der Stadt, sie befand sich direkt über einer Bar mit Grillrestaurant. Das kleine Apartment roch genau wie er, nämlich nach Pferd und Leder, und war eingerichtet wie eine Studentenbude. Jesse machte ihnen die Tür auf. Er war seinem Bruder nicht von der Seite gewichen, seit Gull dem Spearfish Creek entronnen war.

»Er ist immer noch ziemlich wackelig auf den Beinen. Ich habe schon überlegt, ihn zu unserer Mutter zu bringen, damit sie ein wenig seinen Kopf tätschelt.«

»Vielleicht wäre das wirklich das Beste«, sagte Willy. »Ich brauche nur noch seine Aussage. Deine habe ich schon, aber vielleicht fällt dir ja noch etwas ein.«

»Wir haben Kaffee aufgesetzt. Er nuckelt immer noch an seiner Cola. Keine Ahnung, wie er das Zeug runterkriegt, aber etwas anderes kann ich euch nicht anbieten.«

»Zu einem Kaffee sag ich nicht nein.« Willy ging zu Gull, der auf einer durchgesessenen karierten Couch saß und den Kopf in die Hände gestützt hatte.

»Ich sehe ihn noch immer vor mir. Ich werde den Anblick einfach nicht mehr los.«

»Du warst sehr tapfer, Gull. Du hast das Richtige getan.«

»Trotzdem wünschte ich, ein anderer hätte diese verdammte Stiefelspitze aus dem Wasser ragen sehen.« Er hob den Kopf und sah Coop an. »Hallo, Chef. Ich wollte kommen, aber ...«

»Mach dir deswegen keine Sorgen. Lass dir Zeit und erzähl Willy alles, was du weißt, und zwar so sachlich wie möglich. Danach wird es dir bessergehen.«

»Ich habe dir doch schon alles erzählt«, sagte er zu Willy. »Und den Rangern auch.« Er atmete hörbar aus und fuhr sich übers Gesicht. »Also gut«, hob er an. »Wir sind dem Bach gefolgt.«

Coop hielt sich im Hintergrund und ließ Willy nachhaken, wenn es nötig wurde. Er trank Cowboy-Kaffee, während Gull sich alles von der Seele redete.

»Du weißt, wie klar das Wasser dort ist. Selbst nach so einem Unwetter ist es sauber und klar. Ich bin getaucht, weil ich wegen des Wasserfalls und dem vielen Schaum nicht viel sehen konnte. Dann konnte ich ihn gut erkennen. Sein eines Bein war an die Oberfläche getrieben. Ich nehme an, der Regen und die Strudel haben es hochgespült. Er trug kein Hemd, nur seine Hose und seine Stiefel. Und die Fische hatten ihn angenagt. Sein Gesicht …«

Gull kamen die Tränen, als er Coop ansah. »So etwas habe ich noch nie gesehen. Das ist ganz anders als im Film und mit nichts sonst vergleichbar. Ich wusste nicht mal, ob er es ist – der Mann, nach dem wir gesucht haben. Er hatte keinerlei Ähnlichkeit mehr mit dem Foto, das wir von ihm hatten. Wegen der Fische. Ich bin wieder aufgetaucht, habe aber eine Menge Wasser geschluckt. Wahrscheinlich habe ich unter Wasser geschrien. Meine Beine waren wie gelähmt. Jesse und Cy mussten mich mit dem Seil an Land ziehen.«

Er schenkte seinem Bruder ein schwaches Lächeln. »Mir wurde hundeübel. Ich muss wirklich erbärmlich ausgesehen haben, denn nicht mal mein Bruder wollte mich mehr ärgern.«

»Ich wollte schon umkehren«, sagte Jesse. »Ich hab gejammert und den Mann, den Gull gefunden hat, als Idioten bezeichnet. Das tut mir leid.«

Draußen blies Willy die Backen auf. »Tyler wurde ziemlich weit weg vom Weg gefunden. Es gibt zahlreiche Möglichkeiten, wo er seinem Mörder begegnet sein kann.«

»Meinst du, er ist so weit vom Weg abgekommen?«

»Nein. Nicht von allein, falls du das meinst. Ein bisschen bestimmt, aber er hatte eine Karte dabei und sein Handy. Ich glaube, dass er dorthin gelotst wurde. Da bin ich mir ziemlich sicher.«

»Der Meinung bin ich auch. Der Mörder wollte nicht, dass die Leiche bald gefunden wird und auch nicht, dass sie in der Nähe seines Reviers auftaucht. Er hat seine Beute von seinem Territorium weggelockt. Töte, entsorge die Leiche und kehre erst anschließend in dein Revier zurück.«

»Das muss Zeit gekostet haben. Wahrscheinlich Stunden. Der Mistkerl hatte Glück mit dem Wetter.«

»Aber irgendwann wird er auch mal Pech haben.«

»Noch suchen wir einen völlig Unbekannten. Wir können den Mord an Tyler nicht mit den Vorfällen bei Lil in Verbindung bringen, und auch nicht mit den Morden, auf die du gestoßen bist. Ich werde Ethan Howes Bild zur Fahndung rausgeben und ihn erst mal als Zeugen suchen lassen. Cy hat sich bemüht, den Tatort zu fotografieren. Er ist noch unerfahren, aber nicht dumm. Wir haben Fotos, und ich nehme an, du hast nichts dagegen, wenn ich dir auch Abzüge zukommen lasse.«

»Nein.«

»Die Kriminalpolizei durchkämmt gerade die Umgebung des Tatorts. Wenn der Mistkerl auch nur einen Zahnstocher verloren hat, werden sie ihn finden. Und wenn wir den Todeszeitpunkt kennen, wird uns das ebenfalls weiterhelfen. Wir können versuchen, den Tathergang zu rekonstruieren. Mich interessiert alles, was du darüber denkst. Ich lasse mir niemanden durch die Lappen gehen, der eine Freundin von mir terrorisiert und Touristen umbringt.«

»Dann sage ich dir Folgendes: Er hat sich verkrochen. Er hat einen Unterschlupf, wahrscheinlich mehrere. Aber in einem bewahrt er den Großteil seiner Vorräte auf. Viel wird er sowieso nicht haben. Er ist häufig unterwegs und braucht leichtes Gepäck. Wenn er etwas braucht, nimmt er es sich. Er stiehlt es von Campern, aus Ferienhütten und leer stehenden Häusern. Wir wissen, dass er mindestens eine Waffe besitzt, also braucht er auch Munition. Er lebt vom Jagen oder plündert Zeltlager. Und ich glaube, dass er die Ohren offen hält. Er wird erfahren, dass die Leiche gefunden wurde. Das Vernünftigste wäre, das Weite zu suchen, rüber nach Wyoming zu fliehen und eine Weile abzutauchen. Aber ich glaube nicht, dass er das tun wird. Er hat eine Mission. Und die ist noch nicht beendet.«

»Wir werden ihn suchen, zu Land und aus der Luft. Wenn er auch nur seine Schwanzspitze sehen lässt, kriegen wir ihn.«

»Hast du irgendwelche Diebstahlsanzeigen erhalten? Weißt du was von Campern, Wanderern, Häusern oder Läden, die beklaut worden sind?«

»So was kommt immer mal wieder vor. Ich werde alle Fälle von Diebstahl im letzten halben Jahr heraussuchen. Vielleicht darf ich dich vorübergehend zum Hilfssheriff ernennen?«

»Nein, ich möchte nie mehr eine Polizeimarke tragen.«

»Irgendwann müssen wir mal ein Bier trinken gehen, Coop, und du erzählst mir, warum das so ist.«

»Vielleicht. Ich muss zurück zu Lil.«

»Fahr beim Revier vorbei und hol dir die Fotos ab. Polizeimarke hin oder her – ich werde auf dich zurückgreifen.«

Als Coop diesmal zu Lil kam, hatte er seine 9mm-Pistole unter der Jacke. Er trug seinen Laptop, die Unterlagen von Willy und drei Einsteckmagazine in ihre Hütte. Nach kurzem Überlegen verstaute er eines der Magazine in seiner Hosentasche und die beiden anderen in einer Schublade ihrer Kommode.

Stirnrunzelnd zog er ein kurzes schwarzes Seidenhemdchen mit durchsichtigen Spitzeneinsätzen daraus hervor.

Komisch, dass sie bei ihm immer Flanell trug.

Er zog an etwas Rotem, fast Durchsichtigem, schüttelte den Kopf und ließ das schwarze Etwas zurück in die Schublade fallen.

In der Küche stellte er seinen Laptop auf den Tisch und ging dann nach draußen, um die Fortschritte bei der neuen Alarmanlage zu begutachten.

Er verbrachte ein wenig Zeit mit dem Chefinstallateur aus Rapid City und ergriff sofort die Flucht, als der Mann begriff, dass er sich mit Sicherheitssystemen auskannte. Hinterher hätte man ihn noch dazu verdonnert, bei der Verkabelung zu helfen.

Ihm fiel auf, dass das gute Wetter die Leute nach draußen lockte. Er zählte drei Gruppen, die durch das Reservat geführt wurden. Und der große gelbe Schulbus ließ darauf schließen, dass im Schulungszentrum noch mehr Besucher waren.

Lil war beschäftigt, und das war gut so, auch wenn sie

das vielleicht anders sah. Aber es war nur noch wenige Stunden hell – und sie waren verabredet.

Er kuppelte ihren Pferdeanhänger an seinen Truck und lud das Pferd, das er ihr verkauft hatte, ein. Er selbst nahm sich das jüngere und größere der Pferde, die noch im Stall standen.

Es amüsierte ihn, dass niemand ihn darauf ansprach. Entweder, man betrachtete ihn bereits als Mitarbeiter, oder er wirkte zu Respekt einflößend. Die Praktikanten kümmerten sich jedenfalls um ihre eigenen Angelegenheiten – und Tansy winkte ihm aus der Entfernung fröhlich zu.

Eine Frage an einen vorbeigehenden Mitarbeiter genügte, und er erfuhr, dass Lil im Büro war. Er fuhr mit dem Anhänger zur entsprechenden Hütte und stieg aus, um sie abzuholen.

»Coop.« Mary saß am Schreibtisch und nickte ihm abwesend zu. »Sie telefoniert gerade, aber ich glaube, sie packt schon zusammen.« Sie sah zu Lils Büro hinüber und senkte die Stimme. »Hast du schon das mit dem Mord gehört? Ist das wirklich wahr?«

»Ja.«

»Der arme Mann. Die arme Frau. Da kommt sie her, um etwas Urlaub zu machen, und kehrt als Witwe heim. Immer wenn ich denke, der Mensch ist gut, geschieht wieder etwas, das mich vom Gegenteil überzeugt.«

»Du hast recht, allerdings in beiderlei Hinsicht.«

»Genau das ist ja das Problem. Übrigens hat sich dein Freund, der Typ mit der Alarmanlage, gemeldet.«

»Ich habe schon mit ihm gesprochen. Noch zwei Tage, dann seid ihr rundum sicher.«

»Das freut mich. Andererseits ist es wirklich eine Schande, dass wir den ganzen Ärger und die Ausgaben haben, nur weil manche Leute nichts taugen.«

»Aber es ist eine lohnende Anschaffung.«

»Wenn du meinst. So, jetzt hat sie aufgelegt. Am besten, du gehst rein, bevor sie wieder telefoniert.«

»Mary, hast du etwas dagegen, wenn ich Lil für ein paar Stunden entführe?«

»Nicht, wenn sie dabei nicht arbeiten muss und keine Sorgen hat. Denn in letzter Zeit gab es kaum etwas anderes für sie.«

»Versprochen.«

»Lass dich nicht abwimmeln!«, befahl ihm Mary, während er Lils Büro betrat.

Sie saß vor ihrem Computerbildschirm, die Finger auf der Tastatur.

Wusste sie überhaupt, wie blass sie war und welch tiefe Schatten sie unter den Augen hatte?

»Ich bin hinter einem Tiger her.«

»Das hört man nicht alle Tage.«

»Boris ist einsam. Der Strip-Club in Sioux City ließ ein bengalisches Tigerweibchen auftreten.«

»Hat es gestrippt?«

»Ha, ha. Nein, es wurde im Käfig gehalten oder lag an der Kette. Bis der Club endlich wegen Tierquälerei geschlossen wurde. Man hat ihm die Krallen ausgerissen, es unter Drogen gesetzt und weiß Gott noch was. Wir werden es bei uns aufnehmen.«

»Gut, dann hol es.«

»Ich organisiere gerade den Transport, und das ist ein großer bürokratischer Aufwand. Ich bemühe mich um

Spenden. Sie war in der Presse, und ich kann die Artikel verwenden, um darauf aufmerksam zu machen. Ich muss nur noch ...«

»Komm mit.«

Er sah, wie sie sich verkrampfte. »Stimmt was nicht? Ist noch etwas passiert?«

»Nein, und auch in den nächsten zwei Stunden wird nichts passieren. Der Tiger kann warten. Alles andere kann warten. Es ist noch hell.«

»Cooper, ich muss arbeiten. Im Schulungszentrum sitzt eine ganze Busladung voller Schüler, und hier wird die Alarmanlage aufgebaut. Matt hat gerade ein Hirschkalb genäht, das von einem Wagen angefahren wurde, und ich versuche Delilah bis Anfang nächster Woche herbringen zu lassen.«

»Ich nehme an, Delilah ist die Tigerdame und keine der Tänzerinnen. Ich muss auch arbeiten, Lil, aber die Arbeit läuft uns schließlich nicht weg. Lass uns gehen.«

»Wohin denn? Meine Güte, Coop, irgendein armer Mann wurde umgebracht und im Spearfish Creek entsorgt. Ich habe jetzt wirklich keinen Nerv dafür, mit dir spazieren zu gehen und über sonst was zu diskutieren.«

»Wir machen keinen Spaziergang. Aber anscheinend muss ich Gewalt anwenden.« Er lief um den Schreibtisch herum, zog sie aus ihrem Stuhl und legte sie sich über die Schulter.

»Um Himmels willen!« Sie trommelte auf seinen Rücken. »Hör auf damit, das ist doch lächerlich. Hör auf! Wag es nicht, mich hier rauszutragen ...«

Auf dem Weg nach draußen griff er nach ihrem Hut. »Wir sind für ein paar Stunden weg, Mary.«

Mary strahlte ihn an und nickte nur. »Einverstanden.«

»Schaffst du es, hier zuzusperren, wenn wir nicht vorher zurück sind?«

»Kein Problem.«

»Hör auf! Das ist *mein* Reservat. Du hast meinen Mitarbeitern nicht das Geringste zu befehlen. Wage es nicht, dieses Gebäude zu verlassen! Cooper, du machst uns zum Affen.«

»*Ich* mache mich nicht zum Affen.« Er ging nach draußen, zu seinem Truck. »Aber du dich, wenn du nicht dort sitzen bleibst, wo ich dich hinsetze. Denn dann werde ich dich einfach packen und wieder zurückbringen.«

»Du machst mich wahnsinnig.«

»Damit kann ich leben.« Er öffnete die Beifahrertür und ließ sie auf den Sitz plumpsen. »Ich meine es ernst, Lil, ich werde dich knallhart zurückschleifen.« Er schnallte sie an und ließ dann ihren Hut in ihren Schoß fallen. »Bleib, wo du bist.«

»Na gut, ich bleibe. Aber nur, weil wir uns in der Öffentlichkeit befinden und ich keine Szene machen will.«

»Sehr freundlich.« Er knallte die Tür zu, ging um die Kühlerhaube herum und setzte sich hinters Steuer. »Wir werden ausreiten. Wir kommen nicht eher zurück, bis deine Wangen etwas Farbe bekommen haben.« Er sah sie an. »Und ich spreche hier nicht von Zornesrot.«

»Mehr wirst du nicht bekommen.«

»Wir werden sehen.« Er fuhr die Straße herunter. »Ich bringe dich nach Rimrock. Dort befinden wir uns beide auf neutralem Boden.« Außerdem lag es meilenweit von dem Ort entfernt, an dem Tylers Leiche gefunden worden war.

»Was soll das?«

»Du brauchst dringend eine Pause und ich auch. Außerdem haben wir das lange genug hinausgeschoben, Lil.«

»Ich entscheide, wann ich eine Pause brauche. Verdammt noch mal, Coop, warum musst du mich immer so wütend machen? Ich habe auch so schon genug um die Ohren, ohne dass ich mich noch mit dir herumstreiten müsste. Außerdem haben wir uns doch wieder vertragen. Letzte Nacht.«

»Du warst zu erschöpft, um die letzte Nacht richtig mitzubekommen. Mir ist es lieber, du bist wütend, anstatt beinahe in Tränen auszubrechen, nur weil du mit mir *reden* musst.«

»Ich hab schon genug mit dir geredet.« Sie lehnte den Kopf zurück und schloss die Augen. »Himmelherrgott, Cooper, ein Mann wurde ermordet. Ermordet! Und du zwingst mich zu so etwas? Worüber willst du reden? Über das, was ein für alle Mal vorbei ist?«

»Genau, ein Mann wurde ermordet. Und derjenige, der das getan hat, hat es auf dich abgesehen. Du brauchst Hilfe, aber du vertraust mir nicht.«

Mit einer ruckartigen Bewegung griff sie nach dem Hut auf ihrem Schoß und setzte ihn auf. »Das stimmt nicht.«

»Du vertraust mir, wenn es darum geht, dein Reservat zu sichern. Du vertraust mir so sehr, dass du mit mir schläfst. Aber tief in deinem Innern vertraust du mir nicht.«

Er parkte an einem Zeltplatz. Gemeinsam luden sie schweigend die Pferde aus. »Von hier aus können wir den unteren Rundweg nehmen. Der ist kürzer.«

»Ich mag es nicht, so behandelt zu werden.«

»Das kann ich gut verstehen, aber es ist mir egal.«

Sie stieg auf und trieb ihr Pferd zum Weg. »Vielleicht haben sich deine Ex-Freundinnen so behandeln lassen, aber mit mir kannst du das nicht machen. Du bekommst deine zwei Stunden, weil du größer und stärker bist als ich – und weil ich diese Auseinandersetzung nicht vor meinen Mitarbeitern, meinen Praktikanten und meinen Besuchern führen will. Aber danach ist es vorbei, Cooper. Danach ist es aus mit uns.«

»Du wirst wieder etwas Farbe bekommen und deine Sorgen für eine Weile vergessen. Und die Stimmung zwischen uns wird sich auch verbessern. Wenn du anschließend immer noch sagst, dass es vorbei ist, ist es eben vorbei.« Er öffnete das Weidegatter, um sie durchzulassen, und schloss es wieder.

»Du kannst mir alles erzählen, was du über den Mord an James Tyler weißt. Ich kann sowieso kaum noch an etwas anderes denken. Ich weiß nicht, wie du auf die Idee kommst, ich könnte mich entspannen.«

»Gut, bringen wir es hinter uns.«

Sie ritten an den Rand des Canyons. Er erzählte ihr alles, jedes Detail, an das er sich noch erinnerte, während sich der Weg langsam durch Kiefern und Zitterpappeln wand.

»Geht es Gull gut?«

»Er wird Tyler noch eine ganze Weile vor sich sehen, sobald er die Augen schließt. Er wird noch so manche unruhige Nacht verbringen und Albträume haben, wenn er endlich eingeschlafen ist. Aber auch das wird vorbeigehen.«

»Kennst du das auch?«

»Ich habe Melinda Barrett noch lange vor mir gesehen. Und als ich es im Polizeidienst mit meiner ersten Leiche zu tun hatte, war das entsetzlich. Aber dann ...« Er zuckte mit den Achseln.

»Wird es Routine?«

»Nein. Es gehört zum Job, aber zur Routine wird es nie.«

»Auch ich sehe sie manchmal vor mir. Aber das war schon so, bevor das hier anfing. Immer wenn ich dachte, dass es endgültig vorbei ist, wachte ich wieder schweißgebadet auf und sah sie vor mir.« Schon etwas ruhiger geworden, drehte sie sich um und suchte seinen Blick. »Wir haben etwas Furchtbares erlebt, als wir jung waren. Wir haben überhaupt so einiges erlebt. Du täuschst dich, wenn du sagst, dass ich dir nicht vertraue. Und du täuschst dich auch, wenn du glaubst, mit Gewalt erreichen zu können, was immer du auch willst.«

»Ich will dich, Lil. Etwas anderes habe ich nie gewollt.«

Als ihr Kopf zu ihm herumfuhr, waren ihre Wangen tatsächlich rot. »Lass mich in Ruhe!«

Sie spornte ihr Pferd an und trabte davon.

TEIL 3

Geist

*Nichts auf weiter Welt ist einsam,
Jedes folgt und weiht sich hier
Einem andern allgemeinsam.*

PERCY BYSSHE SHELLEY

21

Mist, dachte er und ließ sie ein Stück vorausreiten. Vielleicht würde sie ihre Wut abreagieren, vielleicht auch nicht. Aber es war ihm immer noch lieber, wenn sie wütend und nicht erschöpft war. Sie musste reiten, dachte er, musste wieder einmal richtig durchatmen. Über ihnen kreiste ein Adler, und überall duftete es nach Salbei und Wacholder. Er hörte ein Geräusch, das er als Balzlaut eines Birkhuhns interpretierte. Es kam aus dem Dickicht eines kalifornischen Flieders, dessen geschlossene Knospen kurz davor standen aufzubrechen.

Auch wenn sie wütend war, würde sie all das in sich aufnehmen, und danach würde es ihr bestimmt besser gehen.

Auch wenn sie nicht nach oben schaute und den Adler beobachtete, wusste sie trotzdem, dass er da war.

Als sie endlich langsamer wurde, holte er sie ein. Nein, ihre Wut war noch nicht verraucht. Sie war stocksauer.

»Wie kannst du nur so etwas sagen?«, fragte sie. »Alles, was du jemals wolltest? Du hast *mich* verlassen. Du hast mir das Herz gebrochen.«

»Das sehe ich anders. Ich kann mich nicht erinnern, dass einer den anderen verlassen hätte. Und als wir gemeinsam beschlossen haben, dass eine Entfernungsbeziehung nicht funktioniert, hast du auch nicht gerade den Eindruck gemacht, als würde es dir das Herz brechen.«

»Als du das beschlossen hast. Ich war schon auf halbem Weg nach New York, um dich zu sehen, um mit dir zusammen zu sein. Ich war bereit, zu dir zu kommen, endlich mal Zeit mit dir zu verbringen, in deiner Heimat. Aber du wolltest nichts davon wissen.« Ihre dunklen Augen durchbohrten ihn. »Wahrscheinlich hast du gedacht, dass du mich nicht mehr so leicht verlassen kannst, wenn ich erst mal in deiner New Yorker Wohnung hocke.«

»Meine Güte, Lil, ich habe dich nicht verlassen.« Ihr Blick tat ihm weh, verletzte ihn tief, ohne dass sie es wahrnahm. »So war es nicht.«

»Wie war es dann? Du sagtest, du könntest so nicht weitermachen. Du müsstest dich auf dein Leben konzentrieren, auf deine Karriere.«

»Ich sagte, *wir* können so nicht weitermachen. *Wir* müssen uns auf unsere Karriere konzentrieren.«

»Quatsch!« Rocky scheute leicht, er reagierte verstört auf ihren aufgebrachten Ton. Sie beruhigte das Tier. »Wer gibt dir das Recht, für mich und meine Gefühle zu sprechen? Das kannst du nicht, weder damals noch heute.«

»Du hast dich nicht gewehrt.« Sein Pferd tänzelte genauso nervös wie Rocky. Coop beschwichtigte es und wollte wenden, damit er Lil ins Gesicht sehen konnte.

Doch sie trabte wieder einfach davon. Mit zusammengebissenen Zähnen trieb Coop sein Pferd an und ritt ihr nach. »Du warst damit einverstanden«, sagte er, nachdem er sie eingeholt hatte, und ärgerte sich, dass er sich vor ihr rechtfertigte.

»Was blieb mir denn anderes übrig? Mich in deine Arme zu werfen und dich anzuflehen, bei mir zu bleiben, mich zu lieben?«

»Ehrlich gesagt ...«

»Ich bin den ganzen weiten Weg bis zu diesem verdammten Motel in Illinois gefahren und war so aufgeregt! Es kam mir vor, als wären wir Jahre getrennt gewesen, und ich hatte Angst, meine Frisur oder meine Klamotten könnten dir nicht gefallen oder so was Blödes. Ich brannte förmlich darauf, dich wiederzusehen. Mein ganzer Körper *schmerzte* vor Sehnsucht.«

»Lil ...«

»Doch ein Blick genügte, und ich wusste: Da stimmt was nicht. Du warst vor mir da, schon vergessen? Ich habe gesehen, wie du aus dem Diner gekommen bist und den Parkplatz überquert hast.«

Ihre Stimme klang anders – nicht mehr wütend, sondern traurig. Während ihn die Wut nur verletzt hatte, machte ihn die Trauer vollends fertig.

Er schwieg, ließ sie ausreden. Obwohl er ihr auch hätte sagen können, dass er das selbstverständlich nicht vergessen hatte. Er wusste noch genau, wie er diesen Parkplatz voller Schlaglöcher überquert hatte und auch, wie er sich bei ihrem Anblick gefühlt hatte. Er erinnerte sich an die Aufregung, die Sehnsucht, die Verzweiflung.

Er erinnerte sich an alles.

»Du hast mich zuerst nicht gesehen, und ich wusste sofort Bescheid. Ich versuchte mir einzureden, ich sei nur nervös wegen unseres Wiedersehens. Aber du ... du hast so anders ausgesehen. So abweisend und verschlossen.«

»Ich hatte mich auch verändert. Wir hatten uns beide verändert.«

»Meine Gefühle für dich hatten sich nicht verändert, aber deine schon.«

»Moment mal.« Er streckte den Arm aus, um ihr Pferd am Zaumzeug zu packen. »Moment mal!«

»Wir haben uns geliebt, kaum dass wir die Tür des Motelzimmers hinter uns zugezogen hatten. Und ich wusste, dass du Schluss machen würdest. Glaubst du etwa, ich habe nicht gemerkt, wie du dich von mir gelöst, von mir entfernt hast?«

»Ich soll mich von dir entfernt haben? Wie oft hast du dich denn von mir entfernt? Warum hat es überhaupt so lange gedauert, bis wir uns wiedergesehen haben? Es gab immer irgendein Projekt, eine Feldforschung, eine ...«

»Du machst mir Vorwürfe?«

»Ich mache dir keine Vorwürfe«, hob er an, aber sie sprang vom Pferd und stapfte davon.

Er mahnte sich zur Geduld, stieg ab und band beide Pferde an. »Jetzt hör mir doch mal zu!«

»Ich habe dich geliebt! Du warst mein Ein und Alles. Ich hätte alles für dich getan, für uns.«

»Genau das ist das Problem.«

»Was? Dass ich dich geliebt habe?«

»Dass du alles für mich getan hättest. Lil, jetzt bleib doch mal stehen, verdammt noch mal!« Er packte sie an den Schultern, da sie erneut vor ihm fliehen wollte. »Du hattest konkrete Zukunftspläne. Du wusstest ganz genau, was du wolltest, und hast dementsprechend gehandelt. Du warst die Beste deiner Klasse, hattest alle Möglichkeiten. Du bist richtig aufgeblüht, Lil. Du warst dort, wo du hingehört hast, hast genau das gemacht, was du schon immer wolltest. Ich habe da einfach nicht reingepasst, hätte dir aber alles verbauen können.«

»Du willst doch nicht ernsthaft behaupten, dass du mich mir zuliebe verlassen und mir das Herz gebrochen hast? Ist das deine Sicht der Dinge?«

»Genauso war es, und dazu stehe ich noch heute.«

»Ich bin nie über dich hinweggekommen, du Mistkerl!« Die Wut und die Kränkung standen ihr im Gesicht geschrieben, als sie ihn von sich stieß. »Du hast mich *zerstört*. Du hast mir etwas Unwiederbringliches genommen, das ich keinem anderen mehr schenken konnte. Ich habe einem tollen Mann sehr wehgetan, einem wunderbaren Mann, weil ich ihn nicht lieben konnte. Ich konnte ihm nicht geben, was er verdient hätte – und was du einfach so weggeworfen hast. Ich hab's versucht. Jean-Paul war der ideale Partner für mich, und ich hätte es eigentlich schaffen müssen, eine funktionierende Beziehung zu ihm aufzubauen. Aber ich bin gescheitert, weil er nicht du war. Und er hat es gewusst, er hat es die ganze Zeit gewusst. Und jetzt stellst du dich hin und erzählst mir, du hast das alles bloß mir zuliebe getan?«

»Wir waren noch Kinder, Lil. Noch Kinder.«

»Ich habe dich nicht weniger geliebt und war nicht weniger verletzt, nur weil ich neunzehn war.«

»Du hattest ein Ziel. Du hast etwas geschafft. Und das musste mir auch erst gelingen. Ja, es stimmt, ich habe es dir zuliebe getan. Und mir zuliebe. Ich hatte dir nichts zu bieten.«

»Quatsch.« Sie wich zurück, doch er hielt sie fest.

»Ich besaß nichts. Ich war ein Nichts. Ich war pleite, lebte von einem Gehaltsscheck zum nächsten – wenn überhaupt. Ich wohnte in einem Loch, denn mehr konnte ich mir nicht leisten, und nahm jeden Nebenjob, den ich kriegen konnte. Ich habe dich nicht oft besucht, weil ich das Geld für die Fahrt nicht hatte.«

»Aber du hast gesagt ...«

»Ich habe dich angelogen. Ich habe gesagt, ich sei zu beschäftigt oder würde nicht freibekommen. Das stimmte meist auch, da ich fast immer einen Nebenjob hatte und Überstunden machte. Aber das war nicht der eigentliche Grund, warum ich dich nicht besucht habe. Ich musste das Motorrad verkaufen, weil ich es mir nicht mehr leisten konnte. Manchmal ging ich sogar Blut spenden, um die Miete zahlen zu können.«

»Meine Güte, Coop, wenn es so schlimm war, warum hast du dann nicht ...«

»Meine Großeltern um Geld gebeten? Weil sie mir bereits welches gegeben hatten und ich nichts mehr von ihnen annehmen wollte.«

»Du hättest nach Hause kommen können. Du ...«

»Als Versager, der gerade mal so viel Geld hat, um sich ein Busticket zu kaufen? Ich musste etwas erreichen, und das müsstest du doch verstehen. Eigentlich hätte ich Geld bekommen sollen, einen Anteil des Trusts, als ich einundzwanzig wurde. Ich brauchte das Geld, um mir eine anständige Wohnung zu nehmen, um verschnaufen und mich ganz auf meine Arbeit konzentrieren zu können. Um wirklich etwas zu erreichen. Aber mein Vater hat es einbehalten. Er war so wütend, dass ich nicht auf ihn hören, seine Pläne für mich nicht befolgen wollte. Ich besaß ein wenig Geld, das mir meine Großeltern mitgegeben hatten – beziehungsweise das, was von meinen Ersparnissen noch übrig war. Er hat mein Konto gesperrt.«

»Wie das?«

»Weil er es kann. Er hat Beziehungen, kennt das System. Wenn man dann noch bedenkt, dass ich das College geschmissen und mit Geld nur so um mich geworfen hatte ... Das ist allein meine Schuld, aber ich war jung, dumm, verschuldet und von ihm abhängig. Er dachte, ich würde schon spuren.«

»Du meinst, dein Vater hat dir den Geldhahn zugedreht und dir den rechtmäßig zustehenden Anteil verwehrt, weil er unbedingt wollte, dass du Anwalt wirst?«

»Nein.« Vielleicht würde sie das nie begreifen. »Weil er Macht über mich haben wollte. Weil er einfach nicht zulassen will – oder kann –, dass jemand diese Macht infrage stellt.«

Da sie zuhörte, ließ Coop sie los. »Geld ist eine Waffe, und er weiß, wie man sie einsetzt. Er versprach mir, einen Teil des Geldes lockerzumachen, wenn ich ... Egal, er nannte eine ganze Reihe von Bedingungen, die jetzt keine Rolle mehr spielen. Ich musste mir einen Anwalt nehmen, und das hat viel Zeit und Geld gekostet. Und selbst als ich endlich bekam, was mir zustand, hatte ich erhebliche Anwalts- und Prozesskosten zu tragen. Ich konnte nicht zulassen, dass du nach New York kommst und siehst, wie ich damals gelebt habe. Ich musste meine ganze Energie in die Arbeit stecken. Ich musste Privatdetektiv werden, um mir zu beweisen, dass ich etwas kann. Und du, Lil, warst ein Überflieger. Du hast Artikel veröffentlicht, bist gereist, hast zu den Besten deines Jahrgangs gezählt. Du warst unglaublich.«

»Das hättest du mir sagen müssen. Ich hatte ein Recht darauf, es zu erfahren.«

»Und dann? Du hättest gewollt, dass ich zurückkomme, und vielleicht hätte ich das auch getan. Mit leeren Händen. Ich hätte es gehasst und dir früher oder später die Schuld daran gegeben. Oder aber du hättest alles aufgegeben und wärst nach New York gezogen. Dann hätte es noch kürzer gedauert, bis wir uns gehasst hätten. Wenn ich es dir gesagt hätte, Lil, wenn ich dich gebeten hätte, bei mir zu bleiben, bis ich mir etwas aufgebaut hätte, gäbe es heute kein Chance-Wildreservat. Und du wärst nicht die Frau, die du heute bist. Und ich wäre auch ein anderer.«

»Du hast alles für dich allein entschieden.«

»Das schon. Aber du warst damals einverstanden.«

»Das habe ich nur gesagt, um meinen Stolz nicht zu verlieren.«

»Dann müsstest du auch verstehen, dass es mir genauso ging.«

»Du hattest mich.«

Er wollte sie berühren, ihr über die Wange streichen,

irgendetwas tun, um den Schmerz in ihren Augen fortzuwischen. Aber so funktionierte das nicht.

»Ich musste selbst etwas darstellen, etwas für mich tun. Ich brauchte etwas, auf das ich stolz sein konnte. Ich habe die ersten zwanzig Jahre meines Lebens um die Liebe und Anerkennung meines Vaters gekämpft. Er schafft es, dass man von seiner Anerkennung abhängig ist – nur um sie einem anschließend vorzuenthalten, damit man sich umso mehr danach sehnt und sich minderwertig fühlt, weil man sie nie bekommt. Du weißt nicht, wie so etwas ist.«

»Nein.« Ganz deutlich sah sie den Jungen vor sich, den sie einst kennengelernt hatte. Diese Augen, diese traurigen, wütenden Augen.

»Ich hatte nie das Gefühl, um meinetwillen geliebt zu werden. Niemand war stolz auf mich, bis ich in jenem Sommer meine Großeltern besucht habe. Anschließend war es in gewisser Weise noch wichtiger, dasselbe von meinen Eltern zu bekommen, vor allem von meinem Vater. Aber ich sollte es nie bekommen.«

Er schüttelte sich, um die Erinnerungen loszuwerden. Es war vorbei und spielte keine Rolle mehr. »Als mir das klar wurde, hat sich einiges geändert. Ich habe mich verändert. Vielleicht bin ich härter geworden, Lil, aber ich fing an, meine eigenen Ziele zu verfolgen und nicht seine. Ich war ein guter Polizist, und allein darauf kam es an. Als das nicht mehr ging, habe ich mich selbstständig gemacht, und ich war ein guter Privatdetektiv. Mir ging es nie ums Geld, obwohl es verdammt schwer ist, keines zu haben und befürchten zu müssen, die Miete nicht zahlen zu können.«

Sie blickte über den Canyon, wo die mächtigen Felsen stumm in den blauen Himmel ragten. »Dachtest du, ich verstehe das nicht?«

»Ich habe es ja selbst kaum verstanden und wusste nicht, wie ich es dir sagen sollte. Ich habe dich geliebt, Lil. Seit ich elf bin, habe ich dich jeden einzelnen Tag meines Lebens geliebt.« Er griff in seine Hosentasche und zog die Münze hervor, die sie ihm am Ende ihres ersten Sommers geschenkt hatte. »Ich habe dich tagaus, tagein bei mir getragen. Aber es gab eine Zeit, da glaubte ich, dich nicht verdient zu haben. Du kannst mir das vorwerfen, aber wir beide mussten nun mal unsere eigenen Wege gehen. Wenn wir uns nicht getrennt hätten, hätten wir das niemals geschafft.«

»Das kann man nie wissen. Außerdem hattest du nicht das Recht, für mich mitzuentscheiden.«

»Ich habe für mich entschieden.«

»Und dann kommst du nach zehn Jahren zurück, nur weil *du* so weit bist? Und jetzt soll ich auch so weit sein?«

»Ich dachte, du wärst glücklich – und glaub mir, es hat mir das Herz zerrissen bei dem Gedanken, dass du dein Leben lebst, tust, was du willst – aber ohne mich. Jedes Mal, wenn ich von dir hörte, erfuhr ich, womit du dir wieder einen Namen gemacht hattest. Sei es, dass du das Reservat gegründet hast oder in Afrika oder Alaska warst. Die wenigen Male, in denen ich dich sah, warst du immer beschäftigt oder irgendwo unterwegs.«

»Weil ich es einfach nicht aushielt, in deiner Nähe zu sein. Das hat verdammt wehgetan.«

»Du warst verlobt.«

»Ich war nie verlobt. Die Leute dachten, wir wären verlobt. Ich habe mit Jean-Paul zusammengelebt, und wenn unsere Arbeit es zuließ, sind wir gemeinsam gereist. Ich wollte mein Leben leben, eine Familie gründen. Aber ich habe es einfach nicht geschafft. Weder mit ihm noch mit einem anderen.«

»Vielleicht geht es dir besser, wenn du weißt, dass ich fast gestorben bin, als ich erfahren habe, dass du einen Freund hast. Ich habe mir in vielen furchtbaren Momenten gewünscht, eine andere Entscheidung getroffen zu haben, wobei ich sie nach wie vor richtig finde. Ich habe mir vorgestellt, wie du dich weiterentwickelst, und habe dich dafür gehasst.«

»Ich weiß nicht, was ich jetzt sagen oder wie ich mich verhalten soll.«

»Ich auch nicht. Aber du sollst wissen, dass ich jetzt weiß, wer ich bin, und damit zufrieden bin. Ich tat, was ich tun musste. Und jetzt tue ich, was ich tun will. Ich werde mein Bestes für meine Großeltern geben, denn sie haben stets ihr Bestes für mich gegeben. Und für dich werde ich auch mein Bestes geben, denn noch einmal lasse ich dich nicht gehen.«

»Ich gehöre dir nicht, Coop.«

»Dann werde ich dafür sorgen, dass du mir eines Tages wieder gehören wirst. Wenn ich im Moment nicht mehr für dich tun kann, als dir zu helfen, dich zu beschützen, mit dir zu schlafen und dir klarzumachen, dass ich nie wieder weggehe, ist das in Ordnung. Früher oder später wirst du wieder zu mir zurückkommen.«

»Wir sind nicht mehr dieselben wie früher.«

»Wir haben uns weiterentwickelt. Aber wir passen nach wie vor zusammen.«

»Diesmal kannst du nicht allein entscheiden.«

»Du liebst mich immer noch.«

»Ja, das tue ich.« Sie sah ihn erneut an, mit einem Blick, der sowohl offen als auch undurchdringlich war. »Aber ich bin alt genug, um zu wissen, dass Liebe nicht alles ist. Du hast mich verletzt, mehr als jeder andere, mehr, als es irgendjemand sonst überhaupt gekonnt hätte. Keine Ahnung, ob es das besser oder schlimmer macht. Das lässt sich nicht so schnell ungeschehen machen.«

»Ich will keine schnelle Lösung. Ich bin wieder hergezogen, weil mich meine Großeltern brauchen. Und ich war bereit loszulassen. Ich dachte, du stehst kurz davor zu heiraten. Ich redete mir ein, dass ich damit leben müsste. Ich habe meine Chance gehabt. Und du scheinst deine gehabt zu haben. Ich lasse dir so viel Zeit, wie du willst. Ich werde nicht mehr davonlaufen.«

»Das sagst du jetzt.« Sie trat einen Schritt zurück und wollte auf die Pferde zulaufen, aber er packte sie am Arm.

»Ich werde es dir so lange sagen, bis du mir glaubst. Und noch etwas, Lil: Du weißt, wie unterschiedlich sich Liebe auswirken kann: Sie kann einen glücklich, aber auch todtraurig machen. Sie kann dafür sorgen, dass man Schmetterlinge im Bauch oder Kopfschmerzen bekommt. Sie kann alles intensiver machen oder einen betäuben. Sie kann bewirken, dass man sich fühlt wie ein König oder aber wie ein Idiot. All das und noch viel mehr habe ich durch meine Liebe zu dir erlebt.«

Er zog sie an sich, um sie zu küssen, um dieser

nagenden Sehnsucht nachzugeben, während der Wind die Luft mit Salbeiduft erfüllte.

»Deine Liebe hat mich zum Mann gemacht«, sagte er, als er sie losließ. »Und dieser Mann ist deinetwegen zurückgekehrt.«

»Bei dir bekomme ich immer noch weiche Knie, und ich möchte deine Hände nach wie vor auf mir spüren. Aber das ist alles, was ich mit Sicherheit weiß.«

»Das ist immerhin ein Anfang.«

»Ich muss zurück.«

»Du hast wieder Farbe im Gesicht und siehst nicht mehr so müde aus.«

»Wie schön. Aber das heißt noch lange nicht, dass ich die Art, wie du mich hergeschleppt hast, gut finde.« Sie stieg auf ihr Pferd. »Ich bin aus vielerlei Gründen sauer auf dich.«

Er musterte sie, während er sich in den Sattel schwang. »Damals haben wir uns nicht so oft gestritten.«

»Wir haben uns deshalb nicht so oft gestritten, weil du damals noch kein solches Arschloch warst.«

»Das glaube ich kaum.«

»Wahrscheinlich hast du recht. Wahrscheinlich warst du schon damals ein Arschloch.«

»Du mochtest Blumen. Wenn wir wandern oder reiten waren und die Wildblumen blühten, hat dir das immer gefallen. Ich muss dir Blumen schenken.«

Ihr Ton war so spröde wir ein ausgetrockneter Wacholderbusch.

»Gut, 1:0 für dich.«

»Das ist kein Spiel und auch kein Witz oder Wettkampf.«

»Nein.« Aber sie sprach wieder mit ihm, was er schon mal als Sieg verbuchte. »Ich würde sagen, es ist einfach Schicksal. Es war sehr schwer für mich, ohne dich zurechtzukommen. Und nun bin ich wieder hier, genau wie damals.«

Sie schwieg, während ihre Pferde durchs hohe Gras und zurück auf den Pfad stapften.

Er wartete, bis sie die Pferde eingeladen und die Heckklappe geschlossen hatten. Er setzte sich ans Steuer, ließ den Motor an und musterte sie von der Seite. »Ich habe ein paar Sachen gepackt. Ich werde bleiben, zumindest so lange, bis Howe verhaftet ist. Morgen werde ich noch mehr Sachen holen. Ich brauche eine Schublade, etwas Platz in deinem Kleiderschrank.«

»Du sollst deine Schublade und Platz im Kleiderschrank bekommen. Aber bilde dir bloß nicht ein, dass das irgendetwas zu bedeuten hätte – außer dass ich dir für deine Hilfe dankbar bin.«

»Und dass dir der Sex gefällt.«

»Und dass mir der Sex gefällt«, sagte sie nüchtern.

»Ich muss ein wenig arbeiten, wenn ich in der Hütte bin. Falls ich den Küchentisch nicht benutzen darf, brauche ich eine andere Unterlage für meinen Laptop.«

»Du kannst das Wohnzimmer benutzen.«

»Gut.«

»Erzählst du mir deshalb nicht, wie James Tyler ermordet wurde, weil du denkst, ich verkrafte das nicht?«

»Es gibt noch andere Dinge, über die ich mit dir reden will.«

»Ich bin nicht empfindlich.«

»Nein, aber es wird dir zu schaffen machen. Die

Autopsieergebnisse fehlen noch, aber laut Willy wurde ihm die Kehle durchgeschnitten. Er wurde bis auf seine Hose und die Stiefel ausgezogen – ich nehme an, der Mörder hatte noch Verwendung für sein Hemd, seine Jacke und die Mütze, die er trug. Für seine Uhr und seinen Geldbeutel. Das Handy hat er wahrscheinlich vernichtet, oder aber Tyler hat es unterwegs verloren. Der Mörder muss das Seil, das er benutzt hat, dabeigehabt haben. Er hat die Leiche mit Felsen beschwert. Und er hat sich die Mühe gemacht, sie im Fluss zu verstecken. Doch der Regen hat das Wasser dermaßen aufgewirbelt, dass sie wieder an die Oberfläche gekommen ist und von Gull entdeckt wurde.«

»Bei der Entsorgung der übrigen Leichen scheint er mehr Glück gehabt zu haben.«

»Wahrscheinlich.«

»Wenn er Molly ermordet hat, war er nicht tot, wie du ursprünglich dachtest, und auch nicht lange im Gefängnis. Er geht bloß mal so und mal so vor. Manche Leichen lässt er für die Tiere liegen, Leichen, die sich finden lassen oder gefunden wurden. Andere versteckt er.«

»Sieht ganz so aus.«

Sie nickte bedächtig wie immer, wenn sie über etwas nachdachte. »Und solche Mörder, Serienmörder, die große Entfernungen zurücklegen und wissen, wie man sich versteckt und unauffällig verhält, Mörder mit der nötigen Selbstbeherrschung, werden nicht immer gefasst.«

»Du hast darüber gelesen.«

»Das mache ich immer, wenn ich mich über ein Thema informieren möchte. Am Ende gibt man ihnen Künstlernamen – und dreht sogar vielleicht noch einen Dokumentarfilm über sie. Wie bei dem Zodiac-Killer. Dem Green-River-Killer. Doch dafür müssen sie normalerweise die Polizei an der Nase herumführen oder sich der Medien bedienen. All das tut Howe nicht.«

»Es geht ihm nicht um Ruhm oder Anerkennung. Es geht ihm um die Tat an sich. Es ist etwas rein Persönliches, und daraus zieht er seine Befriedigung. Jeder Mord ist ein Beweis dafür, dass er dem Opfer überlegen ist. Seinem Vater überlegen ist. Er beweist sich etwas. Ich weiß, wie sich so etwas anfühlt.«

»Bist du Polizist geworden, um ein Held zu sein, Coop?«

Er lächelte. »Anfangs ja, wahrscheinlich schon. Während meines kurzen Collegeabstechers fühlte ich mich wie ein Außenseiter. Das Einzige, was ich während meines Jurastudiums gelernt habe, war, dass ich nicht Anwalt werden will. Aber die Gesetzgebung an sich hat mich fasziniert. Und deshalb bin ich zur Polizei gegangen.«

»Um in den Großstadtschluchten gegen das Verbrechen zu kämpfen.«

»Ich habe New York geliebt, und ich liebe die Stadt immer noch. Aber natürlich habe ich mir vorgestellt, die Bösen zu jagen und die Bevölkerung zu schützen. Doch schon bald stellte ich fest, dass meine Arbeit hauptsächlich darin bestand, irgendwo herumzustehen, an Türen zu klopfen und Papierkram zu erledigen. Es gibt jede Menge Langeweile. Und dann erlebt man plötzlich wieder absolutes Entsetzen. Ich habe gelernt, mich in Geduld zu üben. Ich habe gelernt zu warten und auch, was es heißt, ein Freund und Helfer zu sein. Aber am elften September wurde alles anders.«

Sie streckte den Arm aus und drückte sanft seine Hand. Diese Berührung war alles auf einmal: Trost, Mitgefühl, Verständnis. »Wir hatten hier furchtbare Angst, bis wir wussten, dass es dir gut geht.«

»Ich hatte an jenem Tag frei. Als ich an Ort und Stelle kam, war der zweite Turm bereits eingestürzt. Man tat einfach, was man tun musste, was man konnte. Ich kannte einige Polizisten, die ins Gebäude hinein sind, einige der Feuerwehrleute. Menschen, mit denen ich gearbeitet habe, mit denen ich befreundet war und Basketball spielte. Dann waren sie weg, und ich wollte meinen Job niemals aufgeben. Es war wie eine Mission: meine Leute, meine Stadt. Aber als Dory ermordet wurde, war das mit einem Schlag vorbei. So als hätte jemand einen Schalter umgelegt. Es ging einfach nicht mehr. Damals verlor ich, was mir außer dir am meisten bedeutete.«

»Du hättest dich versetzen lassen können.«

»Das habe ich auf meine Weise auch getan. Ich musste etwas Neues aufbauen, nehme ich an. Dem Tod und der Trauer etwas entgegensetzen. Ich weiß auch nicht, Lil. Ich habe einfach nur funktioniert, und das hat für mich funktioniert.«

»Und das würde es heute noch, wenn Sam nicht seinen Unfall gehabt hätte.«

»Keine Ahnung. Eigentlich wollte ich schon vor dem Unfall zurückkehren.«

»Schon vor dem Unfall?«

»Ja. Ich sehnte mich nach Ruhe.«

»Wenn man bedenkt, was jetzt passiert ist, hast du die wohl noch kaum gefunden.«

Er sah sie an. »Noch nicht.«

Als er in die Straße zum Reservat einbog, dämmerte es bereits. Ein langer Tag warf lange Schatten.

»Ich werde bei der Fütterung helfen«, sagte sie. »Dann muss ich noch etwas erledigen.«

»Ich muss auch noch arbeiten.« Noch bevor sie die Wagentür öffnen konnte, hielt er sie fest. »Ich könnte sagen, dass es mir leidtut. Aber es tut mir nicht leid, weil du hier bist. Ich könnte sagen, dass ich dir nie mehr wehtun werde, aber ich werde dir weh tun. Dafür kann ich dir sagen, dass ich dich für den Rest meines Lebens lieben werde. Vielleicht reicht das nicht, aber mehr kann ich dir im Moment nicht bieten.«

»Und ich sage dir, dass ich Zeit zum Nachdenken brauche, Zeit, das alles zu verarbeiten und herauszufinden, was ich diesmal will.«

»Ich kann warten. Ich muss noch mal schnell in die Stadt. Brauchst du irgendwas?«

»Nein, danke.«

»Ich bin in einer Stunde zurück.« Er zog sie an sich und küsste sie.

Vielleicht war ihre Arbeit eine Art Krücke, überlegte Lil. Etwas, das ihr Halt gab, ihr half, sich nach einem Sturz wieder aufzurappeln. Und irgendjemand musste die Arbeit ja machen. Deshalb schleppte sie Futter, während die Tiere im Chor heulten. Sie sah zu, wie sich Boris auf sein Abendessen stürzte und es zerriss. Wenn alles gut ging, bekäme er noch diese Woche Gesellschaft.

Wieder eine Bereicherung für das Reservat, dachte sie, aber eben auch wieder ein misshandeltes Tier, das Schutz, möglichst viel Freiheit und Pflege brauchte.

»Wie war dein Abenteuer?«

Aus Tansys Grinsen schloss Lil, dass ihre Freundin den peinlichen Abgang vorhin beobachtet hatte. Und wer ihn nicht beobachtet hatte, hatte bestimmt schon davon gehört.

Das würde sie Coop heimzahlen!

»Männer sind scheiße.«

»Oft stimmt das, aber genau deshalb lieben wir sie.«

»Er hat beschlossen, einen auf Neandertaler zu machen, um mir dann zu erzählen, warum er mir damals das Herz gebrochen hat. Aus männlichem Stolz heraus und natürlich mir zuliebe, um nur einige seiner bescheuerten Gründe zu nennen. Was für ein dämlicher Scheißkerl!«

»Wow.«

»Hat er sich einmal darüber Gedanken gemacht, wie sich das für mich angefühlt hat? Wie weh mir das getan hat? Dass ich ihm nicht genug war, dass er eine andere gefunden hat? Dass ich mein halbes Leben damit verbracht habe, über ihn hinwegzukommen? Und jetzt kommt er zurück und sagt, *tata!* Ich habe es dir zuliebe getan, Lil. Und jetzt soll ich einen Luftsprung machen und ihm auch noch *dankbar* dafür sein?«

»Dazu kann ich nichts sagen und selbst wenn, würde ich es jetzt lieber lassen.«

»Er hat mich immer geliebt. Und wird mich immer lieben, bla-bla-bla. Und deshalb schleift er mich mit sich wie irgendein Paket, das er nach Belieben fallen lassen oder aufheben kann. Natürlich ist auch das *nur zu meinem Besten*. Und das musste ich mir alles anhören! Wenn ich nicht so gut erzogen wäre, hätte ich ihm gehörig in den Hintern getreten!«

»Im Moment siehst du nicht gerade gut erzogen aus.«

Sie stöhnte. »Das bin ich aber, leider. Außerdem würde ich mich sonst nur auf sein Neandertaler-Niveau herablassen. Ich bin promoviert. Und weißt du was?«

»Was denn, Dr. Chance?«

»Hör auf! Bevor er davon angefangen hat, bin ich damit zurechtgekommen, mit ihm, mit mir. Und jetzt weiß ich gar nicht mehr, was ich denken soll.«

»Er hat dir gesagt, dass er dich liebt.«

»Darum geht es nicht.«

»Um was dann? Du liebst ihn. Als du mit Jean-Paul Schluss gemacht hast, hast du gesagt, Coop sei der Grund gewesen.«

»Er hat mir so wehgetan, Tansy. Er hat mir das Herz gebrochen, und jetzt bricht er es mir ein zweites Mal, indem er mir die Gründe dafür nennt. Aber das versteht er nicht. Er versteht es einfach nicht!«

Tansy legte den Arm um Lil und zog sie an sich. »Aber ich verstehe es, Liebes. Wirklich.«

»Von der Vernunft her verstehe ich ihn auch. Wenn ich mich in die Zeit zurückversetze und objektiv über seine Worte nachdenke, kann ich weise nicken. Ja, im Grunde war es nur vernünftig. Aber ich bin nicht objektiv, das geht nicht. Ich will nicht vernünftig sein. Ich war so verliebt!«

»Du musst auch nicht vernünftig sein. Du musst nur auf deine Gefühle hören. Und wenn du ihn liebst, wirst du ihm vergeben – aber erst nachdem er ordentlich gelitten hat.«

»Er soll nur leiden«, bestätigte Lil. »Ich möchte nicht immer fair und verständnisvoll sein.«

»Kommt gar nicht infrage! Lass uns reingehen. Ich kann Männer-sind-scheiße-Margaritas machen. Ich kann bei dir übernachten. Wir können uns betrinken und die weibliche Weltherrschaft planen.«

»Das klingt vielversprechend, und ich hätte wirklich Lust dazu. Aber Coop kommt zurück. Und bis wir hier sicher sind, wird das auch so bleiben. Ich muss es irgendwie akzeptieren. Außerdem kann ich mich nicht mit Männer-sind-scheiße-Margaritas betrinken, obwohl du die besten mixt. Ich muss nämlich noch arbeiten. Weil mich dieser Idiot zwei Stunden lang entführt hat.«

Sie drehte sich um und umarmte Tansy. »Meine Güte, ein Mann wurde ermordet, und seine Frau muss am Boden zerstört sein. Und ich stehe hier und zerfließe in Selbstmitleid!«

»Du kannst daran nichts ändern. Nichts davon ist deine Schuld.«

»Vom Verstand her weiß ich das auch. Es ist nicht meine Schuld, nicht meine Verantwortung. Aber mein Bauch sagt mir etwas anderes. James Tyler war zur falschen Zeit am falschen Ort. Und zwar nur, weil es dieser Wahnsinnige auf mich abgesehen hat. Auch das ist nicht meine Schuld. Trotzdem.«

»Wenn du so denkst, hat er sein Ziel erreicht.« Tansy hielt sie auf Armeslänge von sich weg, um ihr in die Augen zu sehen. »Er terrorisiert dich, führt einen Psychokrieg gegen dich. Er setzt dich unter Druck. Für ihn war Tyler nichts anderes als der Puma oder dieser Wolf. Nur ein weiteres Tier, das sterben musste, um dir Angst einzujagen. Lass nicht zu, dass ihm das gelingt.«

»Ich weiß, dass du recht hast.« Wieder wollte sie sagen, ›trotzdem‹. Stattdessen umarmte sie Tansy erneut. »Ich bin so froh, dass ich dich habe. Auch ohne Margaritas. Und jetzt geh nach Hause.«

Nachdem sie einige Zeit in ihrem Büro verbracht hatte, ging sie nach draußen, wo sie Gull über den Weg lief. »Gull, niemand verlangt von dir, dass du heute Abend hier bist.«

»Ich kann sowieso nicht schlafen, und da mache ich mich lieber nützlich.« Er sah noch etwas mitgenommen aus, aber sein Blick konnte wieder töten. »Ich hoffe beinahe, dass sich dieser Mistkerl noch heute hier blicken lässt.«

»Ich weiß, es ist furchtbar, aber dir ist es zu verdanken, dass seine Frau Gewissheit hat. Wenn du ihn nicht gefunden hättest, wäre es schlimmer. Dann müsste sie immer noch mit der Ungewissheit leben.«

Sie tätschelte seinen Arm, bevor sie weiterging.

Als sie die Hütte betrat, saß Coop auf dem Sofa. Als sie hereinkam, blätterte er ganz unauffällig etwas um, verdächtig unauffällig.

Nach dem, was sie erkannt hatte, war es ein Foto gewesen.

»Ich kann uns ein Sandwich machen«, sagte sie. »Mehr schaffe ich nicht. Ich möchte draußen meinen Wachdienst antreten.«

»Ich habe Pizza aus der Stadt mitgebracht. Sie ist im Ofen, damit sie warm bleibt.«

»Gut. Das geht auch.«

»Ich mach hier nur schnell etwas fertig. Dann essen wir eine Kleinigkeit und übernehmen die erste Schicht.«

»Woran arbeitest du?«

»An Verschiedenem.«

Verärgert über seine ausweichende Antwort, ging sie in die Küche.

Dort stand eine Vase mit gelben Tulpen auf dem Tisch. Weil ihr das Tränen in die Augen trieb und sie regelrecht dahinschmolz, wandte sie sich ab, um Teller aus dem Schrank zu holen. Als sie sich gerade um die Pizza kümmerte, hörte sie, wie er hereinkam.

»Die Blumen sind hübsch, danke dir. Aber sie können nichts ungeschehen machen.«

»Hübsch reicht mir.« Er hatte die Floristin anflehen müssen, den Laden noch mal aufzusperren und sie ihm zu verkaufen. Aber hübsch reichte ihm. »Möchtest du ein Bier?«

»Nein danke, ich bleibe beim Wasser.« Sie kehrte mit zwei Tellern zurück und stieß beinahe mit ihm zusammen. »Was ist?«

»Wir könnten uns morgen Abend freinehmen. Ich könnte dich zum Essen und vielleicht noch ins Kino einladen.«

»Verabredungen können auch nichts ungeschehen machen. Außerdem wäre es falsch, das Reservat länger im Stich zu lassen. Nicht jetzt. Ist dir denn egal, wie wütend ich auf dich bin?«

»Nein. Aber wichtiger ist, dass ich dich liebe. Ich habe so lange gewartet – da kann ich auch noch warten, bis deine Wut verraucht ist.«

»Das kann dauern.«

»Von mir aus.« Er setzte sich und nahm sich ein Stück Pizza. »Wie bereits gesagt: Ich gehe nirgendwohin.«

Sie nahm Platz und bediente sich ebenfalls. »Ich bin immer noch wütend – sehr wütend –, aber im Moment bin ich einfach zu hungrig, um meiner Wut Ausdruck verleihen zu können.«

Er lächelte. »Die Pizza schmeckt gut.«

Sie pflichtete ihm insgeheim bei.

Und diese Tulpen waren wirklich hübsch!

22

In seiner Höhle, tief in den Bergen, betrachtete er seine Ausbeute. Er stellte sich vor, dass die Uhr – anständig, im gehobenen mittleren Preissegment – ein Geburtstags- oder Weihnachtsgeschenk gewesen war. Genüsslich malte er sich aus, wie James sie auspackte und seiner Freude und Überraschung dadurch Ausdruck verlieh, dass er seine Frau zum Dank küsste. Auch sie wirkte sehr anständig, wenn sie so aussah wie auf dem Foto im Geldbeutel.

In etwa einem halben bis einem Jahr konnte er die Uhr versetzen, wenn er etwas Geld brauchte. Im Moment war er dank des guten alten James, dem er mehr als hundert Dollar aus der Tasche gezogen hatte, flüssig.

Auch ein Schweizer Armeemesser hatte er erbeutet, eine Keycard für ein Hotelzimmer, eine halbe Packung Kaugummi und eine Digitalkamera.

Es hatte ihn ein wenig Zeit gekostet, bis er herausfand, wie sie funktionierte. Anschließend hatte er sich die Bilder angesehen, die James an jenem Tag aufgenommen hatte: überwiegend Landschaftsaufnahmen, ein paar Schnappschüsse von Deadwood und einige von der ziemlich ansehnlichen Mrs. Tyler.

Der Rucksack, in dem alles verstaut war, war hochwertig und noch dazu brandneu. Der würde ihm unterwegs gute Dienste leisten. Dann waren da noch das Studentenfutter, Wasservorräte und ein Erste-Hilfe-Set. Er stellte sich vor, wie James den Wanderführer las und eine Checkliste mit Dingen für einen Tagesausflug zusammenstellte: Streichhölzer, Verbandsmaterial, Paracetamol, ein kleines Notizbuch, eine Trillerpfeife, eine Wanderkarte und, nicht zu vergessen, den Wanderführer.

Nichts davon hatte James auch nur das Geringste genützt, weil er ein *Amateur* war. Ein *Eindringling*.

Futter für die Fische.

Aber fit war er gewesen, dachte er, während er James' Studentenfutter kaute. Der alte Knacker konnte wirklich rennen! Trotzdem war es unglaublich einfach gewesen, den Typen immer weiter vom Weg abzubringen und zum Fluss zu locken.

Das hatte Spaß gemacht.

Außerdem war er auf diese Weise noch an ein gutes Hemd und an eine neue Jacke gekommen. Zu schade um die Stiefel! Der Kerl hatte prima Timberlands besessen, aber leider zu kleine Füße gehabt.

Unterm Strich war es eine erfolgreiche Jagd gewesen. Müsste er James benoten, würde er ihm eine Zwei-bis-Drei geben. Und die Ausbeute war erstklassig.

Der Regen war ihm ebenfalls zupassgekommen, indem er die Fährten verwischt hatte. Er hätte sie natürlich trotzdem gefunden, er und seine Vorfahren, denen der heilige Boden gehörte.

Das hatte ihm viel Zeit und Mühe erspart, weil er die Spuren nicht selbst verwischen und keine falschen Fährten legen musste. Nicht dass ihm das etwas ausgemacht hätte. Es gehörte schließlich dazu und verschaffte ihm ebenfalls eine gewisse Befriedigung.

Aber wenn einem die Natur ein Geschenk machte, nahm man es dankbar an.

Allerdings hatte sich das Geschenk schon bald als Mogelpackung herausgestellt.

Ohne den Regen und die Überschwemmungen wäre der alte James geblieben, wo er war – und zwar eine ganze Weile. Er selbst hatte keinen Fehler gemacht. Fehler konnten einem in der Wildnis nämlich leicht zum Verhängnis werden. Deshalb hatte ihn sein Alter blutig geschlagen, sobald er einen beging. Er hatte keinen Fehler gemacht. Er hatte James ordentlich beschwert und ihn unter diesem Wasserfall sorgfältig mit einem Seil fixiert. Er hatte sich Zeit genommen. Vielleicht nicht genug, dachte er insgeheim. Vielleicht hatte er gehudelt, weil ihn die Jagd hungrig gemacht hatte. Vielleicht …

Er verdrängte diese Gedanken. Er machte keine Fehler.

Sie hatten ihn also gefunden.

Stirnrunzelnd betrachtete er das Funkgerät, das er vor einigen Wochen entwendet hatte. Er hatte ihren Funk abgehört und sich köstlich über ihre Suche amüsiert.

Bis dieses Arschloch solches Glück gehabt hatte.

Gull Nodock. Vielleicht würde er sich in Bälde um dieses Arschloch kümmern. Dann wäre es für ihn schon bald vorbei mit dem Glück.

Aber das musste warten – außer es ergab sich eine passende Gelegenheit. Jetzt musste er nachdenken.

Sicherlich wäre es das Beste, zusammenzupacken und weiterzuziehen. Sich eine Weile nach Wyoming zu verziehen. So lange, bis sich die Lage wieder beruhigt hatte. Die verdammten Bullen würden einen toten Touristen ernster nehmen als einen toten Wolf oder einen toten Puma.

Doch in seinen Augen waren der Wolf und der Puma tausendmal mehr wert als irgend so ein Idiot aus St. Paul. Das mit dem Wolf war eine faire Jagd gewesen. Aber wegen des Pumas hatte er immer noch ein schlechtes Gewissen. Und Albträume, sein Geist könnte zurückkehren und ihn verfolgen.

Er hatte nur wissen wollen, wie es ist, ein wildes, freies Geschöpf zu töten, wenn es sich in Gefangenschaft befindet. Er hatte nicht ahnen können, dass es sich so schlimm anfühlt und auch nicht, dass ihn der Geist der Wildkatze bis in seine Träume verfolgen würde.

Bei Vollmond schlich er sich an ihn heran und schrie, wenn er ihm an die Gurgel ging.

In seinen Träumen starrte ihn der Geist des getöteten Pumas so eiskalt an, dass er schweißgebadet und mit rasendem Herzklopfen wach wurde.

Wie eine Memme, hätte sein Vater gesagt. Wie ein Mädchen. Schluchzend, zitternd und mit Angst vor der Dunkelheit.

Aber das spielte jetzt keine Rolle mehr, das war vorbei, ermahnte er sich. Außerdem hatte er der schönen Lil einen ordentlichen Schrecken damit eingejagt. Er musste die Vorteile gegen die Nachteile abwägen.

Sie würden jetzt eifrig nach ihm suchen, wegen des guten alten James. Da wäre es weise – wie sein Alter zu sagen pflegte –, eine gewisse Distanz zwischen sich und seine Jagdgründe zu bringen.

Er könnte später zurückkommen, um sich der Jagd nach Lil zu widmen. In einem Monat oder in einem halben Jahr, falls die Lage länger angespannt bliebe. Er könnte die Cops und Ranger sich selbst überlassen.

Aber dann wäre er nicht dabei, um sich daran weiden zu können. Und das machte keinen Spaß, gab ihm keinerlei Kick.

Das kam also nicht infrage.

Doch wenn er bliebe, würde er sich selbst als Gejagter fühlen. Vielleicht würde er auch Jagd auf sie machen und dabei den einen oder anderen ausschalten. Das wäre das Risiko wert. Und nur das brachte sein Blut wirklich in Wallung.

Erst das Risiko bewies, dass er keine Memme war, kein Mädchen. Dass er vor nichts Angst hatte. Das Risiko, die Jagd und das Töten – all das bewies, dass man ein Mann war.

Er hatte keine Lust, ein halbes Jahr auf Lil zu warten. Er hatte bereits lange genug gewartet.

Er würde bleiben. Das hier war jetzt sein Land und das seiner Vorfahren. Niemand würde ihn von hier vertreiben. Er würde sich behaupten. Wenn er nicht gegen einen Haufen Uniformierte ankam, war es den Wettkampf nicht wert.

Sein Schicksal war hier, und ob sie es wusste oder nicht: Er war Lils Schicksal.

Die Arbeiten im Reservat machten große Fortschritte, vor allem, seit Brad Dromburg dort war. Er verhielt sich überhaupt nicht autoritär, trotzdem schien mit seiner Anwesenheit alles noch schneller zu gehen.

Lils einziges Problem mit der Alarmanlage war die Eingewöhnungszeit.

»Sie werden ein paar Fehlalarme erleben«, warnte Brad sie, während er mit ihr die Wege abschritt. »Deshalb sollten fürs Erste nur Ihre engsten Mitarbeiter in die Funktionsweise eingeweiht werden. Je weniger Leute den Code und die Abläufe kennen, desto seltener kommt es zu Irrtümern.«

»Die Anlage wird schon heute Abend funktionieren?«
»Wenn alles nach Plan läuft, ja.«
»Das ging aber schnell! Schneller als geplant – und auch reibungsloser, weil Sie die Arbeiten persönlich überwacht haben. Das ist großartig, Brad, und ich bin Ihnen sehr dankbar.«

»Das ist alles im Service inbegriffen. Außerdem bin ich so in den Genuss von einer Art Arbeitsurlaub gekommen. Ich konnte ein wenig Zeit mit meinem Freund verbringen und habe das beste Hühnerfrikassee der Welt bekommen.«

»Das ist Lucys Spezialität.« Sie blieb stehen, um einen Esel mit großen Knopfaugen zu streicheln, der nach ihr gerufen hatte. »Ich war überrascht, dass Sie bei Coop übernachten und nicht im Hotel.«

»Ich bin so oft in Hotels. Zu oft. Wann hat ein Städter wie ich schon mal Gelegenheit, in einer umgebauten Baracke auf einer Pferdefarm zu schlafen?«

Sie sah ihn an und lachte, denn er klang wie ein kleines

Kind, das unerwartet schulfrei bekommen hat. »Wahrscheinlich eher selten.«

»So langsam verstehe ich, warum mein Kumpel die Großstadtschluchten gegen die Black Hills eingetauscht hat. Hier ist es genau so, wie er es immer beschrieben hat«, fügte Brad hinzu und sah zu den sich grün färbenden Bergen hinüber

»Er hat also erzählt, wie er als Junge hier auf Besuch war.«

»Davon, wie es hier aussieht und duftet. Wie es war, mit den Pferden zu arbeiten, mit Ihrem Vater angeln zu gehen. Während er in New York lebte, betrachtete er das hier eindeutig als seine Heimat.«

»Komisch. Ich dachte immer, New York wäre seine Heimat.«

»Soll ich Ihnen mal was sagen? Meiner Meinung nach war New York etwas, das Coop sich erobern musste. Aber hier, hier hat er so etwas wie Frieden gefunden. Das klingt fast schon kitschig. So wie er von hier geschwärmt hat, dachte ich, er verklärt die Vergangenheit. Und dasselbe habe ich zugegebenermaßen auch von Ihnen gedacht. Aber ich habe mich in beidem getäuscht.«

»Das ist ein nettes Kompliment, aber vermutlich verklären alle Menschen die Vergangenheit bis zu einem gewissen Grad. Ich kann mir nicht vorstellen, dass Coop viel von mir erzählt hat. Oh, aber jetzt denken Sie bestimmt, ich bin auf Komplimente aus«, setzte sie schleunigst hinterher.

»Er hat sehr viel von Ihnen erzählt. Er hat mir Artikel gezeigt, die Sie geschrieben haben.«

»Tja.« Lil starrte ihn verdutzt an. »Die müssen ja unheimlich faszinierend gewesen sein«, scherzte sie.

»Das waren sie tatsächlich. Die Wildnis Alaskas, die Sümpfe der Everglades, die Savannen Afrikas, der amerikanische Westen, die Geheimnisse Nepals. Sie haben viel von der Welt gesehen. Und Ihre Artikel über das Reservat hier haben mir bei der Planung der Alarmanlage sehr geholfen.«

Er ging ein Stück schweigend neben ihr her. »Eigentlich dürfte ich Ihnen das gar nicht sagen, aber er trägt Ihr Foto in seinem Geldbeutel bei sich.«

»Er ist weggeblieben. Es war seine Entscheidung.«

»Da kann ich Ihnen schlecht widersprechen. Sie haben seinen Vater nie kennengelernt, oder?«

»Nein.«

»Er ist ein eiskalter Mistkerl. Knallhart und eiskalt. Ich hatte auch einige Auseinandersetzungen mit meinem Vater. Aber ich wusste immer, dass ich ihm etwas bedeute. So wie Coop immer wusste, dass seinem Vater nur der Erhalt der Familientradition etwas bedeutet. Es dauert eine Zeit lang, genügend Selbstbewusstsein zu entwickeln, wenn sich einem der Mensch, der einen eigentlich bedingungslos lieben sollte, ständig entzieht.«

Ihr fielen seine Trauer und Wut wieder ein, und das machte sie wiederum traurig und wütend. »Ich weiß, dass er es schwer hatte. Und weil ich die besten Eltern habe, die man sich denken kann, kann ich das nur schwer nachvollziehen.«

Trotzdem, dachte sie. *Mir doch egal.*

»Aber sagen Sie mir eines: Ist das nicht typisch Mann, ausgerechnet die Menschen zu verlassen, die einen lieben und schätzen, alles mit sich selbst auszumachen? Und sich an denen den Kopf einzurennen, die einen nicht lieben und schätzen?«

»Woher will man wissen, ob man es verdient, geliebt und geschätzt zu werden, wenn man nicht mit sich selbst im Reinen ist und sich nicht beweisen kann?«

»Typisch Mann also.«

»Vielleicht. Andererseits unterhalte ich mich gerade mit einer Frau, die ein halbes Jahr in den Anden verbracht hat, fernab vom heimischen Herd. Das ist Ihr Job, ich weiß«, kam er ihr zuvor. »Ein Job, der Ihnen Spaß macht, aber der auch nicht unbedingt ungefährlich ist. Wahrscheinlich haben Sie viele Reisen unternommen und viel Zeit allein verbracht, um sich zu beweisen, dass Sie dieses Reservat verdient haben.«

»Leider haben Sie recht.

»Nachdem seine Kollegin ermordet und er angeschossen worden war, hat er versucht, sich mit seiner Mutter auszusöhnen.«

Oh, dachte sie. Damals also. Auch das war typisch Cooper Sullivan.

»Es hat ziemlich gut geklappt«, fuhr Brad fort. »Er hat auch versucht, sich mit seinem Vater auszusprechen.«

»Wirklich?«, fragte sie. »Doch, das passt zu ihm.«

»Aber das hat nicht geklappt. Er hat sich sehr erfolgreich selbstständig gemacht. Auch das meiner Meinung nach hauptsächlich, um sich zu beweisen, dass er nicht auf das Geld aus dem Trust angewiesen ist.«

»Das klingt sehr nach seinem Vater. Ich habe ihn zwar nie kennengelernt, kann mir aber gut vorstellen, was er bei dieser Aussprache gesagt hat. Nämlich, dass

Coop nicht das Geringste wert ist ohne dieses Geld. Ohne das Geld der Familie, das er seinerseits von seinem Vater geerbt hat. Ja, das kann ich mir sogar sehr gut vorstellen. Und auch, dass Coop fest entschlossen war, ihn eines Besseren zu belehren.«

»Er hat ihn eines Besseren belehrt. Mehr als einmal. Aber erst damals war Coop nicht mehr auf die Anerkennung seines Vaters angewiesen, und zwar in keinerlei Hinsicht. Das hat er zwar nie so gesagt und würde es wahrscheinlich niemals zugeben, aber ich kenne ihn. Allerdings hat er nie aufgehört, auf Ihre Anerkennung angewiesen zu sein.«

»Er hat mich nie nach meiner Meinung gefragt, nie Wert darauf gelegt.«

»Wirklich nicht?«, fragte Brad.

»Ich kann mich nicht ...« Ein Schrei ertönte, und als sie sich umdrehte, sah sie, wie der Laster vor der ersten Hütte hielt. »Da kommt unsere Tigerdame.«

»Tatsächlich? Die aus dem Stripper-Club? Darf ich zusehen?«

»Natürlich, aber sie wird keinen Lap-Dance hinlegen. Wir werden sie in ihr Gehege bringen«, erklärte Lil, während sie auf den Transporter zugingen. »Auf der anderen Seite des Zaunes werden wir Boris platzieren. Er ist alt, aber lebhaft. Sie ist jung, dafür hat man ihr die Krallen ausgerissen. Außerdem wurde sie angekettet, im Käfig gehalten und mit Medikamenten betäubt. Sie war noch nie unter ihresgleichen. Wir werden beobachten, wie die Tiere aufeinander reagieren. Keinem von beiden soll etwas zustoßen.«

Lil kletterte auf den Ladebereich und ging in die

Hocke, sodass sie der Tigerdame in die erloschenen Augen blicken konnte. Sie hat aufgegeben, resigniert, dachte Lil. Jeglicher Stolz und jegliche Wildheit waren ihr während der jahrelangen Misshandlungen völlig abhandengekommen.

»Hallo, schönes Mädchen«, murmelte sie. »Hallo, Delilah. Willkommen in deiner neuen Welt. Los, bringen wir sie in ihr neues Zuhause«, rief sie. »Ich begleite sie.«

Sie setzte sich im Schneidersitz auf die Ladefläche des Transporters und hielt ihre Hand vorsichtig an die Gitterstäbe. Delilah rührte sich kaum. »Niemand wird dir mehr wehtun oder dich erniedrigen. Du hast jetzt eine neue Familie.«

Wie bei der verwöhnten Cleo stellten sie den Käfig vor das Gehege und öffneten die Türen. Doch im Gegensatz zu Cleo machte die Tigerdame keinerlei Anstalten, ihren Käfig zu verlassen.

Boris dagegen kam zum Zaun und schnupperte. Er markierte die Reviergrenze. Das hatte er schon lange nicht mehr getan, fiel Lil auf. Mit stolzgeschwellter Brust ließ er ein Brüllen ertönen.

Delilahs Muskeln zuckten.

»Lass uns gehen. Sie ist nervös. Im Gehege gibt es Futter und Wasser. Außerdem redet Boris mit ihr. Sie wird schon hineingehen, wenn sie so weit ist.«

Lucius senkte die Kamera. »Sie sieht ziemlich fertig aus. Nervlich, meine ich.«

»Tansy wird mit ihr arbeiten. Und wenn es sein muss, ziehen wir den Psychologen hinzu.«

»Ich glaube, der Bursche hier ist hin und weg«, bemerkte Brad, während sich Boris am Zaun rieb.

»Er war einsam. Und männliche Tiger verstehen sich gut mit Weibchen. Sie sind galanter als Löwen.« Sie trat ein Stück zurück und setzte sich auf eine Bank. »Ich behalte die beiden eine Weile im Auge.«

»Ich sehe in der Zwischenzeit nach, welche Fortschritte Ihre Tore machen. In wenigen Stunden müssten wir das System testen können.«

Nach etwa einer halben Stunde leistete ihr Tansy Gesellschaft.

»Sie haben sie mit Stromstößen gequält«, sagte Tansy traurig.

»Ich weiß.« Lil ließ die reglose Katze nicht aus den Augen. »Sie hat Angst, bestraft zu werden, sobald sie den Käfig verlässt. Irgendwann wird sie zum Futter gehen. Wenn nicht, müssen wir sie spätestens morgen rausholen. Ich hoffe nicht, dass das nötig sein wird. Sie sollte den Käfig freiwillig verlassen, damit sie merkt, dass sie nicht bestraft wird.«

»Boris hat schon ganz glänzende Augen bekommen.«

»Ja, er ist süß. Vielleicht reagiert sie auf ihn, das Alphamännchen, bevor sie ihrem Hunger nachgibt.«

»Wie stehen denn die Aktien zwischen dir und Coop?«

»Ich denke, wir haben eine Art Waffenstillstand geschlossen. Das Wichtigste ist jetzt eine funktionierende Alarmanlage. Außerdem unterstützt er die Polizei. Er hat Unterlagen dabei, die ich nicht sehen soll. Im Moment warte ich noch ab.«

»Wie die Tigerdame.«

»Sie ist gar kein so schlechter Vergleich für meine Beziehung zu Coop. Sie ist ziemlich wackelig auf den Beinen, und es droht ein Wutausbruch. Ich fand zwei

Einsteckmagazine für seine Pistole in meiner Wäscheschublade. Warum hat er sie ausgerechnet dort versteckt?«

»Ich glaube, so einen Aufbewahrungsort vergisst man nicht so schnell. In der Schublade mit der Alltags- oder in der mit der Reizwäsche?«

»In der mit der Reizwäsche. Es ist mir entsetzlich peinlich. Das meiste davon wollte ich ohnehin aussortieren. Es fühlt sich komisch an, sie überhaupt noch zu besitzen. Sie ist untrennbar mit Jean-Paul verbunden, denn er hat das meiste davon gekauft und genossen.

»Trenn dich davon. Kauf dir selbst welche.«

»Ja. Ich weiß bloß nicht, ob ich im Moment in so etwas investieren will. Das wäre ein Signal.«

»Allerdings. Ich habe erst neulich zwei Nachthemden gekauft, die nur dazu da sind, einem vom Leib gerissen zu werden. Ich frage mich immer noch, warum ich das eigentlich getan habe.«

»Farley wird sich an seiner Zunge verschlucken.«

»Ich rede mir immer ein, dass ich die Beziehung beenden werde, bevor sie zu eng wird. Und dann kaufe ich die halbe Frühlingskollektion von *Victoria's Secret*. Ich bin nicht mehr ganz dicht, Lil.«

»Du bist verliebt, Schätzchen.«

»Ich glaube, ich will einfach nur Sex, und das ist gut so. Das tut niemandem weh. Und geht wieder vorbei.«

»Hm-hm. Du willst also nur Sex. Verstehe.«

»Na gut, hör auf, mich aufzuziehen. Ich weiß, dass mehr dahintersteckt. Aber nicht, wie ich damit umgehen soll. Also hör auf, mich zu quälen.«

»Na gut, wenn du mich schon so anflehst. Schau mal, schau!« Lil packte Tansys Knie. »Sie rührt sich!«

Während sie zusahen, kroch Delilah zentimeterweise vorwärts. Boris grunzte ermutigend. Als sie den Käfig zur Hälfte verlassen hatte, erstarrte sie wieder zur Salzsäule, und Lil befürchtete schon, sie würde sich erneut verkriechen. Dann zitterte sie, machte einen Buckel und sprang auf das ganze Huhn, das auf dem Betonboden lag.

Los, friss, dachte Lil. Los, mach schon!

Delilah legte den Kopf schief und grub ihre Zähne in das Fleisch, wobei sie Lil nicht aus den Augen ließ.

Sie zerriss ihr Futter und schlang es hinunter. Lil kniff Tansy ins Bein. »Sie wartet nur darauf, dass jemand auf sie losgeht. Diese Tierquäler!«

Auf der anderen Seite des Zaunes stellte sich Boris auf die Hinterbeine und rief nach ihr. Sie duckte sich nach wie vor unterwürfig, näherte sich aber dem Zaun, um ihn zu beschnuppern. Als er den Kopf senkte, eilte sie zum Eingang ihres Käfigs zurück.

Den sie als sicheres Zuhause betrachtete, wie Lil wusste. Er rief erneut nach ihr, eindringlich, bis sie geduckt zum Zaun schlich und zitternd innehielt, während er ihre Schnauze und ihre Vorderpfoten beschnupperte.

Als er sie leckte, lächelte Lil. »Wir hätten ihn Romeo taufen sollen. Lass uns den Käfig wegräumen und die Tür des Geheges schließen. Von nun an wird sich Boris um sie kümmern.«

Während sie sich erhob, sah sie auf die Uhr. »Perfektes Timing. Ich muss noch mal in die Stadt.«

»Ich dachte, wir hätten die Vorräte bereits aufgefüllt.«

»Ich muss ein paar Erledigungen machen und möchte

außerdem bei meinen Eltern vorbeischauen. Bevor die Sonne untergeht, bin ich zurück.«

Sie wollte eigentlich nicht bei den Stallungen der Wilkses Station machen, aber sie war früh dran und hatte sie direkt vor sich. Als sie sah, dass Coop ein kleines Mädchen auf einem stämmigen Zwergpony über die Weide führte, konnte sie sich nicht länger beherrschen.

Das Kind sah aus, als hätte sich soeben sein Lebenstraum erfüllt. Es hopste im Sattel auf und ab und konnte gar nicht still sitzen vor lauter Begeisterung. Sein Gesicht unter dem rosa Cowboyhut strahlte mit der Sonne um die Wette.

Als Lil aus ihrem Truck stieg, hörte sie, wie das Kind fröhlich auf Coop einredete, während seine Mutter lachte und der Vater Fotos machte. Hingerissen lehnte sich Lil an den Zaun, um zuzusehen.

Auch Coop sah hochzufrieden aus. Er konzentrierte sich ganz auf das Kind und beantwortete jede seiner Fragen, während das Pony geduldig voranstapfte.

Wie alt das Mädchen wohl war? Vier vielleicht? Unter dem Hut sahen zwei lange blonde Zöpfchen hervor, und seine Jeans war mit bunten Blumen bestickt.

Es war unglaublich süß, fand Lil. Als Coop die Arme ausstreckte, um das Mädchen aus dem Sattel zu heben, spürte sie ein sehnsüchtiges Ziehen in der Brust.

Sie hatte ihn nie als Vater vor sich gesehen. Einst hatte sie ganz selbstverständlich angenommen, dass sie eine Familie gründen würden, aber das hatte in weiter Ferne gelegen und war nie über romantische Tagträumereien hinausgegangen.

Wie viele Jahre seitdem vergangen waren! Auch sie hätten schon ein kleines Mädchen haben können.

Er erlaubte dem Mädchen, das Pony zu tätscheln und zu streicheln, dann holte er eine Möhre hervor und zeigte dem Kind, wie man sie halten musste. Als krönenden Abschluss durfte es das Tier füttern.

Lil wartete, bis Coop mit den Eltern gesprochen hatte, und sah, wie er grinste, als das Mädchen die Arme um seine Beine schlang.

»Sie wird dich nie mehr vergessen«, bemerkte Lil, als Coop auf sie zukam.

»Das Pony bestimmt nicht. Das erste Mal ist immer unvergesslich.«

»Ich wusste gar nicht, dass du auch Ponyreiten anbietest.«

»Das hat sich einfach so ergeben. Das Mädchen hat es sich sehnsüchtig gewünscht. Aber ich habe auch schon überlegt, die Weide hier entsprechend zu nutzen. Der Aufwand ist gering, und es zahlt sich aus. Der Vater hat darauf bestanden, mir zehn Dollar Trinkgeld zu geben.« Er grinste erneut, als er den Schein aus der Tasche zog. »Hilfst du mir, sie auszugeben?«

»Das klingt verlockend, aber ich bin verabredet. Du warst hinreißend mit dem Kind.«

»Die Kleine hat es mir leicht gemacht. Und ja, ich habe bereits darüber nachgedacht.« Als sie fragend die Brauen hob, legte er seine Hände auf die ihren. »Über die Kinder, die wir hätten haben können.« Als sie die Hände wegziehen wollte, verstärkte er seinen Griff. »Kinder mit deinen Augen. Ich war schon immer ganz verrückt nach deinen Augen. Was ich wohl für einen

Vater abgeben würde? Ich glaube, inzwischen bekäme ich das ganz gut hin.«

»Ich werde nicht sentimental, nur weil du dir gemeinsame Kinder ausmalst, Coop.«

»Das ist ein guter Ort, um Kinder großzuziehen. Genau der richtige, und das weißt du auch.«

»Du scheinst es ja ziemlich eilig zu haben. Ich schlafe mit dir, weil ich mit dir schlafen will. Aber bevor daraus mehr als nur eine zärtliche Freundschaft werden kann, muss ich noch so einiges für mich klären.«

»Ich sagte, ich werde auf dich warten, und das tue ich auch. Aber das heißt nicht, dass ich nicht alles versuchen werde, dich zurückzugewinnen.«

»Ich bin nicht hergekommen, um über solche Themen zu reden.« Sie zog die Hände weg. »Ich wollte dir nur sagen, dass die Alarmanlage laut Brad schon heute Abend funktionieren wird.«

»Gut.«

»Ich gebe allen Bescheid, dass wir keine Patrouille mehr brauchen. Und das gilt auch für dich.«

»Ich bleibe, bis Howe im Gefängnis sitzt.«

»Das ist deine Entscheidung. Aber ich bin nicht unfroh, nachts nicht alleine zu sein. Du darfst deine Schublade und deinen Teil des Schrankes behalten. Ich werde mit dir schlafen. Aber mehr kann ich dir nicht versprechen.« Sie wandte sich zum Gehen und blieb dann stehen. »Ich möchte alles wissen, was Willy dir erzählt hat, denn mir ist klar, dass er dich über die Ermittlungen auf dem Laufenden hält. Ich möchte die Unterlagen sehen, die du so sorgfältig vor mir versteckt hältst. Willst du, dass wir wirklich eine Chance haben, Coop? Dann musst du mir auch vertrauen und mich respektieren, und zwar in jeder Hinsicht. Guter Sex und gelbe Tulpen sind da bei Weitem nicht genug.«

Farley lief aufgeregt vor dem Juwelier auf und ab, als Lil kam. »Ich wollte nicht ohne dich hineingehen.«
»Tut mir leid, dass ich mich verspätet habe. Ich wurde aufgehalten.«
»Kein Problem. Du hast dich nicht verspätet. Ich bin zu früh dran.«
»Nervös?«
»Ein bisschen schon. Ich möchte ganz sicher sein, dass es der Richtige ist.«
»Suchen wir einen aus!«
Im Laden befanden sich einige Kunden und jede Menge funkelnde Preziosen. Lil winkte, um eine Verkäuferin zu grüßen, die sie kannte. Dann hängte sie sich bei Farley ein. »An was hattest du gedacht?«
»Deshalb habe ich eigentlich dich mitgenommen.«
»Nein, sag mir einfach, was du dir vorgestellt hast.«
»Ich ... Na ja, er sollte etwas Besonderes sein und irgendwie anders. Ich möchte nicht pingelig sein, aber ...«
»Etwas Einzigartiges.«
»Ja, genau wie sie.«
»Wenn es nach ihrer besten Freundin geht, liegst du damit goldrichtig.« Sie zog ihn zu einem Schaukasten mit Verlobungsringen. »Weiß- oder Gelbgold?«
»Ach du meine Güte, Lil.« Er sah so panisch drein, als hätte sie ihn gebeten, sich zwischen Zyan oder Arsen im Kaffee zu entscheiden.
»Gut, das war eine Fangfrage. Aber angesichts ihrer

Hautfarbe, ihrer Persönlichkeit und ihrer Vorliebe für Einzigartiges solltest du Rotgold nehmen.«

»Was ist denn das?«

»So was hier.« Sie zeigte auf einen Bandring. »Das ist ein warmer, weicher Farbton, der eher schimmert als glänzt.«

»Aber es ist trotzdem Gold, oder? Ich meine, es ist Qualität und nichts Minderwertiges oder so? Es muss hochwertig sein.«

»Es ist immer noch Gold. Wenn dir das nicht gefällt, würde ich mich für Gelbgold entscheiden.«

»Es gefällt mir. Es ist anders, und es ist ein warmer Goldton, das stimmt. Irgendwie rötlich. Rotgold, ach so, jetzt verstehe ich.«

»Entspann dich, Farley.«

»Gut.«

»Und jetzt sieh dir die Ringe an und sag mir, welcher dir zuerst ins Auge springt.«

»Der hier hat einen schönen dicken Diamanten dran.«

»Er ist schön, aber der Stein steht ziemlich weit hervor.« Lil hielt Daumen und Zeigefinger ein Stück weit auseinander, um ihm zu zeigen, was sie meinte. »Tansy arbeitet viel mit den Händen, mit Tieren. Mit dem bleibt sie überall hängen.«

»Das stimmt. Sie wird etwas wollen, das nicht so weit vorsteht.« Er schob seinen Hut zurück, um sich am Kopf zu kratzen. »In dieser Farbe gibt es weniger Auswahl, wobei sie immer noch ausreicht. Der da mit der Gravur ist auch hübsch, aber der Diamant ist etwas mickrig. Ich möchte nichts Billiges kaufen.«

Als Lil sich vorbeugte, um ihn sich näher anzusehen, tauchte die Verkäuferin neben ihnen auf.

»Hallo! Habt ihr mir was zu beichten?«

»Wir können unsere Liebe nicht länger verheimlichen«, sagte Lil, woraufhin Farley ganz rot wurde. »Wie geht es dir, Ella?«

»Gut. Du hast also Farley zu Tarnzwecken mitgeschleppt? Wenn du gefunden hast, was du willst, werde ich Coop gern unauffällig darauf hinweisen.«

»Was? Nein, nein.«

»Alle Welt wartet nur darauf, dass ihr euch verlobt.«

»Es gibt keine Verlobung. Die Leute täuschen sich.« Nervös spürte sie, wie sie selbst ganz rot wurde. »Ich bin nur zur Beratung dabei. Farley ist der Bräutigam.«

»Wirklich?« Ellas Stimme überschlug sich beinahe. »Stille Wasser sind tief! Wer ist denn die Glückliche?«

»Ich habe noch nicht um ihre Hand angehalten, deshalb ...«

»Es ist doch nicht die exotische Schönheit, mit der ich dich ein-, zweimal tanzen sah? Die ein paar Blocks weiter wohnt, wo dein Truck in den letzten Wochen regelmäßig geparkt hat?«

Jetzt trat er von einem Fuß auf den anderen.

»Ach du meine Güte, sie ist es! Das ist ja großartig. Wenn ich das erst ...«

»Das darfst du nicht. Du darfst niemandem davon erzählen, Ella. Ich habe noch nicht um ihre Hand angehalten.«

Ella fasste sich ans Herz und erhob die andere Hand zum Schwur. »Kein Wort kommt über meine Lippen. Wir sind hier Profis im Bewahren von Geheimnissen.

Obwohl ich mir noch vor Aufregung in die Hose machen werde, wenn du sie nicht bald fragst! Kommen wir zur Sache. Erzähl mir, was du dir vorgestellt hast.«

»Lil meint, etwas in Rotgold.«

»Oh, das ist aber eine ausgezeichnete Wahl für sie.« Ella schloss den Schaukasten auf und begann, eine kleine Auswahl auf einem Samtkissen zu arrangieren.

Sie überlegten hin und her, während Lil so nett war, jeden Ring anzuprobieren. Irgendwann sah Farley Lil erschöpft an. »Bitte sag mir, wenn ich falschliege, aber mir gefällt der hier. Mir gefällt, dass er so breit ist. Und mir gefällt auch, wie sich die kleinen Diamanten von dem runden in der Mitte abheben. Sie wird verstehen, warum, sobald sie ihn am Finger hat. Sie wird es verstehen, sobald ich ihn ihr angesteckt habe.«

Lil stellte sich auf die Zehenspitzen und küsste ihn auf die Wange, während Ella hinter der Ladentheke aufseufzte. »Ich habe gehofft, dass du den hier nimmst. Sie wird begeistert sein, Farley. Das ist genau der richtige.«

»Gott sei Dank, denn so langsam wäre ich ins Schwitzen gekommen.«

»Er ist schön, Farley. Ungewöhnlich, zeitgemäß und trotzdem romantisch.« Ella räumte die anderen Ringe zurück. »Welche Größe trägt sie?«

»Ach du meine Güte!«

»Etwa Größe sechs«, sagte Lil. »Ich habe Größe fünf, und wir haben schon mal Ringe getauscht. Ihre Finger sind etwas dicker als meine. Ich trage ihren an meinem Mittelfinger. So gesehen ...« Sie nahm den Ring und ließ ihn über ihren Mittelfinger gleiten. »Der müsste passen.«

»Das muss Schicksal sein. Wenn er weiter oder enger gemacht werden muss, bringst du sie einfach mit, und wir kümmern uns darum. Sie kann ihn auch umtauschen, wenn sie etwas entdeckt, das ihr besser gefällt. Ich mache die Unterlagen fertig, Farley, und dann ist unser Geschäft perfekt.«

Ella gab ihm ein Zeichen, näher zu kommen, und er beugte sich vor. »Und weil du mich mal heimlich küssen durftest, gebe ich dir fünfzehn Prozent Rabatt. Dafür kaufst du die Eheringe dann auch bei mir.«

»Ich würde nirgendwo anders hingehen.« Er sah zu Lil hinüber, und das Bild vor seinen Augen verschwamm.

»Ich fürchte, mir kommen die Tränen.«

Sie umarmte ihn, legte ihren Kopf an seine Brust, während er ihr auf den Rücken klopfte. Man muss eine Entscheidung treffen, eine Gelegenheit beim Schopf packen, dachte sie. Und manche trafen die richtigen Entscheidungen und packten ihre Gelegenheit beim Schopf.

23

Sie fuhren gemeinsam zur Farm zurück, und Lil kam in den Genuss, dabei zu sein, als er den Ring ihren Eltern zeigte. Es gab jede Menge Schultergeklopfe, ein paar Tränen und das Versprechen, Tansy zu einem Familienfest mitzubringen, sobald sie eingewilligt hatte.

Als Farley sich an Joe wandte und ihn um einen gemeinsamen Spaziergang bat – bestimmt, um ein Gespräch von Mann zu Mann zu führen –, setzte sich Lil zu ihrer Mutter.

»Meine Güte, gerade eben war er noch ein Kind«, sagte Jenna.

»Du hast einen guten Mann aus ihm gemacht.«

Jenna fuhr sich erneut über die Augen. »Wir haben ihm die Chance gegeben, einen guten Mann aus sich zu machen. Wenn Tansy ihm das Herz bricht, soll sie bleiben, wo der Pfeffer wächst!«

»Ich glaube nicht, dass sie das tun wird. Das wird er gar nicht erst zulassen. Farley hat einen Plan, den er bestimmt gerade mit Dad bespricht. Sie hat gar keine andere Wahl.«

»Denk nur an die Kinder, die sie zusammen haben werden! Ich weiß, ich weiß.« Lachend winkte Jenna ab. »Typisch Mutter, stimmt's? Aber ich hätte gerne Enkelkinder. Auf dem Dachboden steht noch die Wiege, die dein Großvater für mich gebaut hat und in der du gelegen hast. Aber bevor es so weit ist, muss ich erst mal an die Hochzeitsvorbereitungen denken. Ich würde zu gern alles organisieren. Die Blumen, die Kleider, die Torte …« Sie verstummte.

»Ich habe dir noch keine Gelegenheit dazu gegeben.«

»Das wollte ich damit nicht sagen. Ich muss doch nicht extra betonen, wie stolz wir auf dich sind?«

»Nein. Ich hatte auch mal einen Plan, aber der hat nicht geklappt. Also habe ich einen neuen Plan geschmiedet, und der hat sehr wohl geklappt. Und jetzt befinde ich mich in keiner ganz einfachen Situation. Ich könnte ein paar Ratschläge gebrauchen.«

»Cooper.«

»Für mich gab es immer nur Cooper. Aber einfach ist es mit ihm schon lange nicht mehr.«

»Er hat dich so sehr verletzt.« Sie beugte sich vor und nahm Lils Hand. »Ich weiß Bescheid, Liebes.«

»Er hat etwas in mir kaputt gemacht, und jetzt will er es wieder reparieren. Aber ich weiß nicht, ob das noch geht.«

»Das geht auch nicht. Das kann nicht funktionieren.« Jenna drückte ihre Hand, bevor sie sich zurücklehnte. »Aber das heißt nicht, dass nichts Neues zwischen euch entstehen kann. Etwas Besseres. Du liebst ihn, Lil. Und auch darüber weiß ich Bescheid.«

»Aber Liebe allein hat schon damals nicht gereicht.

Er hat mir jetzt gesagt, warum es damals nicht gereicht hat.«

Während sie alles erzählte, musste sie aufstehen und das Fenster öffnen, um wieder Luft zu bekommen. Sie konnte einfach nicht still sitzen, während ihre Mutter ruhig zuhörte.

»Es sei nur zu meinem Besten gewesen, weil er sich etwas beweisen musste, weil er pleite war, weil er sich wie ein Versager vorkam. Als ob mir das irgendwas ausgemacht hätte! Außerdem hätte er mir den Grund sagen müssen. Ich hatte schließlich auch noch ein Wort mitzureden. Wenn nur einer allein entscheidet, kann man das wohl kaum als wirkliche Beziehung bezeichnen, oder?«

»Zumindest nicht als gleichberechtigte Beziehung. Ich verstehe, was in dir vorgeht und warum du wütend bist.«

»Ich bin mehr als nur wütend. Eine der wichtigsten Entscheidungen in meinem Leben wurde einfach über meinen Kopf hinweg getroffen. Und warum? Woher will ich wissen, dass das nicht wieder passiert? Ich kann mir kein gemeinsames Leben mit einem Menschen vorstellen, der so etwas tut. Das kann ich einfach nicht.«

»Nein, das kannst du nicht, du nicht. Aber jetzt werde ich dir etwas sagen, das dich enttäuschen wird. Es tut mir leid, sehr leid, dass du so verletzt wurdest. Ich habe mit dir mitgelitten, Lil, ehrlich. Ich habe am eigenen Leib gespürt, wie er dir das Herz gebrochen hat. Aber ich bin sehr dankbar, dass er sich so entschieden hat!«

Lil zuckte zusammen und wich zurück, so schockiert war sie. »Wie kannst du nur so etwas sagen? Wie kannst du nur?«

»Hätte er sich anders entschieden, hättest du alles aufgegeben, was dir wichtig war – alles, wofür du gelebt hast, von ihm einmal abgesehen. Hättest du dich zwischen ihm und deinen persönlichen und beruflichen Zielen entscheiden müssen, hättest du dich für ihn entschieden, so verliebt wie du in ihn warst.«

»Wer sagt denn, dass nicht beides gegangen wäre? Wo bleibt denn da die Kompromissbereitschaft, die Fähigkeit, sich gegenseitig zu unterstützen?«

»Vielleicht hättest du es geschafft, aber sehr wahrscheinlich war das nicht. Mensch, Lil«, sagte sie derart mitfühlend, dass Lil die Tränen kamen. »Du warst keine zwanzig, und die ganze Welt stand dir offen. Er war fast zwei Jahre älter als du und lebte in einer autoritären, harten Welt. Er musste kämpfen, und du musstest dich weiterentwickeln.«

»Wir waren noch jung. Na und? Ihr wart auch jung, als ihr geheiratet habt.«

»Ja, und wir hatten Glück. Aber wir wollten auch beide dasselbe, damals schon. Und das war diese Farm, was unsere Chancen deutlich verbessert hat.«

»Du meinst also, ich soll die letzten zehn Jahre einfach vergeben und vergessen und zu Coop sagen: ›Hier bin ich!‹?«

»Ich meine, dass du dir ausreichend Zeit nehmen solltest. So lange, bis du weißt, ob du ihm vergeben kannst.«

Lil seufzte laut, so als fiele eine schwere Last von ihr ab.

»Damals musste er sich etwas beweisen. Aber diesmal muss er dir etwas beweisen. Gib ihm eine Chance. Und während du dir Zeit nimmst, dich zu entscheiden, solltest du dich fragen, ob du die nächsten zehn Jahre ohne ihn leben willst.«

»Er hat sich verändert, und so, wie er heute ist ... Angenommen, ich hätte ihn gerade erst kennengelernt, und wir hätten keine gemeinsame Vergangenheit ... Ich wäre wieder hin und weg von ihm. Und genau das macht mir Angst. Eben weil ich wieder hin und weg von ihm bin, hat er die Möglichkeit, noch mehr in mir kaputt zu machen.«

»Bist du es nicht leid, nur Männer an dich heranzulassen, die dir nicht gefährlich werden können?«

»Ich weiß nicht, ob ich das mit Absicht getan habe, oder ob er der Einzige ist, der mir überhaupt gefährlich werden kann.« Lil strich sich über die Arme, wie um sie zu wärmen. »Wie dem auch sei, ich stehe vor einer schwierigen Entscheidung. Es gibt so einiges, über das ich nachdenken sollte. Ich muss wieder zurück ins Reservat. Ich wollte gar nicht so lange bleiben.«

»Die Arbeit ruft.« Jenna stand auf und legte Lil die Hände auf die Schultern. »Du wirst deinen Weg machen, Lil, da bin ich mir sicher. Und jetzt sei bitte ehrlich und sag mir, ob wir heute Nacht nicht doch lieber kommen sollen.«

»Die Alarmanlage war so gut wie installiert, als ich losgefahren bin. Falls es Probleme gibt, rufe ich dich an, das verspreche ich dir. In Bezug auf Coop bin ich vielleicht etwas durcheinander, aber nicht, was das Reservat betrifft. Da gehe ich kein Risiko ein.«

»Gut. Die meisten glauben, dass er längst verschwunden ist. Dass er bei dem Polizeiaufgebot das Weite gesucht hat.«

»Wenn sie da mal recht haben!« Sie schmiegte ihre Wange an Jennas. »Ich weiß, dass wir erst wieder Frieden finden werden, wenn er verhaftet wurde. Bitte geh auch du kein Risiko ein!«

Sie trat auf die Veranda, sah, wie Farley und ihr Vater um eines der Außengebäude herumliefen, während die Hunde um sie herumtollten. »Sag Farley, dass ich ihm die Daumen drücke.« Als sie auf ihren Truck zuging, drehte sie sich noch einmal zu ihrer Mutter um. »Er hat mir gelbe Tulpen geschenkt.«

»Hat es funktioniert?«

»Besser, als ich es mir habe anmerken lassen. Typisch Frau, was?«

Sie war zurück, bevor das Reservat schloss, und sah, dass das neue Tor offen stand. Trotzdem warf sie einen Blick auf die Überwachungskamera und das Codeschloss.

Sie fuhr langsam die Straße entlang, musterte die Landschaft und die Bäume.

Sie selbst würde sich sicher auch so Zutritt verschaffen können, dachte sie. Sie kannte hier jeden Millimeter und würde bestimmt einen Weg finden, die Alarmanlage zu umgehen.

Dieses Wissen machte sie noch aufmerksamer.

Während sie weiterfuhr, ließ sie den Blick nach oben schweifen. Noch mehr Überwachungskameras, die auf die Gebäude und die Straße gerichtet waren. Es würde schwierig werden, jeder einzelnen auszuweichen. Und die neue Beleuchtung würde alles in grelles Licht tauchen. Sobald man das Gelände betreten hatte, konnte man sich nicht mehr im Dunkeln verstecken.

Sie hielt vor ihrer Hütte und entdeckte Brad, der gerade mit einem seiner Techniker sprach. Aber ihr Hauptaugenmerk galt dem neuesten Mitglied der Familie Chance.

Ihre Stimmung verbesserte sich schlagartig. Delilah lag am Zaun, während Boris sich auf der anderen Seite ausgestreckt hatte. Dort würde sie als Erstes vorbeischauen.

Das Weibchen hob nicht einmal den Kopf, als Lil näher kam. Sie duckte sich, doch ihre Augen waren offen. Sie war immer noch auf der Hut, sah Lil. Vielleicht würde sie ihr Leben lang vor Menschen auf der Hut sein, aber Trost bei ihren Artgenossen finden.

»Wahrscheinlich können wir den Zwischenzaun irgendwann entfernen.« Sie sprach bewusst freundlich und vermied jede abrupte Bewegung. »Gut gemacht, Boris. Sie braucht einen Freund, also musst du ihr erklären, wo es hier langgeht.«

»Entschuldigen Sie bitte, Miss?«

Sie sah sich um und entdeckte die kleine Gruppe, die hinter der Sicherheitsabsperrung stand. »Ja?«

»Sie sollten nicht auf der anderen Seite der Absperrung stehen.«

Sie richtete sich auf und ging zu dem Mann, der sich an sie gewandt hatte. »Ich bin Lil Chance.« Sie gab ihm die Hand. »Das Reservat gehört mir.«

»Oh, entschuldigen Sie bitte.«

»Keine Ursache. Ich habe nur nach unserem Neuzugang gesehen. Wir haben noch kein Schild aufgestellt, aber das ist Delilah, und es ist ihr erster Tag hier. Sie ist ein bengalischer Tiger«, hob sie an und freute sich über die Gelegenheit zu einer kleinen Führung.

Als sie fertig war und die neue Gruppe zwei Praktikanten übergeben hatte, wartete Brad bereits auf sie.

»Alles funktioniert, Lil. Ich würde gern mit dir und deinen festen Mitarbeitern die gesamte Anlage durchgehen.«

»Ich habe ihnen bereits gesagt, dass sie heute länger bleiben müssen. Aber ich würde gern noch warten, bis wir geschlossen haben, falls Sie nichts dagegen haben.«

»Kein Problem, zumal mir Lucius angeboten hat, bei der Fütterung zu helfen – falls Sie nichts dagegen haben.«

»Das ist harte Arbeit.«

»Ich würde gern nach New York zurückkehren und sagen können, dass ich einen Löwen gefüttert habe. Damit habe ich genug Gesprächsstoff für Jahre!«

»Dann gern. Ich zeige Ihnen alles, und dann zeigen Sie mir die Alarmanlage. Kommen Sie, ich bringe Sie zu den Vorratsräumen.«

Nach der Fütterung und der Schließung des Reservats probierte Lil nach Brads Anweisungen sämtliche Funktionen der Alarmanlage aus. Für die späte Mitarbeiterbesprechung hatte sie eine Kiste Bier, Grillhuhn und ein paar Beilagen spendiert. Das Thema war ernst, aber warum sollten ihre Leute die Besprechung nicht trotzdem genießen?

Sie hatten auch so schon genug Stress gehabt.

Sie ging mit ihren Mitarbeitern die einzelnen Sektoren und Funktionen durch, aktivierte und deaktivierte die Beleuchtung, die Alarmsirenen und die Schlösser und steuerte die Überwachungskameras mithilfe des Computermonitors.

»Prima«, sagte Brad. »Aber Lucius war schneller, er hält nach wie vor den Geschwindigkeitsrekord.«

»Ein typischer Computerfreak«, beklagte sich Tansy.

»Und stolz darauf! Der Bildschirm lässt sich so unterteilen, dass er vier verschiedene Ansichten zeigt, Lil.« Lucius biss in einen Hähnchenschlegel und schob sich die Brille zurück auf die Nasenwurzel. »Lass sehen, was du kannst.«

»Du glaubst, ich schaffe das nicht?«

»Ich wette um einen Dollar, dass es dir beim ersten Versuch nicht gelingt.«

»Und ich wette um zwei Dollar, dass sie es hinkriegt«, erwiderte Tansy.

Lil rieb sich die Hände. In Gedanken ging sie die Codes und Zahlenabfolgen noch einmal durch. Als sich der Bildschirm in vier Bilder unterteilte, verbeugte sie sich.

»Das war reines Glück. Ich wette um fünf Dollar, dass Mary es nicht schafft.«

Mary sah Lucius nur seufzend an. »Ich würde auch gegen mich wetten. Magnetkarten, Sicherheitscodes. Demnächst gibt es noch Iris-Scanner.« Aber sie spielte mit. Innerhalb von dreißig Sekunden gingen die Alarmsirenen los. »Verdammt!«

Als Brad mit einer frustrierten Mary erneut das Prozedere durchging, trat Lil neben Tansy. »Du weißt, wie es funktioniert. Du kannst jederzeit nach Hause.«

»Ich möchte noch einmal alles durchgehen. Und außerdem ...« Sie hielt ihren Pappteller hoch. »... gibt es Kartoffelsalat. Ich habe es nicht eilig. Wieso?«, fragte sie, als Lil die Stirn runzelte.

»Nichts, tut mir leid. Ich musste gerade an etwas anderes denken.« Und zwar an den Ring, der gerade ein Loch in Farleys Tasche brannte. »Weißt du, heute Nacht wird es hier sehr ruhig sein. Es gibt keinen Wachdienst mehr.«

»Nun ja.« Tansy zog die Brauen hoch, als Coop hereinkam. »Wenn du meinst ... Vielleicht solltest du deine sexy Dessous hervorkramen und sie doch ausprobieren.«

Lil stieß sie in die Seite. »Pssst!«

Als sich der letzte Mitarbeiter verabschiedete, war es bereits völlig dunkel, und der Mond ging gerade auf. Hoffentlich kamen am nächsten Morgen alle mit dem Schlüsselcode zurecht. Aber im Moment wollte sie vor allem die Arbeit erledigen, die sie tagsüber vernachlässigt hatte.

»Ich komme morgen wieder«, meinte Brad. Er blieb noch etwas auf der Veranda stehen, während Coop auf dem Geländer saß. »Übt noch ein bisschen mit Mary und kontrolliert, ob es irgendwelche Probleme gibt.«

»Ich weiß Ihren Einsatz wirklich sehr zu schätzen.« Lil sah zu den Gehegen hinüber, zu der Beleuchtung und den rot blinkenden Bewegungsmeldern. »Es tut gut zu wissen, dass die Tiere in Sicherheit sind.«

»Sie haben ja die Nummer unserer Niederlassung, falls Probleme auftauchen sollten. Und meine haben Sie auch.«

»Ich hoffe, Sie kommen auch wieder, wenn es keine Probleme gibt.«

»Aber natürlich.«

»Bis morgen also.«

Sie ging in ihre Hütte und beschloss, sich eine Kanne Tee zu machen. Die sollte ihr helfen, die Stunde, die sie noch arbeiten wollte, zu überstehen.

In der Küche, auf dem Küchentisch, stand eine Vase mit Margeriten. Bunt wie ein Regenbogen.

»Mist!«

War sie so einfach gestrickt, sich von so etwas beeindrucken zu lassen? Doch was rührt eine Frau mehr als Blumen, die ein Mann ihr auf den Tisch stellt?

Genieß sie einfach, befahl sie sich und setzte den Wasserkessel auf. Nimm sie als das, was sie sind – als nette Geste.

Sie machte Tee, nahm sich ein paar Kekse und setzte sich dann mit ihrem Laptop zu den Blumen.

Als Erstes kontrollierte sie die E-Mails an das Reservat und amüsierte sich wie immer über die Briefe von Kindern. Sie freute sich auch über jene von potenziellen Spendern, die Einzelheiten zu den verschiedenen Führungen wissen wollten.

Sie beantwortete eine Mail nach der anderen und widmete jeder dieselbe Aufmerksamkeit.

Als sie die nächste Mail öffnete, hielt sie die Luft an. Dann las sie sie langsam ein zweites Mal durch.

hallo lil. lange nicht gesehen, was? zumindest, was dich betrifft. du hast das reservat ja ganz schön aufgemischt. ich musste lachen, als ich dir dabei zugesehen hab. schon bald werden wir uns ganz neu kennenlernen. es sollte eigentlich ne überraschung sein, aber anscheinend hat man rausgefunden, dass ich hier abhänge. es macht mir spaß, ihnen dabei zuzusehen, wie sie ihr fetten ärsche durch die berge schleppen, und ich habe vor, ihnen ein kleines prehsent machen. das mit dem puma tut mir leid, aber du hättest ihn gar nicht erst fangen dürfen. also bist du selbst schuld, dass er jetzt tod is. du hast nicht berücksichtigt, dass tiere freigeister sind – unsere vorfahren haben das respecktiert. du hast den heiligen bund gebrochen, und deshalb wollte ich dich schon damals töten. aber dann hab ich mich in carolyn verknallt. sie war okay, sie hat mir eine schöne jagd beschert und fand einen guten tod. denn darauf kommt es an. ich glaube, du wirst auch einen guten tod sterben. wenn wir miteinander fertig sind, werde ich alle tiere befreien, die du gefangen hältst. wenn du mir eine schöne jagd bescherst, werde ich es dir zu ehren tun. pass auf dich auf und bleib stark, damit wir uns auf augenhöhe begegnen, wenn es so weit ist. der gute alte James war ein prima versuchskaninchen, aber du bist die hauptatraktion. ich hoffe, das dich die mail erreicht, ich kenne mich nämlich nicht gut aus mit computern und hab den nur geliehen, um dir diese botschaft zu schicken. hochachtungsvoll, ethan swift cat

Sie speicherte die Mail sorgfältig und machte eine Kopie davon. Sie wartete einen Moment, bis sie sich wieder beruhigt hatte, bevor sie hinausging, um Coop zu holen.

Coop kam gerade die Verandastufen hoch. »Brad wollte rechtzeitig zur Farm zurückkehren, um meiner Großmutter noch ein Stück Pie abzuschwatzen. Er ...« Als sie in das Licht der Lampen trat, verstummte er. »Was ist passiert?«

»Er hat mir eine E-Mail geschickt. Du musst sie dir ansehen.«

Er beschleunigte seine Schritte, schob sie beiseite, um direkt in die Küche zu eilen, wo er den Laptop herumdrehte, um die Botschaft noch im Stehen zu lesen.

»Hast du eine Kopie davon angefertigt?«

»Ja, ich habe sie auf die Festplatte und auf einen USB-Stick gespeichert.«

»Wir brauchen auch Ausdrucke. Kennst du die E-Mail-Adresse?«

»Nein.«

»Es dürfte nicht weiter schwerfallen, sie zurückzuverfolgen.« Er ging zum Telefon.

Innerhalb kürzester Zeit teilte er Willy die Einzelheiten. »Ich leite sie dir weiter. Gib mir deine E-Mail-Adresse.« Er kritzelte sie auf den Block neben dem Telefon. »Ich habe sie mir notiert.«

Auf dem Weg zum Computer reichte er Lil das Telefon.

»Willy? Ja, es geht mir gut. Könntest du bei meinen Eltern vorbeischauen?« Sie sah zu Coop hinüber, der auf seine Schlüssel zeigte. »Und bei Coops Großeltern. Wir wären ruhiger, wenn ... Danke. Ja, machen wir, einverstanden.«

Als sie auflegte, war sie kurz davor, vor lauter Angst die Hände zu ringen. »Er will die Mail sofort zurückverfolgen. Sobald er etwas weiß, ruft er an oder schaut vorbei.«

»Er weiß, dass er bei Tyler einen Fehler gemacht hat«, murmelte Coop wie zu sich selbst. »Er weiß, dass wir ihn identifiziert haben. Aber woher? Vielleicht besitzt er ein Funkgerät. Oder er riskiert es, in die Stadt zu gehen, um zu hören, was die Leute reden.«

Coops Augen waren nur noch zwei schmale Schlitze, als er die Botschaft ein zweites Mal las. »Im Ort gibt es verschiedene Internetcafés, aber das ist ein unnötiges Risiko. Dann würden wir den Laden finden und jemanden, der ihn gesehen, mit ihm geredet hat. Demnach ist ein Einbruch wahrscheinlicher. Er hat sie um 19:38 Uhr geschickt. Er hat gewartet, bis es dunkel ist. Nach einem leer stehenden Haus gesucht. Vielleicht eines, in dem ein Kind oder Teenager wohnt. Die lassen gern ihre Computer an.«

»Vielleicht hat er noch jemanden umgebracht, nur um mir diese Mail zu schicken. O Gott, Coop!«

»Darüber können wir nachdenken, wenn es so weit ist. Konzentrier dich lieber auf das, was wir wissen«, befahl er ihr kühl. »Wir wissen, dass er noch einen Fehler gemacht hat. Er hat sich aus der Deckung gewagt, weil er gezwungen war, Kontakt zu dir aufzunehmen. Er weiß, dass wir seine Identität kennen, deshalb hat er es gewagt, sich zu melden, direkt mit dir zu kommunizieren.«

»Aber das bin nicht *ich*! Das ist nur seine verzerrte Sicht von mir. Er führt Selbstgespräche.«

»Ganz genau. Red weiter.«

»Er, puh ...« Sie presste die Hand gegen die Stirn und fuhr sich durchs Haar. »Er ist ungebildet und kennt sich nicht mit Computern aus. Er hat bestimmt einige Zeit gebraucht, um so viel zu schreiben. Er will, dass ich – beziehungsweise diejenige, die er in mir sieht – weiß, dass er mich beobachtet. Er wollte ein bisschen angeben. Er schreibt, er habe über unsere Aktivitäten gelacht. Über die neue Alarmanlage. Über die Fahndung. Er ist sich sicher, dass ihn nichts von seinem Ziel abhalten kann, von seiner Jagd. Er schreibt, Carolyn habe ihm großes Jagdvergnügen bereitet.«

»Und Tyler war ein Versuchskaninchen. Alles weist darauf hin, dass er Tyler vom Weg abgebracht und ihn zum Fluss geführt hat. Tyler war ein gesunder Mann und gut in Form. Außerdem war er größer und kräftiger als Howe. Das lässt darauf schließen, dass Howe eine Waffe besitzt. Vermutlich nicht nur ein Messer. Was ist das für ein Jagdvergnügen, wenn man sein Opfer zu einem Gewaltmarsch zwingt?«

Sie sah jetzt alles ganz genau vor sich, die ganze Entwicklung. Und das half ihr, ruhig zu bleiben. »Wir wissen, dass er eine Waffe besitzt und sich in den Bergen auskennt. Er kann Fährten lesen. Er … er geht auf die Jagd.«

»Ja, gut kombiniert. Das ist das Jagdvergnügen: das Opfer auszusuchen, ihm aufzulauern und es zu töten.«

»Und er hat mich ausgesucht, weil er denkt, dass ich heiligen Boden, heiliges Erbe beschmutzt habe, indem ich mein Reservat hier eröffnet habe. Weil wir seiner Meinung nach beide den Puma als Tiergeist haben. Das ist doch Wahnsinn!«

»Er hat dich auch ausgesucht, weil du dich hier auskennst. Du kannst Fährten lesen, jagen und entkommen. Du bist also eine Art Hauptgewinn.«

»Vielleicht wollte er mich schon früher umbringen, aber Carolyn hat ihn abgelenkt. Sie war jung und hübsch und fühlte sich von ihm angezogen. Sie hat sich seine Theorien angehört und bestimmt mit ihm geschlafen. Und als sie ihn so weit durchschaut hatte, dass sie es mit der Angst bekam oder zumindest beunruhigt genug war, um sich von ihm zu trennen, hat er sie verfolgt statt mich. Von diesem Moment an war sie die Beute.«

Erschüttert ließ sie sich auf die Bank sinken.

»Du kannst nichts dafür, Lil. Es ist nicht deine Schuld.«

»Ich weiß, aber sie ist trotzdem tot. Mit ziemlicher Sicherheit tot. Und vielleicht musste heute Abend noch jemand sterben, damit er an einen Computer herankam und mir das hier schicken konnte. Wenn er weitere Menschen umbringt, einen meiner Leute, weiß ich nicht, was ich tue.«

»Darüber mache ich mir inzwischen weniger Sorgen als vorher. Er hat dich gewarnt«, sagte Coop, als sie zu ihm aufsah. »Er muss dir nichts mehr beweisen. Er muss dich nicht mehr ködern oder ärgern.«

Sie holte tief Luft. »Sag mir die Wahrheit: Übernachtet Brad bei deinen Großeltern, weil er Lucys Kochkunst schätzt, oder hast du ihn darum gebeten, damit er auf sie aufpasst?«

»Ihre Kochkunst ist sozusagen die Belohnung.« Er holte eine Flasche Wasser und reichte sie ihr.

Sie trank daraus. »Er ist ein guter Freund.«

»Ja, das stimmt.«

»Ich glaube ...« Sie beruhigte sich mit einem weiteren tiefen Atemzug. »Ich glaube, dass man Menschen auch über ihre Freunde kennenlernt.«

»Brauchst du da bei mir noch Nachhilfe, Lil?«

»Was die letzten zehn Jahre anbelangt, schon.« Sie

warf einen Blick auf das Telefon und wünschte sich, es würde klingeln, wünschte, Willy würde anrufen und sagen, dass niemand verletzt war und es keine weiteren Toten gab. »Wie hältst du dieses Warten bloß aus?«

»Uns bleibt nun mal nichts anderes übrig. Hier sind wir sicher. Wenn er versucht herzukommen, löst er den Alarm aus. Hier bist du sicher. Du bist bei mir. Also kann ich warten.«

Sie unterdrückte ein Zittern, streckte den Arm aus und strich mit einem Finger über ein Margeritenblütenblatt. »Du hast mir schon wieder Blumen geschenkt. Wieso?«

»Ich glaube, ich schulde dir noch jede Menge Blumen für die letzten zehn Jahre. Als Wiedergutmachung, als Geburtstagsgeschenk, aus allen möglichen Gründen.«

Sie musterte ihn und sagte spontan: »Gib mir deinen Geldbeutel.«

»Warum?«

Sie streckte die Hand aus. »Willst du, dass ich dir wieder wohlgesonnen bin? Dann gib ihn mir.«

Halb amüsiert, halb verwundert zog er ihn aus seiner Gesäßtasche. Dabei sah sie die Waffe an seinem Gürtel.

»Du trägst eine Waffe.«

»Ich habe einen Waffenschein.« Er reichte ihr seinen Geldbeutel.

»Du hast Patronen in meine Kommodenschublade gelegt. Sie sind nicht mehr da.«

»Weil ich jetzt eine eigene Schublade habe. Hübsche Unterwäsche, Lil. Wieso trägst du sie eigentlich nie?«

»Die hat mir ein anderer geschenkt.« Sie lächelte humorlos, als kurz so etwas wie Verärgerung auf seinem

Gesicht erschien. »Zumindest teilweise. Ich fand es unpassend, sie für dich anzuziehen.«

»Ich bin hier. Aber er nicht.«

»Angenommen, ich würde dieses kleine rote Etwas anziehen. Müsstest du, wenn du es mir auszichst, dann nicht daran denken, dass er dasselbe getan hat?«

»Wirf es weg.«

Aus irgendeinem Grund zauberte seine Bemerkung ein wirkliches Lächeln auf ihr Gesicht. »Wenn ich das tue, dann nur, um dich wieder in mein Leben zu lassen, und zwar richtig. Und wovon wirst du dich mir zuliebe trennen, Coop?«

»Sag du es mir.«

Sie schüttelte den Kopf und klappte den Geldbeutel auf. Eine Zeit lang musterte sie nur so zum Spaß seinen Führerschein und den Waffenschein. »Du warst schon immer sehr fotogen. Diese Wikingeraugen und der rebellische Blick. Vermisst du New York?«

»Das Yankee-Stadion. Irgendwann nehme ich dich zu einem Spiel mit. Dann siehst du echten Baseball!«

Achselzuckend ging sie den Geldbeutel durch und fand das Bild. Sie wusste noch, wann er es aufgenommen hatte, in jenem Sommer, in dem sie sich das erste Mal geliebt hatten. Meine Güte, waren wir damals jung, dachte sie. Wie unschuldig und überglücklich wir aussehen! Sie saß am Fluss, umgeben von Wildblumen, dahinter sah man die hellgrünen Berge. Sie hatte die Knie angezogen und die Arme darum geschlungen, ihr Haar fiel ihr offen über die Schultern.

»Das ist mein Lieblingsbild. Die Erinnerung an einen perfekten Tag, an einen perfekten Ort, an das perfekte

Mädchen. Ich habe dich geliebt, Lil, mit jeder Faser meines Herzens. Aber das hat einfach nicht gereicht.«
»Dem Mädchen hat es gereicht«, sagte sie leise.
In diesem Moment klingelte das Telefon.

24

Willy schaute nach dem Anruf persönlich vorbei. Lil öffnete ihm das elektrische Tor per Fernbedienung. Coop machte ihm die Tür auf.

»Ich dachte, ihr erfahrt es lieber von mir persönlich. Er hat den Anschluss von Mac Goodwin benutzt. Du kennst die Goodwins, Lil, die mit der Farm Nummer vierunddreißig.«

»Ja, ich bin mit Lisa zur Schule gegangen.« Eine Cheerleaderin, die sie nicht ausstehen konnte, weil sie ständig im Mittelpunkt stehen wollte. Lil drehte sich bei dem Gedanken, wie oft sie über Lisa gelästert hatte, der Magen um.

»Kaum fünf Minuten nach eurem Anruf hat mich Mac angerufen und einen Einbruch gemeldet.«

»Sind sie …«

»Sie sind unverletzt«, sagte er. »Sie waren auswärts essen und sind anschließend auf das Frühlingskonzert ihres Ältesten gegangen. Als sie zurückkamen, war die Hintertür aufgebrochen. Mac war so klug, das Haus sofort wieder zu verlassen, und hat mich von seinem Handy aus angerufen. Das schien mir dann doch ein zu großer Zufall zu sein, also fragte ich ihn nach seinem E-Mail-Account. Er stimmt genau mit dem Absender überein, den du mir genannt hast.«

»Sie waren nicht zu Hause. Sie sind unverletzt.« Ihre Knie zitterten, und sie musste sich setzen.

»Es geht ihnen gut. Sie haben einen neuen Welpen, da ihr alter Hund vor ein paar Monaten gestorben ist. Er wurde in der Wäschekammer eingeschlossen, und auch ihm ist nichts passiert. Ich war bei ihnen, um mit ihnen zu reden, um mir einen persönlichen Eindruck zu verschaffen. Ich habe einen Hilfssheriff dorthin abgestellt. Sieht ganz so aus, als hätte er die Tür aufgebrochen und den Computer entdeckt. Mac hat ihn nicht heruntergefahren, bevor er weg ist. ›Wenn die Kinder dran sitzen‹, meinte er, ›vergessen wir das manchmal.‹

Sie haben auf Anhieb gesehen, dass er Lebensmittelvorräte mitgenommen hat. Brot, Konserven, Süßigkeiten, ein wenig Bier und Saft. Die Küche sah verheerend aus. Er hat die zweihundert Dollar Bargeld mitgenommen, die Mac in seinem Schreibtisch hatte, das Taschengeld der Kinder aus den Sparschweinen und dann noch die hundert Dollar von Lisa aus dem Gefrierschrank.«

Er sah erst Lil an und dann Coop, um fortzufahren wie bisher: »Anscheinend begreifen die Leute nicht, dass jeder Dieb, der diesen Namen verdient, an solchen Orten zuerst nachschaut. Sobald sie sich etwas beruhigt haben, werden sie genauer nachsehen, ob noch etwas fehlt.«

»Waffen?«, fragte Coop.

»Mac bewahrt seine Gewehre in einem Waffenschrank auf. Und der ist zum Glück fest verschlossen. Wir konnten

Fingerabdrücke nehmen. Wenn wir die von den Goodwins ausschließen, finden wir bestimmt einen, der eindeutig auf Ethan Howe passt. Ich werde gleich morgen früh das FBI verständigen.«

Als er Coops Gesichtsausdruck sah, legte er den Kopf schief. »Ich arbeite ungern mit dessen Leuten zusammen und lasse mir die Ermittlungen auch nicht gern aus der Hand nehmen. Aber zum jetzigen Zeitpunkt weist alles auf einen Serienmörder hin, und Lil hat per E-Mail einen Drohbrief erhalten. Das ist Internetkriminalität. Darüber hinaus hat sich der Scheißkerl – bitte entschuldige, Lil – im Nationalpark verbarrikadiert. Ich werde mir die Ermittlungen nicht aus der Hand nehmen lassen, jeder hat seinen eigenen Bereich.«

»Wenn du einen entsprechenden Fingerabdruck findest, musst du Howes Foto an sämtliche Medien geben«, sagte Coop. »Jeder, der in diese Gegend kommt und die Wanderwege benutzt, aber auch jeder Einheimische muss ihn auf Anhieb identifizieren können.«

»Das steht bereits auf meiner Liste.«

»Wenn er das Pseudonym Swift Cat benutzt, finden wir vielleicht mehr dazu.«

»Sechsundfünfzig Stundenkilometer«, murmelte Lil und schüttelte nur den Kopf, als Coop sie ansah. »Das ist die Höchstgeschwindigkeit eines Pumas beim Sprint. Lang halten die Tiere das allerdings nicht durch. Aber es gibt auch Swifter Cats – Schleichkatzen. Die sind viel schneller als ein Puma. Was ich damit sagen will ...« Sie schwieg und presste die Finger gegen die Lider, um ihre Gedanken zu sortieren. »Was ich damit sagen will, ist, dass er das Tier, das angeblich sein Schutzgeist ist, überhaupt nicht richtig kennt. Aber er glaubt, dass wir ihn gemeinsam haben. Ich kann mir nicht vorstellen, dass er den Namen schon einmal benutzt hat.«

»Wir werden das auf jeden Fall überprüfen.« Willy stellte seinen Kaffee ab. »Lil, ich weiß, dass du eine neue Alarmanlage besitzt und einen ehemaligen Polizisten aus New York City bei dir hast. Aber ich kann dich beschützen lassen.«

»Wo denn und wie? Willy, dieser Typ bewegt sich blitzschnell. Und er kann und wird untertauchen und so lange warten, bis ich das Reservat verlasse. Er beobachtet es und weiß, was hier los ist. Nur wenn er glaubt, an mich ranzukommen, habt ihr eine Chance, ihn zu fassen.«

»Lil hat Freiwillige und Praktikanten hier«, hob Coop an. »Ich wüsste nicht, was dagegen spricht, dass hier ein paar Polizisten in Zivil mitarbeiten.«

»Das lässt sich einrichten.« Willy nickte. »Wir arbeiten mit dem FBI und den Rangern des Nationalparks zusammen. Wir müssten hier durchaus einige Leute abstellen können.«

»Von mir aus«, sagte Lil sofort. »Ich habe nicht vor, die Heldin zu spielen, Willy. Ich will mich nur nicht verstecken und das Ganze in einem halben Jahr oder einem Jahr noch mal durchmachen müssen. Ich will, dass es ein für alle Mal vorbei ist.«

»Morgen früh schicke ich dir zwei Männer. Ich werde noch heute Abend organisieren, was ich kann, und mich dann morgen bei dir melden.«

Lil entging der Blick nicht, den die beiden Männer wechselten.

»Ich begleite dich nach draußen«, sagte Coop.

»Nein, das tust du nicht.« Lil packte seinen Arm. »Wenn ihr noch etwas zu besprechen habt, möchte ich das wissen. Wer mir Informationen vorenthält, beschützt mich nicht. Der verärgert mich nur.«

»Ich konnte Howe in Alaska orten, und zwar zu der Zeit, als Carolyn Roderick verschwand.« Coop warf Lil einen Blick zu. »Das wird dich nur noch mehr belasten. Ich konnte einen Sportausstatter ausfindig machen, der sich an ihn erinnert und ihn anhand eines Bildes, das ich ihm zugefaxt habe, identifiziert hat. Er erinnert sich deshalb an ihn, weil Howe eine Stryker-Armbrust gekauft hat, inklusive Zielvisier, Carbonbolzen, Sehne und Munition. Er hat fast zweitausend Dollar ausgegeben und bar bezahlt. Er hat behauptet, seine Freundin auf einen Jagdausflug mitnehmen zu wollen.«

Lil entfuhr ein Schreckenslaut bei dem Gedanken an Carolyn.

»Ich habe meine Ermittlungen nach Tylers Tod ausgeweitet«, fuhr Cooper fort. »Vier Monate später wurde in Montana die Leiche eines etwa fünfundzwanzigjährigen Mannes gefunden, die für die Tiere liegen gelassen worden war. Sie war in einem beklagenswerten Zustand. Aber bei der Autopsie fand man eine Beinwunde – ein glatter Knochendurchschuss –, und der dortige Gerichtsmediziner tippte auf einen Bolzenschuss. Wenn er die Armbrust immer noch hat ...«

»Mit der Roderick-Entführung und dem Mord in Montana könnten wir ihn festnageln«, schlussfolgerte Willy. »Mit dem heutigen Einbruch und dem, was er Tyler abgenommen hat, besitzt er mehr als dreihundert Dollar. Aber so wie er sich verhält, reicht das nicht lange.«

»Ich werde die Armbrust und die Bolzen der Fahndungsbeschreibung hinzufügen. Gut gemacht, Coop.«

»Wenn man lange genug herumtelefoniert, kann man Glück haben.«

Als sie wieder allein waren, stocherte Lil im Kamin, bis die Flammen erneut emporloderten. Sie sah, dass Coop seinen Baseballschläger mitgebracht hatte, denjenigen, den Sam ihm vor einer Ewigkeit geschnitzt hatte. Er war an die Wand gelehnt.

Weil er jetzt hier wohnt, dachte sie. So lange, bis dieser Fall geklärt ist, ist das sein Zuhause.

Aber so weit war es noch lange nicht.

»Eine Armbrust lässt sich nicht so leicht verstecken wie eine Pistole.« Sie stand einfach nur da und starrte in die Flammen. »Er wird die Armbrust überwiegend für die Jagd benutzen.«

»Vielleicht.«

»Beim Puma hat er keine Armbrust benutzt. Dann hätte er mehr Zeit gehabt zu fliehen, seine Spuren zu verwischen. Aber er hat die Armbrust nicht verwendet.«

»Weil du dann den Schuss nicht gehört hättest«, sagte Coop. »Deshalb hat er die Pistole verwendet.«

»Damit ich den Schuss höre und halb durchdrehe aus Angst um die Katze.« In diesem Moment drehte sie sich um und kehrte dem Licht und der Wärme des Kamins den Rücken zu. »Was weißt du noch, das du mir nicht erzählt hast?«

»Das ist reine Spekulation.«

»Ich möchte die Unterlagen sehen, die du versteckt hast, als ich reinkam.«

»Das bringt nichts.«

»Und ob das was bringt!«

»Verdammt noch mal, Lil, was bringt es dir, Fotos zu sehen, auf denen Tylers von Fischen angeknabberte Leiche zu sehen ist? Oder dir den Autopsiebericht durchzulesen? Was bringt es dir, dir solche Bilder vor Augen zu führen?«

»Tyler war ein Versuchskaninchen. Ich bin die Hauptattraktion«, sagte sie und zitierte aus der E-Mail. »So gesehen kannst du mich gar nicht mehr schonen. Ich habe zwar noch keine Fotos von Leichen gesehen. Aber hast du einmal miterlebt, wie ein Löwe aus dem Busch springt und eine Antilope reißt? Was bringt es, sich solche Bilder vor Augen zu führen? Das Opfer ist zwar kein Mensch, aber glaub mir, für schwache Nerven ist das nichts. Hör auf, mich vor allem beschützen zu wollen, Coop.«

»Das kannst du vergessen, aber ich werde dir die Unterlagen zeigen.«

Er schloss einen Koffer auf und zog sie heraus. »Die Fotos werden dir nicht weiterhelfen. Laut dem Gerichtsmediziner trat der Tod zwischen dreizehn und achtzehn Uhr ein.«

Lil setzte sich, öffnete die Mappe und starrte das nüchterne Schwarz-Weiß-Foto von James Tyler an. »Hoffentlich hat ihn seine Frau nicht so gesehen.«

»Sie werden vorher getan haben, was sie konnten.«

»Er hat ihm die Kehle aufgeschlitzt. Das ist ziemlich intim, oder? Wobei meine ganze Erfahrung mit Tötungsdelikten aus Serien wie CSI stammt.«

»Man muss dem anderen sehr nahe kommen und sich mit Blut besudeln. Ein Messer ist in der Regel eine intimere Waffe als eine Kugel. Er hat Tyler von hinten gepackt und die Klinge von links nach rechts geführt. Der Körper weist Schnitte und Prellungen an Knien, Händen und Ellbogen auf, wahrscheinlich vom Hinfallen und Mitgeschleiftwerden.«

»Du hast gesagt, er wäre zwischen drei und sechs gestorben. Bei Tageslicht, spätestens bei Einbruch der Dämmerung. Um von dem Weg, auf dem Tyler gesehen wurde, bis zu jenem Punkt am Fluss zu gelangen, braucht man mehrere Stunden. Wahrscheinlich länger, wenn wir davon ausgehen, dass er Tyler über unwegsames Gelände gehetzt hat, weil dort die Chance, Hilfe zu finden oder anderen Wanderern zu begegnen, geringer ist. Tyler hatte einen Rucksack dabei. Wenn man um sein Leben rennt, wirft man doch jeglichen Ballast ab?«

»Man hat den Rucksack nicht gefunden.«

»Ethan bestimmt.«

»Einverstanden.«

»Und als er Tyler dort hat, wo er ihn haben will, erschießt er ihn nicht. Das ist unsportlich. Er kommt ganz nah an ihn heran, um ihn höchstpersönlich zu töten.«

Sie blätterte weiter bis zu der Liste mit den persönlichen Gegenständen, die Tyler laut seiner Frau bei sich hatte. »Keine schlechte Ausbeute«, sagte sie. »Solche Siege machen übermütig. Die Uhr wird er nicht brauchen. Er kann die Tageszeit am Sonnenstand ablesen. Vielleicht behält er sie als Trophäe oder verpfändet sie irgendwann in einem anderen Bundesstaat, wenn er wieder Geld braucht.«

Sie sah sich um. »Er hat von jedem Opfer, für das du ihn verantwortlich machst, etwas mitgenommen, stimmt's?«

»Sieht ganz so aus: Schmuck, Bargeld, Vorräte, Kleidungsstücke. Er ist ein Leichenfledderer, aber nicht so dumm, die Kreditkarten oder Ausweise seiner Opfer zu benutzen. Nach ihrem Verschwinden wurden bei keinem von ihnen irgendwelche Kontobewegungen festgestellt.«

»Er hinterlässt keine Datenspuren. Vielleicht hält er Kreditkarten auch für eine Erfindung des weißen Mannes, für eine Schwäche der Weißen.«

»Da hast du sicherlich recht. Du bist wirklich klug, Lil.«

»Aber er kauft eine Armbrust – nicht gerade die traditionelle Waffe amerikanischer Ureinwohner. Er ist wählerisch. Er hat nur Blödsinn im Kopf. Von wegen heiliger Boden! Er entweiht ihn, indem er Jagd auf wehrlose Menschen macht, nur so zum Spaß. Als Sport. Wenn er wirklich Sioux-Blut in sich hat, hat er das auch entweiht. Er besitzt keine Ehre.«

»Die Sioux sahen in den Black Hills das heilige Zentrum der Welt.

»Die *Axis mundi*«, bestätigte Lil. »Sie betrachteten die Black Hills als Zentrum der gesamten Schöpfung – und tun es bis heute. Paha Sapa. Die heiligen Zeremonien begannen im Frühling. Dabei folgten sie den Büffeln in die Berge und bildeten einen Menschenzug in Form eines Büffelkopfes. Man hat ihnen sechzig Millionen Hektar Land zugesprochen. Doch dann wurde Gold gefunden. Damit war der Vertrag nur noch Makulatur, weil die Weißen das Land und seine Bodenschätze wollten. Das Gold war mehr wert als die Ehre, als der Vertrag, das Versprechen zu respektieren, was heilig war.«

»Aber der Kampf geht weiter.«

»Da hat wohl jemand seine Hausaufgaben gemacht. Ja. Die Regierung hat die Indianer 1877 enteignet und dabei den Vertrag von Fort Laramie gebrochen. Die Teton-Sioux und die Lakota haben das nie akzeptiert. Hundert Jahre später entschied der Oberste Gerichtshof, dass die Inbesitznahme der Black Hills illegal war, und befahl der Regierung, den ursprünglich zugesagten Preis zuzüglich Zinsen zu bezahlen. Das waren über hundert Millionen Dollar, aber der Vorschlag wurde abgelehnt. Sie wollten das Land zurück.«

»Die Zinsen sind seitdem mächtig gestiegen, im Moment belaufen sie sich auf mehr als siebenhundert Millionen. Wie du siehst, habe auch ich meine Hausaufgaben gemacht.«

»Sie werden das Geld nicht annehmen. Es ist eine Frage der Ehre. Mein Urgroßvater war Sioux. Meine Urgroßmutter war eine Weiße. Ich bin das Ergebnis dieser Verbindung, und die nachfolgenden Generationen haben das Siouxblut immer weiter verdünnt.«

»Aber du hast einen Ehrbegriff, du verstehst, dass man hundert Millionen Dollar zurückweisen kann.«

»Geld ist nicht dasselbe wie Land. Und man hat ihnen das Land weggenommen.« Ihre Augen waren nur noch zwei schmale Schlitze. »Wenn du glaubst, dass Ethan das tut, um sich für gebrochene Verträge zu rächen, für den Diebstahl heiligen Bodens, dann irrst du dich. Das ist nur eine Ausrede, die es ihm erlaubt, sich als Krieger oder Rebell zu betrachten. Ich bezweifle, dass er sich in Geschichte wirklich auskennt. Wenn, dann kennt er nur einen Teil davon, und auch dieses Wissen ist bestimmt stark verfälscht.«

»Nein, er mordet, weil es ihm Spaß macht. Aber er ist auf dich und dieses Reservat verfallen, weil es seiner Vorstellung von Rache entspricht. Das macht es für ihn noch aufregender und befriedigender. Sein Ehrbegriff ist zwar gestört, aber er besitzt noch einen. Er wird dich nicht töten, während du über den Hof gehst. Das wäre keine Jagd, sondern unbefriedigend und sinnlos.«

»Wie tröstlich.«

»Wenn ich mir in diesem Punkt nicht so sicher wäre, würde ich dich meilenweit weg irgendwo einschließen. Ich bin nur ehrlich«, setzte er noch nach, als sie ihn wütend ansah. »Ich habe eine ganz bestimmte Vorstellung von ihm, eine Art Profil. Und daraus schließe ich, dass er von dir verstanden werden will. Dass du es mit ihm aufnehmen, dir einen richtigen Wettkampf mit ihm liefern sollst. Er wartet auf eine passende Gelegenheit, aber so langsam wird er ungeduldig. Die E-Mail soll die Sache beschleunigen.«

»Das ist eine Mutprobe.«

»Sozusagen, und eine Kriegserklärung. Du musst mir versprechen, dass du ihm keine Gelegenheit bieten wirst, Lil.«

»Versprochen.«

»Keine Widerrede? Keine Einwände?«

»Nein, ich habe keinen Spaß an der Jagd und schon gar nicht daran, gejagt zu werden. Ich muss ihm nichts beweisen, und am wenigsten mir selbst, indem ich da rausgehe und es allein mit einem gestörten Mörder aufnehme.«

Sie vertiefte sich weiter in die Unterlagen. »Kartenmaterial. Gut, damit können wir arbeiten.«

Sie stand auf und räumte den Couchtisch frei. »Du hast ganz schön viel recherchiert«, sagte sie, als sie sah, dass er die Karten mit den Vorfällen beschriftet hatte, die er Ethan Howe zuordnete. »Du willst herausfinden, wo er sich versteckt.«

»Die wahrscheinlichsten Abschnitte wurden bereits durchsucht.«

»Es ist so gut wie unmöglich, jeden Quadratmeter zu durchkämmen – erst recht nicht, wenn man jemanden sucht, der weiß, wie er sich bewegen und seine Spuren verwischen muss. Hier. Hier haben wir Melinda Barrett gefunden, vor fast zwölf Jahren. Bei ihr weist nichts darauf hin, dass er Jagd auf sie gemacht hat. Es gibt keinerlei Anzeichen dafür, dass sie gerannt ist oder verfolgt wurde. Er ist ihr einfach nur nachgegangen oder hat ihr vielleicht aufgelauert. Unter Umständen ist er ihr rein zufällig begegnet. Aber was hat ihn veranlasst, sie zu töten?«

»Wenn das Töten nicht sein eigentliches Motiv war, wollte er vielleicht Geld oder Sex. An ihrem Bizeps wurden ein paar blaue Flecken entdeckt, die entstehen, wenn man gepackt wird und versucht, sich loszureißen. Er schlägt ihren Hinterkopf gegen den Baum, so heftig, dass ihr Schädel zertrümmert wird. Dass eine große Wunde entsteht und sie blutet.«

»Blut. Vielleicht war das Blut der Auslöser. Wilde Tiere wittern Blut, es erregt sie.« Lil nickte nachdenklich und konnte sich die Szene lebhaft vorstellen: »Sie wehrt sich, schreit vielleicht, beleidigt ihn oder kränkt ihn in seiner Männerehre. Da tötet er sie – mit dem Messer, aus nächster Nähe. Das war sein erster Mord, und er muss ihn in einen enormen Rausch gestürzt haben. Er war noch so jung. Erst der Rausch, dann die Panik. Er hat sie ins Unterholz geschleift und für die Tiere liegen lassen. Er ging bestimmt davon aus, dass man einen Puma oder Wolf für ihren Tod verantwortlich machen würde.«

»Die nächsten Spuren hinterlässt er hier. Hier im Reservat.« Coop legte einen Finger auf die Karte. »Er hat Kontakt zu dir aufgenommen, euer gemeinsames Erbe beschworen.«

»Und er hat Carolyn kennengelernt.«

»Sie findet ihn attraktiv und interessant, und das schmeichelt ihm. Wahrscheinlich kann er über sie auch mehr über dich und das Reservat erfahren. Sie erfüllt gleich zwei Bedürfnisse auf einmal – das nach Sex und das nach Bestätigung. Also taucht er in ihre Welt ein. Aber die beiden passen nicht zusammen, und irgendwann durchschaut sie ihn. Er verfolgt sie bis nach Alaska, um mit diesem Kapitel abzuschließen. Und um einem Trieb nachzugeben, der stärker ist als sein Sexualtrieb. Dann kehrt er zu dir zurück.«

»Und ich bin in Peru. Er muss also warten.«

»In der Zwischenzeit kommt er nachts ins Tal hinunter und stattet dem Reservat einen Besuch ab.«

»Als Matt allein hier war, ja. Er deaktiviert die Kamera, und zwar hier. Nur wenige Tage vor meiner angekündigten Rückkehr.«

»Er wusste, dass du zurückkommen würdest. Wenn sich ein anderer um die Kamera gekümmert hätte, hätte er sie erneut deaktiviert. Bis er dich erwischt hätte.«

»Er nahm an, dass ich allein sein würde«, fuhr sie fort. »Ich zelte gern allein in den Bergen. Und das hatte ich auch vor. In diesem Fall hätte er mit der Jagd beginnen können und sein Ziel vielleicht längst erreicht. Ich verdanke dir also mein Leben.«

»Wahrscheinlich dachte er, er könnte mich ausschalten, als er sah, dass du in Begleitung bist. Er wollte mich ausschalten und sich dann anschließend dir widmen. So gesehen verdanken wir unser Leben eher unserer guten Beobachtungsgabe und unserem leichten Schlaf. Er kehrt zur Überwachungskamera zurück und kommt dann zu unseren Zelten«, fuhr Cooper fort und konzentrierte sich wieder auf die Karte. »Später geht er zum Haupttor des Reservats, um dort den Wolfskadaver zu hinterlegen. Es folgt ein weiterer Besuch des Reservats, um den Tiger freizulassen.«

»Und irgendwann ist er auf dem Crow-Peak-Wanderweg, auf dem er Tyler trifft, den er dann am Fluss zurücklässt. Er bricht in der Goodwinfarm ein, die ungefähr hier liegt. Das ist ein ziemlich großes Gebiet, das überwiegend zu Spearfish gehört, also muss er dort zu Hause sein. Genau wie ich.

Dort sind viele Höhlen«, fuhr sie fort. »Er braucht einen Unterschlupf, und ich kann mir nicht vorstellen, dass er ein Zelt aufbaut. Er braucht ein Versteck. Jede Menge Fische und Wild. Dort kann er am besten abtauchen.« Lil beschrieb mit dem Finger einen Kreis auf der Karte. »Bis man so viele Hektar mit so vielen Höhlen und Schlupfwinkeln durchsucht hat, dauert es Wochen.«

»Wenn du mit dem Gedanken spielst, dich als Lockvogel zur Verfügung zu stellen, kannst du das sofort vergessen.«

»Eine Sekunde habe ich ernsthaft darüber nachgedacht. Ich glaube, ich könnte seine Spur aufnehmen.«

Sie massierte ihren Nacken, in dem sich die Anspannung überwiegend bemerkbar machte. »Aber damit steigt auch die Chance, dass meine Begleiter getötet werden. Deshalb werde ich nicht den Lockvogel spielen.«

»Aber es muss doch eine Möglichkeit geben herauszufinden, was er als Nächstes vorhat. Es müsste doch eigentlich ein Muster geben, aber ich kann keines erkennen.«

Sie schloss die Augen. »Es muss eine Möglichkeit geben, ihn aus der Reserve zu locken, ihm eine Falle zu stellen, bevor er uns zuvorkommt. Aber welche?«

»Vielleicht hattest du einfach genug für heute.«

»Und du willst mich ablenken.«

»Darüber habe ich durchaus nachgedacht.«

»Um ehrlich zu sein: ich auch.« Sie drehte sich zu ihm um. »Mir geht so einiges durch den Kopf, Coop. Es wird nicht leicht sein, mich abzulenken.«

»Ich glaube, das schaffe ich schon.« Obwohl sie die Arme nach ihm ausstreckte, stand er auf und wich ihnen aus.

»Und jetzt gleich ab ins Bett, was? Ich dachte, du bringst mich erst etwas in Stimmung?«

»Wir gehen nicht ins Bett.« Er machte das Licht aus, sodass nur noch das Feuer im Kamin brannte. Dann ging er zu ihrer kleinen Stereoanlage und drückte auf den CD-Player. Leise, romantische Musik ertönte.

»Ich wusste gar nicht, dass ich eine CD von Percy Sledge habe.«

»Hast du auch nicht.« Er kam zurück und zog sie hoch. »Ich dachte, die könnte nützlich sein.« Er zog sie an sich und wiegte sie hin und her. »Wir haben selten zusammen getanzt.«

»Stimmt.« Sie schloss die Augen, während Percy mit seiner magischen Stimme erzählte, was ein Mann alles tut, wenn er eine Frau liebt. »Wir haben wirklich selten zusammen getanzt.«

»Wir sollten wieder damit anfangen.« Er wandte den Kopf, sodass seine Lippen ihre Schläfe streiften. »Wie mit dem Blumenschenken. Ich schulde dir mehrere Jahre voller Tänze.«

Sie schmiegte ihre Wange an die seine. »Wir können die Zeit nicht zurückdrehen, Coop.«

»Nein, aber wir können sie nutzen.« Immer wieder strich er ihr über den verspannten Nacken. »Manchmal bin ich nachts aufgewacht und habe mir vorgestellt, dass du neben mir liegst. Und wenn ich dich jetzt atmen höre und den Duft deines Haars rieche, habe ich Angst, ich könnte es mir nur einbilden.«

Sie kniff die Augen zusammen. War das ihr Schmerz, den sie da spürte, oder seiner?

»Ich möchte, dass du wieder an uns glaubst. An mich. An das hier.« Er zog sie an sich, bis sich ihre Lippen fanden. Er raubte ihr den Atem, während sie sich im goldenen Schein des Kaminfeuers hin und her wiegten.

»Sag, dass du mich liebst. Mehr brauchst du gar nicht sagen.«

Ihr Herz zitterte. »Ja, ich liebe dich, aber …«

»Mehr brauchst du gar nicht zu sagen«, wiederholte er und küsste sie erneut. »Sag's mir noch mal.«

»Ich liebe dich.«

»Ich liebe dich auch, Lil. Noch traust du meinen Worten nicht, also werde ich sie so lange wiederholen, bis du ihnen traust.«

Seine Hände glitten über ihren Oberkörper. Sein Mund kostete den ihren. Und ihr Herz, das seinetwegen gezittert hatte, begann, für ihn zu schlagen, langsam und laut.

Verführung. Ein sanfter Kuss und erfahrene Hände. Natürliche Bewegungen im goldenen Licht und im schwarz samtenen Schatten. Geflüsterte Worte auf ihrer Haut.

Hingabe. Ihr Körper, an seinen gepresst. Ihre Lippen, die sich seiner sanften, geduldigen Belagerung ergaben. Ein langes lustvolles Aufseufzen.

Sie legten sich auf den Boden, eng umschlungen.

Und wiegten sich dort hin und her.

Er zog ihr Hemd hoch, hob ihre Hände an seine Lippen und küsste ihre Handflächen. Sie hatte ihn völlig in der Hand, dachte er, wie konnte sie das nur übersehen?

Dann legte er ihre Hand auf sein Herz und sah ihr in die Augen. »Es gehört dir. Wenn du mich so nehmen kannst, wie ich bin, gehört es dir.«

Er zog sie an sich. Und diesmal war sein Mund weder sanft noch geduldig.

Ein wildes, intensives Verlangen ergriff von ihr Besitz, während sein Herz heftig gegen ihre Handflächen schlug. Er öffnete den Reißverschluss ihrer Jeans und zerrte sie grob heraus, so fest, dass sie laut aufstöhnte.

Als sie innehielt und auf dem Boden zu zerfließen schien, deckte er sie mit seinem Körper zu. Und nahm sich noch mehr.

Seine Hände und sein Mund zogen sie aus, ließen sie nackt und bloß zurück, schwach und verwirrt. Ihr Atem ging stoßweise, und als er in sie eindrang, stöhnte sie erneut. Er packte ihre Hände und hielt sie fest, während sich ihre Finger verschränkten.

»Sieh mich an. Sieh mich an, Lil.«

Sie öffnete die Augen, sah sein Gesicht im Widerschein der rotgoldenen Flammen. Es war so wild und ungestüm wie sein Puls. Er stieß immer wieder zu, bis alles vor ihren Augen verschwamm, bis das Geräusch von Haut auf Haut wie Musik klang.

Bis sie ihm alles gegeben hatte.

Sie wehrte sich nicht, als er sie nach oben trug. Sie wehrte sich nicht, als er sich zu ihr legte, sie an sich zog und umarmte.

Als er sie erneut küsste, war der Kuss so wie der erste beim Tanzen vorhin. Sanft, süß, verführerisch.

Sie schloss die Augen und überließ sich ihren Träumen.

Als er am nächsten Morgen mit tropfnassen Haaren aus dem Bad kam, stand sie gerade auf.

»Ich dachte, du willst vielleicht ausschlafen«, sagte er.

»Das geht nicht. Auf mich wartet ein ganz normaler Arbeitstag.«

»Ja, auf mich auch. Die ersten Mitarbeiter dürften in einer halben Stunde eintreffen, stimmt's?«

»So ungefähr. Vorausgesetzt, sie wissen noch, wie das neue Tor funktioniert.«

Er kam zu ihr und strich ihr mit den Fingern über die Wange. »Ich kann es kaum erwarten, bis die ersten da sind.«

»Ich glaube, in der nächsten halben Stunde komme ich ganz gut allein zurecht.«

»Ich warte auf dich.«

»Weil du dir Sorgen um mich machst, oder weil du auf ein Frühstück hoffst?«

»Sowohl als auch.« Jetzt strichen seine Finger über die Konturen ihres Kinns. »Ich habe während deiner Abwesenheit Speck und Eier gekauft.«

»Denkst du jemals an deinen Cholesterinspiegel?«

»Nicht, wenn ich dich überreden kann, mir Eier und Speck zu machen.«

»Na gut. Ich back ein paar Brötchen auf.«

»Dafür lege ich heute Abend ein paar Steaks auf den Grill. Als Gegenleistung.«

»Na, logisch: Eier, Speck und rotes Fleisch. Ruinier ruhig deine Arterien!«

Er packte sie an der Hüfte und hob sie hoch, um ihr einen leidenschaftlichen Guten-Morgen-Kuss zu geben. »Redet so eine Tochter von Rinderzüchtern?«

Während sie nach unten eilte, dachte sie, wie normal dieses Gespräch über das Essen und die Arbeit doch war. Gleichzeitig war es ganz und gar nicht normal. Nichts von alledem fand unter normalen Umständen statt.

Sie musste nicht erst einen Blick auf die am Boden liegenden Kleidungsstücke werfen, um daran erinnert zu werden.

Sie sammelte sie ein und trug sie in die Waschküche.

Als der Kaffee durchlief, erhitzte sie eine Pfanne. Sie briet zischend den Speck an, öffnete die Hintertür und trat auf die Veranda, um frische Morgenluft zu atmen.

Im Osten ging die Sonne auf und brachte die Silhouette der Berge prächtig zur Geltung. Weiter oben verlöschten die letzten Sterne wie unzählige kleine Kerzen.

Sie roch den Regen. Er würde noch mehr Wildblumen hervorbringen, noch mehr Blätter sprießen lassen.

Sie überlegte, welche Pflanzen sie noch für das Reservat anschaffen wollte.

Ganz normale Dinge.

Sie sah die Sonne aufgehen und fragte sich, wie lange er noch warten würde. Wie lange würde er zusehen, abwarten und vom Tod träumen?

Sie ging wieder ins Haus und schloss die Tür. Sie goss das Fett aus der Pfanne und schlug Eier hinein.

Ganz normale Dinge.

25

Tansy trug keinen Ring. Lil spürte förmlich, wie sich ihr Herz zusammenkrampfte – sie hatte so fest an ein Happy End geglaubt. Aber als Tansy dorthin eilte, wo Lil und Baby ihre allmorgendliche Unterredung führten, war der Ringfinger ihrer linken Hand ungeschmückt.

Tansy sah Lil schmerzerfüllt an und umarmte sie. »Ich wollte dich schon gestern Abend anrufen. Ich war so außer mir! Aber dann dachte ich, dass du auch ohne mich genug eigene Sorgen hast.«

»Du warst außer dir? Oh, Tans.« Lil erwiderte traurig Tansys Umarmung. »Ich weiß, dass man seine Gefühle nicht ändern kann und auf sie hören muss. Aber ich finde es furchtbar, dass du deswegen außer dir bist.«

»Natürlich bin ich außer mir!« Tansy löste sich von Lil und schüttelte sie sanft. »Und das ist noch stark untertrieben, wenn meine beste Freundin bedroht wird. Ab sofort kontrollieren wir jede deiner E-Mails.«

»E-Mails?«

»Hallo, Süße, stehst du vielleicht unter Beruhigungsmitteln?«

»Was? Nein! Es geht um E-Mails. Um die E-Mail. Tut

mir leid, aber ich sah dich soeben vorfahren und dachte, du weißt es noch gar nicht.«

»Wovon soll ich denn sonst geredet haben?«

Nervös rang sich Lil ein schwaches Lächeln ab. »Gut, zugegeben, ich bin heute Morgen einfach etwas durcheinander. Wie hast du es so schnell erfahren?«

»Farley und ich haben gestern Abend den Sheriff getroffen, und zwar nachdem du ihn angerufen hattest. Willy wusste, dass du dir Sorgen um deine Eltern machst. Deshalb hat er Farley benachrichtigt, und der ist sofort nach Hause.«

»*Farley* ist sofort nach Hause?«

»Natürlich Farley, wer sonst? Lil, vielleicht solltest du dich lieber hinlegen.«

Er hatte nicht um ihre Hand angehalten, begriff Lil, als Tansy prüfend ihre Stirn befühlte, um zu sehen, ob sie Fieber hatte. Er war gar nicht dazu gekommen. »Nein, es geht mir gut. Mir geht nur ziemlich viel im Kopf rum, und ich versuche, meinen Alltag ganz normal zu bewältigen. Das hilft mir bestimmt.«

»Was stand drin? Nein!« Tansy schüttelte den Kopf. »Ich werde sie selbst lesen. Doch zuerst hätte ich dir sagen sollen, dass deine Eltern wohlauf sind. Farley hat mich heute früh angerufen und mir Bescheid gegeben.«

»Ich habe schon mit ihnen gesprochen, trotzdem danke. Das ist nett von Farley und dir.«

»Farley und ich, das klingt irgendwie merkwürdig. Merkwürdig und schön.« Sie sah zu, wie Lil den knallblauen Ball aufhob und ihn in einem hohen Bogen in das Gehege warf. Baby und seine Gefährten brachen in Freudengebrüll aus, während sie sich darum balgten.

»Sie werden ihn kriegen, Lil. Und zwar bald. Dann ist es ein für alle Mal vorbei.«

»Ich verlass mich drauf. Tansy, er hat Carolyn erwähnt.«

»Oh.« Tansys dunkle Augen schimmerten feucht. »O Gott.«

»Ich muss nur daran denken und bekomme keine Luft mehr.« Lil legte die Hand aufs Brustbein. »So, zurück zum Alltag.« Sie sah zu Baby und seinen Freunden hinüber, die über den Boden kugelten und um den Ball kämpften. »Zurück zur Routine.«

»Daran mangelt es uns wahrhaftig nicht.«

»Weißt du, was ich gern tun würde, Tansy? Weißt du, was mich jetzt trösten könnte?«

»Ein Eisbecher mit Karamellsoße?«

»Das kann zwar auch nicht schaden, aber das meinte ich nicht. Ich wäre gern in den Bergen, um Jagd auf ihn zu machen. Wenn ich jetzt in den Bergen sein und seine Spur aufnehmen könnte, würde mich das trösten.«

»Nein.«

»Aber das geht leider nicht.« Lil zuckte mit den Achseln, ließ aber die Berge nicht aus den Augen. »Damit würde ich nur das Leben anderer aufs Spiel setzen. Und noch etwas schnürt mir die Luft ab: Dass ich dazu verdammt bin zu warten, während andere den Menschen verfolgen, der für all das verantwortlich ist.« Sie seufzte laut. »Ich sehe nach Delilah und Boris.«

»Lil«, rief ihr Tansy hinterher. »Du machst doch keinen Unsinn?«

»Ich? Und riskiere damit meinen Ruf als kluges Mädchen? Nein. Zurück zur Routine«, wiederholte sie. »Etwas anderes bleibt mir nicht übrig.«

Er hatte einen Plan, einen hinreißenden Plan. Er war fest davon überzeugt, dass er ihm in Trance eingefallen war und dass ihn sein großer Vorfahr mit dem Geist des Pumas dabei leiten würde. Auch wenn ihn alle anderen nicht ernst nahmen, er stammte von Crazy Horse ab. Je länger er in den Bergen blieb, desto klarer wurde das.

Sein Plan erforderte höchste Sorgfalt und Präzision, aber er war kein nachlässiger Jäger.

Er kannte sein Revier, besaß eine hervorragende Ausgangsposition. Er würde eine Spur legen, für einen Köder sorgen.

Und wenn der richtige Moment gekommen war, würde die Falle zuschnappen.

Doch zuvor sah er sich gründlich um und zog mehrere Orte in Betracht, die er dann jedoch wieder verwarf. Schließlich entschied er sich für eine niedrige Höhle. Sie war für seine Zwecke perfekt geeignet, zumindest vorübergehend. Sie lag günstig, genau in der Mitte zwischen seinen beiden wichtigsten Schlupfwinkeln.

Sie würde ihm als Käfig dienen.

Zufrieden kehrte er auf verschlungenen Wegen in den Nationalpark zurück und lief weiter bis zu einem beliebten Wanderweg. Er trug eine der Jacken, die er unterwegs gestohlen hatte, sowie eine Pilotenbrille und ein Baseballcap mit dem Logo des Chance-Wildreservats. Eine nette Idee, wie er fand. Das Baseballcap und der Bart, den er sich hatte wachsen lassen, würden die Polizei nicht lange in die Irre führen. Aber es erregte ihn, sich in aller Öffentlichkeit zu zeigen und mit James' kleiner Digitalkamera Fotos zu machen.

Er mischte sich einfach unter sie, ohne dass sie das Geringste ahnten. Er wagte es sogar, mit anderen Wanderern zu reden. Noch mehr Arschlöcher, dachte er, die auf seinem heiligen Boden herumtrampelten.

Bevor er sterben würde, würden alle wissen, wer er war, wofür er kämpfte. Wozu er fähig war. Er würde zu einer Legende werden.

Inzwischen hatte er begriffen, dass das seine Bestimmung war. Er konnte, ja, er wollte nicht mehr weitermachen wie bisher. Er wollte nicht mehr den heißen Atem seiner Verfolger im Nacken spüren. Er war dazu bestimmt, hier zu sein, in diesen Bergen, auf diesem Boden.

Tot oder lebendig.

Er war stark, klug, und er war *im Recht*. Er glaubte fest an sein Überleben. Er würde siegen, und dieser Sieg würde dafür sorgen, dass man seinen Namen in einem Atemzug mit dem seiner Vorfahren nennen würde.

Mit Crazy Horse, Sitting Bull, Red Cloud.

Jahre zuvor, noch bevor er das begriffen hatte, hatte er diesem Land Opfer dargebracht. Als das Blut der Frau durch seine Hand vergossen worden war, hatte alles angefangen. Es war also kein Zufall gewesen, wie er zuerst geglaubt hatte. Jetzt begriff er, dass seine Hand geführt worden war. Und der Puma, sein Schutzgeist, hatte dieses Opfer gesegnet. Es angenommen.

Lillian Chance hatte dieses Opfer entweiht. Sie war zu seinem Opferplatz gekommen, hatte *seinen* heiligen Boden betreten, auf dem er zum Mann und Krieger geworden war, indem er das Blut der Frau vergossen hatte. Und mit der Polizei hatte sie die Regierung hergebracht.

Sie hatte ihn betrogen.

Alles ergab plötzlich einen Sinn, alles stand ihm glasklar vor Augen.

Jetzt musste ihr Blut vergossen werden.

Er schloss sich einer kleinen Gruppe an, mischte sich unter sie, als der Hubschrauber über sie hinwegbrauste. Weil er nach ihm suchte, dachte er stolzgeschwellt. Als die Gruppe beschloss, eine der vielen Brücken über einen schmalen Bach zu nehmen, ließ er sie ziehen.

Es wurde Zeit, erneut unterzutauchen.

Wenn er seine Bestimmung erfüllte, wäre die *Regierung* gezwungen, öffentlich zu bekennen, was sie gestohlen hatte. Und vielleicht würde das wahre Volk sogar eines Tages auf diesem Boden eine Statue zu seinen Ehren errichten, so wie für Crazy Horse.

Doch bis es so weit war, mussten ihm die Jagd und das Blut Belohnung genug sein.

Er bewegte sich rasch und legte eine gewaltige Strecke zurück – über Berge und Täler, durch hohes Gras, durch flache Bäche. Trotz seines Tempos und seiner Erfahrung brauchte er fast den ganzen Tag, um eine falsche Fährte nach Westen zur Grenze nach Wyoming zu legen. Dafür hinterließ er Markierungen, die sogar ein Blinder sehen konnte. Bevor er den Rückweg antrat, krönte er sie noch mit James Tylers Geldbeutel.

Durch die von Kiefernduft geschwängerte Luft lief er zurück in Richtung Osten.

Lil bepflanzte das Beet gegenüber von Cleos Gehege höchstpersönlich mit Stiefmütterchen. Sie würden dem Frost standhalten. Auch wenn sich im Moment der Frühling ankündigte, würde es mit Sicherheit noch einmal frieren und Schneeböen geben.

Es tat gut, sich die Hände schmutzig zu machen und die bunten Farbtupfer zu bewundern. Da sie das Jaguarweibchen neugierig beobachtete, ging Lil zu ihm. »Na, was sagst du?«

Cleo sah sich die Stiefmütterchen ziemlich leidenschaftslos an. »Wenn du immer noch auf Pralinen wartest, muss ich dich leider enttäuschen.«

Die Katze presste ihre Flanke gegen den Zaun und rieb sich daran. Lil kroch unter der Absperrung durch und ging auf das Tier zu. »Das hast du vermisst, was? Wir können dir zwar weder Schokolade noch Pudel bieten, aber dafür bekommst du andere Aufmerksamkeiten.«

»Egal, wie oft ich dich dabei beobachte – ich selbst würde das nie wagen«, rief ihr Farley zu.

Lil sah sich um und schenkte ihm ein Lächeln. »Du streichelst Pferde.«

»Ein Pferd kann mich zwar treten, aber es geht mir nicht an die Kehle.«

»Sie ist Berührungen, Zuspruch und Menschengeruch gewohnt. Nicht nur Menschen brauchen Körperkontakt.«

»Erzähl das mal Roy. Oder Siegfried. Demjenigen, der echten Körperkontakt mit einem Tiger hatte!«

»Fehler können einen teuer zu stehen kommen.« Sie entfernte sich langsam und kroch wieder unter der Absperrung hindurch, um zu Farley zu gelangen. »Auch Kätzchen kratzen und beißen, wenn sie verärgert oder gelangweilt sind. Niemand, der mit Katzen zu tun hat, kommt ohne Narben davon. Suchst du Tansy?«

»Ich wollte auch dich sehen. Du sollst wissen, dass

ich immer in der Nähe unserer Farm bin, damit du dir keine Sorgen machen musst.«

»Das mit der E-Mail hat deine gestrigen Pläne durchkreuzt.«

»Ich dachte, ich könnte vielleicht ein Picknick organisieren. Das ist doch romantisch, oder?«

»Das gehört zu den schönsten Dingen, die man tun kann.«

»Aber im Frühling ist hier und auf der Farm ziemlich viel los.«

»Plündere die Vorratskammer meiner Hütte. Und benutze unseren Picknickbereich.«

»Hier?« Er starrte sie mit offenem Mund an. »Jetzt sofort?«

»Sonst trägst du den Ring noch fünf Jahre mit dir in der Hosentasche rum!«

Er sah sich um. Die Aufregung und die Angst standen ihm im Gesicht geschrieben. »Du meinst, ich kann hier um ihre Hand anhalten?«

»Es ist ein schöner Nachmittag. Sie liebt diesen Ort mindestens so sehr wie ich, Farley, und deshalb kannst du durchaus hier um ihre Hand anhalten. Ich werde dafür sorgen, dass du ungestört bleibst.«

»Aber du darfst niemandem verraten, warum.«

»Vertrau mir einfach.«

Er vertraute Lil blind, und je mehr er darüber nachdachte, desto besser gefiel ihm die Idee. Schließlich hatten Tansy und er sich im Reservat kennengelernt. Hier hatte er sich auch in sie verliebt. Und sie sich in ihn, was sie schon bald zugeben würde.

Lil besaß nicht viele Lebensmittel, die sich für ein

Picknick eigneten. Aber für ein paar Sandwiches reichten sie. Er nahm noch Äpfel, eine Tüte Chips und zwei Diät-Colas mit, denn mehr hatte sie nicht.

Dann führte er Tansy zu einem Picknicktisch.

»Ich kann keine lange Pause machen.«

»Ich auch nicht, aber ich möchte sie mit dir verbringen.«

Sie wurde weich, das sah er. »Farley, gegen dich bin ich machtlos.«

»Du hast mir gefehlt, gestern Nacht.« Er hob ihr Kinn, um sie zu küssen, und führte sie dann zur Bank, die er vorher abgewischt hatte.

Sie seufzte. »Du hast mir auch gefehlt, ehrlich. Aber ich bin froh, dass du nach Hause gefahren bist. Du hast genau das Richtige getan. Alle versuchen, nicht nervös zu werden, aber das macht mich erst recht nervös. Ich habe lange in einer Gegend gelebt, die die meisten Menschen für gefährlich halten. Es gibt dort durchaus ein gewisses Risiko, das schon. Aber dieses Risiko lässt sich eingrenzen, wird allgemein verstanden und akzeptiert. Aber das hier verstehe ich nicht. Wenn ich mich nicht täusche, ist der Mensch das unberechenbarste Tier überhaupt.«

»Du hast da diese Narbe.« Er streckte den Arm aus und fuhr mit dem Finger über ihren Unterarm.

»Die stammt von einem Geparden, der sich von mir bedroht fühlte. Und es war meine Schuld, nicht seine. Aber nichts von alledem ist Lils Schuld.«

»Wir werden nicht zulassen, dass ihr etwas zustößt. Und auch nicht, dass dir etwas zustößt.«

»Er interessiert sich nicht für mich.« Tansy legte eine Hand auf seine. »Aber ich verderbe uns dieses spontane

Picknick. Was hast du dabei?« Sie griff nach einem Sandwich und lachte. »Erdnussbutter und Marmelade?«

»Lil hatte keine besonders große Auswahl.«

»Aber Erdnussbutter und Marmelade ist immer im Haus.« Tansy biss hinein. »Wie läuft es auf der Farm?«

»Wir haben viel zu tun. Bald wird gepflügt. Außerdem werden wir einige Kälber zu Ochsen machen.«

»Zu ... oh, verstehe.« Sie hob die Hand und machte eine Schere nach. »Schnipp, schnapp?«

»Ja. Es tut mir jedes Mal wieder ein bisschen weh.«

»Aber nicht so wie dem Kalb.«

Er grinste. »Manche Dinge müssen einfach getan werden. Für das Leben auf der Farm gilt dasselbe wie für hier: Man muss realistisch bleiben. Man muss im Freien arbeiten, sich als Teil des Ganzen fühlen. Dir würde es bestimmt gefallen, auf einer Farm zu leben.«

»Vielleicht. Als ich herkam, um Lil zu unterstützen, dachte ich, es wäre nur vorübergehend. Ich wollte ihr helfen, das Reservat aufzubauen, Mitarbeiter auszubilden, und anschließend für einen der großen Parks arbeiten. Selbst berühmt werden. Aber ich komme einfach nicht los von hier.«

»Du bist hier inzwischen zu Hause.«

»Sieht ganz so aus.«

Er zog den Ring aus der Tasche. »Gründe ein Heim mit mir, Tansy.«

»Oh, Farley.« Sie hob eine Hand und legte die andere aufs Herz. »Ich bekomme kaum noch Luft. Ich bekomme kaum noch Luft.«

Es löste das Problem, indem er ihr auf den Rücken klopfte. »Immer mit der Ruhe.«

»Das ist doch Wahnsinn!« Ihr Atem ging stoßweise.
»Ganz ruhig durchatmen.«
»Farley, was hast du getan? Was hast du nur getan?«
»Ich habe der Frau, die ich heiraten werde, einen Ring gekauft. Noch ein paarmal ruhig durchatmen.«
»Mit einer Heirat scherzt man nicht! Wir sind doch gerade erst zusammen!«
»Wir kennen uns schon eine ganze Weile und haben in der letzten Zeit mehr oder weniger zusammengewohnt. Ich liebe dich.« Er klopfte ihr erneut auf den Rücken, damit sie sich wieder beruhigte. »Und wenn du mich nicht lieben würdest, hättest du dich nicht verschluckt und würdest keinen roten Kopf haben.«
»Das verstehst du unter Liebe? Dass mir schwindelig wird und ich mich verschlucke?«
»Das ist schon mal ein gutes Zeichen. Kannst du dich langsam wieder aufsetzen, um dir den Ring anzusehen? Lil hat mir beim Aussuchen geholfen.«
»Lil?« Sie fuhr hoch. »Sie weiß davon? Wer noch?«
»Na ja, ich musste es Joe und Jenna sagen. Sie sind schließlich meine Eltern. Und Ella vom Juwelier. Es ist schwierig, einen Ring zu kaufen, ohne dass jemand etwas davon mitbekommt. Aber das sind alle. Ich wollte dich damit überraschen.«
»Die Überraschung ist dir tatsächlich gelungen! Aber ...«
»Gefällt er dir?«
Vielleicht hätten es manche Frauen geschafft, ihn sich nicht näher anzusehen, aber Tansy gehörte nicht dazu. »Er ist schön. Oh, er ist fantastisch. Wirklich. Aber ...«

»Genau wie du. Ich würde nie wollen, dass du einen Ring trägst, der nicht fantastisch ist. Er ist aus Rotgold und somit etwas ganz Besonderes. Du bist anders als die anderen, also wollte ich dir etwas ganz Besonderes schenken.«

»Farley, ich kann ungelogen sagen, dass du auch anders bist als die anderen.«

»Deshalb passen wir zusammen. Und jetzt hör mir mal kurz zu, bevor du weiterredest: Ich bin in der Lage, zu arbeiten und Geld zu verdienen, und dasselbe gilt für dich. Wir tun beide, was wir am besten können und was uns Spaß macht. Und das ist wichtig. Wir gehören hierher, du und ich. Auch das ist wichtig. Aber am allerwichtigsten ist, dass ich dich liebe.«

Er nahm ihre Hand und sah sie ganz ernst und aufrichtig an. »Niemand wird dich jemals wieder so lieben. Ich wünsche mir nichts sehnlicher, als mir ein schönes Leben mit dir aufzubauen, Tansy, und dich jeden einzelnen Tag davon glücklich zu machen. Zumindest überwiegend, denn du wirst dich auch manchmal über mich aufregen. Ich möchte ein Heim und eine Familie mit dir gründen. Ich glaube, ich bin gut dafür geeignet. Wenn du noch nicht so weit bist, kann ich warten. Hauptsache, du bist dir sicher.«

»Ich verstehe, was du sagst. Das klingt alles sehr vernünftig. Aber wir sind so verschieden. Theoretisch bist du nicht der Richtige, Farley. Aber aus irgendeinem Grund bist du es doch.«

»Liebst du mich, Tansy?«

»Ja, Farley, ich liebe dich sehr.«

»Willst du mich heiraten?«

»Ja.« Sie stieß einen kurzen, überraschten Lacher aus. »Ja, ich will.«

Sie streckte die Hand aus, und er steckte ihr den Ring an. »Er passt.« Ihre Stimme zitterte vor Rührung.

Verdutzt starrte er erst den Ring an und dann sie. »Wir sind verlobt.«

»Ja.« Jetzt lachte sie lauthals und schlang die Arme um ihn. »Ja, wir sind verlobt.«

Lil sorgte dafür, dass die Mitarbeiter möglichst weit weg blieben. Als Praktikanten eine Gruppe führten, musste sie einen Ortswechsel vornehmen, um den Picknicktisch noch im Auge behalten zu können. Sie spionierte ihnen schließlich nicht hinterher, redete sie sich ein. Sie behielt die Situation nur im Auge. Und als sie sah, wie sich Tansy in Farleys Arme warf, konnte sie einen Freudenschrei nicht unterdrücken.

»Wie bitte?«, sagte Eric.

»Ach, nichts. Äh, könntest du dafür sorgen, dass alles für die morgige Schulklasse vorbereitet ist? Im Schulungszentrum. Nimm ein paar Praktikanten mit.«

»Natürlich. Matt will heute Nachmittag das neue Tigerweibchen untersuchen. Ich hatte gehofft zusehen, vielleicht sogar assistieren zu dürfen.«

»Wenn Matt nichts dagegen hat.«

»Es heißt, du willst den Zwischenzaun zwischen den beiden Gehegen abbauen.«

»Ja, sobald Matt mit der Untersuchung fertig ist. Delilah ist immer noch eingesperrt, Eric. Es ist ein größerer Käfig, er ist sauber, und er ist sicher. Aber erst wenn wir den Zwischenzaun entfernen, kann sie Kontakt zu ihren Artgenossen aufnehmen, in ihrem Lebensraum umherstreifen, durchs Gras laufen. Und hoffentlich spielen.«

»Ich wollte mich nur vergewissern, dass es kein Gerücht ist. Es ist wirklich furchtbar, was man ihr angetan hat. Cleo war ganz anders, so geschmeidig und arrogant. Aber Delilah wirkte einfach nur müde und traurig. Ich konnte mich richtig in sie hineinversetzen.«

»Deshalb wird deine Arbeit auch immer besser. Weil du dich in die Tiere hineinversetzen kannst.«

Seine Augen strahlten. »Danke.«

War sie jemals so jung gewesen, dass das Kompliment eines Lehrers oder Vorgesetzten genügt hatte, sie so zum Strahlen zu bringen? Wahrscheinlich schon.

Aber sie hatte sich hauptsächlich auf ihre Karriere konzentriert. Nicht nur um ihre Ziele zu erreichen, sondern auch um über ihren Verlust, ihre Enttäuschung über Coop hinwegzukommen.

Seufzend ließ sie ihren Blick über die Gehege und Hütten schweifen. Alles in allem hatte es geklappt. Jetzt lag es an ihr, ob sie sich dem, was sie verloren hatte, wieder öffnen konnte.

Sie hörte Schritte auf dem Kies, langsame Schritte und wirbelte abwehrbereit herum.

Matt wich so schnell zurück, dass er ausrutschte und beinahe gestürzt wäre.

»Meine Güte, Lil!«

»Tut mir leid, tut mir leid.« War sie schon den ganzen Tag so angespannt? »Du hast mich erschreckt.«

»Du mich allerdings auch. Dann sind wir ja quitt. Ich wollte alles für die Untersuchung des Tigerweibchens vorbereiten.«

»Stimmt. Eric will assistieren.«

»Gern.« Matt klopfte ihr nur ganz leicht auf die Schulter, doch bei ihm war das gleichbedeutend mit einer dicken Umarmung.

»In der Hütte ist auch noch jede Menge zu tun. Warum arbeitest du nicht dort?«

»Ich will, dass er mich sieht. Wenn er mich beobachtet, wenn er da draußen ist, soll er mich sehen. Er soll sehen, dass ich ganz normal weitermache. Das ist ein Machtspiel.« Ihr fiel wieder ein, was Coop gesagt hatte. »Je mehr ich mich verstecke, desto mehr Macht gebe ich ihm. Und außerdem«, sagte sie zu Matt, während sich Farley und Tansy an seinem Truck küssten, »ist heute ein wunderschöner Tag.«

»Ach ja?«

»Wart's ab.«

Sie steckte die Hände in die hinteren Hosentaschen und lief Tansy entgegen, während Farley davonfuhr.

Tansy drehte sich um, und ihre Schultern hoben sich, als sie tief durchatmete.

»Du wusstest Bescheid.«

»Lass mich mal sehen, wie er dir steht.« Sie griff nach Tansys Hand. »Fantastisch. Perfekt. Ich bin richtig *gut*. Obwohl er ihn selbst ausgesucht hat – außer meine Hypnose hat doch gewirkt.«

»Deshalb bist du heute Morgen so ins Stottern geraten! Du hast gedacht, ich rede von Farleys Heiratsantrag statt von der E-Mail.«

»Ich war kurz verwirrt«, gab Lil zu. »Aber gestottert habe ich nicht.«

»Er hat mir gerade erzählt, wie er eigentlich um meine

Hand anhalten wollte. Er hatte schon eine Flasche Champagner und Kerzen bereitgestellt. Er wollte meine ganze Wohnung entsprechend dekorieren.«

»Und stattdessen hat er sich um seine Familie gekümmert.«

»Ja, allerdings.« Tansys Augen wurden feucht. »So ist er eben, und das ist auch ein Grund, warum ich seinen Ring trage. Endlich hab ich's begriffen: Er ist zwar jünger und hellhäutiger als ich, aber er ist ein guter Mann. Mein Mann. Lil, ich werde Farley heiraten!«

Mit einem Jubelschrei packte Lil Tansy und wirbelte sie im Kreis herum.

»Was ist denn hier los?«, wollte Matt wissen.

»Hab ich dir nicht gesagt, dass heute ein wunderschöner Tag ist?«

»Und deshalb seid ihr beide so aus dem Häuschen?«

»Ja.« Tansy rannte auf ihn zu und hätte ihn mit ihrer Umarmung beinahe umgeworfen. »Ich bin verlobt. Schau nur, hier, mein Ring!«

»Sehr hübsch.« Er schob sie sanft von sich und lächelte. »Ich gratuliere.«

»Oh, ich muss ihn sofort Mary zeigen. Und Lucius. Aber vor allem Mary.«

Als sie davonrannte, musste Lil einfach grinsen. »Siehst du? Es ist ein wunderschöner Tag.«

Die Familie war das Wichtigste, ermahnte sich Lil und versuchte, sich keine Sorgen zu machen, während sie am Esstisch ihrer Eltern saß. Ihre Mutter hatte auf einem festlichen Familienessen bestanden, und deshalb war sie dort, wo sie hingehörte. Zusammen mit Farley, Tansy,

Lucy und Sam, die als Farleys Großeltern fungierten. Und natürlich mit Coop.

Aber ihre Gedanken kehrten immer wieder zum Reservat zurück. Die Alarmanlage war installiert und funktionierte, beruhigte sie sich. Matt, Lucius und zwei Praktikanten waren vor Ort.

Alles war bestens. Ihnen ging es bestens und den Tieren auch. Aber wenn in ihrer Abwesenheit irgendwas passierte ...

Während sich alle um sie herum lebhaft unterhielten, beugte sich Coop vor und flüsterte ihr ins Ohr: »Hör auf, dir Sorgen zu machen.«

»Ich streng mich an.«

»Streng dich noch mehr an.«

Sie hob ihr Weinglas und setzte ein Lächeln auf. Im Spätsommer würde geheiratet werden. Sie ließ sich auf die Unterhaltung ein. Es war schließlich schon Ende April, und es gab noch so viel vorzubereiten! Alle diskutierten wild durcheinander. Sollte das Fest auf der Farm oder im Reservat stattfinden? Um welche Uhrzeit, nachmittags oder abends?

Ob er wohl wusste, dass sie nicht da war?, überlegte Lil. Würde er versuchen, jemanden zu verletzen, nur um ihr zu beweisen, wozu er fähig war?

Unter dem Tisch nahm Coop ihre Hand und drückte sie. Nicht tröstend oder zärtlich, sondern wie um ihr zu sagen: *Hör auf damit!*

Sie trat nach ihm, aber nur ganz leicht. »Wenn ich auch mal was sagen darf, plädiere ich für die Farm und den Nachmittag. So können wir bis in den Abend hinein feiern. Wir werden das Reservat für einen Tag schließen.

Hier ist mehr Platz, und falls wir Pech mit dem Wetter haben ...«

»Pass auf, was du sagst!«, rügte Jenna sie.

»Na ja, das Farmhaus ist bequemer als die Hütten.«

»Du willst einen ganzen Tag schließen?« Tansy konzentrierte sich ausschließlich darauf. »Wirklich?«

»Komm schon, Tans. Es kommt schließlich nicht jeden Tag vor, dass meine beste Freundin heiratet.«

»Meine Güte, wir müssen einkaufen gehen!« Jenna zwinkerte Lucy zu. »Kleider, Blumen, Essen, die Torte.«

»Wir wollten das Fest eigentlich so schlicht wie möglich halten«, warf Farley ein.

Daraufhin murmelte Joe: »Na dann, viel Glück, mein Sohn!«

»Natürlich darf es schlicht sein. Aber stilvoll und perfekt muss es trotzdem sein.« Jenna unterstrich ihre Bemerkung, indem sie Joe den Finger in den Arm bohrte. »Hoffentlich kann deine Mutter bald herkommen, Tansy, damit wir gemeinsam planen können.«

»Die ist durch nichts mehr zu bremsen. Sie hat schon dreimal angerufen, seit ich es ihr gesagt habe. Und sie hat sich schon einen Stapel Zeitschriften für Brautmode zugelegt.«

»Wir werden einen Frauenausflug machen, wenn sie kommt. Ach, wird das schön! Lucy, wir werden eine riesige Shoppingtour unternehmen.«

»Ich bin sofort dabei. Jenna, erinnerst du dich noch an die Blumen auf der Hochzeit von Wendy Rearders Tochter? Die können wir toppen.«

»Von wegen schlicht!« Sam warf Farley einen Blick zu und verdrehte die Augen.

»Bevor ihr Frauen hundert Tauben aufsteigen lasst und sechs weiße Pferde ...«

»Pferde.« Jenna unterbrach ihren Mann, indem sie entzückt in die Hände klatschte. »Oh, wir könnten sie in eine Pferdekutsche setzen. Wir könnten ...«

»Jetzt halt mal die Luft an, Jenna. Farley ist schon ganz blass.«

»Alles, was er tun muss, ist, auf seiner eigenen Hochzeit zu erscheinen. Den Rest darfst du gern uns überlassen«, sagte sie zu Farley.

»Aber bis es so weit ist ...«, sagte Joe und gab seiner Frau ein Zeichen zu schweigen. »Jenna und ich haben uns ein paar grundlegende Gedanken gemacht. Kann sein, dass ihr euch etwas anderes vorgestellt oder noch gar nicht darüber nachgedacht habt. Aber Jenna und ich wollen euch drei Hektar schenken. Platz genug für ein Haus, etwas Eigenes. Und nah genug, dass ihr beide keinen weiten Weg zur Arbeit habt. Vorausgesetzt, du arbeitest weiterhin auf der Farm, Farley, und Tansy im Reservat.«

Farley starrte ihn an. »Aber ... das Land steht Lil zu.«

»Sei kein Dummkopf, Farley«, meinte Lil.

»Ich ... ich weiß gar nicht, was ich sagen soll. Geschweige denn wie.«

»Vielleicht möchtest du ja mit deiner Braut darüber sprechen«, meinte Joe. »Wenn ihr es wollt, gehört das Land euch. Und wenn nicht, ist das auch kein Problem.«

»Die Braut möchte auch etwas sagen.« Tansy stand auf, ging erst zu Joe und dann zu Jenna, um sie beide zu küssen. »Danke. Ihr habt mich behandelt wie eine von euch, und das seit Lil und ich auf dem College Zimmergenossinnen waren. Jetzt gehöre ich mit zur Familie. Ich kann mir nichts Schöneres vorstellen, als hier zu Hause zu sein, in unmittelbarer Nähe zu euch und zu Lil.« Sie strahlte Farley an. »Ich bin die glücklichste Frau auf der Welt.«

»Das wäre also geklärt.« Joe nahm Tansys Hand, die sie auf seine Schulter gelegt hatte. »Wir werden dieses Land sobald wie möglich mit euch aussuchen.«

Zu überwältigt, um auch nur ein Wort herauszubringen, nickte Farley bloß. Dann räusperte er sich. »Ich will nur kurz …« Er erhob sich und lief in die Küche.

»Jetzt haben wir ein interessantes Gesprächsthema.« Sam rieb sich die Hände. »Wir werden ein Haus bauen.«

Jenna wechselte einen Blick mit Tansy, erhob sich und ging Farley hinterher.

Er war durch die Küche auf die Veranda gegangen, wo er sich am Geländer festhielt. Der Regen prasselte herunter und wässerte die Felder, die nur darauf warteten, gepflügt zu werden. Als Jenna eine Hand auf seinen Rücken legte, richtete er sich auf, drehte sich um und umarmte sie ganz fest.

»Ma.«

Sie krächzte vor lauter Rührung und drückte ihn an sich. Er nannte sie nur selten so, und normalerweise eher scherzhaft. Aber dieses Wort sagte alles. »Mein lieber Junge.«

»Ich weiß gar nicht, wie mir geschieht. Du hast immer gesagt, ›such dein Glück und versuch es festzuhalten‹. Jetzt habe ich so viel davon, dass ich es kaum mehr halten kann. Ich weiß gar nicht, wie ich euch danken soll.«

»Das hast du bereits getan, und ich kann mir kein schöneres Dankeschön vorstellen.«

»Als ich noch ein Junge war, bekam ich immer zu hören: ›Aus dir wird nie was.‹ Damals ist es mir nicht weiter schwergefallen, das zu glauben. An das zu glauben, was du und Joe mir beigebracht habt, war da schon deutlich schwerer. Ihr habt es mir immer wieder gesagt. Nämlich dass ich sein kann, was ich will. Dass ich haben kann, was ich mir verdiene. Aber ihr habt es geschafft, dass ich wirklich daran geglaubt habe.«

»Tansy sagt, sie sei die glücklichste Frau der Welt. Und sie hat wirklich verdammtes Glück gehabt. Aber ich auch. Ich habe meine beiden Kinder ganz in der Nähe. Ich kann an ihrem Leben teilhaben. Und jetzt darf ich auch noch eine Hochzeit ausrichten.« Sie löste sich von ihm und tätschelte seine Wange. »Ich werde euch furchtbar auf die Nerven gehen.«

Sein Grinsen war zurückgekehrt. »Ich freue mich schon darauf.«

»Wart's ab, bis ich dich wirklich um den Verstand bringe. Bist du so weit, wieder reinzugehen? Wenn du zu lange hier draußen bleibst, haben Sam und Joe dein Haus bereits entworfen, bevor du überhaupt die Chance hattest, dich einzumischen.«

»Jetzt im Moment?« Er legte den Arm um ihre Schulter. »Bin ich zu allem bereit.«

26

In der Nacht tobte ein heftiges Gewitter, das bis zum Morgen dauerte. Danach wurde das Wetter richtig scheußlich.

Beim ersten Hagelschauer hüpften die dicken Körner auf den Wegen auf und ab und trommelten gegen die Dächer. Lil, die sich mit solchem Frühlingswetter auskannte, ließ so viele Fahrzeuge wie möglich unterstellen. Sie steuerte gerade ihren eigenen Truck durch den Schlamm, als die Hagelkörner fast taubeneiergroß wurden.

Die Tiere waren so vernünftig, Schutz zu suchen, aber einige der Praktikanten tobten lachend herum und sammelten den Hagel für eine Schneeballschlacht. Als wäre das Ganze nur eine Party, dachte sie, und die über den schwarzen Himmel zuckenden Blitze nur eine raffinierte Lightshow.

Sie fluchte, als ein Klumpen, so groß wie ein reifer Pfirsich, auf ihre Kühlerhaube donnerte. Während sie den Truck unter das Dach der Vorratsscheune quetschte, ärgerte sie sich über die neue Delle.

Ihr fiel auf, dass den Praktikanten das Lachen vergangen

war. Sie versuchten, sich so schnell wie möglich unterzustellen. Es würde noch mehr Dellen geben, kaputte Pflanzen und jede Menge Graupel, der zusammengekehrt und weggeschaufelt werden musste. Aber im Moment saß sie im Warmen und Trockenen und beschloss, das Ende des Unwetters im Truck abzuwarten.

Bis sie sah, wie ein Eisball eine flüchtende Praktikantin am Rücken traf, sodass diese bäuchlings in den Schlamm fiel.

»Mist!«

Im Nu war Lil ausgestiegen und rannte auf sie zu, obwohl ihr eine andere junge Frau bereits aufhalf.

»Bringt sie hinein, los!« Der Hagel fühlte sich an, als würde man von wütenden Baseballfans vermöbelt werden.

Sie packte das Mädchen und schleifte es mehr oder weniger auf die Veranda ihrer Hütte. Sie erreichten sie durchnässt und schlammbespritzt. Das Mädchen war so bleich wie der Graupel, der das ganze Gelände bedeckte.

»Bist du verletzt?«

Das Mädchen schüttelte den Kopf und stützte sich keuchend auf die Oberschenkel. »Der hat mich umgehauen!«

»Das kann ich mir vorstellen.« Lil versuchte verzweifelt, sich an die Namen der beiden neuen Praktikanten zu erinnern, während der Donner über die Berge hallte wie das Brüllen eines Löwen beim Angriff. »Entspann dich. Reed, geh hinein und hol Lena etwas Wasser. Tritt dir die Füße ab«, fügte sie noch hinzu, so als ob das irgendwas nutzen würde.

»Das ging alles so schnell.« Lena zitterte und sah sie aus einem schlammverschmierten Gesicht an. »Am Anfang waren es nur kleine Hagelkörner, dann waren sie taubeneigroß und schließlich …«

»Willkommen in South Dakota. Matt soll einen Blick auf dich werfen. Bist du sicher, dass alles in Ordnung ist?«

»Hm, ja. Ich bin nur etwas erschrocken. Danke, Reed.« Sie griff nach der Wasserflasche und nahm einen großen Schluck. »Hab ich mich erschreckt! Ich bin immer noch ganz zittrig.«

»Du kannst meine Dusche benutzen, und ich leih dir ein paar Klamotten. Wenn das Gewitter vorbei ist, meldet ihr euch alle bei der Bürohütte. Es wartet viel Arbeit auf euch. Komm, Lena.«

Sie nahm das Mädchen mit nach oben und deutete aufs Bad. »Da kannst du dich ausziehen. Ich geb deine Kleider in die Wäsche.«

»Tut mir leid, dass ich Ihnen solche Umstände mache. Ich wollte eigentlich nicht dadurch auf mich aufmerksam machen, dass ich mich von einem Hagelsturm ausknocken lasse. Bisher haben wir überwiegend mit Tansy und Matt gearbeitet. Bei dem ganzen Chaos gab es nur selten Gelegenheit, direkt mit Ihnen zusammenzuarbeiten.«

»Es wird noch genügend Gelegenheit geben.«

»Sie sind nämlich der Grund, warum ich überhaupt hier bin. Warum ich Biologie und Umweltschutz studiere.«

»Wirklich?«

»Meine Güte, klingt das strebermäßig.« Lena setzte

sich auf den Klodeckel, um ihre Stiefel auszuziehen. »Ich habe diesen Dokumentarfilm über Sie und Ihre Arbeit gesehen. Diesen Dreiteiler. Ich lag zu Hause krank im Bett und langweilte mich zu Tode. Ich zappte durch die Kanäle und landete bei der Folge, in der es um Ihr Reservat ging. Die anderen beiden Teile habe ich verpasst, weil ich wieder in die Schule musste. Aber ich habe die DVD gekauft, dieselbe, die wir im Andenkenladen verkaufen. Ich war fasziniert von Ihrer Arbeit, von dem, was Sie erzählt und sich hier aufgebaut haben. Ich dachte, genau das möchte ich auch machen, wenn ich einmal groß bin. Meine Mutter war ebenfalls begeistert, dachte aber, dass ich es mir noch tausendmal anders überlegen würde. Aber dem war nicht so.«

Lil hörte interessiert zu und legte die Jeans, das Sweatshirt und warme Socken auf die Badezimmerkommode. »Da hatte der Dokumentarfilm ja eine ziemlich große Wirkung.«

»Sie waren so engagiert«, fuhr Lena fort und stand auf, um ihre schlammbespritzte Kapuzenjacke aufzumachen. »Sie waren so eloquent und wussten genau, was Sie wollten. Ich habe mich vorher nie für Naturwissenschaften interessiert. Aber aus Ihrem Mund klang das irgendwie aufregend, spannend und wichtig. Aber aus meinem Mund klingt das jetzt nur schleimig.«

»Wie alt warst du damals?«

»Sechzehn. Bis zu jenem Moment wollte ich Rockstar werden.« Sie lächelte und strampelte sich aus ihrer nassen Jeans. »Dass ich weder singen noch ein Musikinstrument spielen konnte, hat mich damals nicht groß gestört. Dann habe ich Sie im Fernsehen gesehen und dachte, *das* ist ein Rockstar. Und da bin ich nun und mache einen Striptease in Ihrem Badezimmer.«

»Deine Lehrer haben sich sehr lobend über dich geäußert, als du dich um das Praktikum beworben hast.«

Ohne jede Scham stand Lena in ihrer Unterwäsche vor ihr und sah Lil mit weit aufgerissenen, erwartungsvollen Augen an. »Sie haben meine Bewerbung gelesen?«

»Das ist mein Reservat. Mir ist aufgefallen, dass du hart arbeitest und eine schnelle Auffassungsgabe hast. Du bist jeden Morgen pünktlich hier und machst auch Überstunden, wenn es sein muss. Du jammerst nicht, wenn du dir die Hände schmutzig machen musst, und deine Berichte sind gründlich – wenn auch noch etwas wirklichkeitsfremd. Mir ist auch aufgefallen, dass du dir Zeit nimmst, mit den Tieren zu reden. Du stellst Fragen. Hier herrscht zwar ein ziemliches Chaos, und das hat sich negativ auf die Zeit ausgewirkt, die ich normalerweise allein mit jedem Praktikanten verbringe. Aber du bist mir bereits aufgefallen, bevor du bäuchlings im Schlamm lagst.«

»Glauben Sie, ich habe das Zeug dazu?«

»Das sage ich dir am Ende deines Praktikums.«

»Das macht mir Angst, ist aber nur fair.«

»So, jetzt kannst du dich in Ruhe umziehen.« Lil war schon im Gehen, zögerte aber noch einen Moment. »Lena, was sagen die Leute zu den Vorfällen hier? Wie gehen sie damit um? Ihr redet doch darüber«, sagte sie. »Ich war auch mal Praktikantin. Ich weiß genau, wie das ist.«

»Alle fürchten sich ein bisschen. Aber gleichzeitig fühlt es sich irgendwie unwirklich an.«

»Es wäre gut, wenn ihr möglichst alle zusammenbleibt. Lauf ins Büro, wenn du hier fertig bist.«

Lil ging nach unten, um die Kleider in die Waschmaschine zu stecken.

Auf der Farm ließen Coop und Sam die Pferde auf die Weide. Sam humpelte noch ein wenig, aber er wirkte relativ kräftig und stabil, sodass Coop nicht auch noch auf jeden Schritt seines Großvaters achten musste.

Gemeinsam sahen sie den jungen Fohlen beim Spielen zu, während die ausgewachsenen Tiere grasten.

»Zum Glück stand das Frühjahrsgetreide noch nicht auf den Feldern. Es hätte schlimmer kommen können.« Sam beugte sich nach vorn und hob eine baseballgroße Eiskugel auf. »Wie gut ist dein Wurfarm?«

»Er ist immer noch dran.«

»Lass mal sehen.«

Amüsiert nahm Coop den Eisball, holte aus und machte einen hohen, weiten Wurf.

»Und deiner?«

»Inzwischen bin ich wahrscheinlich besser fürs Infield geeignet, aber dafür kann ich zielen.« Sam hob einen weiteren Ball auf, nahm eine Kiefer ins Visier und zertrümmerte das Eis dann in der Mitte des Stammes. »Sehen kann ich noch gut.«

In diesem Moment erreichte sie Lucys Stimme. »Wollt ihr noch länger mit Eis um euch werfen, oder habt ihr vor, auch etwas zu arbeiten?« Sie stützte sich auf die

Schaufel, die sie benutzt hatte, um ihren Kräutergarten vom Eis zu befreien.

»Ertappt«, sagte Coop.

»Sie ist sauer, weil es ihr den Grünkohl verhagelt hat. Mir soll's recht sein, denn ich kann das Zeug nicht ausstehen. Ich komme gleich, Lucy!« Sam wischte sich die Hände an seiner Hose ab, und sie gingen zurück. »Ich habe über deinen Vorschlag nachgedacht, einen Landarbeiter einzustellen. Ich kann mich mit dem Gedanken anfreunden.«

»Das freut mich.«

»Nicht dass ich die Arbeit allein nicht mehr schaffe.«

»Nein, Sir.«

»Ich nehme an, du willst den Tourismusaktivitäten mehr Zeit widmen. Wenn wir jemanden finden, der uns bei der Farmarbeit hilft, hast du mehr Zeit für die Pferdevermietung und die Touren. Das ist durchaus sinnvoll.«

»Eben.«

»Und ich nehme auch an, dass du nicht mehr lange in der Baracke wohnen wirst. Nicht, wenn du noch einen Funken Verstand hast oder etwas Rückgrat besitzt. In diesem Fall wirst du bei Lil anbauen. Ihr werdet mehr Platz brauchen, wenn ihr zusammenzieht und eine Familie gründet.«

»Du wirfst mich raus?«

»Irgendwann muss der Vogel flügge werden.« Sam grinste. »Wir geben dir noch etwas Zeit. Damit du es ja nicht vermasselst!«

»Die Lage ist gerade ziemlich kompliziert, Grandpa.«

»Junge, die Lage ist immer kompliziert. Ihr könnt doch versuchen, sie gemeinsam zu meistern.«

»Ich glaube, das tun wir bereits, wir sind zumindest auf einem guten Weg. Im Moment möchte ich nur, dass sie in Sicherheit ist.«

»Glaubst du, das wird sich jemals ändern?« Sam blieb kurz stehen und sah Coop kopfschüttelnd an. »Es wird hoffentlich besser werden, aber du wirst sie für den Rest deines Lebens beschützen wollen. Und wenn du Glück hast, auch eure gemeinsamen Kinder. Du hast doch keine Schwierigkeiten, mit ihr zu schlafen, oder?«

Coop konnte es sich gerade noch verkneifen, beschämt den Kopf zu senken. »Natürlich nicht.«

»Na, dann.« Als wäre damit alles gesagt, lief Sam weiter.

»Zurück zum Geschäft«, sagte Coop. »Ich wollte schon länger mit dir und Grandma darüber sprechen. Ich möchte investieren.«

»Was investieren?«

»Geld, Granddad, Geld, das mir gehört.«

Sam blieb erneut stehen. »Die Geschäfte laufen gut. Sie brauchen keine ... wie heißt das gleich wieder? Finanzspritze.«

»Aber wenn wir expandieren, schon. Wenn wir Ställe anbauen, zusätzlich Ponyreiten anbieten und einen kleinen Laden eröffnen.«

»Einen Laden? Mit Souvenirs?«

»Nicht unbedingt. Ich dachte eher an Wanderausrüstung. Wir haben viele Kunden, die sich anderweitig eindecken. Warum sollten sie ihr Studentenfutter, ihr Wasser, ihre Bergführer und Einwegkameras nicht bei uns kaufen? Wenn wir einen neuen Computer und Drucker anschaffen, könnten wir Fotos anbieten und Postkarten davon drucken. Die Mütter werden begeistert sein, wenn sie Postkarten von ihrem kleinen Cowgirl auf einem Pony sehen. Sie werden Dutzende davon kaufen.«

»Dafür muss einiges geschehen.«

»Das kann alles organisch wachsen.«

»Organisch wachsen!«, schnaubte Sam. »Du bist wirklich unschlagbar, Coop. Aber es ist eine Überlegung wert. Postkarten«, murmelte er kopfschüttelnd.

Stirnrunzelnd schirmte er die Augen mit der Hand gegen die Sonne ab, die nach dem Gewitter durch die Wolken brach. »Da kommt Willy.«

Lucy hatte ihn auch gesehen und blieb stehen, um sich die Gartenhandschuhe auszuziehen und eine Strähne zurückzustreichen, die der Wind ihr ins Gesicht geweht hatte.

»Miss Lucy.« Willy tippte grüßend an seine Hutkrempe. »Der Hagel hat Ihren Garten ja ganz schön verwüstet.«

»Es hätte schlimmer kommen können. Zum Glück wurde unser Dach nicht beschädigt.«

»Sam, Coop.«

»Willy. Hat Sie der Hagel erwischt?«, fragte Sam.

»Das Schlimmste blieb mir glücklicherweise erspart. Cooper, kann ich mich mal kurz mit dir unterhalten?«

»William Johannsen, wenn Sie uns etwas über diesen Mörder zu sagen haben, dann raus mit der Sprache!« Lucy stemmte die Hände in die Hüften. »Wir haben ein Recht darauf zu wissen, was los ist.«

»Gut, einverstanden. Ich schaue nachher bei Lil vorbei, so gesehen werden Sie es ohnehin erfahren.« Er klappte die Hutkrempe zurück. »Wir haben Tylers Geldbeutel gefunden oder das, was wir dafür halten. Sein Führerschein und andere Ausweise waren noch darin. Aber kein Bargeld und keine Fotos, wie es uns seine Frau geschildert hat. Dafür alle Kreditkarten, die sie uns genannt hat.«

»Wo?«, wollte Coop wissen.

»Das ist ja das Interessante. Nun, westlich von hier, gerade mal acht Kilometer von der Grenze zu Wyoming entfernt. Sieht ganz so aus, als wäre er nach Carson Draw unterwegs. Der Regen hat einige seiner Spuren verwischt, aber als die Männer erst einmal auf seine Fährte gestoßen sind, konnten sie sie weiterverfolgen.«

»Das ist ja meilenweit entfernt«, sagte Lucy. »Richtig weit weg.«

Er hat sein derzeitiges Revier verlassen, dachte Coop. Seine Jagdgründe.

»Vielleicht glaubte er, den Fahndungsbereich weit genug hinter sich gelassen zu haben, um den Geldbeutel wegwerfen zu können. Oder aber er hat ihn verloren.«

»Wenn er ihn loswerden wollte, hätte er ihn auch in den Fluss werfen oder vergraben können.«

Willy nickte. »Da hast du recht.«

»Aber das sind doch gute Neuigkeiten, oder? Wenn er schon so weit nach Westen gelangt und noch immer unterwegs ist, verschwindet er.« Lucy packte Coops Arm. »Ich weiß, dass man ihn verhaften und aufhalten muss, aber ich habe nichts dagegen, wenn das weit weg von hier geschieht. Das sind gute Neuigkeiten.«

»Vielleicht.«

»Zumindest sind es keine schlechten Neuigkeiten«, entgegnete sie scharf.

»Nun, Miss Lucy, unter den gegebenen Umständen muss man vorsichtig sein.«

»Seien Sie ruhig vorsichtig, aber ich für meinen Teil werde heute Nacht besser schlafen.«

»Trotzdem möchte ich Sie bitten, stets von innen abzuschließen. Überanstrengen Sie sich nicht mit dem Garten. Miss Lucy, Sam.«

»Ich bin gleich wieder da.« Coop ging mit Willy davon. »Wie lange dauert es, bis wir mit Sicherheit wissen, dass es Tylers Geldbeutel ist, und wir seine Fingerabdrücke sicherstellen können?«

»Hoffentlich nur bis morgen. Aber ich möchte wetten, dass er Tyler gehört hat und dass Howes Fingerabdrücke darauf sind.«

»Glaubst du eher, dass er ihn weggeworfen oder dass er ihn verloren hat?«

»Ich bin mir nicht sicher.«

»Ich könnte wetten, dass er ihn absichtlich hat fallen lassen.«

Willy kniff die Lippen zusammen und nickte. »Dann scheinen wir uns einig zu sein, denn sonst wäre es zu einfach. Tagelang fehlt von dem Mistkerl jede Spur. Und dann hinterlässt er eine Fährte, der sogar meine kurzsichtige Großmutter folgen könnte, und das nach dem Gewitter! Ich bin nur ein kleiner Polizist, aber ganz blöd bin ich auch nicht.«

»Er möchte sich etwas Luft verschaffen, um seinen Plan vorzubereiten, wie auch immer der aussehen mag. Bitte sorge dafür, dass Lil das begreift. Ich werde ihr das ebenfalls klarmachen, möchte aber, dass du es ihr zuerst sagst.«

»Versprochen.« Er öffnete die Tür seines Cruisers. »Coop, das FBI konzentriert sich auf Wyoming. Vielleicht haben sie recht.«

»Das glaube ich kaum.«

»Sämtliche Anhaltspunkte sprechen dafür, also gehen sie ihnen nach. Aber mein Bauchgefühl sagt mir, dass er uns an der Nase herumführt. Und das werde ich auch Lil erzählen.«

Er stieg in den Wagen, verabschiedete sich von Coop und fuhr den Feldweg zurück.

Als Coop das Reservat erreichte, war die Nachtbeleuchtung bereits eingeschaltet. Aus den Tierlauten schloss er, dass die Fütterung bereits in vollem Gange war. Eine Gruppe Praktikanten, deren Dienst vorbei war, kletterte in einen Kombi. Sofort ertönte Rockmusik.

Ein Blick auf die Bürohütte genügte, und er sah, dass alles für die Nacht abgeschlossen war. Trotzdem drehte er seine Runde über die Kies- und Betonwege sowie durch den Schlamm. Er lief von den Büros zu den Scheunen, den Ställen, dem Schulungszentrum und zum Vorratsraum, um sich zu versichern, dass alles menschenleer und in Ordnung war.

In Lils Hütte brannte Licht. Während er umherging, konnte er sie sehen. Sie hatte die Haare zu einem Pferdeschwanz gebunden. Er sah das kräftige Blau ihres Baumwollpullis, ja sogar das Funkeln ihrer silbernen Ohrringe. Er beobachtete sie durch die Fensterscheibe, beobachtete, wie sie sich Wein einschenkte, daran nippte und nach etwas auf dem Herd sah.

Er sah es dampfen und durch den Dampf ihr scharfes Profil. Eine überwältigende Liebe wallte in ihm auf.

Nach all der Zeit sollte er sich eigentlich daran gewöhnt haben, selbst wenn man die Jahre mit einberechnete, in denen sie getrennt gewesen waren. Aber er hatte sich nie daran gewöhnt. War nie damit klar- oder darüber hinweggekommen.

Vielleicht hatte sein Großvater recht, und er verschwendete nur seine Zeit.

Er betrat die Veranda und drückte die Tür auf.

Sie stand vor dem Herd und fuhr herum, wobei sie ein langes Messer aus dem Messerblock zog. In diesem Moment sah er beides, ihre Angst und ihren Mut.

Er hob beide Hände. »Ich komme in friedlicher Absicht.«

Ihre Hand zitterte leicht, als sie das Messer zurück in den Block schob. »Ich habe dich nicht vorfahren hören und auch nicht erwartet, dass du durch die Hintertür kommst.«

»Dann solltest du darauf achten, dass sie abgeschlossen ist.«

»Du hast recht.«

Vielleicht verschwendete er wirklich nur Zeit, dachte Coop, aber im Moment hatte er kein Recht, sie unter Druck zu setzen.

»War Willy schon hier?«, fragte Coop und holte sich ein zweites Glas.

»Ja.«

Er sah zum Herd, bemerkte die Flasche teuren Weißwein. »Lil, wenn du glaubst, wir hätten etwas zu feiern ...«

»Glaubst du, ich bin blöd?« Sie biss sich auf die Zunge, während sie den Deckel von der Pfanne nahm. Coop runzelte die Stirn, als sie das Huhn mit dem teuren Wein ablöschte. »Er ist genauso wenig in Wyoming wie ich. Er hat sich bemüht, jede Menge Spuren zu hinterlassen. Genauso gut hätte er ein Schild mit der Aufschrift ›Achtung, Fährte!‹ aufstellen können.«

»Verstehe.«

»Du verstehst gar nichts. Er versucht, uns zu verarschen.«

»Und das ist schlimmer als der Versuch, uns zu ermorden?«

»Das ist beleidigender. Ich bin beleidigt.« Sie griff nach ihrem Weinglas und trank daraus.

»Du kochst also Huhn und benutzt dafür einen Wein für fünfundzwanzig Dollar die Flasche?«

»Wenn du etwas vom Kochen verstehen würdest, wüsstest du, dass ein Wein, den man nicht trinken kann, auch nicht als Kochwein taugt. Und ich hatte Lust, etwas zu kochen. Ich habe dir erzählt, dass ich kochen kann. Aber wenn du nichts willst, musst du auch nichts essen.«

Nachdem sie den Deckel wieder auf die Pfanne gelegt hatte, ging er zu ihr. Schweigend packte er sie, und als sie sich ihm entziehen wollte, verstärkte er seinen Griff nur. Er zog sie an sich, hielt sie einfach nur fest und schwieg.

»Er ist irgendwo da oben und lacht sich ins Fäustchen. Das macht es nur noch schlimmer für mich. Es ist mir egal, ob das lächerlich ist oder nicht. Aber für mich macht es das schlimmer. Und deswegen bin ich sauer.«

»Es ist gut, dass du sauer bist. Aber sieh es doch mal so: Er hält uns für blöd. Hält dich für blöd. Er glaubt, dass wir ihm seine Spielchen abkaufen, aber das stimmt nicht. Er hat dich unterschätzt, und das ist ein Fehler. Er hat viel Zeit und Mühe darauf verwendet, die Spur auszulegen, den Geldbeutel ausgerechnet dort fallen zu lassen. Umsonst.«

Sie entspannte sich ein wenig. »Wenn du es so sagst.«

Er hob ihr Kinn und küsste sie. »Hallo!«

»Hallo.«

Er strich über ihren Pferdeschwanz und hätte am liebsten um ihre Hand angehalten, ja sie darum angefleht. Er zog die Hand weg. »Irgendwelche Hagelschäden?«

»Nichts Schlimmes. Was ist mit deinen Großeltern?«

»Zur heimlichen Freude meines Großvaters ist fast der ganze Grünkohl kaputtgegangen.«

Sie lachte. »Heute Abend läuft ein Baseballspiel, Toronto gegen Houston. Hast du Lust mitzugucken?«

»Und wie!«

»Gut. Du darfst den Tisch decken.«

Er holte Teller aus dem Schrank, während er den Küchenduft, ihren Duft einsog. Er beschloss, keinerlei Druck auf sie auszuüben, fragte aber: »Liegt die sexy Unterwäsche immer noch in deiner Schublade?«

»Ja.«

»Gut.« Er warf ihr einen langen Blick zu, während er die Besteckschublade aufzog. »Du musst dir noch in diesem Sommer einen Termin aussuchen. Ich gebe dir den Spielplan der Yankees, und du suchst dir ein Spiel aus. Brad schickt uns bestimmt sein Flugzeug. Wir könnten ein paar Tage wegbleiben, im Palace oder im Waldorf Hotel übernachten.«

Sie sah nach den Kartoffeln, die sie mit Rosmarin in den Ofen geschoben hatte.

»Ein Privatflugzeug. Luxushotels.«

»Ich habe immer noch meine Saisonkarte. Und Plätze ganz weit vorn.«

»Auch das noch. Wie reich bist du eigentlich, Cooper?«

»Sehr reich.«

»Vielleicht sollte ich dich um eine weitere Spende anhauen.«

»Ich gebe dir fünftausend Dollar, wenn du die rote Unterwäsche in deiner Kommode wegwirfst.«

»Das ist Bestechung. Aber ich denk drüber nach.«

»New York und die Yankees waren der erste Bestechungsversuch. Aber der ist dir entgangen.«

Auch das hatte sie vermisst, sich gegenseitig zu necken. Sie grinste ihn an. »Wie fühlt sich das an? Steinreich zu sein?«

»Besser, als pleite zu sein. Ich bin mit Geld aufgewachsen, also habe ich mir nie Gedanken über dieses Thema gemacht. Das hat sich als Fehler herausgestellt, als ich aufs College gekommen bin. Ich musste mir nie Sorgen darüber machen, wovon ich meine nächste Mahlzeit oder ein neues Paar Schuhe bezahlen sollte. Ich habe meine ganzen Ersparnisse durchgebracht, ja mehr als das.«

»Du warst noch ein Kind.«

»Du warst auch noch ein Kind, aber du bist mit deinem Geld ausgekommen. Das weiß ich noch genau.«

»Ich bin nicht mit Geld aufgewachsen. Du hast damals auch einiges für mich ausgegeben. Und ich habe dich gelassen.«

»Es war auf jeden Fall ziemlich heftig, als ich in diesem Loch saß, weil ich gegen meinen Vater aufbegehrt und das College verlassen hatte, um Polizist zu werden. Aber ich habe es mir zugetraut.«

Er zuckte mit den Achseln und nahm einen Schluck, als ginge ihn das Ganze längst nichts mehr an. Aber sie wusste, dass dem nicht so war.

»Das muss dir Angst gemacht haben.«

»Manchmal schon. Ich fühlte mich wie ein Versager und war stinksauer. Ich hatte einen Job, saß also nicht auf der Straße, aber das Geld wurde immer knapper. Ich brauchte einen Anwalt, einen guten, und ein guter Anwalt will bezahlt sein. Ich musste mir das Geld dafür leihen. Brad hat es mir geliehen.«

»Ich mochte ihn auf Anhieb.«

»Es hat Monate, ja beinahe ein Jahr gedauert, bis ich ihm das Geld zurückzahlen konnte. Es ging nicht nur ums Geld, Lil, darum, meinem Vater die Macht über das Geld zu nehmen. Es ging auch darum, ihm die Macht über mich zu nehmen.«

»Auch für ihn ein Verlust. Er hat dich verloren.«

»Und ich habe dich verloren.«

Sie schüttelte den Kopf und wandte sich wieder dem Herd zu.

»Ich musste mich erst beweisen, bevor ich mit dir zusammen sein konnte. Und das bedeutete, dass ich nicht mit dir zusammen sein konnte.«

»Und trotzdem sind wir hier.«

»Und jetzt muss ich mich vor dir beweisen.«

»Darum geht es nicht.« Neuer Ärger schwang in ihrer Stimme mit. »So ist das nicht.«

»Aber natürlich ist das so, und es ist nur gerecht. Wenn man mit Pferden arbeitet, hat man viel Zeit zum Nachdenken. Ich habe sehr lange nachgedacht. Du stellst mich auf die Probe, und das ist hart. Du willst sicherstellen, dass ich dich nicht noch einmal verlasse. Und du willst dir sicher sein, dass du bei mir bleiben willst. Aber bis es so weit ist, gehen wir zusammen ins Bett, und ab und zu servierst du mir ein tolles Essen. Außerdem darf ich dich durchs Küchenfenster beobachten. Das ist gerecht.«

»Sex, Essen und ein bisschen Voyeurismus?«

»Ich kann dir auch in die Augen sehen und sehe, dass du mich liebst. Ich weiß, dass du das nicht ewig durchhalten wirst.«

»Ich halte nicht durch. Ich ...«

»Du willst dir nur sicher sein«, beendete er ihren Satz. »Aber das kommt aufs selbe raus.« Im Nu war er bei ihr und verwickelte sie in einen Kuss. Sie fühlte sich geborgen, fühlte die Sehnsucht in sich aufsteigen. Langsam ließ er sie wieder los, aber nicht ohne sie davor noch sanft zu beißen.

»Das Huhn riecht köstlich.«

Sie schob ihn noch ein Stück von sich weg. »Setz dich. Gleich ist es fertig.«

Sie aßen und waren stillschweigend übereingekommen, über ganz alltägliche Dinge zu sprechen. Über das Wetter, die Pferde, den Gesundheitszustand des neuen Tigerweibchens. Sie spülten gemeinsam ab. Nachdem er kontrolliert hatte, ob alle Türen abgeschlossen waren – der einzige Hinweis auf Probleme –, setzten sie sich vor den Fernseher, um sich das Baseballspiel anzusehen. Und während ein wächserner Mond ins Fenster schien, liebten sie sich.

Trotzdem träumte sie in dieser Nacht davon zu fliehen. Sie träumte, wie sie in Panik durch den mondbeschienenen Wald floh, während ihr das Herz bis zum

Hals schlug und sie lautstark keuchte. Sie spürte den Schweiß der Anstrengung und Angst auf ihrer Haut. Haut, die von Zweigen zerschrammt wurde, während sie sich durchs Unterholz kämpfte und ihr eigenes Blut roch.

Er würde es ebenfalls riechen.

Sie wurde gejagt.

Als sie die Ebene erreichte, peitschte das hohe Gras gegen ihre Beine. Sie hörte ihren Verfolger, der immer näher kam, egal, wie schnell und wohin sie rannte. Der Mond leuchtete gnadenlos alles aus, sodass sie sich nirgendwo verstecken konnte. Nur die Flucht konnte sie retten.

Aber da fiel sein Schatten auf sie, drückte sie beinahe zu Boden mit seinem Gewicht. Und als sie sich umdrehte, ihm ins Gesicht sah, sprang der Puma aus dem hohen Gras, und seine Fangzähne schnappten nach ihrer Kehle.

27

Es verging ein Tag nach dem anderen. Es gab Hinweise darauf, dass Ethan sich in Wyoming aufhielt, auf der Höhe von Medicine Bow. Andere Hinweise deuteten darauf hin, dass er in der Gegend von Shoshoni war. Aber jede Suche blieb erfolglos.

Der Ermittlungstrupp in Spearfish wurde reduziert, und die Menschen in der Stadt und auf den umliegenden Farmen wandten sich wieder anderen Themen zu, dem bevorstehenden Pflügen und Pflanzen, dem Werfen der Lämmer und dem Puma, der keine vierhundert Meter vom Zentrum von Deadwood im Apfelbaum eines Gartens gesessen hatte.

Im Diner, am Postschalter und an der Bar war man sich einig, dass der Mann, der den armen Kerl aus St. Paul getötet hatte, geflohen war.

Die Spur wurde kalt. Aber Lil konnte den Traum nicht vergessen und wusste, dass die Leute sich täuschten.

Während ihr Umfeld unvorsichtiger wurde, ließ sie so viel Vorsicht walten wie nie zuvor. Sie gewöhnte es sich an, jeden Morgen ein Messer in ihren Stiefelschaft zu stecken. Sein Gewicht beruhigte sie.

Das gute Wetter brachte Touristen, und die Touristen brachten Spenden. Laut Mary konnten sie im ersten Quartal einen Anstieg um sieben Prozent verbuchen, der sich während der ersten Wochen des zweiten Quartals fortsetzte. Das waren gute Nachrichten, doch richtig darüber freuen konnte sich Lil nicht.

Je ruhiger und normaler der Alltag wurde, desto nervöser wurde sie. Worauf wartete er eigentlich?

Eine Frage, die sie sich immer wieder stellte, während sie Körbe mit Futter herbeischleppte, die Gehege abspritzte oder Vorräte auslud. Bei jedem Rundgang durchs Reservat spannte sich in Erwartung eines Angriffs ihr ganzer Körper an.

Sie sehnte ihn förmlich herbei. Es wäre ihr lieber gewesen, wenn Ethan bis an die Zähne bewaffnet aus dem Wald gesprungen wäre, als darauf zu warten, dass irgendeine Falle zuschnappte.

Sie durfte miterleben, wie sich Boris und Delilah aneinanderkuschelten. Oder wie er voranlief und sie ihm zögerlich durchs Gras folgte. Sie freute sich auch darüber und empfand so etwas wie Befriedigung, aber insgeheim verzehrte sie sich vor Angst und Sorge.

Eigentlich musste sie Mary und Lucius bei den Vorbereitungen für den Tag der offenen Tür im Sommer helfen. Oder Tansy bei den Hochzeitsvorbereitungen unterstützen. Aber sie konnte an nichts anderes denken als: Wann? Wann wird er kommen? Wann ist es endlich vorbei?

»Die Warterei macht mich wahnsinnig.« Lil hatte es sich angewöhnt, mit Coop die Gehege abzulaufen, nachdem die Mitarbeiter gegangen waren.

»Dir bleibt nun mal nichts anderes übrig, als abzuwarten.«

»Aber deswegen muss ich es noch lange nicht mögen. Ich sitze schließlich nicht die halbe Nacht in einem Jeep und warte, dass ein Rudel Löwen zum Wasserloch kommt. Ja, ich sitze nicht mal am Computer und verfolge einen markierten Puma. So ein Warten ist wenigstens *sinnvoll*.«

»Vielleicht haben wir uns getäuscht. Vielleicht ist er nach Westen weitergezogen.«

»Du weißt genau, dass das nicht stimmt.«

Coop zuckte mit den Achseln. »Willy tut sein Bestes, aber sein Personal ist begrenzt. Das zu durchkämmende Gebiet ist riesig, und viele Wanderer, Reiter und Camper hinterlassen Spuren.«

»Willy wird ihn nicht finden, und das ist uns beiden klar.«

»Man muss auch Glück haben, Lil. Und je mehr Durchhaltevermögen man beweist, desto mehr Glück kann man haben. Willy hat verdammt viel Durchhaltevermögen.«

»Die Chance, Glück zu haben, steigt auch, wenn man seine Chancen *ergreift*. Ich fühle mich hier wie eingesperrt, Coop, ja schlimmer noch, ich trete auf der Stelle. Ich muss mich bewegen, muss handeln. Ich muss da hoch, rauf in die Berge.«

»Nein.«

»Ich bitte dich nicht um Erlaubnis. Wenn ich das will, wirst du mich auch nicht daran hindern.«

»O doch, das werde ich.« Er sah sie an.

»Ich will keinen Streit. Du warst da oben. Ich weiß,

dass du in den letzten Tagen Bergtouren geführt hast. Und wir beide wissen, dass er dir nur zu gern was antun würde, wenn er dadurch an mich herankommt.«

»Das ist ein kalkuliertes Risiko. Warte!«, befahl er, noch bevor sie etwas erwidern konnte. »Wenn er versucht hätte, mich auszuschalten, würde man wieder ein Riesenpolizeiaufgebot losschicken. Er hat sich die Mühe gemacht, eine Spur nach Westen zu legen, und das FBI ist ihr gefolgt. Warum neue Aufmerksamkeit erregen? Selbst wenn er so dumm oder impulsiv wäre, es zu versuchen: Ich habe ein Funkgerät dabei, dessen Benutzung ich jedem Tourenmitglied für den Notfall erkläre. Also müsste er nicht nur mich, sondern die ganze Gruppe ausschalten, die ich führe. Das ist ein kalkuliertes Risiko«, wiederholte er.

»Aber du darfst dich auf den Rücken eines Pferdes schwingen und ausreiten. Du darfst durchatmen.«

Er strich ihr über den Kopf, als Zeichen seines Mitgefühls. »Das stimmt natürlich.«

»Ich weiß, dass du in der Hoffnung da hochgehst, irgendwelche Spuren zu finden. Aber das wirst du nicht. Du kannst ein bisschen Fährtenlesen, aber deine Fähigkeiten sind eingerostet. Und du konntest es nie so gut wie ich.«

»Womit wir wieder bei Glück und Durchhaltevermögen wären.«

»Ich könnte dich begleiten, gemeinsam mit dir eine Gruppe führen.«

»Wenn er uns dann entdeckt, schaltet er mich vielleicht aus. Anschließend könnte er dich mit vorgehaltener Waffe zum Mitkommen zwingen. Und selbst wenn zu diesem Zeitpunkt noch jemand übrig wäre, der über Funk Hilfe holen könnte, wärst du längst weg. Und zwar über alle Berge, wenn er sich unserer Pferde bedient. Wenn wir abwarten, muss er den ersten Schritt machen. Dann muss er sich zuerst aus der Deckung wagen.«

Sie ging den Weg auf und ab. Baby ahmte die Bewegung in seinem Gehege nach, was Coop ein Lächeln entlockte. »Dieser Puma ist dir völlig ergeben.«

Sie sah zu ihm hinüber und musste beinahe selbst lächeln. »Heute spielen wir nicht mehr Ball, Baby, morgen wieder.«

Lil ging unter der Absperrung durch und streichelte ihn wenigstens durch den Zaun. Sie ließ zu, dass er sie anstupste und ihre Hand leckte.

»Wird er sauer, wenn ich zu euch komme?«

»Nein. Er hat dich oft genug mit mir gesehen. Dich an mir gerochen und mich an dir. Der Geruchssinn eines Pumas ist zwar nicht gerade seine größte Stärke, aber Baby kennt meinen Geruch. Komm ruhig her.«

Als er bei ihr war, legte sie ihre Hand über seine und diese auf Babys Fell. »Er wird dich mit mir assoziieren. Er weiß, dass ich keine Angst vor dir habe, mich nicht durch dich bedroht fühle. Und er mag es wirklich sehr, gekrault zu werden, mich anzustupsen. Beug dich vor und berühre meine Stirn mit deiner.«

»Er riecht an deinem Haar«, murmelte Coop, während er seine Stirn an ihre schmiegte. »So wie ich. Es riecht wie die Berge. Sauber und ein bisschen wild.«

»Und jetzt lehn deine Stirn gegen den Zaun. Als Zeichen deiner Zuneigung, deines Vertrauens.«

»Vertrauen.« Coop versuchte, nicht daran zu denken, was diese scharfen Zähne anrichten konnten.

»Bist du sicher, dass er nicht eifersüchtig ist?«

»Er wird niemandem wehtun, der mir wichtig ist.«

Coop lehnte seine Stirn gegen den Zaun. Baby musterte ihn einen Moment und stellte sich dann auf die Hinterbeine, um Coop mit seinem Kopf anzustupsen.

»Haben wir uns soeben die Hand gegeben oder einen feuchten Kuss ausgetauscht?«, fragte sich Coop laut.

»Eine Mischung aus beidem. Dreimal habe ich versucht, ihn auszuwildern. Als ich ihn und seine Wurfgeschwister das erste Mal in die Berge brachte, hat er mich bis zu meinen Eltern zurückverfolgt. Ich habe sie anschließend besucht. Du kannst dir vorstellen, wie überrascht wir waren, als wir ihn hörten. Dann öffneten wir die Hintertür und sahen ihn auf der Veranda sitzen.«

»Er ist deinem Duft gefolgt.«

»Und zwar kilometerweit.«

»Liebe verleiht eben Flügel. Und macht Sehnsucht.«

»Das klingt zwar nicht gerade wissenschaftlich, aber … Beim zweiten Mal hat er mich bis ins Reservat verfolgt, und beim letzten Mal ließ ich ihn extra von Tansy und einer Praktikantin auswildern. Auch deshalb, weil ich mich nur schwer von ihm trennen konnte, aber das Gefühl hatte, es versuchen zu müssen. Er hat sie verscheucht und ist nach Hause gekommen. Freiwillig. Gute Nacht, Baby.«

Sie kehrte auf den Weg zurück. »Neulich habe ich geträumt, dass ich gejagt werde. Ich bin gerannt und gerannt, aber er kam immer näher. Und als ich wusste, dass ich keine Chance mehr habe, dass ich mich umdrehen und kämpfen muss, sprang ein Puma aus dem Gras und ging mir an die Kehle.«

Als er den Arm um ihre Schulter legte, schmiegte sie sich an ihn. »Ich habe noch nie geträumt, dass mich eine Katze angreift. Noch nie. Nicht mal, nachdem ich gebissen wurde oder mich aus einer heiklen Situation rettete. So weit ist es schon gekommen. Ich kann nicht ständig in Angst leben. Ich kann mich hier nicht einsperren.«

»Es gibt eine andere Möglichkeit rauszukommen.«

»Wie denn? In die Stadt gehen und shoppen?«

»Das ist auch eine Form von Tapetenwechsel.«

»Jetzt klingst du schon genau wie meine Mutter: ›Ablenkung würde dir guttun.‹ Ansonsten muss ich mir anhören, dass Tansy ihre beste Freundin und Brautjungfer dabeihaben will, wenn sie ihr Hochzeitskleid aussucht.«

»Du wirst also mitgehen.«

»Natürlich gehe ich mit.«

Aber sie seufzte. »Tansys Mutter kam heute hergeflogen, und morgen ziehen wir durch die Geschäfte. Ich habe ein richtig schlechtes Gewissen, dass ich mich so wenig darauf freue.«

»Du könntest neue sexy Unterwäsche kaufen.«

Sie sah ihn strafend an. »Du denkst auch immer nur an das eine.«

»Wenn du dich nicht von deinem Weg abbringen lässt, wirst du irgendwann durchs Ziel laufen.«

»Ich brauche die Berge, Coop. Wie lange darf er sie mir wegnehmen?«

Diesmal beugte er sich vor und drückte ihr einen Kuss auf die Stirn. »Wir werden mit den Pferden nach Custer fahren. Und einen ganzen Tag in den Bergen ausreiten.«

Sie wollte schon sagen, dass das nicht ihre Berge waren, aber das wäre engstirnig gewesen.

Lil betrachtete ihre beiden klaren schwarzen Silhouetten unter dem Nachthimmel. Bald, dachte sie. Es musste bald passieren.

Lil versuchte sich erneut weiszumachen, dass sie gern einkaufen ging. Aufgrund ihrer abgeschiedenen Wohnlage kaufte sie überwiegend online ein. Wenn sich also die Gelegenheit ergab, einmal so richtig in die Farben, Formen, Materialien und Gerüche der dreidimensionalen Warenwelt einzutauchen, tat sie das voller Begeisterung.

Außerdem war sie gern mit Frauen zusammen, vor allem mit diesen Frauen. Sueanne Spurge besaß Charme und einen Sinn für Humor, sie verstand sich prächtig mit Jenna und Lucy.

Auch die Stadt gefiel ihr. Normalerweise. Sie genoss den Tempowechsel, den Anblick der Geschäfte und Menschenmassen. Schon als sie noch klein war, war ein Ausflug nach Rapid City immer etwas ganz Besonderes gewesen – ein wunderbarer Tag voller Abwechslung.

Aber jetzt störte sie der Lärm, und die Leute waren ihr nur im Weg. Am liebsten wäre sie sofort ins Reservat zurückgekehrt, obwohl es sich noch am Vorabend wie ein Gefängnis angefühlt hatte.

Sie saß in dem hübschen Ankleideraum eines Brautmodengeschäfts, nippte an dem mit einer dünnen Zitronenscheibe garnierten Mineralwasser und überlegte, welchen Weg sie einschlagen würde, wenn sie Jagd auf Ethan machen dürfte.

Sie würde in der Ebene beginnen, dort, wo er die Kamera ausgeschaltet hatte. Der Suchtrupp hatte dieses Gebiet bereits durchkämmt, aber das spielte keine Rolle. Vielleicht hatte er etwas übersehen. Dort hatte Ethan mindestens zwei Morde begangen, an einem Menschen und an ihrem Puma. Die Ebene war Teil seines Jagdreviers.

Dann würde sie das Gebiet bis zum Crow-Peak-Pfad absuchen, wo er James Tyler abgefangen haben musste. Danach würde sie bis zum Fluss gehen, wo man die Leiche gefunden hatte. Und anschließend …

»Lil!«

Lil zuckte so sehr zusammen, dass sie das Wasser fast in ihren Schoß geschüttet hätte. »Was ist?«

»Das Kleid.« Tansy breitete die Arme aus, um die schulterfreie Kreation aus elfenbeinfarbener Seide und Spitze vorzuführen.

»Du siehst fantastisch aus.«

»Alle Bräute sehen fantastisch aus.« Tansy klang leicht ungeduldig. »Ich will deine Meinung hören.«

»Ähm …«

»Ich bin einfach nur begeistert, Tansy«, schaltete sich Jenna ein. »Dieses warme Weiß.«

»Und der Schnitt.« Lucy strich über Tansys Rücken. »Wie romantisch.«

»Es ist ein atemberaubendes Kleid«, brachte Lil schließlich hervor.

»Aber die Hochzeit findet im Freien statt. Findet sonst niemand, dass es zwar atemberaubend aussieht, aber doch etwas übertrieben für eine einfache Hochzeit auf dem Land ist?«

»Du bist immer noch die Hauptsache«, beharrte Sueanne.

»Mama, ich weiß, dass du dir eine Prinzessin wünschst, und ich liebe dich dafür. Ich liebe auch das Kleid. Aber für meine Hochzeit habe ich mir etwas anderes vorgestellt.«

»Na dann.« Sueanne war aufrichtig enttäuscht und zwang sich zu einem verhaltenen Lächeln. »Es ist schließlich *dein* Kleid.«

»Warum sehen wir uns nicht weiter um?«, schlug Lucy vor. »Lil kann ihr helfen, dieses aus- und die anderen Kleider, die wir ausgesucht haben, anzuziehen. Vielleicht haben wir das ideale Brautkleid bisher übersehen.«

»Das ist eine gute Idee. Los, Sueanne.« Jenna packte die Brautmutter am Arm und zog sie aus der Kabine.

»Ich liebe es, wirklich.« Tansy drehte sich vor dem dreiteiligen Spiegel. »Wie sollte es auch anders sein? Wenn unsere Zeremonie formeller wäre, würde ich es sofort nehmen, aber so ... Lil!«

»Hm, Mist. Tut mir leid. Es tut mir so leid!« Sie stellte das Wasserglas ab und stand auf, um das Kleid hinten aufzuhaken. »Ich bin eine furchtbare Freundin. Ich bin die schlimmste Brautjungfer überhaupt. Ich habe es verdient, weinroten Organdy zu tragen, mit massenhaft Rüschen und Puffärmeln. Bitte zwing mich nicht, weinroten Organdy zu tragen.«

»Ich werd's mir überlegen«, sagte Tansy düster, »also

pass auf, was du tust. Ich weiß, dass du heute keine Lust hattest mitzukommen.«

»Darum geht es nicht. Ich kann mich einfach nicht darauf konzentrieren. Aber das wird jetzt anders. Ich strenge mich an, versprochen!«

»Dann hilf mir, in das Kleid zu kommen, das ich hinter dem mit den riesigen Rockbahnen versteckt habe. Ich weiß, dass Mama mich in einem üppigen weißen Kleid sehen will, am liebsten noch mit einer meterlangen Schleppe und Millionen von Pailletten. Aber ich habe dieses hier entdeckt, und es hat mir auf Anhieb gefallen. Ich glaube, das ist es.«

Das Kleid war honigfarben. Sein herzförmiger Ausschnitt war mit winzigen Perlen besetzt. In der Taille wurde es schmaler, um dann wieder breiter auszulaufen. Am Rücken war es geschnürt, und zwar bis zu einer aufwendigen Schleife auf Taillenhöhe.

»O Tansy, du siehst zum Anbeißen aus. Wenn es Farley nicht gäbe, würde ich dich vom Fleck weg heiraten.«

»Es lässt meine Haut leuchten.« Tansy drehte sich vor dem Spiegel und strahlte über das ganze Gesicht. »Genau nach so etwas habe ich gesucht. Ich möchte nach außen genauso strahlen wie von innen.«

»Und das tust du auch. Es ist umwerfend, und es passt perfekt zu dir.«

»Das ist mein Hochzeitskleid. Du musst mir helfen, meine Mutter zu überzeugen. Ich möchte sie nicht enttäuschen, aber das ist mein Kleid.«

»Ich finde …«

Lil verstummte, als Sueanne wieder hereinkam und

die Parade anführte. Sueanne starrte Tansy an und schlug die Hände vor den Mund. Aus ihren Augen liefen Tränen. »O Schätzchen. O mein kleiner Schatz!«

»Ich glaube, sie muss gar nicht groß überzeugt werden«, meinte Lil.

Wenn sie sich darauf einließ, lenkte sie das Shoppen tatsächlich ab. Und was gab es Schöneres als einen reinen Frauenausflug? Schöne Kleider, schöne Schuhe, schöne Handtaschen, die man alle kaufen durfte, ohne ein schlechtes Gewissen zu haben. Tansy heiratete schließlich!

Die Pause, die sie einlegten, bestand aus einem schicken Essen, bei dem Sueanne es sich nicht nehmen ließ, Champagner zu bestellen. Die Stimmung war genauso überschäumend wie der Wein. Anschließend fuhren sie mit ihrer Mission fort und sahen sich in Blumenläden und Bäckereien um, um sich inspirieren zu lassen.

Triumphierend quetschten sie sich mit ihren tausend Einkaufstüten wieder in Jennas Geländewagen. Als sie Tansy und deren Mutter in Deadwood absetzten, war die Straßenbeleuchtung bereits angegangen.

»Ich wette, wir sind dreißig Kilometer gelaufen.« Leise stöhnend streckte Lucy die Beine aus. »Ich werde den Tag mit einem langen heißen Bad krönen.«

»Und ich bin schier am Verhungern. Shoppen macht hungrig. Außerdem tun mir die Füße weh«, gestand Jenna. »Was ich wohl in der Badewanne essen kann?«

»Das liegt daran, dass du den Laden mit neuen Schuhen verlassen hast.«

»Ich konnte einfach nicht widerstehen.« Jenna spreizte die schmerzenden Zehen. »Ich kann kaum glauben, dass ich drei Paar Schuhe auf einmal gekauft habe. Du hast einen schlechten Einfluss auf mich.«

»Sie waren heruntergesetzt.«

»Ein Paar war heruntergesetzt.«

»Und bei dem hast du so viel Geld gespart, dass das andere Paar umsonst war.«

»Das klingt vernünftig.«

Auf dem Rücksitz hörte Lil, wie sich die alten Freundinnen aneinander freuten, und lächelte.

Sie hatte sich schon lange keine Zeit mehr für solche Momente gegönnt, gestand sie sich ein. Zeit, einfach nur dazusitzen, ihrer Mutter zuzuhören, mit ihr und Lucy zusammen zu sein. Sie hatte zugelassen, dass ihr der Mistkerl auch das noch nahm – diese kurzen, einmaligen Momente.

Das musste ein Ende haben.

»Lasst uns einen Wellnesstag einlegen.«

Jenna warf einen Blick in den Rückspiegel. »Einen was?«

»Einen Wellnesstag. Seit ich nach Südamerika aufgebrochen bin, habe ich mir weder eine Gesichtsbehandlung noch eine Maniküre gegönnt. Wäre es nicht schön, wenn wir uns alle einen Tag freinehmen und uns im Day Spa richtig verwöhnen lassen?«

»Lucy, die Lil da hinten erkenne ich ja kaum wieder.«

Lil beugte sich vor und klopfte ihrer Mutter auf die Schulter. »Ich werde Mary anrufen, sie soll einen Termin für uns vereinbaren, sobald ich in meinem und Tansys Kalender nachgeschaut habe. Also sag bitte Bescheid, wann du nächste Woche nicht kannst, denn sonst hast du Pech gehabt.«

»Irgendwie lässt sich das bestimmt einrichten. Und was ist mit dir, Lucy?«

»Ich muss vielleicht ein paar Termine verschieben, aber das müsste machbar sein. Ach, wäre das toll!« Sie drehte sich auf ihrem Sitz zu Lil um.

»Und wie!« Außerdem war es längst überfällig.

Als sie bei Lucy angekommen waren, stieg Lil aus, um sich die Beine zu vertreten und auf den Beifahrersitz umzusteigen. »Komm. Ich helf dir, die Tüten reinzutragen.«

»Das sind meine Einkäufe, also kann ich sie auch selbst reintragen«, protestierte Lucy.

Vor dem Kofferraum gingen sie die Tüten durch.

»Das ist meine«, sagte Lucy, »und die gehört deiner Mutter. Und die da gehört auch mir. Diese da. Ach du meine Güte, ich habe es wohl ein bisschen übertrieben.«

Lachend küsste Lucy Jenna auf die Wange. »Ich kann mich nicht erinnern, wann ich das letzte Mal so viel Spaß hatte. Gute Nacht, Liebes«, sagte sie und küsste Lil. »Jetzt muss ich mir von Sam anhören, wozu ich ein weiteres Paar Schuhe brauche, wo ich doch nur zwei Füße habe. Und dann werde ich meine müden alten Knochen in die Wanne legen.«

»Wir telefonieren«, rief ihr Jenna hinterher und wartete, bis Lucy im Haus war, bevor sie den Feldweg hinunterfuhr.

»Und was ist mit dir? Willst du in die Wanne oder etwas essen?«

»Ich möchte nur meine Schuhe ausziehen, die Füße hochlegen und ein dickes Sandwich essen.«

»Du hattest einen schönen Tag, und du wirst eine wunderbare Brautjungfer sein.«

»Das Kleid ist toll.« Seufzend legte Lil den Kopf zurück. »Ich habe schon seit Jahren keine solche Einkaufstour mehr gemacht. Buchstäblich seit Jahren.«

»Ich weiß, dass es dir nicht leichtgefallen ist, dir einfach einen Tag freizunehmen. Und jetzt planst du auch noch einen Wellnesstag. Du bist eine tolle Freundin.«

»Sie würde für mich genau dasselbe tun. Außerdem habe ich jetzt ein tolles Kleid, fantastische Schuhe und anderen Kram, den ich eigentlich gar nicht brauche.«

»Das ist ja das Tolle – dass man die Sachen eigentlich gar nicht braucht.«

»Stimmt auch wieder.« Lil spielte mit den neuen Ohrringen, die sie gekauft hatte und die sie, wie ihre Mutter die Schuhe, sofort angelassen hatte. »Warum das wohl so ist?«

»Zu kaufen, was man braucht, ist das Ergebnis harter Arbeit. Zu kaufen, was man nicht braucht, ist eine Belohnung für harte Arbeit. Und du arbeitest hart, Schätzchen. Ich bin froh, dass du dir die Zeit genommen hast. Es war schön zu sehen, wie glücklich und aufgeregt Sueanne ist. Sie ist völlig begeistert von Farley.«

»Und das macht dich stolz.«

»Und ob. Es tut so gut, wenn andere einem sagen, was für ein wunderbarer Mensch das eigene Kind ist. Ich finde es herrlich zu wissen, dass er so herzlich von seiner Schwiegerfamilie aufgenommen wird. Und du wirst auch froh sein, dass Tansy in deiner Nähe bleibt.«

»Wetten, Dad und Farley haben die Schachpartie ausfallen lassen und den ganzen Tag Pläne für das Haus geschmiedet?«

»Bestimmt. Wahrscheinlich werden sie enttäuscht sein, dass ich schon wieder da bin.«

Als sie zum Tor kamen, hielt Jenna, damit Lil ihre Magnetkarte durchziehen und den Code eingeben konnte.

»Ich kann dir gar nicht sagen, wie erleichtert ich bin, dass du diese Alarmanlage hast. Und auch, dass du in kein leeres Haus kommst.«

»Es ist schon komisch, dass Coop bei mir wohnt. Ich freue mich, dass er da ist, aber gleichzeitig versuche ich, mich nicht allzu sehr daran zu gewöhnen.«

»Du bist ein gebranntes Kind.«

»Ja, das stimmt. Einerseits habe ich das Gefühl, ihn für etwas zu bestrafen, das er getan oder gesagt hat, als ich zwanzig war. Dabei möchte ich das gar nicht. Andererseits frage ich mich, ob wir nur wegen der jetzigen Umstände zusammen sind. Weil ich Schwierigkeiten habe und Hilfe brauche.«

»Zweifelst du an seiner Liebe?«

»Nein, das nicht.«

»Aber?«

»Aber wenn ich mich nicht innerlich wappne und er mich erneut verlässt, weiß ich nicht, ob ich das noch mal überlebe.«

»Ich kann dir auch nicht sagen, was du tun sollst. Na ja, ich könnte es schon, aber das werde ich nicht. Ich sage nur, dass es im Leben keine Garantien gibt. Wenn es um einen anderen Menschen und um die Liebe geht, muss ein Versprechen reichen. Wenn dir das reicht, kannst du loslassen.«

»Es fällt mir schwer, auch nur einen klaren Gedanken zu fassen, geschweige denn Klarheit über meine Gefühle zu gewinnen, während dieses Damoklesschwert über mir hängt. Ich möchte keine Entscheidung fällen, keinen so wichtigen Schritt machen, wenn um mich herum solches Chaos herrscht.«

»Das ist sehr vernünftig.«

Sie zog die Augen zu schmalen Schlitzen zusammen und sah ihre Mutter an, die gerade vor der Hütte hielt. »Aber falsch?«

»Das habe ich nicht gesagt.«

»Doch, hast du schon. Wenn auch nicht laut.«

»Lil, du bist meine Tochter. Mein Ein und Alles.« Sie streckte den Arm aus und ließ eine von Lils Haarsträhnen durch ihre Finger gleiten. »Ich möchte, dass du dich geborgen fühlst und glücklich bist. Vorher gebe ich mich nicht zufrieden. Ich liebe Cooper, also wäre ich begeistert, wenn er dir Geborgenheit und Glück schenken könnte. Aber egal, wie du dich entscheidest – Hauptsache, du fühlst dich geborgen und bist glücklich. Im Moment freue ich mich schon, dass sein Truck hier parkt und Licht in deiner Hütte brennt. Außerdem ... sehe ich es gern, wenn er auf die Veranda tritt, um dich zu begrüßen.«

Jenna sprang aus dem Wagen. »Hallo, Coop.«

»Meine Damen.« Er kam die Stufen hinunter. »Na, wie war's?«

»Das wirst du schon sehen, sobald du einen Blick in den Kofferraum wirfst und die vielen Einkaufstüten siehst. Wir wollten schon einen Laster für das ganze Zeug mieten, aber dann haben wir es doch geschafft, uns damit reinzuquetschen. Wenn auch nur knapp.«

Sie öffnete den Kofferraum und begann, ihm Lils Tüten zu reichen.

Sie drehte sich um, umarmte Lil. »Wir gehen viel zu selten einkaufen.«

»Dafür müsste ich mir erst eine Gehaltserhöhung genehmigen.«

»Ruf mich morgen an.«

»Wird gemacht.«

»Pass auf meine Tochter auf, Coop.«

»Das ist meine oberste Priorität.«

Lil winkte ihr nach und sah, wie die Heckleuchten verschwanden. »Alles in Ordnung hier?«

»Alles bestens.«

»Ich sollte nachsehen, ob jemand eine Nachricht hinterlassen hat.«

»Matt und Lucius waren noch da, als ich nach Hause kam. Ich soll dir ausrichten, dass sie auch ohne dich zurechtgekommen sind, auch wenn du das nicht so gerne hörst.«

»Natürlich höre ich das gerne.«

»Warum runzelst du dann die Stirn? Ich trag schon mal das ganze Zeug rein.«

»Ich bin es nur nicht gewohnt, den ganzen Tag weg zu sein.« Jetzt, wo sie wieder da war, fragte sie sich, was sie nur dazu gebracht hatte, einen weiteren freien Tag vorzuschlagen.

»Du warst ein halbes Jahr in Peru.«

»Das ist etwas anderes. Das klingt vielleicht nicht

logisch, ist aber etwas völlig anderes. Ich sollte einen Rundgang um die Gehege machen.«

»Ist bereits erledigt.« Er ließ die Tüten vor den Verandastufen fallen. »Baby musste sich mit mir begnügen.«

»Oh, auch gut. Ich nehme an, zu Ethan gibt es keine Neuigkeiten?«

»Das hätte ich dir längst gesagt.« Er beugte sich vor und küsste sie. »Entspann dich. Finden es Frauen nicht entspannend, ganze Läden leer zu kaufen?«

»Das ist frauenfeindlich, aber leider wahr. Ich bin am Verhungern.«

»Ich habe sämtliche Reste gegessen.«

»Ich will ein Sandwich. Ein großes dickes Sandwich.«

»Dann ist es ja gut, dass ich noch eingekauft habe«, sagte er, während sie in die Küche gingen. »Weil du bis auf Erdnussbutter weder Brotbelag noch Brot im Haus hattest.«

»Oh, danke schön.« Sie öffnete den Kühlschrank und starrte mit aufgerissenen Augen hinein. »Wow. Das ist aber viel zu essen!«

»Nicht, wenn hier zwei Leute mehrere Mahlzeiten pro Tag einnehmen.«

Achselzuckend zog sie Wurstpakete aus dem Feinkostladen heraus. »Wir waren schick essen, was bedeutet, dass man letztlich Salat bestellt. Schicken Salat. Ich hätte fast ein Reuben-Sandwich genommen, aber fand das dann doch unangebracht. Zumal wir Champagner getrunken haben. Das passt einfach nicht zusammen.«

Er setzte sich auf die Bank und musterte sie. »Du hast dich amüsiert, das sieht man.«

»Ja. Ich brauchte eine Weile, um mich darauf einzulassen, um in Stimmung zu kommen. Aber zum Glück hat es geklappt, und ich muss auf Tansys Hochzeit keine Organdy-Rüschen tragen.«

Er legte den Kopf schief. »Was ist denn das, Organdy?«

»Der Albtraum jeder Brautjungfer. Tansy hat sich ein hinreißendes Kleid gekauft. Wirklich umwerfend, und meines passt perfekt dazu. Dann mussten wir noch Schuhe finden. Wenn man Lucy und meine Mutter in einem Schuhgeschäft beobachtet, kann man noch was lernen. Ich bin der reinste Amateur dagegen. Und dann waren da noch die Handtaschen.«

Sie plauderte über Taschen, über die Blumengeschäfte und erlebte jeden Moment aufs Neue, während sie davon erzählte und sich ein Glas Milch eingoss.

»Wir haben die Geschäfte abgegrast wie eine Herde hungriger Hirsche. Ich glaube, meine Kreditkarte hat aufgestöhnt, als der Tag vorbei war.« Sie brachte das Sandwich mit an den Tisch und ließ sich fallen. »Meine Güte, tun mir die Füße weh! So eine Einkaufstour ist harte Arbeit, weißt du. Genauso anstrengend wie Stallausmisten.«

»Hm-hm.« Er nahm ihre Füße auf seinen Schoß und begann, sie zu massieren.

Lil verdrehte genüsslich die Augen. »Oh, das ist ja wie im Paradies: ein riesiges Sandwich, ein Glas Milch und eine Fußmassage.«

»Du bist nicht sehr anspruchsvoll, Lil.«

Sie lächelte und nahm noch einen Bissen. »Welches meiner Einkaufserlebnisse hast du dir gemerkt?«

»Beim Schuhladen bin ich ausgestiegen.«

»Das habe ich mir schon gedacht. Nur gut, dass du Fußmassagen machen kannst.«

Später, als sie ihr neues Kleid in den Schrank gehängt hatte, dachte sie an einen herrlichen Tag zurück. An einen Tag ganz ohne Stress, voll herrlicher Momente und Albereien.

Und ihre Mutter hatte recht gehabt, erkannte sie, als Coop nach den Baseballergebnissen suchte. Es war schön, jemanden zu haben, der auf die Veranda tritt, um einen willkommen zu heißen.

28

Lil spürte, wie er sie berührte, sie ganz sanft berührte, über ihre Schulter oder ihren Arm fuhr. So als ob er sich vergewissern wollte, dass sie da war, bevor er noch vor dem Morgengrauen aufstand.

Sie lag mittlerweile wach im warmen Bett, in der Wärme, die er hinterlassen hatte, und lauschte auf das Rauschen der Dusche, auf das Wasser, das gegen Fliesen und Wanne prasselte.

Sie überlegte, ebenfalls aufzustehen, Kaffee aufzusetzen und den Tag zu beginnen. Aber es hatte so etwas Tröstliches, einfach liegen zu bleiben und dem Wasser zuzuhören.

Irgendwann klapperten die Leitungen, und sie grinste, als sie seinen unterdrückten Fluch durch die Badezimmertür vernahm. Er duschte gern lange – so lange, dass der kleine Heißwasserboiler protestierte.

Als Nächstes würde er sich rasieren – oder auch nicht, je nachdem, ob er dazu in der Stimmung war. Er würde sich die Zähne putzen, während er nichts weiter trug als ein um die Hüften geschlungenes Handtuch und sein Haar noch tropfnass war. Er würde es schnell und ungeduldig mit dem Handtuch trocken rubbeln und vielleicht noch ein paarmal mit den Fingern hindurchfahren.

Er war nicht eitel, sondern dachte bestimmt schon über seinen Tagesablauf nach, darüber, welche seiner Pflichten er heute zuerst erledigen musste.

Er hatte sich viel vorgenommen: Die Farm, die Touristen, und dann musste er seine Großeltern jeden Tag aufs Neue mit einbinden, ohne sie zu überfordern.

Von ihr ganz zu schweigen. Er versuchte nicht nur, sie zurückzugewinnen, sondern half ihr auch, auf die äußerst reale Bedrohung, die sich gegen sie und ihre Eltern richtete, zu reagieren. Das brachte noch mehr Arbeit und Sorgen mit sich.

Darüber hinaus schenkte er ihr Blumen.

Leise schlich er zurück ins Schlafzimmer. Das war so seine Art, geschah aber auch aus Rücksichtnahme. Er bemühte sich, sie nicht zu wecken, während er sich im Halbdunkel anzog.

Sie nahm den Duft nach Wasser und Seife an ihm wahr, was sie ebenfalls tröstete. Sie hörte, wie er eine Schublade aufzog und leise wieder schloss.

Wenn sie später hinunterginge, würde sie den Kaffeeduft einatmen, den Duft nach Geselligkeit. Jemand mochte sie so gern, dass er für sie sorgte. Wahrscheinlich würde er sogar Feuer im Kamin machen, um die Kälte zu vertreiben, obwohl er gleich gehen würde.

Wann immer sie ihn brauchte – sie konnte ihn jederzeit anrufen. Er würde einen Weg finden, ihr zu helfen.

Er kam zum Bett, beugte sich zu ihr herab und drückte ihr einen Kuss auf die Wange. Sie wollte etwas sagen, aber die Worte hätten den Moment ruiniert, sie von dem abgelenkt, was in ihr geschah. Sie schwieg, bis er den Raum verlassen hatte.

Sie wusste, dass er auf sie wartete. Aber worauf wartete sie?

Auf ein Versprechen, eine Garantie, auf Sicherheit? Er hatte ihr das Herz gebrochen, danach hatte sie sich unaussprechlich einsam gefühlt. Dabei war es unerheblich, dass es mit den besten Absichten geschehen war – der Schmerz war real. Und zwar nach wie vor. Sie fürchtete sich beinahe genauso vor ihm wie vor Ethan.

Coop war tatsächlich der einzige Mann, der je die Macht gehabt hatte, ihr das Herz zu brechen und ihr Angst zu machen. Wollte sie ohne dieses Risiko leben? Denn das ließe sich niemals ausschalten, nicht bei Coop. Andererseits würde sie sich bei keinem anderen Mann jemals so geborgen und glücklich fühlen.

Als die Morgensonne durchs Fenster schien, hörte sie ihn gehen. Sie hörte, wie die Tür zufiel und wie er den Motor seines Trucks anließ.

Sie stand auf, ging zur Kommode, um die untere Schublade aufzuziehen. Sie suchte unter den Sweatshirts nach dem Puma, den er ihr geschnitzt hatte, als sie noch Kinder waren.

Während sie im Schneidersitz auf dem Boden saß, strich sie mit den Fingern über die Konturen, so wie sie es in all den Jahren unzählige Male getan hatte. Sie hatte ihn weggeräumt, das schon. Aber sie nahm ihn auf jede Reise mit und bewahrte ihn zu Hause in dieser

Schublade auf. Er war ihr Glücksbringer. Ein Teil von ihm, etwas, das man anfassen konnte und das sie nie hatte wegwerfen können.

In Gestalt dieser grob geschnitzten Figur hatte Coop sie nach Peru, Alaska, Afrika, Florida und Indien begleitet. Er war ihr Gefährte bei jeder Feldforschung gewesen.

Zwanzig Jahre, dachte sie. Fast zwanzig Jahre war es jetzt her, dass er ein Stück Holz genommen und diese Figur herausgeschnitzt hatte. Eine Figur, von der er schon damals wusste, dass sie sie liebte.

Wie konnte sie nur ohne das leben? Und warum sollte sie?

Sie stand auf, stellte den Puma auf die Kommode und zog eine andere Schublade auf.

Sie dachte an Jean-Paul. Hoffentlich ging es ihm gut und er war glücklich. Sie wünschte ihm die Liebe, die er verdiente. Dann räumte sie die Schublade aus.

Sie trug die Wäsche nach unten. Feuer brannte im Herd, und Kaffeeduft füllte die Luft. In der Küche steckte sie die Dessous in eine Tasche und trug sie mit einem Lächeln in die Waschküche.

Dort konnten sie warten, bis er wieder nach Hause kam, dachte sie, denn hier war jetzt sein Zuhause. Ihr gemeinsames Zuhause. Wenn man Glück hatte, war Zuhause der Ort, an dem der Liebste wohnt. An dem er Feuer im Kamin macht und auf einen wartet.

Der Ort, an dem man alles aufbewahrt, was einem wichtig ist. Einen Baseballschläger, eine Pumafigur.

Sie goss sich Kaffee in einen Becher und trug ihn nach oben, um sich anzuziehen. Heute war ein guter Tag, dachte sie, denn sie hatte sich sowohl den Freuden als auch den Leiden der Liebe geöffnet.

Als er die Ställe ausmistete, geriet Coop das erste Mal an diesem Tag ins Schwitzen. Für heute waren drei Gruppen angemeldet, die Pferde mieten wollten. Zwei davon benötigten einen Führer, also musste er ein paar Pferde mehr satteln und alles vorbereiten. Er musste Termine mit dem Tierarzt und dem Hufschmied vereinbaren, bei den Stallungen und auf der Farm. Er musste ins Büro und die Website auf weitere Buchungen überprüfen.

Außerdem wollte er sich eine gute Stunde frei halten, um seine Unterlagen und Karten noch einmal ungestört nach neuen Hinweisen auf Ethan Howe durchzusehen. Denn die gab es, und ihn gab es auch noch, da war er sich sicher. Doch aus irgendeinem Grund übersah er die Spuren. Eine Handvoll Männer konnte unmöglich Hunderte von Hektar mit Bergen, Wäldern, Höhlen und Tälern durchsuchen. Und wenn es keine Spur gab, konnten auch die Hunde keine Spur aufnehmen.

Er brauchte einen Köder, etwas, das Ethan hervorlockte, und zwar so weit, dass die Falle zuschnappte. Aber der einzige Köder, der attraktiv genug war, war Lil, also musste er sich etwas anderes einfallen lassen.

Nach einer anderen Methode suchen.

Er schaufelte eine weitere Ladung schmutziges Heu in den Schubkarren und stützte sich gerade auf die Mistgabel, als sein Großvater hereinkam. Er humpelte kaum noch, bemerkte Coop, obwohl es schlimmer wurde, wenn Sam länger auf den Beinen war.

Seine Methode, ihn davon abzuhalten, bestand darin, ihn zu regelmäßigen Pausen zu zwingen, ohne dass er sie als solche wahrnahm.

»Auf dich habe ich gewartet.« Coop stellte sich zwischen Sam und den Schubkarren, damit sein Großvater nicht auf die Idee kam, das Heu zum Misthaufen zu fahren. »Könntest du mir einen Gefallen tun? Wir müssen einen Termin mit dem Tierarzt und dem Hufschmied vereinbaren. Wenn du das erledigen könntest, wäre mir sehr geholfen.«

»Klar. Ich habe dir doch versprochen, beim Ausmisten zu helfen.«

»Stimmt, das hab ich ganz vergessen. Aber ich bin so gut wie fertig.«

»Mein lieber Junge, du hast gar nichts vergessen. Und jetzt gib mir diese Mistgabel.«

»Ja, Sir.«

»Falls du gerade überlegst, wie du mich sonst noch in den Schaukelstuhl zwingen kannst – vergiss es.« Mit der Leichtigkeit jahrelanger Erfahrung machte sich Sam in der letzten Box an die Arbeit.

»Ich war gestern beim Arzt. Er sagt, dass ich völlig fit bin. Das Bein ist geheilt.« Wie zum Beweis schlug sich Sam auf den Oberschenkel. »In meinem Alter muss ich es etwas hätscheln, aber ich kann laufen, stehen, auf einem Pferd und einem Traktor sitzen. Also werde ich auch ein paar Touren führen. Ich will nicht, dass du dich aufarbeitest – das haben deine Großmutter und ich nie gewollt.«

»Davon bin ich weit entfernt.«

So wie Coop vorher stützte sich Sam auf die Mistgabel. »Ich habe auch darüber nachgedacht, einen Landarbeiter einzustellen. Ich scheue Veränderungen, aber die Dinge ändern sich, ob man will oder nicht. Und es ist nun mal so, dass die Pferdevermietung gut läuft. Besser als erhofft. Deshalb müssen wir mehr Leute einstellen, auch auf der Farm, damit du tun kannst, wofür du hergekommen bist. Und wenn das bedeutet, dass wir anbauen oder etwas ändern müssen, ist das eben so.«

»Ein bisschen Unterstützung kann ich gut gebrauchen. Aber ich tue bereits, wofür ich hergekommen bin, und zwar unabhängig davon, ob wir hier anbauen oder Veränderungen vornehmen.«

»Du bist gekommen, um deinem verkrüppelten Großvater zu helfen.« Sam vollführte einen Hüpfer und trat in die Luft, was Coop zum Lachen brachte. »Sehe ich vielleicht aus wie ein Krüppel?«

»Nein, aber ein Fred Astaire bist du auch nicht.«

Sam drohte ihm mit der Mistgabel. »Du bist zu deinen Wurzeln zurückgekehrt, die du als Junge kennengelernt hast. Um das Geschäft mit den Pferden fortzuführen und bei der Farmarbeit zu helfen.«

»Wie bereits gesagt, ich tue, wofür ich gekommen bin.«

»Nicht ganz.« Diesmal drohte ihm Sam mit dem Zeigefinger. »Hast du dieses Mädchen geheiratet? Hast du vielleicht nur vergessen, mich zu deiner Hochzeit einzuladen?«

»Ich bin nicht hergekommen, um Lil zu heiraten. Ich dachte, sie würde einen anderen heiraten.«

»In diesem Fall hättest du dir schon zehn Minuten

nach dem ersten Wiedersehen überlegt, wie du sie dem Franzosen ausspannen kannst.«

»Vielleicht.«

Sam nickte zufrieden. »Und das hättest du auch geschafft. Wie dem auch sei – wir stellen neues Personal ein und bauen an. Deine Grandma und ich haben eine Entscheidung getroffen.«

»Prima. Ich werde zusehen, dass alles funktioniert, Grandpa.«

»Hauptsache, es funktioniert für dich. Dann wirst du Zeit haben, das zu tun, wofür du wirklich hergekommen bist. Ich mach den Stall fertig. Geh du ins Haus und überrede deine Großmutter, dir ein Frühstück zu machen. Sie will heute mit dem Frühjahrsputz beginnen, also rette sich, wer kann!«

»Vorher werde ich noch diese Fuhre los.«

»Glaubst du etwa, ich schaff das nicht?«

»Grandpa, ich glaube sehr wohl, dass du in der Lage bist, deinen Mist und den aller anderen zu beseitigen. Aber der Misthaufen liegt nun mal direkt auf meinem Weg.«

Während Coop den Schubkarren hinausschob, brach Sam in schallendes Gelächter aus.

In der Küche der Chances wurde gerade gefrühstückt. Farley stürzte sich überglücklich auf die Flapjacks. Außerdem gab es noch Würstchen und Kartoffelpuffer. Ein ziemlich fürstliches Frühstück für einen ganz normalen Wochentag.

»Unsere Mägen werden gefüllt, weil Jenna gestern mein Konto geleert hat.«

Jenna versetzte Joes Schulter einen Stoß mit dem Ellbogen und goss ihm Kaffee nach. Das entlastete ihr Gewissen, nachdem sie die gemeinsame Kreditkarte dermaßen belastet hatte. »Du meinst *unser* Konto, mein Lieber.«

»Davon wird es auch nicht voller.«

Sie setzte sich lachend, um ihre Einkaufsliste durchzugehen, auf der sie Futtermittel und andere Besorgungen notiert hatte. »Heute ist Markttag, also werde ich auch noch die Spargroschen ausgeben, die du im Garten vergraben hast.«

»Früher dachte ich wirklich, dass es die gibt«, sagte Farley zwischen zwei Bissen.

»Wie kommst du darauf, dass es sie nicht gibt? Ich kann dir nur raten, deine Spargroschen tief zu vergraben, Farley. Ein verheirateter Mann braucht Reserven.«

Jennas Augen funkelten belustigt. »Ich weiß genau, wo hier was vergraben ist. Und auch, wo ich dich vergrabe, wenn du nicht aufpasst – und zwar so, dass du nie mehr gefunden wirst.«

»Nur eine Frau, die einen schon beim Frühstück mit dem Tod bedroht, ist eine gute Frau«, erklärte Joe Farley.

»So eine habe ich auch. Ich bin ein Glückspilz.«

»Dann esst ihr zwei Glückspilze mal brav eure Teller auf und seht zu, dass ihr hier wegkommt. Es wartet jede Menge Arbeit auf euch und Sam.«

»Wir werden fast den ganzen Tag unterwegs sein. Wir nehmen das Funkgerät mit, falls du etwas brauchst.«

»Ich habe selbst genug zu tun. Lucy macht euch Lunchpakete, damit ihr nicht verhungert und zurückkommen müsst, bevor ihr fertig seid. Ich werde später in die Stadt fahren und bei Lucy vorbeischauen. Sie hat mit dem Frühjahrsputz begonnen, also bringe ich ihr mit, was sie vom Markt benötigt.«

»Wir können die Hunde rufen, wenn du sie bei dir haben willst.«

»Ich fahre in ein paar Stunden sowieso weg. Mit euch bekommen sie wenigstens richtig Auslauf. Bist du zum Abendessen da, Farley?«

»Na ja, Tansys Mom reist heute ab, und da dachte ich …«

Sie lachte. »Ich weiß genau, was du denkst.« Sie beugte sich vor, um ihm einen Kuss zu geben. »Dann mal los, damit du bald wieder zurück bist. Und überarbeite dich nicht, damit dir später nicht die Kräfte fehlen.«

»Dafür hat man doch immer genug Kraft.«

Als sie ihre Liste in der stillen Küche fertigstellte, lächelte sie, denn in diesem Punkt musste sie Farley vollkommen zustimmen.

Lil half, die Gehege zu säubern und abzuspritzen, bevor sie zu den Büros ging. Heute stand Zahnhygiene auf dem Programm, sodass Matt und mehrere Praktikanten damit beschäftigt sein würden, die Tiere zu betäuben und ihnen den Zahnstein zu entfernen. Außerdem erwarteten sie am Vormittag eine Lieferung Hühnerfleisch. Andere Praktikanten würden beim Entladen und Einlagern helfen. Die Winde an der Tür zum Löwengehege hatte am Morgen merkwürdige Geräusche von sich gegeben, als sie sie betätigte, um Sheba am Betreten des Außengeheges zu hindern, während sie es reinigten und desinfizierten. Wartungsarbeiten standen also auch wieder an, dachte sie und betete darum, dass sie nicht ersetzt werden musste.

Vielleicht würde sie sich eines Tages ein Hydrauliksystem leisten können, aber noch war es nicht so weit.

»Du strahlst aber heute!«, bemerkte Mary.

»Ja?«

»O ja.« Mary sah sie über den Rand ihrer Brille hinweg an. »Gute Neuigkeiten?«

»Nein, noch immer nichts Neues, aber das ist wahrscheinlich gut so. Es soll heute über zwanzig Grad warm werden, die reinste Hitzewelle. Laut dem Wetterbericht bleibt es bis morgen so, anschließend fällt die Temperatur um zwanzig Grad. Wir brauchen noch mehr Futter für den Streichelzoo.«

»Das habe ich gestern bestellt.«

»Ich habe Neuigkeiten. Ich habe gerade die Website kontrolliert. Wegen Delilah haben wir fünftausend Dollar an Spendengeldern eingenommen. Die Leute sind ganz begeistert von ihr und Boris. Ich glaube, dafür ist ihre Romanze verantwortlich.«

»Ja, wenn das so ist, werden wir für jedes unserer Tiere eine Liebesaffäre organisieren.«

»Von den Webcam-Aufnahmen wurden ihre diese Woche am häufigsten aufgerufen und bekamen auch die meisten Kommentare. Vielleicht könnten wir die Biographien aller Tiere aktualisieren und sie ein wenig aufpeppen. Und einige Fotos ersetzen, eventuell sogar durch ein paar kurze Videos.«

Sie ging in ihr Büro, um an einem Artikel zu arbeiten, der ihr vielleicht das Geld für Delilahs Rettung wieder einbringen konnte. Sie würde ihn mit der Liebe zu Boris ein bisschen aufpeppen, beschloss sie. Gute Ernährung, anständige Pflege und eine artgerechte Unterbringung – all das war wichtig. Aber erst der Kontakt zu einem anderen Lebewesen sorgte für ein erfülltes Dasein.

Nachdenklich nickend setzte sie sich, um daran zu arbeiten. Es lag tatsächlich Liebe in der Luft.

Er war so weit, er war perfekt vorbereitet. Er hatte stundenlang dafür geschuftet, aber jetzt war alles genau so, wie er es brauchte. Nur der genaue Zeitpunkt stand noch nicht fest, und das war ein Risikofaktor. Aber dieses Risiko konnte er eingehen. Ja, das machte es erst recht aufregend und noch *bedeutender*.

Er war bereit, hier und jetzt zu töten und auch dieses Risiko auf sich zu nehmen. Doch während er in seinem Versteck auf der Lauer lag, senkte er die Armbrust. Vielleicht musste er gar nicht töten, um den Köder anzulocken. Es wäre besser, wenn er das sauber regelte. Das würde ihn weniger Zeit und Energie kosten.

Und die eigentliche Hetzjagd befriedigender machen.

Sieh sie dir an, dachte er, sieh nur, wie sie ihrem Alltag nachgehen, ihrem nutzlosen Alltag, ohne auch nur im Geringsten zu ahnen, dass er ihnen so nahe war. Dass er sie beobachtete.

Er konnte sie ganz leicht töten, so wie einen Büffel am Wasserloch, wenn nicht noch leichter.

Aber würde sie nicht heftiger kämpfen, schneller rennen, sich stärker wehren, wenn er ihnen ihr wertloses

Leben ließ? Wenn er ein allzu großes Blutvergießen anrichtete, verlor sie vielleicht den Mut.

Und das konnte er auf keinen Fall riskieren. Dafür hatte er zu lange gewartet, zu hart geschuftet.

Also sah er zu, wie sie die Zäune aufluden. Diese verdammten Farmer, die sich auf seinem Land ausbreiteten und ihre dämlichen Rinder einfingen! Tiere, die es nicht einmal wert waren, gejagt zu werden.

Los, macht schon, drängte er sie und biss die Zähne zusammen, als ihre Stimmen und ihr Gelächter bis zu ihm drangen. Geht. Und wenn ihr zurückkommt, wird nichts mehr so sein wie vorher. Ja, es war besser, sie am Leben zu lassen, sie leiden zu lassen, wenn sie begriffen, was er direkt vor ihrer Nase getan hatte.

Ihre Tränen würden süßer sein als ihr Blut.

Er lächelte, als die Hunde losrannten und voller Vorfreude davonsprangen. Er hatte vorgehabt, die Hunde zu töten, aber sie hätten ihm leidgetan. So wie die Dinge lagen, musste er sogar noch weniger Blut vergießen.

Sie ritten los, während ihnen die Hunde freudig folgten. Und auf der Farm im Tal zwischen den Bergen wurde es still. Trotzdem wartete er. Er wollte, dass sie sich ausreichend entfernt hatten, dass sie außer Sicht- und Hörweite waren, bevor er seine Deckung verließ.

Er hatte die Frauen in der Vergangenheit schon oft beobachtet, den Alltag auf der Farm – so wie jede Herde, die er verfolgte. Sie war kräftig, und er wusste, dass sie Waffen im Haus hatte. Wenn er sie packte, musste es schnell gehen.

Er schlich sich von hinter der Scheune an, schnell

und leise. In seiner Fantasie trug er Wildlederhosen und Mokassins. Und auf seiner Stirn prangte das Symbol der Sioux-Krieger.

Vögel sangen, und ein paar Rinder brüllten. Als er sich dem Haus näherte, hörte er Hühnergegacker und eine singende Frauenstimme.

Seine Mutter hatte nie gesungen. Sie hatte den Kopf eingezogen und den Mund gehalten. Sie hatte getan, was man ihr sagte, oder aber es hatte Schläge gesetzt. Am Ende war seinem Vater nichts anderes übrig geblieben, als sie zu töten. Wie er ihm erklärt hatte, hatte sie ihn bestohlen. Ihm ihre Trinkgelder vorenthalten. Geld gehortet. Gelogen.

Eine wertlose weiße Schlampe, hatte ihm sein Vater erklärt, als sie sie tief in der Erde verscharrt hatten. Ein Fehler. Frauen machten nichts als Ärger, und weiße Frauen waren die allerschlimmsten.

Das war eine wichtige Lektion gewesen.

Er lief zum Seitenfenster und rief sich den Grundriss der Küche vor Augen, die er mehrmals ausspioniert hatte. Er hörte Geschirrgeklapper. Sie spült ab, dachte er, und als er einen Blick riskierte, sah er zu seiner großen Zufriedenheit, dass sie ihm den Rücken zuwandte, während sie den Geschirrspüler einräumte. Auf der Arbeitsfläche stapelten sich Töpfe, und sie wiegte die Hüften beim Singen hin und her.

Wie es wohl wäre, sie zu vergewaltigen? Doch gleich darauf verwarf er die Idee wieder. Eine Vergewaltigung war unter seiner Würde. So wie sie unter seiner Würde war. Er würde sich nicht mit ihr beschmutzen.

Sie war ein Köder, mehr nicht.

Wasser lief in die Spüle, Töpfe klapperten. Lautlos schlich er zur Hintertür und versuchte, sie aufzudrücken.

Fast schon enttäuscht, schüttelte er den Kopf, weil sie nicht abgeschlossen war. Er hatte sich vorgestellt, sie einzutreten, sich dabei das Entsetzen in ihrem Gesicht vorgestellt. Stattdessen drückte er sie einfach auf und betrat das Haus.

Sie fuhr herum, eine Pfanne in der Hand. Als sie sie hob, um nach ihm zu schlagen oder sie nach ihm zu werfen, hob er einfach nur die Armbrust. »Das würde ich lieber bleiben lassen. Aber wenn du einen Pfeil im Bauch haben willst, bitte sehr.«

Sie war kreidebleich geworden, sodass ihre Augen besonders schwarz wirkten. In diesem Moment fiel ihm ein, dass auch etwas Indianerblut in ihr floss. Aber sie hatte es verblassen lassen, ihre Abstammung ignoriert. Langsam stellte sie die Pfanne ab.

»Hallo, Jenna«, sagte er.

Er sah, wie ihr Kehlkopf hüpfte, bevor sie etwas sagte, und genoss ihre Angst.

»Hallo, Ethan.«

»Raus hier!« Er nahm ihr Handy aus dem Aufladegerät auf der Küchentheke und steckte es in seine hintere Hosentasche. »Ich kann auch einen Pfeil in deinen Fuß jagen und dich rausschleifen«, sagte er, als sie sich nicht von der Stelle rührte. »Oder aber du kommst freiwillig mit. Das liegt ganz bei dir.«

Sie wich ihm so weit als möglich aus und ging zur Tür, hinaus auf die Veranda. Er schloss die Tür hinter ihnen.

»Weiter, marsch! Du wirst genau tun, was ich sage

und wann ich es sage. Wenn du versuchst zu fliehen, wirst du sehen, dass der Pfeil schneller ist als du.«

»Wohin gehen wir?«

»Auch das wirst du noch sehen.« Als sie ihm zu langsam ging, schubste er sie vorwärts.

»Ethan, du wirst gesucht. Früher oder später wird man dich finden.«

»Das sind doch alles Idioten! Niemand findet mich, wenn ich es nicht will.« Er zwang sie, über den Hof zu laufen, in Richtung Bäume.

»Warum tust du das?«

Er sah, wie sie den Kopf von links nach rechts bewegte, und wusste, dass sie nach einem Zufluchtsort suchte, sich ihre Chancen ausrechnete. Fast wünschte er, sie würde es riskieren. So wie Carolyn. *Das* war interessant gewesen.

»Ich bin so. Ich bin, was ich tue.«

»Ein Mörder?«

»Ein Jäger. Das Töten kommt erst am Schluss. Stell dich mit dem Gesicht zum Baum.« Er schubste sie. Sie streckte die Arme aus, um sich abzustützen, und schrammte ihre Handflächen an der Rinde auf. »Los, mach schon, sonst tu ich dir weh.«

»Was haben wir dir getan?« Sie versuchte nachzudenken, einen Ausweg zu finden, aber die Angst war zu groß. Sie stieg in ihr auf und verschlang sie, bis nichts mehr von ihr übrig war. »Was haben wir dir nur getan?«

»Das ist heiliger Boden.« Er schlang ein Seil um ihre Taille und zog es so fest, dass sie kaum noch Luft bekam. »Er gehört mir. Und dir. Du bist noch schlimmer als die anderen, denn in deinen Adern fließt Sioux-Blut.«

»Ich liebe dieses Land.« Denk nach, denk! »Ich – meine Familie hat es immer geehrt und respektiert.«

»Lügnerin.« Er drückte ihr Gesicht gegen die Rinde, bis es blutete. Als sie aufschrie, riss er sie an ihren Haaren zurück. »Zieh das an und mach den Reißverschluss zu.« Er drückte ihr eine dunkelblaue Windjacke in die Hand. »Und setz die Kapuze auf. Wir werden eine kleine Wanderung unternehmen, Jenna. Hör mir gut zu: Wenn wir jemandem begegnen, hältst du den Mund, ziehst den Kopf ein und tust genau, was ich dir sage. Wenn du versuchst, zu fliehen oder Hilfe zu holen, töte ich jeden, mit dem du redest. Dann hast du sie auf dem Gewissen, verstanden?«

»Ja. Warum bringst du mich nicht gleich um?«

Er grinste breit. »Erst müssen wir noch ein paar Leute treffen.«

»Du versuchst, über mich an Lil ranzukommen, aber das werde ich nicht zulassen.«

Er packte sie erneut an den Haaren und riss daran, bis sie Sternchen sah. »Du bist für mich tot genauso wertvoll wie lebendig. Lebendig macht zwar mehr Spaß, aber tot nützt du mir auch.« Er klopfte auf das Messer, das er am Gürtel trug. »Glaubst du, sie würde deine Hand wiedererkennen, wenn ich sie dir abschneide und ihr schicke? Das können wir gern ausprobieren, oder was meinst du?«

»Nein.« Die Hilflosigkeit und der Schmerz ließen Tränen über ihre Wangen rollten.

»Bitte.«

»Dann tu, was ich dir sage. Zieh das an.« Er reichte ihr einen alten Rucksack. »Wir sind zwei ganz normale

Wanderer.« Er zog ruckartig am Seil. »Und einer von uns hängt an der kurzen Leine. So, jetzt lauf. Halte Schritt, oder du wirst es bitter bereuen.«

Er mied so weit wie möglich den Weg und legte trotz des unebenen Geländes ein ziemliches Tempo vor. Wenn sie stolperte, zog er am Seil oder schleifte sie mit. Und da es ihm Spaß zu machen schien, gab es Jenna auf, ihn zum Langsamerlaufen zu bewegen.

Sie wusste, dass sie sich Lils Land näherten, und ihr Herz raste. »Warum willst du Lil weh tun? Schau nur, was sie geschaffen hat. Sie schützt das Land, gibt Tieren eine Unterkunft und Pflege. Du bist ein Sioux. Du respektierst Tiere.«

»Sie sperrt sie in Käfige, damit die Leute sie anstarren können. Gegen Geld.«

»Nein, sie hat sich der Aufgabe verschrieben, sie zu retten, den Menschen die Tierwelt zu erklären.«

»Indem sie sie füttert wie Haustiere.« Als Jenna stehen blieb, gab er ihr einen weiteren Schubs. »Sie nimmt sich, was frei leben sollte, und sperrt es ein. Und dasselbe soll auch mit mir passieren. Man will mich für das einsperren, wofür ich geboren wurde.«

»Sie hat nichts weiter getan, als Wildtiere und dieses Land zu schützen.«

»Das ist nicht ihr Land! Das sind nicht ihre Tiere! Wenn ich mit ihr fertig bin, werde ich alle freilassen, und dann werden sie auf die Jagd gehen, genau wie ich. Ich werde ihr Reservat niederbrennen. Und dann dein Haus und alle anderen.«

Wahnsinn und wilde Entschlossenheit spiegelten sich in seinem Gesicht. »Als Säuberungsaktion.«

»Warum hast du dann die anderen umgebracht? James Tyler? Warum?«

»Um zu jagen. Wenn ich jage, um mir etwas zu essen zu besorgen, tue ich das mit Respekt. Der Rest ist reiner Sport. Aber bei Lil ist es beides. Sie genießt meinen Respekt. Wir sind miteinander verwandt. Das Schicksal hat uns zu Blutsverwandten gemacht. Sie hat mein erstes Opfer gefunden. Da wusste ich, dass wir uns eines Tages messen würden.«

»Ethan, du warst damals noch ein Kind. Wir können ...«

»Ich war ein Mann. Erst dachte ich, es wäre Zufall. Ich mochte die Frau. Ich wollte mit ihr reden, sie berühren. Aber sie hat mich weggestoßen. Mich verflucht. Doch dazu hatte sie kein Recht.«

Er riss am Seil, sodass sie gegen ihn fiel. »Keinerlei Recht.«

»Nein.« Mit rasendem Herzklopfen nickte Jenna. »Keinerlei Recht.«

»Dann war ihr Blut an meinen Händen, und ich bekam es zugegebenermaßen mit der Angst. Ich habe mich gefürchtet. Aber ich war ein Mann und wusste, was zu tun war. Ich ließ sie für die Tiere liegen, und der Puma hat sie geholt. Mein Schutzgeist. Und das war wunderschön. Ich gab dem Land zurück, was ihm genommen worden war. Damals wurde ich frei.«

»Ethan, ich brauche eine Pause. Lass mich eine Pause machen.«

»Du machst eine Pause, wenn ich es dir sage.«

»Ich bin nicht so stark wie du. Meine Güte, ich könnte deine Mutter sein. Ich kann nicht mehr.«

Er schwieg, und sie sah, dass er zögerte. Ihre Kehle

war ganz trocken, und sie musste schlucken. »Was ist mit deiner Mutter passiert, Ethan?«

»Sie bekam, was sie verdiente.«

»Vermisst du sie? Hast du ...«

»Halt's Maul! Red nicht von ihr. Ich brauche sie nicht, ich bin ein Mann.«

»Auch ein Mann war mal ein kleiner Junge und ...«

Als er die Hand auf ihren Mund legte, verstummte sie. Seine Augen überflogen die Bäume. »Da kommt jemand. Zieh den Kopf ein und halt den Mund.«

29

Sie spürte, wie Ethan den Arm um ihre Taille schlang, wahrscheinlich, um sie zum Schweigen zu bringen und das Seil, das unter der Jacke hervorsah, zu verbergen. Sie betete für denjenigen, der ihren Weg kreuzte. Gleichzeitig betete sie darum, dass er den Ärger roch. Sie wagte es nicht, ein Zeichen zu machen, aber man musste ihre Angst doch spüren, den Wahnsinn dieses Mannes, der sie fest an sich drückte.

Er spiegelte sich in seinen Augen. Wie konnte man die Mordlust und den Wahnsinn in seinen Augen übersehen?

Vielleicht konnte er Hilfe holen. Es gab eine Chance auf Hilfe. Und dann würde Ethan nie an Lil herankommen.

»Guten Morgen!«

Sie hörte den fröhlichen Gruß und wagte es, ein wenig den Blick zu heben. Ihr Herz raste, als sie die Stiefel, die Uniformhose sah. Kein Wanderer, dachte sie, sondern ein Ranger.

Und der war bestimmt bewaffnet.

»Guten Morgen«, entgegnete Ethan. »Was für ein herrlicher Tag!«

»Ja, ein guter Tag zum Wandern. Sie sind etwas vom Weg abgekommen.«

»Oh, wir erkunden nur etwas die Gegend. Wir haben ein paar Rehe gesehen und wollten ihnen ein Stück weit folgen.«

»Aber entfernen Sie sich nicht zu weit vom Weg. Man kann sich leicht verlaufen, wenn man die markierten Wege verlässt. Sie machen nur einen Tagesausflug, oder?«

»Ja, Sir.«

Hörst du nicht den Wahnsinn in seiner Stimme? Hörst du ihn nicht an seinem überfreundlichen Ton?

»Nun, Sie sind ein schönes Stück vom Weg entfernt. Wenn Sie in dieser Richtung weiterlaufen, wird es ziemlich steil. Aber die Aussicht ist es wert.«

»Genau deshalb sind wir hier.«

»Wenn Sie auf den markierten Weg zurückkehren, können Sie sie noch besser genießen.«

»Na gut, dann machen wir das. Danke.«

»Genießen Sie den Tag und das schöne Wetter. Gehen Sie einfach …« Der Ranger zögerte. »Jenna? Jenna Chance?«

Ihr stockte der Atem, und sie schüttelte den Kopf.

»Was um alles in der Welt hast du hier …«

Ein kurzer Moment des Verstehens. Instinktiv hob sie den Kopf und warf sich gegen Ethan. Doch er holte die Armbrust trotzdem hinter seinem Rücken hervor.

Sie schrie, versuchte, einen Satz vorwärts zu machen. Aber der Pfeil war schneller, viel schneller, als sie reagieren konnte. Sie sah, wie er sein Ziel erreichte, mit welcher Kraft er den Ranger zum Taumeln brachte und ihn zu Boden streckte.

»Nein, nein, nein!«

»Deine Schuld.« Er schlug Jenna zu Boden. »Sieh nur, was du angerichtet hast, du blöde Schlampe! Sieh nur, was für eine Sauerei ich hier beseitigen muss. Hab ich dir nicht gesagt, du sollst den Mund halten?«

Er trat nach ihr, sein Stiefel traf ihren unteren Rücken, sodass sie sich schützend zusammenrollte. »Ich habe gar nichts gesagt. Ich habe nichts gesagt. O Gott, er hat eine Frau, er hat Kinder.«

»Dann hätte er sich eben um seine eigenen Angelegenheiten kümmern sollen. Arschlöcher. Das sind alles Arschlöcher.« Als er hinüberstapfte, um den Widerhaken-Bolzen aus der Brust des Rangers zu ziehen, begann Jenna zu würgen.

»Sieh nur. Ich konnte ihm etwas abnehmen.« Er zog die Pistole aus dem Halfter und schwenkte sie. »Kriegsbeute.« Er drehte die Leiche um und zog den Geldbeutel heraus. Er steckte die Waffe zurück in das Halfter, öffnete es und befestigte es an seinem Gürtel, bevor er den Geldbeutel in seinem Rucksack verstaute.

»Steh auf, hilf mir, ihn wegzuschaffen.«

»Nein.«

Er ging zu ihr, zog erneut die Waffe und hielt ihr den Lauf an die Schläfe. »Steh auf oder leiste ihm Gesellschaft. Ihr könnt beide als Wolfsfraß enden. Leb oder stirb, Jenna. Entscheide dich.«

Leb, dachte sie. Sie wollte leben. Sie kämpfte gegen die Übelkeit und Atemnot an, die ihr die Schmerzen in Rücken und Gesicht beigebracht hatten, und rappelte sich auf. Vielleicht war er ja nicht tot. Vielleicht würde ihn jemand finden, ihm helfen. Er hieß Derrick Morganston.

Seine Frau hieß Cathy. Sie hatten zwei Kinder, Brent und Lorna.

Sie sagte sich seinen Namen, die Namen seiner Angehörigen vor, während sie seine Befehle befolgte, ihn an den Füßen packte und die Leiche weiter vom Weg wegzog.

Sie schwieg, als er sie mit dem Seil an einen Baum band, damit er Derrick das Funkgerät abnehmen und seine Hosentaschen nach weiteren nützlichen Dingen durchsuchen konnte.

Sie schwieg auch, als sie ihren Marsch fortsetzten. Es gab nichts mehr zu sagen. Sie hatte versucht, an ihn heranzukommen, und war gescheitert. Man kam nicht an ihn heran, denn da war nichts als Leere.

Er verwischte keine Spuren, und sie fragte sich, was das zu bedeuten hatte. Ob sie den Tag überleben würde? So ein schöner Frühlingstag. Ob sie ihren Mann, ihr Zuhause jemals wiedersehen, ihre Kinder je wieder umarmen würde? Würde sie noch einmal mit ihren Freunden sprechen, ihre neuen Schuhe tragen?

Sie hatte gerade die Pfanne abgespült, dachte sie, als sich ihr Leben ein für alle Mal verändert hatte. Würde sie jemals wieder Speck anbraten?

Ihre Kehle brannte, ihre Beine schmerzten. Ihre Hände pochten, dort, wo sie sich an der Rinde verletzt hatte. Aber all das bedeutete nur, dass sie lebte. Immer noch lebte.

Wenn sie die Chance bekäme, ihn zu töten und zu fliehen, würde sie sie dann ergreifen? Ja. Ja, sie würde ihn töten, um zu überleben. Sie würde sogar in seinem Blut baden, wenn sie Lil dadurch schützen konnte.

Wenn sie an sein Messer, die Waffe, einen Stein herankäme! Wenn sich eine Gelegenheit ergäbe, bei der sie ihre bloßen Hände benutzen konnte.

Sie konzentrierte sich darauf, orientierte sich am Stand der Sonne, an auffälligen Stellen. Und dann dachte sie wieder: Sieh nur die tapferen Küchenschellen, die gerade aufblühen. So zerbrechlich und hoffnungsfroh. Und so lebendig.

Auch sie würde eine Küchenschelle sein. Zerbrechlich wirken, aber tapfer sein.

Sie lief, setzte einen Fuß vor den anderen, stets mit gesenktem Kopf. Aber ihre Augen und ihr Körper waren hellwach und suchten nach einer Fluchtmöglichkeit.

»Wir sind zu Hause«, verkündete er.

Verwirrt zwinkerte sie sich den Schweiß aus den Augen. Sie konnte den Höhleneingang kaum erkennen. Er war so niedrig, so eng, wie ein Schlitzauge. Wie der Tod.

Sie wirbelte herum und warf sich gegen ihn. Sie spürte den Schmerz und die Befriedigung, als sie sein Gesicht das erste Mal traf. Schreiend machte sie von ihren Nägeln und Zähnen Gebrauch, kratzte und biss um sich wie ein Tier. Als sie sein Blut schmeckte, erregte sie das.

Aber als er ihr das erste Mal in den Bauch boxte, blieb ihr die Luft weg. Als seine Faust ihr Gesicht traf, verfinsterte sich die Sonne und wurde dunkelrot.

»Schlampe! Widerliche Schlampe!«

Wie aus weiter Ferne hörte sie sein Keuchen. Sie hatte ihn immerhin verletzt. Sie hatte ihm Schmerzen zugefügt.

Er benutzte das Seil, um sie über den rauen Boden in die Dunkelheit zu schleifen.

Sie wehrte sich, als er sie an Händen und Füßen fesselte, schrie, spuckte und fluchte, bis er sie würgte. Er entzündete eine kleine Laterne und zog sie mit seiner freien Hand weiter ins Höhleninnere.

»Ich könnte dich sofort töten. Dich zerstückeln und ihr die Einzelteile schicken. Na, wie findest du das?«

Sie hatte ihn gezeichnet, war ihr einziger Gedanke. Blut tropfte aus den Schrammen, die sie seinen Wangen, seinen Händen beigebracht hatte.

Dann grinste er sie an, breit und unberechenbar, und die Angst kehrte zurück.

»Die Berge sind mit Höhlen übersät. Ich kenne ein paar hübsche, die ich regelmäßig benutze. Die hier ist für dich.«

Er stellte die Laterne ab und zog sein Messer, bevor er in die Hocke ging. Er wendete die Klinge, sodass sich das gedämpfte Licht darin fing. »Ich brauch ein paar Sachen von dir.«

Joe, dachte sie. Joe. Lil, meine Kleine.

Und schloss die Augen.

Es dauerte länger als geplant, aber er lag immer noch im Zeitplan. Die Eile, der zufällige Mord, der unerwartete Kampfgeist, der dieser Schlampe von Mutter noch geblieben war, verstärkten seine Vorfreude nur. Als er das Reservat betrat wie ein ganz normaler Besucher, war das für ihn das größte Risiko und der größte Kick.

Aber er zweifelte nicht daran, dass Lil ihm noch mehr von beidem verschaffen würde.

Hinter dem Bart, den er sich den Winter über hatte wachsen lassen, lächelte er der hübschen Praktikantin zu. Er verdeckte die meisten Schrammen, die ihm die Schlampe von Mutter zugefügt hatte. Er trug alte Reithandschuhe, um diejenigen an seinen Händen zu verstecken.

»Stimmt mit der Löwin was nicht?«

»Nein, alles in Ordnung. Wir entfernen ihr nur den Zahnstein. Vor allem Katzen benötigen eine regelmäßige Zahnpflege, sonst fallen ihnen die Zähne aus.«

»Weil sie eingesperrt sind.«

»Nein, hier im Reservat behalten sie ihre Zähne sogar noch länger als in freier Wildbahn. Wir geben ihnen einmal die Woche Knochen, denn die sind wichtig für die Zahnpflege. Die Mäuler von Katzen sind in der Regel voller Bakterien, aber bei regelmäßiger Zahnsteinentfernung, guter Ernährung und der wöchentlichen Knochenration können wir ihnen ihr Lächeln bewahren.« Sie schenkte ihm ebenfalls eines.

Das machte ihn krank, das machte ihn wütend. Einem Wildtier die Zähne putzen, als wäre es ein Kind, das zu viel Süßigkeiten gegessen hat! Er hatte große Lust, das lächelnde Mädchen zu entführen, ihr ein Messer in den Bauch zu stoßen.

»Alles in Ordnung?«, fragte es.

»Alles paletti. Ich dachte, das ist ein Naturschutzreservat. Wieso darf es hier dann nicht natürlich zugehen?«

»Ein Teil unserer Verantwortung den Tieren gegenüber besteht darin, sie gut und regelmäßig medizinisch zu betreuen. Und das schließt auch die Zähne mit ein.

Fast alle Tiere im Chance-Wildreservat wurden misshandelt, bevor sie hierherkamen, oder waren krank oder verletzt.«

»Sie sind eingesperrt. Wie Verbrecher.«

»Es stimmt, dass sie in Gehegen leben. Aber es wurden keine Mühen gescheut, ihren Lebensraum so natürlich wie möglich zu gestalten und ihn an ihre individuellen Bedürfnisse und Gewohnheiten anzupassen. Es ist mehr als unwahrscheinlich, dass eines der Tiere hier in freier Wildbahn überleben könnte.«

Er bemerkte ihre Beunruhigung, ja entdeckte sogar so etwas wie Misstrauen in ihren Augen, und begriff, dass er zu weit gegangen war. Das war nicht der Grund, warum er hier war. »Klar. Du kennst dich hier besser aus.«

»Wenn du noch Fragen zum Reservat oder zu einem unserer Tiere hast, stehe ich dir gern zur Verfügung. Du kannst auch das Schulungszentrum besuchen. Dort ist ein Video über die Geschichte des Reservats und die Arbeit von Dr. Chance zu sehen.«

»Vielleicht mache ich das.« Er ging weiter, bevor er etwas sagte, das sie noch mehr beunruhigte und nach Verstärkung rufen ließ. Oder bevor er seinem Drang nachgab, sie blutig zu schlagen.

Er verstand diesen Drang. Er hatte sich sorgfältig gewaschen, aber er konnte das Blut des Rangers nach wie vor riechen. Und das der Schlampe auch. Das war noch süßer, und das Süße erregte ihn.

Er musste erledigen, wofür er gekommen war, und von hier verschwinden, bevor ihm ein Fehler unterlief.

Er ging durchs Reservat, blieb vor jedem Gehege

stehen, obwohl ihn der Ekel fast umbrachte. Als er zu den Pumas kam, erwartete er, sein Gleichgewicht wiederzufinden, seinem Tiergeist in die Augen zu sehen und darin Bestätigung zu finden. Einen Segen.

Stattdessen fauchte die Katze und zeigte ihm ihre Fangzähne, während sie auf und ab lief.

»Du warst zu lange eingesperrt, Bruder. Eines Tages komme ich dich holen, das verspreche ich dir.«

Bei seinen Worten ließ der Puma einen Warnlaut ertönen und warf sich gegen den Zaun. Das erregte die Aufmerksamkeit der anwesenden Besucher und Mitarbeiter. Ethan ging schnell weiter, und die Katze schrie hinter ihm.

Sie hatte das Tier verweichlicht, dachte er, während er von Wut geschüttelt wurde. Sie hatte ein Haustier aus ihm gemacht, einen besseren Wachhund. Der Puma gehörte *ihm*, aber er war auf ihn losgegangen wie auf einen Feind.

Noch eine Sünde mehr, für die sie bezahlen würde, und zwar schon bald.

Eric eilte über das Gelände, um nach Baby zu sehen. Der sonst so verspielte Puma lief weiterhin auf und ab. Er sprang in seinen Baum, von dort aufs Dach seines Unterstands und wieder herunter, um sich an der hinteren Käfigtür auf die Hinterbeine zu stellen.

»He, Baby, immer mit der Ruhe. Was hat dich so aufgeregt? Ich darf dich nicht rauslassen. Erst müssen wir deine Zähne kontrollieren.«

»Es ist dieser Typ.« Lena lief zu Eric. »Ich schwöre dir, es ist dieser Typ.«

»Welcher Typ?«

»Der da. Er ist auf dem Weg zum Schulungszentrum. Siehst du ihn? Baseballkappe, lange Haare, Vollbart. Sein ganzes Gesicht ist zerkratzt. Du kannst das von hier aus nicht sehen, aber er hat ein paar böse Schrammen unter dem hässlichen Bart. Ich habe vorhin kurz mit ihm gesprochen. Keine Ahnung, warum, aber er ist mir irgendwie unheimlich. Er hat so einen komischen Blick.«

»Ich seh mal nach ihm.«

»Vielleicht sollten wir Lil Bescheid sagen.«

»Was sollten wir ihr sagen? Dass hier ein unheimlich aussehender Typ seine Runde macht? Ich werde ihn einfach im Auge behalten.«

»Sei vorsichtig.«

»Bin ich doch immer.« Er ging zurück. »Es sind einige Gruppen im Schulungszentrum, ein paar von uns sind auch dort. Ich glaube nicht, dass der Typ Ärger machen wird.«

Ethan ging nicht zum Schulungszentrum, er schlug den Weg zu Lils Hütte ein. Auf dem Tisch ihrer hinteren Veranda hinterlegte er das Geschenk, das er mitgebracht hatte.

Als ihm Eric nachging, war er bereits zwischen den Bäumen verschwunden. Von dort aus lief er mit schnellen Schritten weiter. Jetzt begann die nächste Phase seines Spiels.

Als er seinen Beobachtungsposten erreicht hatte, setzte er sich und holte seinen Feldstecher hervor. Er spülte etwas Studentenfutter mit Wasser hinunter und spielte mit Jennas Handy.

Er hatte nie eines besessen, nie eines gewollt. Aber er hatte mit anderen geübt, die er gestohlen oder seinen Opfern abgenommen hatte. Er drückte und scrollte, bis er das Adressbuch fand. Als er den Eintrag *Lils Handy* erreichte, lächelte er.

Schon bald würde sie einen Anruf bekommen, den sie nie mehr vergessen würde.

Im Büro beantwortete Lil die letzte E-Mail auf ihrer Liste. Sie wollte zu den Vorratsräumen gehen und sicherstellen, dass das Fleisch richtig gelagert wurde, bevor sie nachschaute, welche Fortschritte Matt machte. Sie sah auf die Uhr und war überrascht, dass es schon fast drei war.

Sie hatte Matt gebeten, mit Baby und den Pumas zu warten, bis sie ihm helfen konnte. Baby hasste Zahnhygiene. Also würde sie zuerst bei Matt vorbeisehen.

Als sie aufstand, klopfte Lena an ihre Tür.

»Tut mir leid, dass ich störe. Aber ... Baby benimmt sich so komisch.«

»Er spürt wahrscheinlich, dass er betäubt wird und Zahnstein entfernt bekommt.«

»Vielleicht, aber ... da war dieser Typ, der war echt komisch. Und in dem Moment ist Baby ausgeflippt. Eric ist ihm nach, um ihn im Schulungszentrum genauer unter die Lupe zu nehmen. Aber ich habe so ein ungutes Gefühl und wollte Ihnen einfach Bescheid sagen.«

»Inwiefern war er komisch?«, fragte Lil und hatte ihr Büro bereits verlassen.

»Er war irgendwie unheimlich. Er hat gesagt, dass wir die Tiere einsperren wie Verbrecher.«

»So etwas passiert manchmal. Wie sah er aus?«

»Lange Haare, Vollbart. Eine Baseballkappe, eine Jeansjacke. Er hatte frische Schrammen im Gesicht. Er hat gelächelt, aber irgendwie bekam ich eine Gänsehaut.«

»In Ordnung. Ich gehe hinüber zum Schulungszentrum, nur zur Sicherheit. Tust du mir einen Gefallen? Sag Matt Bescheid und richte ihm aus, dass ich ihm mit Baby und den anderen helfe, sobald ich hier fertig bin.«

»Klar. Wahrscheinlich war er harmlos. Aber irgendwie gingen bei mir sofort die Alarmsirenen los.«

Ihre Wege trennten sich, und Lil lief zum Schulungszentrum. Ihr Telefon klingelte, und sie zog es geistesabwesend aus der Tasche. Als sie die Nummer ihrer Mutter sah, nahm sie den Anruf an. »Hallo, Mom, kann ich dich zurückrufen? Ich muss …«

»Sie kann gerade auch nicht mit dir sprechen.«

Kälte kroch ihren Rücken hinauf. Als ihre Finger zitterten, umklammerte sie das Handy noch fester. »Hallo, Ethan.«

»Komisch, dasselbe hat sie auch gesagt. Wie die Mutter, so die Tochter.«

Eine furchtbare Angst ließ sie zittern, so als wäre sie in einen eiskalten Fluss gefallen. Aber sie zwang sich, ruhig und beherrscht zu sprechen. Ganz ruhig, dachte sie, bleib ruhig, wie bei jedem anderen wilden Tier. »Ich möchte mit ihr sprechen.«

»Du bleibst, wo du bist. Wenn du noch einen Schritt auf das Büro zumachst, schneide ich ihr einen Finger ab.«

Sie erstarrte.

»Braves Mädchen. Vergiss nicht, dass ich dich sehen kann. Du trägst ein rotes T-Shirt und siehst nach Osten. Eine falsche Bewegung, und sie verliert einen Finger. Verstanden?«

»Ja.«

»Geh zu deiner Hütte, über die hintere Veranda. Wenn dir jemand begegnet, dich jemand anspricht, werd ihn los. Du hast zu tun.«

»Gut. Aber woher will ich wissen, dass du meiner Mutter das Handy nicht nur gestohlen hast? Du musst mir schon mehr Informationen geben, Ethan. Lass mich mit ihr sprechen.«

»Ich sagte bereits, dass sie gerade nicht mit dir reden kann. Aber du gehst weiter. Ich hab dir was auf die hintere Veranda gelegt. Direkt auf den Tisch. Ja, genau. Lauf.«

Sie schoss los, umrundete die Hütte, rannte die niedrigen Stufen hinauf. Einen schrecklichen Moment lang kam alles zum Erliegen, ihr Puls, ihre Atmung, ihr Denken. Dann zwang sie sich, nach der kleinen Plastiktüte zu greifen.

Darin befanden sich eine Haarsträhne ihrer Mutter und ihr Ehering. Der goldene Bandring war blutverschmiert.

»Ich nehme an, du erkennst es wieder, also weißt du jetzt, dass ich dich nicht verarsche.«

Ihre Beine zitterten so sehr, dass sie sich auf die Veranda setzte. »Lass mich mit ihr reden. Lass mich verdammt noch mal mit ihr reden!«

»Nein.«

»Woher soll ich wissen, dass sie noch am Leben ist?«

»Das kannst du nicht wissen, dafür kann ich dir garantieren, dass sie es in zwei Stunden nicht mehr sein wird, wenn du sie nicht findest. Lauf nach Westen. Ich habe eine Fährte ausgelegt. Wenn du ihr folgst, findest du sie. Wenn nicht... Wenn du irgendjemandem Bescheid gibst oder versuchst, Hilfe zu holen, stirbt sie. Wirf das Handy weg. Jetzt sofort.«

Er konnte sie sehen, dachte sie, aber das Verandageländer und die Säulen verdeckten sie teilweise. Sie krümmte sich, wandte sich zum Haus. »Bitte tu ihr nichts. Tu meiner Mutter nichts. Bitte, bitte, ich tue alles, was du willst, egal was. Aber bitte...«

Sie brach das Gespräch ab. »Bitte, lieber Gott«, flüsterte sie und wählte Coops Nummer. Sie wiegte sich vor und zurück, ließ ihre Schultern zittern und ihren Tränen freien Lauf. »Geh dran, geh dran.« Sie schloss die Augen, als sich die Mailbox meldete. »Er hat meine Mutter. Ich gehe von der Hintertür meiner Hütte nach Westen. Er kann mich sehen, und mir bleiben nur wenige Sekunden. Er hat mir zwei Stunden Zeit gegeben, sie zu finden. Ich hinterlasse dir eine Fährte. Komm mir nach. O Gott, komm mir nach.«

Sie legte auf und erhob sich. Sie sah nach Osten und hoffte, dass Ethan ihre Tränen sah, ihre Angst. Dann warf sie das Handy weg und rannte los.

Sie entdeckte die Fährte auf Anhieb. Zertrampeltes Unterholz, abgebrochene Zweige, Fußabdrücke im weichen Boden. Er wollte nicht, dass sie sich verlief, dachte sie. Vielleicht lockte er sie auch meilenweit von ihrer Mutter weg, aber ihr blieb keine andere Wahl.

Ihr Ehering war blutverschmiert. Dann die abgeschnittene Strähne ihres wunderbaren Haars.

Sie zwang sich, langsamer zu werden, durchzuatmen. Wenn sie sich beeilte, übersah sie vielleicht eine Spur oder folgte einer falschen. Vielleicht beobachtete er sie immer noch, deshalb musste sie aufpassen, welche Markierungen sie für Coop hinterließ.

Er hatte ihr zwei Stunden Zeit gegeben. Hatte er ihre Mutter von zu Hause entführt? Das war für sie das Logischste. Er hatte gewartet, bis sie allein war, und sie dann entführt. Zu Fuß oder zu Pferd?

Wahrscheinlich zu Fuß. Eine Geisel ließ sich zu Fuß leichter kontrollieren. Außer, er hatte sie ins Auto gezwungen und ... Nein, nein, so darfst du nicht denken, befahl sie sich, und Panik schnürte ihr die Kehle zu. Denk nicht so kompliziert. Im Grunde hat er ein sehr schlichtes Gemüt.

Zwei Stunden von ihrer Hütte entfernt – er wollte sie unter Druck setzen, sie in der Nähe haben. Sie rief sich die Karte vor Augen. Es musste ein zugänglicher und zugleich einsamer Ort sein, der zwischen der Hütte und der Farm lag. Wenn sie lebte – und sie lebte noch, sie musste einfach noch leben –, dann musste er sie verstecken. Dafür war eine Höhle am besten geeignet. Wenn er ...

Sie blieb stehen, untersuchte die Fährte, die achtlos niedergetrampelten Wildblumen. Er war umgekehrt. Sie atmete laut aus, dann noch einmal, und zwar so lange, bis sie merkte, wo er die falsche Fährte gelegt hatte.

Sie verwischte seine Spuren und benutzte ihr Taschenmesser, um die Rinde eines Baumes zu markieren, damit

Coop nicht denselben Fehler beging. Sie nahm die Fährte erneut auf und beschleunigte ihre Schritte. Er hatte eine ungefähre Vorstellung davon, wo er sie hinlockte, und wusste, dass sie fast so lange dorthin brauchen würde, wie er ihr Zeit gegeben hatte.

Jenna krümmte sich und wälzte sich hin und her. Sie hatte jeglichen Orientierungssinn verloren und konnte nur beten, dass sie dem Höhleneingang millimeterweise näher kam. Er hatte ihr die Augen verbunden, bevor er gegangen war, es umgab sie völlige Dunkelheit. Immer, wenn sie eine Pause einlegen musste, blieb sie still liegen und versuchte zu beurteilen, ob die Luft etwas frischer war. Aber sie roch nichts als den Schlamm, ihren eigenen Schweiß und ihr Blut.

Sie hörte ihn kommen, schrie gegen den Knebel an, sträubte sich gegen die Fesseln.

»Sieh dich nur an, Jenna. Du sitzt in der Tinte und wirst schon bald Gesellschaft bekommen.«

Als er ihr die Augenbinde wegriss, wurde sie vom Laternenlicht schmerzhaft geblendet. »Sie wird bald hier sein, mach dir keine Sorgen. Ich mach mich etwas zurecht.« Er saß im Schneidersitz auf dem Höhlenboden und begann, sich mithilfe einer Rasierklinge und einer Spiegelscherbe zu rasieren.

Im Reservat winkte Lena Eric zu. »Warte! Und, wie fandest du den unheimlichen Typen?«

»Ich habe ihn gar nicht mehr gesehen. Er muss direkt durchs Schulungszentrum durchgegangen sein, vielleicht hat er es sich auch anders überlegt.«

»Oh. Na ja. Und was hat Lil gesagt?«

»Weswegen?«

»Wegen dieses Typen. Als sie hinkam.«

»Ich habe sie auch nicht gesehen.«

»Aber … Sie ist auch hingegangen. Ich verstehe nicht, wie du sie verpassen konntest.«

»Vielleicht wurde sie aufgehalten.« Eric zuckte mit den Achseln. »Sie wollte Matt mit den Pumas helfen. Hör mal, ich muss zurück zu …«

Lena packte den Ärmel seines T-Shirts. »Ich komme gerade von Matt. Dort ist sie nicht, und er wartet auf sie.«

»Sie muss hier irgendwo sein. Aber gut, suchen wir nach ihr. Ich schau bei den Vorratsräumen nach, und du kontrollierst ihre Hütte.«

»Sie weiß, dass Matt auf sie wartet«, beharrte Lena, eilte jedoch trotzdem zur Hütte. Sie klopfte, drückte die Tür auf und rief: »Lil? Lil?« Verwirrt ging sie einmal quer durch bis zur Hintertür. Vielleicht war sie im Büro.

Als sie die Treppen hinunterrannte, hörte sie das Handy klingeln. Erleichtert sah sie sich um und erwartete jeden Moment Lil mit dem Handy vor sich zu sehen. Aber da war niemand. Sie drehte um, folgte dem Klingeln.

Sie hob das Handy auf und nahm den Anruf an.

»Hallo, Lil, ich habe mich gerade von meiner Mutter verabschiedet, also …«

»Tansy, Tansy, hier spricht Lena. Ich glaube, irgendetwas stimmt hier nicht.« Sie begann, zur Bürohütte zu rennen. »Ich glaube, wir müssen die Polizei rufen.«

Auf halbem Weg zwischen der Farm und den Stallungen zog Coop die Muttern am Ersatzreifen eines Kombis fest. Die zwei Kinder darin sahen ihn an wie Eulen, während sie an ihren Schnabeltassen nuckelten.

»Ich bin Ihnen wirklich sehr dankbar. Ich hätte ihn selbst wechseln können, aber …«

»Sie scheinen auch so schon genug zu tun zu haben.« Er wies mit einem Kopfnicken auf das Autofenster. »Gern geschehen.«

»Sie haben mir viele Flüche erspart.« Die junge Mutter strahlte ihn an. »Und wahrscheinlich nur halb so lang gebraucht wie ich, von den streitenden Kindern einmal abgesehen. Wir waren den ganzen Tag einkaufen, deshalb ist ihr Mittagsschlaf ausgefallen.« Ihre Augen funkelten fröhlich. »Aber meiner ist auch ausgefallen!«

Nachdem er den Kindern zugezwinkert hatte, rollte er den platten Reifen zum Kofferraum, um ihn zu verstauen. Als sie ihm eine Zehn-Dollar-Note geben wollte, schüttelte er den Kopf. »Nein, aber trotzdem danke.«

Sie beugte sich vor und wühlte in den Einkaufstaschen. »Wie wär's mit einer Banane?«

Er lachte. »Die nehme ich.« Er räumte das Werkzeug zurück, winkte den Kindern kurz mit der Banane zu und brachte sie beide zum Kichern. Danach schloss er die Kofferraumtür.

»Gute Fahrt.«

»Danke noch mal.«

Er ging zurück zu seinem Truck und wartete, bis sie davongefahren war. Bevor er den Rückweg antrat, warf er einen Blick auf sein Handy. Es zeigte ihm eine Nachricht auf der Mailbox an.

Er hat meine Mutter.

Erst wurde ihm kochend heiß, anschließend erstarrte er innerlich zu Eis. Er ließ den Wagen an und trat aufs Gaspedal, während er die Kurzwahltaste des Sheriffs drückte.

»Stellen Sie mich durch. Sofort.«

»Sheriff Johannsen ist nicht im Büro.«

»Dann stellen Sie mich dorthin durch, wo er gerade ist. Hier spricht Coop Sullivan.«

»Hallo, Coop, ich bin's, Cy. Das darf ich nicht. Ich bin nicht befugt …«

»Hör mir mal gut zu. Ethan Howe hat Jenna Chance.«

»Was? Wie bitte?«

»Vielleicht hat er Lil auch schon in seiner Gewalt. Verständige Willy, er soll zum Reservat kommen. Und zwar sofort, verdammt noch mal!«

»Ich sag's ihm, Coop. Himmel, ich sag's ihm. Was soll ich …«

»Ich fahr jetzt ebenfalls zum Reservat. Ich will, dass Willy dorthin kommt, mit so viel Verstärkung wie möglich. Keine Hubschrauber«, sagte er schnell und zwang sich zur Konzentration. »Er wird sie sofort umbringen, wenn er Hubschrauber sieht. Richte ihm aus, Lil hätte mir eine Fährte hinterlassen. Ich folge ihr. Los, beeil dich.«

Er legte auf und raste zum Reservat.

Lil sah, wie er im Schneidersitz im Höhleneingang saß, die Armbrust in seinem Schoß. Sein Gesicht unter der

Kriegsbemalung, die er gerade aufgetragen hatte, war blutig zerschrammt. Sie dachte an den bärtigen Mann, der Lena beunruhigt hatte.

Er trug ein geflochtenes Lederband um den Kopf, in dem eine Habichtfeder steckte. An den Füßen hatte er weiche kniehohe Lederstiefel und um den Hals eine Kette aus Bärenzähnen.

Unter normalen Umständen hätte ihr dieses Pseudo-Indianerspiel direkt Spaß gemacht. Aber sie wusste, dass es blutiger Ernst war.

Er hob die Hand zum Gruß und glitt dann weiter in die Höhle. Lil kletterte das restliche Stück, hielt die Luft an und folgte ihm hinein.

Nach dem ersten Meter öffnete sich die Höhle, war aber immer noch so niedrig, dass sie sich bücken musste. Während ihr Blick dem schwachen Laternenlicht folgte, sah sie, dass sie tief in den Berg reichte. Er saß in diesem Licht und hielt ihrer Mutter ein Messer an die Kehle.

»Ich bin hier, Ethan, du musst ihr nicht wehtun. Wenn du ihr weh tust, werde ich nicht mitspielen.«

»Setz dich, Lil. Ich werde dir erklären, was gleich passieren wird.«

Sie setzte sich und war kurz davor zu zittern. Gesicht und Hände ihrer Mutter waren von Schnitten und blauen Flecken übersät. Die Fesseln an ihren Handgelenken und Knöcheln waren blutgetränkt.

»Ich möchte, dass du das Messer weglegst. Ich habe getan, was du von mir wolltest, und werde das auch weiterhin tun. Aber nicht, wenn du ihr noch mehr wehtust.«

»Das meiste hat sie sich selbst zuzuschreiben. Stimmt's, Jenna?«

Jennas Blick sprach Bände. *Lauf. Lauf. Ich liebe dich.*

»Ich bitte dich, meine Mutter nicht mit dem Messer zu bedrohen. Das ist unnötig. Ich bin hier. Ich bin allein. Das wolltest du doch.«

»Das war erst der Anfang.« Aber er senkte das Messer um wenige Zentimeter. »Und jetzt folgt das Ende. Nur du und ich.«

»Nur du und ich«, stimmte sie ihm zu. »Also lass sie los.«

»Sei nicht dumm. Ich verschwende meine Zeit nicht mit Dummheiten. Ich gebe dir zehn Minuten Zeit. Das ist ein guter Vorsprung für jemanden, der sich in den Bergen auskennt. Dann mache ich Jagd auf dich.«

»Zehn Minuten. Bekomme ich eine Waffe?«

»Du bist die Beute.«

»Ein Puma oder ein Wolf hat Zähne und Krallen.«

Er lächelte. »Du hast auch Zähne, vorausgesetzt, du kommst nahe genug an mich heran, um sie zu be nutzen.«

Sie zeigte auf die Armbrust. »Du manipulierst das Spiel erheblich zu deinen Gunsten.«

»Es ist mein Spiel, und da gelten meine Regeln.«

Sie versuchte es anders. »Beweist ein Sioux so sein Ehrgefühl, seine Tapferkeit? Indem er Jagd auf Frauen macht?«

»Du bist mehr als nur eine Frau. Aber die hier?« Er riss Jennas Kopf an den Haaren zurück, und Lil hätte ihn beinahe angesprungen. »Diese Halbblut-Squaw? Sie gehört jetzt mir. Ich habe sie gefangen genommen, so wie unsere Vorfahren Weiße gefangen nahmen. Sie zu Sklaven machten. Vielleicht behalte ich sie eine Weile. Oder ...«

Wie wenig er wusste, fiel ihr auf. Über seine Vorfahren, auf die er sich ständig berief.

»Die Sioux haben Jagd auf Büffel, Rehe und Bären gemacht. Sie haben gejagt, um etwas zu essen und zum Anziehen zu haben. Wie willst du deine Vorfahren ehren, wenn du eine gefesselte, hilflose Frau tötest?«

»Du willst, dass sie lebt? Dann lass uns jagen.«

»Und wenn ich gewinne?«

»Das wirst du nicht.« Er beugte sich vor. »Du hast Schande über deine Vorfahren gebracht, über deinen Schutzgeist. Du hast es verdient zu sterben. Aber ich erweise dir die Ehre einer Jagd. Du wirst auf heiligem Boden sterben. Und wenn du brav mitspielst, lasse ich deine Mutter vielleicht am Leben.«

Lil schüttelte den Kopf. »Ich werde überhaupt nicht mitspielen, bevor du sie nicht gehen lässt. Du hast bereits getötet und wirst wieder töten. So bist du eben. Ich glaube dir nicht, dass du sie leben lässt, und zwar unabhängig davon, wie das Spiel ausgeht. Deshalb musst du sie vorher gehen lassen.«

Er setzte Jenna das Messer an die Kehle. »Ich töte sie jetzt.«

»Dann musst du mich auch töten, und zwar hier auf der Stelle. Ich werde dein Spiel nicht mitspielen und mich nicht an deine Regeln halten, wenn sie nicht außen vor bleibt. Und dann war deine ganze Mühe umsonst.«

Sie sehnte sich danach, ihre Mutter anzusehen, sie

anzufassen, doch sie ließ Ethans Gesicht nicht aus den Augen. »Dann bist du nichts anderes als ein Schlächter und kein Krieger. Der Geist von Crazy Horse wird dich verlassen.«

»Frauen sind gar nichts wert, noch weniger als Hunde.«

»Ein wahrer Krieger ehrt seine Mutter, da alles Leben von ihr kommt. Lass meine Mutter frei. Sonst wirst du das hier nicht zu Ende bringen, Ethan. Es wird nie zu Ende sein, außer wir machen diesen Wettkampf. Du brauchst sie nicht. Aber ich brauche sie, um das Spiel wert zu sein. Ich werde dir die Jagd deines Lebens verschaffen, das schwöre ich.«

Seine Augen glänzten bei ihrem Versprechen. »Sie ist ohnehin nutzlos.«

»Dann lass sie gehen, damit nur noch wir beide übrig bleiben. Genau so, wie du es willst. Das ist ein Handel, der eines Kriegers, des Nachfahren eines großen Häuptlings würdig ist.«

Er schnitt die Fesseln um Jennas Handgelenke durch. Sie stöhnte, als sie versuchte, ihre schmerzenden Arme zu heben und den Knebel aus dem Mund zu ziehen. »Lil! Nein, Lil, ich werde dich nicht im Stich lassen.«

»Wie rührend«, sagte er und spuckte aus, als er die Fesseln um ihre Knöchel durchtrennte. »Wahrscheinlich kann die Schlampe nicht mal laufen.«

»Sie wird laufen.«

»Nein, ich werde dich ihm nicht überlassen, Schätzchen ...«

»Ist schon gut.« Lil zog Jenna sanft an sich. »Alles ist gut. Tritt einen Schritt zurück«, befahl sie Ethan. »Sie hat Angst vor dir. Tritt einen Schritt zurück, damit ich sie trösten und mich verabschieden kann. Wir sind nur Frauen. Und noch dazu unbewaffnet. Du hast nichts von uns zu befürchten.«

»Eine halbe Minute.« Ethan machte drei Schritte rückwärts.

»Lil, nein, ich kann dich nicht im Stich lassen.«

»Hilfe ist bereits unterwegs«, flüsterte sie Jenna ins Ohr. »Du musst gehen. Ich muss wissen, dass du in Sicherheit bist, sonst kann ich mich nicht darauf konzentrieren, dieses Spiel zu gewinnen. Ich weiß, was ich tue. Du musst gehen, sonst tötet er uns beide. Gib ihr etwas Wasser«, bat Lil ihn angewidert. »Was ist das für ein Ehrbegriff, eine Frau zu schlagen und ihr Wasser vorzuenthalten?«

»Sie kann ihre eigene Spucke trinken.«

»Du gibst meiner Mutter Wasser, und ich bekomme fünf Minuten weniger Vorsprung.«

Er trat ihr eine Flasche hinüber. »Ich brauche deine fünf Minuten nicht, um dich zu besiegen.«

Lil schraubte sie auf und hielt sie ihrer Mutter an die Lippen. »Ganz langsam, immer nur ganz wenig auf einmal. Findest du nach Hause?«

»Ich ... Lil.«

»Findest du den Heimweg?«

»Ja. Ja, ich glaube schon.«

»Das wird ihr auch nichts helfen. Bis sie dort ist – falls sie es überhaupt so weit schafft – und man anfängt, nach dir zu suchen, wirst du bereits tot sein. Und ich bin nur noch eine Rauchwolke.«

»Nimm das Wasser und geh.«

»Lil.«

»Wenn nicht, tötet er uns beide. Du musst gehen, das ist meine einzige Chance. Du musst an mich glauben. Du musst mir diese Chance geben. Ich werde ihr aus der Höhle hinaushelfen, Ethan. Du kannst mit der Armbrust auf mich zielen. Ich werde nicht fliehen.«

Sie half ihrer Mutter auf die Beine und fluchte innerlich, als Jenna vor lauter Schmerz und Erleichterung weinte. Sie duckte sich in der niedrigen Höhle und half Jenna, zum Eingang zu humpeln. »Hilfe ist bereits unterwegs«, flüsterte sie erneut. »Ich kann ihn ablenken, bis sie da ist. Geh heim, so schnell du kannst. Versprich es mir.«

»Lil. O Gott, Lil.« Während die Sonne sank, umarmte sie Jenna.

»Ich werde ihn ins Grasland über dem Fluss locken.« Lil drückte ihr Gesicht in das Haar ihrer Mutter, ganz so als trauerte sie, und flüsterte ihr ins Ohr: »Dort, wo ich den Puma gesehen habe. Vergiss das nicht. Schick Hilfe dorthin.«

»Halt's Maul. Halt's Maul, und sie geht jetzt. Oder aber sie stirbt auf der Stelle und du gleich anschließend.«

»Geh, Mom.« Lil stieß Jennas mit Schrammen und blauen Flecken übersäte Arme weg. »Geh, oder er bringt mich um.«

»Mein Schatz. Ich liebe dich, Lil.«

»Ich liebe dich auch.« Sie sah zu, wie ihre Mutter hinkte und stolperte. Sah den Schmerz in ihrem geschwollenen Gesicht, als sie sich umdrehte. Allein dafür würde er büßen müssen, dachte Lil. Egal, was es kostete.

»Fang an zu rennen«, befahl Ethan.

»Nein. Die Jagd beginnt erst, wenn ich mir sicher sein kann, dass sie weg ist. Dass du sie nicht als Erste jagst. Wozu die Eile, Ethan?« Sie setzte sich auf einen Felsen. »Du hast lange auf diesen Moment gewartet. Da kannst du auch noch ein bisschen länger warten.«

30

Das ganze Reservat war in heller Aufregung. Ein Dutzend Personen kam aus allen Richtungen herbeigerannt, als Coop aus seinem Truck sprang. Und alle begannen auf einmal zu reden.

»Stopp! Du.« Er zeigte auf Matt. »Gib mir eine Zusammenfassung, und zwar schnell!«

»Wir können Lil nicht finden. Lena hat ihr Handy hinter der Hütte gefunden. Und als ich noch mal hin bin, fand ich das hier.« Er hielt die Plastiktüte mit Jennas Haarsträhne und dem Ehering hoch. »Es war jemand da, ein zahlender Besucher. Lena fand ihn unheimlich, und Baby mochte ihn auch nicht. Niemand kann ihn finden. Wir haben Angst, dass er Lil entführt hat. Mary ist im Büro und ruft die Polizei.«

»Ich habe sie bereits gerufen.«

»Ich glaube, das ist Jennas Ring.« Tränen liefen über Tansys Wangen.

»Ja, er gehört Jenna. Er hat sie in seiner Gewalt, und Lil ist los, um sie zu suchen. Ruhe bitte, alle mal herhören«, befahl er, als alle anfingen durcheinanderzusprechen. »Ich brauche jeden, der mit einer Waffe umgehen kann, ohne sich selbst zu gefährden. Lil hat eine gute Stunde Vorsprung, aber sie hat eine Fährte hinterlassen. Wir werden ihr folgen.«

»Ich.« Lena trat vor. »Ich kann mit einer Waffe umgehen. Ich war drei Jahre hintereinander Meisterin im Tontaubenschießen.«

»Geh in Lils Hütte. Das Gewehr befindet sich im vorderen Schrank, die Munition ist im obersten Regal. Lauf.«

»Ich habe noch nie geschossen, aber ...«

»Bleib hier«, schnitt Coop Matt das Wort ab. »Warte auf die Polizei und schließ hier alles ab. Tansy, fahr zur Farm der Chances. Wenn Joe noch nichts weiß, muss er jetzt informiert werden. Sag ihm, dass Jenna höchstwahrscheinlich von zu Hause entführt wurde. Er, Farley und wer sonst noch mitkommen kann, sollen von dort aus mit der Suche beginnen. Er hat Lil das Fährtenlesen beigebracht. Er wird die Fährte finden. Wir brauchen Funkgeräte.«

Mary kam aus der Hütte, während zwei Praktikanten losrannten, um Funkgeräte zu holen. »Die Polizei ist bereits unterwegs. Sie ist in einer Viertelstunde da.«

»Schick sie uns nach. Wir warten nicht auf sie. Du gehst nach oben ins Schlafzimmer. In der linken oberen Kommodenschublade sind drei Einsteckmagazine. Hol sie. Warte!« Ihm war etwas eingefallen, und er hob die Hand, sah zu den Gehegen hinüber. Ich brauche etwas, das Lil gehört. Etwas, das sie anhatte.«

»Der Pulli in ihrem Büro«, sagte Mary. »Moment!«

»Der Puma liebt sie. Wird er ihre Fährte aufnehmen?«

»Ja! Guter Gott, ja.« Tansy schlug sich die Hand vor

den Mund. »Er ist ihr jedes Mal gefolgt, wenn sie versucht hat, ihn auszuwildern.«

»Wir werden ihn freilassen.«

»Er hat das Reservat nicht mehr verlassen, seit er ein halbes Jahr alt war.« Matt schüttelte den Kopf. »Selbst wenn er das Reservat verlässt, wissen wir nicht, was er tut.«

»Er liebt sie.« Coop nahm den Pulli, den Mary ihm gebracht hatte.

»Wir müssen ihn von den anderen trennen.« Tansy eilte mit ihm zum Gehege.

»Tu, was du tun musst. Beeil dich!«

Er hielt den Pulli gegen die Käfigstäbe. Baby kam her, ein Knurren drang aus seiner Kehle. Er rieb seinen Kopf an dem Pulli. Schnurrte.

»Ja, so ist es brav. Du kennst sie. Du wirst sie finden.«

Praktikanten verteilten Hühnerfleisch als Köder, und Eric zog die Tür auf. Baby hob den Kopf und sah sich um, während seine Gefährten zum Futter eilten. Dann drehte er sich wieder um und drückte seinen Kopf in den Pulli.

»Das ist Wahnsinn«, sagte Matt und stand mit dem Betäubungsgewehr daneben. »Mach einen großen Schritt zurück, Tansy.«

Sie schloss den Käfig auf. »Such Lil, Baby. Finde Lil.« Sie benutzte die Tür als Sicherheitsgitter und öffnete sie.

Der Puma lief langsam hinaus ins Unbekannte, angelockt von Lils Duft. Coop hielt eine Hand hoch, um Matt zu beruhigen, als der Puma auf ihn zuging. »Er kennt mich. Er weiß, dass ich Lils Freund bin.«

Wieder einmal rieb er seinen Kopf an dem Pulli. Dann

begann er, ihre Fährte aufzunehmen. »Sie ist überall, das ist das Problem. Sie ist überall.«

Baby sprang auf die Veranda von Lils Hütte und schrie nach ihr. Dann hüpfte er wieder hinunter und lief im Kreis.

»Ich hab dir was eingepackt.« Mary drückte ihm ein Paket in die Hand. »Nur das Nötigste. Steck den Pulli in diese Plastiktüte, sonst verwirrst du ihn nur. Bring sie zurück, Cooper.«

»Das werde ich.« Er sah, wie die Katze über den Hof lief und sich sammelte, bevor sie zu den Bäumen hinüberlief. »Los, gehen wir!«

Lil überschlug die Zeit und überlegte sich die Route, während sie in der Dämmerung bei dem Mann auf dem Felsen saß, der sie töten wollte.

Sie wurde von Minute zu Minute ruhiger. Mit jeder Minute entfernte sich ihre Mutter mehr, und Coop kam näher. Je länger sie ihn hier halten konnte, desto größer waren ihre Chancen.

»Hat dich dein Vater das Töten gelehrt?« Sie fragte im Plauderton, den Blick nach Westen auf die untergehende Sonne gerichtet.

»Das Jagen.«

»Nenn es, wie du willst, Ethan. Du hast Melinda Barrett umgebracht und für die Tiere liegen lassen.«

»Ein Puma ist gekommen. Das war ein Zeichen. Mein Zeichen.«

»Pumas jagen nicht zum Spaß.«

Er zuckte mit den Achseln. »Ich bin ein Mensch.«

»Wo hast du Carolyn liegen lassen?«

Er lächelte. »Die Grizzlys haben sich an ihr gütlich getan. Aber vorher hat sie mir ein Eins-a-Jagderlebnis beschert. Ich glaube, du wirst sie noch übertreffen.«

»Was wirst du danach tun?«

»Ich werde zurückkehren. Ich werde deine Eltern töten und ihre Farm niederbrennen. Dasselbe werde ich mit deinem Zoo tun. Ich werde in diesen Bergen jagen und frei sein – so wie es mein Volk hätte sein sollen.«

»Ich bezweifle stark, dass dein Bild von den Sioux der Wahrheit entspricht. Meiner Meinung nach hat dein Vater die Wahrheit ganz schön verdreht.«

Sein Gesicht wurde rot, und da wusste sie, dass sie ihn nicht mehr reizen durfte. »Mein Vater war kein Mistkerl.«

»Das habe ich nicht gesagt. Meinst du, den Lakota würde gefallen, was du tust? Dass du Jagd auf Unschuldige machst und sie anschließend abschlachtest?«

»Sie sind nicht unschuldig.«

»Was hat James Tyler getan, um den Tod zu verdienen?«

»Er ist hergekommen. Sein Volk hat mein Volk ermordet und es bestohlen.«

»Er war ein Immobilienmakler aus St. Paul. Wir sind unter uns, Ethan, es gibt also keinen Grund, sich etwas vorzumachen. Du liebst es zu töten. Du liebst es, andere zu terrorisieren, sie zu verfolgen. Du liebst es, das warme Blut auf deinen Händen zu fühlen. Deshalb benutzt du ein Messer. Denn wenn du Tyler wegen gebrochener Verträge, Lügen oder der Ehrlosigkeit von Menschen getötet hättest, die seit mehr als hundert Jahren tot sind, wäre das einfach nur wahnsinnig. Und du bist nicht wahnsinnig, oder, Ethan?«

Eine gewisse Verschlagenheit spiegelte sich in seinen Augen, um gleich wieder zu verschwinden. Dann zeigte er seine Zähne. »Sie sind hergekommen. Sie haben getötet, uns abgeschlachtet. Jetzt tränkt ihr Blut diesen Boden, so wie unseres vorher. Den Boden unter deinen Füßen.«

Angst kroch erneut in ihr hoch und ließ sie erstarren. Zehn Minuten, rief sie sich wieder ins Gedächtnis, vorausgesetzt, er hielt sich an seine eigenen Regeln. In zehn Minuten konnte sie eine ziemliche Strecke hinter sich bringen. Sie stand auf.

»Lauf.«

Ihre Beine zitterten und konnten es kaum erwarten. »Du kannst also sehen, wohin ich gehe? Ist das deine Art des Fährtenlesens? Ich dachte, du beherrschst dein Metier.«

Er lächelte. »Zehn Minuten«, sagte er und zog sich in die Höhle zurück.

Sie verlor keine Zeit. Ihre oberste Priorität waren Tempo und Entfernung.

Das Austricksen musste warten. Die Farm lag zwar näher, aber sie musste ihn von ihrer Mutter weghalten. Cooper würde von Osten her kommen. Sie kletterte den Hang hinunter und ermahnte sich, nicht zu schnell zu rennen und einen gebrochenen Knöchel zu riskieren. Die Angst drängte sie dazu, auf dem kürzesten, direktesten Weg zum Reservat zu eilen, aber ihr fiel die Armbrust wieder ein. Auf diese Weise würde er sie zu schnell aufspüren, und mit der Armbrust konnte er sie aus großer Entfernung außer Gefecht setzen.

Und jeder Fährte, die sie Coop hinterließ, konnte auch Ethan folgen.

Sie lief nach Norden und eilte der Dunkelheit voraus.

Auf der Chance-Farm steckte Joe eine Extraration Munition in seine Taschen. »Wir haben kaum noch Tageslicht. Bis der Mond aufgeht, werden wir Taschenlampen benutzen.«

»Ich möchte Joe begleiten.« Sam packte Joe an der Schulter. »Aber ich würde dich nur behindern.«

»Wir verfolgen alles am Funkgerät.« Lucy reichte ihm einen leichten Rucksack. »Wir warten auf Nachricht. Bring sie nach Hause!«

Er nickte und ging vor Farley aus der Tür.

»Sei vorsichtig.« Tansy umarmte Farley und drückte ihn kurz, aber fest. »Pass auf dich auf!«

»Mach dir keine Sorgen.«

Draußen führten Farley und Joe die drei bewaffneten Männer an, die sie auf ihrer Suche begleiteten. Die Hunde, die ihre Spur bereits aufgenommen hatten, keuchten.

»Wenn er ihr wehgetan hat«, sagte Joe leise zu Farley, »wenn er einer von beiden wehgetan hat, bring ich ihn um.«

»Das tun wir.«

In einiger Entfernung untersuchte Coop die Spuren, die Lil ihm hinterlassen hatte. Seit der Puma im Wald verschwunden war, hatte er ihn nicht wiedergesehen. Er hatte zwei Praktikanten dabei, und es dämmerte rasch.

Er hätte allein losziehen sollen, dachte er. Er hätte nicht mal Zeit damit verschwenden sollen, sich auszurüsten und die Katze zu befreien.

Die anderen waren zehn Minuten später aufgebrochen, einige schwärmten nach Süden, andere nach Norden aus. Über Funk hatte er erfahren, dass Joe eine weitere Gruppe von Westen aus anführte.

Aber das zu durchkämmende Gebiet blieb riesengroß.

»Ihr beide wartet hier, bis die anderen auftauchen.«

»Du hast Angst, dass wir es versauen oder verletzt werden. Aber das werden wir nicht.« Lena sah ihren Gefährten an. »Stimmt's, Chuck?«

Chucks Augen waren angstgeweitet, aber er nickte. »Stimmt.«

»Wenn ihr zurückbleibt, kehrt bitte um. Gib unsere neue Richtung durch«, befahl er Chuck und lief dann nach Südwesten.

Sie hatte deutliche Markierungen hinterlassen, dachte er, als er sich zwang, nicht zu rennen, um ja keine Spur zu übersehen. Sie verließ sich auf ihn. Wenn er nicht angehalten hätte, um den guten Samariter zu spielen, hätte er ihren Anruf erhalten und sie überzeugen können, auf ihn zu warten. Er hätte …

Aber es war sinnlos. Er würde sie finden.

Er dachte an Dory. Eine gute Polizistin, eine gute Freundin. Und an die langen, zähen Sekunden, die er gebraucht hatte, um seine Waffe zu ziehen.

Diesmal würde er nicht zu spät reagieren, diesmal nicht. Nicht bei Lil.

Sie hatte eine Fährte zu einem Fluss gelegt und war dann wieder umgekehrt. Jetzt, nach Sonnenuntergang, war es kühl geworden. Obwohl sie vor lauter Anstrengung und Angst schwitzte, fror sie. Sie dachte an den warmen Pulli, den sie am Nachmittag in ihrem Büro ausgezogen hatte, während sie sich die Zeit nahm, ihre Stiefel und Strümpfe auszuziehen.

Sie verwischte ihre Spuren und kehrte zum Fluss zurück. Als sie durch das eiskalte Wasser watete, biss sie die Zähne zusammen. Die falsche Fährte würde ihn vielleicht täuschen, vielleicht aber auch nicht. Einen Versuch war es zumindest wert. Sie lief ein paar Meter mit der Strömung, bevor sie nach den Flussbänken suchte. Ihre Füße waren gefühllos, als sie die Felsen entdeckte. Die würden ausreichen.

Sie kletterte aus dem Wasser, zog Strümpfe und Schuhe wieder an und hüpfte über die Steine, bis sie weichen Boden unter den Füßen hatte. Sie entfernte sich vom Wasser und umrundete das Unterholz, bis sie gezwungen war, sich einen Weg hindurch zu bahnen. Ihre Stiefel donnerten, als sie mit Schwung einen Hang hochrannte.

Sie suchte Schutz im Schatten der Bäume, um sich auszuruhen, zu lauschen.

Der Mond stieg langsam höher und stand wie ein Scheinwerfer über den Bergen. Das würde ihr helfen, im Dunkeln nicht über Wurzeln oder Felsen zu stolpern.

Ihre Mutter musste mittlerweile die Hälfte des Heimwegs zurückgelegt haben. Aus dieser Richtung war ebenfalls Hilfe zu erwarten. Sie musste sich darauf verlassen, dass ihre Mutter es schaffte. Sie würde die Helfer zu ihr in die Berge schicken.

Sie musste wieder weiter nach Osten gehen. Sie strich über ihre kalten Arme und ignorierte die Schrammen, die sie sich auf ihrer Flucht zugezogen hatte. Wenn sie durch das Manöver am Fluss Zeit gewonnen hatte, verfügte sie über genügend Vorsprung, es zu schaffen. Sie brauchte nur Durchhaltevermögen.

Mit zusammengebissenen Zähnen erhob sie sich und neigte den Kopf, als sie ein leises Platschen hörte.

Etwas Zeit hatte sie gewonnen, dachte sie, als sie sich nach Osten wandte. Aber nicht so viel wie erhofft.

Er folgte ihr, und er kam immer näher.

Coop blieb erneut stehen. Er sah die frische Kerbe in der Kiefernrinde. Lils Markierung. Pfotenabdrücke. Sie stammten von einem Puma. Erstere wies nach Westen, Letztere zeigten nach Norden.

Es gab keinerlei Beweis dafür, dass es ihr Puma war, dachte er. Und sie war eindeutig nach Westen gegangen. Sie war Ethans Fährte gefolgt, um ihre Mutter zu finden. Aber danach hatte er bestimmt auf die Jagd bestanden. Auf den Kick.

Coops Verstand sagte: Geh nach Westen. Aber sein Herz ...

»Geht nach Westen. Folgt den Kerben. Und gebt über Funk durch, dass ich von hier aus nach Norden vorstoße.«

»Aber warum denn?«, fragte Lea. »Wo willst du hin?«

»Ich folge der Katze.«

Würde sie Ethan nicht von ihrer Mutter weglocken?,

fragte sich Coop. Jedes Mal, wenn er glaubte, ihre Spur zu verlieren, dröhnte ihm das Herz in den Ohren. Wie kam er nur auf die Idee, einem Puma folgen zu können? Er, der Großstädter aus New York? Jetzt würde sie keine Zeichen mehr hinterlassen. Keine praktischen Kerben oder Steinhaufen. Sie konnte keine Zeichen mehr hinterlassen, weil er jetzt Jagd auf sie machte.

Komm mir nach, hatte sie ihn gebeten. Er konnte nur beten, dass er sie fand.

Zweimal hatte er die Spur schon verloren, und aus lauter Verzweiflung und Angst begann er zu schwitzen. Jedes Mal, wenn er sie wiederfand, zog sich sein Magen schmerzhaft zusammen.

Dann sah er die Stiefelabdrücke. Sie stammten von Lil. Als er in die Hocke ging und den von ihr hinterlassenen Fußabdruck mit dem Finger berührte, zitterte er am ganzen Körper. Sie lebte. Sie lebte und lief vorwärts. Er sah, wo ihre Spur von anderen – von Ethans – Fußspuren gekreuzt wurde. Er folgte ihr, aber sie war ihm immer noch voraus. Und die Katze folgte beiden.

Er ging weiter. Als er das Murmeln des Wassers über den Kieseln hörte, beschleunigte er seine Schritte. Sie war zum Wasser gegangen, um ihren Verfolger mithilfe des Wassers abzuschütteln.

Als er den Fluss erreichte, blieb er verblüfft stehen. Ihre Spur führte ins Wasser, während Ethan vor und zurück und dann im Kreis gelaufen war. Er schloss die Augen, versuchte, einen klaren Kopf zu bekommen und nachzudenken.

Was würde sie tun?

Eine falsche Fährte legen und dann umkehren. Aber

mit so etwas war er überfordert. Wenn sie ins Wasser gegangen war, konnte sie überall wieder an Land gegangen sein. Stromaufwärts, am anderen Ufer. Sie konnte auch einen Bogen gemacht und zur Farm seiner Großeltern gelaufen sein. Oder zu anderen Häusern. Ein großer Umweg, aber möglich war es. Oder aber sie war stromabwärts und ans andere Ufer gelaufen, zur Farm ihrer Eltern. Das war näher.

Sie musste wissen, dass sie aus dieser Richtung Hilfe erwarten konnte.

Er begann, ins Wasser zu waten, seinem Instinkt zu folgen. Dann blieb er stehen.

Flussabwärts und nach Osten. Das Grasland. Ihre Kamera. Ihr Lieblingsort.

Er kehrte um, machte einen Bogen und rannte los. Inzwischen folgte er nicht mehr den Spuren, sondern den Gedanken und Gewohnheiten einer Frau, die er kannte und liebte, seit er ein Junge war.

Joe starrte auf das Blut, das den Boden befleckte. Im Mondlicht sah es ganz schwarz aus. Ihm wurde schwindelig, seine Knie wurden weich, also kniete er sich hin und legte seine Hand auf das Blut. Er konnte nur noch denken: Jenna.

»Hierher!«, rief einer der Hilfssheriffs. »Das ist Derrick Morganston. Verdammt, das ist Derrick. Er ist tot.«

Nicht Jenna. Nicht seine Jenna. Später, viel später würde er sich vielleicht schämen, dass er nicht an den Mann und seine Familie, sondern nur an seine eigene gedacht hatte. Frische Wut und Angst halfen ihm wieder auf die Beine.

Er lief erneut weiter, suchte nach Spuren.

Wie eine übernatürliche Erscheinung kam sie durch die Schatten und das Mondlicht. Sie stolperte, stürzte, obwohl er bereits auf sie zurannte.

Er fiel auf die Knie, zog sie hoch, wiegte sie in seinen Armen, weinte. Er strich mit seinen Fingern über ihr geschwollenes Gesicht. »Jenna.«

»Das Grasland«, krächzte sie.

»Hier ist Wasser. Ma, hier ist Wasser.« In Farleys Augen standen Tränen, als er ihr das Wasser an die Lippen hielt.

Sie trank, um ihren brennenden Durst zu stillen, während Farley ihren Kopf tätschelte und Joe sie hin und her wiegte. »Das Grasland«, wiederholte sie.

»Wie bitte?« Joe nahm Farley die Flasche ab. »Trink noch etwas Wasser. Du bist verletzt. Er hat dich verletzt.«

»Nein. Lil. Das Grasland. Sie lockt ihn dorthin. Zu ihrem Lieblingsort. Finde sie, Joe. Finde unser Kind.«

Inzwischen hatte er bestimmt begriffen, wo sie hinwollte, aber das ließ sich jetzt nicht mehr ändern. Sie musste nur in Sichtweite der Kamera gelangen, darauf hoffen, dass jemand etwas sah. Und sich dann verstecken. Inmitten des hohen Grases konnte sie sich verstecken.

Sie hatte das Messer in ihrem Stiefel. Das wusste er nicht. Sie war nicht wehrlos. Sie hob einen Stein auf und umklammerte ihn. Sie war nicht wehrlos, verdammt noch mal!

Meine Güte, sie brauchte dringend eine Pause. Um wieder zu Atem zu kommen. Sie hätte alles für einen

Schluck Wasser gegeben. Sie wünschte, der Mond würde hinter den Wolken verschwinden, nur für ein paar Minuten. Sie fand den Weg jetzt auch im Dunkeln, und die Dunkelheit würde sie verstecken.

Ihre Beinmuskeln schrien, als sie sich den nächsten Hang hochkämpfte. Die Finger, die den Stein umklammerten, waren klamm vor Kälte. Ihr Atem ging stoßweise, und sie kämpfte sich vorwärts bis an den Rand der Erschöpfung.

Sie wäre beinahe gestolpert, hasste sich für ihre Schwäche und stützte sich an einem Baum ab, bis sie ihr Gleichgewicht wiederfand.

Der Bolzen drang nur wenige Zentimeter von ihren Fingern entfernt in den Stamm. Sie ließ sich fallen, rollte sich hinter den Baum.

»Ich hätte dich aufspießen können wie einen Schmetterling!«

Seine Stimme war in der klaren Nacht weithin zu hören. Wie nah war er an sie herangekommen? Schwer zu sagen. Sie sprang auf und rannte geduckt von Baum zu Baum. Als der Boden ebener wurde, steigerte sie das Tempo. Sie stellte sich den Aufprall und den Schmerz vor, den sie spüren würde, wenn sie einer dieser heimtückischen Bolzen in den Rücken traf. Sie verwünschte diesen Gedanken. Sie hatte es schon so weit geschafft, war beinahe am Ziel. Ihre Lunge brannte, und sie atmete pfeifend aus, als sie sich einen Weg durchs Unterholz bahnte und ihre kalte Haut durch neue Schrammen zum Brennen brachte.

Jetzt würde er ihr Blut riechen.

Sie brach aus der Deckung und betete darum, dass

jemand sie sah, als sie durch das Blickfeld der Kamera rannte. Dann tauchte sie ins hohe Gras. Mit zusammengebissenen Zähnen zog sie das Messer aus ihrem Stiefel. Ihr Herz schlug gegen den Boden, als sie die Luft anhielt. Und wartete.

Was für eine Ruhe, was für eine Stille. Es ging kaum ein Hauch. Als das Dröhnen in ihrem Kopf nachließ, hörte sie die nächtlichen Geräusche, das leise Rascheln, den trägen Ruf einer Eule. Und dann ihn, wie er durchs Unterholz kam.

Komm näher, dachte sie. Komm näher!

Der Bolzen sauste dreißig Zentimeter zu ihrer Linken durchs Gras. Sie unterdrückte den Schrei, der in ihrer Kehle aufstieg, und erstarrte.

»Du bist gut. Ich wusste, dass du gut bist. Du warst bisher die Beste. Tut mir leid, dass es jetzt vorbei ist. Aber vielleicht gebe ich dir noch eine Chance. Möchtest du noch eine Chance, Lil? Hast du noch Kraft? Dann lauf los.«

Der nächste Bolzen drang rechts von ihr in den Boden.

»Du hast noch so lange Zeit, bis ich neu geladen habe. Sagen wir, dreißig Sekunden.«

Er war nicht nahe genug, nicht für das Messer.

»Was meinst du? Und zwar ab jetzt. Dreißig, neunundzwanzig ...«

Sie sprang auf, wirbelte nach hinten herum und warf den Stein mit dem Selbstbewusstsein eines Mädchens, das glaubt, in der Oberliga mitspielen zu können. Er traf ihn an der Schläfe, und man hörte, wie Stein auf Knochen traf.

Als er stolperte, als ihm die Armbrust aus der Hand fiel, lief sie schreiend vorwärts.

Er zog die Pistole, die er dem Ranger abgenommen hatte, und jagte vor ihren Füßen eine Kugel in den Boden.

»Auf die Knie, du Schlampe.« Obwohl er schwankte und Blut aus der Wunde floss, hielt er die Waffe ganz ruhig.

»Wenn du mich erschießen willst, dann schieß einfach, verdammt noch mal.«

»Vielleicht. In den Arm. Ins Bein. Aber nicht, um dich zu töten.« Er zog das Messer aus der Scheide. »Du weißt, wie es sein wird. Aber du hast dich gut geschlagen. Du hast mich sogar zum ersten Mal bluten lassen.«

Er wischte sich das Blut ab, mit dem Rücken der Hand, in der er das Messer hielt, und sah es sich an. »Ich werde zu deinen Ehren ein Lied singen. Du hast uns hierhergeführt, ein würdiger Ort, an dem sich alles erfüllt. Dein Schicksal und mein Schicksal. Der Kreis hat sich geschlossen, Lil. Du wusstest es schon die ganze Zeit. Du hast es verdient, sauber zu sterben.«

Er lief auf sie zu.

»Bleib, wo du bist. Leg die Waffe weg. Geh weg von ihm, Lil«, befahl Coop, der am Rande des Graslands stand.

Vor lauter Schreck zitterte Ethans Hand mit der Waffe. Aber die Mündung zielte weiterhin auf Lil. »Wenn sie sich rührt, erschieße ich sie. Wenn du mich erschießt, erschieße ich sie trotzdem. Du bist der andere.« Er schwieg und nickte. »Es ist nur logisch, dass du auch da bist.«

»Leg die verdammte Waffe weg, oder ich bring dich an Ort und Stelle um.«

»Ich ziele auf ihren Bauch. Vielleicht schaffe ich es, noch zweimal abzudrücken. Willst du zusehen, wie sie verblutet? Hau ab. Hau verdammt noch mal ab! Bezeichnen wir das Ergebnis als unentschieden. Aber es wird eine Revanche geben. Wenn du deine Waffe nicht sinken lässt, schieß ich ihr ein Loch in den Bauch. Lass sie sinken und verschwinde. Dann lass ich sie leben.«

»Er lügt.« Sie hatte sie gesehen, die Verschlagenheit in seinem Blick. »Erschieß den Mistkerl einfach. Ich möchte lieber sterben, als zusehen müssen, wie er davonkommt.«

»Kannst du damit leben?«, fragte Ethan. »Damit, dass sie vor deinen Augen stirbt?«

»Lil«, sagte Coop und verließ sich darauf, dass sie ihm in die Augen sah, ihn verstand. Sein Finger zuckte, als er die Waffe ein paar Zentimeter sinken ließ.

Der Puma sprang aus dem Unterholz, ein goldener Pfeil mit Fangzähnen und Krallen, die im Mondlicht aufblitzten. Sein Schrei zerschnitt die Nacht wie ein silbernes Schwert. Ethan starrte ihn wie benebelt an, der Mund stand ihm offen.

Dann ertönte sein Schrei, als der Puma seine Zähne in seine Kehle grub und ihn zu Boden riss.

Lil stolperte rückwärts. »Nicht rennen, nicht rennen!«, rief sie Coop zu. »Hinterher greift er noch dich an. Bleib stehen!«

Aber er lief weiter, lief zu ihr. Vor ihren Augen verschwamm alles.

Er lief weiter, um sie aufzufangen, als ihre Knie endlich nachgaben.

»Wir haben dich gefunden.« Er küsste sie, küsste ihre Wangen, ihren Hals. »Wir haben dich gefunden.«

»Wir müssen weiter. Wir sind zu nah an der Beute.«

»Es ist Baby.«

»Was? Nein.« Sie sah, wie sie die im Gras sitzende Katze anfunkelte. Sah das Blut an ihrer Schnauze. Dann kam sie zu ihr, stupste ihren Arm an. Und schnurrte.

»Er hat getötet.« Für mich, dachte sie. Für mich. »Aber er hat nichts von seiner Beute gefressen. Das ist nicht ... Er sollte nicht ...«

»Du kannst später einen Aufsatz darüber schreiben.« Coop zog sein Funkgerät hervor. »Ich habe sie.« Dann zog er ihre Hand an seine Lippen. »Ich habe dich.«

»Meine Mutter. Sie ...«

»... ist in Sicherheit. Ihr seid beide in Sicherheit. Jetzt bringen wir dich nach Hause. Ich möchte, dass du hier sitzen bleibst, während ich nach Ethan sehe.«

»Er ist ihm an die Kehle gegangen.« Sie verbarg ihr Gesicht in den Händen. »Es war purer Instinkt. Er ist seinem Instinkt gefolgt.«

»Lil, er ist dir gefolgt.«

Als das Schlimmste vorbei war, saß sie auf dem Sofa, während das Feuer im Kamin brannte. Sie hatte ein heißes Bad genommen und einen Schluck Brandy getrunken. Trotzdem wurde ihr einfach nicht richtig warm.

»Ich sollte meine Mutter besuchen.«

»Lil, sie schläft. Sie weiß, dass du in Sicherheit bist. Sie hat über Funk deine Stimme gehört. Sie leidet an

Austrocknung, ist erschöpft und hat überall blaue Flecken. Lass sie schlafen. Du wirst sie morgen sehen.«

»Ich musste gehen, Coop. Ich konnte nicht warten. Ich musste ihr nachgehen.«

»Das weiß ich doch. Du musst das nicht immer wiederholen.«

»Ich wusste, dass du mir nachkommst.« Sie presste seine Hand gegen ihre Wange, schloss die Augen und sog seine Wärme in sich auf. »Aber Matt und Tansy mussten wahnsinnig sein, Baby einfach so freizulassen.«

»Wir waren alle wahnsinnig. Aber es hat funktioniert, nicht wahr? Jetzt frisst er wieder sein Hühnerfleisch und gilt als Held.«

»Er hätte meine Fährte gar nicht aufnehmen dürfen. Nicht so. Er hätte mich nicht finden dürfen.«

»Er hat dich gefunden, weil er dich liebt. Dasselbe gilt für mich.«

»Ich weiß.« Sie nahm sein Gesicht in beide Hände. »Ich weiß.« Als er sich vorbeugte, um sie zu küssen, lächelte sie.

»Ich laufe dir nicht weg. Es wird höchste Zeit, dass du das endlich begreifst.«

Sie ließ ihren Kopf an seine Schulter sinken und sah ins Feuer. »Wenn er gewonnen hätte, hätte er irgendwann Jagd auf meine Eltern gemacht. Und sie getötet oder es wenigstens versucht. Er wäre hergekommen und hätte getötet. Er liebte das Töten. Die Jagd auf Menschen hat ihn erregt. Dadurch fühlte er sich wichtig, ihnen überlegen. Der Rest, der geheiligte Boden, die Rache, die Vorfahren waren nichts als heiße Luft.

Er hat sich da zwar reingesteigert, aber im Grunde war es heiße Luft.«

»Er hat nicht gewonnen.« Er dachte daran, wie viele Tote vielleicht nie gefunden werden würden. Sie würden niemals wissen, wie viele er gejagt und getötet hatte. Aber diese Gedanken konnte er sich für ein andermal aufheben, fand Cooper.

Er hatte Lil, hielt sie sicher in seinen Armen.

»Du wolltest ihn erschießen.«

»Ja.«

»Du wolltest die Waffe so weit sinken lassen, dass er glaubt, du meinst es ernst. Damit er sich umdreht, um auf dich zu schießen. Dann hättest du ihn erschossen. Du hast dir gedacht, dass ich schlau genug bin, mich aus der Schusslinie zu werfen.«

»Ja.«

»Du hattest recht. Ich wollte gerade springen, als Baby wie aus dem Nichts aufgetaucht ist. Wir haben uns vertraut – blind vertraut, während es um Leben und Tod ging. Das will doch was heißen.« Sie seufzte laut. »Mann, bin ich müde.«

»Wieso nur?«

»Das muss wohl am Wetter liegen. Kannst du mir einen Gefallen tun? Ich hab heute Morgen den Müll in der Waschküche vergessen. Würdest du ihn bitte für mich rausbringen?«

»Jetzt?«

»Ich wäre dir wirklich sehr dankbar. Du hast mir heute zwar schon das Leben gerettet, aber ich wäre dir wirklich sehr dankbar.«

»Gut.«

Sie unterdrückte ein Lächeln, als er deutlich genervt hinausging. Sie nahm noch einen Schluck Brandy und wartete.

Als er zurückkam, blieb er in der Haustür stehen und musterte sie gründlich. »Du hast den Müll heute Morgen da reingetragen?«

»Ja.«

»Bevor ich dir das Leben gerettet oder zumindest dazu beigetragen habe?«

»Jawohl.«

»Warum?«

Sie warf ihr Haar zurück und sah ihm direkt in die Augen. »Weil ich beschlossen habe, dass du mir nicht davonläufst. Und da ich dich die meiste Zeit meines Lebens geliebt habe, möchte ich auch nicht länger vor dir davonlaufen. Du bist der beste Freund, den ich je hatte, und der einzige Mann, den ich je geliebt habe. Warum sollte ich ohne dich leben wollen, bloß weil du mit zwanzig so ein Idiot warst?«

»Darüber kann man streiten. Was den Idioten anbelangt.« Er strich ihr übers Haar. »Du gehörst zu mir, Lil.«

»Ja, das tue ich.« Sie stand auf und zuckte nur ein klein wenig zusammen. »Und du gehörst zu mir.« Sie sank in seine Arme. »Genau das will ich«, sagte sie. »Und kann davon nie genug kriegen. Möchtest du einen Spaziergang machen? Ich weiß, das klingt albern, aber ich möchte einen Mondscheinspaziergang machen, auf dem ich mich geborgen, geliebt und glücklich fühle. Mit dir.«

»Hol deine Jacke«, sagte er. »Es ist kühl draußen.«

Der Mond strahlte klar und weiß auf sie herab, während sie spazieren gingen. Sie fühlten sich beide geborgen, geliebt und waren glücklich.

In der Stille und Frische des beginnenden Frühlings hallte der Schrei des Pumas über das Tal und drang bis tief in die schwarz schimmernden Berge hinein.

Werkverzeichnis der im
Heyne und Diana Verlag
erschienenen Titel von
Nora Roberts

© Bruce Wilder

› Zusatzmaterial

HEYNE ‹

Die Autorin

Nora Roberts wurde 1950 in Silver Spring, Maryland, als einzige Tochter und jüngstes von fünf Kindern geboren. Ihre Ausbildung endete mit der Highschool in Silver Spring. Bis zur Geburt ihrer beiden Söhne Jason und Dan arbeitete sie als Sekretärin, anschließend war sie Hausfrau und Mutter. Anfang der Siebzigerjahre zog sie mit ihrem Mann und den beiden Kindern nach Maryland aufs Land. Sie begann mit dem Schreiben, als sie im Winter 1979 während eines Blizzards tagelang eingeschneit war. Nachdem Nora Roberts jedes im Haus vorhandene Buch gelesen hatte, schrieb sie selbst eins. 1981 wurde ihr erster Roman *Rote Rosen für Delia* (Originaltitel: *Irish Thoroughbred*) veröffentlicht, der sich rasch zu einem Bestseller entwickelte. Seitdem hat sie über 200 Romane geschrieben, von denen weltweit über 500 Millionen Exemplare verkauft wurden; ihre Bücher wurden in mehr als 30 Sprachen übersetzt. Sowohl die Romance Writers of America als auch die Romantic Times haben sie mit Preisen überschüttet; sie erhielt unter anderem den Rita Award, den Maggie Award und das Golden Leaf. Ihr Werk umfasst mehr als 195 New-York-Times-Bestseller, und 1986 wurde sie in die Romance Writers Hall of Fame aufgenommen.

Heute lebt die Bestsellerautorin mit ihrem Ehemann in Maryland.

E-Books

Alle Romane in diesem Werkverzeichnis sind auch als E-Book erhältlich.

Besuchen Sie Nora Roberts auf ihrer Website
www.noraroberts.com

1. Einzelbände

Licht in tiefer Nacht *(Come Sundown)*
So lange Bodine denken kann, liegt ein Schatten über dem Familienanwesen. Ihre Tante Alice lief mit achtzehn fort und wurde nie wieder gesehen. Was niemand ahnt: Alice lebt. Nicht weit entfernt, ist sie Teil einer Familie, die sie nicht selbst gewählt hat …

Dunkle Herzen *(Divine Evil)*
Eine New Yorker Bildhauerin erlebt in ihren Albträumen eine »Schwarze Messe«, welche in ihrem Heimatort in Maryland stattfindet. Sie erinnert sich an den grauenvollen Tod ihres Vaters und entschließt sich zur Heimkehr in ihr Elternhaus. Dunkle Mächte werden daraufhin wiedererweckt.

Erinnerung des Herzens *(Genuine Lies)*
Eine alleinerziehende Mutter und erfolgreiche Autorin soll für eine Filmdiva die Memoiren verfassen. Sie erhält deshalb immer häufiger Drohbriefe, je mehr sich die Diva in ihren brisanten Informationen öffnet.

Gefährliche Verstrickung *(Sweet Revenge)*
Die schöne Adrianne führt ein Doppelleben: bei Tag elegante Society-Lady, bei Nacht gefürchtete Juwelendiebin. Doch all ihre Einbrüche sind bloß Fingerübungen für ihren größten Coup: Sie will jenen Mann bestehlen, der einst ihrer Mutter das Leben zur Hölle machte. Nur einer könnte ihre Pläne zunichtemachen: Philip Chamberlain, Ex-Juwelendieb und Interpol-Agent …

Das Haus der Donna *(Homeport)*
Eine amerikanische Kunstexpertin wird zu einer wichtigen Expertise über eine Bronzefigur aus der Zeit der Medici nach Flo-

renz eingeladen, doch vorher wird sie überfallen und mit einem Messer bedroht. Die Echtheit der Figur und der Überfall stehen in einem gefährlichen Zusammenhang.

Im Sturm des Lebens *(The Villa)*
Teresa Giambelli legt die Führung ihrer Weinfirma in die Hände ihrer Enkelin Sophia und in die von Tyker, dem Enkelsohn ihres zweiten Mannes, beide charakterlich sehr unterschiedlich. Als vergiftete Weine der Firma auftauchen, erkennen beide, dass sie gemeinsam für ihre Familie und das Weingut kämpfen müssen.

Insel der Sehnsucht *(Sanctuary)*
Anonyme Fotos beunruhigen die Fotografin Jo Hathaway, und deshalb kommt sie nach Jahren zurück in ihr Elternhaus auf der Insel Desire. Dort findet sie ihren Vater und die Geschwister vor. Jo versucht herauszufinden, weshalb ihre Mutter vor langer Zeit verschwand.

Lilien im Sommerwind *(Carolina Moon)*
South Carolina. Tory Bodeen findet keine Ruhe, seit vor achtzehn Jahren ihre beste Schulfreundin Hope ermordet wurde. Heimlich stellt sie Nachforschungen an, unterstützt von Hopes Bruder. Sie stellen fest, dass Hope das erste Opfer einer Mordserie ist.

Nächtliches Schweigen *(Public Secrets)*
Der Sohn eines umjubelten Bandleaders wird entführt und dabei versehentlich getötet. Die Tochter Emma beobachtet die Untat, stürzt dabei und verliert jede Erinnerung an die Täter. Sie quält sich mit Vorwürfen und versucht mithilfe eines Polizeibeamten, ihr Gedächtnis wiederzuerlangen. Dadurch gerät sie in große Gefahr.

Rückkehr nach River's End *(River's End)*
Auf mörderische Weise verliert die kleine Livvy ihre Eltern, ein Hollywood-Traumpaar. Die Großeltern bieten ihr im friedlichen River's End eine neue Heimat. Jahre später kommen die Erinnerungen und damit die Gefahr, dass bedrohlicher Besuch eintreffen könnte.

Der Ruf der Wellen *(The Reef)*
Auf der Suche nach einem geheimnisumwitterten Amulett vor der Küste Australiens wird James Lassiter bei einem Tauchgang ermordet. Dessen Sohn Matthew und sein Onkel sind weiter auf der Suche, zusammen mit Ray Beaumont und dessen Tochter Tate, und entdecken ein spanisches Wrack.

Schatten über den Weiden *(True Betrayals)*
Nach der Trennung von ihrem Mann erhält Kelsey einen Brief von ihrer totgesagten Mutter. Diese widmet sich seit ihrer Entlassung aus dem Gefängnis der Pferdezucht in Virginia. Kelsey entdeckt dort ihre Wurzeln, verliebt sich, beginnt aber auch in der Vergangenheit ihrer Mutter zu forschen: Weshalb wurde ihr ein mysteriöser Mord zur Last gelegt?

Sehnsucht der Unschuldigen *(Carnal Innocence)*
Innocence am Mississippi ist für die Musikerin Caroline Waverly der richtige Ort der Erholung nach einer monatelangen Tournee mit Beziehungskonflikten. Tucker Longstreet, Erbe der größten Farm in Innocence, verliebt sich in Caroline. Drei Frauen werden innerhalb einiger Wochen ermordet, eine von ihnen war die ehemalige Geliebte von Tucker.

Die Tochter des Magiers *(Honest Illusions)*
Roxanne teilt das geerbte Talent für Magie mit Luke, einem früheren Straßenjungen, den ihr Vater, ein Zauberkünstler, einst auf-

nahm. Allerdings erleichtern sie Reiche auch um deren Juwelen. Sie werden Partner in der Zauberkunst und in der Liebe. Ein dunkler Punkt in Lukes Vergangenheit lässt ihn verschwinden – Jahre später taucht er wieder auf ...

Tödliche Liebe *(Private Scandals)*
Die erfolgreiche Fernsehmoderatorin Deanna Reynolds hat Glück im Beruf – und in der Liebe mit dem Reporter Finn Riley. Doch eine eifersüchtige Kollegin und anonyme Fanpost machen ihr das Leben schwer.

Träume wie Gold *(Hidden Riches)*
Philadelphia. Die Antiquitätenbesitzerin Dora Conroy kauft eine Reihe von Objekten und gerät damit ins Blickfeld von internationalen Schmugglern. Sie und der ehemalige Polizist Jed Skimmerhorn beginnen, Diebstähle und Todesfälle im Umkreis der geheimnisvollen Lieferung zu untersuchen.

Verborgene Gefühle *(Hot Ice)*
Manhattan. Auf der Flucht vor Gangstern landet der charmante Meisterdieb Douglas Lord im Luxusauto von Whitney. Dabei erfährt sie von Douglas' Plan, im Dschungel von Madagaskar einen sagenhaften Schatz zu suchen.

Verlorene Liebe *(Brazen Virtue)*
Zwei Schwestern. Während Grace unbekümmert alleine als Krimiautorin lebt, arbeitet Kathleen als Lehrerin an einer Klosterschule und verdient sich nebenbei Geld mit Telefonsex für den Scheidungsanwalt. Ein lebensgefährlicher Job, denn Grace findet Kathleen mit einem Telefonkabel erdrosselt.

Verlorene Seelen *(Sacred Sins)*
Washington. Blondinen sind die Opfer eines Frauenmörders, die Tatwaffe immer eine weiße Priesterstola. Mithilfe der Psychiaterin Tess Court versucht Police Sergeant Ben Paris, die Mordserie aufzuklären. Doch nicht nur er hat ein Auge auf Tess geworfen.

Der weite Himmel *(Montana Sky)*
Montana. Der steinreiche Farmer Jack Mercy verfügte in seinem Testament, dass seine drei Töchter aus drei Ehen erst dann ihren Erbteil erhalten, wenn sie ein Jahr lang friedlich zusammen auf der Farm verbringen. Sie versuchen es, doch in dieser Zeit geschehen auf der Farm mysteriöse Dinge.

Tödliche Flammen *(Blue Smoke)*
Reena Hale ist Brandermittlerin und kennt durch ein schlimmes Kindheitserlebnis die Macht des Feuers. Neben Bo Goodnight interessiert sich noch jemand sehr für sie – allerdings verfolgt dieser Unbekannte ihre Spur, um die Macht des Feuers für seinen Racheplan zu benützen.

Verschlungene Wege *(Angels Fall)*
Reece Gilmore ist auf der Flucht: vor der Erinnerung und vor sich selbst. Als sie sich endlich in einem Dorf in Wyoming dem einfühlsamen Schriftsteller Brody anvertraut, glaubt sie, zur Ruhe zu kommen. Doch die Vergangenheit holt sie bald ein.

Im Licht des Vergessens *(High Noon)*
Phoebe MacNamara kennt die Gefahr. Geiselnehmer, Amokläufer – kein Problem für die beim FBI ausgebildete Expertin für Ausnahmezustände. Aber erst die Liebe zu Duncan hat sie unverwundbar gemacht. Glaubt sie. Bis sie von einem Unbekannten brutal überfallen wird. Fortan muss sie um ihr Leben fürchten.

Lockruf der Gefahr *(Black Hills)*
Tierärztin Lilian führt auf ihrer Wildtierfarm in South Dakota ein erfülltes, aber auch abgeschiedenes Leben. Fast zu spät erkennt sie die Gefahr, der sie ausgesetzt ist, als ein Mann sie und ihre Familie bedroht. In letzter Minute nimmt sie die Hilfe ihrer Jugendliebe Cooper an. Kann er sie retten?

Die falsche Tochter *(Birthright)*
Als die Archäologin Callie Dunbrook an den Fundort eines fünftausend Jahre alten menschlichen Schädels gerufen wird, ahnt sie nicht, dass dieses Projekt auch ihre eigene Vergangenheit heraufbeschwören wird.

Sommerflammen *(Chasing Fire)*
Die Feuerspringerin Rowan kämpft jeden Sommer erfolgreich gegen die Brände in den Wäldern Montanas. Doch seit ihr Kollege dabei ums Leben kam, plagen sie Schuldgefühle. Hätte sie Jim retten können?

Gestohlene Träume *(Three Fates)*
Tia Marshs Leben gehört der Wissenschaft. Dass das Interesse für griechische Mythologie ihr einmal zum Verhängnis wird, ahnt sie nicht – bis sie Malachi Sullivan begegnet. Der attraktive Ire ist dem Geheimnis dreier Götterfiguren auf der Spur, und nicht nur er will die wertvollen Statuen um jeden Preis besitzen ...

Das Geheimnis der Wellen *(Whiskey Beach)*
Eli Landon wird unschuldig des Mordes an seiner Frau verdächtigt. Im Anwesen seiner Familie an der rauen Küste Neuenglands sucht er Zuflucht. Auch seine hübsche Nachbarin, Abra Walsh, will dort ihre schmerzhaften Erinnerungen vergessen. Doch während sich die beiden näherkommen, holt sie die Vergangenheit ein.

Ein Leuchten im Sturm *(The Liar)*
Nach dem Unfall ihres Mannes erfährt Shelby, dass Richard ein Betrüger war. Der Mann, den sie geliebt hat, ist nicht nur tot – er hat niemals existiert. Shelby flüchtet mit ihrer Tochter zu ihrer Familie nach Tennessee, wo sie Griffin kennenlernt. Doch Richards Lügen folgen ihr und werden zur tödlichen Bedrohung.

Strömung des Lebens *((Under Currents)*
Von außen betrachtet ist das Leben der Bigelows perfekt. Doch hinter den Kulissen tyrannisiert der Vater seine Familie. Als Sohn Zane sich schließlich zur Wehr setzt, kommt das jahrelange Martyrium ans Licht. Fast zwanzig Jahre später findet die junge Landschaftsgärtnerin Darby McCray in Lakeview ein neues Zuhause. Auch Zane kehrt als erfolgreicher Anwalt in seinen Heimatort zurück. Die beiden fühlen sich sofort zueinander hingezogen, doch ihre aufblühende Liebe wird von der Vergangenheit überschattet. Was damals geschehen ist, holt die beiden wieder ein und wird zur gefährlichen Bedrohung ...

2. Zusammenhängende Titel

a) Quinn-Familiensaga

– Tief im Herzen *(Sea Swept)*
Maryland. Der Rennfahrer Cameron Quinn kehrt zurück in die Kleinstadtidylle an das Sterbebett seines Adoptivvaters. Dieser bittet ihn, sich mit den beiden Adoptivbrüdern um den zehnjährigen Seth zu kümmern. Er ist ein ebenso schwieriger Junge, wie es Cameron einst war. Hinzu kommt, dass sich die Sozialarbeiterin Anna Spinelli einmischt, um zu prüfen, ob in dem Männerhaushalt die Voraussetzungen für eine Adoption gegeben sind.

– Gezeiten der Liebe *(Rising Tides)*
Ethan Quinn übernimmt während der Abwesenheit seiner Brüder die Rolle des Familienoberhaupts. Seine Arbeit als Fischer und die Verantwortung für den zehnjährigen Seth binden ihn an die kleine Stadt. Außerdem liebt er Grace Monroe, eine alleinerziehende Mutter, welche den Haushalt der Quinns führt.

– Hafen der Träume *(Inner Harbour)*
Gemeinsam kämpfen die drei Quinn-Brüder um das Sorgerecht für Seth, denn sie wissen, dass Seths Mutter eher am Geld als an dem Jungen gelegen ist. Da kommt die Bestsellerautorin Sybill in die Stadt und will unbedingt verhindern, dass Seth von Philipp und seinen Brüdern adoptiert wird.

– Ufer der Hoffnung *(Chesapeake Blue)*
Seth Quinn hat sich durch die Fürsorge seiner älteren Brüder zu einem erfolgreichen Maler entwickelt. Als er aus Europa nach Maryland zurückkehrt, wird er von seiner leiblichen Mutter mit der Publikation seiner Kindheitsgeschichte erpresst. Seth lernt Drusilla kennen, welche sich auch nicht mehr mit ihrer leiblichen Familie identifizieren kann.

b) Garten-Eden-Trilogie

– Blüte der Tage *(Blue Dahlia)*
Tennessee. Die Witwe Stella Rothchild kehrt mit ihren kleinen Söhnen in ihre Heimat zurück. Die Gartenarchitektin beginnt, sich ein neues Leben in der Gärtnerei Harper aufzubauen, unterstützt von der Hausherrin Rosalind. Alles ist gut, bis Stella dem Landschaftsgärtner Logan Kitridge begegnet. Doch jemand will diese Verbindung verhindern.

- **Dunkle Rosen** *(Black Rose)*
Rosalind Harper hat sich in die Arbeit gestürzt, um den Tod ihres Mannes zu überwinden. Besonders der Gartenkunst widmet sie sich. Doch in dem harperschen Anwesen geht ein Geist um. Rosalind engagiert den Ahnenforscher Mitchell Carnegie, um zu erfahren, um welche übernatürlichen Kräfte es sich dabei handelt.

- **Rote Lilien** *(Red Lily)*
Hayley Phillips kommt mit ihrer neugeborenen Tochter Lily zu ihrer Cousine Rosalind Harper und findet dort ein neues Heim. Für Rosalinds Sohn Harper empfindet sie tiefe Gefühle, doch dann ergreift eine dunkle Macht von Hayley Besitz.

c) Der Jahreszeiten-Zyklus

- **Frühlingsträume** *(Vision in White)*
Gemeinsam mit ihren Freundinnen Parker, Laurel und Emma betreibt Mac eine erfolgreiche Hochzeitsagentur. Sie lebt und arbeitet mit den drei wichtigsten Menschen in ihrem Leben – wozu braucht sie da noch einen Mann? Doch als Mac Carter trifft, gerät ihr so gut ausbalanciertes Leben ins Wanken.

- **Sommersehnsucht** *(Bed of Roses)*
Freundschaft und Liebe – das geht nicht zusammen. Zu dumm nur, dass sich Emmas langjähriger Freund Jack völlig überraschend als ihre große Liebe erweist. Nun steckt Emma in der Klemme, zumal sie weiß, wie sehr Jack an seiner Freiheit hängt.

- **Herbstmagie** *(Savor the Moment)*
Laurel verliebt sich in den smarten Staranwalt Del, den Bruder ihrer Freundin Parker. Er ist für sie die Liebe ihres Lebens, aber sieht der heiß begehrte Junggeselle das ebenso?

- **Winterwunder** *(Happy Ever After)*
Parker ist anscheinend mit ihrem Beruf verheiratet – bis Malcolm in ihr Leben tritt. Aber wie soll sie mit ihm eine Beziehung führen, wenn er sich weigert, über seine Vergangenheit zu sprechen?

d) Die O'Dwyer-Trilogie

- **Spuren der Hoffnung** *(Dark Witch)*
Iona verlässt Baltimore, um sich im sagenumwobenen County Mayo auf die Suche nach ihren Vorfahren zu machen. Als sie den attraktiven Boyle trifft, bietet er ihr an, auf seinem Gestüt zu arbeiten. Schnell spüren beide, dass sie mehr verbindet als die gemeinsame Leidenschaft für Pferde. Doch dann droht ein dunkles Familiengeheimnis das Glück der beiden zu zerstören.

- **Pfade der Sehnsucht** *(Shadow Spell)*
Ionas Cousin Connor O'Dwyer hat die Frau fürs Leben noch nicht gefunden, doch auf wundersame Weise fühlt er sich immer mehr zur leidenschaftlichen Meara hingezogen. Das Glück wird getrübt, als Cabhan, der alte Feind der Familie, Meara benutzt, um sie alle zu vernichten. Hält der Kreis der Freunde dieser Herausforderung stand?

- **Wege der Liebe** *(Blood Magick)*
Branna und Fin waren schon mit siebzehn ein Paar, doch dann ist ihre Liebe zerbrochen. Branna liebt Fin zwar noch immer, sie fühlt sich aber von ihm verraten und misstraut ihm seither. Doch sie gehören beide zum magischen Kreis der Freunde und kämpfen gemeinsam gegen Cabhan, den unversöhnlichen Feind des O'Dwyer-Clans. Aber welche Rolle spielt Fin eigentlich in diesem Kampf? Ist er in die Machtspiele seines Vorfahren verwickelt, oder steht er aufseiten von Iona, Connor und Branna?

e) Die Schatten-Trilogie

– Schattenmond *(Year One)*
Lana und Max verbindet eine große und außergewöhnliche Liebe. Als eine weltweite Seuche ausbricht und New York innerhalb kürzester Zeit ins Chaos stürzt, fliehen sie aus der Stadt und gründen mit Gleichgesinnten die Gemeinschaft New Hope. Doch auch hier rückt die Gefahr dem Paar bedrohlich nahe. Lana setzt alles daran, dem Inferno zu entkommen, denn sie trägt inzwischen ein Kind unter dem Herzen, die »Auserwählte«, ihre zukünftige Tochter, die als Einzige in der Lage sein wird, dem Leid der Menschheit ein Ende zu setzen.

– Schattendämmerung *(Of Blood and Bone)*
Fallon trägt eine schwere Verantwortung: Sie wurde mit den Kräften geboren, die notwendig sind, um die postapokalyptische Welt vom Bösen zu befreien. Doch dafür muss sie ihrer geliebten Familie den Rücken kehren und von der kleinen Farmerstochter zur mutigen Kriegerin werden. Gleichzeitig tritt immer wieder Duncan in ihr Leben, mit dem sie etwas Tieferes verbindet, als sie sich eingestehen will. Um den dunklen Mächten und dem Mörder ihres leiblichen Vaters Einhalt zu gebieten, muss das junge Mädchen magische und nichtmagische Wesen zusammenbringen und Hinterhalt und Intrigen enttarnen, die die Gesellschaft noch vor der ersten Schlacht zu unterwandern drohen.

– Schattenhimmel *(The Rise of Magicks)*
Lieferbar ab September 2020
Die erste Schlacht ist bereits geschlagen, doch der große Kampf um Gut und Böse steht noch bevor: Die junge Fallon führt ihre Armee nach Washington D.C., um die schwarze Magie aus der Welt zu verbannen. Sie ist die Auserwählte, die nach der Apokalypse die Welt wiederaufbauen und ihre Bewohner vereinen soll.

Auf der jungen Frau liegt eine große Last, denn die Familie des Mörders ihres Vaters sinnt auf Rache an ihr und ihren Liebsten. Doch ihre große Mission fällt Fallon mittlerweile leichter als die Deutung ihrer Gefühle für Duncan, dessen Schicksal unlösbar mit ihrem verwoben ist.

3. Sammelbände

a) Die Unendlichkeit der Liebe

(Drei Romane in einem Band)

Auch als Einzeltitel erschienen:

– Heute und für immer *(Tonight and Always)*
Kasey gewinnt das Herz von Jordan und seiner Nichte Alison, aber jetzt fürchtet Großmutter Beatrice, dass sie die Macht über ihre Familie verliert.

– Eine Frage der Liebe *(A Matter of Choice)*
Ein Antiquitätenladen im Herzen Neuenglands. Ohne Jessicas Wissen dient er einer internationalen Schmugglerbande als Umschlagplatz für Diamanten. Zu ihrem Schutz reist der New Yorker Cop James Sladerman nach Connecticut, wo ihm Jessica die Ermittlungen aus der Hand nimmt.

– Der Anfang aller Dinge *(Endings and Beginnings)*
Die beiden erfolgreichen Fernsehjournalisten Olivia Carmichael und T.C. Thorpe sind erbitterte Konkurrenten im Kampf um die neuesten Meldungen. Sie kommen sich näher, doch da gibt es einen dunklen Punkt in Olivias Vergangenheit.

b) Königin des Lichts (A Little Fate)

(Drei Fantasy-Kurzromane in einem Band)

– Zauberin des Lichts *(The Witching Hour)*
Aurora muss den Königsthron zurückerobern, nachdem Lorcan ihre Eltern getötet und ihre Heimatstadt zerstört hat. Verkleidet gelangt sie an den Hof des Tyrannen. Dort trifft sie auf dessen Stiefsohn Thane und verliebt sich.

– Das Schloss der Rosen *(Winter Rose)*
Der schwer verletzte Prinz Kylar wird von Deidre, Königin der Rosenburg, auf welcher ewiger Winter herrscht, gerettet und gepflegt. Dafür will Kylar die Rosenburg von ihrem Fluch befreien.

– Die Dämonenjägerin *(World Apart)*
Kadra ist auf der Jagd nach den Bok-Dämonen. Dabei erfährt sie, dass sich der Dämonenkönig Sorak des Tors zu einer anderen Welt bemächtigt hat. Um beide Welten vor dem Untergang zu bewahren, folgt sie Sorak dorthin. Sie landet mitten in New York, in der Wohnung von Harper Doyle. Sie braucht seine Hilfe.

c) Im Licht der Träume (A Little Magic)

(Drei Romane in einem Band)

– Verzaubert *(Spellbound)*
Der amerikanische Fotograf Calin Farrell begegnet im Schlaf der Hexe Bryna, welche ihn um Hilfe bittet, und wird dazu bewogen, nach Irland zu reisen, ins Land seiner Vorfahren. Dort kommt er dem Rätsel auf die Spur: Die Vorfahren von Calin und Bryna waren vor tausend Jahren ein Paar. Doch der Magier Alasdir hatte ihr Leben zerstört – und er versucht es aufs Neue.

– Für alle Ewigkeit *(Ever After)*

Allena aus Boston soll eigentlich ihrer Schwester in Irland helfen. Durch Zufall verbringt sie stattdessen einige Tage im Haus von Conal O'Neil. Die offenbar zufällige Begegnung scheint vom Schicksal vorbestimmt zu sein, denn die beiden fühlen sich stark zueinander hingezogen.

– Im Traum *(In Dreams)*

Die Amerikanerin Kayleen landet durch einen Sturm im Haus des Magiers Draidor. Kayleen verliebt sich sofort in Draidor, und er bereitet ihr einen im wahrsten Sinne des Wortes zauberhaften Aufenthalt.